Jesú

 Planeta

© Jesús Pedro Zamora Bonilla, 2013
© Editorial Planeta, S. A., 2015
   Avinguda Diagonal, 662, 6.ª planta. 08034 Barcelona (España)
   www.planetadelibros.com

Diseño de la cubierta: Booket / Área Editorial Grupo Planeta
Imagen de la cubierta: AESA y Shutterstock
Mapas del interior: Shutterstock
Primera edición en Colección Booket: marzo de 2015

Depósito legal: B. 1.849-2015
ISBN: 978-84-08-13649-1
Composición: Víctor Igual, S. L.
Impresión y encuadernación: Rodesa, S. L.
Printed in Spain - Impreso en España

Biografía

Aunque sus grandes pasiones desde niño fueron la arqueología, la música y la literatura, Jesús Zamora Bonilla (Madrid, 1963) se dedicó a la filosofía «porque de algo había que vivir». Doctor en Filosofía y en Ciencias Económicas, ha sido durante muchos años profesor de enseñanza media y actualmente es catedrático de Filosofía de la Ciencia en la UNED, en donde también dirige el máster en Periodismo y Comunicación Científica. Es autor de numerosas publicaciones académicas, además de obras de divulgación filosófica entre las que destaca el libro *La caverna de Platón y los cuarenta ladrones* (2011) —una insólita mezcla de ensayo y narrativa, de humor y de poesía—. De 2007 a 2014 condujo el blog *A bordo del Otto Neurath* que, con casi un millón de visitas, fue una de las webs filosóficas más populares en castellano. Con la novela *Regalo de Reyes* (Click, 2013; Booket, 2015), un excitante relato de intriga arqueológica, ha dado por fin el salto a la novela.

http://regalodereyeslanovela.blogspot.com.es/
http://escritossobregustos.blogspot.com.es/
@jzamorabonilla

A Ana y Beatriz, mis mejores regalos

Jardín: nombre dado a la escuela que el filósofo Epicuro estableció en Atenas hacia el año 300 a. C. y, por extensión, cada una de las escuelas fundadas por sus discípulos y seguidores en la Antigüedad.

Séforis: capital de Galilea en la época de Jesús; residencia principal del rey Herodes Antipas, a tan solo una hora de marcha desde Nazaret. Curiosamente, aunque la mayor parte del relato de los evangelios transcurre en Galilea, la ciudad de Séforis no es mencionada *ni una sola vez* en el Nuevo Testamento.

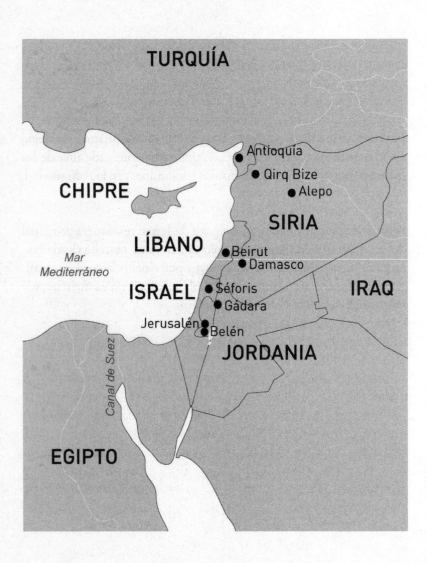

Prólogo

Aquel 30 de agosto, cuando un caldero de agua hirviendo se vertió sobre ella, Krysta Wronecka tuvo toda la suerte del mundo. Tras una juerga con mucho alcohol, amigotes escandalosos que rondaban por las estancias y los jardines del palacio Zielinski y varias jovencitas de ropas descocadas que a esas horas se habían marchado discretamente, el hijo mayor del viejo conde, el señorito Zdzislaw, había regresado al mundo de los despiertos bien cerca de mediodía, algo más tarde que de costumbre, y, sin levantarse aún de la cama, reclamaba con roncas y exigentes voces y con fuertes tirones de la campana de servicio que le fuese preparado en ese mismo instante su baño matinal. Los enormes barreños de cobre bruñido, puestos a calentar en la cocina antes de las diez, ya se habían entibiado, y Krysta tuvo que volver a encender el fuego para hacerlos hervir. Era un escándalo que el conde, un nostálgico de los dorados tiempos de la *szlachta*, la vetusta nobleza feudal de Polonia, se siguiera negando a instalar un servicio moderno de agua caliente en su palacio por considerarlo una concesión a la haraganería de su ya irremediablemente aburguesada familia y, sobre todo, del disipado de su primogénito. Los empujones, prisas y bufidos crecían y se multiplicaban en la cocina y en las despensas, donde se preparaba el almuerzo, ¿o acaso el desayuno?, para ese tropel de jovenzuelos, tan exigentes como, hemos de confesar, aborrecidos por la menguada servidumbre del conde Zielinski, que recelaba de ellos sobre todo cuando, como aquella vez, pasaban varios días a su aire invitados por el señorito Zdzislaw n el enorme palacio de sus ancestros, perdido en los bosques del sur de Polonia, mientras el conde, su nueva esposa

13

y los dos hijos pequeños de ambos veraneaban plácidamente en su villa de la Riviera, mucho más confortable y más protegida de la creciente amenaza germana. En cuanto comenzaron a aparecer burbujas de vapor en el agua de los barreños, Krysta, poniendo de manifiesto su robusta constitución, cogió el más grande de los dos y lo subió, con más esfuerzo del que aparentaba, a la habitación de Zdzislaw, donde ya había dejado llena hasta la mitad, con agua fría, la gran bañera de zinc que se disimulaba tras un biombo. Sin esperar a que la sirvienta hubiese cruzado del todo la puerta de regreso a la cocina, el joven se despojó de la bata de seda con la que se cubría y se introdujo en el agua. «¡Brrrrr, qué fría está! ¡Date más prisa con la caliente!», le oyó quejarse Krysta mientras se alejaba de la habitación. «¡Ya va, ya va!», dijo ella en un susurro, aunque su tímida respuesta no alcanzó los oídos de Zdzislaw, que había sumergido ruidosamente el cuerpo entero en la bañera, esperando que el frío sirviese al menos para amortiguar la severa resaca con la que se había despertado. Ya en la cocina, Krysta echó mano del segundo barreño, que estaba hirviendo a borbotones sobre la placa de carbón, pero se dio cuenta demasiado tarde de que la cocinera había puesto al lado una cazuela, aprovechando la parte que había quedado libre al retirar el primer barreño; Krysta giró bruscamente su carga para intentar no golpear la pequeña cacerola, en la que algunos huevos esperaban a hervir, pero con ese movimiento el fondo del barreño tropezó con el borde de la cocina y casi todo su contenido borboteante se derramó sobre el cuerpo de la sirvienta, que cayó al suelo descompuesta por el dolor y comenzó a lanzar terribles alaridos. A los pocos segundos, casi todos los que en ese momento estaban en el palacio, salvo el hijo del conde, se habían concentrado en la cocina o asomado a su puerta principal. Andrzej, el mayordomo, fue quien actuó con mayor determinación ante la tragedia, y rasgó sin pudor las ropas de Krysta para evitar que se quedaran pegadas a la enrojecida piel, de la que empezaba a brotar un vapor que olía de forma muy similar al que salía de los pucheros. El secretario del conde, Marek Rywin, que acababa de regresar de unas breves vacaciones en su pueblo natal, intentaba calmar los gritos del resto de la servidumbre y mantener a los amigotes de Zdzislaw apartados de los lugares desde los que pudieran vislumbrar a la semidesnuda y semihervida doncella, igual que los había vigilado discretamente desde la tarde del día anterior para que no estropearan ninguna de las muchas obras de arte que adornaban el palacio.«¡Hay que llevarla al médico! ¡Inmediatamente!», ordenó Andrzej, y entre él mismo y uno de los dos mozos que el conde y su mujer habían dejado en el palacio agarraron por las rodillas y las axilas el redondeado cuerpo de la sirvienta y salieron, tan rápido como el peso y el miramiento se lo permitían, hacia uno de los automóviles aparcados en las cocheras. Mientras, Kasia, la cocinera, le hacía tragar a la pobre accidentada unos generosos tragos de vodka de una botella de la que iba cayendo al suelo mucho más líquido del que Krysta conseguía beber. Al cabo de una media hora, mientras el señorito Zdzislaw, sin comprender a qué podía deberse aquel barullo que no lograba distinguir del retumbar de su propia cabeza, gruñía en la bañera esperando el resto del agua caliente que no llegaba nunca, Andrzej llegó al pequeño dispensario del pueblo más cercano, donde el propio médico y su practicante sacaron a Krysta del coche, medio inconsciente por el rotundo efecto del vodka, y empezaron de inmediato las curas más urgentes. La pierna y el costado izquierdos eran las partes que habían salido peor paradas, pero la chica tenía quemaduras de diversa gravedad en muchas otras zonas, sobre todo en el vientre, y el médico sugirió que sería mejor dejarla allí, en el pequeño dispensario que era también su propia casa, donde podría suministrarle analgésicos y vigilar las preocupantes llagas con la asiduidad que fuera necesario. La familia del conde y sus fieles sirvientes contaban con todo el crédito en aquella modesta clínica, faltaría más.

Mediada la tarde, el mayordomo y el mozo volvieron al palacio, donde los amigos de Zdzislaw ya habían comenzado a marcharse. Solo permanecía acompañando al señorito un flaquísimo joven con melena romántica y barba desgreñada, supuesto aspirante a gran filósofo o artista, pálido como la luna pese a estar al final del verano, y al que los criados del conde observaban con el temor de que su señorito pudiera llegar a transformarse en algo parecido a él. Los dos se marcharían a la mañana siguiente hacia el norte, en dirección a sus domicilios habituales en Varsovia, donde pronto habrían de comenzar las clases de la universidad. Zdzislaw, bastante repuesto de la resaca y acompañado por el secretario Marek, se asomó a la zona de servicio cuando oyó entrar a los enfermeros eventuales, y toda la servidumbre calló con respeto cuando el joven aristócrata tomó la palabra para preguntar por el estado de la criada. «Te lo agradezco mucho, Andrzej, en nombre de mi padre y en el mío propio, y por supuesto en nombre de la pobre Krysta. Déjala descansar el tiempo que haga falta, y mantente en contacto con el médico utilizando el teléfono, si quieres; no creo que el conde se moleste por ello», añadió Zdzislaw tras el relato del mayordomo, dando por consabida la tacañería de su progenitor y su escepticismo hacia un invento que solo hacía unos meses que había permitido instalar en su remoto palacio. Tras esas palabras, el hijo del conde desapareció en la planta superior junto a su amigo el pseudofilósofo, y ya no se los vio más a ninguno hasta que se marcharon.

Krysta Wronecka permaneció durante casi quince días en la pequeña clínica, al principio casi completamente sedada, por lo que apenas se enteró de los gravísimos acontecimientos que empezaron en toda Polonia menos de cuarenta y ocho horas después de que ella sufriera el feliz accidente que habría de salvarle la vida. El palacio se hallaba en una zona boscosa del valle del Dunajec, a muchos kilómetros del paso del XIV ejército alemán, que dirigía su cuerpo vigesimosegundo hacia el norte y el XVIII hacia el sur. Aunque en el pueblo en el que Krysta convalecía, y por el que pasaba la carretera más cercana al palacio, no llegaron a ver en los primeros días de la invasión alemana ni un solo carro blindado ni un camión militar, sino que solo vieron bandadas de aviones volando muy alto como siniestras aves migratorias y escucharon el profundo bramido lejanísimo de algunas explosiones, todos los vecinos estuvieron aquellos días pegados a los pocos aparatos de radio que iban transmitiendo las desmoralizadoras noticias, hasta que las únicas emisiones que se sintonizaban, con excepción de las de unos desesperados defensores de Varsovia durante las tres semanas siguientes, fueron las de las nuevas autoridades militares germanas, que, entre música de marchas y oberturas de Wagner, iban notificando a la población civil la forma en la que habían de proceder ahora que se habían convertido en súbditos del glorioso Tercer Reich. Así, cuando vieron aparecer en la carretera que llegaba hasta el pueblo dos camiones militares completamente negros, los vecinos no tuvieron dudas de que en ellos llegaban los nazis que habrían de tomar el control de la zona. Los vehículos se detuvieron en la plaza, y de ellos descendieron un par de alemanes con uniforme también negro, pistolas al cinto y gorras de plato adornadas con una siniestra calavera bajo un águila posada sobre una esvástica. El alcalde y los tres policías con que contaba el pueblo, nada más avistarse los camiones por las últimas curvas de la carretera, y conociendo ya lo que les había ocurrido a otros colegas suyos en otras partes del país, habían huido a esconderse tan lejos y tan bien como pudieron, así que los recién llegados nazis tuvieron que ser recibidos por un funcionario del ayuntamiento que no entendía ni una palabra de alemán, pero que estaba dispuesto a no molestar en lo más mínimo a los poderosos invasores y a poner a su disposición todas las instituciones de la población, tal como se había ordenado repetidamente a través de la radio. Grande fue su sorpresa cuando los alemanes no mostraron ningún interés por el municipio en el que se habían detenido y se limitaron a preguntar, en polaco incorrecto pero inteligible, cuál era el camino que llevaba hasta el palacio Zielinski. El funcionario se lo mostró, les indicó ayudándose con gestos que la distancia era de unos quince kilómetros, pero que el camino estaba en muy mal estado, y respiró de alivio al contemplar cómo los militares reemprendían la marcha en la dirección que les había señalado.

No fue menor el miedo de los escasos habitantes del palacio cuando vieron aparecer los dos negros vehículos en el patio de acceso. Marek, el secretario del conde, los observó desde la ventana de su despacho, en la segunda planta, y tuvo la súbita inspiración, y un no menos inexplicable acceso de sangre fría, de sacar del cajón de su mesa una cámara fotográfica que su mujer y sus hijas le habían regalado en su último cumpleaños y tomar unas cuantas fotos de los camiones y de los ocho militares que descendían de ellos y se acercaban a la puerta principal del palacio apuntando con sus armas hacia cuanto pudiera esconder la más pequeña amenaza. Guardó de nuevo la cámara al fondo del cajón en cuanto oyó los golpes con que los visitantes llamaban a la puerta y bajó las escaleras con rapidez pero sin apresuramiento. El mayordomo abría la pesada y maciza hoja justo cuando él pisó el vestíbulo. «*Dzie dobry*», saludó en polaco el militar que daba la impresión de estar al mando de los recién llegados, y preguntó a continuación: «*Czy jest to pałac Zielinski?*». Marek, que hablaba el alemán sin ninguna dificultad, respondió directamente en el idioma de los visitantes: «Sí, este es el palacio Zielinski. Bienvenidos. ¿En qué podemos serles de utilidad, señores?». «Como bien sabrán ustedes —informó el oficial ya en su propio idioma y sin descubrirse la cabeza, al contrario que sus subordinados—, la región en la que nos encontramos ha vuelto a integrarse en el glorioso Imperio alemán.» Marek y el mayordomo, que no hablaba de modo tan fluido como su compañero aquella lengua pero la entendía bien, asintieron sumisamente y permanecieron en silencio. «Nuestro escuadrón pertenece a la Schutzstaffel», continuó el oficial. Si había esperado que la mención del nombre de los Escuadrones de Defensa (o SS) impresionara visiblemente a los dos polacos (que permanecieron impertérritos), se equivocaba; lo cierto era que las actividades del principal servicio de inteligencia del Tercer Reich todavía eran relativamente desconocidas fuera de Alemania. «No formamos parte del ejército de ocupación, sino que venimos, por así decirlo, en misión de paz», añadió el oficial, aunque no pareció que la impasible suspicacia de sus dos interlocutores se amortiguara lo más mínimo a causa de aquella información; seguramente no había sido buena idea apostillar su frase con aquel ambiguo y sombrío «por así decirlo». «¿Y cómo podemos servirles, caballeros? —volvió a preguntar el secretario—. Pero pasen ustedes, por favor; acompáñeles a la salita si lo desean, Andrzej; ¿querrían tomar un refrigerio mientras nos informan de su misión de paz?» El oficial miró a los dos subordinados que lo acompañaban (de los otros cinco, tres permanecían vigilando en el patio, mientras los conductores seguían al volante de sus camiones) y les indicó con un gesto que aceptarían la invitación. El mayordomo los condujo hacia una pequeña sala de estar contigua al vestíbulo, mientras Marek ordenaba a la cocinera que les sirviese un té.

«Parece que los condes no se encuentran en el palacio, ¿no es así?», preguntó el oficial tras tomar asiento en el sillón que le indicaba el mayordomo. «No —respondió Marek—. La verdad es que, desde que su excelencia contrajo nuevo matrimonio, la familia pasa muy poco tiempo en el campo.» «¿La joven condesa no aprecia la vida rural? Gran error —sentenció el alemán—. La civilización europea se ha corrompido por culpa de las tentaciones que la vida urbana le presenta al hombre contemporáneo desde que se levanta hasta que se acuesta, ¡e incluso mientras duerme! Uno de los objetivos de nuestra organización, la Schutzstaffel, es precisamente promover la vuelta a los valores tradicionales de la vida campestre, de las vigorosas sociedades agrícolas en las que surgieron y brillaron los valores eternos de nuestra raza.» Kasia entró con una bandeja y sirvió el té y unas raciones de *szarlotka*. «¡Ah, su deliciosa tarta de manzana, mil gracias! Fíjense que, en materia de alimentación, dos siglos de ciencia moderna, de química y de ingeniería no han sido capaces de aportar ni un solo producto apetitoso; alguna forma nueva de preparación o de conservación, tal vez, mas seguimos consumiendo básicamente las mismas cosas que nuestros honorables y sencillos antepasados. Pero, permítanme que me presente, ¡qué pésima educación la nuestra! —Depositó la taza en la mesita y, poniéndose en pie, juntó sonoramente los talones el uno contra el otro—. Soy el SS-*Hauptsturmführer* Niklaus von Wackenroder, capitán al mando de la tercera escuadra de salvamento de la Schutzstaffel en la Polonia Occidental, y estos son mis ayudantes, los sargentos Schlottmann y Kaupert.» «Un placer —respondió educadamente el secretario a los sargentos, quienes saludaron levantando unos centímetros sus tazas como si brindasen—. Yo soy

Marek Rywin, humilde servidor de ustedes y secretario personal del conde Zielinski, y les agradeceré que, cuando hayan terminado de tomar el té y la *szarlotka*, tengan a bien informarnos sobre el motivo por el que honran con su visita la morada de su excelencia.» «Por supuesto, por supuesto —se disculpó von Wackenroder terminando de un trago su té y dando cuenta del pedazo de tarta que le quedaba—. Bien, señor Rywin, la razón por la que hemos venido a este remoto palacio no puede ser más sencilla: el Reich, a través de la SS-Ahnenerbe, la Sociedad para la Herencia Ancestral, está sinceramente preocupado por la suerte que pueden correr determinadas obras de arte extremadamente valiosas en un territorio en el que se están desarrollando acciones militares y en el que son de esperar disparatadas reacciones violentas por parte de elementos terroristas, e incluso por parte de los restos descontrolados del ya casi inexistente ejército polaco o, eventualmente, de ejércitos extranjeros que pudieran intentar disputar la legítima ocupación de esta parte de Polonia por las fuerzas del Reich. Tenemos la noble misión de poner a salvo esas obras de arte trasladándolas a lugares totalmente seguros en el interior del territorio alemán y protegidos por la Ahnenerbe. Naturalmente, los legítimos propietarios pueden tener la total certidumbre de que cada uno de los objetos que trasladamos será registrado sin posibilidad de error, y se emitirá un recibo a su favor con el que podrán recuperarlo sano y salvo una vez se haya superado la situación de peligro que en estos momentos justifica su evacuación hacia una zona más "tranquila", si me permite la expresión.»

¡Así que se trataba nada más que de un vulgar acto de pillaje!, intuyó rápidamente Marek. Había hecho bien en mandar esconder durante los días anteriores algunas de las piezas más importantes de la colección Zielinski y otros objetos de valor, aunque la mayoría se encontraban en las residencias de los condes en Varsovia, por cuya suerte, por tanto, había que temer más, y en la Riviera, donde todo parecía de momento a salvo. En fin, si no era más que eso, todo se arreglaría permitiendo a los visitantes cargar en sus camiones algunas de las espantosas pinturas y esculturas rococó que decoraban el palacio, y que al secretario, personalmente, tanto le disgustaban. «Me parece muy razonable su misión, Hauptmann Wackenroder —manifestó con toda su diplomacia pero sin ocultar un nerviosismo revestido de indignación—. La residencia de los condes Zielinski y todo lo que en ella contiene está a su disposición; tomen las obras que consideren oportuno y pónganlas a salvo.» «Es cierto —insistió el capitán von Wackenroder— que la situación internacional es penosa y lamentable, y nadie deplora más que los líderes del Reich y de la Schutzstaffel en particular el riesgo de que el riquísimo patrimonio artístico de nuestros pueblos pueda sufrir daños irreparables a causa de la violencia irracional de algunos elementos subversivos y a veces, lo confieso, de las propias acciones de fuerza que Alemania puede verse obligada a llevar a cabo en defensa de sus legítimos intereses. De la misma manera, nuestras autoridades lamentan la privación transitoria que los propietarios actuales de tales piezas se han de ver obligados a sufrir. Por esa razón, el mismísimo SS-*Reichsführer* Heinrich Himmler en persona, como líder de la Ahnenerbe, nos ha encomendado a los oficiales al mando de estas misiones de salvamento que dejemos constancia de la manera más fidedigna posible de la identidad de cada una de esas obras y de todos los datos que permitan su restablecimiento futuro, además de una justa indemnización, he de añadir. A cambio de este servicio de salvamento, la Ahnenerbe se limita a solicitar a los propietarios de las obras la autorización para que sean estudiadas por personal académico especializado, y, cuando el estado de los objetos protegidos así lo aconseje, efectuar trabajos de conservación y restauración.»

«Bien, bien —interrumpió Marek Rywin juntando sus palmas y cerrando las manos—; en ese caso, supongo que tendrán prisa por visitar muchos otros lugares y querrán terminar lo antes posible en nuestra residencia; la casa es suya, por favor, recorran todos los rincones y seleccionen aquello que consideren que vale la pena proteger.» «Agradecemos de todo corazón su ayuda, señor Rywin. Schlottmann, Kaupert: ya saben lo que hay que hacer.» Los tres militares abandonaron la salita y empezaron a recorrer la planta baja. Al cabo de media hora habían terminado la inspección de toda la residencia, y solo habían cargado en el camión, para alivio del secretario, seis horribles pinturas, la mayoría del siglo XVIII, por las que el capitán von Wackenroder iba emitiendo sendos recibos en los que constaba una meticulosa descripción de cada cuadro. Durante el transcurso de la inspección a la residencia todo el personal de palacio, salvo Marek, que acompañaba a los uniformados atracadores, había sido recluido en la cocina por los otros soldados, que habían ido buscando a todas las personas que pudiera haber por allí para evitar movimientos peligrosos mientras sus superiores examinaban las obras de arte. Tras haber rellenado todos los recibos, el oficial se acercó al secretario y se los tendió con una inclinación de cabeza; Marek extendió la mano para tomarlos, con el esbozo de una sonrisa amable en la cara, pero, inexplicablemente para el polaco, von Wackenroder dejó caer los papeles justo cuando el otro estaba a punto de agarrarlos. La incipiente sonrisa se transformó en un gesto de asombro y de terror. Marek se agachó para tomar los papeles, intentando fingir, mediante sus disculpas, que pensaba que había sido un acto involuntario, pero el militar le agarró del cuello de la camisa y lo levantó hasta que los dos rostros se hallaron uno frente al otro.

«Querido Marek, no te imaginarás que vas a tomarme el pelo como a un vulgar eslavo, ¿verdad? Los alemanes no somos tan imbéciles como te piensas. Hasta ahora nos hemos tratado mutuamente tú y yo con la consideración que corresponde a personas bien educadas, y confiaba en que ese mismo respeto fuera suficiente para permitirnos llevar a cabo nuestra misión sin tener que recurrir a la fuerza. ¡Pero da la impresión de que no quieres dejarme otro remedio, ¿eh?!», gritó mientras le sacudía la cabeza a un lado y a otro. «No hay nada más que lo que han visto ustedes, lo juro. Casi todas las cosas de valor están en el palacio de Varsovia», dijo el secretario, temblando como las hojas de un álamo en una tarde otoñal. «¡Ay, Marek, Marek! Te repito que no soy una inocente ovejita», dijo el capitán von Wackenroder en un tono más tranquilizador, empujando suavemente al secretario hasta dejarlo caer sentado en el sillón que había tras él. «¡Schlottmann! —llamó a continuación—: traed a uno de los hombres que están en la cocina.» El sargento asomó la cabeza por la puerta de la sala y preguntó: «¿Uno de los suyos o uno de los nuestros, Herr *Hauptsturmführer*?». La mirada de furia que el superior dirigió a Schlottmann antes de que el sargento terminase de hablar fue lo bastante explícita como para que este comprendiera la respuesta sin necesidad de más aclaraciones. A los pocos segundos, el sargento apareció apoyando la punta de su pistola automática en la espalda del mozo que había ayudado unos pocos días antes a transportar a Krysta hasta la clínica. «*Czy pan rozumie niemiecki*?», le preguntó von Wackenroder, a lo que el otro respondió «*Nie*». «Vaya, este no sabe alemán; ¿qué educación dais aquí a la juventud, Marek? Por fortuna para vosotros, eso va a cambiar, está cambiando ya, en estos mismos días. Bueno, chico, para lo que te queremos no hace falta que entiendas mucho, y tu jefe te puede traducir. Marek, dile que nos cuente dónde habéis escondido las cosas de valor.» «Pero ¿cómo va a saber él...?», empezó a protestar el secretario, hasta que le hizo callar una sonora bofetada que le propinó el capitán. «Pregúntale lo que te he dicho; traduce; y recuerda que yo entiendo tu ridículo idioma, no intentes ninguna jugarreta.» «Sí, *mein Herr*, por supuesto», gimió Marek sin dejar de temblar, palpándose el rostro dolorido y comprobando que su nariz sangraba un poco. «Jerzy —le dijo el secretario al mozo en su lengua natal—, estos señores preguntan si hemos escondido algunos objetos de valor antes de que llegaran ellos.» «*Nie! Nie!*», negó rotundamente el joven. «Vaya por Dios —se lamentó von Wackenroder—. Así que nuestro amigo no sabe nada; vamos a ver si esto le ayuda a refrescar la memoria», añadió desenfundando su pistola y disparando un tiro a quemarropa a la rodilla del indefenso Jerzy, que cayó al suelo gritando despavorido y viendo cómo el suelo empezaba a regarse con un charco de su propia sangre. «*Nie! Nie! Prosz ! Bitte, bitte, mein Herr!*», suplicó en un tosco alemán y con los ojos llenos de lágrimas. «¡Por favor, por favor! —clamó la voz del secretario— ¿No ve que el pobre dice la verdad?» «Yo lo único que veo, señor Rywin, es una pandilla de eslavos granujas dispuestos, como siempre, a reírse de los honrados alemanes. Mira, Marek, tienes dos opciones: o me dices ahora mismo dónde habéis escondido los objetos valiosos, o tu amigo Jerzy deja de sufrir de manera instantánea. ¡Responde!» «¡Oh, Dios; mi capitán, le juro por lo que más quiera que todo lo que hay en el palacio es lo que ha visto usted; el resto está en Varsovia; vayan allí y compruébenlo, por favor, se lo ruego!» «A Varsovia ya iremos a su debido tiempo, pero yo te he preguntado por lo que habéis escondido aquí. Respóndeme; a la una...» «No hay nada más, por Dios, ¿cómo quiere que se lo diga?». «... A las dos...», siguió contando el oficial, a la vez que montaba su arma y apoyaba el cañón en la frente del joven que gritaba en el suelo. «¡Por favor! —siguió gimiendo Marek—, ¡le juro que está todo en Varsovia!» «...Y a las tres», y disparó a la cabeza de Jerzy, cuyos gritos cesaron de inmediato a la vez que una parte de su cerebro se desparramaba por el suelo y por los muebles de la salita. Los gritos y lamentos de Marek se unieron a los del resto del personal de palacio, que provenían de la cocina y se veían amortiguados por la interposición de varias puertas cerradas. «Schlottmann, tráeme a otro», fue la única respuesta del oficial. «A la orden, mi *Hauptsturmführer*.»

El sargento volvió al cabo de un momento con un hombre bastante mayor que el desgraciado Jerzy, el jardinero Michal, que venía medio arrastrándose y mostraba en sus pantalones la mancha creciente de su propia orina. «¡Maldita panda de animales! —gritó el capitán al percatarse de la incontinencia de su víctima—, ¡terminemos con esto de una vez! ¿Dónde está lo que habéis escondido, Marek?; a la una..., a las dos...» «¡¡¡Por la Virgen santísima de Częstochowa, señor, se lo diré, se lo diré!!!», gritó el secretario mientras el oficial concluía con un «... a las tres» la mortífera cuenta, sin hacer caso de la confesión y disparando esta vez contra el pecho del jardinero, que cayó al suelo retorciéndose y murió entre estertores un minuto después. «Bien, *Marekchen*, muy bien; disculpa que no haya podido parar, pero con tantos ruegos a la Virgen no llegaba a entender qué me estabas diciendo; ¿ves como es importante que hablemos claro? Así que vamos a ello. A ver, Schlottmann, no despegues tu arma de la cabeza del señor Rywin hasta que nos haya llevado adonde tienen escondidas las cosas de valor. Muy bien, Marek, así me gusta.»

Los tres hombres abandonaron la salita, y el secretario los dirigió hasta el último piso del palacio, a un pequeño desván abuhardillado en el cual, disimulada tras montañas de trastos viejos y un cuadro mugriento colgado en la pared, había una vetusta caja fuerte de tres ruedas y de unos cuarenta centímetros de ancho por treinta de alto. «Así me gusta», manifestó von Wackenroder mientras Marek iba marcando la clave y la cerradura respondía con delicados clics. Sin ser capaz de pronunciar palabra, el secretario abrió a medias la portezuela de la caja y se apartó lo suficiente para que el capitán de la SS pudiera contemplar por sí mismo el contenido, que consistía en varios portafolios de cuero. «¡Caramba! ¿Qué tenemos aquí?» Niklaus von Wackenroder los extrajo y vació su contenido sobre el polvoriento tablero de una mesa cercana. A la luz de la pequeña claraboya, que iluminaba malamente el desván a pesar del día tan soleado, el oficial fue contemplando los pagarés del Tesoro estadounidense, los bonos del banco de Inglaterra y los certificados de depósito en varios bancos suizos, títulos todos ellos al portador y que sumaban unos cuantos miles de dólares, de francos y de libras. «No está mal —rio von Wackenroder—: una buena reserva la que tiene aquí el conde para casos de urgencia. Hay que ser precavido en estos tiempos. ¿Ves como ya empezamos a entendernos, *Marekchen*?» El oficial volvió a guardar los títulos en las carpetas y, asomándose a la puerta del desván, llamó al sargento Kaupert con estridentes voces. «Haga el favor de guardar esto en la cabina de mi camión, sargento —le ordenó cuando llegó al desván, y antes de que el suboficial tomase de nuevo la escalera para empezar a descender con la valiosa carga, le gritó—: ¡Espere, Kaupert! Cuando lo haya guardado, vuelva a la cocina, maten inmediatamente a todos los hombres que quedan allí y suban a las chicas al recibidor; todavía nos queda bastante diversión en este palacio tan estupendo.»

Al escuchar aquello, Marek notó que las fuerzas se le escapaban, y lo único que evitó que cayera redondo al suelo fueron los brazos y la pistola del sargento Schlottmann, que lo sujetaba violentamente. «¿Pero qué más quiere ahora, *mein Herr*? Ya le he dado todo lo que había de valor aquí. ¡Espere! ¡Esperen! ¡Sargento Kaupert, por el amor de Dios, esperen! Acabo de recordar que el conde ordenó hace unos años guardar por algún sitio las viejas cuberterías y servicios de plata, ¡deben de pesar más de cincuenta kilos en total! Como dijeron que buscaban obras de arte, no pensé en esas cosas, igual que tampoco pensé en la caja fuerte. ¡Me dijeron que buscaban obras de arte, por Dios! El mayordomo y el otro mozo les pueden ayudar a buscarlos; ellos deben de recordar dónde se guardaron, pero las mujeres no, seguro que no. ¡Kaupert, por la santísima Virgen, dígales a los hombres que le ayuden! ¡Pero, por favor, no les hagan daño a ellas, a ellas no, a ellas no!». Niklaus von Wackenroder miró con displicencia al secretario y, dirigiéndose al sargento Kaupert, que se había detenido en la escalera, le ordenó hacer como decía el polaco. «Eso sí, señor Rywin, mientras los criados sacan la plata y nos ayudan a cargarla en nuestros camiones, nosotros empezaremos a ofrecer a las damas el tratamiento que se merecen. ¡Y deje usted de lloriquear de una vez si no quiere que le vacíe el cargador de mi pistola en el estómago! ¡Sea usted un hombre! ¡Vamos abajo!» De nuevo en una de las salas de la planta principal del palacio, a través de cuyas ventanas se veía al grupo de sirvientes y de agentes de la SS que iban trasladando varias pesadas cajas desde un cobertizo cercano a las cocheras hasta los camiones, el oficial ordenó que trajeran allí a las mujeres, y a estas, una vez que las amedrentaron lo suficiente con las armas para que cesaran de gritar (lo que habían empezado a hacer con fuerzas renovadas al ver los dos cadáveres de sus compañeros), las mandaron desnudarse. Aún no habían terminado de hacerlo, no sin algún conato de protesta que fue violentamente acallado, cuando se escucharon unas ráfagas de ametralladora procedentes del patio. Marek se levantó como un resorte de la silla en la que se le había ordenado permanecer y contempló por la ventana los cuerpos caídos de Andrzej, el mayordomo, y los otros dos sirvientes varones que habían ayudado a cargar la plata. «¡Asesinos, asesinos, asesinos!», gritó, arrojándose hacia el sargento Schlottmann, que lo derribó fácilmente de un culatazo. Entre el sargento y un soldado lo levantaron del suelo y volvieron a colocarlo en la silla, frente a las mujeres, que, llorando sin consuelo, intentaban taparse con manos y antebrazos todo lo posible. El capitán von Wackenroder volvió a acercarse a él.

«Mi querido Marek, veo que has preferido sacrificar la vida de tus subordinados, que estás a punto de permitirnos disfrutar a nuestro antojo de estas hermosas damas e incluso nos has prestado tu ayuda para que nos hiciésemos con una buena parte de la fortuna del conde Zielinski, cosa que en ningún momento te habíamos solicitado... y todo porque insistes en esconder algo de mucho más valor que estas riquezas y que la vida de estas personas. Bien, Marek, bien. Ahora voy a quedarme en camiseta, para poder gozar cómodamente en aquel sofá de estas putas eslavas, y espero que, cuando me quite el uniforme que al parecer tanto te confunde, me puedas reconocer de una vez, si es que no lo has hecho ya, ¡y te des cuenta de que llevas toda la mañana intentando disimular con alguien que sabe perfectamente lo que estás escondiéndole!» No hizo falta que von Wackenroder se quitase nada más que la gorra de plato con la calavera para que Marek Rywin, al observar una extensa y desagradable mancha de color morado en la incipiente calva del alemán, recordase por fin con precisión y pánico cuándo había conocido al criminal que tenía delante, aunque había cambiado muchísimo desde la única vez que lo vio, hacía entre diez y quince años, cuando era un inofensivo y jovencísimo profesor adjunto de Historia del Arte que no utilizaba el «von» y se presentaba a sí mismo con el diminutivo *Klaus*, y cuando Marek creyó que podía desembarazarse fácilmente de él y de sus intentos de husmear la colección Zielinski. Y de inmediato el secretario comprendió la absoluta imposibilidad de negarse a satisfacer sus exigencias: ¿cómo podía no haber reconocido a la primera aquel nombre, Klaus Wackenroder?; ahora ya sí que nunca lo olvidaría, se dijo, aunque ese «nunca» iba a hacer referencia a un tiempo sumamente corto. El militar, que ya se hallaba en ropa interior, había agarrado a la más joven de las criadas y estaba empezando a forzarla tras someterla con un contundente puñetazo. «¡Se lo daré, se lo daré enseguida! Pero, por favor, tenga piedad de nosotros, de ellas; suéltela, por el amor de Dios... ¡Déjeme, déjeme ir ahora mismo a por el maldito cuadro!», exclamó el secretario intentando ponerse de pie, pero el sargento Schlottmann lo sujetó en la silla. «Tú te esperas aquí hasta que terminemos, imbécil», le respondió burlón, mientras él y sus compañeros empezaban también a quitarse la ropa.

Unos cuantos días después, los vecinos del pueblo, que a la caída de la tarde del día en que habían llegado las dos siniestras camionetas las vieron regresar otra vez en dirección contraria a la que habían venido, preocupados por no tener noticias de los habitantes del palacio Zielinski ni tan siquiera a través del teléfono del dispensario, organizaron una pequeña expedición para enterarse de lo que había ocurrido allí. Encontraron horrorizados los fétidos cadáveres de todos y cada uno de los empleados, menos la afortunada Krysta, convaleciente aún de sus quemaduras en el pequeño sanatorio. Todos parecían haber muerto por heridas de armas de fuego, aunque las mujeres estaban desnudas y presentaban evidentes signos de haber padecido una indescriptible violencia sexual antes de ser salvajemente asesinadas. Por su parte, el secretario Rywin podría haber muerto no por los disparos que su cuerpo también presentaba, sino a causa de los innumerables golpes cuyos hematomas lo cubrían de pies a cabeza. La residencia, en cambio, no parecía haber sido desvalijada ni sufrido especiales destrozos, y hasta que Krysta no se recuperó lo suficiente y pudo hacer una última visita al palacio antes de abandonarlo para siempre, no se llegó a saber lo que faltaba. Para entonces las nuevas autoridades nazis ya habían tomado el control del pueblo, y, por supuesto, nadie se atrevió a denunciar lo ocurrido, limitándose los vecinos a enterrar cristianamente a las víctimas del saqueo. Escoltada por el médico, por el cura y por el funcionario que había recibido a los camiones de la SS en la plaza del pueblo, Krysta fue recorriendo el palacio con los ojos bañados en lágrimas e indicando a sus acompañantes los objetos que se habían sustraído. Naturalmente, entonces no llegaron a saber nada de la suerte que había corrido el contenido de la caja fuerte, pues esta se encontraba perfectamente cerrada y ninguno de ellos tenía el más remoto conocimiento de qué podría haber contenido antes de la llegada de los alemanes; pero Krysta percibió sin dificultad la desaparición de las cuberterías y bandejas de plata, que tantas veces había tenido que limpiar para que mantuvieran su precioso brillo, y la de los escasos cuadros que faltaban, a los que también tan a menudo había limpiado el polvo, sobre todo aquella misteriosa *Adoración de los Magos* de Lucas Cranach el Viejo, conocida también como *La adoración del cerdito*, que había pertenecido sin interrupción a los Zielinski desde el siglo en el que fue pintada, el XVI, y que estos, a lo largo de aquellos cuatrocientos años, jamás habían dejado reproducir, ni casi contemplar, a personas ajenas. Krysta confirmó a sus compañeros, quienes como todos los vecinos del entorno algo habían oído hablar sobre la enigmática pintura, algunos de los escandalosos detalles de la obra, como el jardín con bailarines desnudos que se divisaba a lo lejos por la ventana de la casa de María y José, o el hecho de que el supuesto Baltasar (siempre lo habían llamado así: aunque los tres Magos que aparecían en el cuadro eran de raza blanca, aquel era el más joven de los tres) ofreciera de regalo al niño Jesús una figura en forma de cerdito, algo difícil de explicar teniendo en cuenta el entorno judío que la pintura retrataba.

A pesar de las décadas transcurridas y de la recuperación de la mayoría de las obras que fueron expoliadas en la segunda guerra mundial por la SS, no se volvió a tener noticia, pasada la contienda, ni de aquel cuadro de Lucas Cranach ni de su raptor Niklaus von Wackenroder, antiguo profesor de la Universidad de Jena antes de integrarse en la SS-Ahnenerbe, y ello pese a que el oficial pudo ser identificado sin dificultad varios años después gracias a las fotos tomadas por Marek Rywin aquella trágica mañana, un valioso carrete que el médico del pueblo reveló en el más absoluto secreto en su clínica, tras descubrir la cámara durante la furtiva inspección al palacio Zielinski cuatro días después del crimen.

PRIMERA PARTE

Capítulo 1

El rostro afilado y antipático de aquella joven presentadora, cuyo nombre casi nunca conseguía recordar, lo contemplaba ahora Pepe distorsionado y enrojecido. «La verdad es que está mucho mejor así», pensó. Hacía muchos años que había decidido no enfadarse con Charo por su manía de colocar las botellas de vino y gaseosa justo en la línea recta que unía el centro de la pantalla de la tele con el sitio de Pepe en el sofá del comedor. Puede que otras parejas hubieran llegado a divorciarse por ese tipo de cosas. Tal vez incluso ellos habrían podido hacerlo si él no tuviera tanta paciencia, se decía, o si no hubiese aprendido a tenerla. O si Charo, con el carácter cuartelero que sabía revelar algunas veces, no hubiera puesto las cosas en su sitio a los primeros intentos de Pepe de seguir viviendo tan descansadamente en su condición de marido como durante los veintisiete años anteriores en casa de sus padres. Si las botellas de vino y de gaseosa las llevara él desde la cocina hasta la mesa del comedor las podría colocar donde le saliera de las narices. Al final, el armisticio decretó sin necesidad de palabras que él llevaría unas cosas y ella otras, y los niños, Róber y, unos años después, la pequeña Maite, cooperarían con la mayor igualdad posible; Charo terminó siendo la que casi siempre acarreaba con las bebidas y las dejaba en el sitio adecuado, a mano de todos, un poco a la derecha del centro de la mesa para dejar sitio a las ensaladas, el pan u otros platos comunes... y en mitad de la línea recta que unía los ojos de Pepe con el televisor. La llegada de las botellas al comedor era también, por tanto, el toque de corneta para que el señor don Peperezoso (así le llamaban Charo y sus hijos cuando querían hacerle rabiar, burlándose de su tartamudeo) dejase de mirar la tele, despegara su muy honorable trasero de los cojines del sofá y empezase a colocar las cosas en la mesa. Charo había intentado conseguir algunas veces que Pepe ayudase también en la cocina, pero al cabo de un tiempo de soportar avinagradas discusiones sobre si su marido era realmente incapaz de freír un huevo sin destrozarlo o sin dejar la cocina empantanada de aceite, o de hacer un filete a la plancha sin que el resultado pareciese la víctima de un ataque nuclear, o si solo fingía todo aquello para escurrir sus responsabilidades culinarias, acabaron llegando al pacto de que Charo se encargaría de las comidas y las cenas y Pepe de recoger la mesa y limpiar la cocina después, admitiéndose a veces pequeñas ayudas en ambos sentidos, como preparar él una ensalada o secar ella los cacharros, y de nuevo los chicos, al crecer, habían ido asumiendo su parte de aquellas tareas y de todas las de la casa. «¡Aquí no hay sirvientes! —exclamaba a menudo la madre—. ¡Bastante trabajó para casa de ricos la pobre tía Jacinta, y mira para lo que le ha servido!» Aquel argumento era siempre rotundo como un punto final, un punto gigantesco e insuperable, y todos, incluido Róber, el más vaguete de los cuatro, se ponían de inmediato a terminar de hacer lo que les hubiera correspondido, aunque el chico procuraba que sus colegas no se enterasen de que, además de hacer la cama, solía hacer otras cosas como poner la lavadora, tender la ropa, pasar el aspirador y fregar el cuarto de baño una vez cada cuatro semanas.

—¿Es que vamos a cenar ya, sin esperar a que vengan los niños? —preguntó Pepe mientras se levantaba del sofá.

—Dijeron que no sabían cuándo iban a terminar —respondió la mujer en el mismo tono de voz, o quizás un poco más alto para compensar el ruido que hacía la sartén, aunque al callarse se dio cuenta de que su marido acababa de entrar en la cocina.

—Pero no vendrán muy tarde, ¿no?

—Les he dicho que vengan los dos juntos, y que a ser posible se vuelvan con todo el grupo. Además, hoy debe de haber mucha gente por ahí, aunque sea de noche. De todas formas, Maite ya tiene quince años, no es un bebé, así que no te alarmes tanto, que pareces un moro.

—Es que no me hace ninguna gracia que esté po-por la calle hasta las tantas de la noche.

—Está con Róber, no te preocupes.

—¡Menuda ga-garantía, el Róber! ¡Eso es casi lo que me más preocupa! —dijo el padre, y se dio media vuelta de nuevo hacia el salón con la pirámide de platos, cubiertos y vasos que había erigido cuidadosamente. La presentadora de rostro afilado seguía en la pantalla, anunciando el contenido del programa especial de «El pozo de los deseos» que se emitía en víspera de Reyes.

—No te lo vas a creer, Charo. Hoy también hay un programa de cotilleo. Pensaba que se habrían ido todos de vacaciones de Navidad. Se conoce que la crisis le ha llegado también a esta gente. ¿Miro a ver qué ponen en las otras cadenas?

—No, deja. Es que he escuchado esta mañana en la tintorería que Rosina iba a dar una exclusiva de las gordas.

—¿Rosina? ¡Anda, mira tú! Hace un montón que no daba señales de vida. Tienes suerte de que es Navidad y no hay fútbol.

—Que te lo crees tú —dijo Charo poniendo la fuente con sardinas fritas en el centro de la mesa—. Si sale Rosina en la tele, aquí todo el mundo ve a Rosina, o mira para otro lado, o lee un libro, que es lo más saludable.

—Pues nada, nada, veremos a Rosina. Pero podremos ir cambiando de ca-canal hasta que la entrevisten a ella, ¿no?

—Anda, siéntate y come; y quédate calladito, que estás más guapo.

—Pues se les van a quedar las sardinas bien frías.

Charo y Pepe se sentaron a la mesa del pequeño salón comedor, uno en frente del otro y con el televisor a un lado. La mesa era rectangular, y ambos se colocaban en los extremos, de modo que los dos hijos pudieran sentarse en el mismo lado largo, dejando el otro libre para que todos tuvieran el televisor al alcance de sus ojos sin tener que torcer el cuello demasiado. Esa era una de las pocas batallas doméstico-educativas que Charo había perdido a lo largo de su vida de madre: la de conseguir que no se viese la tele mientras se comía o se cenaba. Empezó permitiéndolo con el maldito fútbol, y poco a poco el televisor se convirtió en el principal protagonista de las comidas y cenas, en las que casi todas las conversaciones de la familia giraban en torno a los programas. El único triunfo de Charo fue lograr el control absoluto del mando a distancia mientras durase la comida; no es que siempre se viera lo que ella deseaba, pero al menos el que quisiera ver otra cosa tenía que reunir el valor de pedírselo a la matrona. Ahora lo atesoraba junto a su plato, mientras mantenía los ojos fijos en el televisor (solo desviándolos alguna que otra vez hacia las sardinas) y anulaba así las esperanzas de Pepe de cambiar de canal ni unos pocos segundos. Enric Pellicer, el presentador de «El pozo de los deseos», iba desgranando el contenido de la edición especial de Reyes con aquella inverosímil mezcla de acento catalán y andaluz que le había proporcionado tanta fama e imitadores. No había, en general, grandes novedades: varios reportajes sobre a qué lugares exóticos viajaban algunos «famosos» durante las Navidades; varios consejos sobre cómo pasarlo bien en la esperada noche de Reyes que se iba a celebrar al día siguiente; y también un debate especial sobre cómo se reparten los hijos de parejas separadas durante las fiestas navideñas, con notorios divorciados presentes en el plató. El «bombazo», por supuesto, era el retorno a la pequeña pantalla, tras unos pocos años de ausencia, de la que había sido reina indiscutible del papel *couché*, Rosina Lequerica de Montemayor, condesa de Valmojado, quien, tras sentar la cabeza hacía ya más de una década con un aparentemente alocado casamiento que resistía contra todo pronóstico, dejó de protagonizar los sonoros enredos de la alta sociedad y espació cada vez más las celebradas apariciones en su otro gran papel, el de reveladora de grandes escándalos. Tal como se encargó de recordar el periodista, hacía ya más de dos años de la última primicia morbosa anunciada por Rosina: la implicación de ciertos aristócratas en un caso masivo de estafas relacionadas con los parques eólicos. Casi todas las leyes que podían incumplirse en la creación de esas instalaciones habían sido violadas, sufriendo el desprecio más absoluto por parte de una pandilla de terratenientes compinchados con funcionarios y políticos y con algunas ramificaciones de diversas mafias. Rosina, como siempre, no daba nombres: así se aseguraba la impunidad ante posibles querellas por calumnias; tan solo apuntaba ciertos datos que permitían a los periodistas, y a menudo a jueces y policías, hurgar de manera más meticulosa y siempre certera. «Pero en esta ocasión —sonrió intrigante y satisfecho Enric Pellicer—, sí que habrá nombres, nombres que, estamos totalmente seguros, a ustedes no se les pasan en estos momentos por la imaginación.» En la pantalla, el orondo Pellicer fue sustituido por la foto de un hombre caminando, pero solo visible de las rodillas a los pies. Parecía ir bien trajeado y con zapatos de lujo.

—Sí, señoras y señores, este es uno de los protagonistas de la historia que nos contará Rosina dentro de... aproximadamente... —miró su reloj de pulsera— una hora y cuarenta minutos. ¿Le han reconocido? Ya sospechaba yo que no. Pero no se angustien, queridas y queridos. En el transcurso del programa iremos desvelando poco a poco la imagen. Pueden enviar un mensaje al número que aparece en pantalla, indicando «Rosina», espacio y el nombre de quien sospechan que puede ser ¡«el hombre... de la fotoooo»! —exclamó el presentador muy teatralmente, dando paso a la publicidad.

—¿Tú tienes idea de quién puede ser? —preguntó Pepe.

—En absoluto —respondió Charo con una mueca de ignorancia—. Algún ricachón, supongo, como siempre.

—Un futbolista seguro que no es. Esos no llevan un traje serio en su puñetera vida.

—¿Y qué iba a tener que ver Rosina con futbolistas, tú?

—¡Anda! Un escándalo es un escándalo. Hace poco pillaron a varios futbolistas franceses enredados con una putilla menor de edad. Fíjate que fuera algo así.

—Me extrañaría. Bueno, pero los zapatos no son de futbolista, tú mismo lo has dicho.

—A lo mejor el pre-presidente de algún equipo.

—¡Pero, hijo, Pepe! ¿Qué te ha dado a ti con el fútbol? Se nota que con las vacaciones de Navidad lo echas en falta, y ya ves penaltis hasta en las sardinas. Termina de comértelas y piensa en otra cosa, anda.

—Bueno, pero déjame el mando, a ver qué ponen en las otras cadenas. Ya has visto que Rosina no va a salir hasta las doce de la noche. ¿Seguro que vas a estar despierta para entonces?

—Espero que los niños vengan antes.

—Eso digo yo. Pero da-dame el mando, so plasta.

—Yo la cambio —exclamó Charo—. A ver, ¿qué quieres ver?

Al cabo de un rato largo de idas y venidas por la programación de unas cuantas cadenas, y con la cena ya terminada, el comedor se inundó con la música silbada de *El puente sobre el río Kwai*.

—¡Debe de ser un mensaje de los chicos! Ya lo miro yo —dijo Pepe regresando rápidamente desde la cocina, donde fregaba los cacharros de la cena. En efecto, la dirección del remitente era «RÓBER»; Pepe descifró el mensaje con alguna dificultad, imaginando las letras que faltaban, sobre todo vocales—. Dice que están a punto de salir, que han tenido problemas con el montaje o no sé qué.

—Ya me extrañaba a mí —comentó Charo mirando la hora en el reloj con forma de sirena que presidía el estante más alto del mueble—; son más de las once. No sé ni siquiera si querrán cenar alguna cosa, a lo mejor les han dado bocadillos.

—Polvorones, más bien —sentenció Pepe.

Pasado un tiempo, la fotografía del supuesto acusado ya se mostraba hasta por encima de la cintura y, en efecto, se comprobó que el individuo iba vestido con un traje de lo más formal. La imagen aparecía unos pocos segundos al finalizar cada corte publicitario, un poquito más alta que la vez anterior, y luego permanecía un minuto en la gran pantalla que había al fondo del plató, a modo de escenario, detrás de la figura de Enric Pellicer. Todavía podía tratarse de cualquiera: un hombre trajeado andando por la calle y con el torso vuelto hacia el lugar desde el que estaba hecha la foto. Sin embargo, aún faltaba mucho para vislumbrar la cabeza y no se podía saber si miraba a la cámara o no, si era consciente de estar siendo fotografiado o si la foto era también una sorpresa como la que, aparentemente, iba a recibir aquella noche.

—Es que no tengo ni la menor idea —se lamentó Pepe, echando un vistazo a la imagen antes de volver a la cocina—, y las pistas que han dado no le dicen a uno ni lo más mínimo.

—Claro, eso es para que te enganches y te quedes mirando hasta la siguiente tanda de anuncios.

—Mira que son sinvergüenzas.

—Hola, cariño, ¿qué tal va la noche? ¿Se han acostado ya los niños?... ¿Sí? Pero seguro que no se han dormido todavía. Dile después a Glenda que se asome a decirles algo si están despiertos... No, no vayas tú, que si apareces se ponen a jugar, y lo que quiero es que se duerman, sobre todo el pequeño Tito, que lleva unos cuantos días sin pegar ojo con los nervios por los Reyes Magos y las compras y las visitas y todo eso. ¡Qué ganas tengo de que llegue ya el día 6! Porque mañana va a ser tremendo; no pienso descolgar el teléfono en todo el día. Y a ti no se te ocurra hablar con nadie, por lo menos hasta después de Reyes... Sí, sí, amor, ya sé que sabes comportarte, pues claro, cielo mío... No, a la cabalgata los lleva Glenda solita; bueno, con Mansur, pero Mansur se quedará dando vueltas con el coche, porque mañana no se podrá aparcar en ningún sitio en todo el centro de Madrid. Que les explique dónde va a recogerlos después y ya está. Pero tú y yo no aparecemos por la cabalgata ni locos, vamos, faltaría más. Menudo ambiente que habrá por allí. Y solo faltaría que nos encontrásemos con Germán... Ya, ya, él no estará para fijarse. Si va, claro, si va... No, no me da absolutamente ninguna pena, es un hijo de la gran puta y no hay más argumentos para defenderlo. Tú llevas unos días con la tentación de sacar la solidaridad masculina... ¡Qué asco! Pues claro que me lo imagino... Ya, siempre hemos estado los dos juntos en estas cosas, pero esta vez me parece que tú... Sí, bueno, ¿que qué iba a decir? Que no sé si tú estás del todo seguro de lo que estoy haciendo... Estamos, sí, de lo que estamos haciendo... Vale, sí, amor, sí, que has colaborado igual que siempre... Que sí, que más. Pero entiende que para mí esta vez es la más importante... Ya lo sé, esto va a ser más gordo que otras

39

veces. Pero te lo llevo diciendo desde hace no sé cuánto: tenemos que cambiar, ya no somos unos chavalillos... Vale, hemos cambiado mucho, sí. Tenemos más de medio camino recorrido. Pero Tito y Salva están empezando a hacerse mayores y a entender las cosas, y la familia que queríamos para ellos... y además nuestra situación económica... Ok, sí, me callo, me callo, además, aquí seguro que lo están escuchando todo. Oye, ¿han cenado bien? Es que Tito está tan nervioso que lleva unos cuantos días casi sin comer... No, no me lo ha dicho Glenda, lo he visto yo con estos ojos... Tú sí que no ves nada... No, amor, no; lo digo en broma. Los días que hemos cenado y comido fuera me lo ha dicho Glenda, o se lo he sonsacado yo después de interrogarla como en la Inquisición, ya sabes que siempre los defiende... ¡Ay, por Dios, a ver si pasan ya los putos Reyes!... Claro, pero tienes razón, después va a ser peor; pero por lo menos los niños estarán en el colegio la mayor parte del tiempo. ¿Está ya todo preparado en la caseta de Mansur, verdad? Aquella consola con juegos, la japonesa, la que quería Salva, ¿la enviaron por fin?... Vale, vale. Es que recuerdo que me dijiste hace ya un montón que tardaban muchísimo porque venía en barco o no sé qué historia. ¿Te aseguraste de que era compatible con la televisión de su cuarto?... Ok, ok, ya sé que me pongo muy pesada... Vale, sí, amor, que lo tienes todo controlado. ¿Y tú has cenado con los niños?... ¿Qué habéis comido?... ¡Qué rico! ¿Aquí?, una porquería. Nos han dado unos sándwiches, unos canapés asquerosos y refrescos... No, vino y cerveza no ponen, será que no quieren que se les emborrachen los invitados antes de empezar, aunque alguno yo creo que lo trae puesto cuando llega. ¡Si vieras la gentuza que estaba discutiendo antes! Se podían oír los gritos desde aquí... No sé, hace mucho tiempo que no vengo al programa, y han cambiado totalmente el estudio. Por lo demás es igual que siempre, ya sabes... Sí, sí, estoy maquillada, peinada y microfoneada, el técnico de sonido se acaba de marchar... Claro, ¿por quién me tomas?... Que sí, que he comprobado que el transmisor está en *off*. Lo que me faltaba, que estuviera sonando esto por los pasillos... ¡Hombre! ¿Cómo van a ser tan cabrones de ponerme un transmisor con trampa? Pero no hemos dicho nada comprometedor, ¿no? Si lo que tuvieran para una exclusiva fuese la grabación de esta llamada, iban dados. Oye, cielo, todavía no te he preguntado si me van a traer algo los Reyes a mí. Es que nunca me lo dices... A ti nada, con lo malote que has sido. Carbón, carboncete o, mejor, un pico de minero, para que sepas lo que es trabajar. Me gustaría verte con la cara toda negra del polvo de la mina y el mono abierto, enseñando el pecho igual de negruzco. No sé qué tal se te daría trabajar con el pico, no te veo, no... Que sí, que habrá que hacer la prueba... ¿Hasta qué galería dices que vas a cavar?... ¡Anda ya, no te tires faroles! Confórmate con el carbón de azúcar... ¡A mí, a mí, yo quiero saber lo que me van a traer a mí!... No, listo, en la mina no hay nada que buscar de eso... Que no seas tonto, que lo mismo tienes razón y nos están escuchando en la cabina, no digas esas cosas... Sí, después me las dices. Y no veas la tele esta noche en la habitación, que se oye desde el cuarto de Salva y no quiero que se entere de nada, ¿me has oído?... Bueno, si la pones muy bajita. O con los auriculares, ok. Y acuérdate de grabarlo... Pues por si acaso no te acordabas. ¡Uy, qué hombre! Que sí, que ya sé que a ti no se te olvidan esas cosas. Lo que me parece es que estoy oyendo unos pasos que se acercan, seguro que ya vienen a buscarme. Adiós, sí, cielo, adiós... Yo te como también, te como, te como. Ok, amor... Sí, justo, ya vienen, ya están aquí. Un beso. Adiós. *Bye.*

—Rosina, en cinco minutos entramos contigo —avisó metiendo tan solo la cabeza entre la puerta y la pared una joven de melena rubia recogida en un amplio y gracioso moño—. Acaba de empezar el corte publicitario. Si te parece bien, nos vamos ya para el plató.

—Cuando quieras. Yo estoy lista.

Adelaida, la ayudante de producción, cedió el paso a Rosina en la puerta de la salita de invitados y empezó a caminar a su lado a través del estudio.

—¿Cuánto hace que trabajas aquí?

—Un año y medio. Pero una de las últimas veces que estuviste en «El pozo» yo estaba también, como becaria, y te conocía de vista. Ya llegamos, Enric.

—Mi queridísima condesa, mi condesiiiina. ¿Te han tratado

bien estos zoquetes? No me mires así, Adelaida, que sabes que lo digo en broma.

—Me han tratado fabulosamente, Enriquín de mi vida. Hola, Valeria, ¿qué tal estás? —Rosina saludó también a la segunda presentadora del programa, la joven de gesto agresivo que Pepe había visto a través de las botellas casi dos horas antes—. La verdad es que da gusto venir a trabajar con vosotros.

—Lo que da gusto es tener a alguien como tú, que viene a este programa sabiendo lo que tiene que hacer, que es una autééééntica profesional. ¡Si vieras la que me han liado la panda de cafres divorciados que teníamos antes!

—Unos energúmenos —confirmó Valeria.

—Algo del jaleo me ha llegado hasta el camerino —confesó Rosina—. Pero no te quejarás, eso es fantástico para la audiencia.

—La audiencia, la audiencia. Eso está bien para ganarse el pan, ¿verdad, Valeria? —sentenció Enric, rodeando con su brazo derecho los hombros de su compañera y señalando con el otro brazo un sillón para Rosina—; pero tú y yo sabemos que, en el fondo, lo importante, lo verdaderamente importante, es ser capaz de estar rodeado de mierda y sobrevivir años y años sin mancharse siquiera los zapatos. Tú lo has conseguido, amor mío, y yo intento emularte siempre, siempre, ¡siempre!

Sopesando mentalmente en qué medida Enric estaba a salvo de la mierda que con tanta profusión recolectaba y distribuía, Rosina se recostó en el cómodo sillón reservado para las entrevistas y dejó que el técnico de sonido hiciese una última comprobación de su micrófono. En una gran pantalla que había a su izquierda, la fotografía del individuo cuyas maldades estaba a punto de pregonar se mostraba de los pies hasta el pecho. Tal vez algunas personas ya lo habrían identificado; probablemente él mismo, si por casualidad estaba viendo el programa, cosa que Rosina dudaba muchísimo. Pero para la inmensa mayoría, incluyendo a Charo y a Pepe, que contemplaban ahora la misma imagen acompañada por los pegadizos acordes de la sintonía del programa, seguía siendo un acertijo sin solución. Enric, con una gran sonrisa, apareció inmediatamente después y elaboró la más untuosa presentación posible de la última invitada del programa.

—Y los chicos se lo van a perder —se quejó Charo—. ¿Por qué no les llamas?

—Han mandado un mensaje hace un rato. Ya les faltará poco para llegar, mujer.

—Bueno, pues les llamaré yo. —Se levantó y cogió el móvil, pero en ese momento se oyó ruido en el descansillo de la escalera y enseguida el sonido de una llave introduciéndose en la cerradura.

—Lo ves, so neuras, ya están aquí.

La voz de Róber saludó desde el pequeño vestíbulo. Se asomó al comedor, desabrochándose la cazadora de cuero que llevaba por único abrigo, aparte de una bufanda blanca con ribetes morados con la que debía de haber llevado envuelta casi toda la cabeza, pues le había despeinado la somera cresta que lucía y que ahora intentaba recomponer con poco éxito.

—¡Buenas noches! —saludó—. ¡Joder, lo que nos ha entretenido el puto baldaquino! No había manera de que se sujetara. Perdón por el retraso, perdón, perdón. ¡Anda! —añadió mirando a la tele—, pero si es Rosina. ¿Hace mucho que...?

—Y tu hermana, ¿no venía contigo? —interrumpió bruscamente Charo al darse cuenta de que Róber había llegado solo.

—¿Es que Maite no ha llegado? Si salió un montón de rato antes que yo.

—¡Te dijimos que volvierais juntos! —riñó el padre—. ¿No te lo dijimos muy clarito?

—Que sí, que sí. Pero como nos teníamos que quedar nada más que el Emilio, el Richi y el Alfredo para terminar de montar el baldaquino ese, los demás se fueron hace un mogollón.

—¿Y por qué no nos lo dijiste en el mensaje, so tonto? Anda, Charo, llámala, a ver por dónde anda. ¿Y qué coño es un ba-balda-pino, si se puede saber?

Aquella noche de principios de enero el cielo de Madrid estaba cubierto por lo que parecía una sucia materia grisácea, perturbada por molestas rachas de viento y de la que se escapaban unas gotas minúsculas, casi invisibles, pero gélidas como bisturíes de hielo. La ventisca agitaba sin misericordia las peladas ramas de los plátanos y las falsas acacias y las negruzcas hojas de los cipreses y los abetos, y a veces lograba sacudir algunos copos de los escasos y moribundos montones blancos que resistían como vestigios de la pequeña nevada de hacía una semana. Por las calles principales del barrio todavía pasaba de vez en cuando algún coche y el primer autobús nocturno, prácticamente vacío de viajeros, pero en las calles más pequeñas todo estaba desierto. Las pocas ventanas tras las que se vislumbraban algunas luces encendidas tenían casi todas ellas las persianas bajadas y no contribuían a iluminar el paisaje de escasas farolas, innumerables coches aparcados y edificios de pequeñísimos portales. Ni siquiera los gatos, los perros o las ratas se aventuraban en el borrascoso frío canalizado por la estrechura de las callejas. Todo el mundo reservaba su calor y sus fuerzas para la gran noche de Reyes, que aún tardaría en llegar muchas horas, infinitas horas, según la subjetiva contabilidad temporal de los más preocupados por su llegada. Algunos distritos de la periferia organizaban modestas cabalgatas de Reyes aquel día 4, y a esas horas debían de quedar aún muchos padres y niños rezagados tras el rastro de confeti y serpentinas que unos heroicos barrenderos intentaban hacer desaparecer; pero no era el caso del barrio en el que vivían Maite y su familia, donde todo el esfuerzo se dedicaba a colaborar con la gran cabalgata del Ayuntamiento de Madrid, encargándose desde hacía más de una década de la carroza del rey Baltasar. Maite y su hermano Róber echaban una mano en la preparación de la carroza porque conocían a Alfredo Ramírez, un amigo de la infancia de Pepe, que era técnico de mantenimiento en la Junta Municipal y el manitas imprescindible para todo el proceso de ensambladura y montaje del fastuoso y efímero monumento rodante. Con un poco de apuro a última hora, como pasaba casi siempre, la carroza ya estaba terminada. Maite y la mayoría de los jóvenes que ayudaban en la construcción o que al día siguiente formarían parte del cortejo de su majestad el rey Baltasar y tenían que hacer la última prueba del vestuario, se habían marchado a eso de las once de la noche. Como Róber se retrasaba por culpa del rebelde baldaquino que coronaba el trono del rey mago, Maite volvió a casa con un grupo de amigos y pidió a Juanjo, un repetidor de cuarto de la ESO que parecía fijarse mucho en ella cuando se cruzaban en el instituto, que la acompañase hasta su portal. Su camino hasta allí se vio interrumpido por la tímida pasión que fue cristalizando entre ellos como si fuese un remolino de brillantes gotitas heladas en la tiniebla blanquecina de aquella noche mágica, y que los hizo detenerse unos cuantos portales antes de llegar a la casa de Maite, camuflados en la exigua penumbra, dispuestos a explorar por vez primera cómo sería aquello de acariciarse y besar en la boca a alguien cuyas manos y labios buscan los tuyos con el mismo temor e intensidad que tú los suyos. Juanjo atendía al sonido de la respiración de ambos en la confluencia de sus bocas tras desistir en las torpes tentativas de llevar sus manos a los pechos de Maite, labor dificultada por la resistencia de la chica y por la complicación de sus muchas capas de ropa, cuando creyó escuchar el tenue timbre de un teléfono.

—¿Suena tu móvil? —le preguntó sin separar sus labios de los de ella.

—¡Coño, mis padres! —gritó Maite separándose bruscamente de su amigo e intentando encontrar el pequeño bolso que llevaba colgado al hombro por encima de su jersey pero por debajo de su trenca, cerrada con mil corchetes y cremalleras—. ¡Joder, joder, joder! ¿Qué hora es?

—Un poquito más de las doce.

—¡Me cago en la leche! ¡Como Róber haya llegado a casa antes que yo, me van a matar! ¡Y todo por tu culpa! —Por fin llegó al escondrijo del teléfono, que hacía dos segundos que había dejado de sonar; en efecto, había tres llamadas perdidas de su madre—. ¡Joder! Bueno, vámonos corriendo. Mañana hablamos, Juanjo, ¿vale? Voy a llamarla ahora mismo, que me va a matar. —Un timbrazo, ¿dos?, no, Charo descolgó inmediatamente.

—¿Se puede saber dónde estás? ¿Tú sabes qué hora es para que estés por la calle tú sola? —gritó su madre a través del minúsculo auricular.

—Mamá, perdona. Estoy ahora mismo metiendo la llave en la puerta del portal. Es que las chicas nos hemos quedado un rato de charla...

Y a Juanjo, que era una estatua pasmada al otro lado de la puerta de cristal, le dijo:

—¡Hasta mañana! Mua. Chao. —Maite enfiló la escalera a todo correr y volvió a dirigirse a su madre—. Ya estoy en casa, ya llego, ya llamo al timbre.

«¡Dios, Dios, requetediós! —pensó mientras esperaba que abrieran la puerta—. ¡A ver qué ha contado el imbécil de Róber!»

Pepe y Charo esperaban al otro lado del zaguán, con una mezcla de preocupación, de enfado y de alivio en el rostro. Los dos empezaron a sermonearla a la vez, hasta que Pepe renunció a meter baza y dejó que hablara solo la madre. La niña repitió las excusas: habían vuelto muchos amigos juntos y muy despacio, ella y unas cuantas chicas, cuyos nombres enumeró, se habían quedado hablando y no había oído el móvil porque tenía el bolso dentro del abrigo. La regañina subía y bajaba de tono sin regularidad alguna.

—No vamos a dejarte salir en una te-temporada, como no nos avises de que llegas tarde —dijo el padre.

—Perdón, perdón.

—No tienes más que quince años, no te creas que puedes ir por ahí cuando te dé la gana.

—¿Has cenado algo? —preguntó Pepe.

—No, ¿qué hay? Nos dieron un bocata en la merienda.

—La calle está llenita de peligros, y más para una chica de tu edad, ya te lo hemos explicado muchas veces.

—Sabíais que hoy no teníamos hora fija para terminar —replicó la niña.

—Hasta tu hermano ha vuelto antes que tú. Y con el frío que tiene que hacer; seguro que está helando. Anda, cámbiate y ve a la mesa, que Róber ya está cenando.

—Yo no sé si tendríamos que dejarla ir mañana a la cabalgata, con el susto que nos ha dado.

—¡Eso no, papá, de ninguna manera! ¿De dónde van a sacar ahora un paje de mi talla?

—Pu-pues después de Reyes verás lo que es bueno.

—¡Ja, ja, ja, ja, ja! ¡Esto es buenísimo, venid, venid! —se oyó de repente el trueno de la risa de Róber, que cenaba frente al televisor.

—¿Qué pasa, hijo?

—¡Yo me parto, me descojono!, ¡esto es buenísimo, buenísimo! —gritaba el chico, medio atragantándose por culpa de las carcajadas y señalando con la mano derecha hacia la tele sin soltar el tenedor. La fotografía del acusado se mostraba ahora entera en la pantalla. Charo y Pepe miraban con la boca abierta, desconcertados. Maite, que no sabía de qué iba todo aquello, sin comprender la razón del asombro de su familia miró el televisor y se limitó a decir:

—¡Anda, si es el rey Baltasar!

Capítulo 2

Como sin querer darle mucha importancia, Germán retiró el papel satinado del pequeño paquete y dejó al descubierto una caja de madera rojiza, muy pesada y oscura, cerrada con un diminuto pestillo dorado. Presionó un botoncito, una sutil protuberancia en el terso tacto de la madera, mientras Laura lo miraba con una embelesada sonrisa. La tapa de la cajita se levantó con suavidad, como recreándose en demorar la visión de su contenido, y allí apareció, para asombro del vicealcalde, el reloj más elegante que había visto en su vida. Era también, probablemente, uno de los más caros que nunca había llevado puestos: un Vacheron Constantin con caja dorada, de forma circular alrededor de la esfera pero que se tornaba casi rectangular hacia el exterior, en el enganche de la correa de cuero, y con los números y manecillas de un puro estilo clásico que daba un aire intemporal a aquella diminuta y exacta obra maestra. Dentro de la esfera, debajo y a los lados de la diminuta cruz de Malta que identificaba al exclusivo fabricante suizo, brillaban una G y una C mayúsculas, en primorosa caligrafía inglesa, formadas por un hilo de oro cobrizo que destacaba en la esfera de color marfil. Germán de Campohermoso, que alardeaba como buen político de disimular siempre sus emociones, no pudo evitar aquella vez que el asombro se reflejara en su semblante, por lo común sereno y circunspecto. Miró a la joven Laura, miró nuevamente el reloj e intentó sonreír como ella.

—Venga, pruébatelo. Tiene que combinarte genial con el traje que llevas.

Obediente, Germán sacó el reloj de la cajita, se quitó el que llevaba (un inmemorial Rolex de correa dorada que había heredado de su padre), y se puso el nuevo, dejando que Laura se lo abrochase y que el tacto de las manos de ella impulsara una corriente de excitación por todo su cuerpo.

—Te queda fantástico.

Germán asintió con sinceridad; ¿cómo no iba a sentarle bien aquella joya, pensó, que conjuntaba a las mil maravillas con su formidable presencia de *gentleman*? Un traje de Ertl & Cohn, una camisa de Corneliani, la corbata de Hermès y unos zapatos Barret como los que llevaba merecían, sin duda alguna, el complemento de un reloj así. Pero lo que no deseaba en modo alguno era sentirse en deuda con Laura, y no podía evitar la sensación de que aquella correa, que su joven amante había apretado un agujero más de lo preciso, era un cepo del que debía soltarse tan pronto como pudiera.

—Es que ha tenido que costarte un ojo de la cara, o casi los dos —protestó él—. Me apostaría lo que fuese a que vale varios meses de tu sueldo.

—Lo que me haya costado es problema mío, cabezón. Tú me has regalado a mí la mar de cosas, que, por cierto, más de alguna pelandusca ya me ha insinuado que a ver de dónde saco. Por una vez que me apetece tener un detalle contigo, no admito protestas.

—No, Laura, de verdad que no puedo aceptarlo. Además, yo estoy en el punto de mira de la prensa y de la oposición un día sí y otro también, por no hablar mi propio partido. Si a alguien se le ocurre cotillear un poco, no sé cómo podría explicar lo de este reloj.

—¡Anda, mi madre! Pues igual que lo de los pendientes de diamante que me trajiste de tu viaje a Holanda, o lo de los pañuelos de Pertegaz, o ese perfume de Clive Christian que huele tan bien y que Marisa, la de Izquierda Verde, no deja de preguntarme cuál es...

—¡Pero no es lo mismo, cariño! Tú no tienes un cargo de responsabilidad como yo. —Germán intentó comenzar a desabrocharse la correa, pero Laura le dio un manotazo cariñoso y él se detuvo, aunque insistió con sus argumentos—. No me lo voy a quedar, Laurita. Me encanta, me parece magnífico, pero no puedo llevarlo.

—¡Y yo no puedo devolverlo, así que te lo dejas puesto y te vas a tu casa con él!

Germán echó de nuevo un vistazo a la preciosa esfera con sus iniciales grabadas. La verdad es que nunca había llevado puesto un reloj tan hermoso.

—Pero, si me lo quedo, lo pago yo. A mí me vale con el detalle.

—Ni hablar de eso. Y además, ¿a ti qué más te da lo que me haya costado, so tonto, si se puede saber? Es un reloj, y la gente se regala relojes, y yo te quiero hacer un regalo del que te acuerdes para siempre, así que punto en boca. —Y como para expresar con más fuerza su orden, Laura se agarró al cuello de Germán y le dio uno de aquellos besos a la francesa que al vicealcalde le provocaban una erección de caballo en su entrepierna de sastrería de lujo.

Maldita sea, aquella forma de besar le había hecho cometer todas las locuras del mundo, incluso la de quedarse al final con el reloj, que ahora, varios meses después, no sabía si dejarse puesto bajo los grandes puños de imitación de armiño de su estúpido traje de rey mago. El caso es que la corona del reloj se le enganchaba algunas veces en una costura de la manga e iba a estar molestándole toda la tarde cuando saludase a los niños con la mano levantada desde el trono de su carroza. Pero si se lo quitaba, tampoco sabía dónde dejarlo; en un bolsillo del pantalón, que aún llevaba puesto debajo de la túnica tal como le habían recomendado como medida contra el frío, no, porque le daba miedo que se le cayera, aunque a lo mejor lo que tenía que hacer era perderlo, o arrojárselo a la niñería entre un puñado de caramelitos. Todavía ignoraba por qué había decidido no devolvérselo a Laura después de la última bronca, con la que él había dado por supuesto que su relación se iba a romper definitivamente. Seguro que el hecho de haberse quedado con el reloj lo había tomado ella como un indicio de que aún era posible que las cosas volvieran a ser como antes. Tenía que haber insistido con mucho más vigor aquella tarde de verano, y haberla obligado a ir a la tienda y devolverlo. Pero en aquella época Germán estaba todavía demasiado seducido por los encantos de la joven y hermosa progre como para ser capaz de hacerla sufrir en el grado en que llegaría a hacerlo tan solo cuatro meses más tarde. En mala hora había cedido a la impetuosa y salvaje atracción sexual que sintió por ella desde que coincidieron en un acto de la última campaña. Laura Entrambasaguas le había acusado entonces de machista, ante su burlón comentario sobre la estrategia de incluir bellezas como la suya en las listas electorales del PP, pero la indignación fingida de la joven candidata no consiguió esconder un traicionero torcimiento de los labios que reveló a Germán que la chica, a la que sacaría más de quince años, se había sentido en el fondo atraída por él, o incluso excitada. Las elecciones confirmaron el vaticinio político de Germán: el PP volvió a quedarse en la oposición, e incluso cosechó algunos votos menos que la última vez, y Laura se convirtió en concejal por los pelos, ocupando el último puesto electo de su candidatura. Sobre el vaticinio relativo al asunto carnal, pasaron todavía unos cuantos meses hasta que terminó por verificarse, pero durante aquella espera el recién nombrado vicealcalde vio, satisfecho, cómo crecían poco a poco los signos de una mutua y prohibida atracción, tanto más intensa cuanto más evidentes eran las barreras de todo tipo que se interponían entre los dos futuros amantes. Como buen cazador en ese y otros ámbitos, Germán de Campohermoso había tendido una red de trampas, de ratoneras paradójicas en las que la gracia estaba en hacer partícipe del engaño a la presa, de tal manera que fuese ella misma quien voluntariamente se introdujera en un lazo tras otro. Al principio Germán lo planteó como un mero pasatiempo con el que reírse privadamente de la oposición municipal a través de la figura de su más joven e inexperta concejala, pero el juego llegó hasta un punto en el que el trofeo parecía ofrecérsele de manera tan tierna y espontánea en cada cruce de miradas o de palabras, que la voz de la razón le gritó al insaciable depredador que aquello estaba yendo demasiado lejos y que solo podía terminar haciéndole pagar con su propia carrera e incluso con su cómodo nivel de vida. Esa última llamada agónica de su innata prudencia había sido ignorada descaradamente, y ahora era el momento, a punto de subirse al trono del rey Baltasar como si fuera un vulgar convicto llevado en carromato hacia la horca entre la muchedumbre hostil, en el que por primera vez se arrepentía de veras de haber seguido la llamada del placer antes que la voz de la prudencia. La primera noticia de su derrumbamiento le había llegado la noche anterior en forma de un mensaje de Jacinto Robles, concejal de Deportes y viejo amigo suyo, que sencillamente le urgía a conectar en ese momento, si podía, un determinado canal de televisión. Germán estaba a esas horas viendo una película en la cama, de manera que dar con la emisión de «El pozo de los deseos» no le costó más trabajo que el de pulsar el botón número 5 del mando a distancia. Atónito, descubrió que varias fotos suyas iban sucediéndose en una pantalla que servía de telón de fondo a una entrevista en la que la detestable Rosina Lequerica, mal rayo la partiera, desentrañaba en directo, para Enric Pellicer y para varios millones de morbosos espectadores, el insospechado amancebamiento que había existido durante un par de años entre el ilustrísimo señor vicealcalde de Madrid y una jovencísima concejal del principal partido de la oposición. Germán no se podía creer que aquello estuviera pasando; era un vulgar programa de cotilleos en el que nunca había aparecido ningún político; además, Laura y él habían tomado siempre infinitas precauciones para que su relación no fuera conocida más que por unas pocas personas a las que consideraban fuera de toda sospecha, ninguna de ellas relacionada con su actividad política, ni, por lo que él sabía, con los medios de comunicación, así que no entendía cómo había podido enterarse de la historia aquella maldita fulana. Lo más probable es que hubiera sido algún empleado de los hoteles que frecuentaban, o, vete tú a saber, que la misma Laurita, que cada vez lo atosigaba con más intensidad desde que él le había dicho hacía dos meses que no quería saber nada de ella, hubiese terminado yéndose de la lengua. Sintió la tentación de llamarla al móvil, pero pensó que eso era justo lo que estaría esperando ella, tanto si había tenido algo que ver con la puta condesa como si no. Pero lo peor de todo, ¡Dios, eso sí que era lo peor!, era con qué cara iba a aparecer Germán al día siguiente en su despacho del ayuntamiento y, sobre todo, en la jodida cabalgata de Reyes en la que tan calculadamente se había adueñado del codiciado puesto de

Baltasar. Mientras pensaba en ello, le sobresaltó el timbre del teléfono; claro, ahora empezaría a llamarle todo el mundo para preguntar por el chismorreo del año, o simplemente para burlarse de él. Agarró el móvil; llamaban desde el número de un jodido periodista, así que colgó sin más miramientos y conectó el desvío de llamadas. Seguro que en breve alguien daba el aviso a su exmujer, al alcalde, al presidente del partido y a la madre que los parió a todos y se montaba el escándalo político más descomunal que se recordara en el país. A partir de ese preciso momento, Germán deseó encontrarse en la otra punta del planeta, en algún sitio en el que nadie lo conociera y donde nunca hubieran oído hablar del J&B. Pero no tuvo las fuerzas ni la valentía o la cobardía suficientes para hacer un equipaje ligero, montarse en el coche, dirigirse a toda velocidad a la frontera de Badajoz y embarcarse lo antes posible en cualquier trasatlántico que saliera de Lisboa. Y así, a medida que pasaban las horas y se acumulaban las docenas de llamadas perdidas en el móvil, había ido aferrándose a la tesis de que cuanto más convincente fuera en dar la sensación de que no se había enterado de nada, más pronto se olvidaría la gente del asunto. Naturalmente, cuando llegó al ayuntamiento por la mañana, todo el mundo estaba ya informado no solo de los detalles que había contado Rosina Lequerica en la televisión, sino de varios complementos narrativos que aumentaban la verosimilitud y el morbo del relato, añadidos que, por supuesto, no se basaban más que en la imaginación de chismosos anónimos, pero que sin ninguna duda habían brotado en su práctica totalidad de los negociados, despachos y pasillos del consistorio. En cambio, Germán comprobó que todo el mundo, empezando por el chófer que le había recogido en casa, se comportaba delante de él como si no hubiera pasado nada, aunque no disimulaban alguna sonrisa más impertinente y obstinada de lo normal, ni volverse hacia los compañeros con la mano tapando la boca en cuanto Germán pasaba de largo. A algún subordinado que pareció adoptar una actitud un poco chulesca al cruzar unas palabras con él, se lo quedó mirando con gesto severo hasta que el aludido bajó los ojos intimidado y balbuceó una frase alusiva a la prevista participación del vicealcalde en la cabalgata. Después de todo, era una suerte que al ser 5 de enero más de la mitad del personal tuviera el día libre. Finalmente llegó el momento más temido de la mañana, como no podía ser de otra manera. «Don Germán, el señor alcalde —le avisó su secretaria por el teléfono cuando todavía no habían dado las diez en el reloj del viejo palacio de Correos—, que dice que suba.»

Maite Gutiérrez y otras cinco adolescentes, con el rostro tiznado de negro y luciendo una andrógina indumentaria pseudooriental, con pequeño turbante, túnica corta y amplios bombachos (al menos, había agradecido Charo, no iban marcando culete como los pajes de Melchor y Gaspar, que habían sido elegidas entre chicas algo mayores), esperaban en un gélido patio la orden para subir a la carroza, envueltas todas ellas con sus trencas a modo de capa. El tema de su conversación, y de sus risas, no podía ser otro que el de los amoríos recién desvelados entre Germán de Campohermoso y Laura Entrambasaguas. A su lado pasaron Róber, sus amigos Emilio y Ricardo, y Alfredo, el técnico municipal, quienes acababan de dar el último repaso al baldaquino que tanto se les había resistido la noche anterior y que se dirigían al pequeño edificio donde esperaba el vicealcalde.

—Bueno, esto ya está —dijo Alfredo tomando su teléfono y marcando un número—. ¡Manolo! Los negritos podemos ponernos en marcha cuando queráis. Ahora mismo le digo a Baltasar que se suba... ¡Que no, pesado, que no tenemos aquí a la concejalita maciza! A saber dónde se ha metido esa con la que está cayendo. Sí, claro, en cuanto la encontremos la mandamos con vosotros... ¡Cagüenlaleche, hay que tener jeta, Manolo! ¡Coño, que es tu superiora! A esa todavía la vemos de alcaldesa algún día. Entonces ¿qué? ¿Salimos ya? Ok. Róber, Richi, Emilio: llamad a Baltasar y que se suba, que nos han dado la orden de arrancar. Yo me pongo al volante.

Los tres chavales llamaron con los nudillos a la puerta de la salita donde Germán estaba haciendo tiempo, oculto de las miradas y chismorreos de cuantos circulaban por las inmediaciones. El semblante embadurnado de negro ayudaba al vicealcalde a ocultar un poco su desazón.

—¿Se puede? Don Germán, con permiso; que dice el señor Alfredo que ya tenemos que salir. ¿Le echamos una mano para subirse al trono?

—Muchas gracias, chicos, vamos allá —dijo Germán mirando por última vez su reloj y levantándose de la silla en la que esperaba desde hacía media hora, cuando habían terminado de disfrazarlo. Al salir al pasillo, Róber hizo acopio de osadía y se lanzó a exponerle a su majestad lo que llevaba toda la tarde preparando en su magín.

—Don Germán, antes de que salgamos, me gustaría decirle una cosa.

—Lo que quieras, chico —asintió el sorprendido vicealcalde.

—Mire, don Germán, aquí todos sabemos lo que ha pasado. La gente no habla más que de usted y de su novia, como se puede usted imaginar.

—¡Hombre, gracias por la franqueza! —replicó el político disimulando su disgusto.

—Hasta nos han dicho que a la salida del barracón había un grupito hace ya un rato con pancartas y cosas para protestar, o para silbarle, vaya usted a saber; pero no se preocupe, porque mandaron a los municipales y ya no queda nadie.

—Supongo que a esas cosas tendré que acostumbrarme en los próximos días. No os preocupéis por mí.

—Claro, don Germán —continuó Roberto—. Pero es que yo quería decirle que a mí me parece muy bien lo que usted ha hecho. Que está muy bien que cada uno se enrolle con quien mejor le parezca, y que rompa cuando le salga de los... de las narices; y que el ser de un partido, o de un equipo de fútbol o de otra religión no tendría por qué importarle un pito a nadie, digo yo. Y más si la novia de uno está tan buena como la señorita Laura, con perdón. Y que creo que esto que le digo yo, en el fondo lo piensa mucha gente; por lo menos, nosotros y algunos con los que hemos hablado. Seguro que en la tele no lo van a decir, y menos los políticos, que ya sabe usted cómo son... con perdón. Mejorando lo presente, quería decir. Pero, vaya, don Germán, que quería que supiera que nosotros estamos con usted.

Germán vio cómo los compañeros de Róber asentían. Menos mal que el betún de la cara impedía que se notase mucho la emoción que estaba experimentando en ese momento; eran las primeras palabras de apoyo que recibía desde la noche anterior, y además procedían del mismísimo corazón del pueblo, no de los chupatintas, politicastros y plumillas que solían rodearle. Si lo que ese chaval acababa de decirle era cierto, y ni por la edad ni por su extracción social parecía haber motivos para sospechar que no estaba siendo totalmente sincero, entonces aún cabía una esperanza para el futuro político de Germán de Campohermoso: ¡el pueblo, en el fondo, no censuraba su conducta, sino que incluso podía llegar a admirarlo por ella!

—Carajo, chavales, casi me habéis hecho llorar.

—¡Venga esas manos, señor vicealcalde! —dijo Róber extendiendo la suya y tomando la del rey mago en un largo y zarandeado apretón que acabó convirtiéndose en un abrazo con los tres jóvenes.

—Vamos, chicos, vamos, que nos espera la cabalgata. Esta noche seguro que tenéis unos regalos maravillosos.

Los seis pajes habían dejado ya sus trencas en el barracón y habían ocupado sus posiciones en la carroza, y Alfredo había arrancado el vehículo que iba a tirar de ella, oculto casi en su totalidad bajo un barroco decorado entre árabe y egipcio. Roberto y sus amigos ayudaron a Germán a trepar hasta el trono, enmarcado por un baldaquino de columnas salomónicas y coronado por una cúpula semiesférica, a ambos lados del cual se sentaban dos de las chicas. Cuando todo el mundo estuvo preparado, Róber le hizo a Alfredo una señal y la carroza se puso en marcha, saliendo al paseo de Coches del parque del Retiro y ocupando su posición en la grandiosa cabalgata. Miles de niños madrileños aguardaban ansiosamente el desfile para saludar a quienes, pocas horas después, iban a volar de casa en casa descargando regalos, y miles de adultos esperaban con más expectación que nunca para ver con sus propios ojos al protagonista del suceso más enjundioso de aquellas Navidades y, probablemente, de todo el año. En cuanto la carroza de Baltasar llegó al principio del recorrido, donde el público ya se podía agolpar libremente, Germán comprobó decepcionado que los ánimos recibidos por parte de los tres ayudantes de Alfredo Ramírez eran un espejismo, o como mucho una mera semilla de esperanza; pues mientras los niños pequeños le saludaban entre medrosos y frenéticos, y saltaban contentos a recoger los caramelos que Maite y los otros cinco pajes arrojaban hacia los lados de la cabalgata, muchos de los padres le gritaban con toda claridad insultos procaces y alusiones a su aventura con Laurita. ¡Cómo no les daba vergüenza decir algunas de esas cosas delante —o, más a menudo, por detrás o debajo— de los niños! Al principio, Germán empezó fingiendo que no percibía más que el alegre entusiasmo de los pequeñuelos, que por su parte parecían también ignorar las groserías de sus mayores, pero había veces en las que no podía reprimirse y lanzaba alguna mirada de indignación a quienes le soltaban las lindezas más bochornosas; aunque con la cara ennegrecida por el betún era casi imposible que se advirtiesen aquellas muecas, y cuando se notaban, ello no hacía más que incitar a los vociferantes. Ante uno de aquellos improperios no aguantó más y se encaró con una mujer entrada en años, envuelta en un grueso chaquetón de piel, que le gritaba enfurecida algo sobre si también iba a terminar esa noche abusando de los pajes.

—¡Por Dios, señora! —exclamó Germán incorporándose levemente en su trono—. ¡Que hay criaturas escuchándola!

Y añadió, dirigiéndose a las seis chicas que lo acompañaban en la carroza:

—Queridas mías, lo estáis haciendo fenomenal; seguid así y no hagáis caso a las barbaridades que dice la gente.

La mujer se quedó muda como una estatua ante el inesperado cambio de papel de Baltasar, pero solo tardó unos segundos en volver a sus enconados vituperios, arrojando con buena puntería hacia el turbante del rey negro un puñado de caramelos, que debía de haber recogido de los que tiraban las carrozas que iban por delante. Germán se tapó la cabeza con los dos brazos y sus anchísimas mangas, y, poniéndose totalmente de pie, estalló en una protesta que le salió del alma, pero de la que las cámaras de televisión que transmitían la cabalgata consiguieron grabar solamente la imagen, no el sonido:

—¡Me cago en la mar, joder! ¡El que esté libre de pecado que tire el primer puto caramelo! ¡Sean ustedes un poco respetuosos con los niños y con la fiesta, digo yo!

La queja de Germán logró reducir por un momento el ímpetu del griterío que se alzaba contra él en las inmediaciones de la carroza, salvo el de un abuelete que replicó algo así como «Y tenga usted también respeto por los niños y déjele el puesto a uno que sea menos sinvergüenza»; Germán supuso que el viejo se refería al puesto de rey mago, aunque también podía entenderse que hablaba de la vicealcaldía. Por desgracia, el efecto de la real pataleta desapareció del todo en cuanto la comitiva siguió avanzando, pues las turbas que había unos metros más adelante no habían visto ni oído nada de aquello, y esperaban ansiosas su turno para abuchear sin límites al personaje más abominable de la jornada. Cuando los insultos comenzaron de nuevo, Germán se dio por vencido y se volvió a sentar, haciendo, tras exhalar un sonoro suspiro, como si a lo alto de la carroza no llegasen más que los saludos excitados de los críos, algunos de los cuales sí que se volvían hacia sus mayores para preguntarles por la bronca que estaba recibiendo el pobre rey negro, y de la que por el contrario se habían librado tan ricamente Gaspar y Melchor. «Más de uno —pensó Germán— lo tomará como una muestra de racismo.» Impotente, el vicealcalde echó mano de su talento político natural y dibujó una sonrisa durante todo el trayecto que le quedaba a la cabalgata, saludando una y otra vez a ambos lados de la carroza como si no existieran aquellas masas airadas, sino solo los más pequeños. Por intentar verle un lado positivo a la situación, se consoló pensando que el linchamiento al que lo sometían era una de las pocas manifestaciones del sentir popular en las que parecían estar de acuerdo sin distinción los progres y los conservadores: lo mismo le insultaban señoras bien, como la que le había arrojado la metralla de azúcar, que grupos de curritos arrabaleros y de marujas chabacanas, que seguro que votaban al partido de Laura o a Izquierda Verde, en el hipotético caso de que muchos de ellos se molestaran en votar. Lo sacó de estas reflexiones medianamente positivas el ver a una de sus pajes limpiarse una lágrima, pues había recibido en el rostro el impacto de un caramelo arrojado por algún energúmeno. Para aquellas pobres chiquillas, que no tenían la menor culpa y que estarían desconcertadas por haber ido a caer justo en el centro de la furia popular, tenía que estar siendo una experiencia atroz. Germán llamó a la niña y le pidió que se sentase a los pies del baldaquino, que en su parte trasera tenía un rincón en el que se podía pasar un poco desapercibido.

—¿Cómo te llamas, preciosa?

—Sandra..., majestad —sollozó la paje bastante aturdida.

—Hola, Sandra, cariño —dijo Germán sin dejar de mirar y saludar a los niños que alzaban sus manos hacia la carroza—; supongo que sabes la razón por la que toda esta gente está comportándose así.

—Claro, majestad.

—No me llames así, mujer. Llámame Germán, que aquí estamos entre compañeros. Mira, quiero pedirte disculpas, a ti y a tus compañeras, con la mano en el corazón, por haceros estar pasando por esta penitencia... —Germán se arrepintió inmediatamente de haber usado esa palabra, pues por el gesto de la chica sospechó que era muy probable que no supiera muy bien lo que significaba—, en una tarde que tendría que ser solo de ilusión y alegría, ¿verdad, preciosa? Lo siento, lo siento muchísimo, y os ruego que me perdonéis. Podéis pensar de mí lo que os parezca, como toda esta gente que ha venido aquí a expresar libremente su opinión, aunque no nos gusten las formas en que lo están haciendo. Podéis criticarme todo lo que queráis por la noticia que tú ya sabes, y hacer chistes a mi costa, como supongo que ya circularán por ahí. —Sandra asintió inocentemente—. Claro, ya me lo figuraba —siguió Germán—.

Pero aparte de eso, te suplico a ti y a tus amigas que me perdonéis por haberos hecho pasar este mal rato. Mira, Sandra, vamos a hacer una cosa; esta noche, cuando acabe la cabalgata y os volváis a poner la ropa de personas normales —la niña esbozó una sonrisa—, quiero que una de vosotras apunte los nombres y las direcciones de todas y que me los hagáis llegar a través del señor Alfredo Ramírez, porque quiero tener un detalle con vosotras en cuanto pase todo esto. ¿Lo vais a hacer? ¿Me lo prometes? Ese sí que va a ser un regalazo del rey Baltasar, ya veréis. Venga, quédate aquí a mi lado un poquito si quieres; ya no deben de faltarnos más de quince minutos.

La niña se tranquilizó, y al cabo de un instante volvió a su puesto en la parte delantera de la carroza. Los pobres pajes estaban siendo víctimas colaterales del tremendo castigo que había impuesto a Germán el alcalde, Juan de Dios Marañón, a cuyo despacho acudió el primero en cuanto recibió su llamada esa misma mañana. Que él no iba a ser bien recibido lo captó al observar en el antedespacho el semblante retraído de las secretarias del alcalde, por lo común tan joviales con el segundo de a bordo. Germán las saludó con un lacónico «buenos días» y llamó con los nudillos; no se oyó ninguna respuesta, pero la primera secretaria le hizo un gesto con la cabeza para que entrase en el despacho sin dilación.

—Buenos días, Juande, ¿qué tal estamos? —saludó Germán.

El regidor de la ciudad no levantó la mirada del periódico extendido sobre su mesa y se mantuvo en silencio durante unos tensos segundos. Al final, por todo saludo se limitó a decir en voz baja, y todavía sin mirar hacia él:

—Dime que no es verdad.

Germán calló y, al no recibir respuesta, los ojos de Juan de Dios Marañón se clavaron por fin en los de su segundo, enmarcados por un gesto de irritación que el vicealcalde nunca le había visto.

—O sea, que es verdad.

—No es toda la verdad —replicó el otro.

—¡Coño, Germán! Y la verdad que falta por salir, ¿es todavía peor? ¿Se va a enterar todo el planeta por la tele de las cochinadas que hacíais, con pelos y señales? ¿También hay vídeos robados de la parejita feliz follando debajo de mis narices? ¿O van a venir de la tele a grabar en el ayuntamiento los sitios en los que os lo montabais a espaldas de todo el mundo? ¡Joder! Lo primero que ha hecho la presidenta del partido esta mañana ha sido llamarme para pedir tu cabeza en una ensaladera, y si no he mandado a los municipales a tu casa para que te la cortaran allí mismo ha sido porque quería saber tu versión del enredo antes de tomar alguna decisión.

Germán intentó explicarse, pero el alcalde le cortó y siguió con su rosario de amonestaciones:

—¿Tú eres consciente del daño que le has hecho a este ayuntamiento? No es solo el escándalo que se monta alrededor de tu persona con una historia tan nauseabunda. ¡Es la imagen de nuestra institución, carajo, y de nuestro partido! Pero lo más triste de todo es la forma tan miserable que has tenido de traicionar la confianza que había depositado en ti, una deslealtad como nunca en la vida había podido imaginarme. Y eso por no hablar de cómo has dejado en el aire la cantidad de proyectos en los que tú eras una pieza clave, y que ahora a ver cómo los levantamos. Mira, Germán, has tenido suerte de que estemos en Reyes y de que luego viene un fin de semana, lo que nos deja un poco de tiempo para pensar. El lunes a primera hora va a reunirse el Consejo de Dirección Nacional del partido, y por la tarde el de la Comunidad de Madrid, y en los dos casos me van a obligar a defenestrarte, lo que, por otro lado, yo creo que haría con muchísimo gusto si las reuniones fuesen hoy. Pero espero que el lunes tengas algo pensado para tranquilizar a los que claman por tu inmediata castración.

Para acentuar esta última exigencia, el alcalde dio un fuerte puñetazo en su enorme escritorio y se dejó caer sobre el respaldo del sillón.

—¡Joder, di algo!

Germán llevaba toda la noche y toda la mañana dándole vueltas a qué podía responder a una orden como esa, pero lo cierto es que bien poco se le había ocurrido. Rosina Lequerica había desvelado tantos detalles sobre la relación entre Laura y él que, aunque Germán podía escudarse en una estrategia del tipo «es su palabra contra la mía», sería imposible convencer al público de que todo era una invención, sobre todo teniendo en cuenta que la gente adoraba ese tipo de historias y que Rosina era una maestra insuperable en el arte de contarlas y hacerlas verosímiles, más cuando, como en este caso (y, por lo que se sabía, en todos los demás en los que había representado el papel de levantadora de alfombras) la historia no era solo excitante, sino verídica. El único argumento que Germán veía en su defensa era el de presentar a Laura como la responsable de todo: una arribista sofisticada que lo había atrapado a él, pobre ingenuo, en una telaraña de atracción irresistible. Pero el hecho de que los dos pertenecieran a partidos rivales privaba de casi toda credibilidad a esa historia. Por suerte, la aventura había empezado poco tiempo después de que él y su mujer se separasen, lo que podía calmar a algunos de los más intransigentes moralistas de su partido, aunque a estos incluso los divorcios les parecían una franquicia del infierno. En cambio, si el romance hubiera salido a la luz cuando Germán estaba todavía obnubilado por los muchos encantos de Laura, sobre todo por los que ella ponía de manifiesto en lo más íntimo de la lucha amorosa, habría cabido el recurso de aparentar que todo consistía en un delirio de amor casi imposible entre miembros de bandos irreconciliables, y entonces tal vez una boda relámpago con Laura, oficiada por el mismísimo alcalde Marañón en persona, lo habría podido arreglar todo, aunque después no hubieran seguido casados durante mucho tiempo. Pero aquella salida estaba ya cerrada, después de haber abandonado tan de mala manera a Laurita, quien, por lo que parecía, sí que había llegado a estar, o todavía estaba, rematadamente colada por el muy canalla de Germán. Así que a él le quedaban pocas escapatorias, salvo, quizás, la de presentarse como una víctima.

—Juande, lo siento; he sido un auténtico gilipollas. De veras que no sé cómo he podido caer en la trampa. Para mí que todo ha sido una estratagema del PP para hundirme a mí, y de paso fastidiar a nuestro partido y a tu propia imagen.

—Eso ya lo he pensado yo, y por ese motivo he convocado dentro de unos minutos al líder de la oposición municipal, para que me dé su versión de los hechos y me diga lo que piensan hacer con Laura. Por cierto, que la verdad es que yo la notaba un poco rara en los últimos plenos. ¡Carajo! ¡La que has liado, Germán, la que has liado!

—Una cosa, Juande; creo que, dada la situación, no es muy inteligente que participe en la cabalgata de esta tarde. No será difícil encontrar a otro concejal que esté dispuesto a disfrazarse.

—¡Nada de eso! Justo al contrario. Me han informado de que la gente ha comenzado a organizarse a través de internet para ir a la cabalgata y ponerte verde. Mira, por una vez creo que es bueno dejar que el populacho dé rienda suelta a sus pulsiones jacobinas, porque te tienes bien ganado el rapapolvo popular. Así que quiero verte esta noche vestido de Baltasar y montado en la carroza con toda la dignidad que tenías mientras te follabas en tu mismo despacho a Laura Entrambasaguas, pedazo de cabrón. Eso te servirá de escarmiento.

Aquella noche, cuando en nombre de todos los niños de Madrid el alcalde saludó a los tres Magos, se abstuvo de abrazarlos por primera vez en los casi seis años que llevaba cumpliendo con aquel ritual. Leyó su discurso de bienvenida, deseó que a todo el mundo le regalaran lo que se merecía y dio paso al número musical con el que terminaba la fiesta. Tan discretamente como pudo, el rey Baltasar se marchó del escenario antes que sus dos eternos compañeros, y unos pocos minutos más tarde se encontraba otra vez en el barracón del Retiro donde lo habían vestido y embadurnado, en manos de la misma maquilladora.

—¿Qué tal ha ido, don Germán? —preguntó la mujer. Ella había visto la cabalgata por la tele, pero en la retransmisión no se había hecho ninguna referencia a los problemas del vicealcalde y se habían disimulado casi por completo las protestas del público.

—Ha tenido que haber cabalgatas más tranquilas, gracias, pero al menos he conservado el disfraz intacto.

Una vez desmaquillado y sin la vestimenta regia, Germán se fue adonde lo esperaba el chófer. Levantó el antebrazo izquierdo y giró la muñeca para ver la hora, pero descubrió extrañado que no llevaba puesto el reloj. «Me lo habré dejado con el traje de Baltasar», pensó. Volvió sobre sus pasos al barracón, donde unos operarios estaban guardando ya el disfraz en unas enormes cajas de cartón. Les preguntó si habían visto un reloj de pulsera, pero le dijeron que no. Estuvieron unos minutos mirando por cada rincón del recinto donde se había montado la carroza, la cual regresó también al cabo de poco tiempo, pero el Vacheron Constantin no apareció por ningún lado. Germán repasaba una y otra vez sus propios bolsillos, intentando recordar cuándo se había quitado el reloj, aunque empezaba a sospechar que alguno de los operarios lo había encontrado al recoger el traje y se lo había guardado con sigilo. No se encontraba de humor para echarle a nadie la bronca; lo que quería era volver a su casa lo antes posible, tomarse una pastilla para dormir y que ni siquiera los camellos voladores de los auténticos Reyes Magos le molestasen durante las siguientes diez o doce horas. Ya le pediría la semana que viene al concejal responsable de la cabalgata que investigase lo que había ocurrido..., si es que para entonces él seguía teniendo abiertas las puertas del ayuntamiento. Por otro lado, perder el lujoso reloj que su examante le había regalado en el momento cumbre de su apasionamiento tampoco era una forma muy absurda de ir borrando las páginas del pasado.

—¡Venga, dejadlo! No voy a hacer esperar más al chófer. Si aparece el reloj, que me lo lleven al despacho.

—Descuide, don Germán. A lo mejor al desmontar la carroza lo encontramos en algún recoveco.

Capítulo 3

Una sonriente y vivaracha jovencita apareció en la pantalla del ordenador portátil que miraba con atención Chantal, la suegra de Rosina.

—¡Ay, cariño, qué bien, ahora sí que te veo!

—Yo la veo también a usted, señora —dijo Basema desde el monitor.

—¡Si es que inventan unas cosas! ¡Quién me iba a decir a mí cuando era chica que se podrían enseñar los regalos de Reyes por videoconferencia! Ahora vas a las cuadras, ¿no?

—Exacto, estoy entrando en ellas, ¿lo ve? Cuando quiera, puede llamar a Salva y a Tito.

—¡Ay, sí! ¡Niños, niños! —gritó doña Chantal—. Ya podéis pasar a ver los regalos de la abuela.

Los dos pequeños, de nueve y seis años, se abalanzaron en la salita.

—¿Nos han traído un ordenador? —preguntó Tito, el más pequeño.

—No, mi cielo. Lo que la abuela les ha pedido a los Reyes es muy muy grande y no lo han podido dejar en mi casa, ni lo he podido traer aquí. Os lo han dejado esta noche en La Atalaya, y me he conectado con vuestra amiguita Basema por el ordenador para que lo podáis ver como si estuvierais allí.

—¡Hola, Tito y Salva! —saludó Basema desde el portátil. Al escuchar aquella voz familiar, los niños acercaron sus cabezas a la pantalla, con Salva ocupando la mayor parte del espacio.

—¡Hola, Basema! —gritaron los niños.

—¿Qué nos han traído, qué nos han traído? —repetía Tito sin cesar.

—¡Ay, calla, *pesao*! —protestó Salva.

—Bueno, vamos a verlo —dijo la chica. Basema giró su ordenador ciento ochenta grados y dirigió el ojo de la videocámara hacia dos preciosas yeguas de color pardo casi dorado, una un poco más baja y más oscura que la otra. Basema apoyó el portátil en el borde de un comedero, ajustó la inclinación de la pantalla para que las dos yeguas se vieran lo mejor posible, y fue a ponerse a su lado, para poder acariciarlas mientras se las enseñaba a sus nuevos propietarios—. Mirad, son dos yeguas, y todavía no sabemos cómo se llamarán; los Reyes han dejado una nota diciendo que el nombre tenéis que pensarlo vosotros y ponérselo cuando vengáis a verlas. ¿A que son preciosas?

—La más alta es para mí —decretó Salva sin posibilidad de recurso.

—¡Qué morro! A mí me gusta más la grande.

—¡Pero si son igual de bonitas! —dijo Chantal—. A ti te viene mucho mejor la que es un poco más pequeña, Tito, para que no te hagas daño si te caes.

—¡Yo no me caigo! ¡Yo sé montar muy bien!

—Ya lo sé, amor, pero hasta los mejores jinetes del mundo pueden tener accidentes.

—¡Yo no!

—Lo que tú digas, cielo, pero la más pequeña es para el niño más pequeño, y la más grande para el niño más grande.

Aquel argumento por analogía debió de convencer al pequeño, que dejó de protestar por el reparto de las yeguas.

—¿Y cómo las han traído los camellos? —preguntó, cambiando de tema—. ¿Han venido volando ellas también?

—Supongo que sí, yo estaba dormida —dijo Basema.

—¿Y cuándo vamos a montarlas? —preguntó Salva.

—Cuando digan vuestros papás.

—¿No podemos ir ahora? —rogó el pequeño.

—No, Tito, chiquitín. Ahora tenemos la comida especial que

nos ha preparado Glenda. Se va a poner muy triste si no nos la comemos toda. Además, las yeguas deben de estar muy cansadas del viaje que han hecho desde Oriente con los camellos; es mejor que descansen un poco, ¿no crees?

—¡Yo la voy a llamar *Lady Gaga*! —exclamó el pequeño tras un súbito fogonazo mental.

—¡¡¡Noooo!!! —gimió su hermano—. ¡¡¡*Lady Gaga* es como yo quería llamar a la mía!!! —y empujó bruscamente a Tito fuera del encuadre del ordenador.

—¡Pero me lo he pedido yo primero! ¡*Lady Gaga* es la mía! —oyó Basema que protestaba Tito.

La discusión por el privilegio de bautizar a su yegua con el nombre de la cantante de moda se agudizó rápidamente y los empujones fueron transformándose en golpes, tirones de pelo y mordiscos, todo ello aderezado con numerosos gritos y lloros. La abuela hizo lo que pudo para separar a las dos alimañas en liza, mientras Basema intentaba también calmar a los niños en modo virtual. El alboroto hizo que Rosina y Tinín, su marido, apareciesen enseguida en la sala. Tinín, mucho menos remilgado que Chantal, agarró con fuerza por los hombros a los dos pequeños y los mantuvo a la distancia necesaria para que no llegasen el uno al otro con sus zarpazos.

—¿Se puede saber qué pasa aquí? —preguntó imponiendo su vozarrón sobre los gritos de los chavales.

—¡Que Tito me ha quitado el nombre de *Lady Gaga*!

—¡No te lo he quitado, lo he dicho yo primero!

—Pero lo había pensado yo antes.

—A ver, a ver —pidió Tinín—. ¿Qué pasa con Lady Gaga? ¿La vamos a invitar a comer, o qué?

—¡Es que Tito, como es pequeño, siempre tiene que salirse con la suya!

—¡Mentira! Tú te has quedado con la yegua más grande, que la quería yo para mí.

—Es que tú eres muy pequeño para esa yegua.

—No soy pequeño. *Brisa* es más grande. —*Brisa* era la yegua que Tito solía montar cuando iban algún fin de semana al picadero.

—¡Pero Tito es muy pequeño para *Lady Gaga*! Vosotros lo habéis dicho, ¿verdad, mamá?

—Eso no tiene nada que ver, cariño —dijo Rosina.

—¡Pues a mí me gusta *Lady Gaga*! —insistió el hermano menor.

—¿Y a ti no te da igual *Shakira* o *Beyoncé*, Salva? De verdad, hijo, que pones las cosas más difíciles... —se lamentó la madre.

—Vamos a hacer una cosa —propuso Tinín—. Uno de los dos puede pedir la yegua que quiera y el otro podrá elegir primero cómo llamar a la suya. A ver, Salva, ¿qué prefieres, elegir yegua o elegir nombre?

—¡No es justo! —protestó el mayor.

—¡Sí que es justo! —sentenció el padre—. ¡Y deja ya de fastidiar! Decídete: ¿eliges la yegua o eliges el nombre?

—¿Y por qué no me lo preguntas a mí? —inquirió Tito.

—Porque él es el mayor, y ya está.

—¡Pero es que no es justo! Él se tiene que quedar la yegua pequeña porque es más pequeño.

—Pues entonces, si tú eres el que decide cómo repartir las yeguas, Tito será el que elija nombre primero.

—Pero si Tito se queda con la yegua más grande, no se la vais a dejar.

Tinín, desesperado, miró a la abuela.

—¿Cómo son de grandes las yeguas, mamá?

—Ay, hijo, una es un poquito más pequeña que la otra, pero ninguna de las dos es muy grande. Cualquiera puede valer para cualquiera de los dos niños.

—¿A ti qué te parece, Basema? —preguntó Rosina a la muchacha, que había permanecido discretamente callada los últimos minutos al otro lado del portátil, junto a las yeguas.

—Yo creo que doña Chantal tiene razón.

—¿Lo ves, Salva? —dijo Tinín—. Tú puedes quedarte con la yegua grande o con la pequeña, no hay mucha diferencia de tamaño.

—Además —añadió Basema—, creo que la pequeña todavía

puede crecer más y a lo mejor dentro de unos meses ya son las dos iguales.

—¡Entonces yo quiero elegir el nombre! —gritó el hermano menor.

—¡No! Me ha dicho papá que decidiera yo. Tú eliges la yegua y yo elijo el nombre.

—¡Pero eres un abusón! ¡Yo también quiero elegir el nombre!

—¡Bueno, ya está bien! —terció Rosina—. Si no se acaba la discusión inmediatamente, llamamos a los Reyes Magos y decimos que se vuelvan a llevar los caballos. ¿Lo habéis entendido?

—¿Por qué no lo echamos a cara o cruz? —propuso Tito en un último intento desesperado.

—¡No! Papá me ha dicho a mí que lo decidiera.

—Venga, lo mejor es que lancemos una moneda —reconoció Tinín—. Aquí tengo una: si sale cara, Tito elige el nombre; si sale cruz, lo elige Salva. Y el que no elija el nombre, se puede quedar con la yegua que quiera.

—¡Pero me has dicho que sea yo el primero!

—Pues rectifico; es mucho más justo echarlo a cara o cruz.

—¡Jolín! No vale. Si prometes una cosa no la puedes cambiar.

—La puedo cambiar como a mí me parezca, porque para eso soy yo el padre.

—¡Entonces le voy a contar a Tito eso que no queréis que le cuente!

—¿El qué me va a contar? —inquirió el pequeño.

—¡¡¡Salva!!! —rugió Rosina—. ¡Vete ahora mismo a tu habitación y no abras la boca hasta que llegue la hora de comer! ¡Me tienes harta!

—Que no, que no digo nada, de verdad —suplicó el hermano mayor, viendo que el rumbo de la discusión se le había terminado escapando de las manos.

—¿Qué me quiere contar Salva, papá?

—Nada, hijo, nada: un castigo terrible que tenemos pensado para él como no deje de comportarse como un imbécil. Se supone que estamos en la fiesta de Reyes y que es un día para pasarlo bien, no para pelearse.

—Eso decía yo —ratificó la abuela.

—Entonces, si me porto bien, ¿puedo no irme a la habitación?

—Venga, quédate aquí —le perdonó la madre—. Pero a la primera tontería te quedas sin todos los regalos, yegua incluida.

—Vamos a echarlo a cara o cruz de una vez —dijo Tinín mostrando la moneda—. Lo repito: si sale cara, Salva elige el nombre...

—¡Lo habías dicho al revés, papá!

—Bien, al revés: si sale cara, Tito elige el nombre primero; si sale cruz, lo elige Salva. El que no elija el nombre, elige la yegua. A la una, a las dos... y a las tres. —La moneda voló y Tinín la recogió en su palma izquierda, tapándola con la derecha; abrió poco a poco las manos y mostró el resultado—. Cara. Tito, tú eliges el nombre de la yegua.

—¡*Lady Gaga*! ¡*Lady Gaga*!

—Entonces yo me quedo con la más grande.

—Muy bien —dijo Basema tomando cuidadosamente por el hocico a la potra de Salva—. ¿A que es preciosa?

—La mía es muy bonita también, ¿cuándo vamos a ir a verlas?

—¿Podemos ir esta tarde?

—No —dijo Rosina—; si salimos después de comer, cuando lleguemos será casi de noche. Mejor vamos mañana, que es sábado.

—¡Vaaale!

—Bueno, Salva, campeón —recordó Tinín—; ya solo falta que tú elijas el nombre de tu yegua. No hace falta que sea ahora mismo, puedes pensártelo hasta mañana.

—Es igual, si ya lo he pensado.

—¿Y para eso tanta discusión? —bromeó Rosina—. A ver, grandote, ¿cómo vas a llamar a tu yegua?

—¡*Lady Gaga*, también!

Ese año, la mañana de Reyes había comenzado bien tarde en casa de Charo y de Pepe. Róber y Maite habían vuelto de la cabalgata casi a la una de la noche, aunque esa vez los dos bajo el continuo control telefónico de sus padres, quienes también se habían quedado de fiesta con otras dos parejas de amigos. Perdida irremediablemente la excitación propia de la infancia ante los regalos (si bien Maite todavía esperaba cada año alguna sorpresa), todos los habitantes de la casa preferían abandonarse al sueño matutino en ese último día de las fiestas y, además, no decidían abrir los escasos paquetes hasta que todos se habían levantado y desayunado un exiguo café con leche y los restos del roscón de Reyes de la tarde anterior. No parecía haber grandes novedades: libros y camisetas para Maite, un videojuego para Roberto, algo de ropa también para los demás, frascos de colonia de los económicos...; hacía ya varios años del regalo más caro que se recordara en la casa: un juego de teléfonos móviles que había alcanzado para toda la familia gracias a no sé qué oferta; eso sin contar el portátil y la impresora multifunción de Maite, que se ganó ayudando a su madre en la tintorería el último verano. Por eso Pepe se extrañó cuando su hijo le dijo que el paquetito que quedaba era para él: un pequeño envoltorio de pocos centímetros de largo y sin forma muy definida, más bien plano y flexible.

—¿Y esto qué será? —se preguntó en voz alta al romper el papel de regalo.

—Una cosa que te merecías hace tiempo —sentenció su hijo.

Tras varias vueltas de papel (los chicos parecían haber gastado un rollo entero en envolver aquello), Pepe descubrió un reloj dorado, mucho más estiloso que los que estaba acostumbrado a ver.

—¡Caramba! ¿Y esto?

—De Róber y mío, papá —dijo Maite—. ¿Te gusta?

—Me-me encanta. Pero esto habrá sido muy ca-caro, ¿no?

—No te creas —explicó Róber—; a tanto no llegamos. Es de los puestos del mercadillo. ¿Pero a que es chulo?

—Sí que es precioso —confirmó Charo mirando por el rabillo del ojo hacia su hijo mientras examinaba el regalo que su marido estaba enseñándole.

—En esos puestos lo que venden son co-copias, ¿verdad? —calibró el padre—. Digo yo que no tienen co-cosas robadas.

—Claro que no, hombre —tranquilizó Róber—. Si les pillan con género robado les cae un puro de los gordos. Esos no se dedican más que a las falsificaciones. Las cosas robadas son bastante más caras, además; no sé de dónde íbamos a sacar nosotros la pasta.

—Pues podía haber sido una co-copia de alguna marca conocida —protestó Pepe bromeando—. Qué sé yo, un Ro-Rolex, un Seiko...

—Anda, cateto —puntualizó la madre—. Cómo se nota que no te fijas cuando vamos por las joyerías de Serrano. Esta es una marca de lo más finústica.

—«Vacheron Constantin» —leyó Pepe.

—De Suiza —aclaró Róber—, ¿no ves la banderita?

—Ajá.

—Y tendrá garantía, supongo.

—Papá, por favor, qué cosas tienes. Que es de un mantero...

—En realidad, lo único que nos ha salido un poco más caro ha sido llevarlo al joyero para que le graben tus iniciales —dijo Maite, señalando las dos elegantes letras que adornaban la esfera del reloj—: «G. C.», Gutiérrez Cordero, ¿ves?

—¡Ay, hijos, eso sí que es un detalle! Bueno, pues me lo voy a poner, a ver qué tal me queda.

—Con el pijama, la bata y los pelos sin peinar, te queda de lo más glamuroso —sentenció Charo—. Venga, todo el mundo a terminarse el roscón y a limpiar esto de papeles.

Un rato después, mientras cada uno de los hijos disfrutaba a solas de sus regalos, Maite leyendo y Róber estrenando su videojuego, Charo por fin le hizo a Pepe la pregunta que flotaba en el aire desde la apertura del último paquete, acariciando con la yema del índice la esfera del reloj que su marido aún no se había quitado.

—¿Será verdad que es de los manteros?

—Espero que sí, Charo. De todas formas, no te preocupes, que ya haré yo mis co-comprobaciones.

—No irás a preguntarle a mi hermano, ¿no?

—¡Él sí que entiende de esto! —rio Pepe—. Pero descuida; eso sería lo último que se me pasaría por la cabeza. Me juego los cafés de una semana a que él está metido en el ajo de alguna manera. No, mujer, tranquila; pre-preguntaré por ahí.

—El reloj es bonito, eso sí.

—La mar de chulo. Lo habrá elegido Maite, porque Róber ha heredado el gu-gusto de su padre.

—Y el detalle de las iniciales tiene su aquel. Por lo menos se nota que han tenido que pensar un poquito. ¿Y eso les habrá costado mucho dinero?

—Supongo que no. Por cierto, ¿tu hermano y su novia vienen por fin esta tarde?

—Vendrán a tomar café, sí. Lorenzo me dijo que primero iban a pasar por la residencia para visitar a la tía Jacinta.

—¡Pobre mujer!

Cuando la discusión entre Salva y Tito por la distribución y el bautismo de las dos yeguas pareció haberse calmado lo suficiente, Rosina se retiró a su habitación para poder hacer a solas la llamada que llevaba demorando desde la noche de «El pozo de los deseos». Al otro lado, el teléfono sonó cinco o seis veces hasta que descolgaron.

—¿Rosina? ¿Eres tú?

—Sí, Laura, querida. ¿Cómo estás?

—Bien, gracias —mintió Laura—, no te preocupes.

—¿Te han molestado mucho?

—No demasiado. De momento la gente la ha tomado más con Germán, por lo que se ve.

—De eso se trataba, ¿no?

—Sí, de eso se trataba.

—¿Qué te pareció el programa? ¿Lo viste en directo?

—Claro. No tenía otra cosa que hacer, y no iba a resistir la tentación.

—¿Y?

—Bien. A mí me parece que muy bien, ¿no? Fue todo tal como me habías dicho. Te agradezco mucho que lo plantearas de esa manera.

—Tanto Enric como yo le teníamos muchísimas ganas a ese capullo de Germán, Laura, por motivos muy diferentes, pero eso da igual. Para ninguno de los dos supuso un esfuerzo, más bien todo lo contrario. Y ya te conté que, económicamente, para mí ha sido un pelotazo.

—Prefiero no saber cuánto dinero te van a dar. Y por supuesto, no se te ocurra compartirlo conmigo.

—Eso lo hemos discutido ya. Descuida, que el programa del otro día lo facturaré yo solita. Pero insisto en que esta historia no ha hecho más que empezar y que nadie sabe cómo va a afectarte a ti en el futuro. Si yo fuera tú, no me cerraría tan tercamente a sacarle toda la tajada posible. Si la gente se emboba con vosotros, y parece que podéis ser el tema del año, estaríamos hablando de muchísimo dinero, y tu porvenir político ahora mismo está muy en el aire.

—Ya veremos, Rosina.

—No me extrañaría que mañana mismo empezaran a llamarte para alguna exclusiva.

—Ya lo hicieron ayer.

—¿Lo ves? ¿Y has dicho...?

—De momento, que no. Eso también lo habíamos dejado así, ¿no? Al principio, tú das la cara y yo me escondo.

—Sí, es mejor. Se supone que tú estás tan destrozada que no quieres aprovechar la situación, de momento.

—Destrozada...

—Y bastante revuelo tendrás en el partido. Esto es nuevo para los progres, por lo que yo sé.

—Destrozada... —gimió Laura al otro lado de la línea, y Rosina comenzó a escuchar sus sollozos.

—Ánimo, Laura. Germán es el cabrón más grande que ha conocido la historia desde Gengis Khan. Lo que ha hecho contigo es la mayor putada que se recuerda en los anales de la política, y no tiene derecho a que derrames ni una puñetera lágrima por él; ni por ti, faltaría más...

—No, si... si... —intentó hablar Laura, pero el llanto le impedía articular palabra.

—Laura, Laura. Yo conozco a Germán y a su familia desde antes de que tú nacieras. Desde hace siglos, en realidad. Y te puedo asegurar que por la mente de ese mal nacido lo único que ha pasado en todo este tiempo ha sido la idea de lo machote que iba a demostrar ser si conseguía echar unos cuantos polvos con la concejala más maciza de la oposición. Y tú te lo tendrías que tomar desde ese punto de vista, Laura. ¿Te lo has pasado bien en la cama con él durante estos dos años? ¿Has disfrutado de la vida todo ese tiempo? Pues mira, que te quiten lo *bailao*. Pero Germán no es alguien que merezca que una se pase el resto de su vida pendiente de sus camisas, y menos una como tú... ¡Si ni siquiera la pedorra de su exmujer pudo sorportalo!

—Ya, Rosina, si tienes razón.

—¡Pues entonces, joder! Y perdona que te hable así. Además, también te he dicho que tienes un cuerpo demasiado precioso como para malgastarlo en la política, y menos con tus chiquilicuatros del PP, perdona que te diga. Las progres tienen que ser feas.

—¡Es fácil decirlo siendo una condesa!

—No te creas que por eso simpatizo con el J&B. Mira la faena que acabo de hacerle al vicealcalde de Madrid, y de rebote a todo su partido. Para que luego digan que los aristócratas somos de derechas. No, Laura, tienes que ser objetiva: ¿cuántas mujeres dedicadas a la política conoces que sean realmente guapas, o que tengan un cuerpazo imponente como el que tienes tú... o como el que tengo yo, que, como bien has dicho, soy condesa, y para eso la genética, la quirúrgica y la gimnástica me han ayudado siempre? Pues no, Laura, convéncete: las mujeres que se dedican a la política son unos cardos borriqueros, ¡mira a tu alrededor! En realidad, los hombres no son mejores, lo que pasa es que hasta hace cuatro días muchas de nosotras no distinguíamos bien los encantos debidos al físico y los debidos al poder o al dinero, mientras que un hombre está genéticamente programado para notar la diferencia de un vistazo.

—¡Qué machista eres!

—Soy una aristócrata, soy una estrella de la prensa del corazón, y tengo derecho a decir lo que pienso y a pensar la verdad, no como vosotros los politicastros. ¡Venga, Laura, reconócelo! Con esa cara de miss España y esas curvas despampanantes que la naturaleza te ha dado, ¿qué has hecho tú perdiendo el tiempo en política, y más aún en el Partido Progresista? Por lo menos no te afiliaste a Izquierda Verde...

—Rosina, te suplico que no sigas por ahí. Mi vocación la he tenido siempre muy clara, y me ha costado muchísimo trabajo llegar hasta aquí. Me da un miedo terrible que esta historia vaya a terminar con mi carrera, así que voy a hacer todo lo que esté en mi mano para que no sea así. Esa ha sido la principal duda que he tenido para ponerme de acuerdo contigo, así que no me lo hagas más difícil.

—¡Vale, vale! No volveré a insistir en ello, de momento, pero estoy convencida de que no voy a ser la única en sacar el tema. ¿Te ha llamado tu jefe, por cierto?

—Sí. Por lo visto, Fernando tuvo una reunión ayer mismo con el alcalde. Los dos prefieren que tanto Germán como yo desaparezcamos un tiempo de la primera línea. Pero, según Fernando, mientras que lo de Germán puede ser casi definitivo, porque en el comité de dirección del J&B ya están pidiendo su cabeza, conmigo bastaría simplemente con esconderme un poquito de las miradas, hasta que la gente no se acuerde mucho de la historia.

—¿Qué quiere decir exactamente con eso de esconderte de las miradas?

—No me dio muchos detalles. Supongo que se refiere a que en los próximos meses no participe en muchas comisiones y actos oficiales, pero que siga con el acta de concejal y yendo a los plenos como si tal cosa.

—¡Faltaría más! Tú no has hecho nada de lo que arrepentirte. Con la cantidad de chorizos que hay en la política... Pero sabes de sobra que los enemigos de dentro son mucho más peligrosos que los de fuera, y que el asunto de Germán lo van a aprovechar algunos del PP todo lo que puedan para quedarse con tu puesto en las listas. Mientras te dediques a la política, *siempre* habrá gente que «recuerde la historia».

—Supongo que tienes razón.

—Además, en este país, cuando a alguien, y sobre todo si es mujer, le cae una mancha que tiene que ver con lo que lleva entre las piernas, hasta el más honorable se cree con derecho a pensar que todo lo ha conseguido en la cama. Así que no te extrañe que esas calumnias las empiecen a difundir algunos de tu propio partido, y más pronto que tarde.

—Ya cuento con ello, Rosina.

—Y lo que yo te recomendaría, teniendo en cuenta que eres una persona adulta y libre de ataduras, es que a partir de ahora no tuvieras el menor remordimiento en utilizar esas artes si lo estimas conveniente..., aunque con un poquito más de ojo.

—¡Pero bueno! ¿Por quién me has tomado? No me hagas arrepentirme de haberte contado tantas cosas.

—No estoy diciendo que yo crea que eres el tipo de persona que se acuesta con quien sea con tal de llegar adonde se ha propuesto. Lo que te digo es que, visto desde mi posición, sé que eso es lo más normal del mundo, y que no me parecería ni una pizca de mal que, si te sale del moño, volvieras a liarte con quien hiciera falta para aniquilar a los enemigos que te van a salir de debajo de las piedras y hasta de debajo de tu silla.

—Rosina, no voy a discutir sobre eso. Tú eres una diva de la prensa rosa y todo lo que quieras. Pero yo estoy donde estoy porque tengo unos ideales.

—Ok, me callo. Te he hecho saber lo que pienso, y eso es lo que pretendía. Y también estaba preocupada por cómo te había ido en estas primeras horas. ¿Vas a estar con tu familia, como me dijiste?

—Iré esta tarde a casa de mis padres, sí, para ver también a mis sobrinos y llevar los regalos. Mi madre me llamó ayer; se había enterado en la peluquería, la pobre. Me dijo que la gente parecía estar de mi lado, aunque no sabía si era solo porque ella estaba delante, pero que le había hecho pasar una vergüenza terrible, que cómo no la había avisado de lo de la tele y que cómo se me había ocurrido meterme en una historia así. Me aseguró que en su casa nadie iba a sacar el tema, pero me da lo mismo. En algún sitio hay que empezar a dar la cara.

—Me alegro de que se lo tomen así. En estas situaciones es muy importante no perder el apoyo de la familia.

—Gracias.

—Bueno, cielo. Pues yo voy a seguir atendiendo mis obligaciones de madre, esposa y nuera. Mi suegra les ha regalado unos caballos a los visigodos de mis hijos, y todavía sin haberlos visto ya han montado aquí la batalla de los Campos Cataláunicos.

—Que te sea leve, entonces. Oye, Rosina, muchas gracias por todo, de verdad.

—Yo soy la que tiene que darte las gracias a ti. Como se dice vulgarmente, «seguiremos en contacto». Chao, Laura.

—Chao, Rosina.

Pepe estaba terminando de recoger los platos después de la comida cuando le sobresaltó el ruido del teléfono de pared, que en ese momento tenía a menos de medio metro de su oreja.

—¡Joder, qué susto! ¡Que alguien lo coja, que yo tengo las ma-manos ocupadas!

—Ya voy yo —dijo Maite soltando la escoba con la que barría las migas del salón—. ¿Hola? ¿Quién es?

—Hola, Maite —sonó la voz de su tío Lorenzo—. ¿Qué tal se han portado los Reyes Magos?

—Muy bien, tío. Como he sido muy buena este año...

—Oye, Maite —dijo Lorenzo con una voz menos bromista que de costumbre—, ¿está mamá por ahí? Anda, dila que se ponga, por favor.

—Sí, ya se lo digo. Mamá, es el tío Lorenzo —dijo la niña pasándole el auricular a Charo con gesto de «no sé qué pasará».

—¿Loren? Hola, cariño. ¿Ha ocurrido algo?

—Mira, Charo, he llegado hace un ratito con Ailín a la residencia. Cuando han ido a buscar a la tía a su habitación, porque la habían dejado allí para la siesta, por lo visto la han encontrado muy malita.

—¡Vaya! ¿Y cómo está?

—El médico ha dicho que iban a llamar a una ambulancia para llevarla a urgencias, pero por cómo me lo ha dicho, yo me barrunto que está en las últimas. ¿Por qué no os venís Pepe y tú para acá?

—Ahora mismo salimos, Loren, claro que sí. Si ves que se la llevan al hospital, avísanos y cogemos el otro camino.

—Vale, niña, hasta ahora, un besote.

Charo colgó el teléfono y se quedó unos segundos parada, de pie. La tía Jacinta llevaba cerca de una década ingresada en la residencia de ancianos, con un alzhéimer que había borrado casi todo lo que era humano en ella, y en los últimos meses se había ido deteriorando físicamente hasta quedar reducida a un amasijo de piel y huesos que se limitaba a gemir en la cama, agitando una mano sobre el estómago. Charo estaba segura de que morir era lo mejor que podía pasarle a su tía desde hacía bastante tiempo, pero no podía evitar que la noticia de que el fin estaba tan cerca la sorprendiera en lo más profundo.

—Pepe —reaccionó por fin—; deja que los niños terminen de recoger todo esto. Hay que irse ahora mismo a la residencia.

—¿Pasa algo con la tía? —preguntó el marido desde el fregadero.

—Mi hermano dice que la han encontrado muy mal.

—¿Y no podemos ir nosotros? —preguntó Maite.

—No, no sé cuánto tiempo tendremos que estar allí, ni si van a llevarla al hospital o si la dejarán en la residencia. Mejor quedaos y terminad de limpiar la cocina. Cuando nos enteremos de algo, os llamamos.

—Pero ¿tú crees que se va a morir, mamá?

—No lo sé, cielo, pero a estas alturas es muy probable.

Capítulo 4

Charo, Lorenzo y sus parejas pasaron toda la noche en el hospital, bastantes más horas de las que esperaban para un desenlace que les dijeron que sería inminente. El organismo de Jacinta Pérez se resistía mecánicamente a abandonar el club de la materia viva, a pesar de que casi ninguno de sus órganos parecía funcionar después de casi ochenta años de humilde presencia en el mundo. Solo cuando el sol había salido ya en aquella mañana fría de principios de enero, una enfermera despertó a Charo, que se había quedado dormida en una silla al lado de la cama, y la avisó de que las constantes vitales de la anciana se habían interrumpido. Un médico llegó de inmediato y certificó la muerte de Jacinta. El personal del hospital se hizo cargo de iniciar todo el proceso fúnebre. Jacinta no tenía más familia que Charo y Lorenzo, y sus poquísimos conocidos habían ido muriendo todos antes de que el alzhéimer obligase a internarla. Para casos de duelos tan exiguos la residencia permitía que el velatorio se celebrara en sus mismas instalaciones, y allí regresaron con el cadáver. Mientras tanto, los sobrinos de la fallecida volvieron a sus casas (Lorenzo y su novia, en realidad, a la casa de Jacinta, donde vivían) para descansar y asearse un poco. Maite y Róber se habían quedado pendientes del teléfono hasta las tantas y habían dormido casi tan poco como sus padres, aunque la verdadera razón, como Charo había sospechado desde que llamó a su casa para anunciar a los chicos que seguramente pasarían la noche en el hospital, era que aquella noche ponían en la tele una emisión especial del programa favorito de su hija, «Oráculo galáctico», dedicado al misterio de los tres Reyes Magos.

De vuelta a casa, Ailín, con sus inmensas caderas morenas sobre el viejo sofá, recién salida de la ducha y envuelta en una toalla blanca, fue la que se atrevió a sacar a relucir el asunto que ella y su novio más temían.

—¿Y ahora tendremos que dejar el piso, Lorenzo?

—Habrá que hablar con el administrador. A lo mejor nos lo alquilan a buen precio.

—Yo no tendría muchas esperanzas, mi amor —suspiró Ailín cabizbaja.

—Ya veremos, mujer.

Al día siguiente, bien temprano, estaba previsto que el coche fúnebre recogiera el ataúd para transportar el cadáver de Jacinta hasta el crematorio. Los familiares de Jacinta y unos pocos amigos y vecinos aguardaban allí pacientemente desde casi antes del amanecer.

—Estos se retrasan siempre —se quejó Pepe mirando la hora en su nuevo reloj.

—¡Joder, cuñado, menudo peluco que te gastas! —comentó Lorenzo al ver el Vacheron Constantin.

—Es un regalo de los chicos, por Reyes.

—Pues tiene una pinta fantástica. Ya me dejarás echarle un ojo.

Llevaban allí casi una hora cuando en la puerta de la pequeña salita sonó una sutil llamada con los nudillos.

—Adelante —dijo Charo.

Un hombre vestido con traje oscuro, bufanda blanca y abrigo negro se asomó al velatorio.

—¿Los familiares de Jacinta Pérez?

—Sí, somos nosotros.

—Buenos días, soy Manuel Peñaranda, director de la residencia. Quería expresarles mi más sincero pésame.

—Muchas gracias, señor.

—Disculpen si, al haber sido festivos estos últimos días, había menos personal de servicio y las cosas han podido ir un poquitín más lentas de lo normal.

—No se preocupe, todo ha sido correcto.

—Me alegro. Por supuesto, ya saben que ustedes, los familiares de doña Jacinta, no tienen que hacerse cargo de ningún gasto. Les enviaré inmediatamente a una persona con los efectos personales de la fallecida.

—Muy agradecidos. Pero el coche debe de estar a punto de salir.

—Si no da tiempo ahora, pueden pasar a recogerlo cuando les venga bien, no hay problema.

Manuel Peñaranda hizo un saludo con la cabeza y desapareció de nuevo tras la puerta del velatorio. Subió a su despacho, colgó el abrigo y la bufanda en un perchero, encendió el ordenador y buscó en él los datos de Jacinta Pérez García. Había ingresado en la residencia el 14 de octubre de 2003, casi desde el principio aplicándosele la tarifa de cuidados máximos; no había sido mala clienta: el pagador era de los que no ponía problemas. Sería difícil encontrar muchos pacientes así. En un rincón de la ficha había un nombre junto a un número de teléfono. Descolgó el auricular y lo marcó.

—Don Félix, buenos días, soy Manuel Peñaranda, el director de la residencia El Rosal... Sí, ya se acuerda... ¿Qué tal vamos?... Pues lamento llamar para darles mi pésame por el fallecimiento de doña Jacinta Pérez García. Ocurrió ayer por la mañana, pero al ser en domingo yo no he podido enterarme hasta hace unos minutos; lamento no haberles dado la noticia con anterioridad... Bien, bien. Por supuesto, les enviaremos la última factura con los gastos acumulados y con eso damos por terminada esta relación... Muy bien. A su servicio, don Félix. Aprovecho para enviarle a usted y a la señora condesa mis felicitaciones de Año Nuevo; quedo a los pies de su excelencia, como siempre... No, por favor, mil gracias a ustedes.

Félix Menéndez, administrador general de los bienes de la condesa de Valmojado, sabía perfectamente lo que tenía que hacer en cuanto recibiese la noticia que acababan de darle. Llevaba más de quince años al servicio de Rosina y había recibido aquella orden de su antecesor en el puesto, que a su vez la recibió directamente de don Nicasio Lequerica de Montemayor, el abuelo de la condesa y anterior poseedor de aquel título nobiliario. Félix se levantó de su mesa, descorrió un cuadro de la pared e hizo girar varias veces el bombín de una gran caja fuerte. Apartó la mayoría de los documentos y objetos que contenía la caja hasta encontrar una diminuta pestaña cuya existencia solo conocía él (o al menos eso esperaba) y que permitía levantar el falso fondo de la caja y acceder a un pequeño hueco, todavía más secreto y seguro, ocupado tan solo por un pequeño sobre cerrado con lacre y el sello de los condes de Valmojado. Cogió el sobre, volvió a colocar todo en su sitio, cerró la caja y otra vez la ocultó detrás del cuadro. El sobre tenía la escritura del propio don Nicasio: «Para entregar al conde o condesa de Valmojado, con absoluta discreción, bien a la muerte de Jacinta Pérez García o bien veinticinco años después de mi fallecimiento, lo que suceda en fecha posterior, y siempre y cuando mi heredero sea en esa fecha mayor de edad. Nicasio Lequerica». El viejo conde había fallecido a principios de los años ochenta y su heredera tenía cuarenta y muchos, así que era el momento. Félix Menéndez no tenía la menor idea de lo que el sobre podía contener, aunque no parecían ser más que una o dos cuartillas; pero abrigaba la secreta esperanza de que fuese alguna buena noticia para el patrimonio que administraba, el cual había menguado en los últimos años considerablemente.

Todavía era un poco temprano para avisar a la condesa, que el día anterior había estado con su marido y los niños hasta la caída de la noche en la finca La Atalaya para que los pequeños pudieran tomar posesión del mejor regalo de Reyes que habían recibido ese año, y todos los anteriores, gracias a la generosidad de la abuela doña Chantal. Pero la suegra de Rosina no había considerado tal vez el desembolso que supondría el mantenimiento de esas dos yeguas, que se acumularía a los gastos disparatados de aquella propiedad perdida en las alcarrias del sureste de Madrid, tórrida en verano y gélida en invierno, en una tierra sin el menor interés paisajístico, agrícola o cinegético, salvo el de poder cazarse en ella algunas perdices en otoño... si es que Rosina y Tinín fueran aficionados a la caza, que no lo eran. Félix le había sugerido algunas veces a su señora que se desprendiera de la finca, como habían hecho bastantes años antes con el precioso palacete de Zahara de los Atunes, que tan dolorosos recuerdos le traía a la condesa. Pero, por lo visto, La Atalaya había sido el principal refugio en la vejez del abuelo Nicasio, y en ella había pasado la propia Rosina mucho tiempo en su infancia y su primera juventud, sobre todo tras la muerte de sus padres, y estaba demasiado unida a aquellas interminables extensiones resecas de margas de yeso y matas de tomillo, y a aquellas cuatro construcciones envueltas por un breve jardín como un oasis en medio de la nada, aunque tan cerca de Madrid, la inmensa Babilonia. Ella le había respondido siempre con un cortante «no pienso vender La Atalaya, Félix; antes vendo esta casa y me marcho a vivir allí», y a la tercera o cuarta contestación en términos tan ásperos, el administrador había renunciado a volver a plantear la cuestión.

Un problema que se le planteaba a Félix a la hora de entregar la misiva era aquella curiosa advertencia relativa a la «absoluta discreción» con que el mensaje o lo que fuera debía ser transmitido a la condesa. ¿Significaba eso que nadie, ni siquiera el esposo de Rosina, debía enterarse de su existencia? Don Constantino («Tinín», para los allegados y para la prensa del corazón), que era el tercer marido de la condesa pero con el que había tenido a sus dos hijos y al que más tiempo había permanecido unida, no era para Félix persona de mucho fiar: en opinión del administrador, era el principal responsable de la escandalosa disminución del patrimonio de su señora, debido sobre todo a la ruinosa sucesión de negocios fallidos e inverosímiles en los que había convencido a Rosina de ir invirtiendo su capital, pero también a algunas andanzas de su vida privada que Félix intuía, sin llegar a tener datos ciertos. Había que hacer todo lo posible, por tanto, para lograr que Rosina recibiera la carta de su abuelo cuando no estuviera en compañía de su esposo. Por otro lado, la «absoluta discreción» también podía interpretarse como referida a que el propio administrador quedaba excluido de la lectura del contenido de aquel mensaje, a pesar de haber sido él mismo y sus antecesores en el cargo los fieles depositarios de aquel secreto durante cerca de tres décadas. Tenía que conseguir que la condesa abriera el sobre en su presencia, pero no en la de su marido, aunque conseguir las dos cosas sería difícil.

Por otro lado, ¿qué misterio podía encerrarse en aquellas hojas lacradas? Los Lequerica de Montemayor se habían hecho cargo, por voluntad testamentaria del conde don Nicasio, de la manutención de Jacinta Pérez desde que esta se jubiló como ama de llaves de la familia, unos años después de la muerte del conde. Le habían dejado habitar un pisito humilde y diminuto, pero decoroso, que el propio Nicasio le había cedido en uno de los barrios obreros de la capital, y desde que Jacinta había tenido que ser ingresada por demencia irreversible, habían sufragado también la costosa residencia de ancianos donde la cuidaban. Por lo que Félix sabía, en el piso vivía también un sobrino al que no alcanzaba legalmente la generosidad dictaminada por el viejo conde, así que sería fácil obligarle a desalojar la vivienda para ponerla en venta; en realidad podían haberlo hecho ya, desde que la vieja perdió sus facultades y ya no vivía allí, pero Rosina no había querido ser tan cruel, al menos en vida de Jacinta. Aquel tipo de recompensa hacia algunos miembros del servicio doméstico por la fidelidad de toda una vida no era extraña entre los aristócratas, sobre todo en tiempos en los que estos trabajadores no estaban protegidos por la seguridad social. Pero dejar un documento tan secreto y misterioso relativo a una antigua criada, y en particular a una que había gozado de tan amplia generosidad en sus últimos años de vida, le hacía albergar sospechas de que podía tratarse de algún asunto turbio, de los que nunca habían escaseado en la genealogía de los condes de Valmojado. Estos temores contrastaban con la ilusión por encontrar en la carta algún tipo de ayuda para que Rosina afrontase en mejores condiciones la grave situación económica por la que atravesaba, aunque, en el fondo, si el sobre contenía malas noticias siempre quedaba la posibilidad de destruirlo y hacer como si nunca hubiera sido abierto, o mejor, como si nunca hubiera existido.

Félix miró su reloj y decidió que la mañana había avanzado

ya lo suficiente como para acudir a su jefa. Tomó el teléfono y marcó un solo número en el teclado. Tras dos o tres tonos, Rosina descolgó su propio móvil. Ya estaba levantada, sí, y había desayunado.

—¿Le importaría reunirse conmigo en mi despacho inmediatamente? Se trata de un asunto muy urgente, señora, y que requiere cierta reserva.

—Claro, Félix, ahora mismo voy —respondió Rosina extrañada. No tardó más de un minuto en entrar en el pequeño cuarto donde el administrador custodiaba los papeles de la condesa y desde donde gestionaba sus asuntos. Gracias a Dios, pensó el subordinado, ella se había presentado allí sin su marido—. ¿Qué es lo que ocurre? No nos habrán embargado alguna otra cosa los bancos, ¿verdad?

—Por suerte, no, señora condesa. El asunto es que hace unos minutos he recibido la llamada del director de la residencia de ancianos en la que vivía Jacinta Pérez, la vieja ama de llaves de su abuelo...

—¿Jacinta? No me diga que ha muerto ya.

—Me duele tener que decirle que sí. Falleció ayer por la mañana.

—Por la pobre Jacinta no me entristezco mucho, porque parece que lo suyo ya no era vida, ¿verdad? Así que es lo mejor que ha podido pasarle. Pero me da un poco de lástima el recordarla, con lo que me cuidó de niña. Encárguese de transmitir mi pésame a sus familiares. ¿Eso era todo, Félix?

—Aún hay más, señora condesa. Tengo que confesarle que, desde la muerte de su abuelo el conde, que Dios tenga en su gloria, tanto mi antecesor como yo mismo nos hemos visto en la obligación de guardar un secreto ante usted. Le ruego que no lo tome como una falta de lealtad hacia su persona, sino meramente como respeto a las últimas voluntades de su señor abuelo.

—¡Caramba, qué misterio! ¿Y por qué me lo dice ahora, Félix?

—Porque don Nicasio nos dejó ordenado entregarle una cosa a usted, o a sus herederos, en el momento de la muerte de Jacinta

Pérez, siempre que hubieran transcurrido al menos veinticinco años de la muerte del señor conde, que en gloria esté.

—¿Una cosa, dices? ¿Qué cosa?

—Este sobre, señora. Hasta hace unos minutos, y desde que don Nicasio firmó su último testamento, ha estado fielmente guardado en esta misma caja fuerte.

Rosina tomó el pequeño sobre y lo examinó unos segundos como si se tratara de un extraño insecto recién capturado en el jardín. Se detuvo sobre todo contemplando la impronta del sello en el lacre; hacía mucho tiempo que no veía una reproducción así de su escudo de armas. Era una pena que los correos electrónicos no pudieran lacrarse.

—¿Y se supone que lo tengo que abrir ahora mismo?

—Eehh... —dudó el administrador—. Naturalmente no se recibieron indicaciones sobre lo que usted debería hacer con el sobre una vez que lo tuviera en su poder.

—Pues entonces lo abriré luego. Si este mensaje ha estado casi treinta años descansando en la caja de caudales, podrá aguantar unas horas más en mi bolsillo. Además, me apetece sentir el contacto de un inesperado regalo de Reyes de mi abuelo. ¡Qué detalle el de Jacinta, morirse en un día así!

—Como usted quiera, señora condesa, faltaría más.

—Pues muchas gracias por su lealtad, Félix; ha sabido usted cumplir los deseos de mi abuelo con toda la santa paciencia. En aquella época yo no habría aguantado ni media semana sin abrir el sobre y ver lo que ponía, si hubiera sido usted, o su antecesor, claro; pero ahora soy más vieja y no tengo tanta prisa. Puede usted tomarse el día libre como recompensa. Les diré a Glenda y a Mansur que no cojan el teléfono si llaman del banco, ¡je, je!

Félix se había quedado pálido.

—Lo cierto es que tengo muchísimo que hacer; hay mucho papeleo atrasado por las vacaciones. Si no le importa, reservaré el día libre para otro momento en el que mis obligaciones sean menos apremiantes.

—Por supuesto, Félix, pero luego no se queje de que soy una tirana.

—Nunca diré tal cosa, y ni siquiera la pensaré, puede estar convencida de ello, señora condesa.

—Por cierto, entre las cosas que tiene que hacer, supongo que estará comprobar si ha llegado la transferencia por lo de «El pozo de los deseos».

—Ya lo he comprobado, señora. En efecto, el dinero ha sido ingresado puntualmente.

—¿Y ha sido la cantidad que prometieron?

—En su integridad.

—Pues una de las cosas que tenemos que hacer hoy son unas cuantas llamadas para seguir sacando huevos dorados de esta gallina, que esperemos que nos dure por mucho tiempo. En fin, si va a quedarse usted por aquí, le avisaré cuando haya materializado alguna cosa de estas, para los trámites de siempre. Hasta luego, Félix —se despidió Rosina cruzando la puerta mientras tamborileaba con los dedos en el sobre, que llevaba doblado en un bolsillo de la camisa.

—Señora condesa, por favor —perseveró Félix—, no olvide tampoco llamarme si considera que el mensaje que contiene el sobre es algún asunto que requiere de mis servicios. Y discúlpeme que le insista —añadió asomándose al pasillo por el que ya se alejaba Rosina—: don Nicasio hizo hincapié en la absoluta discreción con que debía tratarse el asunto, lo dice expresamente en el sobre.

—Pues claro —respondió la condesa sin mirar hacia atrás—. No pensaba enviárselo por fax a los periodistas con los que voy a hablar ahora. Al menos, no sin ver antes lo que pone.

—Mil gracias, señora —concluyó Félix viendo desaparecer a Rosina y temeroso de que, aunque la prensa no fuese a enterarse de nada por el momento, no pudiera decirse con tanta seguridad lo mismo acerca del marido de la condesa.

Sin mediar ningún tipo de ceremonia, el cadáver de Jacinta fue incinerado con más rapidez de la que esperaban sus familiares.

Al cabo de poco más de media hora, Lorenzo sujetaba en sus brazos una urna mediana que encerraba las cenizas de la anciana sirvienta.

—Las dejaremos en casa de momento —dijo—; ya tendremos tiempo de decidir qué hacer con ellas. Ahora voy a ver si aprovecho que la cosa ha terminado pronto y no se enfadan mucho en la cerrajería por haber estado fuera media mañana. ¿Mi aprendiz se viene conmigo?

—Claro que sí, tío —asintió Roberto.

—Yo también me voy enseguida para abrir la tintorería —dijo Charo—; estas fechas no son para desaprovecharlas, con la cantidad de manteles, alfombras y trajes que la gente ha ensuciado durante las fiestas.

—¿Tú sigues con el turno de tarde en tus autobuses, cuñado?

—Sí, me gusta más. De momento no creo que cambie.

—A estas horas yo ya no voy al instituto, ¿no? —intentó colar Maite.

—¿Cómo que no? —atajó Charo—. Te da tiempo perfectamente a pasar por casa, recoger la mochila y llegar antes de que acabe el recreo. Mañana te haré un justificante por las primeras horas de hoy.

—¡Jooo!

—Venga, pues todo el mundo en marcha —dijo Lorenzo—. Lo que tendremos que hacer será organizar una comida o una cena en recuerdo de la tía.

—¡Tú siempre lo celebras todo comiendo, so tragón! —apuntilló Pepe.

—Y bebiendo, cuñado, no lo olvides. Es que el trullo te enseña mejor que ningún otro sitio cuáles son las prioridades de la vida.

—Por lo menos vamos a esperar a que hayamos hecho la digestión de todas las comilonas de Navidad. Yo tengo el roscón de Reyes todavía atragantado.

—¿Cómo no lo vas a tener? —exclamó Charo—. Si en el hospital y en el velatorio no hemos comido más que los tres roscones que llevaste.

—Hija, a esas horas no encontraba otra cosa. Pero tú bien decías que estaban de rechupete.

—Y lo estaban —confirmó Ailín.

Aunque pasó casi toda la mañana planificando los pasos siguientes de su estrategia sobre el «caso Germán», como lo llamaba en su fuero interno, Rosina no se olvidó ni un instante del enigmático legado que acababa de recibir de su querido abuelo, a quien perdió siendo aún menor de edad, aunque ya para entonces hacía unos cuantos años que era huérfana de padre y madre. Cuando hubo terminado de hacer las llamadas previstas y de realizar unas cuantas anotaciones en su despacho, vio desde la ventana que su marido abandonaba el hogar en uno de sus coches. No recordaba si Tinín le había dicho que tenía que salir aquella mañana, pero supuso que se trataría de una reunión con alguno de sus socios, los mismos que, según Félix, estaban liquidando el patrimonio de los de Valmojado. Por cada batacazo financiero que habían tenido en los últimos años, Rosina había logrado rescatar económicamente a la familia gracias a una de sus espaciadas pero constantes apariciones espectaculares en la prensa del corazón y en los programas de cotilleo de la tele. Pero estaba dispuesta a terminar con aquel estilo de vida, o por lo menos a amortiguarlo, y para ello necesitaba que el «caso Germán» fuese de los más lucrativos de su extenso currículo. Y ahora, cuando había tomado la decisión de hacer que la casa de los condes de Valmojado recuperase en la medida de lo posible su pasada aureola de intelectualidad y alta cultura (quería pensar que nunca por completo perdida), llegaba de repente, sin esperárselo, un mensaje del propio Nicasio, del abuelo querido, el viejo explorador, catedrático de Historia Antigua y Medieval y director durante muchos años del Museo Arqueológico de Madrid; un mensaje que parecía enviado por el destino como señal de aprobación ante el cambio de rumbo que Rosina estaba imprimiendo al timón de su inquieta fragata.

Sacó por fin el sobre del bolsillo de su blusa, donde lo había sentido todo aquel tiempo rozándole el pecho. Alcanzó un hermoso abrecartas de jade y, sin romper el sello, desgarró la solapa del sobre. Dentro había un folio escrito por ambas caras, también del propio puño del abuelo, con su preciosa firma al final. Rosina, sola en su despacho, leyó una y otra vez el contenido del mensaje durante más de una hora.

«Mi querida Rosina, o quien quiera que sea mi heredero ya en el siglo que viene, en un milenio diferente que confío sea muy distinto al que me ha tocado transitar a mí:

»Sabes que he dedicado mi vida entera a rescatar la memoria del pasado, que en esta labor no he escatimado gastos ni esfuerzos, que siempre he procurado que mis trabajos se viesen libres de los prejuicios que cegaban a muchos de mis contemporáneos, pero que algunas de las personas que más en deuda estaban con mis sacrificios han amargado las postreras etapas de mi vida, consiguiendo apartarme casi por completo de la investigación y de la actividad pública que va ligada a ella. Debo reconocer que mi alejamiento de estas personas no ha sido totalmente involuntario: también ha contribuido a ello, como bien sabes al menos tú, Rosina, la crisis de mi fe, una fe que me alimentó enérgicamente durante toda mi juventud y madurez, pero que en mi senectud, contrariamente a muchos otros que se tornan más beatos cuanto más arrugados, he sido incapaz de sostener. Y ser un hombre sin fe, un hombre notorio por lo demás, en una sociedad cuyos cimientos mismos estaban soportados por la Iglesia católica y sus muchas instituciones adyacentes, supuso irremediablemente mi caída.

»Un resquicio de pudor ante el profundo significado de mi trayectoria personal, del honor y la sangre de mis antepasados y de las tradiciones y los hábitos que habían constituido mi propio ser desde la más tierna infancia me ha vedado la decisión de hacer públicas las razones irrebatibles por las que he pasado de ser un ardoroso paladín de la fe de mis mayores a convertirme en un proscrito ante mis antiguos correligionarios. Sin saber qué hacer con esas pruebas, fruto de mi mayor descubrimiento y, sin duda alguna, uno de los mayores hallazgos arqueológicos de todos los tiempos, he decidido que, a la vista de los cambios políticos que España está experimentando mientras mi atribulado corazón da sus últimos latidos, es mejor dejar pasar el tiempo, confiar en que dentro de algunas décadas el poder de la Iglesia católica ya no sea tan inmenso como lo ha sido a lo largo de mi existencia, y permitir que sea otra persona (¡oh, amada nieta mía, cuánto espero que realmente seas tú, desde una espléndida madurez, la que esté leyendo por vez primera esta misiva tras su largo descanso encerrada en su sobre!) quien tome la decisión de qué hacer con mi hallazgo.

»Hasta entonces, para evitar el riesgo de que algo tan preciado como peligroso pudiera caer antes de tiempo en manos inadecuadas, he dispuesto que permanezca oculto en la vivienda que he concedido de modo vitalicio a mi fiel servidora y amiga Jacinta Pérez, en una caja fuerte escondida detrás del armario de su cuarto. Transcurridos al menos veinticinco años desde mi muerte, y a la muerte de Jacinta, si ello sucediera después de aquella fecha, y, aún más, a la mayoría de edad de quien fuese mi heredero en el momento de cumplirse la condición anterior, transcurridos todos esos años, quien quiera que sea el destinatario de esta carta puede recuperar la caja fuerte y su contenido y obrar con él de la mejor manera que su prudencia y sensatez le aconsejen.

»Y ante todo, sed felices; es lo único importante.

»Nicasio Lequerica de Montemayor, VII conde de Valmojado

P. S.: Clave de la caja:
Omnem crede diem tibi diluxisse supremum;
grata superveniet quae non sperabitur hora.
Me pinguem et nitidum bene curata cute vises,
cum ridere voles, Epicuri de grege porcum.»

Capítulo 5

Desde la mesa de su amplísimo despacho, Juan de Dios Marañón, alcalde de Madrid, hizo pasar a su todavía (pero por poco tiempo) segundo de a bordo, y le ordenó sentarse en un sillón frente a su mesa.

—Supongo que con lo que hayas visto en los informativos ya te haces una idea de lo que se ha decidido en el cónclave —comenzó diciendo Marañón.

—Claro.

La primera noticia de todos los telediarios había sido, tal y como Germán se temía, la reunión del comité ejecutivo del partido Justicia y Bienestar. Aunque sus deliberaciones eran oficialmente secretas, el caso era que gran parte de lo que se expresaba y se decidía en ellas lo sabían los medios de comunicación casi antes de que ocurriera, siempre que a la dirección del partido le convinieran aquellas filtraciones. En esta ocasión era notorio que deseaban eliminar lo más rápido posible cualquier mancha en la reputación del J&B, y para ello era necesario que Germán de Campohermoso fuera defenestrado ipso facto. El comité había decidido considerar la «actuación» de Germán como una falta grave y sancionarla con seis meses de suspensión de militancia y un año de inhabilitación para desempeñar cargos públicos en representación del partido, lo que significaba que Juan de Dios Marañón se veía obligado a destituirlo como vicealcalde, aunque se había decidido que Germán pudiera permanecer como simple concejal, siempre que permaneciese callado y «con la braqueta bien subida», según la expresión literal de un compañero de partido, una palabras que Juan de Dios transmitió con sorna a su subordinado.

—Pero, exactamente, ¿cuál es la falta que dicen que he cometido?

Juan de Dios rebuscó unos papeles y leyó:

—Mira: artículo 14, apartado g...: «Son infracciones graves... actuar en el ejercicio de los cargos públicos en forma contraria a los principios y programas del partido, cuando la actuación no sea considerada como infracción muy grave». La verdad es que casi todo el debate se centró en la cuestión de si lo tuyo había sido una falta grave o una muy grave; casi nadie se molestó en considerar que pudiera ser leve...

—¿Y la posibilidad de que no fuese ni siquiera una infracción? Hasta donde yo sé, en ningún sitio dice que los «principios y programas» del Partido le prohíban a uno mantener relaciones sexuales libremente consentidas con quien le dé la gana.

—Te recuerdo que los «principios» del J&B están basados en los valores tradicionales del humanismo cristiano. Eso no te obliga a ir a misa todos los domingos y fiestas de guardar, ni siquiera te obliga a casarte por la Iglesia o a no divorciarte, aunque tenemos bastantes voces que hasta eso nos piden. Pero te obliga a no montar escándalos sexuales, a no participar desnudo en la cabalgata del orgullo gay y a no proclamar la yihad contra la Conferencia Episcopal. Son cosas que se dan por sobreentendidas.

—Bueno, y a partir de ahora, ¿qué?

—Pues lo primero es montar todo el circo de la instrucción del expediente sancionador, darte el derecho de audiencia ante el comité disciplinario, que te abstengas de montar numeritos y cuando dentro de una semana, como mucho, se haya hecho oficial la sanción que se ha cocinado esta mañana, entonces yo te cesaré como vicealcalde, si es que no lo hago antes, y estarás suspendido de militancia por un período de un año, que es el mínimo considerado por los estatutos para las faltas graves. No te creas que no me ha costado trabajo que las cosas quedaran así. Nuestros amiguitos del clan de Majadahonda pedían tu expulsión definitiva, a ver si así, de paso, yo me veía en una situación peor. En el fondo, como te puedes imaginar, la discusión se ha planteado como una nueva batalla entre marañonistas y antimarañonistas, pero de momento parece que casi ninguno de los que me apoyaban se ha cambiado al otro bando.

—Menos mal.

—Pero eso es porque muchos están a la expectativa de ver cómo me afecta todo este jaleo. Y de momento, la mejor manera de que la cosa no me vaya muy mal es mostrarme públicamente muy enfadado contigo, lo que no me costará ningún trabajo, y después esconderte en un arcón hasta que lleguen tiempos mejores para ti, si es que llegan.

—Pero podré defenderme en el procedimiento disciplinario, digo yo.

—Mira, la gente está muy cabreada; lo que yo te recomiendo es que te tragues sin protestar toda la mierda que van a echarte encima. Sobre todo, ni se te ocurra aparecer en un periódico o en la televisión concediendo entrevistas para explicar tu versión del asunto; al menos, no por ahora. —El alcalde no vio muy convencido a su compañero sobre la conveniencia de esa estrategia—. Germán, prométeme que vas a hacerlo como te digo. Esa es la única posibilidad de que dentro de algún tiempo vuelva a considerar si me conviene, o si me apetece, contar contigo en el futuro. Por ahora, nada de salir a defenderte públicamente. ¿Ha quedado claro?

—Está bien, está bien.

—En las próximas semanas, la condesa y su cuadrilla mediática, y tal vez la propia Laura incluida, van a reforzar todo lo que puedan el ataque contra ti, presentándola a ella como una víctima de la bestia masculina.

—Hombre, Juande...

—No me protestes. No digo que le hayas pegado con el cinturón ni que la hayas matado a puñaladas, válgame Dios, y ni siquiera que le hayas obligado a hacer algo que ella no haya querido. Pero, como no-sé-quién ha dicho esta mañana, la vuestra era algo así como «una situación de desequilibrio de poder». Sería fácil interpretarlo como un caso de acoso, o de abuso, o de yo qué sé qué. Y además, la has dejado tirada como una colilla, que es la excusa que más les sirve a los programas de cotilleo para hacerte pasar por el malo de la película. Ahora bien, si tú no te defiendes, la gente se irá cansando de la historia. Hasta los propios santos terminan pareciendo unos palizas cuando se los ensalza demasiado. No me extrañaría que dentro de algún tiempo, puede que no mucho, empezase a haber gente a tu favor.

—Quizás ya existan, y no sean pocos —dijo Germán, acordándose de los tres chavales que lo apoyaron el día de la cabalgata.

—Tal vez. Pero, de momento, esos no salen en la tele. Y cuanto más convincente resultes haciendo el personaje del linchado, más fácil será pasar después al papel de víctima...; por lo menos, de víctima del descuartizamiento por parte de la prensa y de la opinión pública.

—¿Pero tú crees que eso no va a manchar mi imagen para siempre?

—No te puedo garantizar al cien por cien que no. Pero el salir públicamente ahora como macho herido te inhabilitaría sin más remedio, cuenta con ello. Mira, Germán, sé que por encima de todas las cosas eres un político y estoy seguro de que podrás superarlo..., al menos en la medida en que yo lo supere también, porque si yo cayera, tú no serías más que un insignificante huevo roto a los pies de los caballos.

—Lo entiendo, jefe.

—Tengo de aquí a mañana para pensar quién te va a sustituir. Después tendremos cuatro o cinco días para el traspaso de poderes, y a partir de ahí solo quiero verte en los plenos, pero sin abrir la boca por un tiempo. Si te tomas unas largas vacaciones lo más lejos posible, mejor que mejor. Más adelante, según cómo evolucione el escándalo, puede que vaya dándote alguna responsabilidad poco a poco, una que no llame mucho la atención, para ver cómo reacciona la gente. ¿Estás de acuerdo?

—¡Qué remedio!

—¿Tu mujer y tus hijos qué han dicho, por cierto?

—Carla no quiso que fuera a su casa a darles los regalos a los niños; la entiendo. Con ellos he hablado por teléfono un poco, sobre todo con Puri, la mayor, que me parece que es la única que se ha enterado de algo. Le he dicho que si alguien le menciona el tema, que diga que Laura era una novia de papá y que lo han dejado, como ocurre en millones de casos. Creo que Puri no traga al novio de su madre y que le gustaría que lo dejaran ellos también, así que puede que me entienda. Y los progres, ¿qué comentan?

—A Fernando Moreira se le ve pletórico. Creo que ya se siente ganador en las próximas elecciones municipales. Por lo que me dijo, debe de imaginarse algo así como que la parte más conservadora de nuestro electorado nos va a abandonar porque nuestro equipo ha quedado moralmente contaminado, y que por esa misma razón los votantes dudosos van a decantarse por el PP en las próximas elecciones. También espera que recibamos un duro castigo de buena parte de nuestro electorado femenino. A mí me da la impresión de que Fernando se ha montado un serial radiofónico en su cabeza, que tiene más que ver con sus deseos que con la realidad, lo que a nosotros nos viene de puta madre. Si esto hubiera ocurrido en Estados Unidos o en un país luterano, quizás la gente reaccionase como él espera, pero en España... quita, quita; como mucho un poco de mala prensa y después, el olvido... ¡siempre que no metamos la pata desde hoy hasta las elecciones! Lo que nos hace falta ahora, por encima de todo, es no cabrear a los votantes más de lo que están.

—Que sí, Juande, que he captado el mensaje. ¿Y te dijo Fernando lo que pensaban hacer con Laura?

Juan de Dios Marañón sostuvo unos segundos la mirada de su todavía vicealcalde antes de responder con una pregunta.

—¿Por qué quieres saberlo?

—¡Juande, por Dios, te aseguro que no tengo el menor interés en la chica! Al contrario, llevo casi tres meses intentando quitármela de encima. Si llego a saber que se iba a enamorar de mí como una adolescente, te juro por la Cibeles que no habría dado ni el más mínimo paso para acercarme a ella. A mí me parecía que estaba tan claro que entre nosotros existía una barrera totalmente infranqueable, no solo política, sino de estilo de vida, de clase social, de ideología y valores...; me parecía tan claro todo eso que no se me pasó por la cabeza que la intención de Laura pudiera ser otra que la de tener una aventura excitante, pasárselo bien en la cama unas cuantas veces y si te he visto no me acuerdo. O sea, exactamente la misma intención que tenía yo. Así que lo que más deseo ahora es que se olvide de mí y que desaparezca de mi vista, si es posible.

—Pues de momento no creo que lo haga. Seguirá como hasta ahora, o sea, como un florero silencioso en el grupo municipal progresista; si acaso, un poquito más silencioso aún. Lo que vayan a hacer con ella en la política interior de su partido, comprenderás que no me lo han contado, ni yo voy a hacer nada por averiguarlo... mientras no me parezca preocupante. En fin, intentaré que en el pleno te den un escaño desde el que no puedas mirarla con facilidad.

—Es un detalle.

—Bueno, Germán, tengo un millón de cosas más en mi agenda y mucho en que pensar de aquí a mañana. Y tú tendrías que empezar a dejar recogidas las cosas de tu despacho.

—Ya he comenzado a hacerlo, Juande —anunció Germán levantándose del sillón y dirigiéndose hacia la puerta—. Alcalde, muchas gracias por cómo te lo estás tomando todo.

—¡Bah! —respondió Marañón sin levantar la vista de sus papeles.

—Quiero que sepas también que lo que más deseo en el mundo ahora mismo es que alguna vez llegues a perdonarme por mi torpeza.

—Mira, Germán, en política el perdón es algo irrelevante. Lo que importa es la confianza o la falta de confianza, y eso sube o baja como las cotizaciones de la bolsa. A ti, ahora, te está tocando perder. Lo único que te pido es que no te entre el pánico y vayas a malvender de golpe todos tus activos. Aunque ahora no valgan una mierda, consérvalos. Será la única forma de que en el futuro pueda volver a tocarte ganar.

Daniel Peñas, el sempiterno profesor de geografía e historia del Instituto de Bachillerato Enrique Godínez, iba notando un ruido cada vez más fuerte según se aproximaba a la temible clase de 4.º D. «¿Qué estarán haciendo ahora estos cafres?», se preguntaba resignado. Para su sorpresa, al entrar en el aula no halló como otras veces pendencieros cuerpos restregándose por el suelo en singular pelea, ni atarantados bailaores practicando el zapateado encima de los pupitres, ni osados artilleros arrojando andanadas de tizas hacia las trincheras del enemigo. Los treinta y tantos alumnos de la clase estaban casi todos sentados, no necesariamente en sus sitios, y el estruendo se debía nada más que a lo acalorado de su discusión.

—¡Buenos días, chicos! —saludó el profesor—. ¿Qué es eso tan ameno que os traéis entre lenguas?

No todos lo habían oído llegar, y algunos ni siquiera escucharon su voz al saludar.

—Hola, Daniel —respondieron los que estaban colocados mirando hacia la puerta del aula.

—Hola, profe.

—¡Hoooola a todos! —volvió a saludar Daniel, el Peñazo por mote notorio, subiendo varios puntos el volumen de su propia voz.

—Buenos días, profe.

—¡Ah, hola! —saludaron por fin los demás.

—¿Cuál era el tema de la discusión? Hacía mucho tiempo que no os veía debatir tan civilizadamente y sin guardas jurados vigilando. Y con esa pasión...

—Hablábamos de los Reyes Magos —dijo Sandra, una de las niñas que habían actuado como pajes de Baltasar—. ¿Me vio en la cabalgata, profe?

—Por supuesto que te vi, y a Maite también. Estabais preciosas.

—Gracias, Daniel —dijo Maite, sentada en una de las primeras filas.

—¿Y qué discutíais, a quién le han traído los mejores regalos?
—El profesor sintió crecer en su estómago el temor a que la contro-
versia que acababa de interrumpir se estuviera centrando en el tema
caliente de la semana: la aventura erótica del vicealcalde y la concejala. En previsión de que los estudiantes se negaran a cambiar de
tema, trazó en su mente en unas décimas de segundo un pequeño
argumentario sobre la libertad individual, la responsabilidad política, la libertad de prensa, el derecho al honor y otros cuantos con-
ceptos relacionados con el que poder montar, si el auditorio ponía
un poquitín de su parte, un bonito e instructivo debate. Mas, para
su sorpresa, el objeto de la discusión no tenía nada que ver con
aquello.

—¿Viste el «Oráculo galáctico» del otro día? —le preguntó un
alumno.

—Me temo que no.

—Pues hablábamos de eso.

—De lo que se decía en el programa —aclaró Sonia, una de las
que discutían en tono más vehemente.

—Ah. Y el tema eran los Reyes Magos, supongo.

—¡Premio!

—¿Y de verdad que el tema da para discutir tan acalorada-
mente?

—Claro, profe. Es que hay un montón de teorías.

—¿Teorías sobre los Reyes Magos, queréis decir?

—A ver.

—¿Y cuáles son esas teorías?

—¿Pero usted cree en los Reyes Magos? —preguntó Jorge, uno
de los alumnos más intrépidos de la clase, recostándose en su silla
hasta casi hacerla caer.

—¡A su edad...! —apostilló Carmela, que no le iba a la zaga a
su compañero en cuanto a osadía.

—Pues claro. ¿Cómo no voy a creer en los Reyes Magos, si los
Reyes Magos somos los padres y yo soy padre? —Risas en toda la
clase.

—¡Y Germán Campohermoso también es un rey mago! —gritó

Usmán, un chico senegalés, de piel oscura como el carbón—. ¡Y es igualito de negro que yo! —Risas mucho más fuertes.

«¡Que no salga ese tema, que no salga ese tema...!», rogó Daniel para sus adentros, y tuvo suerte: enseguida volvieron al asunto que más parecía excitarles aquella mañana.

—Lo que queremos decir —aclaró Carmela— es si usted cree que los Reyes Magos existieron de verdad.

El profesor se tomó unos segundos, sonriendo en silencio.

—Antes de responderos, me gustaría saber qué pensáis vosotros y qué se dijo en el «Oráculo galáctico», ese programa infame que tanto os gusta ver.

Los alumnos empezaron a mirarse los unos a los otros. Ese era el momento más delicado de cualquier intento de debate, cuando, a pesar de que era obvio que todo el mundo tenía opiniones y contraopiniones, ninguno se atrevía a ser el primero en manifestarlas. Daniel Peñas sabía con qué alumnos podía conseguir, gracias a una levísima presión, que la discusión comenzara, o en este caso recomenzara, pero prefería que fueran los chavales quienes lo hicieran espontáneamente. Aquella vez tuvo suerte.

—Yo sí creo que existieron —dijo Luismi—. Lo dice la Biblia.

—A ver, ¿y quiénes más creéis que fueron seres de carne y hueso?

Casi toda la clase levantó la mano. Carmela, Usmán y Andrea fueron los únicos que, contando el período de dudas antes de alzar los brazos, quedaron al final en la facción de los escépticos.

—Entonces, si prácticamente todos estáis de acuerdo en que los Reyes Magos fueron reales, ¿de qué discutíais? ¿O es que ibais todos contra tres?

—No —aclaró Jorge—. Lo que discutíamos era lo de la estrella.

—¡Ah, la estrella!

—Y también discutíamos si eran reyes o no —agregó Pablo.

—¿Y algo más?

—Si eran tres —dijo Sandra.

—Y si eran astrólogos —añadió Sonia.

—Y si Jesús era un extraterrestre. —Risas de nuevo.

—Bueno, bueno, vamos por partes. Empecemos por el asunto de la estrella, que parece que era lo principal. ¿Qué pensáis vosotros que era?

—¡Un ovni! —gritó Isaac, el mismo que había mencionado la cuestión de si Jesús era un ser de otro planeta.

—¿Y por qué iba a tratarse de un ovni?

—Es que es lo único que puede ser. Los Reyes Magos fueron siguiendo a la estrella, y la estrella iba de acá para allá, y se paró encima de una casa, bueno, de un portal. Las estrellas de verdad están demasiado altas como para señalar un sitio.

—Muy buena explicación, sí, señor.

—Pero podía ser un cometa —dijo Pablo—. Los cometas tienen cola y apuntan en una dirección.

—Pero en el «Oráculo» dijeron que la cola de los cometas siempre señala hacia el Sol —se defendió Isaac, apuntando con su brazo hacia los ventanales—. Bueno, en realidad el cometa señala hacia el Sol, y la cola está en dirección contraria, no sé si me explico. Si quiere lo dibujo, profe.

—Por supuesto.

Isaac salió a la pizarra y dibujó un gran círculo en cuyo interior escribió «sol». Luego añadió un pequeño punto a la derecha y varias líneas saliendo de él en dirección contraria al sol.

—La cola del cometa son partículas de hielo. El viento solar las despega del cometa. Y como el viento solar sale del sol, la cola del cometa siempre está en la otra dirección. Da igual hacia dónde se mueva el cometa. Además, los cometas van muy despacio, no se paran de golpe encima de una casa.

—Muy bien, Isaac.

El chico volvió a su mesa, enrojecido por los aplausos que le dedicaron sus compañeros.

—Así que es difícil que fuera un cometa. ¿Qué más posibilidades hay?

—Una supernova —dijo Abigaíl.

—¿Y eso qué es?

—Es una estrella que explota de repente —explicó Jorge.

—¿Es lo mismo que una nova?

Los alumnos se miraron unos a otros con cara de signo de interrogación.

—Yo creo que solo se distinguen en si brillan más o menos —sugirió Pablo.

—Creo que sí —dijo el profesor—. Bien, ¿y qué pasa con la supernova?

—Que tampoco puede ser —descartó nuevamente Isaac, agitando las manos—. Una supernova no es más que una estrella que antes no se veía y luego sí se ve, pero está siempre en el mismo sitio en el cielo, no se va moviendo, ni siquiera despacio, como los planetas o los cometas. Tampoco puede ir guiando a una caravana de camellos, ni se puede parar encima de una casa.

—Te lo tienes aprendido, ¿eh, Isaac?

—A ver si estudias igual todo lo demás.

—¡Qué gracioso!

—Venga, venga, chicos. Y si no era un cometa ni una supernova, ¿qué más podía ser?

—Una conjunción planetaria —dijo Maite.

—¿Y eso qué es exactamente?

—Pues que... —comenzó Isaac.

—Espera, deja que lo explique Maite.

—Pues consiste en que varios planetas se ponen juntos.

—¿Cómo que se ponen juntos?

—Sí. Es que los planetas no están quietos, como las estrellas.

—Pero yo las estrellas no veo que estén quietas —indicó Daniel, con cierta malicia—. En verano se ven unas y en invierno se ven otras. Y al anochecer se ven en un sitio, pero al amanecer están en otro lado.

—¡Ya, ya! —dijo Maite extendiendo las manos abiertas delante de su cara—. A ver cómo lo explico. Las estrellas no se mueven, nos movemos nosotros. En cambio, los planetas se mueven de verdad.

—Pero eso no lo sabían en tiempos de Jesús.

—Lo que quiero decir es que las estrellas forman así como dibujos. Unas estrellas forman un león, y aunque las veas en agosto o en enero, o a las doce de la noche o a las tres de la mañana, siguen haciendo el mismo dibujo.

—Solo que el dibujo estará en otro sitio —añadió Carmela.

—Exacto —dijo Maite—. Y esos dibujos son las constelaciones. Pero los planetas no, ellos se mueven. Unas veces están más cerca de una estrella, otras veces más lejos. Y cada cierto tiempo, dan una vuelta entera a las constelaciones.

—Ah, ya lo entiendo. ¿Y entonces qué decías que era una conjunción?

—Pues es cuando dos planetas, o tres, o los que sean, se juntan en el cielo. Como cada uno lleva una velocidad distinta, no se sabe cuándo se van a juntar.

—Sí que se sabe —dijo Isaac—. Es como los problemas que te ponen en Física: si un tren va a Sevilla a 500 kilómetros por hora...

—¡Hala, qué rápido! —exclamó Usmán con gesto de asombro.

—... y otro viene de Sevilla a 200 kilómetros por hora, ¿cuándo se cruzarán?

—Bueno, sí —reconoció Maite—. Claro que se puede saber cuándo van a juntarse los planetas. Los astrólogos saben a qué velocidad va cada uno, y con eso les vale. Por eso pueden hacer sus profecías. Lo que quería decir es que a veces se juntan en un sitio y otras en otro, y no tardan siempre lo mismo en volverse a juntar, y no es lo mismo que se junten dos o que se junten cuatro.

—Entonces, tal vez los Reyes Magos vieron una conjunción de planetas, o calcularon que iba a ocurrir, y dedujeron que eso señalaría el nacimiento de Jesús, ¿no?

—Exacto, profe, lo has pillado.

—Pero eso es una tontería —protestó Isaac—. Con los planetas pasa lo mismo que con los cometas y con las supernovas, que están allí arriba y tú los ves parados. Tienes que fijarte durante muchos días seguidos para verlos moverse. No van por el desierto guiando camellos, ni se quedan quietos encima de tu casa pero no en la del vecino. Ni siquiera señalan un pueblo. Si tú te vas a Barcelona, ves las mismas estrellas y los mismos planetas que aquí, no puedes decir que este planeta está señalando a Madrid y no a Barcelona.

—¿Es eso verdad? ¿Qué pensáis los demás?

—¿Y por qué van a verse igual los planetas en Barcelona que en Madrid? —preguntó Abigaíl.

—¡¡¡Porque están la hostia de lejos!!!

—Cuidado con el lenguaje, Isaac.

—Es que es verdad. Estos no han mirado a las estrellas en su vida.

—Claro que hemos mirado —respondió Abigaíl con gesto de burla—. Y nos sabemos nuestro horóscopo.

—¡Pero no eres capaz de señalarme tu signo del zodiaco en el cielo! ¿A que no? Y tampoco eres capaz de decirme si un puntito en el cielo es una estrella o es un planeta.

—A ver, ¿cuántos sabríais distinguir un planeta de una estrella? —preguntó Daniel.

—¡Los planetas son redondos! —dijo Abigaíl.

—¡Puff! —exclamó Isaac llevándose las manos a la cabeza—. Y las estrellas también, pero los dos están muy muy lejos, y desde aquí solo se ven como un puntito. Para ver los planetas redondos tienes que mirarlos con telescopio.

—¡Ah! Como yo los había visto en foto...

—¿Y cuántos sabríais identificar vuestra constelación en el firmamento?

Jorge levantó rápidamente la mano, pero la bajó en cuanto los demás le miraron.

—¡Es broma! —aclaró.

—Me lo temía: ninguno. En fin, una noche de estas, cuando ya no haga mucho frío, tendremos que organizar una sesión de astronomía. Quedamos, pues, en que una conjunción planetaria tampoco puede servir de faro para indicar una casa en particular, ¿no? Entonces, ¿qué posibilidades quedan?

—Pues que era un ovni.

—Sí, con extraterrestres conduciéndolo y todo. ¡No digas chorradas! —rio Jorge.

—Pues entonces, ¿qué? So listo.

—Pues podía ser un volcán, o un géiser, o un fuego de san Telmo, o un rebaño de luciérnagas.

—¡Anda ya! Pero eso no se ve desde Oriente; como mucho, lo ves a tres kilómetros. Y, además, no hay volcanes en Israel.

—¿Qué es el fuego de san Telmo? —preguntó Pablo.

—Jorge...

—¡Yo qué sé! Son luces que se ven en un barco.

—Claro, un barco en medio de Belén.

—Bueno, deben de ser un fenómeno eléctrico, como un rayo pequeño o algo así. Mira, eso también podía ser: rayos normales y corrientes.

La teoría de los rayos, contra la que no tenía ningún argumento demoledor a mano, pareció dejar callado a Isaac.

—En realidad lo más probable es que fuera una conjunción de planetas —insistió Maite cruzando los dos dedos índices extendidos—. La Biblia dice que los Reyes Magos habían visto una estrella, y eso debe de querer decir que eran astrólogos, y los astrólogos miran a los planetas. En aquellos tiempos se pensaba que los planetas eran estrellas como las otras, solo que se movían. Así que cuando decían que habían visto una estrella, seguramente se referían a que habían visto algo en las estrellas que pensaban que anunciaba una cosa importante.

—¿Y los movimientos de la estrella de un lado para otro, señalando el camino y la casa?

—Eso es lo que explicaron el otro día en el «Oráculo». El que escribió el Evangelio no entendía ni patata de astrología. A él le habían dicho que los Reyes Magos habían visto una estrella que les anunciaba que iba a nacer Jesús, y él se imaginó que la estrella se iba moviendo de un sitio para otro. Pero eso era porque no sabía cómo se mueven los planetas en realidad.

—Pero ¿cómo va a escribir la Biblia uno tan ignorante? —preguntó Abigaíl llevándose las manos a la cabeza.

—No lo va a saber todo.

—Pero Dios no escogería a uno así para escribir la Biblia. No le dejaría poner mentiras.

—¿Y si Dios no ha tenido nada que ver?

—¡¡¡Pero si es la Biblia!!! ¿Cómo no va a tener que ver?

—Bueno, chicos, vamos por partes; sigamos con el tema de la estrella. Luego discutiremos un poquito sobre quién escribió o dejó de escribir la Biblia. Maite, ¿qué más dijeron en el «Oráculo»?

—No me acuerdo bien de todo. Era muy complicado. Lo que sí recuerdo es que había una conjunción de Júpiter, Saturno y Mercurio justo delante de la salida del sol, y eso significaba el nacimiento de un rey. Y también era en una constelación que representaba al pueblo de Israel, o algo así.

—Y además —agregó Lucía— coincidía con el comienzo de la era de Piscis.

—¿Y eso qué quiere decir?

—Pues que las constelaciones no están quietas del todo, sino que van girando poco a poco con respecto al Sol, o que el Sol cada año se retrasa un poquito, y entonces la primavera empieza cuando el Sol está en una constelación distinta. La era de Piscis significa que la primavera empieza cuando el Sol entra en esa constelación. Pero el Sol tarda dos mil años en pasar de una constelación a otra, o sea, veinticuatro mil años en dar la vuelta completa a los doce signos del zodiaco. Piscis representa el cristianismo, porque los peces eran el símbolo de los cristianos.

—Así que los Reyes Magos eran astrólogos que adivinaron, estudiando las estrellas, que iba a nacer el rey de una nueva religión —sentenció Maite.

—¿Y no eran reyes?

—¡Claro que no!

—Pues si la Biblia dice que eran reyes, serían reyes, ¿no? —protestó Abigaíl.

—Es que en realidad la Biblia dice que eran magos, pero no que fueran reyes —aclaró Daniel.

—¿Ah, sí? —se extrañó la chica.

—Eso también lo contaron en el «Oráculo» —dijo Isaac.

—Y tampoco dice que fueran tres. Dice que le hicieron tres regalos, pero podían ser dos o catorce magos, vete tú a saber.

—Ni tampoco dice cómo se llamaban. Lo de que eran tres reyes y que se llamaban Melchor, Gaspar y Baltasar se inventó muchos siglos después —añadió Pablo.

—¡Pues vaya! —exclamó Abigaíl decepcionada.

—Y a lo mejor todos eran negros —sugirió Usmán provocando fuertes carcajadas en toda la clase.

—¿Y tú qué piensas, profe?

—¿Qué pienso de qué?

—Pues de los Reyes, de la estrella, de todo.

—Yo estoy con Andrea, Carmela y Usmán.

—¡Bieeeen! —coreó la minoría.

—Me lo imaginaba —se lamentó Isaac—; el profe siempre haciendo de aguafiestas.

—Pero, antes de explicar mis razones, me gustaría saber las de vosotros tres. A ver, Andrea, tú misma.

—Bah; porque la religión es una chorrada.

—¡Tú sí que no dices más que chorradas! —protestó Lucía.

—Todo eso no son más que historietas para tener engañada a la gente —continuó Andrea—. Igual que engañan a los niños pequeños diciéndoles que los que traen los regalos son los Reyes Magos, a los mayores también les toman el pelo con la historia de Jesús, de la estrella y de todas esas bobadas.

—¡No te consiento que digas que eso son bobadas! —siguió quejándose Lucía—. ¡Tú no tienes ni idea sobre religión ni sobre nada!

—¡Pues anda que tú! —respondió la joven escéptica.

—¡Calma, calma! ¿Y tú, Carmela, qué opinas?

—Yo, lo mismo que Andrea.

—¿Y tú, Usmán?

El estudiante senegalés se estiró en la silla y colocó sus manos detrás de la cabeza antes de responder.

—Como Jesús no es Dios, no tiene sentido que fuesen a adorarle como si fuera Dios. Eso es un cuento que se han inventado para hacer que Jesús parezca más importante de lo que es.

—¡Tú dices eso porque eres musulmán! —proclamó Lucía.

—Claro —asintió Usmán—. Y mi religión no dice tantas tonterías como la cristiana.

—¡Profe, no le deje que se meta con nosotros! —exigió la chica.

—Aquí estamos cada uno dando nuestra opinión; mientras no haya violencia ni insultos, no pasa nada.

—Pues le falta a usted explicar por qué no cree en los Reyes Magos —recordó Jorge.

—Está bien —concedió Daniel—. La principal razón es que los Magos aparecen solo en el Evangelio de Mateo. Ninguno de los otros tres evangelios (o sea, las biografías de Jesús) que contiene la Biblia, ni de los demás evangelios que se conocen y que no fueron incluidos en la Biblia, menciona a los Magos. Bueno, salvo uno, que yo sepa, el Evangelio de Santiago.

—¿Es que hay más evangelios? —preguntó Abigaíl.

—Sí, unos cuantos más, que se conozcan, y seguramente algunos otros de los que no nos ha llegado ninguna noticia.

—¿Y por qué en la Biblia no hay más que unos pocos? ¿Los otros cuentan lo mismo?

—Supongo que los líderes cristianos de los primeros siglos seleccionaron los que más les gustaban, los que eran más coherentes con lo que ellos creían sobre Jesús. De los demás evangelios conocidos, algunos dicen cosas muy parecidas a los de la Biblia y otros dicen cosas muy diferentes. Pero lo más importante para nuestra discusión es que incluso los cuatro evangelios bíblicos, los de Mateo, Marcos, Lucas y Juan, dicen algunas cosas bastante distintas entre sí.

—¿Cómo puede ser eso?

—Fijaos en la historia de la Navidad. Dos de los evangelios, el de Marcos, que es el más antiguo de los cuatro, escrito unos treinta o cuarenta años después de la muerte de Jesús, y el de Juan, que es el más reciente, entre setenta y ochenta años después, no dicen absolutamente nada sobre el nacimiento y la infancia de Cristo. Nada de nada. Sencillamente, esos evangelistas no consideraban que aquello tuviese ni la más mínima importancia. Pero la historia de los

Magos, que resulta que solo la cuenta el Evangelio de Mateo, es francamente espectacular; y sobre todo, si hubiera sido cierto que el rey Herodes (que ese sí que era un rey, y está demostrado fuera de toda duda que existió) ordenó matar a todos los niños pequeños nacidos en Belén cuando los Reyes Magos no cumplieron su trato y no volvieron para explicarle cómo encontrar a Jesús; si hubiera sido verdad todo eso, digo, ¿cómo va a olvidarse la gente de una cosa tan terrible y cómo van a dejar los otros tres evangelistas de incluirlo en sus propias biografías de Jesús?

—Es verdad —comentó Pablo bajando y subiendo la cabeza—. El tío Herodes ese sí que era un asesino.

—Y de los grandes —siguió Daniel—. Pocos años antes de morir, ordenó matar a varios de sus propios hijos (que tenía muchos, pues también tenía varias mujeres), porque creía que estaban conspirando contra él, lo que por otro lado habría sido bastante probable. Pero la vida de Herodes está contada por otros historiadores, que no le describen precisamente como a una hermanita de la caridad, y en ningún sitio se cuenta que ordenase una matanza de bebés, lo cual, si hubiera ocurrido realmente, les habría venido muy bien a esos historiadores para poner verde al pobre Herodes todavía un poco más.

—Pero eso no significa que no existieran los Reyes Magos, solo que lo de la matanza de los inocentes debe de ser una exageración.

—En todo caso, el hecho de que la visita de los Magos a Jesús, María y José no se mencione en ninguno de los otros evangelios es una razón muy poderosa para pensar que no sucedió. Sobre todo, el hecho de que no se mencione en el otro evangelio en el que sí se cuenta algo sobre el nacimiento de Jesús: el Evangelio de Lucas. Curiosamente, es en este otro evangelio donde se dice que José y María tuvieron que alojarse en un pesebre porque no encontraron posada...

—¡Claro, como era Navidad era temporada alta y estaba todo lleno! —bromeó Jorge.

—... Y también es ahí donde se cuenta que un ángel fue a avisar a los pastores de que había nacido el Salvador. Pero, en cambio, no se hace ni una sola mención a los Magos, ni a la estrella, ni a la matanza de niños inocentes, ni a la huida de María y José a Egipto para evitar esa matanza. Y lo más curioso: en el Evangelio de Mateo no se mencionan para nada los problemas de alojamiento de José y María en Belén, ni el nacimiento en un pesebre, ni los coros de ángeles anunciándolo, ni las oleadas de pastores adorando al niño. Es más, Mateo dice explícitamente que los Reyes fueron a visitar a María y a José ¡a su casa en Belén!, no a una posada o un establo. O sea, que los padres de Jesús vivían ya en Belén, no «fueron» a Belén. Y lo más divertido: los dos evangelios nos dan la genealogía de Jesús (curiosamente, a través de José, cuando por otro lado se supone que no era su padre verdadero), pero las dos listas de antepasados no es que sean diferentes, ¡es que no coinciden en ningún nombre, salvo en el de José!; ¡ni siquiera dan el mismo abuelo! Solo coinciden, obviamente, cuando se llega a los patriarcas (quiero decir Abraham, Noé, Adán, etcétera), porque esos nombres aparecen en el Antiguo Testamento y los han copiado de ahí, pero incluso en ese caso contienen discrepancias. Así que tenemos dos relatos sobre el nacimiento de Jesús, ¡y los dos relatos no se parecen en nada! Nada de lo que se cuenta en uno aparece en el otro. Salvo una cosa, curiosamente, y eso es lo que los hace más sospechosos.

—¿Qué cosa? —preguntó Abigaíl con gesto enojado.

—Que los dos dicen que Jesús nació en Belén, que es una ciudad de Judea, en el sur de Israel, aunque la mayor parte de su vida transcurrió en Nazaret, que era un pueblucho de Galilea, justo en el norte.

—¿Y por qué dices que eso es curioso?

—Porque en los evangelios se intenta demostrar que Jesús era el Mesías anunciado por los profetas judíos, y para ello procuran encajar cada uno de los hechos de la vida de Jesús con alguna de las supuestas predicciones del Antiguo Testamento sobre el Mesías. Y resulta que una de esas predicciones era que el Mesías iba a nacer en Belén, que era la ciudad natal del antiguo rey David.

—Pero Jesús no es el Mesías —declaró Usmán.

—¿Y tú qué sabes? —le increpó de nuevo Abigaíl.

—Si tú ni siquiera sabes lo que es un «mesías».

—¡Claro que lo sé, un mesías es un dios!

—Bueno, eso daría para otra discusión —continuó Daniel—. Pero, por resumir, cuando en la religión judía se hablaba de un «mesías» (que literalmente significa «ungido», o sea, «untado con aceite», y es lo mismo que significa en griego la palabra «cristo»), ellos pensaban más bien en una especie de general victorioso que se enfrentaría en una batalla a las fuerzas mundiales del mal, al estilo de la batalla final de *El señor de los anillos*, y que instauraría un reino de paz y de justicia.

—¡O de justicia y bienestar! —sugirió Sandra para regocijo de todos.

—En todo caso, los judíos pensaban en un guerrero, un caudillo militar. Pero los primeros cristianos se empeñaron en reinterpretar todas las alusiones que pudieron hallar al Mesías en el Antiguo Testamento (incluso aquellas que no está claro sobre qué hablan) como si se refiriesen a Jesús. Eso dio lugar a varias consecuencias graciosas. Por ejemplo, en algún pasaje las Escrituras se decía que el Mesías nacería de una muchacha (¡claro, no va a nacer de un muchacho!), y eso quiere decir que su madre sería una mujer joven; pero en la traducción de la Biblia hebrea al griego, que era la versión que conocían los autores de los evangelios (que están escritos en griego, no en hebreo), la palabra hebrea «muchacha» se había traducido como *párthenos*, que en griego significa «chica joven», pero también significa «virgen», y entonces los evangelistas interpretaron que el Mesías tenía que nacer de una virgen, y fijaos la que se lio a cuenta de una mala traducción. Aunque, en realidad, de muchos de los dioses antiguos también se decía que habían nacido de una madre virgen. Pero, en fin, volviendo al tema, otra de esas alusiones al Mesías en el Antiguo Testamento era una que decía que iba a nacer en Belén (imaginaos que fuera en Sevilla), pero todos sabían que Jesús venía de Galilea (imaginaos que fuese una pequeña aldea de Lugo, de modo que Jesús fuera famoso entre otras cosas por tener un acento gallego muy cerrado). La gente diría: «¡Pero si este tipo es gallego!, ¿cómo nos cuentas la trola de que es sevillano de pura cepa?». Ante esta situación, lo más probable es que Mateo y Lucas, o quienes quiera que fuesen los autores de esos dos evangelios, se inventaran cada uno de ellos una trama para explicar cómo era posible eso de un gallego sevillano, o sea, un galileo nacido en Belén. Y naturalmente, como cada uno se la inventó sin saber lo que se estaba inventando el otro, las dos historias no se parecen en nada, más que en lo que se tenían que parecer: que en los dos casos el nacimiento sucede en Belén. Es como si Jorge y Luismi hubieran planeado engañarme diciendo que ayer no pudieron venir a clase porque tuvieron que ir a visitar a alguien al hospital, pero no se hubieran tomado la molestia de ponerse de acuerdo en los detalles, y entonces, cuando yo, con mi famosa perspicacia, los interrogase por separado a los dos, cada uno me contaría una historia completamente distinta: ni el amigo al que habían ido a ver sería el mismo, ni tendría la misma enfermedad en las dos historias y ni siquiera estaría en el mismo hospital. Aunque, para ser justos, lo más probable es que no fueran los propios autores de esos evangelios quienes se inventaran los dos relatos tan diferentes y tan contradictorios sobre el nacimiento de Jesús, sino que cada uno recogiera historias que iba contando la gente y que para entonces ya no se sabía ni siquiera quién había inventado.

—En el islam no tenemos esos problemas —se ufanó Usmán cruzando las palmas de las manos por detrás de la nuca—. Todo el Corán lo recitó Mahoma palabra por palabra tal como se lo había dictado a él el arcángel Gabriel. No tuvo que ir preguntándoselo a la gente.

—Pero eso no significa que lo que dice el Corán sea verdad —protestó Carmela—. Mahoma también se pudo inventar montones de cosas, como esos Lucas y Mateo.

—Es cierto que el Corán se escribió en un período de tiempo mucho más breve que la Biblia —dijo Daniel—, pero, mientras que los estudiosos occidentales llevan dos siglos analizando la Biblia mediante el método científico, en el islam todavía no se ha hecho algo parecido con el Corán. En cualquier caso, el Corán también

113

contiene muchas contradicciones internas. Ya hablaremos otro día de ello.

—¿Y qué pasa entonces con los Reyes Magos? —preguntó Maite.

—Pues ¿qué va a pasar? Que está muy bien que nos sigan trayendo regalos todos los 6 de enero. Nosotros sabemos que los Reyes Magos ni existen ahora ni existieron jamás... Pero lo que hace falta es que ellos no se enteren.

Capítulo 6

Rosina tardó varios días en decidir qué hacer con el mensaje de su abuelo. Cuando lo recibió, pasó casi todo el día con la carta en el bolsillo de la camisa, acariciándola de cuando en cuando a través de la suave tela, encerrándose a veces en algún cuarto para poder volver a leerla a solas, y guardándola por fin en la pequeña caja de documentos de su despacho, de la que solo ella tenía llave. Para desesperación de Félix, la condesa no dio la menor señal de querer comentar el asunto con él, aunque, por lo poco que pudo enterarse, tampoco parecía que lo hubiera hecho con nadie más en aquellos primeros días, pero ¿quién podía saberlo? Entretanto, Rosina había tenido una vertiginosa actividad relacionada con el «caso Germán»; había vuelto a salir en «El pozo de los deseos» y había concedido varias interviús a revistas especializadas en historias escandalosas. Las primeras semanas del año iban a reportarle unos ingresos considerables. En realidad, esta nueva tanda de declaraciones estaba siendo mucho más rentable que la primera, en parte porque tras las primeras revelaciones el público tenía un deseo de información mucho más específico, y en parte porque Rosina estaba revelando ahora los detalles más morbosos de la historia, detalles que, al contrario que en la primera entrevista, cuando casi toda la información que había desvelado la condesa procedía de las confidencias personales de Laura, se basaban ahora también en las fuentes que la habían llevado originariamente a conocer la existencia de aquel enredo, así como en otros testimonios que había logrado ir averiguando a partir de ahí. Al principio, una de las cosas que más había suscitado la ira de la gente contra Germán era saber que muchos de sus apasionados encuentros amorosos habían tenido lugar en el mismísimo despacho del vicealcalde. Rosina los había descrito como si fueran poco menos que violaciones o abusos descarados, que habrían aprovechado el miedo de Laura a ser descubierta en aquella tesitura tan apurada para mantenerla, según esta versión, en un forzado silencio, mientras el libidinoso vicealcalde perpetraba el impúdico ayuntamiento con la cohibida concejala. Rosina no había conseguido demostrar, y conociendo la inteligencia de Germán era improbable que pudiera achacársele algo así, que este se hubiera aprovechado de otros recursos públicos, además del sigilo de su propio despacho, para mantener la relación con Laura. Como máximo, tal vez se le podría censurar por haber incluido a Laura entre el grupo de los ediles que le habían acompañado en tres o cuatro viajes oficiales, pero las listas de quienes participaban en esos viajes eran siempre pactadas entre todos los partidos, así que, si el PP había aceptado enviar a Laura, no había nada que reprochar, y lo que luego sucediera en la intimidad de las habitaciones (pagadas entre todos los contribuyentes, eso sí) concernía solo a sus ocupantes. Pero los encuentros que mantuvieron en pequeños hoteles más discretos, al margen de la actividad política de ambos, y en general lejos de Madrid, no les constaba a Laura ni a Rosina que hubieran sido pagados a costa de los presupuestos municipales. Lo que Laura ignoraba, y en cambio Rosina había logrado averiguar gracias a personas relacionadas con aquellos hotelitos de lujo, a las que había garantizado el más profundo anonimato a cambio de sus confidencias (además de una buena propina), era que Germán, antes y después, pero muy en especial durante el tiempo de su relación con Laura, había visitado sin interrupción aquellos discretísimos establecimientos con otras acompañantes femeninas. Devaneos como aquellos eran los que habían motivado la petición de divorcio de su mujer algunos años antes, y daba la impresión de que, liberado del yugo matrimonial y recuperada otra vez la soltería, el vicealcalde se había prodigado en ellos. Pero el dato sobre el que más quisieron insistir los periodistas que entrevistaban a Rosina, y el que ella misma les puso encantada delante de las narices, era el del número de amantes que tuvo Germán mientras duraba su relación con Laura Entrambasaguas.

—Si no me salen mal las cuentas —dijo Enric Pellicer tomando alternativamente las puntas de los dedos de una mano con el índice y el pulgar de la otra—, serían al menos cinco. Ciiiiinco... y me voy a abstener de hacer ningún chiste fácil. Eso solo contando las conocidas. —Rosina iba asintiendo a todo—. Y hablamos de un período ¿de...? Dos años y dos meses, ¿cieeeerto?, que fue el tiempo que transcurrió entre el primer y el último polvo, con perdón, entre los dos políticos.

—Exactamente —corroboró la condesa.

—¡Madre mía, madre mía! ¿Pero este hombre qué es? ¿Un sátiro insaciable? No quiero imaginarme en manos de quién estamos los honrados contribuyentes. ¡Cinco, y con Laura seis! ¡Santo Dios!

Aquellas nuevas revelaciones sobre el «caso Germán» no ayudaron a que el comité de disciplina y garantías del partido Justicia y Bienestar fuera benevolente con el acusado. Con las últimas declaraciones de Rosina quemando en la boca de todo el mundo y tras la comparecencia de un cabizbajo exvicealcalde, pues había sido cesado en su cargo esa misma mañana, el comité acordó por unanimidad aumentar la sanción pactada anteriormente, que pasó de seis meses de suspensión a un año y medio. Juan de Dios Marañón, en cambio, se mantuvo en su postura de no forzar a Germán para que renunciase al escaño de concejal y de no expulsarlo del grupo jotabista del ayuntamiento, y ello a pesar de las crecientes amenazas de algunas personalidades del partido, que amagaban con dejar de apoyar al alcalde de Madrid en su intento de hacerse con la presidencia nacional del J&B en el congreso que habría de celebrarse un par de años después. De todas formas, Marañón rezó (es un decir) porque no siguieran apareciendo en los papeles nuevas bellaquerías de su protegido y porque al menos no estuviera involucrado en delitos auténticos.

Quien tuvo una reacción mucho más desgarradora ante las nuevas revelaciones, insospechadas hasta entonces para ella, fue Laura, que se sintió doblemente engañada y quíntuplemente humillada.

No podía negar que su relación con Germán carecía de cualquier tipo de compromiso, salvo el que normalmente se presupone entre dos personas que se van a la cama juntas con cierta regularidad, pero eso no impedía que ella se tomase como un agravio descomunal los encuentros de Germán con otras mujeres mientras duraba su aventura. La joven concejala se presentó en casa de Rosina al día siguiente de la nueva emisión de «El pozo de los deseos», exigiéndole, con el típico masoquismo del amor despechado, que le repitiera los detalles más escabrosos de sus nuevas revelaciones y le contara todo cuanto supiera sobre las iniquidades de su antiguo amante y que aún no hubiera hecho público. Rosina soportó sus llantos durante cerca de dos horas, en las que Laura no dejó de rebajar a velocidad constante el nivel de una botella de *cognac* francés de la bodega de la condesa, aunque poco más fue lo que Rosina pudo contarle, y sí, sobre todo, insistir otra vez en que lo mejor para ella sería que se olvidara por completo de la existencia de aquel hombre detestable, que desapareciera una temporada larga de Madrid y que, a la vuelta, buscase alguna otra actividad diferente a la política con la que ganarse la vida. Seguro que buenas ofertas no iban a faltarle. Al final del coloquio, Laura estaba tan ebria que habría sido insensato dejarla conducir, así que Rosina pidió a Mansur, el chófer de la casa, que cogiera el coche de Laura y la llevase hasta su domicilio, que no estaba muy lejos, y él volviera en un taxi.

Pasados los dos o tres días de mayor intensidad informativa en el «caso Germán», Rosina volvió a prestar atención al extraño mensaje de su abuelo. Era obvio que lo que tenía que hacer era recuperar aquel objeto que, según la carta, estaba oculto en una caja fuerte escondida en el piso de la antigua sirvienta. Una posibilidad consistía en mandar al administrador a hablar con el sobrino de Jacinta para ponerlo de patitas en la calle y, una vez estuviera vacío el piso, acceder sin molestias a la caja fuerte. Pero Rosina era reacia a actuar así, no solo por no deshonrar el recuerdo de Jacinta, sino por si acaso necesitaban la ayuda de aquel hombre para recuperar el tesoro anunciado. Mejor llevarse bien. Lo que tampoco le parecía muy inteligente, también por el hecho de no saber gran cosa acerca del sobrino de Jacinta, era presentarse allí por las buenas preguntando si les dejaban descorrer un armario para abrir una caja fuerte que, según sus noticias, estaba allí escondida desde hacía treinta años; si por alguna razón no conseguían hallar la caja o abrirla a la primera, sería muy arriesgado dejar a aquel individuo desconocido a solas en el piso con el tesoro dentro. La tercera opción era entrar en la vivienda cuando no hubiese nadie, abrir la caja fuerte, vaciar su contenido, dejarlo todo de nuevo como si no hubiera pasado nada y largarse de allí. Teniendo en cuenta que la casa le pertenecía a ella, igual que la caja fuerte y su contenido, no pensaba que aquello pudiera ser un delito, aunque el piso estuviese habitado por otras personas. O tal vez sí lo fuera; por desgracia, ella no sabía tanto de derecho. Y luego estaba el problema de la combinación de la caja. El chistoso de su abuelo no había tenido una ocurrencia mejor que dejarle una poesía latina por toda señal. Muy típico de él, pero por desgracia Rosina había olvidado el somerísimo latín que aprendió en el colegio y, muerto su abuelo antes incluso de ingresar ella en la universidad, el último pensamiento de la chiquilla cuando se vio convertida en heredera de una descomunal fortuna a sus escasos diecisiete años era el de embarcarse en una soporífera educación humanística a la vieja usanza. Claro que don Nicasio, crecido entre legajos y plumines, tampoco pudo prever la llegada de un artilugio tan estrambótico como el ordenador personal conectado a internet, que tanto había contribuido a hacer más verdadero aquel embuste de que no es culto el que sabe muchas cosas, sino el que sabe dónde encontrarlas. Así que Rosina extrajo una vez más el misterioso mensaje de su arqueta privada y tecleó en la barra de direcciones de su navegador el primer verso de la supuesta clave, «*omnem crede diem tibi diluxisse supremum*». Al cabo de pocos minutos ya había encontrado lo que buscaba: se trataba de una de las *Epístolas* de Horacio, un autor del que a Rosina le sonaba poco más que la famosa frase *carpe diem*, «aprovecha el día», una máxima cuyo tema se repetía en el fragmento elegido por el abuelo. Le gustó en especial una de las traducciones que encontró:

Piensa que cada día que para ti amanece es el postrero,
y así será más bienvenida la hora inesperada.
Cuando quieras pasar un buen rato, ven a visitarme
y me verás lustroso, lozanas mis mejillas,
digno lechón de la grey de Epicuro.

¿Qué podía tener que ver aquello con la combinación de una caja fuerte? Por más vueltas que le daba, Rosina era incapaz de concebir ninguna relación posible. No le ayudaba en sus elucubraciones el hecho de que no tenía la menor idea del tipo de clave que necesitaría la caja, sobre todo tratándose de una relativamente antigua. En las que ella conocía lo normal era introducir una serie de números, pero también existían algunas en las que la rueda tenía letras. Tal vez hubiera que poner las iniciales de cada verso, O-G-M-C. Pero, sin ver la caja, era difícil determinar si se trataría de algo así. De repente, Rosina tuvo la idea de buscar las *Epístolas* de Horacio en la gran biblioteca de su abuelo, que en su mayor parte se conservaba en un par de salones del palacete. Tardó casi media hora en dar con el libro, después de volver a guardar la carta en su arqueta privada, de apagar el ordenador y de mascullar una respuesta incomprensible a la curiosidad de Tinín, quien al atravesar el pasillo y verla en lo alto de una pequeña escalera dejando resbalar el índice por los lomos de los viejos libracos le preguntó qué le pasaba. Rosina extrajo las *Poesías* de Horacio de su impasible nicho en los estantes, se aproximó con ellas hacia la luz de la ventana y buscó en el índice las *Epístolas*. Enseguida encontró su poema:

> *Albi, nostrorum sermonum candide iudex,*
> *quid nunc te dicam facere in regione Pedana?*

Los últimos cuatro versos, los mismos del mensaje, estaban subrayados con lápiz, y para enorme alegría de Rosina, al pie del poema, escrito también a lápiz con la cuidadosa caligrafía del viejo conde, había un sencillo texto:

Horacio, Epístolas, Libro I, Epístola IV, versos 13-16.
H, E, 1, 4, 13, 16

—¡Aquí está! Tuviste una nieta bien espabilada, ¿eh, abuelito? Ahora solo nos falta recuperar la caja.

Daniel Peñas entró como una furia en el despacho del jefe de estudios del instituto.

—¡Esto es intolerable, Ramón! ¡Exijo que se tomen medidas inmediatamente!

—Pero ¿qué ha pasado, Daniel?

—Ha pasado que algún cafre me ha destrozado el coche.

—¡No me fastidies! ¿Dónde? ¿Cuándo?

—Pues delante del instituto, donde lo tenía aparcado, y esta misma mañana, ¿cuándo va a ser?

—¿Y qué le han hecho?

—Ven a verlo tú mismo.

Daniel tomó del brazo al jefe de estudios y salió con él a la calle; cruzaron a la acera de enfrente y enseguida vieron el Ford azul oscuro del profesor de geografía e historia rodeado de un grupo numeroso de estudiantes que se apartaron al verlos llegar. El coche mostraba una ostentosa pintada en el lateral derecho, el que estaba oculto a la vista desde el edificio del instituto. Eran solo cuatro grandes letras mayúsculas, trazadas con un espray de color blanco:

ATEO

—¡Caramba, Daniel, lo siento mucho! ¿Y tienes alguna idea de quién o quiénes pueden ser los responsables?

—Ideas tengo unas cuantas, pero sin pruebas no puedo acusar a nadie. Lo que necesito es que hagáis una investigación en condiciones, para que los culpables canten.

—¿Tienes el seguro a todo riesgo?

—Sí, menos mal. Aunque esto lo tendría que pagar la Consejería de Educación.

—No te digo que no. Y vosotros, ¿qué miráis? —preguntó Ramón dirigiéndose a los alumnos que rodeaban el coche—. ¿Por qué no estáis en clase? Venga para adentro.

El grupito de adolescentes se movió sin muchas ganas. Una voz inidentificable gritó «si es el Peñazo», y algunas más corearon el mote de Daniel y el calificativo de «ateo». Ramón se dirigió hacia ellos conminándolos a marcharse de una vez.

—Yo me voy ahora mismo a la comisaría a poner una denuncia —dijo Daniel cuando el jefe de estudios regresó a su lado—. Espero que mañana cuando vuelva se haya puesto en marcha la investigación. Empieza preguntando a los de 4.º D. —Al decir esto, Daniel vio que entre los chavales que contemplaban el espectáculo del coche mancillado estaba Maite Gutiérrez, de la que unos instantes atrás se había alejado con disimulo su amigo Juanjo—. Mira qué casualidad, Maite a lo mejor sabe alguna cosa.

—¡Yo no he sido, profe, le juro por mis muertos que yo no he sido! —respondió Maite, pensando involuntariamente en la tía Jacinta al referirse a «sus muertos».

—Y tampoco sabrás quién lo ha hecho —dijo el jefe de estudios.

—Yo no sé nada. Me he acercado porque he visto a toda esta gente mirando.

—No te preocupes, Daniel, déjalo en mis manos.

Y dirigiéndose de nuevo al grupo de alumnos que todavía revoloteaban por allí, añadió:

—Hace más de cinco minutos que terminó el recreo, no sé qué estáis haciendo todavía en la calle.

Los jóvenes se fueron alejando con enorme lentitud. Daniel sacó la llave para abrir la portezuela del coche, pero no pudo introducirla en la cerradura, pues de ella sobresalían algunos trozos de madera.

—Pero ¡qué cabrones! También me han jodido la cerradura. ¡Me cago en la madre que los parió!

Ramón intentó sacar con los dedos los trocitos de lo que parecía un mondadientes, pero la mayor parte de la madera se quedó dentro.

—No te preocupes, entraré por el otro lado. —Pero cuando intentó abrir la puerta del lado derecho comprobó que aquella cerradura también estaba estropeada.

Maite, que había visto lo que sucedía, se volvió y le dijo a Daniel:

—Profe, si quiere aviso a mi hermano Roberto para que le arregle las cerraduras. ¿Se acuerda de él?

—¿Roberto Gutiérrez Pérez? ¿Cómo no me voy a acordar? Menudo elemento. Si hubiera seguido siendo alumno mío, habría sido el primero en el que habría pensado como culpable de esta agresión.

—Ande, no se meta con él, que es un buen chico.

—¡¿Un buen chico?! —exclamó Daniel.

Y dirigiéndose a Ramón:

—¿Sabes lo que me hizo una vez el muy canalla? Estábamos en un examen en primero de bachillerato; había pasado ya más de media hora, pero él tenía la hoja tan en blanco como al principio. Me puse al lado de su mesa y le pregunté, «Roberto, y con esta actitud, ¿tú qué piensas hacer en la vida?». ¿Y sabes qué hizo él?

Maite, que se había quedado cerca, soltó una carcajada.

—¡Yo sí lo sé!

—Claro, tal para cual. Bueno, rectifico, Maite se toma en serio los estudios, mucho más que su hermano. El caso es que Roberto mete la mano en la cajonera, saca una cosa y la deja encima del pupitre. «Yo quiero dedicarme a esto», dice.

—¿Y qué era lo que sacó? —preguntó el jefe de estudios.

—¡Ja, ja! El monedero del profe —dijo Maite.

—Exactamente, ¡mi propia cartera! —respondió Daniel sin poder evitar una sonrisa—, que el muy chorizo me había birlado durante el examen sin que yo me diese ni puñetera cuenta. «Pero, Róber —le dije—, ¿es que quieres ser un ladrón?» «No, profe, qué va. Lo que quiero es ser mago.» ¿Tú te crees, Ramón, qué alumnado tenemos? Y a ver, ¿ahora en qué anda metido el Houdini de tu hermanito? —preguntó volviéndose a Maite.

—Trabaja de aprendiz en la cerrajería que hay aquí a la vuelta.

—¡Hombre! Muy apropiado. Así irá ampliando sus conocimientos. Por lo menos, si al final no tiene suerte con la carrera de prestidigitador, podrá abrir la puerta de la cárcel cuando le dé la gana. Anda, Maite, sí, por favor, llámale, te lo agradezco mucho.

Ese mediodía, cuando Maite volvió a su casa, una nueva sorpresa la esperaba. Su padre le enseñó un paquete que había dejado para ella un mensajero. Era una caja más bien plana, de unos treinta centímetros de largo por veinte de ancho, sin remitente.

—No habrás comprado algo por internet, ¿no? —preguntó Pepe—. No me gusta que andes todo el día na-navegando por ahí.

—¿Yo? No sé cómo voy a comprar nada, si no me dejáis tener una tarjeta —respondió Maite mientras quitaba el envoltorio de la caja.

—Lo que faltaba, que tuviera ta-tarjeta de crédito una niña de quince años. Cu-cuando empieces a trabajar ya tendrás una. Bueno, ¿qué es?

—¡Aaahhh! ¡Qué chupi! —gritó la pequeña de la casa al descubrir el contenido: una tableta electrónica que iba a dejar con un palmo de narices a todos sus amigos—. ¡Una *tablet*!

—¿Y eso qué es, un ordenador portátil? —preguntó Pepe.

—Es como un portátil pequeño, pero con pantalla táctil, sin teclado.

—¡Ah!

—¡Menuda sorpresa, hija! —exclamó Charo, que llegaba en ese momento de la cocina—. ¿Pero cómo es que te envían esto? ¿Seguro que no lo has comprado tú?

—¡Que no, mamá! Mira, aquí viene una tarjeta. ¡Ah, ya sé de parte de quién viene! Es un regalo del rey Baltasar.

—¿Pero quién te lo manda?

—Pues Baltasar, papá, ya te lo he dicho.

Pepe se quedó mirando alternativamente a Charo y a Maite, confundido por el misterio, hasta que se dio cuenta de a quién se refería su hija.

—¿El vicealcalde?

—Claro.

—¿Y por qué tiene que regalarte a ti nada ese buen señor? —inquirió Charo recelosa. Le venían a la mente todas las revelaciones sobre Germán que había escuchado la noche anterior en «El pozo de los deseos» y que habían sido la comidilla toda la mañana en la tintorería—. ¿No habrá hecho ninguna cochinada contigo, verdad?

—¡Ay, mamá, por favor, qué cosas tienes! —respondió Maite sin dejar de examinar la tableta.

—¡Es que de ese señor no me fío ni un pelo! ¿Tú sabes cuánto vale un cacharro como este?

—De cuatrocientos euros para arriba.

—Pues a mí no me parece normal que un carcamal rijoso, que por lo que más se le conoce es por las aventuras que ha tenido con no sé cuántas mujerzuelas, le mande a mi hija de quince años un regalo de cuatrocientos euros.

—¡Pero bueno, mamá! ¡Que te digo que el vicealcalde no me ha puesto la mano encima! ¿Tú sabes la cantidad de gente que había por allí todo el rato el día de la cabalgata? Lo único que pasó fue que le dio mucha pena de las chicas que íbamos como pajes en la carroza, porque tuvimos que tragarnos todas las barbaridades que le iba diciendo la gente y los caramelazos que nos lanzaban, y cuando terminamos nos pidió que le diésemos nuestras direcciones para enviarnos un regalo como agradecimiento. Eso es todo lo que ha pasado.

—¿Seguro?

—Pues claro. Y si quieres, llama a Sandra y a las demás, a ver si a ellas les ha llegado también el mismo regalo.

—No te creas que no lo voy a hacer.

—Hala, ahí está el teléfono.

—Pero me tendrás que decir los números.

—¡Buff! —resopló Maite. Dejó la tableta en la mesa del salón y, sacando el móvil de la mochila, le dictó a Charo, que ya tenía el auricular en la mano, el número de Sandra. Respondió a la llamada la propia compañera de Maite, que le contó a Charo que, aunque ella no tenía el paquete en su casa, sí que tenía un aviso de una empresa de mensajeros en el buzón. Sandra confirmó la historia de la cabalgata y de la promesa de un regalo que Germán había hecho a las seis chicas en compensación por hacerles pasar por aquella vergüenza. Aquello pareció tranquilizar a Charo en no poca medida. Maite quitó el teléfono a su madre y con gran excitación por parte de ambas niñas le describió el regalo a su amiga. Cuando colgó, le preguntó a su madre si quería el número de las demás.

—Déjalo, con lo que me ha dicho Sandra es suficiente. Pero no quiero que vuelvas a tener nada que ver con el sátiro ese. ¿Me has entendido?

—¡Ay, mamá! ¡Si seguro que ya no se acuerda ni siquiera de nosotras...! —replicó Maite cogiendo la mochila y la tableta y llevándolas hacia su habitación.

—¿Y no estaría allí mirando el muy baboso cuando os ca-cambiabais de ropa...? —se le ocurrió a Pepe.

—¡Que noooooo! —respondió la niña dando un fuerte portazo.

—Y en cuanto llegue tu hermano vamos a comer —añadió Charo sin muchas esperanzas de que su hija la estuviera escuchando—, así que no pierdas mucho tiempo examinando el cacharrito.

Como la puerta no se abrió, ni se oyó ninguna respuesta en los instantes siguientes, Charo fue hacia la habitación de Maite y entró como una furia.

—Deja el trasto ese y ayuda a tu padre a poner la mesa. Ya tendrás tiempo esta tarde para jugar con el regalo de tu amiguito.

—¡Buffff! ¡Qué asco de madres!

Capítulo 7

Contábase de Mozart que era capaz de componer una sonata para piano en menos tiempo del que se tardaría en tocarla. Algo parecido se podría decir, y con el mismo margen de libertad para exageraciones, del siguiente personaje que hemos de introducir en nuestra historia. Julio César Machín era..., no sé, creo que lo mejor sería decir que era alguien difícil de clasificar. Escritor de novelas, periodista, historiador, conferenciante, maestro de ceremonias en debates de televisión y de radio, ensayista, opinador, consejero político, faro de mentes desorientadas, resuelto propagandista de la fe cristiana; todo ello y más, contenido en un cuerpo rechoncho, siempre bien trajeado, cuyo perímetro abdominal debía de ser mayor que su altura, una cabeza más bien cuadrada, con abundante pelo castaño difícil de peinar pero que llevaba siempre muy corto, unas gafas grandotas de pasta y un prominente labio inferior empeñado en sobresalir más de la cuenta. Pero, ante todo, Machín era una factoría de producción en serie de trabajos literarios. A sus cuarenta y cinco primaveras había publicado ya más de cien libros, a una media de más de cuatro al año, entre los que se contaban unas cuantas novelas, un puñado de volúmenes sobre temas de actualidad política, inexcusablemente mascaprogres, y sobre todo un gran número de ensayos históricos sobre temas siempre atractivos para el gran público, desde Atapuerca y el antiguo Egipto hasta la guerra civil española y más acá, deteniéndose principalmente en la historia de la Iglesia a través de casi todas sus épocas. Escribía también una columna diaria en el periódico El Observador, amén de otras muchas en diversos semanarios y revistas mensuales, columnas que, fusionadas en forma de volumen según cualquier hilo temático apropiado, contribuían a la magnitud desmesurada de su interminable catálogo editorial. Si a esto le añadimos las horas que en los últimos tiempos pasaba como conductor o mero participante en programas de radio y de televisión, generalmente dedicándose también a la esforzada tarea de criticar a los políticos e intelectuales de izquierda, o a sus frecuentes intervenciones en calidad de historiador en el programa «Oráculo galáctico», y si se descontaban las horas necesarias para el aseo, la comida, el transporte y el sueño, y, lo que es más importante, el tiempo preciso para buscar y encontrar la información en la que se basaban sus innumerables publicaciones, se alcanzaba la inexorable conclusión con la que comenzábamos (valga el oxímoron): Julio César Machín escribía más deprisa de lo que la mayor parte de la gente podía leer.

Por supuesto, aquel aparente prodigio tenía una explicación mucho más simple que la de una genialidad sobrenatural: el hecho es que Machín acaudillaba un verdadero ejército de informantes y autores en la sombra (lo que en el ambiente literario se conoce coloquialmente como «negros»), a los que dirigía, eso sí que debemos reconocerlo, de modo magistral, proporcionándoles a veces las líneas básicas de una obra y limitándose a corregir los borradores, o encargándoles la búsqueda de documentación y su resumen, de tal manera que solo hicieran falta unas cuantas pinceladas en las que se reflejara el personal estilo de Machín, o bien impulsando la espontaneidad de sus subordinados (o aprendices, como los solía llamar él) para que propusieran ideas ellos mismos, se hicieran cargo de las investigaciones necesarias y redactaran la obra de principio a fin imitando el estilo del maestro. Estas últimas eran en general las obras de las que estaba más satisfecho, las que había escrito casi como el Espíritu Santo había compuesto uno por uno los libros de la Biblia: inspirándolas con un soplo sagrado en la mente de otros. Eso sí, al no poder estar tan seguro como el Espíritu Santo de que sus intermediarios fuesen a resistir eternamente la tentación de apropiarse de las obras de las que ellos tal vez se pensaran autores, Machín organizaba el reclutamiento de sus «negros» de manera escrupulosísima, revelándoles la naturaleza del negocio solo cuando estaba totalmente seguro de que no se iban a negar, y obligándoles a firmar un contrato por el que se comprometían a no revelar bajo ninguna circunstancia la relación que les unía, y, en caso de hacerlo, a pagarle a Julio César una indemnización de varias veces la cantidad, normalmente jugosa, que él desembolsaría mientras permanecieran a sus órdenes. Además, Machín también conseguía, o al menos eso pensaba él, que cada uno de sus «aprendices» ignorase por lo general quiénes eran los otros, e incluso en muchas ocasiones si existían esos otros, aunque, obviamente, no se podía evitar que casi todos lo sospecharan.

Julio César Machín había sido durante casi toda su infancia compañero de clase de Germán Campohermoso en el colegio masculino Monte de los Olivos. Machín era por entonces un empollón pelota y retraído al que la mayor parte de los alumnos despreciaban con una intensidad proporcional a la estima y ternura que le mostraba el profesorado, sobre todo los religiosos. Germán, cuya vocación política debía de haber surgido mientras nadaba en el seno de su madre, percibió instintivamente en aquella bolita despeinada y tímida, pero cuyo cerebro parecía ir muchas leguas por delante del de sus compañeros, a alguien a quien ofrecer una rentable amistad, por la que el gordinflón estaría dispuesto a darle cualquier cosa que él pudiera pedirle. Julio César, agradecido en lo más profundo de su ser, ayudó infatigablemente a Germán en las tareas escolares durante casi todos los años de colegio, e incluso le dejaba copiar en los exámenes, lo que provocaba en el amedrentado gordinflón unos sudores que hacían temer a Germán que el profesor lo iba a pillar in fraganti en cualquier momento; solo muchos años después comprendió Machín que aquella «colaboración» debía de ser perfectamente conocida por los docentes, los cuales preferirían hacer la vista gorda antes que enfrentarse a una familia tan influyente como la de Germán y perjudicar a un modélico alumno como Julio César, en el que tenían depositadas tantas esperanzas. La amistad de Machín, aunque no su cooperación, solo empezó a enfriarse a partir de tercero de BUP, cuando las efervescentes hormonas de Campohermoso le fueron impulsando de modo irrefrenable hacia la compañía y los placeres del otro sexo. Su amigo nunca pudo superar el miedo espantoso que le producían las hembras, y sintió que quedaba en ridículo las pocas veces que Germán consiguió convencerlo de que lo acompañase a una salida vespertina con chicas de su edad; en esas ocasiones, Machín se pasaba casi todo el tiempo mirándose las rodillas, con una botella de coca-cola o de agua mineral en la mano, y respondiendo con gorgoteos monosilábicos y sin apenas levantar la vista a las pocas palabras que alguna chica, por compasión o por curiosidad, le dirigía de vez en cuando. Para colmo de males, durante varias noches a partir de cada una de esas citas, el pobre Machín se resignaba a contemplar con impotencia la forma en la que el recuerdo de aquellas muchachas reptaba impúdico hacia su candoroso tubito de orinar, metamorfoseándolo en una férrea manivela poseída por quinientos demonios a los que solo conseguía exorcizar a base de implacables fricciones. Machín lloraba entonces en su cama, cuando una hipócrita y pringosa quietud había vuelto a instalarse bajo sus calzoncillos, y lloraba otra vez en el colegio al confesarse al día siguiente y al saber que su propósito de enmienda sería siempre tan débil como la casa de pajitas del cerdo más pequeño del cuento. Ante Germán, que parecía incapaz de imaginarse los tormentos de su amigo, Julio César los disimulaba, le daba lacónicamente las gracias por la invitación y procuraba cambiar de tema lo más pronto posible. El final del colegio y la entrada en la universidad, y con ello el paulatino alejamiento entre los dos compañeros, fue una liberación para Machín, que se refugió en la disciplina de sus estudios y en la del Opus Dei, un ambiente este último por cuyos alrededores revolotearía Germán durante años, como muchos antiguos estudiantes del colegio Monte de los Olivos, sin llegar a integrarse nunca de manera cabal. Posiblemente, si Julio César hubiera llegado a saber que uno de los principales desafíos para el Germán universitario era el de penetrar en secreto en las residencias femeninas de la Obra, donde tenía numerosas amigas, para acostarse allí con ellas a escondidas, habría retirado la palabra definitivamente al futuro político, mas, por fortuna para Germán, las pocas veces en que fue descubierto con las manos en la masa (es un decir) la cosa no trascendió, y todo terminaba arreglándose (es un decir) con la expulsión de la desprevenida pecadora, ya que Germán siempre se las apañaba en aquel tiempo para estar en todos los sitios pero sin que hubiera nunca de dónde echarlo a él. Los años de universidad fueron de muy escasos contactos entre los dos amigos, pero cuando el uno comenzó su carrera política y el otro se hizo un nombre en el mundillo editorial, las torrenteras del destino volvieron a juntarlos, y Machín aceptó la sugerencia de Germán de compatibilizar su trabajo como escritor con el de martillo de progres en los medios más afines a la orilla derecha del J&B. Fue entonces, al ver que tenía un talento innato para la elaboración de argumentos retóricos en contra de casi cualquier cosa que hicieran o dijeran los izquierdistas, cuando se dio cuenta de que la tarea periodística le llevaba tanto tiempo que le dejaba muy poco para la literatura y la investigación histórica, y gracias a algunos contactos que también le facilitó Germán, acabó contratando a los primeros «aprendices» de su factoría. Para entonces Machín había madurado, ya había enterrado en las honduras de su ser a aquel adolescente tímido a quien atormentaba la cercanía de féminas, sobre todo si eran hermosas, y se defendía con soltura, gracias a una férrea autodisciplina emocional, en los sofisticados ambientes a los que le habían dado entrada su fama literaria y su influencia mediática.

Así que, después de todo lo que había pasado con su viejo compañero de colegio desde el último 4 de enero, a Julio César no le extrañó que Germán lo llamara y le pidiera que se viesen en algún sitio tranquilo.

—Ven a mi casa —dijo Machín—. Más tranquilo, imposible.

Y allí estaba ahora Germán de Campohermoso, experimentando por primera vez en muchos años aquella antigua sensación de que su redondito amigo podía sacarle las castañas del fuego gracias a su preclara inteligencia, como cuando, en su época de colegiales, Julio César corría quince centímetros hacia el borde de su pupitre la hoja del examen para que Germán pudiera copiar un trozo de respuesta desde el pupitre de atrás.

—En menudo follón te has metido —dijo Machín apagando el ordenador en el que acababa de contemplar algunas fotografías de su amigo vestido de rey mago y presidiendo un séquito de jovencísimas pajes.

Sirvió un par de copas precalentadas de su *armagnac* Marquis de Montesquiou, reserva especial, y las llevó al salón, donde él y Germán se sentaron en sendos sillones de cuero viejo colocados frente a una hermosa chimenea.

—Ya ves. Tenías razón cuando me advertías de que las faldas son una trampa de Satanás —reconoció Germán inhalando el aroma de la copa y sin esperar que su amigo tomase aquello como una declaración de sincero arrepentimiento.

—No te puedo negar que me alegra saberme inmune a ese tipo de infección. Bien sabe Dios que tengo mis pecados, pero no ese —rio Machín, y con él su amigo, levantando las copas—. ¿Y en qué puedo ayudarte, Germancete? A estas alturas no tengo esperanzas de que quieras que te proponga algún buen sitio para un retiro espiritual y para enderezarte hacia el camino de la virtud.

—Claro que no, gordinflas, me conoces de sobra. Lo que vengo a proponerte es un negocio.

—¿Un negocio?

—Bueno, para ser francos, es más bien una sugerencia.

—Me la puedo imaginar.

—Lo doy por hecho. A ver, ¿qué te imaginas exactamente?

—Eso es trampa. Si digo yo primero lo que pienso que vienes a pedirme, tal vez diga algo más de lo que se te había ocurrido a ti y entonces me lo pedirás también.

—No me extraña que fueras el único de la clase que sacara todo sobresalientes...

—Menos en gimnasia.

—Claro, menos en gimnasia. De todas formas, si te cuento yo mi proposición, no dejarán de ocurrírsete todos los añadidos que seguro que tienes en la cabeza, y si tú eres el mismo Julio César que conozco desde hace cuarenta años no vas a resistir la tentación de exponerlos con todo detalle, para dejar bien claro que tus ideas son mucho mejores que las mías.

—Algo he cambiado en estos años.

—Pero en eso no.

—¡Ja, ja, ja! ¡Por el perro que tienes razón, Germán! No me negarás que tú también sigues teniendo el mismo don político que entonces. Vale, te diré lo que pienso que vienes a pedirme. Pretendes que escriba unos artículos censurando a las jóvenes profesionales que utilizan sus encantos diabólicos para seducir a honrados cuarentones, en lugar de dedicarse a buscar un buen marido con quien engendrar una familia numerosa y decente. Al cabo de un tiempo, esos artículos se podrán convertir en un libro en el que se cuente vuestra aventura desde la perspectiva del embaucado caballero, una vez que en el J&B te vuelvan a dejar asomar las narices.

—Eres un genio, Julio César. Has acertado plenamente en todo, salvo en una cosita más que pensaba pedirte.

—Tú me dirás.

—Quiero hundir en el fango a esa puta de Rosina Lequerica.

—Uf, Germán, apuntas muy alto. O muy bajo, sería más correcto. La condesa de Valmojado vive en el fango, como quien dice. Ella no tiene reputación: ¿qué podría hacer nadie para quitársela? Incluso aunque consiguieras involucrarla en algún escándalo, ¿iban a dejar por eso de rifársela en los estercoleros televisivos? Al contrario, subiría su caché.

—Tal vez no haya elegido bien la expresión. Lo que quiero es joderla, en sentido metafórico, claro está; que se arrepienta el resto de su vida de haberme conocido. O por lo menos, que lo pase mal, que lo pase muy mal, que no tenga más ganas de enseñar a la gente esa maldita sonrisa suya.

—Pero, Germancete, para un trabajo así sería mejor que contratases a unos matones. Seguro que tú los puedes encontrar mucho más fácilmente que yo, que soy un vulgar escritorzuelo.

—No digas barbaridades, Julio, no tengo ganas de cometer ningún crimen, ¿por quién me has tomado? Me refiero a que se publique alguna cosa que le haga daño de verdad. Lo que te pido es que pongas a trabajar a algunos de tus investigadores para que encuentren algunos trapos sucios, reales o verosímiles, y que luego tú los aliñes con tu más escogida mala baba. Solo con los negocios en los que andan metidos ella y Constantino, me juego cualquier cosa a que no sería muy difícil dar con asuntos que pudieran llevarlos al juzgado. A la cárcel no me hago ilusiones, porque tendrán abogados más que suficientes como para impedirlo. Pero por lo menos pasaría el mal trago de sentarse en el banquillo.

—¿De verdad crees que eso sería un mal trago para ella? Yo pienso más bien que obtendría unos réditos del ciento por uno en los programas del corazón. Y eso contando con que fuera tan fácil como tú dices el encontrarle alguna irregularidad. No, Germán, desengáñate. Por ese camino creo que no podrás conseguir nada. Lo de los matones sería mucho más fácil... ¡No te asustes, hombre, que lo digo en broma! Me da la impresión de que piensas en Rosina como si fuera un enemigo político. Las cosas con las que me sugieres amenazarla podrían ser eficaces para acabar con la carrera de un rival de los tuyos o, como mucho, para ponerle una buena zancadilla. Pero estamos hablando de un mundo diferente. Los proyectiles que tú quieres lanzar a esos individuos son para ellos más bien un alimento. —Machín dejó de hablar para saborear el contenido de su copa.

—Entonces ¿no quieres ayudarme con esto?

—Yo no he dicho tal cosa, Germán. En el primer asunto, el que te he adivinado, no veo ningún problema. Puede parecerte una presuntuosidad por mi parte, pero yo ya estaba pensando en hacer algo así aunque tú no me lo hubieras pedido. Los seres como Laura me repugnan, son un agravio al orden moral del universo y, cuanto más luchemos por escarnecerlos y eliminarlos, mayor será nuestra contribución al bien común. —Y al decir esto extendía su mano derecha, sujetando la copa, hacia el fuego de la chimenea, como mandando de cabeza a aquellos seres despreciables a las llamas del infierno. Germán asentía, copa en mano, pero rogaba en silencio que no fueran a eliminar a todos esos seres de sopetón: por lo menos que quedaran unos cuantos para él—. Así

134

que para ese trabajo estoy completamente de tu parte. Ni siquiera te cobraré: los artículos y libros que publique me darán más que suficiente. Pero lo realmente difícil es lo otro.

—Rosina.

—En efecto, nuestra amada condesa. La historia de Rosina y la de su familia es de conocimiento público. Por ejemplo, hay fundadas sospechas de que su abuelo engrandeció su amplia fortuna con la herencia de un gerifalte nazi. Eso es algo que al público siempre le produce bastante alergia, pero es agua muy muy pasada. Aunque pudiéramos descubrir nuevos datos ocultos hasta ahora sobre ese tema, ¿qué importancia iba a darle la gente, y menos la propia Rosina? Nadie iba a reclamarle que devolviera ese dinero, ni la iban a llevar a juicio. Sobre si sus negocios son limpios, yo no soy el más indicado para investigar; podría intentarlo, pero, como te he dicho, no creo que eso sirviera para nada. En cambio... —Machín dio un traguito al *armagnac* y permaneció callado unos segundos, pensativo.

—En cambio, ¿qué? —preguntó ansiosamente Germán.

—Tal vez no sea en los negocios de Rosina donde podamos hurgar con más ventaja.

—¿Qué quieres decir?

—En el mundo del periodismo corren cien veces más rumores que información contrastada, pero el grado de verdad no es muy diferente en los dos casos. Como comprenderás, es imposible hacer caso a todos los chascarrillos que le llegan a uno, y la inmensa mayoría de la gente los termina olvidando... Pero tú sabes bien que yo no formo parte de esa mayoría. —Germán abrió los ojos excitado—. Desde que hemos empezado a hablar sobre tu amiga la condesa, la parte de mi mente donde se archivan esos chismes ha estado trabajando en silencio y hace unos segundos ha descubierto algo que nos puede ser útil.

—¿Sobre Rosina?

—Sobre Constantino, su esposo. Él y Rosina llevan casados más de diez años. Nadie habría apostado por ello al principio, teniendo en cuenta el currículum amatorio que tenía la condesa por entonces... ¡Qué te voy a contar a ti!

135

—Obviemos eso, por favor.

—Obviado está. Como te decía, el actual matrimonio de Rosina parece el culmen de la estabilidad, pero se dice por ahí que no es oro todo lo que reluce.

—¿Desavenencias? ¿Deudas?

Machín dio despacio un sorbito al licor, antes de responder:

—Cuernos.

—Vaya, vaya, esto se pone interesante. Entiendo que es Constantino el que se los pone a Rosina.

—Es tan solo un rumor, no lo olvides.

—¡Un asunto de cuernos! ¡Fantástico! De veras que no me imaginaba que iba a sacar tanto provecho de esta visita, Julio.

—Gracias —replicó Machín fingiendo poner cara de orgullo herido.

—Ya sabes lo que quiero decir, caramba. Esperaba mucho de ti, pero no tanta buena noticia. ¿Y quién se rumorea que es el otro vértice del triángulo?

—Dicen que es una joven periodista que trabaja en «El pozo de los deseos». Tanto va el cántaro a la fuente...

—¡Ja, ja! ¡Se lo tiene bien merecido la muy puta! Mientras Enric Pellicer la entrevista una y otra vez, su maridito se lo monta allí mismo con una de la tele. ¡Me encanta, me encanta! ¿Y tú crees que podemos tirar de ese hilo?

—Podemos. Pero eso cuesta dinero. Tendría que poner a algunos de mis chicos a vigilar a ese «Tinín», y eso no es gratis.

—Sabes que contaba con ello. Por eso decía que te iba a proponer un negocio. Con la información que saques de tus pesquisas podrás también hacer lo que te venga bien, una vez que la hayas compartido conmigo.

—Pues, ahora que lo dices, tal vez no fuese una mala idea escribir *La saga de los Valmojado*. Nicasio, el abuelo, fue un gran tipo, íntegramente católico, amigo de la Obra, un verdadero intelectual, de los que desmienten con su ejemplo la ordinaria calumnia de que la España de Franco era un desierto cultural y científico, aunque al final, no sé si por la trágica muerte de su hijo único, se ensombreció

136

bastante y acabó renegando de san Josemaría y enemistándose con todo quisque.

—¡Qué me vas a contar!

—En efecto, incluso tu tío Wenceslao, cuando era ministro de Educación, tuvo que cesarlo como director del Museo Arqueológico y obligarle a que se jubilara de su cátedra en la Complutense, tú sabrás mejor que yo por qué.

—No te tires faroles. ¿Quién sabe más que tú sobre esas cosas?

—En este caso te aseguro que no sé demasiado; todo lo más, unas cuantas informaciones sueltas que ir colgando de un entramado de conjeturas, y a las que tú seguramente podrías aportar algunos datos relevantes. Pero no corre prisa. Lo que digo es que la historia de Nicasio y de sus descendientes puede servir como parábola de la degeneración que sufre la cultura hispánica por culpa de esta nefasta pseudodemocracia en la que nos ha metido la caterva de progres. La tercera ruptura matrimonial de Rosina sería la guinda del relato.

—Entonces ¿me ayudarás a hundirla?

—Pondré a mi gente a trabajar en ello, no te preocupes.

Por su parte, Rosina, después de mucho reflexionar, había llegado a la conclusión de que para recuperar el hallazgo de su abuelo no le quedaba otro remedio que contar con la ayuda de Tinín y de Félix. La misma mañana en que Germán de Campohermoso había acudido a suplicar la colaboración de su viejo amigo Julio César Machín, ella reunió en su despacho del palacete Lequerica a su marido y al administrador —quien disimulaba con esfuerzo el malestar que le causaba que don Constantino fuese a enterarse del asunto al mismo tiempo que él—, y les resumió el contenido de la carta sin enseñársela en ningún momento. Tampoco les dijo nada sobre la posible relación de aquel objeto con la crisis de fe de Nicasio, solo que era una obra muy antigua y seguramente muy valiosa.

—Con toda humildad —expresó Félix Menéndez—, yo opino que lo mejor sería desalojar de manera inmediata a los actuales ocupantes del piso. No tienen ningún derecho a permanecer allí. Una vez que la vivienda esté vacía, podremos acceder con total libertad.

—¿Por cuánto podría venderse el piso? —preguntó Tinín.

—Teniendo en cuenta que el mercado inmobiliario se halla en plena depresión, no creo que se obtuvieran más de cincuenta mil euros, y eso tirando por lo alto —estimó Félix—. Y además es posible que se tardara bastante tiempo en encontrar un comprador. Por otro lado, con los inquilinos fuera del piso, al menos estaría ya libre de cargas.

—Y también se podría hipotecar —especuló Tinín.

—Pero hay un problema —dijo la condesa—. En realidad, hay dos. El primero es que no tengo la intención de desahuciar a nadie. Tendremos que hablar con el sobrino de Jacinta y negociar un alquiler razonable. El segundo problema es que si lo ponemos de patitas en la calle, ¿quién nos dice que antes de marcharse no va a desvalijar el piso y a llevarse la caja fuerte, aunque sea con un trozo de la pared pegado a ella?

—Cierto —asintió Tinín.

—Permítanme indicarles, señores, que la venta del piso, aunque no representara una cantidad muy apreciable, podría contribuir a mejorar su situación financiera, que no es tan buena como hace unos años.

—Te agradezco el consejo, Félix, pero creo que he dejado claras mis intenciones sobre ese tema.

—Ciertamente, señora.

—Pues ya me contarás cómo recuperamos esa pieza —inquirió Tinín—. ¿Llegamos allí y les pedimos por favor que nos dejen correr un armario porque tienen una sorpresa en la pared?

—No, bobo; ya he pensado un plan.

—Eso es lo que me gusta de mi mujercita, que siempre lo tiene todo pensado.

—Mira que eres tonto. Lo que vamos a hacer es lo siguiente: usted, Félix, llamará al sobrino de Jacinta, ¿sabe cómo se llama?

—Lorenzo Pérez.

—¿Y vive alguien con él?

—Sí, tiene pareja —asintió Félix mirando de reojo un papelito—; una tal Ailín Pumarol, creo que dominicana. Pero no tienen hijos, y por lo que he podido averiguar, no reside nadie más en el domicilio.

—Muy bien, muchas gracias por los datos, Félix; supongo que habrás traginado bastante para dar con ellos.

—Es cuestión de saber a quién preguntar, señora condesa.

—Estupendo. Lo que vamos a hacer es que tú llamarás al tal Lorenzo y le dirás que quiero reunirme con él y con su chica; una reunión amistosa, déjale esto lo más claro posible, para llegar a algún acuerdo razonable sobre la vivienda. Mansur te llevará con el coche a buscarlos y los traeréis aquí. Supongo que a esa gente la visita al palacete les impresionará. No me mires con esa cara, Tinín, no voy a pasearlos por toda la casa. Ellos entrarán por la zona de servicio y podemos tener la reunión en el despacho de Félix.

—Ok —dijo el conde consorte—, ¿y después?

—No después, sino mientras. Antes de que lleguen Mansur y Félix, tú habrás ido con Yusuf al piso de Jacinta.

—Nuestro Yusuf, el de La Atalaya, supongo.

—Claro, ¿conoces a algún otro? En el mismo momento en el que el piso se haya quedado vacío, vosotros entraréis. Buscáis la caja fuerte, sacáis lo que contiene, lo dejáis todo como os lo habéis encontrado y os venís para casa.

—Pero ¿tenemos llave de la vivienda?

—Tenemos una llave, sí —informó Félix—, pero es de cuando se le cedió el piso a Jacinta; es probable que en este tiempo, bien ella o bien su sobrino hayan cambiado las cerraduras.

—O sea, que tendremos que abrir la puerta por las bravas. ¿Eso no es allanamiento de morada? A ver si al final voy a terminar entre rejas —protestó Tinín.

—Legalmente, el piso es de la señora —dijo el administrador—. Los inquilinos actuales no tienen ningún título de propiedad ni hay un contrato de alquiler. Pero, como son los residentes de facto, legalmente podrían denunciar el allanamiento y la invasión de la intimidad. En cualquier caso, dadas las circunstancias, veo harto improbable que se nos pudiera imputar un delito.

—Eso tendría que discutirlo con un abogado. No es que desconfíe de ti, Félix, pero tengo mis dudas.

—Bobadas —dijo Rosina—, Yusuf hará el trabajo limpiamente y el piso es mío. Además, ese Lorenzo no tendrá razones para protestar. En el muy improbable caso de que llegase a enterarse de lo que ha ocurrido, le contaremos cualquier historia y le diremos que, si quiere seguir en la vivienda, hará mejor manteniendo la boca cerrada.

—¿Y si nos viera algún vecino?

—Procurad que no.

—Es fácil decirlo. De todas formas, ¿no se podría encargar Yusuf con un compinche? Mismamente con su primo Mansur, por ejemplo. No entiendo muy bien por qué tengo que ser precisamente yo el que vaya a la casa.

—Porque no me fío un pelo de Yusuf, ¿por qué va a ser? Tienes que estar allí para comprobar el contenido de la caja y mantenerlo en tu poder en todo momento.

—Ok, nada que objetar. De todas maneras, supongo que todavía no has hablado con Yusuf del asunto. Habrá que informarle y ver qué le parece.

—Por supuesto. Eso te toca a ti; tú te llevas mucho mejor con él que yo.

—Y habrá que pagarle una buena propina por el trabajo.

—Claro que sí. Proponle mil euros; por una horita no está mal. Si protesta mucho, súbelo a dos mil.

—De acuerdo. Y hablando de pasta, ¿tienes alguna idea de cuánto podría valer esa reliquia tan misteriosa?

—Por lo que dice la carta de mi abuelo, tiene un valor incalculable, lo que, tomándolo con precaución, significa, me parece a mí, que no tenemos que hacernos muchas ilusiones sobre el dinero que se podría obtener. Tal vez sea algo con gran valor científico o religioso, pero resulte que no encontremos ningún comprador dispuesto a pagar una cifra astronómica. De cualquier modo, imagino que, sea lo que sea, puede valer muchas veces más que el piso de la pobre Jacinta, pero hasta que no lo tengamos en nuestro poder y veamos de qué se trata exactamente, solo podemos especular.

—Comprendido. ¿Y cuándo vamos a dar el golpe, amor?

—Primero háblalo con Yusuf y a ver qué te dice él.

—Eso está hecho.

Capítulo 8

Como llevaba haciendo desde que se reanudaron las clases tras las vacaciones de Navidad, Juanjo daba un gran rodeo por las mañanas para esperar a Maite y acompañarla al instituto. Se saludaban con un rápido beso en la boca y luego él le pasaba el brazo izquierdo por los hombros, pero lo retiraba unas manzanas antes de llegar, pues no tenían aún el valor de aparecer así agarrados ante la masa de sus compañeros. Aquella mañana lo primero que hizo Maite cuando echaron a andar tras el beso de costumbre fue anunciar que tenía una sorpresa. Abrió la mochila y sacó la tableta que le había regalado Germán.

—¡Sí que han sido generosos los Reyes este año! —exclamó el chico tomando el aparato y empezando a mover los iconos de acá para allá—. ¡Qué guapa es!

—¿Te gusta?

—Un mazo. ¿Cómo es que no me la habías enseñado antes?

—Es que me la regalaron ayer.

—Joder, Reyes con retraso, así da gusto, nena. ¿Se han esperado tus padres a comprarla en las rebajas? No me extraña, porque este cacharro tiene que costar un *puñao*.

—¡Qué va! Mis viejos no tienen un duro.

—Pues ¿quién te la ha comprado, entonces?

—Un admirador.

—¡Anda ya!

—¿Qué pasa? ¿Que no puedo yo tener admiradores?

Juanjo se quedó cortado un instante; disimuló toqueteando la pantalla de la tableta mientras se le ocurría algo que responder:

—Doscientos mil puedes tener —dijo al final, y añadió, como el colofón de la pregunta de un examen oral que nos viene a la cabeza en el último momento—, preciosa. Bueno, ¿y quién es el admirador ese? Tiene que estar loquito por ti para comprarte un chisme de estos.

—Uno al que le sobra el dinero.

—Ah, ¿pero el dinero puede sobrar?

—No sé, cuando tenga mucho te lo diré.

—Bueno, dime: ¿quién te la ha regalado?

—Adivínalo.

—¡Y yo qué sé! ¿Tu tío?

—Uy, ese es más pobre todavía que mis padres.

—¿Tu hermano?

—Antes se tiraba por un precipicio.

—Pues no sé. Venga, ¿quién?

—El rey Baltasar.

—¡No me fastidies! ¿El vicealcalde?

—Nos ha mandado una igual a cada paje.

—¡Joder, qué morro! ¿Y a todos los demás que trabajamos como unos negros en lo de la carroza, que nos den por culo?

—No te pongas así; lo ha hecho porque se sentía mal por nosotras, por el follón que se montó en la cabalgata.

—Si lo digo de broma, churri. Pues sí que tiene que tener pasta el tipo ese.

—Más que todo el insti junto. Anda, trae la *tablet*, que la guardo.

—¿Qué pasa, que no te fías de mí?

—No vamos a ir andando por la calle con ella.

—Le ponemos un GPS y que nos vaya diciendo el camino al insti, cómo molaría, ¿no?

—Bobo.

Maite guardó el pequeño aparato en la mochila, mientras Juanjo volvía a pasar la mano por encima de la trenca de la chica.

—Me la dejarás luego, ¿no?

—Esta tarde quedamos y la vemos bien, ¿vale?

Siguieron un tramo en silencio, que Juanjo rompió para hacer una pregunta que a Maite le sonó demasiado parecida a las que le había hecho su madre al descubrir de quién venía el regalo.

—Oye, churri, y ese Baltasar ¿no es el que se ha tirado a media España?

Maite se detuvo en seco, se sacudió el brazo de Juanjo y siguió andando muy digna.

—No seas tan imbécil como mi madre —advirtió al chico.

—¿Qué pasa con tu madre ahora?

—Pasa que se imaginaba lo mismo que estás pensando tú, so guarro.

—¡Pero si yo no estoy pensando nada!

—Eso es lo malo, que los chicos decís las cosas sin pensar. O que, como estáis siempre pensando en lo mismo, no os dais cuenta ni siquiera de que lo estáis pensando.

—Puahh.

Anduvieron un buen rato sin pronunciar palabra y sin volver a tocarse. Al ver que Maite parecía realmente enfadada, Juanjo intentó una disculpa.

—Oye, Maite, que yo no digo nada de los pajes y de Baltasar, ¿eh? Te lo juro. Solo me refería a las cosas que contaron sobre el pibe. Que a mí me parece un hijoputa.

—¡Pues era un señor la mar de amable, y mira lo bien que se ha portado con nosotras por hacernos pasar aquella vergüenza en la cabalgata! Por mí, se puede acostar con quien le dé la gana.

—¡Bueno, pues que haga lo que le dé la gana, me cago en la leche!

—¿Y ahora qué te pasa? Encima va el tío y se enfada.

—¡Que yo no me enfado, joder! Si es que yo no he dicho nada.

—Le has llamado hijo de puta.

—Quería decir que es un salido.

—Quería decir, quería decir... Pues la próxima vez te lo piensas antes de faltarle a la gente.

—¿Y porque te haya regalado el trasto ese le tienes que defender así?

—¡Ah, que es un trasto! Vale, vale. Pues no hace falta que lo mires ni que lo toques. Y yo no le defiendo ni le dejo de defender. Digo que con nosotras fue muy amable. Ni nos metió mano ni nos espió cuando nos vestíamos, para que te enteres. Y le dio pena que tuviéramos que escuchar las barbaridades que le decía la gente.

—¡Yo no he dicho que os haya metido mano!

—Pero seguro que lo pensabas, *desgraciao* —terminó Maite bruscamente, echando a correr en cuanto se abrió el semáforo que estaba justo frente a la puerta principal del instituto.

—¡Qué asco de tías! —farfulló Juanjo lo suficientemente bajo para que Maite no lo oyera, pero sin poder evitar que llegase a los oídos de dos compañeros de clase que habían escuchado desde unos metros más atrás el final de aquella primera discusión.

—Tías; ¿quién las entiende, eh?

Fernando Moreira, el líder del grupo progresista en el Ayuntamiento de Madrid, pasaba lista mentalmente desde su puesto en la presidencia de la reunión. Solo faltaba Gabi López, que se retrasaba como siempre, así que empezarían sin él. Tenían un orden del día de lo más apretado en esa primera reunión del año y no podían esperar. Había que planificar con cuidado la estrategia del grupo municipal hasta el verano y era posible que el asunto de Laura y Germán les ocupase mucho tiempo. A falta solo de un concejal del grupo, dio la reunión por comenzada.

—Buenos días, chicos y chicas. Aprovecho para desearos feliz año a todos y a todas, ya que es la primera vez que os veo a todos juntos después de las Navidades. Como sabéis, empezamos un año preelectoral, así que hay que volcar todo nuestro esfuerzo y nuestra estrategia en poner bien clarito delante de los ojos de la ciudadanía todos y cada uno de los trapos sucios, incompetencias, ineficiencias, sectarismos, «prepotismos», «abusismos» y todos cuantos puntos débiles podamos encontrar en la política y en el equipo del J&B, que no dudamos que serán muchos. Dentro de doce meses... ¡Hola, Gabi, por fin!; toma asiento; mira, al lado de Laura queda una silla libre... Dentro de doce meses, os decía, las gentes de Madrid tienen que tener el convencimiento de que el municipio está en manos de una pandilla de inútiles que solo saben beneficiarse a ellos mismos. Lo de «beneficiarse» no ha sido una alusión al vicealcalde, Laura, puedes estar segura. Digo que hay que convencer a los ciudadanos de que el equipo de gobierno es la ruina de la ciudad, que cada mes que pasen en la alcaldía va a suponer un mayor deterioro de las finanzas, de las infraestructuras, del bolsillo de la gente, de todo. Así que de esta reunión tiene que terminar saliendo una lista de las estrategias que vamos a desarrollar a lo largo del año, y cada miembro del grupo municipal se tiene que comprometer a hacerse cargo al menos de una de ellas. Con todo eso elaboraremos un documento que hay que transmitir al comité electoral regional y nacional. ¿Entendido? Ese es el primer punto. Cuando lo hayamos acabado, tendremos que tratar también un montón de cosas acerca de lo que nos tocará hacer en las comisiones, en el pleno y en la calle, así que la reunión va para largo. He encargado que nos traigan algo de picar a media mañana, unos sándwiches para comer y un café a media tarde, como otras veces.

—Menudo rollo, jefe —protestó una voz hacia el otro extremo de la gran mesa de reuniones.

—No os quejéis, que muchos habéis tenido unas vacaciones que ya las quisieran los maestros. Y hablando de vacaciones, antes de empezar con el trabajo que os acabo de detallar, tenemos que tratar el tema en el que estáis pensando todos. Sí, el asunto que ha saltado a los programas del corazón y que espero que pueda darnos unos beneficios electorales muy considerables (esto que no salga de aquí, ¿eh?). Pero es un asunto que afecta muy personal y directamente a una compañera. Me temo que en esta reunión tendremos que decir cosas que pueden herir sus sentimientos, no porque te reprochemos absolutamente nada, Laurita, eso ya lo he hablado contigo con toda claridad, ¿verdad?, sino porque el asunto tenemos que abordarlo con objetividad, con racionalidad, con estrategia y con sangre muy fría, y lo más probable es que haya que decir cosas que no te gustará escuchar. Por ese motivo me parece que sería mejor que el tema lo discutiéramos sin estar tú delante, tanto para ahorrarte a ti el mal trago, como para que los compañeros tengan toda la libertad para decir lo que se les ocurra, sin tener que estar tan pendientes de si lo que dicen puede hacerte daño a ti o no. Lo comprendes, Laura, ¿verdad? —La joven concejal asintió con un movimiento de cabeza—. Y como este asunto va a tener que estar en boca de todos nosotros durante algún tiempo, y para evitar que siga salpicando a nuestra compañera, hemos decidido ella y yo que lo mejor es que se tome unas cuantas semanas más de vacaciones. El trabajo que le tocaba hacer en su distrito y en las comisiones nos lo repartiremos entre los demás, que para eso estamos, ¿no? Le he pedido a Laura que asistiera al principio de esta reunión para dejarle claro el apoyo incondicional del grupo. Si en la izquierda progresista hay algo que nos distinga de los carcamales del J&B es que nosotros tenemos una moral que no está obsesionada con el sexo, sobre todo cuando es libre y plenamente consentido entre personas adultas y responsables. Así que una relación como esa en la que estáis pensando es un asunto exclusivamente privado entre dos personas, un asunto que, para el PP, es y tiene que ser absolutamente irrelevante en materia de estrategia política. Eso por lo que hace a nuestra compañera. En lo tocante al exvicealcalde la cosa cambia, porque ahí estamos ante un caso clarísimo de abuso de poder, como ha tenido que reconocer hasta la propia cúpula de su partido. Pero a ti, Laura, nosotros no tenemos absolutamente nada, insisto, absolutamente nada que reprocharte. Para el PP, la libertad individual, cuando no se perjudica con ella a nadie, está por encima de cualquier otra cosa. ¿Verdad, compañeros?

—Verdad —asintieron todos.

—De modo que ánimo, Laura. Tómate esas vacaciones que tanto te mereces después de lo que has tenido que pasar estos últimos tiempos y vete a tomar el sol en una playa tropical, o lo que te dé la gana, que ya nos ocupamos nosotros de darles caña a esos mamones. Venga, un aplauso para Laura —concluyó Moreira dando inicio él mismo a una tanda de efusivas palmadas.

—Muchas gracias a todos. Seguiré en contacto con vosotros

por internet, y así me vais contando lo que se cuece —respondió la aplaudida.

—Pero poco contacto, Laura —enmendó Fernando—, que lo que te conviene ahora es desconectar.

—De acuerdo, de acuerdo. Bueno, gracias de verdad, y un beso a todos.

Laura lanzó los primeros besos con la mano mientras se levantaba para marcharse, pero Gabi se incorporó a su lado y le dio dos besos en las mejillas y unas palmaditas en la cintura, gesto que acompañó con unas palabras de ánimo, lo que inició una ronda de salutaciones más efusivas que hicieron saltar algunas lágrimas en el grupo municipal hasta que Laura logró por fin escapar de la sala. Atravesando un largo pasillo camino de su despacho, adonde iba a recoger su abrigo y algunas de sus cosas, entró primero en los servicios para lavarse un poco la cara, y cuál no sería su sorpresa al darse de bruces con Germán, que salía en ese instante de los mismos lavabos.

—Laura, ¿qué tal? —dijo él dudando si acercar la cabeza para saludarla con un par de besos, aunque al final no se atrevió. Ella, tras un brevísimo instante desconcertada, reaccionó dando un fuerte empujón a su examante.

—¡Maldito hijo de la gran puta! ¡Hace dos meses que no me coges el teléfono y que te escabulles cada vez que me hueles, pedazo de cabrón!

—Mira, Laura, te dejé muy clarito que lo nuestro se había termi... —No logró terminar la frase porque en ese instante recibió una tremenda bofetada—. ¡Joder, Laura, qué bruta! —dijo, llevándose la mano a la nariz y comprobando que no sangraba. La mejilla le ardía.

—¡Pero qué coño es eso de «lo nuestro», so imbécil! Si te estabas tirando a media España mientras me jurabas que no habías conocido a nadie como yo —protestó la concejala, aunque sin levantar mucho la voz, mientras seguía empujando bruscamente a Germán hacia el servicio de señoras.

—Yo nunca te había prometido fidelidad.

—Hay cosas que no hace falta prometer, gilipollas. ¿Es que tú no has oído hablar nunca del respeto y la dignidad? Claro, tú no tienes ni idea de lo que es eso. Tú solo eres capaz de pensar con esto —dijo Laura acompañando su frase con un violento estrujón de los órganos viriles de Germán.

—¡Aaauuu! —chilló él, y se libró como pudo de aquella presa, aunque solo para ser empujado, aún más fuerte que antes, al interior de uno de los retretes—. ¿Se puede saber qué coño haces?

—Ya que no quieres hablar conmigo en ningún otro sitio, voy a aprovechar que te he cazado aquí para dejarte unas cuantas cosas bien claras.

—Mira, Laura —repitió Germán—, si hay alguien que tiene que pedir explicaciones, ese soy yo. Lo único que yo pretendía es que siguiéramos cada uno nuestro camino, como dos amigos que tienen unos bonitos recuerdos en común, y ya está. Y tú lo has mandado todo a la mierda con eso de ir a llorarle a la puta de la condesa. Fíjate ahora cómo estamos los dos, hundidos hasta la coronilla en la porquería. ¿O tú te crees que en tu partido van a seguir teniéndote respeto?

—Pues mira, precisamente acaban de hacerme un homenaje, aprovechando que me marcho de vacaciones.

—¿Un homenaje? ¿Vacaciones? Anda, Laurita, no seas infantil. Esos están esperando la más mínima oportunidad para tirarte a la basura. Lo que quieren es quitarte de en medio. Está más claro que el agua... ¿Y adónde dices que te vas?

—No lo sé —dijo Laura, que arrinconaba a Germán en aquel minúsculo espacio obligándole a sentir su presencia, su aliento, incluso el blando tacto de su torso.

—De veras, Laura —siguió hablando Germán, en parte para no sentir con tanta contundencia aquel cuerpo que un par de años atrás le había llevado a perder el juicio—, no entiendo por qué has tenido que montar ese lío con Rosina. Podías haberte buscado un novio y olvidarte de mí; candidatos no te iban a faltar.

En ese momento, la puerta de los servicios se abrió y se oyeron unos pasos. Laura y Germán callaron por completo, y hasta disminuyeron el sonido de su respiración. Alguien entró en el retrete de al lado y levantó la tapa de la taza. Ruido de ropas al deslizarse y, después, el de un largo chorro de líquido cayendo sobre el agua. Al escuchar cómo tiraban de la cadena, Laura se arrodilló, bajó la bragueta de Germán y buscó ávidamente la sorpresa de aquel roscón de Reyes que tanto se le había resistido en los últimos tiempos. No le resultó difícil, dado el volumen que había alcanzado en pocos segundos el ostentoso objeto de su deseo, y el exvicealcalde no se atrevió a protestar por no hacer ruido. Solo cuando escucharon alejarse los pasos de la otra mujer, Germán dijo en un susurro: «Pero ¿qué haces? ¡Por Dios!». Laura no le hizo caso y continuó besando y relamiendo aquella endurecida golosina. Pero, tan bruscamente como había empezado, ella soltó la verga, le dio un fuerte manotazo que hizo doblarse de dolor a su dueño, y salió del retrete.

—Si quieres que termine, estaré esperándote esta tarde en mi casa —comunicó sin ni siquiera darse la vuelta, abandonando a Germán mientras este volvía a ocultar su dolorido y todavía sobreexcitado miembro en la guarida de sus pantalones.

Desde una pequeña furgoneta aparcada en la acera de enfrente, Felipe Barajas observaba la entrada del palacete de los Lequerica. Llevaba allí desde primera hora de la mañana, escondido en la parte trasera del vehículo, sin más ventana que una pequeña fisura horizontal que a pesar de su aparente pequeñez ofrecía una estupenda visión del exterior. Había visto salir un enorme Lexus de color gris oscuro en el que un chófer llevaba a dos niños y que regresó una media hora después, y también había visto llegar una furgoneta más grande que la suya, de la que bajaban lo que parecía ser la compra de un supermercado. También había visto entrar por la puerta de servicio a un hombre bien entrado en la cincuentena, con abrigo, bufanda y un maletín, pero aquellos habían sido los únicos movimientos; de los dueños de la casa no había habido ni rastro. La larga espera, en cambio, dio sus frutos hacia media mañana, cuando un imponente Jaguar deportivo salió por la puerta del garaje, conducido por el marido de la condesa y sin otros viajeros. Felipe se puso enseguida al volante y arrancó la furgoneta. Como Tinín pisara muy fuerte el acelerador iba a ser difícil seguirle, pensó Felipe, a pesar de que su modesto vehículo atesoraba con disimulo un motor de ciento cincuenta caballos. Desde el barrio de El Viso, donde estaba el palacete, el Jaguar se dirigió hacia la M-30 y enfiló luego la autovía de Valencia, con no mucho respeto a los límites de velocidad. Felipe hacía lo que podía para tener a la vista el coche de Tinín, y aunque hubo veces en que creyó haberlo perdido, siempre volvía a distinguir a lo lejos su mancha roja cuando el trazado de la carretera le daba una perspectiva lo suficientemente amplia. A unos sesenta kilómetros de Madrid, el Jaguar salió del carril principal y tomó la vía de servicio, hasta que a la vuelta de un pequeño cerro coronado por las ruinas de una torreta se metió por una pista asfaltada perpendicular a la autovía. Felipe, que estaba unos trescientos metros por detrás de Tinín, vio cómo el otro coche se detenía donde el cercado que iba paralelo a la pista daba paso a un pórtico de ladrillo, y él aminoró la marcha de su furgoneta hasta casi dejarla parada. Tinín bajó la ventanilla y sacó el brazo para llamar a un timbre. Al cabo de unos segundos, la verja de la arcada se abrió y el Jaguar penetró en la finca. Para Felipe era imposible avanzar a partir de aquel punto, así que buscó el lugar más elevado de las inmediaciones y algún sitio en las cercanías donde pudiese dejar la Berlingo de la manera más discreta posible. Luego sacó sus prismáticos y miró el camino que había tomado el Jaguar. La ruta descendía unos quinientos metros hacia una hondonada en la que, desde la posición de Felipe, se distinguían unos tejados y bastantes árboles, totalmente pelados la mayor parte de ellos en aquel mes de enero, salvo unos cuantos pinos, cipreses y lo que parecía ser una joven secuoya, que sobresalía altanera por encima de todos los demás. Pero el nivel del suelo de las casas quedaba fuera de la vista de Felipe, así que tuvo que limitarse a esperar el regreso de Tinín, o lo que sucediera.

—Buenos días, don Constantino —saludó con un fuerte acento rifeño el guarda de la finca La Atalaya cuando Tinín se bajó del coche.

—¿Qué tal, Yusuf? ¿Cómo van nuestras *Lady Gaga*?

—Muy bien, señor. Mi hija Basema las cuida estupendamente. Ya tenemos ganas de ver otra vez a los señoritos cabalgando con ellas por aquí. Si a usted y a la señora no les parece mal, Basema ha pensado una forma de distinguirlas. A una la llama *Lady*, y a la otra la llama *Gaga*.

—¡Qué bueno! Tienes una hija que es más lista que todos nosotros juntos.

—No creo, pero gracias, señor.

—¿Qué tal le va en el instituto? —preguntó Tinín, no sin cierta mala intención, pues sabía que Yusuf se había opuesto en principio a que Basema siguiera yendo a clase después de que le viniera la primera regla. Pero Rosina y Tinín habían apoyado a Zahara, la madre de la niña, en su deseo de que Basema, que tenía grandes dotes según sus profesores, estudiara la ESO y el bachillerato, y Yusuf había terminado cediendo.

—Muy bien, con notas muy buenas.

—Me alegro. Esa nos va a sacar de pobres a todos...

—Qué bromista es usted, señor Constantino.

—Bueno, vamos para dentro, que en este puñetero páramo hace un frío de cojones.

—Zahara tiene encendida la chimenea del salón desde esta mañana.

Entraron a la casa principal. Zahara recibió a Tinín con una inclinación y le preguntó si deseaba algo para beber.

—Tráeme una cerveza sin alcohol, por favor, que he visto un control de la Guardia Civil en la autopista y últimamente están muy serios. Me han dicho que el director de Tráfico les ha dado órdenes especiales para que se ceben con los coches deportivos. Putos progres, es que no hay ni uno bueno.

Cuando Zahara volvió con la cerveza, Tinín le pidió que los dejara solos e invitó a Yusuf a que tomase asiento. Le informó lo justo sobre la historia del legado de Nicasio; insistió en que el piso en el que se encontraba pertenecía a Rosina y exageró todo lo que pudo el carácter de ocupantes ilegítimos que según él tenían los actuales inquilinos de la vivienda; tal vez sería necesario forzar una puerta cuando la vivienda estuviera vacía y abrir una caja fuerte, aunque en el caso de esta tenían la clave, o eso pensaban, por lo menos. Le ofreció los mil euros que había sugerido Rosina, y tras un brevísimo regateo la cosa se quedó en mil quinientos.

—¿Crees que puede ser peligroso, Yusuf?

—Con buenas herramientas y buenos abogados, no creo.

—¡Y luego yo soy el bromista!

—Cuando yo me dedicaba a ese trabajo, tenía muchas herramientas, pero abogados no.

— Descuida, que esta vez no nos faltará ninguna de las dos cosas.

—Pero, antes de entrar en la casa, tenemos que dar una vuelta para echar un vistazo.

—Me parece muy bien. Podemos ir ahora mismo, si te parece —propuso Tinín dejando sobre la mesita el vaso de cerveza vacío.

—Como quiera el señor.

Hacía menos de una hora que Tinín había entrado en la finca cuando el Jaguar apareció por el camino de regreso, esta vez seguido de otro vehículo, una furgoneta similar a la de Felipe. «Menos mal —pensó este—, ahora irán un poco más despacio». Esperó a que hubiesen avanzado bastante y salió tras ellos, intentando que no lo vieran antes de entrar en la autopista. Parecía que regresaban a Madrid. En efecto, al cabo de unos cuarenta y cinco minutos el deportivo estaba entrando en el garaje del palacete, mientras el otro vehículo esperaba fuera, con el conductor, un tipo de aspecto magrebí, sin despegarse del volante. Tinín salió casi enseguida y se metió en la furgoneta. Volvieron a tomar el camino de la M-30, pero esta vez pasaron de largo la salida de Valencia y se dirigieron hacia Entrevías, un poco más al sur. Felipe no había estado nunca en aquella parte de Madrid; el barrio empezó siendo un gran campamento de chabolas en la posguerra, pero en las últimas décadas había sido remozado en buenas condiciones; aunque no tan buenas como las de El Viso, pensó Felipe en relación con el exclusivo núcleo de chalets en pleno centro de Madrid donde vivían los Lequerica. «¿Será en esta zona tan cutre donde se encuentre este hijoputa con su amante? —se preguntó—. Pero hay que ser muy pervertido para montarse un trío con el moro y la locutora. Lo que sí que es lógico es que se haya dejado el Jaguar en casa para venir aquí; ese cochazo sería lo menos apropiado para pasar inadvertido en este barrio.»

Yusuf aparcó en la calle que le indicó Tinín. Bajaron de la furgoneta y llegaron andando hasta el número 15. Tinín sacó el juego de viejas llaves que le había dado Rosina; había una un poco más corriente, que imaginaron que sería del portal, y otra un poco más gruesa, pero con ninguna de las dos consiguieron abrir la puerta de la calle. Llamaron al interfono del piso cuarto derecha, comprobando para su satisfacción que se hallaba vacío, y luego pulsaron otros botones al azar hasta que en uno de ellos contestaron.

—Correo certificado —mintió Tinín, y la puerta se abrió.

El edificio no tenía ascensor, así que subieron andando hasta el cuarto piso. El bloque tenía cinco plantas, y en cada una había dos únicas puertas.

—Menos mal que el abuelo de mi mujer no compró la vivienda en el último —gruñó Tinín, poco acostumbrado a subir escaleras, aunque visitaba casi todos los días un exclusivo gimnasio de la calle Serrano—. Bueno, ya hemos llegado.

Tinín le dio las llaves a Yusuf, pero tampoco pudo abrir la puerta de la casa con ninguna de ellas.

—Habrán cambiado las cerraduras. Estas llaves parecen muy viejas —dijo el guarda de La Atalaya.

—¿Y crees que será fácil abrir la puerta?

Yusuf, en vez de contestar, se aproximó a la cerradura y la examinó con gesto serio.

—Esto va a ser difícil, señor Constantino.

—No me jodas. ¿Por qué?

—Es una cerradura *antibumping*; con mi juego de ganzúas no la voy a poder abrir, señor.

—Y entonces ¿qué hacemos?

—Déjeme pensar, señor.

Yusuf siguió un buen rato examinando la cerradura. Desde un par de pisos más abajo les llegó el ruido de una puerta que se abría.

—¡Cartero! —gritó una voz anciana.

—Señora, no se preocupe, era para el vecino del quinto, pero parece que no está.

—¡Ah, bueno! Si es para la Domitila, no la va a encontrar. Ahora pasa casi todo el tiempo en el pueblo.

—Muchas gracias, señora —gritó Tinín.

Y cuando oyó que la puerta de la vieja volvía a cerrarse preguntó a Yusuf:

—¿Alguna buena noticia?

—Tendré que comprar algunas herramientas nuevas —respondió el marroquí, apuntando unos datos en una libretita que sacó del bolsillo—. Eso subirá un poco el precio.

—¿Un poco?

—No sé cuánto me pedirán. Las herramientas se pueden alquilar. Tal vez quinientos euros.

—Pues como sigamos suma que te suma, no sé si nos merecerá la pena el trabajo.

—Yo le digo lo que hay, señor.

—Claro, Yusuf. Venga, encárgate de todo. Le diré a Félix que te traspase dos mil euros y después echaremos cuentas según lo que te hayan costado las herramientas. Pero si te piden más de mil euros, me llamas para preguntármelo, ¿vale?

—Vale, señor. Déjeme mirar otra cosa, por favor. —Yusuf echó un vistazo por todo el descansillo y por el hueco de las escaleras—. Usted me dijo que estaría aquí conmigo, ¿verdad, don Constantino? Se lo digo porque vamos a tener que venir vestidos con mono.

—¿Con mono, dices? ¿Como un vulgar currito?

—Sí, jefe. Es posible que tengamos que estar mucho rato trabajando con la cerradura para abrirla sin dejar huellas, y si pasa alguien por la escalera o se asoma la vecina de enfrente, seríamos muy sospechosos. Pero podemos decir que somos electricistas; solo hace falta que abramos este registro de la luz y nos pongamos a tocar los cables cada vez que oigamos a alguien.

—Muy buena idea, Yusuf. Da gusto trabajar con profesionales.

A la salida del instituto, Maite y Sandra se detuvieron en un banco de la calle para disfrutar un rato juntas de sus tabletas, pues no habían podido usarlas durante toda la mañana. Algunas de sus compañeras las rodeaban con curiosidad.

—¿Me dejáis luego mirar mi *Tweejo*? —rogó Carmela. *Tweejo* (un falso anglicismo, pronunciado más o menos como «tú y yo») era la red social preferida por los adolescentes españoles en aquellos momentos.

—Te la dejo, pero muy poco —respondió Sandra—. Como llegue tarde a mi casa, mi madre me va a matar.

—Pues anda que la mía —añadió Maite—. Mirad, ya se ha conectado.

Accedió a su perfil y vio un aviso que le indicaba que tenía varios mensajes nuevos. La mayoría eran de desconocidos.

—¡Joder! —gritó al verlos; la tableta casi se le había caído de las manos y un gesto de contrariedad se dibujó en su rostro.

—¿Qué pasa?

—¡Qué cabrones!

—«¿Cómo la tiene el rey Baltasar?» —leyó Abigaíl por encima del hombro de su compañera.

—«¿Es verdad que los negros la tienen más grande?» —continuó Carmela.

—Y son todos así —se lamentó Maite—. Esto ha sido cosa de Juanjo y de sus amigos. ¡Cuando le vea, le voy a cortar los huevos!

—Mira, yo también tengo mensajes de esos —dijo Sandra consternada; en uno de ellos aparecía una foto de la carroza con las seis pajes y el rey mago, a la que le habían añadido un breve texto: «Las pajas del rey Baltasar».

—¡Qué cerdos!

—Y todo es pura envidia.

—Oye, chicas, lo siento mucho —intentó consolarlas Carmela—. No os preocupéis por mi *Tweejo*, ya lo veré en casa.

—Yo me voy ya —dijo Maite levantándose.

—Sí, venga, vámonos —dijo Sandra—. Hay que enterarse de quién nos ha mandado esos anónimos y fastidiarle bien.

Las chicas se pusieron en pie, desconectaron las tabletas, las guardaron de nuevo en las mochilas y, cabizbajas, reemprendieron el camino hacia sus hogares.

Felipe vio salir en el otro extremo de la calle a Tinín y a Yusuf, les hizo rápidamente unas fotografías con su cámara con teleobjetivo y puso la furgoneta en marcha. Habían estado muy poco tiempo, demasiado poco para un trío, y además de la joven presentadora no había ni rastro. Pero ¿qué demonios pintaría un conde en una casa de vecinos del barrio de Entrevías, acompañado por un moro? «Seguro que han venido a comprar drogas, me juego el pescuezo», pensó. Para ser el primer día de seguimiento, no estaba mal. Felipe había apuntado la dirección del sitio misterioso, por si después podía enterarse de algo más. Seguro que a Machín le gustaba aquella información. Volvieron al palacete por el mismo camino; Tinín se bajó allí y entró en su casa, mientras la furgoneta del moro se marchaba rápidamente. Felipe decidió no parar la suya, sino que, como era ya la hora de comer, siguió unas cuantas manzanas hasta que dio con una pizzería y compró una *pepperoni* y dos latas de coca-cola. Aprovechó también para que le cambiasen un billete en monedas, por si tenía que alimentar durante mucho tiempo los voraces parquímetros de Marañón. Se tomaría su almuerzo mientras observaba sigilosamente durante aquellas primeras horas de la tarde el domicilio de los Lequerica desde la parte de atrás de su Berlingo. Mas la espera fue vana, porque Tinín no volvió a salir de casa en todo el día. Sí que llegaron a media tarde, con muy pocos minutos de diferencia, otros dos coches de lujo con sendos individuos de aspecto engolado a los que no supo identificar, aunque los fotografió lo mejor que pudo antes de que penetraran con sus vehículos en el recinto. Se marcharon casi también al mismo tiempo, cuando ya era de noche. Antes de aquello, el gran Lexus salió y regresó con los niños del colegio, y después volvió a salir, con Rosina ocupando en solitario el asiento trasero. La condesa volvió al palacete más o menos una hora después de que se hubieran marchado los dos visitantes, y ya no hubo más movimiento hasta las diez de la noche, cuando Felipe decidió que ya estaba bien por aquel día, cuya mañana había sido tan interesante y la tarde tan aburrida. Se colocó de nuevo al volante, puso en marcha el motor y se largó a su casa.

Germán llevaba unos pocos días experimentando una sensación a la que no estaba muy acostumbrado: la soledad. Mientras que su vida normal consistía en mantener innumerables reuniones casi todos los días desde por la mañana hasta por la noche, comiendo y cenando en restaurantes con otros políticos o con empresarios, y no pocas veces con deportistas, científicos, cantantes, escritores y otras personas «interesantes», como solía decir su exmujer, ahora, en cambio, nadie lo llamaba, nadie lo esperaba en una reunión o en una comida, y eran pocos incluso los que se tomaban la molestia de escribirle un correo electrónico. Tampoco tenía, como había sido lo normal desde hacía algunos años, un chófer esperando a la puerta de donde estuviese. Los únicos que querían saber algo de él eran los enojosos periodistas del corazón, a los que mala bomba no arrancase los huevos de cuajo, pensaba cada vez que uno de ellos lo telefoneaba. Hasta se le había puesto muy cuesta arriba el asunto del sexo, nada menos que a él, a quien otrora le bastara con chasquear los dedos para que las mujeres más hermosas cayeran rendidas a sus pies. Después de las últimas revelaciones de Rosina parecía que las hembras se hubiesen olvidado por completo de Germán Campohermoso, así que se dedicaba a ver la tele, a navegar por internet y a leer algunos libros, aunque con esto último tendía a aburrirse pronto. Aquello no era vida para él. Esa tarde, además, le resultaba imposible concentrarse en ninguna cosa después del extraordinario comportamiento de Laura en los servicios del consistorio. Lo que le faltaba: volver a empezar la tormentosa relación que estaba prácticamente acabando con su vida política. ¡De ninguna manera caería otra vez en las redes de aquella ninfómana insaciable! Bastante esfuerzo le había costado armarse de valor para dejarle las cosas claras unos tres meses antes, cuando quedó con Laura para decirle que por su parte todo había terminado, pese a que no conseguía pensar en ella, y menos aún mirarla, sin sufrir un arrebato de deseo como nunca había sentido por nadie más. Por suerte, parecía que en el PP la habían convencido de que lo mejor era marcharse lejos por una temporada; a ver si dando vueltas por el mundo se echaba de una puñetera vez un novio que la hiciera olvidarse de él.

Hastiado del televisor, que había encendido tras la comida y al que no conseguía prestar mucha atención, Germán se levantó del sofá y se cambió de ropa.

—¡Voy a salir, Sundita! —avisó a la asistenta—. Cuando sea la hora, váyase sin problema, que a lo mejor yo vuelvo tarde.

—No *peocupal*, *señol* —respondió ella con su español aún mal aprendido.

Germán se enfundó en un abrigo gris marengo, se colocó un sombrero del mismo color y salió a las calles del Madrid de los Austrias, por las que comenzaba a derramarse la luz amarillenta del atardecer. Anduvo sin rumbo predeterminado, mirando escaparates como ya no recordaba desde cuándo no hacía, fijándose de reojo en la gente que se le cruzaba y disfrutando de lo sencillo que era pasar desapercibido en aquella ciudad. Al cabo de bastante rato llegó a la plaza de Neptuno; sintió la tentación de entrar al bar del hotel Palace a tomar una copa, pero se resistió, pues allí era muy fácil encontrarse con gente a la que no le gustaría ver, y sobre todo, que no quisiera verlo a él. Tomó el paseo del Prado hacia Atocha, para evitar la cercanía del edificio del ayuntamiento en la dirección contraria, y bajó por la acera del museo, más amplia que la opuesta. Se desabrochó los botones del abrigo para notar el abrazo del gélido viento de enero, que le hacía sentir la ilusión de despertar de su infinita pesadilla. Al llegar a la altura del Jardín Botánico, se acercó al borde de la calzada para evitar las salpicaduras de una fuente, cuyos chorros de agua desparramaba la ventolera. Sin tan siquiera decidirlo, levantó el brazo derecho para llamar a un taxi que se acercaba luciendo su lamparita verde. Se quitó el abrigo, subió, le dio las buenas tardes al taxista y le dijo el nombre de una calle del distrito de Chamartín.

La dirección de Laura.

Capítulo 9

Ailín bajaba apresuradamente la calle de Los Barros, sofocada por el esfuerzo y nerviosa por la regañina que sin ninguna duda le iba a caer. La señora Eulogia tenía el peor genio que ella conociera y era capaz de humillar al más pintado con aquella cháchara medio incomprensible desde el trono de su silla de ruedas. Ailín, por su parte, se prometía a sí misma todas las veces que ya no iba a llegar con retraso a ningún sitio nunca jamás, que empezaría a prepararlo todo desde al menos una hora antes de salir y que no se quedaría pegada a la televisión cuando tuviese que ir a algún sitio, sobre todo a trabajar. Pero aquellos buenos propósitos nunca estaban cerca de cumplirse, por mucho que al bueno de Loren se lo llevaran los demonios cuando le tocaba esperarla o cuando se enteraba de que había vuelto a llegar tarde a las casas.

—Cualquier día se hartarán y te van a poner de patitas en la calle —la advertía, cada vez con menos esperanzas de conseguir que su chica fuera un poquito más puntual.

Aquella tarde la señora Eulogia estaba de un humor todavía más insoportable que de costumbre. Seguro que la nieta no le había dejado bien preparadas las pastillas y la vieja no se había tomado el tranquilizante.

—¡Le voy a decir a mi hija que esta sea la última vez que contrata una negra! Sois todas unas vagas y unas guarras, gorda asquerosa.

—La que se va a largar soy yo, como siga usted diciéndome esas cosas. Y no sé quién va a cuidar de usted entonces.

—Pues anda que no hay gente en el paro. ¿Se puede saber por qué has llegado tan tarde, que ya ha terminado hasta la novela?

—Es que ha tardado mucho en venir el autobús, doña Eulogia.

—¡Si vives cuatro calles más arriba, pedazo de lechona!

—Ay, señora Eulogia, pero por las mañanas voy a trabajar a otra casa que está en otro barrio, y tengo que venir desde allí.

—Y una leche.

—Ande, ande, que vamos a bajar a dar un paseo mientras hay luz. Allá en mi país los días duran igual en invierno y en verano, ¿sabe usted?

—Será un país de negros gordos y vagos como tú. ¡Qué asco!

—Ande, calle, que nos vamos a dar el paseo.

Ailín levantó con cuidado a la raquítica octogenaria del sillón en que estaba frente al televisor y la colocó en una silla de ruedas, sin que Eulogia dejase ni un momento de gruñir y gimotear por el supuesto daño que le causaba su cuidadora. Una vez en el rellano la volvió a levantar y bajó con ella en brazos los dos tramos de escalera que las separaban del portal, pues la vivienda, igual que la de Ailín y la mayoría de las de aquel barrio, carecía de ascensor; por suerte la anciana vivía en un primero, porque si hubiera sido en un cuarto, como el de ella, no habría tenido fuerzas suficientes. Mejor sería entonces bajarla colgando de una cuerda desde la ventana y dejarla suspendida un buen rato, para que se oreaste. Cuando llegaron al portal, la dejó sobre una deslucida silla de mimbre que estaba permanentemente allí y subió de nuevo por la silla de ruedas. Al menos en la seguridad social les habían dado una de las que pesaban poco. Cinco minutos después de sacarla del salón estaban por fin en la calle. Pese a que aún era enero, el tiempo había cambiado de repente y hacía una tarde casi primaveral que invitaba a dar un paseo bajo los plátanos sin hojas. Los gritos de los niños aún se escuchaban tras las tapias y verjas de los colegios, aunque algunas madres y abuelos ya remoloneaban alrededor aguardando el momento de recogerlos. La mayoría de las escasas tiendas de la zona permanecían cerradas, salvo el colmado de unos chinos justo frente a la entrada de uno de los colegios. Se levantó una brisa ligera, despeinando las canas de la señora Eulogia.

—Ay, mis pelos —se quejó la anciana.

—No se preocupe, que luego la voy a peinar y la voy a dejar más guapa que una miss.

—Tú siempre diciendo zalamerías, y luego no das un palo al agua.

—¿No tendrá usted frío, señora Eulogia, con este viento?

—Yo no tengo ni frío ni calor.

—¿Quiere que le eche mi trenca por encima?

—Anda ya, y voy a ir como un adefesio. Quita, quita.

—Para que no se me vaya a resfriar, que a su edad un catarro es un peligro.

—Eso quisieras tú, que me diera un arrechucho y no me levantara del sitio.

—¿Cómo voy a querer eso? Si usted se muere, yo pierdo mi trabajo.

—Ya encontrarías otra vieja. Aquí no hay más que viejos.

—Mire, Eulogia, no. En este barrio hay muchos niños, ¿no los oye?

—Cuando yo vine a vivir aquí, eso sí que era haber niños. Estaban las calles llenas. Ahora, cuando los sacan del colegio, no sé dónde los meten, ya no se ve ni uno.

—Es que ahora es un peligro jugar en la calle, con tantos coches como hay y con tantas cosas malas que pasan.

—Y con tanto gandul y maleante que ha venido a chuparnos la sangre a los españoles.

—Ande, calle, que ustedes también vinieron a Madrid como emigrantes, desde sus pueblos.

—No me contestes, guarra.

—Mire, señora Eulogia, un día voy a cansarme de escuchar todas las barbaridades que me dice y se va a quedar sin nadie que la cuide.

—Bah.

Ailín siguió empujando su fatigoso cargamento hacia el parque del barrio, extendido a lo largo de una enorme ladera que descendía hasta el río. Estaría bien soltar la silla de ruedas desde allí y que

163

bajara rodando rodando hasta hundirse en las aguas del Manzanares, si es que llevaba algo de agua. La seguridad social se lo agradecería: una pensión menos que pagar, y seguro que los hijos de aquella bruja se ponían también la mar de contentos.

—¿Quiere que entremos en el parque?

—No, que estará lleno de moros y de negros.

—Pero como va usted con una negra, no se atreverán a decirle nada.

—Bah —repitió doña Eulogia, dando a entender que le traía sin cuidado cualquier cosa que le respondieran.

—Mire, ya están saliendo los niños del colegio —comentó Ailín señalando a un grupito de niñas de unos diez o doce años que cruzaban la ronda del parque con las mochilas.

—Esas seguro que son unas putas —sentenció Eulogia.

—¡Ay, madre mía! —exclamó Ailín— ¿Y eso por qué lo dice usted? Si no son más que unas crías.

—Ja. ¿Pues no te has enterado de lo del golfo ese del ayuntamiento?

—¿El viceacalde dice usted?

—El que sea. Resulta que se ha tirado a las putillas que iban con él en la carroza de Baltasar.

—¡Madre mía, doña Eulogia! ¡Qué cosas tiene usted! Pero si eran unas niñitas y estaban delante de todo el mundo.

—Que no, que me lo han dicho a mí de buena tinta.

—Eso es una bobada. La gente se pone a inventar disparates y los malpensados como usted van y se lo creen.

—Piensa mal y acertarás.

—Pero es que yo sé que es mentira.

—Tú qué vas a saber, ignorante. ¡Ay! ¡Mira los baches!

—De boca tenía que darse usted un golpe en el suelo, para que no dijera tantas barbaridades. A ver, ¿quién le ha contado esa mentira tan grande?

—¡A ti qué te importa! Me lo han dicho y es verdad. Se las ha tirado una por una, el muy cerdo, y las niñitas tan contentas. Bien que les ha pagado, dicen.

—¡Por Dios, señora Eulogia! No siga usted diciendo esas tonterías, que la va a castigar Jesús.

—Si es que son todas unas putas, no hay más que ver qué ropa llevan; míralas, míralas.

—Pues yo las veo con trencas más grandes que la mía y con unos pantalones de lo más normal. Pero dígame dónde ha escuchado usted esas cosas horribles, por favor. ¿Se lo ha dicho su hija o su nieta?

—Me lo han contado, y no hay más que hablar.

—Pero ¿qué más le da a usted contármelo? ¿Lo han dicho en la tele, o se lo ha dicho alguien en la calle o alguien de su familia?

—¡Ay, qué pesada! Mi nieta Karen es la que me lo ha dicho, cuando vino a verme el domingo.

—¿Esa es la que va todavía al instituto?

—Pero ella no se acuesta con señores, como las otras. Que en mi casa hemos sido siempre muy decentes.

—¡Y las demás tampoco se acuestan con señores! ¿Qué se ha creído usted? Su nieta Karen no tiene ni idea de lo que habla.

—No te metas con mi niña, negra asquerosa.

—¡Y no se meta usted con las demás! Venga, nos volvemos para casa, que hoy ya estoy cansada de la caminata. Y las escaleras las va a subir esta vez usted solita.

Aquel día, Felipe Barajas había seguido el coche de Tinín hasta que entró en un aparcamiento subterráneo del barrio de Argüelles. Sin pensarlo un segundo, entró él también con su furgoneta, consiguió hallar un sitio libre no demasiado lejos del de Constantino y salió a la calle algunos metros por detrás de Tinín, reconvertidos ambos en peatones. El conde consorte recorrió un par de manzanas a buen paso, hasta entrar en un inmueble centenario, que en su origen había sido de viviendas pero que ahora parecía estar dedicado todo él a oficinas. Felipe se quedó mirando desde la acera hacia el interior del portal, pero en un ángulo que lo ocultaba de la vista del portero, y desde allí observó que Tinín se introducía en un prehistórico ascensor de los de cristales en las paredes; el rastreador fotografió mentalmente la altura a la que su presa había levantado el antebrazo para apretar el pulsador, y al cabo de un par de minutos, cuando el ascensor volvió a bajar con otro pasajero, entró él mismo al portal como si llevara haciéndolo toda la vida, saludó al conserje con un aséptico «buenos días» y se introdujo directamente en la vieja cabina. Estimó con precisión el movimiento de Tinín al pulsar los botones, y dedujo que había subido al tercero, adonde se dirigió inmediatamente. En el rellano había dos puertas. Una era una consulta médica: DR. HERNÁNDEZ DE TEJADA. TRAUMATOLOGÍA. Tinín no parecía haberse roto ninguna pierna, así que lo más probable era que hubiese entrado en la puerta de enfrente. Un letrero metálico anunciaba que se trataba de una empresa llamada Sangho International, pero nada indicaba a qué actividad económica podían dedicarse allí dentro, así que anotó el nombre en su libreta para poder buscar información más adelante. Felipe apoyó una de sus orejas en la puerta y oyó una música muy suave, posiblemente un hilo musical; también se escuchaban de vez en cuando algunas voces, pero estaban lejos, no hablaban muy fuerte y no llegaba a entender nada de la conversación. Ni siquiera sabía si uno de los que hablaban era Constantino, pues la verdad era, según se percató en ese momento, que no había escuchado todavía su voz, salvo cuatro palabras a mucha distancia, y no sabría reconocerla si la oyera directamente detrás de él. Lo que sí oyó fue el ascensor que se ponía otra vez en movimiento. Felipe comenzó a subir muy despacio las escaleras para que no pareciese que estaba quieto, pero el ascensor pasó de largo. Lo mejor sería estar subiendo y bajando a ese ritmo por los escalones más próximos al tercer piso hasta que alguien entrara o saliera de Sangho y eso le permitiera al menos echar un vistazo al interior de la oficina. Por fortuna, cuando llevaba menos de diez minutos de espera, el ascensor volvió a funcionar, y esta vez sí paró en el tercero, aunque, antes de que se detuviese, a Felipe ya se le habían acelerado las pulsaciones al descubrir el rostro de la recién llegada. Nada menos que Valeria Ciscar, la persona con la que más ganas tenía de encontrarse desde hacía unos días. Felipe retrocedió hasta coincidir en el descansillo con la presentadora, que le pareció mucho más fea al natural que en la televisión, pero que estaba realmente maciza, ponderó. Ella llamó al timbre de la empresa y unos pocos segundos después le abrió la puerta una joven muy bien arreglada que le daba la bienvenida tuteándola. No fue gran cosa lo que consiguió ver Felipe del interior de la oficina con el rabillo del ojo: una recepción más o menos elegante, aunque de austera decoración moderna, y un pasillo que salía hacia el fondo con varias puertas abiertas que daban a él, en una de las cuales entró Valeria justo cuando la puerta principal se cerraba. Fin del espectáculo. Con aquella noticia fresca en el zurrón, Felipe bajó a la calle y se dedicó a recorrer despaciosamente la acera opuesta durante casi una hora con su pequeña pero sofisticada cámara digital en el bolsillo del abrigo, hasta que por fin Valeria y Constantino salieron del portal, él pasando su antebrazo por el hombro de ella. Hablaron unos segundos bajo el dintel, se despidieron con dos besos en las mejillas y salieron cada uno caminando en direcciones opuestas sin mirar hacia atrás. Felipe estaba exultante, con diez o doce ricas fotografías en la memoria de la cámara. Siguió el camino de Tinín hasta el aparcamiento y circuló unos cuantos minutos tras él, esperando que su buena suerte continuara y que en cualquier esquina el condesito recogiera a su amante con el coche y se fueran los dos a un discreto chalet de las afueras. Pero Tinín parecía llevar el camino de vuelta hacia el barrio de El Viso, y cuando Felipe no pudo pasar el semáforo que el primero acababa de saltar en amarillo, se dio cuenta de que Valeria no podía haber llegado hasta tan lejos caminando, así que no le importó perder al conde. Mejor se iba a su casa y procuraba enterarse de algo sobre Sangho International.

—¿A ti te siguen llegando mensajes guarros? —preguntó Sandra a Maite aquella noche por el *Tweejo*; los lectores disculparán que, en vez de transcribir esta conversación con su grafía original, difícilmente comprensible, lo hagamos adaptándola a las normas ortográficas tradicionales (y de paso, corrigiéndoles un poquito a las chicas la sintaxis y las concordancias), aunque son las propias Sandra y Maite a quienes debemos más disculpas por esta libertad estilística que nos tomamos con sus mensajes.

—Sí —respondió Maite.

—¿Y has sabido algo de las otras?

—¿De quién?

—De Celia, de Sonia, de Blanca y de Bego.

—Ah, las que iban con nosotras en la cabalgata.

—Esas.

—De Blanca, sí. También se los mandan. Pero ella también va al Godínez. De las otras, no sé. A lo mejor en sus institutos no se ha corrido la voz.

—¿Por qué no les escribimos para preguntarles?

—Vale; yo las tengo en mis contactos.

—Yo también.

—Pues escribo yo a Celia y tú a Sonia y a Bego.

—No están conectadas ahora. Les mandamos un email.

—Pues se lo mando yo a las tres juntas.

—Ok.

—Te pongo en copia. «Hola, chicas: Sandra y yo hemos recibido una tableta que nos ha regalado Germán, el rey Baltasar. ¿Os la ha mandado también a vosotras? El problema es que la gente de nuestro instituto se ha enterado y han empezado a decir que Germán se acostó con nosotras y que por eso nos ha hecho ese regalo. ¿Os pasa a vosotras lo mismo? Besos, Sandra y Maite.»

—Muy bien, a ver qué dicen.

—Esta tarde me ha contado mi tía Ailín que la vieja que cuida por las tardes también sabía la historia.

—¿Ah, sí?

—Le he dicho que no se le ocurra chivárselo a mi madre. Por lo visto, a la vieja se lo ha contado su nieta, que se llama Karen. ¿A ti te suena que vaya al Godínez?

—No sé, es posible. Mira, me acaba de llegar otro mensaje. Te lo copio. «Nosotros la tenemos más larga que Baltasar. Os esperamos mañana para echar un polvo.»

—¡Qué cerdos!

—Yo no quiero ir mañana al instituto.

—¿Y qué vas a decir a tus padres, que te has puesto mala?

—No lo sé. A lo mejor no les digo nada. ¿Y si hacemos pellas?

—Yo tampoco tengo ganas de ir al insti. Pero si faltamos a clase va a ser peor.

—Por un día...

—Pero al día siguiente va a estar todo igual.

—Podríamos pedir que nos llevaran a otro instituto.

—¡Anda ya! ¡Que se vayan los que nos mandan estos mensajes!

—Si pudieran pillarles —dijo Sandra con rabia.

—Creo que la policía puede averiguar desde qué ordenador se mandan los mensajes.

—Pero para eso habría que poner una denuncia.

—Claro.

—Joder, es que yo no quiero que se enteren mis padres de lo que está pasando.

—¿No les has dicho nada?

—Qué va. ¿Y tú?

—Tampoco. Pero mi madre fue la primera que se mosqueó por lo de la tableta. ¿A ti te dijeron algo?

—Nada, que qué majo era el rey mago. Es que mis padres no ven los programas del corazón y yo creo que todavía no se han enterado de la historia.

—Pero si lo han sacado hasta en el telediario. ¿No ves que ha tenido que dimitir de vicealcalde?

—Pero les habrá entrado por un oído y les habrá salido por el otro. Me parece que ni siquiera llegaron a enterarse de que el rey Baltasar era Germán, el de Rosina. Y Juanjo, ¿qué te dice?

—A ese no me lo recuerdes. Estoy segura de que los rumores y los mensajitos los han empezado él y sus amigos.

—¿Has hablado con él?

—Ni pienso.

—A lo mejor no ha sido él. ¿Tienes algún mensaje suyo?

—Unos cuantos, pero no los he contestado.

—¿Y qué te dice?

—Que qué me pasa.

—Chica, respóndele, aunque sea poniéndole a parir.

—Ya veremos. Mira, acaba de responderme Bego.

—A ver.

—Te copio el mensaje. «Hola, chicas: A mí también me ha regalado la tableta. En mi colegio no ha pasado nada, no se han debido de enterar. Besos.»

—¡Qué morro!

—Pues sí, ya podíamos estar nosotras en el mismo colegio que ella.

—¿Quieres que vayamos mañana las dos juntas al instituto?

—Claro.

—Quedamos en la esquina del súper a las ocho y veinte, ¿vale?

—Ok.

—Pues hasta mañana.

—Chao.

Maite cerró el chat, pero se quedó pensando en lo que le había dicho Sandra sobre Juanjo. Tal vez estaba siendo demasiado dura, pero el asunto la enfadaba de tal manera que había sido incapaz de acercarse a él. Cuando el chico había vuelto a esperarla en el mismo sitio la mañana siguiente, ella echó a andar más deprisa sin detenerse siquiera a saludarlo, y la misma reacción había tenido cada vez que él había intentado hablar con ella. Ahora, recostada sobre los cojines de su cama nido y con la tableta en las manos y apoyada en su vientre, cargó la página del correo y buscó los últimos mensajes que le había remitido su ya no sabía si novio; la verdad es que tampoco lo había sabido nunca. ¿Novio? ¡Por favor!, esa palabra significaba demasiado. ¿Primer amor? Joder, qué cursi, aunque mucho de cierto tenía. ¿Rollito? ¿Amigo especial? ¡Qué más daba! Era el chico con el que había estado saliendo las últimas semanas, punto.

«Maite, te he pedido perdón no sé cuántas veces y no me has respondido, y no sé tampoco por qué me tienes que perdonar, pero ya no lo voy a repetir, dalo por pedido todas las veces que hagan falta», decía el mensaje más reciente, de aquella misma tarde (quede entre los lectores y nosotros la pequeña puntualización de que el texto de Juanjo ha necesitado bastante más «edición» por nuestra parte que los intercambios entre Maite y Sandra). Maite miró también algunos de los mensajes anteriores, pero en ninguno de ellos pudo adivinar algo que se relacionara con el acoso que ella y las otras estaban sufriendo por internet. Maite decidió contestarle, avisándole con un mensaje de que iba a estar en el chat. Juanjo debía de estar conectado, porque inmediatamente entró también al *Tweejo*.

—Hola —saludó ella.

—Hola.

Al cabo de un rato sin que ninguno supiera qué añadir, él preguntó:

—¿Sigues enfadada conmigo?

—Un poco.

—No me extraña, me acabo de enterar de lo que está pasando.

—¿Es que no lo sabías?

—No tenía ni idea. Se ve que la gente no me lo quería contar a mí porque estaba saliendo contigo.

—¿Y cómo te has enterado?

—Porque me ha escrito uno de C que iba conmigo el año pasado y que no sabía que eras mi novia.

—Ah. ¿Y qué te decía?

—Que contaban por ahí que unas chicas del insti se habían liado con el que hacía de rey Baltasar.

—¿Qué le has dicho tú?

—Que no sabía nada.

—¿Y tú qué piensas, que es verdad o que es mentira?

—¡¡¡Que es mentira!!!

—¿Me lo juras?

—¿Por qué quieres que te lo jure?

—Para saber si dices la verdad.

—¿Qué?

—Que quiero que me lo jures para que me digas la verdad.

—Ah, no. Lo que yo digo es que por qué quieres que te lo jure.

—...

—Que si quieres que te lo jure por Dios, o por mis muertos, o por qué cosa.

—Ah, con que me lo jures a secas me vale.

—Pues te lo juro a secas.

—¿Qué es lo que me juras?

—Joder, ya no me acuerdo. ¿Qué me habías preguntado?

—Que si tú crees que es verdad o mentira lo que cuentan de Germán y nosotras.

—Te juro que creo que es una puta mentira de cabo a rabo.

—Gracias.

—Además, yo estaba también por allí aquel día, ¿te acuerdas?, y era imposible que pasara nada.

—Pues claro.

—Entonces ¿seguimos saliendo?

—No sé. Ya hablaremos mañana.

—¿Quieres que te pase a buscar para ir al instituto?

—Vale. Pero he quedado con Sandra en la esquina del súper.

—La recogemos por el camino.

—Vale.

—Te quiero, churri.

—Vaaaale.

Más o menos al mismo tiempo, Felipe Barajas estaba también navegando por internet. Buscó en Google «Sangho International», y para su sorpresa lo único que encontró con ese nombre fue una empresa naviera de origen chino dedicada al flete de mercancías. Pero no le había dado la impresión de que la oficina que había visto aquella mañana tuviese nada que ver con aquel país, aparte de que el nombre sí que le sonaba a chino, en sentido literal. Por otro lado, una periodista del corazón, un niño bien que era el marido de una condesa y una compañía de fletes china con un pequeño despacho en el barrio de Argüelles no le parecían un triángulo particularmente simétrico. Algo no cuadraba en aquel asunto. Abrió los archivos de las fotos que había sacado a Tinín y Valeria. «¿Estos dos están liados realmente? —se preguntó—, ¿o se traen alguna otra cosa entre manos?» Alguna de las fotos podía mostrar algo así como un cariño singular, pero en ningún caso se las podía hacer pasar como la prueba de una gran pasión. Y un encuentro en una oficina llena de gente a las doce de la mañana... Aquello parecía tan extraño como la visita con el moro al piso de Entrevías. «Aquí se cuece algo que es más serio de lo que pensamos», se dijo Felipe. Volvió a abrir la página de Sangho International y se le ocurrió buscar en la lista de delegaciones, que podía desplegarse haciendo clic en una esquina. Para su asombro, no aparecía ninguna en Madrid, ni siquiera en España. «Vaya, vaya, vaya. Esto es la hostia de raro. Tendré que comentarlo con Machín.»

A la mañana siguiente, cuando Mansur había regresado de llevar a los niños al colegio, recogió a Rosina en el Lexus y salieron del palacete Lequerica. Aquel día nadie espiaba la casa desde la acera; Felipe había decidido tomarse un descanso y hablar con su jefe para decidir por dónde continuar la investigación. Mansur condujo el coche hacia el parque de las Avenidas, no muy lejos del chalet de los condes, una zona de pisos de clase media alta levantada en los años sesenta. Rosina entró en un portal; su chófer la esperaría dentro del coche el tiempo que fuera necesario. Subió en el ascensor hasta una casa que muchos años atrás había frecuentado bastante, a la que luego dejó de ir por completo y que hacía poco había empezado a visitar de nuevo con cierta asiduidad. Llamó al timbre y le abrió una asistenta de apariencia eslava.

—Buenos días, señora condesa. Don Ernesto la espera en el salón.

—Muchas gracias —respondió Rosina dirigiéndose hacia allí—. Buenos días, Ernesto. No, por favor, no te levantes —pidió al anciano que, sin hacerle caso, se incorporaba desde el enorme sillón de orejas en que estaba leyendo para saludarla con dos sonoros besos en las mejillas—. ¿Qué tal estás?

—Te mentiría si te dijera que nunca me he encontrado mejor, pero, teniendo en cuenta los años que tengo, yo diría que estoy fenomenal —respondió Ernesto Salaberri, colaborador de Nicasio Lequerica durante veinticinco años y mentor de Rosina a la muerte del viejo conde, que hacía unos años se había jubilado como profesor emérito de Arqueología en la Universidad Autónoma de Madrid.

—Fantástico —dijo Rosina.

—Bueno, pequeña, ¿qué novedades hay?

—La verdad es que todo va viento en popa. Lo que me daba más miedo era que los nuevos propietarios del gabinete pusieran pegas a nuestros planes, pero los abogados me dicen que ha sido todo lo contrario, que el proyecto les ha parecido muy bien.

—La planta baja es una joyería, ¿verdad?

—Yo no la llamaría con ese nombre. Es una de estas nuevas firmas de bisutería y complementos que lleva todo el mundo que quiere presumir de pijo. En fin, el contrato que firmaremos con ellos me obligará a servirles de modelo publicitario a cambio de una birria, pero no será un trabajo excesivo y podré imponer algunas cláusulas. No podrán hacerme posar desnuda, si eso te preocupa.

—Hace unos años me habría sentado mal, pero ahora que soy un venerable anciano y tú ya no eres una niña, a lo mejor no me importaba mucho. Creo que tengo algún pequeño ramalazo de viejo verde; tendré que consultar con mi geriatra. —Ernesto y Rosina rieron—. ¿Y en qué condiciones van a dejarnos utilizar el gabinete?

—La primera y la segunda planta están íntegramente a nuestra disposición, pero yo tengo que costear la reforma y las obras no deben interferir con el funcionamiento del comercio. El viejo vestíbulo de la planta baja, el que tiene el mural de Joan Ponç y que ahora es una sala con expositores de productos de lujo, nos lo pueden prestar para actos singulares, pero pagándoles cada vez. No piden demasiado. En realidad, a ellos les viene muy bien que el gabinete se ponga a funcionar de una vez como el museo que proyectasteis mi abuelo y tú. El principal escollo que teníamos eran los permisos del ayuntamiento, porque Germán nos estaba poniendo todas las objeciones imaginables, pero Félix me ha informado de que el nuevo vicealcalde no tiene los prejuicios del anterior y ha ordenado a las concejalías responsables que tengan todo preparado en el menor plazo posible.

—¿Y Marañón?

—El alcalde le dejaba hacer a Germán lo que le diera la gana en este asunto. Imagino que ahora se ha quitado un peso de encima, en realidad. Según lo que me ha dicho Félix, es muy probable que en menos de un año podamos inaugurar.

—Supongo que las obras de la colección siguen almacenadas en el gabinete.

—Por supuesto, eso siempre ha estado bajo nuestro control. Solo han salido las que ya sabes que tuvimos que ir vendiendo hace unos años.

—Tomás Alvargonzález está deseando ponerse a trabajar. En cuanto sepamos el presupuesto y la superficie con que vamos a contar, te presentará un proyecto para la exposición permanente, y tiene ya barruntadas unas cuantas propuestas para las temporales.

—¿Ah, sí? Cuéntame.

—Le dije que, para empezar, en mi modesta opinión tenemos que empezar montando una de godos. Ya ha empezado a hablar con varios museos españoles y extranjeros para que nos cedan unas cuantas piezas importantes, y la muestra se complementaría con una semblanza biográfica de Nicasio y sus propias excavaciones en yacimientos visigóticos. Esa exposición podría permanecer casi todo el primer año.

—Me parece muy bien.

—Para después de eso, Tomás está en conversaciones con los organizadores de una exposición sobre las expediciones arqueológicas de la Ahnenerbe (recuerda, el instituto de investigación de las SS), que va a abrir en Múnich dentro de poco y que luego se va a exhibir en Bolonia y Lyon. No nos costaría mucho, porque habría patrocinadores de sobra; ese asunto siempre tiene mucho morbo, y sería también una ocasión estupenda para desmentir algunas de las patrañas que se contaban sobre tu abuelo.

—Tendré que enterarme muy bien de los detalles antes de decidirnos. Dile a Tomás que me envíe la información que tenga sobre el contenido de la exposición, la orientación que van a darle y todas esas cosas.

—Naturalmente.

—¿Y qué más?

—Hay algunas exposiciones maravillosas que se van a montar por ahí, pero que serían más caras. Por ejemplo, una sobre máquinas de precisión en la Antigüedad, del Museo de la Ciencia de Londres. Tomás ha pensado también en alguna exposición de artistas vivos o recientes, pero mezclándolos un poco a lo loco; imagínate, por ejemplo, hiperrealismo español y diseño industrial.

—Bueno, ya veremos.

—Y por supuesto, también habría que hacer una exposición sobre arqueología paleocristiana, la otra gran pasión de tu abuelo, ¿no te parece?

La condesa tan solo respondió con un leve movimiento afirmativo casi imperceptible y se quedó en silencio mirando hacia el ventanal.

—¿Qué piensas, Rosina? —preguntó el anciano.

—Precisamente sobre ese tema quería decirte algo.

—¿Sobre cuál?

—El último que has mencionado, la arqueología paleocristiana.

—¿Qué sucede con ello?

—Todavía no estoy segura de que suceda algo, pero sospecho que podemos encontrarnos con una novedad muy importante dentro de poco.

—¿Una novedad? ¿Qué tipo de novedad?

Rosina se levantó del sillón que ocupaba al lado de Ernesto y miró por la ventana. Unos cuantos metros más arriba del portal se veía su coche ya bien aparcado, con el bueno de Mansur seguramente en su interior. También observó unos segundos las ventanas de la casa de enfrente, nada más que por dejar pasar un poco de tiempo antes de atreverse a decir a Ernesto lo que le había venido a contar.

—No te puedo dar casi ningún detalle —dijo por fin—, porque

todavía no lo tengo en mi poder, pero es muy probable que aparezca un objeto muy valioso descubierto por mi abuelo y relacionado con los inicios del cristianismo... Un objeto que ha estado oculto desde que mi abuelo murió.

Ahora fue el viejo profesor Salaberri quien permaneció en silencio, con los ojos mirando al vacío. Al cabo de poco, se quitó las gafas y comenzó a limpiarlas mecánicamente con el faldón de su batín. Cuando volvió a ponérselas, Rosina comprobó que la mano del anciano temblaba y su respiración se había hecho más intensa. La mujer volvió al lado del viejo profesor y le puso la mano en el hombro.

—¿Tienes alguna idea de qué puede tratarse, Ernesto? —le preguntó, y él apoyó su propia mano sobre la de ella.

—Creo que sí —respondió él al cabo de unos segundos, pero con una voz casi imperceptible, y de la que había desaparecido la jovialidad de la que hacía gala normalmente.

—¿Te ocurre algo?

—No, querida, es solo que sospecho cuál es el hallazgo al que te refieres.

—¿Y qué es? —inquirió excitada la condesa.

—Lamento decirte que, si es lo que yo pienso, tampoco lo sé más que muy vagamente. Debe de tratarse de un códice que tu abuelo encontró cuando excavábamos en Qirq Bize, a finales de los años cincuenta. En realidad, yo solo llegué a verlo una vez y pensaba que había desaparecido sin remedio, que Nicasio lo habría destruido o que se lo habrían robado. ¿Cómo has dado tú con él?

—Ha estado escondido todo este tiempo. Mi abuelo dejó instrucciones a sus administradores de que lo recuperásemos un cierto número de años después de su muerte. Pero todavía no lo tengo conmigo.

—¡Qué ladino, el bueno de Nicasio! ¿Y sabes dónde está el manuscrito?

—Supongo que seguirá donde lo guardó mi abuelo.

—¿Quién más lo sabe?

—Solo quien es imprescindible que lo sepa.

—Estupendo. Pero ¿cómo es que no lo has recuperado ya?

—No es del todo fácil, pero no falta mucho. Es una historia un poquito complicada, prefiero no entrar en detalles.

—Como quieras, pequeña. Pero debes tener muchísimo cuidado. Se trata de un objeto histórico de incalculable valor y habría gente dispuesta a cualquier cosa por conseguirlo.

—Pero ¿qué más sabes del manuscrito?

Ernesto cerró los ojos para hundirse poco a poco en el depósito de su memoria, intentando recuperar sucesos ocurridos hacía más de cincuenta años.

—Recuerdo que Nicasio se lo arrebató a un buscador furtivo cuando trabajábamos en la excavación, y lo mantuvo escondido entre sus cosas mientras intentaba enterarse de la naturaleza del códice, sin decírselo a nadie, ni siquiera a mí. Deduje que era algo valiosísimo cuando por fin me lo enseñó y me confesó que quería sacarlo de Siria en secreto. De contrabando, vaya. A mí casi me da un patatús. Pero al final lo conseguimos, aunque una vez que regresamos a España, Nicasio escondió el códice y no pude volver a verlo nunca más. Durante los siguientes años, le pregunté a tu abuelo muchas veces por él, y aunque nunca quería contarme casi nada, poco a poco logré sonsacarle que se trataba de algo así como un evangelio desconocido, un documento de los primerísimos años del cristianismo que hablaba sobre la infancia de Jesús, y que tu abuelo quería mantener oculto porque temía las consecuencias de su divulgación.

—¿Un evangelio desconocido? —exclamó Rosina, repitiendo la expresión que había usado el viejo arqueólogo.

—Como te he dicho, yo no pude examinarlo jamás —prosiguió Ernesto—, y Nicasio se cerraba como una tumba cada vez que yo intentaba sonsacarle algo. Hacía pocos años que se habían descubierto los famosos manuscritos del mar Muerto. Recuerdo que una vez que hablábamos sobre ese tema en su despacho, suspirando muy hondo me dijo algo así como «lo que trajimos de Siria será mucho más importante». Pero enseguida se arrepintió de haberlo mencionado y cambió de tema pese a mi insistencia. A medida que pasaron los años, su relación con la Iglesia se fue enfriando; él, que había sido tan católico y que incluso había financiado de su propio bolsillo buena parte de la expedición a las ciudades muertas en busca del cristianismo más primitivo. Yo sospechaba que era por culpa del manuscrito y se lo pregunté muchas veces. Pero nunca me daba explicaciones.

Ernesto volvió a callar.

—¿Y eso fue todo? —le preguntó Rosina.

—Hay un detalle más —respondió Ernesto al cabo de unos instantes—, pero me temo que será doloroso para ti, pequeña.

—No te preocupes, cuéntame.

—Cuando murieron tus padres, Nicasio entró en una depresión muy grande. No quería ver a nadie, no sé si lo recordarás; contigo estaba lo justo para que no te sintieras abandonada, y de mí no quiso saber nada en absoluto durante muchas semanas. Al cabo de algún tiempo, volvimos a hablarnos y a trabajar juntos, y en una de aquellas primeras veces le escuché murmurar algo así como que pensaba que la pérdida repentina de su hijo único y de su nuera había sido una advertencia del Altísimo para que no jugase con la historia de Jesús. Ni siquiera estoy seguro de que fuera consciente de que sus pensamientos los estaba expresando en voz alta, porque luego siguió como si yo no hubiese oído nada. Aquella fue la última vez que habló del códice en mi presencia, y teniendo en cuenta lo que había dicho, saqué la conclusión de que probablemente lo había acabado destruyendo. Por fortuna, ahora veo que no.

El recuerdo de la trágica muerte de sus padres y del dolor que provocó en su abuelo y en ella misma, que por aquel entonces no era más que una niña, hizo ascender en el pecho de Rosina una breve oleada de congoja, pero la condesa se sobrepuso de inmediato.

—¡Pues ese manuscrito ahora va a estar por fin en nuestro poder, tío Ernesto! —dijo en un tono entre cariñoso y triunfal—. Vivimos en un mundo muy diferente al del abuelo, y yo no tengo miedo a nada.

—Es bueno que no tengas miedo. Pero sí que debes tener mucho cuidado, mi pequeña condesa.

—No te preocupes. Conseguiremos recuperar el códice... y será la gran estrella en la inauguración del Gabinete Lequerica.

Lo que se estaba inaugurando justo en aquel momento eran los nuevos accesos a una estación de metro en el centro de Madrid. Juan de Dios Marañón acababa de soltar un discursito acerca de la importancia del transporte público, la reducción de la contaminación y la eficacia en la gestión municipal, con algunas alusiones al escritor, ya casi totalmente ignorado, que daba nombre a la plazuela y a la estación. Estaba andando por el reluciente vestíbulo junto con el concejal de obras, el director del metro, los arquitectos y una gran comitiva, cuando notó que en su bolsillo vibraba el teléfono móvil con la llegada de un mensaje. Disimuladamente, sacó el aparato mientras uno de los arquitectos explicaba a los presentes la dificultad que había supuesto la instalación del ascensor, y vio que el remitente era Germán de Campohermoso. «¿Qué querrá este pelmazo ahora?», se preguntó. Pero al abrir el mensaje comprobó que se trataba de buenas noticias. «Jefe, os haré caso por una vez: me largo un par de meses de vacaciones adonde no me podáis encontrar. Suerte.»

«¡Por fin! —pensó el alcalde—. A ver si se olvidan un poco de él.»

Capítulo 10

Pepe llegó a su casa a la hora de cenar, con el tiempo justo para poner la mesa.

—¿Cómo es que vuelves tan tarde? —le preguntó Charo.

—Es que me ha llamado Loren desde el bar cuando pa-pasaba por la puerta. Estaba de celebración. No te vas a creer lo que me ha contado.

—¿Celebraba una cosa y no ha llamado a su hermana lo primero? Se va a enterar el desgraciado de Lorencito. Bueno, desembucha.

—Resulta que esta tarde le ha llamado por teléfono el administrador de Rosina.

—¡Qué me dices!

—Y parece que quieren no-normalizar la situación del piso de tu tía.

—¿Qué es eso de «normalizar»? ¿Él estaba contento?

—Por lo que dice, les van a dejar un alquiler muy apañado y por tiempo indefinido.

—¡Fantástico! Me alegro un montón. La pobre Ailín estaba preocupadísima con ese tema. Se veía de patitas en la calle.

—Además, han quedado en que ma-mañana viene a recogerles el chófer de Rosina para llevarles a su palacio y firmar el contrato.

—¡Al palacio de la condesa! ¡Bueno, bueno; esto es para salir en las revistas! Ahora mismo les llamo. Terminad vosotros de preparar la cena.

Charo soltó el trapo de cocina que llevaba en la mano y corrió hasta el teléfono. Marcó el número de su hermano y estuvo hablando un buen rato, con gran excitación, tanto con él como con Ailín. Pepe, Róber y Maite intentaban captar todo lo que podían de la conversación.

—Entonces ¿van a ir mañana a la casa de Rosina? —preguntó la chica excitada.

—Eso parece —le respondió Róber.

—Sí, ¡va a venir a buscarles su propio chófer y van a ir en el cochazo de la condesa! —añadió Pepe desde el comprometido puesto de mando de la sartén—. En alguno de sus cochazos, quiero decir.

—¡Qué guay! —exclamó Maite, y de repente se le ocurrió una idea—. Oye, papá, ¿y tú crees que me dejarán ir con ellos?

—Vaya tonterías que dices, Maite. ¿Qué se te ha perdido a ti en todo este asunto?

—Para ver a Rosina en persona, y el palacete.

—No creo que a ella la vayan a ver. Lo arreglarán todo con los administradores o con los abogados.

—Es igual, ¡yo quiero ir!

Charo escuchaba simultáneamente a su cuñada y a su hija, y sin soltar el teléfono, levantó un brazo, con el puño cerrado salvo el índice, para decir que no moviendo la mano hacia los lados.

—¿Por qué no, mamá?

—Porque ya te metes tú sola en demasiados líos —respondió Charo susurrando—. Perdóname, Ailín, hablaba con Maite... ¿Que qué decía? Nada, tonterías de las suyas; que quiere ir con vosotros a firmar el contrato de alquiler... Que no, que no, de ninguna manera. Pero ¿qué van a pensar si os presentáis allí con una zángana de quince años? ¿Qué les vais a decir, que vive con vosotros? ¿O que no es más que una adicta a los programas del corazón? Ya hemos hecho el ridículo bastante en los últimos tiempos... Te repito que no, y a ti también, Maite... Por encima de mi cadáver. Pero qué pesados sois... No, no le digas nada a Lorenzo.

—Sí, sí; ¡que se lo diga, que se lo diga! ¡Díselo a Loren, Ailín! —rogó Maite a grito pelado para que su tía la oyera desde el otro lado de la línea.

—¡Pero qué plastas sois! —exclamó Charo mientras Ailín le dejaba el teléfono a Loren—. A ver, sí, Loren, sí... A mí me parece fatal... ¿Qué vais a darle así más pena ni qué ocho cuartos? ¿Qué pensáis, presentaros los tres vestidos de pordioseros? Valiente tontería... Bueno, eso tal vez.

—¿Qué dice? ¿Qué dice? —inquirió Maite.

—Que así parece más una cosa de toda la familia de la tía Jacinta.

—¡Pues claro! ¿No lo ves?

—A mí me sigue pareciendo una chorrada. A ver en qué otro jaleo te vas a meter con esta historia.

—¡Ay, muchas gracias, mamá, te quiero! Déjame a mí el teléfono, que hablo con el tío.

—Si es que vivo rodeada de imbéciles. Cada vez tengo menos confianza en el género humano —gruñó Charo dando el brazo a torcer y el teléfono a Maite.

—¡Hola, tío!... Ya me he enterado, sí. ¿Cómo quedamos?... Vale, mañana como a toda pastilla y estoy en vuestra casa a las tres y media.

A la mañana siguiente, cuando Maite y Juanjo se unieron con Sandra de camino al instituto, como llevaban haciendo los últimos días, Maite les contó la gran noticia.

—Venga, nos estás tomando el pelo —dijo el chico.

—Que no, que es verdad. Mis tíos vivían en un piso que es de Rosina, porque una tía de mi madre, la que murió el mes pasado, había trabajado muchos años como criada en casa de la condesa.

—Yo ya lo sabía —le dejó caer Sandra a Juanjo con recochineo.

—O sea —dijo él—, que si me caso contigo voy a ser pariente de la nobleza.

—Bueno, de la servidumbre de la nobleza —rio Sandra—. ¡Mayordomo, límpiame el traje, que me ha cagado una paloma en la chaqueta!

—Claro que sí, señora marquesa —consintió Juanjo, soltándose del hombro de Maite y haciendo que frotaba la trenca de Sandra un poquitín por encima del pecho.

—Eh, so guarro, no me metas mano.

—Lo que usted diga, señora marquesa.

—Sin abusar —dijo Maite—, que me enfado.

—Entonces ¿vas a hablar con Rosina? —preguntó Sandra.

—Claro, eso es lo que pretendo.

—¿Y qué vas a decirle?

—He pasado casi toda la noche pensándolo, pero no se me ha ocurrido nada.

—Uy, a mí se me habrían ocurrido miles de cosas.

—¿Como qué, lista? —desafió Juanjo.

—Pues que salga en la tele diciendo que no nos hemos acostado con Germán.

—Mira, no estaría mal —reconoció el chico.

—Pero ¿cómo voy a pedirle una cosa así? Creo que lo mejor será que le cuente lo que nos está pasando, y que ella nos proponga algo.

—¿Que proponga el qué? Ella te va a decir que nos jodamos y nos aguantemos.

—Bueno, ya se me ocurrirá alguna cosa por el camino —concluyó Maite cuando entraban al instituto. Desde el vestíbulo, Juanjo tenía que ir a su clase por un pasillo diferente al de ellas—. Hasta luego, cielo —le dijo, besándole ligeramente en los labios.

—Adiós, mi churri. Adiós, petarda —se despidió Juanjo.

—Hasta luego, mayordomo. ¡No te olvides de limpiarme el Rolls-Royce!

Sandra y Maite se dirigieron hacia su clase, mientras la primera seguía proponiendo ideas para el apasionante encuentro de la tarde en el palacete de los Lequerica. Al llegar a su aula, vieron que algunos compañeros les saludaban con poco ánimo y dirigían la mirada hacia la pizarra. Alguien había escrito en ella con letras bien grandes: «Las pajes de Baltasar se la chupan sin parar», al lado de unos burdos monigotes que intentaban representar la procaz escena.

—¡Pero qué guarros! —exclamó Sandra secándose las lágrimas

y corriendo hacia la pizarra para buscar el borrador; como no lo encontró inmediatamente, empezó a quitar el dibujo con la mano desnuda—. ¡No sé por qué no lo habéis borrado vosotras, joder! —recriminó a unas cuantas de sus compañeras, que, con cara de circunstancias, intentaban mirar hacia otro lado.

—¡Espera, Sandra, no lo quites todavía! —le pidió Maite; extrajo de un bolsillo de la mochila su teléfono móvil y sacó unas cuantas fotos a la pintada—. Ahora ya puedes.

Sandra tomó el borrador que había recogido Carmela en un rincón del aula.

—¡Si os lo pusieran a vosotras, a ver si os gustaba! —se quejó—. ¿Y quién ha sido el gilipollas que ha puesto esta guarrería?

—¿Qué pasa aquí? —preguntó Lucinda, la profesora de matemáticas, que en ese momento aparecía en la puerta del aula.

—¡Que son todos unos hijos de puta! —gritó Sandra saliendo a todo correr de la clase para esconderse en los servicios.

—Esto es lo que ha pasado —le dijo Maite, y enseñó a la profesora una de las fotos que acababa de sacar.

—Por Dios, pero esto es asqueroso. ¿Alguien ha visto quién ha hecho el dibujo? ¿Quién ha sido el primero en entrar en la clase?

El silencio más absoluto fue la única respuesta.

—Mira, Maite. Ve con Sandra a consolarla un poco, y luego bajad las dos a la jefatura de estudios y le enseñáis esta guarrería a Ramón. Yo me quedo mientras aquí, teniendo unas palabritas con vuestros compañeros. ¿Te parece?

—Claro, Lucinda, muchas gracias.

Felipe Barajas hacía de nuevo guardia frente al chalet de Rosina y Tinín. El día anterior le había llevado a Julio César Machín las fotos que había logrado hasta el momento, pero el jefe mostró poco entusiasmo, como de costumbre. «Lo de la oficina demuestra que vamos por el buen camino al seguir la pista de Valeria —le dijo Machín—, así que continuaremos por ahí. Lo del piso de Entrevías es lo que me resulta más sospechoso. No creo que haya ido allí para comprar droga; a eso puede mandar a sus moritos. Supongo que tendrán algún negocio con alguien de esa zona, y seguramente no será un negocio muy limpio. Así que también hay que seguir investigándolo. Me quedo con las fotos, ¿verdad? Tú tienes copias.» «Claro, jefe.» Así que allí seguía Felipe, como el paciente pescador a la orilla del río esperando que tarde o temprano picara el gran salmón. Hacia media mañana llegó la misma furgoneta del otro día, conducida por el mismo marroquí, o lo que fuera, y entró al patio interior del chalet. Felipe anotó el dato y la hora en su cuadernito y siguió vigilando.

Ramón Rosales, el jefe de estudios del Instituto Enrique Godínez, recibió a Sandra y a Maite en su despacho. Al verlas, esbozó una imperceptible sonrisa, confiando en que vendrían a contarle novedades sobre el atentado contra el coche de Daniel Peñas. «Por fin alguien que me va a contar algo», pensó. Había estado en la clase de aquellas chicas poco después de que ocurrieran los hechos, intentando averiguar lo que pensaba cada uno de los alumnos sobre el profesor de historia y cuáles habían sido sus reacciones ante aquella charla en la que Daniel había contado su teoría de que los Reyes Magos no existieron, pero fue inútil: nadie sabía nada, nadie había hecho nada, nadie había visto nada, a todo el mundo le parecía muy mal que se pintara el coche de un profesor y se le estropearan las cerraduras, y a nadie le parecían mal las opiniones de Daniel sobre la Biblia. Seguro que habían sido algunos de otra clase. Pero la típica amenaza de que alguien-sí-que-ha-visto-algo-y-ya-casi-están-identificados-los-autores-así-que-la-sanción-será-más-pequeña-si-confiesan-ellos-primero debía de estar empezando a dar sus frutos, como demostraba la presencia en la jefatura de aquellas dos chicas, dos de las que desde el principio le habían parecido más desilusionadas con las revelaciones escépticas del profesor de geografía e historia; al fin y al cabo, sus compañeros le dijeron que ellas habían tomado parte en la cabalgata, precisamente en la carroza de uno de los Reyes Magos.

186

—Buenos días, chicas, ¿qué os trae por aquí? —saludó Ramón, y les pidió que le recordaran sus nombres. Sandra y Maite los dijeron, pero después permanecieron calladas, mirándose como esperando que fuera la otra la que empezase a hablar—. Venga, chicas, que no muerdo, os lo aseguro. Es por lo del coche de Daniel, ¿verdad?

—¿El coche del Peñazo? —exclamó Sandra—. ¡Qué va! No tiene nada que ver.

—Ah, ¿no?

—No, don Ramón —dijo Maite—. Ya le dijimos que no sabíamos nada de eso.

—Entonces ¿qué demonios es lo que pasa? ¿Os han expulsado de clase? ¿Qué profesor tenéis ahora?

—Tenemos mates con Lucinda. Pero tampoco es eso.

—Pues ¿os ha pasado algo?

Sandra miró a Maite y se echó a llorar.

—¡Vaya por Dios, niña! Sí que parece grave. A ver, chicas, contadme lo que ha ocurrido.

—Es que... —comenzó Maite, pero calló.

—Es... ¿qué? Venga, ánimo, disculpadme; al principio había pensado que tendría algo que ver con la charla que le eché a vuestra clase el otro día.

—Es que nos están acosando, a nosotras y a Blanca Martínez, de 1.º B —se atrevió por fin a decir Maite.

—¿Acosando? ¿Qué tipo de acoso? ¿En el instituto? ¿Alumnos mayores? ¿Un profesor? —A medida que pensaba en las diversas posibilidades, a Ramón se le iba diluyendo el color de la cara y le empezaba a entrar sudores—. Joder, lo que faltaba ahora (con perdón). Teníamos pocos problemas en el centro y me venís con esto. Venga, decidme, chicas. ¿Qué es lo que os están haciendo? Si se puede decir.

—¡Se están metiendo con nosotras! —gimió Sandra desconsolada.

—¿Que se están «metiendo» con vosotras? —repitió el jefe de estudios—. ¿Qué quieres decir exactamente?

—¡Que nos llaman putas, joder! —aclaró Maite, notando que la ira empezaba a desbordarla.

—Vaya, lo siento mucho. ¿Y quién lo hace? ¿Es alguien del centro? —preguntó Ramón casi por preguntar algo, acordándose de que bastaba asomarse al pasillo para darse cuenta de que «puta» era de los apelativos más educados que se dirigían unas a otras las alumnas, y que les dirigían los alumnos a ellas. Aquel instituto, y el barrio en general, no eran lo que se dice un ejemplo de protocolo y cortesía.

—Suponemos que sí —respondió Sandra.

—¿Suponéis? ¿No sabéis quién os llama esas cosas?

—No.

—¿Y eso cómo es posible?

—¡Pues porque nos lo dicen así! —exclamó Maite, mostrando en la pantalla del teléfono una de las fotos que acababa de tomar—. Por ejemplo.

—Ca-caramba —fue lo único que consiguió articular Ramón mientras miraba la fotografía.

—Y también nos mandan mensajes al correo y por el *Tweejo* —añadió Sandra.

—Por el *Tweejo* —repitió Ramón.

—Sí, por el *Tweejo*.

—¿Del mismo tono que esta monería?

—Sí, o peores.

—¿Y decís que no sabéis quiénes os los envían o quién ha dibujado esto?

—No tenemos ni idea.

—Pero, además —dijo Maite—, hay muchos que se ríen de nosotras.

—Vaya, de verdad que lo siento. Os he dicho muchas veces, bueno, a vosotras no, pero en general, os he dicho que eso del «tú-y-yo» y las «redes sociales» es un peligro público, y ahora os dais cuenta por vosotras mismas, ¿verdad, chicas? Mirad, voy a intentar averiguar algo sobre el tema, aunque me imagino que pasará lo mismo que con lo del coche de Daniel, que nadie sabrá nada de nada. ¡A lo mejor resulta que son los mismos! —se le ocurrió de repente a Ramón—. Quizás si alguna vez conseguimos saber algo sobre el asunto del coche, también nos enteremos de quiénes son los que os dicen estas guarrerías.

—No sabemos nada sobre el coche del Peñazo.

—El Peñazo tiene un nombre... Maite; o no, tú eras Sandra, ¿verdad?

—Sí.

—Bueno, pues lo que os digo: vamos a investigar. Si seguís recibiendo estas cochinadas, se lo decís a vuestro tutor, ¿vale? ¿Quién era? ¿Luis?

—Gloria, la de ciencias.

—¡Ah, sí, Gloria! Y tened ánimo, ¿eh? A estas cosas es mejor no hacerles ni caso, y entonces los que las hacen se cansan y ya está. ¡Hale, hale, volved a clase enseguida, no vayáis a perderos por el camino!

Maite y Sandra se levantaron y salieron de la jefatura de estudios. Cuando subían por la escalera hacia su aula, Maite soltó:

—¡Menudo gilipollas!

—Y que lo digas —respondió Sandra.

—Yo paso de entrar ahora con la Lucinda.

—Y yo también.

Las dos chicas se quedaron sentadas en un rellano de la escalera esperando que terminase la hora de clase. Cuando estaba a punto de sonar el timbre, se levantaron y fueron hacia el aula. La profesora de matemáticas abría la puerta en aquel momento.

—Hola, chicas, ¿habéis estado hasta ahora hablando con el jefe de estudios?

—Sí.

—¿Y qué os ha dicho?

—Que va a investigar.

—Estupendo.

—¿Te han contado a ti algo los de clase? —preguntó Sandra a la profesora.

—No mucho, pero creo que les he convencido de que esto es una cosa muy fea. Espero que ya no volverá a pasar.

189

—¡Muchas gracias!

—¡Gracias, Lucinda!

Maite y Sandra entraron en la clase y fueron a sus mesas. Desde que habían comenzado las burlas, las chicas con las que se sentaban antes habían preferido cambiar de sitio, y ahora estaban ellas dos juntas. Al ir a sentarse, vieron que había un papel encima de la mesa de Maite. La cara superior estaba en blanco. Maite lo cogió y le dio la vuelta. Inmediatamente lo arrugó y lo hizo mil pedazos.

—¡Sois unos hijos de puta! ¡Cabrones!

El resto de la mañana, solo se levantaron de la mesa para salir al recreo acompañadas por Juanjo. Casi nadie más les quiso dirigir la palabra, pero al menos tampoco llegaron más insultos.

—Bueno, a ver qué me dice esta tarde Rosina —se consoló Maite.

Poco después de la hora de comer, o al menos de la hora a la que Felipe se había comido su bocadillo, empezó a haber movimiento en la casa de los Lequerica. La puerta de los garajes se abrió y apareció el Lexus conducido por el inevitable Mansur, que esta vez iba acompañado por un hombre encorbatado en el asiento de copiloto, el mismo que Felipe había visto entrar casi todos los días en la casa, y que suponía que era el administrador de Rosina. A través de la puerta abierta de los garajes, Felipe vio que en la furgoneta blanca que había entrado por la mañana en la casa se metían también dos hombres, estos vestidos con monos azules; uno de ellos era el moro que había venido conduciendo el vehículo, pero el otro no sabía quién era... ¡o sí! «¿Qué puñetas está haciendo esta gente? —se preguntó Felipe—; ¡si es el mismísimo Tinín disfrazado de currelante!» La furgoneta arrancó y salió también a la calle, poniéndose delante del Lexus, que se había quedado parado en doble fila para esperarla. Después, los dos echaron a rodar, y tras ellos Felipe, quien necesitó pocos minutos para darse cuenta de que el camino que llevaban conducía otra vez hacia el barrio de Entrevías. «¡Y ahora van con el administrador también! Tiene que ser un negocio realmente importante», se dijo. Cuando llegaron a su destino, Felipe comprobó que la furgoneta aparcaba un poco antes de llegar a la casa del otro día y que sus ocupantes se quedaban esperando dentro, mientras que el Lexus continuaba hasta parar delante del portal. Felipe pasó de largo, pero dio la vuelta a la manzana y estacionó su vehículo en un sitio desde el que veía la entrada del edificio. El administrador, o lo que fuera, bajó del coche y llamó a uno de los timbres del portero automático. Habló con alguien y se quedó de pie en la acera, tamborileando con los dedos en su corbata y mirando hacia uno y otro lado, como pensando «¿A qué sitio me han traído estos?». Los de la furgoneta seguían sin moverse. Al cabo de muy poco tiempo salieron del portal un hombre de unos cincuenta años, una mujer negra más joven y bastante rellenita y una niña blanca de unos catorce o quince años, a los que Felipe fotografió a placer. El administrador los saludó y los invitó a subir en el asiento de atrás del Lexus, volviendo él mismo a ocupar el asiento de al lado del chófer. Una vez todos dentro, el coche se puso en marcha y se fue. Tinín y el moro seguían sin salir de su furgoneta, y no lo hicieron hasta pasados unos buenos minutos, lo que a Felipe le hizo pensar que querían asegurarse de que los otros estaban muy lejos. Vestidos con sus monos azules, y el criado con una pesada bolsa de cuero colgando del hombro, se dirigieron al portal del que habían salido los otros. «¡Coño, me juego lo que sea a que estos van a robar en el piso!» El moro sacó un objeto de la bolsa, abrió la cerradura de la puerta con él y ambos entraron en el edificio, con Tinín echando varias miradas hacia ambos lados de la calle antes de penetrar en el portal, gesto que quedó también debidamente fotografiado.

—¡Cómo mola este barrio! —exclamó Maite cuando se iban aproximando al palacete.

—Ya te digo —asintió Lorenzo—, como que es El Viso.

—Yo de mayor quiero tener una casa por aquí.

—Y yo también —se apuntó Ailín.

—Ya estamos llegando, señores —les dijo Félix cuando Mansur

encendía un intermitente y apretaba el botón de un mando a distancia para entrar al garaje.

—¡Vaya sitio!

Desde la entrada, los vehículos accedían a una rotonda flanqueada por varias cocheras que estaban adosadas al muro exterior de la finca. En el centro de la rotonda había una gran estela de piedra que a Maite le recordó el ojo de una cerradura, rectangular por la parte de abajo y circular por la de arriba, donde tenía grabada una cruz con todos los brazos igual de largos. Al otro lado de la rotonda estaba la enorme casa, rodeada a izquierda y derecha por un primoroso jardín, aunque no demasiado grande. La entrada principal de la casa tenía un porche cuyos escalones daban directamente a la rotonda, mientras que desde esta salía un pequeño camino a la derecha que iba hacia el lateral de la mansión. Ese camino fue el que Félix invitó a tomar a los invitados.

—Por aquí, señores, por favor. —Y se puso a andar delante de ellos hacia la entrada de servicio. Una vez en la casa, les condujo a su propio despacho y les rogó que tomaran asiento—. ¿Desean un café? —ofreció.

—Muchas gracias, yo sí —dijo Lorenzo.

—Yo lo mismo, gracias —imitó Ailín.

—Y yo —dijo Maite. —¿Tus padres te dejan tomar café? —le preguntó su tía.

—No lo sé, en casa nunca lo tomo.

—Bueno, alguna vez tiene que ser la primera —dijo Lorenzo.

—¿Es que no es la hija de ustedes? —preguntó Félix.

—No, es mi sobrina, la hija de mi hermana. Sobrina nieta de Jacinta.

—Ah. Muy bien —dijo el administrador, y asomándose fuera de su despacho encargó a Glenda, que estaba en la cocina, que preparase un café y tres tazas—. Mientras lo sirven, les dejaré leer el contrato que hemos preparado.

—Estupendo.

—Oiga —preguntó Maite al administrador—. ¿Sabe si la condesa doña Rosina va a venir a hablar con nosotros?

—Niña, no seas impertinente —recriminó Ailín.

—No sería necesario —comenzó explicando Félix, para desazón de Maite—, pues yo tengo poderes para firmar el contrato en su nombre. Pero en esta ocasión, en vista del afecto que la familia Lequerica sentía por Jacinta, la tía de ustedes, y con motivo de expresarles sus condolencias, la señora condesa pasará dentro de un momento a saludarles a ustedes y a firmar el contrato en persona.

Y dirigiéndose a Maite, en cuyo rostro se había dibujado una hermosa sonrisa, añadió:

—Hoy vas a poder ver en carne y hueso a doña Rosina.

Entretanto, en la vieja casa de la tía Jacinta, Yusuf se afanaba con la cerradura.

—¿Es difícil? —le preguntó Tinín.

—Las he visto más fáciles —respondió—. Pero también más complicadas, no se asuste.

—Bueno, esperemos que no suba nadie.

—Si viene alguien, ya sabe, tenemos que ponernos con los cables de la luz en el registro que hemos abierto.

—Sí, sí, ya lo sé. Y habla bajo, que a lo mejor nos están oyendo los vecinos de enfrente.

—Por lo menos, no nos ven —dijo Yusuf; habían colocado, por si acaso, un pequeño trozo de cinta aislante negra en la mirilla de la puerta de los vecinos, que luego retirarían al marcharse.

Oyeron cómo se abría una puerta en uno de los primeros pisos del edificio. El corazón de Tinín parecía que iba a romperle las costillas.

—No se preocupe, están bajando —dijo Yusuf en un susurro casi inaudible, señalando con una mano hacia abajo.

Tal como había estimado Yusuf, los pasos descendieron rápidamente y dejaron de oírse al salir a la calle.

—Buf, qué susto.

—Tranquilo, jefe, que esto ya casi está.

Un segundo después, un par de sonidos metálicos anunciaron

el éxito de la operación y la puerta del piso se abrió con toda suavidad.

—No habrá quedado ninguna marca, ¿no?

—Descuide, jefe.

—¿Y qué haces ahora? —preguntó Tinín al ver que Yusuf no entraba en la vivienda, sino que solo metía la cabeza.

—Intento ver si tienen una alarma. Por suerte, parece que no.

—¿Cómo lo sabes?

—Normalmente, si hay una alarma, tienen un pulsador cerca de la puerta para meter el código de seguridad.

—Ah, claro.

—Venga, podemos entrar.

—Menos mal. ¿Dejamos estos cables como están?

—Sí, sí. Vamos dentro.

Tinín ayudó a Yusuf a recoger rápidamente los trastos que habían dejado por el suelo y entraron en el piso. Yusuf cerró la puerta con delicadeza, no sin comprobar primero la forma en que podían abrirla desde el interior.

—¡Me cago en la leche, Yusuf! —exclamó nervioso Tinín—. ¡Que no se nos olvide que esta mierda de piso es nuestro! ¡No estamos haciendo nada malo!

—Claro que no, don Constantino.

—Ahora tenemos que ver cuál era el dormitorio de la vieja.

—No será difícil encontrarlo.

En efecto, la vivienda era minúscula y solo tenía dos pequeñas habitaciones. En una de ellas había una cama de matrimonio y un armario empotrado; la otra tenía una cama individual y un gran ropero de madera oscura.

—Debe de ser esta —dijo Tinín—. Por cierto, ¿a ti no te parece que en esta casa huele fatal?

—Yo no noto nada —dijo Yusuf, pensando que su jefe sin duda estaba mal acostumbrado a los buenos olores; a él le parecía incluso que olía bien, seguramente a la mezcla de perfumes baratos, comidas europeo-americanas y productos de limpieza a la que olían la mayoría de las casas de cristianos pobres.

—Pues habrá que mover el armario.

—Claro.

Los dos hombres echaron mano de la parte inferior del ropero e intentaron separarlo de la pared. Pesaba como un elefante, pero con gran esfuerzo y unos cuantos intentos consiguieron apartarlo unos cuantos centímetros. Tinín miró por la rendija que había quedado entre el muro y el mueble y descubrió una tabla de madera cuadrada, de aproximadamente medio metro de lado y pintada en el mismo tono que la pared, que anunciaba la presencia de algo oculto tras ella:

—¡Ajajá! Aquí tenemos nuestra cajita.

Loren y Ailín leyeron con detenimiento el contrato, preguntando algunas veces a Maite, y a Félix cuando ella tampoco lo sabía (que era la mayor parte de las veces), el significado de algunos términos o cláusulas. Al parecer, el piso se le cedía en alquiler a Lorenzo por un período de cinco años prorrogables por otros cinco.

—Le entendí ayer que me lo alquilarían por tiempo indefinido —señaló tímidamente Lorenzo.

—Pero, hombre, ya no hay alquileres indefinidos —aclaró el administrador—, lo que quise decir es que por parte de doña Rosina existe la intención de que usted pueda seguir habitando el piso indefinidamente, pero hay que mantener una salvaguarda legal por si la situación cambiase de manera significativa.

—Y al cabo de esos cinco años, ¿el alquiler seguiría igual, o subiría?

—Se actualizará según el coste de la vida, como cada año. Eso es una concesión muy ventajosa para usted. Normalmente, cuando termina el plazo de cinco años, hay que negociar de nuevo el precio.

—Muy bien. Y el precio son doscientos euros al mes, ¿no?

—Exactamente. Es la mitad del precio de mercado.

—¿A ti qué te parece, Ailín?

—Pagar doscientos euros todos los meses... va a ser un sacrificio.

—Ya, mujer. Es que hasta ahora no pagábamos nada, pero si nos tuviéramos que marchar del piso, no encontraríamos nada por menos de cuatrocientos.

—En eso tienes razón.

—¿Y esta cláusula sobre las obras? —preguntó Loren al administrador.

—Simplemente dice que cualquier obra que requiera la modificación de tabiques debe ser aprobada por doña Rosina.

—En eso no hay problema.

—Pues si ustedes están de acuerdo en todo, podemos proceder a la firma. Le agradecería que me permitiese un momento su documento de identidad para hacer una fotocopia.

—Claro que sí. Aquí tiene —dijo Loren sacando su carnet de una vieja billetera. Félix lo tomó y lo introdujo en la bandeja de un escáner.

—Anda, si es como mi impresora —dijo Maite.

—Esta marca es muy económica y tiene muy buen rendimiento —comentó Félix, dando unas palmaditas sobre la tapa del escáner—. Aquí tiene, muy amable —añadió, devolviendo a Lorenzo su DNI—. Voy a llamar a doña Rosina para las firmas.

Félix salió del despacho, momento que Maite y Ailín aprovecharon para mirarse y hacer un gesto de excitación: por fin iban a ver a la condesa de Valmojado en carne y hueso. En el barrio la gente no se lo creería. Rosina y su administrador llegaron al cabo de un minuto. Los inquilinos se levantaron de sus asientos para hacer los cumplidos, visiblemente azorados.

—¿Qué tal? Muy buenas tardes —saludó Rosina—. Me alegro mucho de conocerlos. Usted debe de ser Lorenzo y usted Ailín, claro. Encantada.

—Mucho gusto, señora condesa —dijo la novia de Lorenzo intentando algo que parecía el amago de una reverencia.

—Por favor, Ailín, con dos besos en la mejilla es suficiente. ¿Y esta mujercita tan encantadora quién es?

—Soy Maite, la sobrina de Loren.

—Es la hija pequeña de mi hermana Charo, sobrina nieta de Jacinta.

—Encantada. Venga, dos besos a ti también.

Maite se los dio, roja como un tomate.

—Quiero decirles que tengo unos recuerdos muy entrañables de Jacinta, la tía de ustedes. Cuando yo era niña, ella me cuidó con una entrega y un amor que tenían poco que envidiarles a los de una madre, y yo le tenía un gran cariño. Lamento muchísimo su pérdida, y la penosa y larga enfermedad por la que ha tenido que pasar.

—Muchas gracias, señora condesa —agradeció Lorenzo—. Y nosotros le agradecemos mucho el detalle de pagarle la residencia de ancianos durante todos estos años.

—Era lo menos que se merecía por toda la dedicación que tuvo a nuestra familia. ¿Y están ustedes a gusto en el piso?

—Estamos muy felices, sí —dijo Ailín—. Es un piso muy acogedor.

—¿Cuánto tiempo hace que viven allí?

—Yo, casi desde el principio —respondió Lorenzo—, quiero decir, desde que el abuelo de usted se lo dio a tía Jacinta. Yo acababa de venir a Madrid desde el pueblo para buscar trabajo, y la tía me dijo que así era mejor porque la casa estaría más cuidada; acuérdese de que, antes de jubilarse, mi tía no iba por allí más que un día a la semana, como mucho. Y con mi hembra aquí presente vivo allí desde hace ya, ¿cuánto, cariño?

—Ya va para seis años.

—Hay que ver cómo pasa el tiempo. Seis años, sí, señora Rosina, que lleva allí conmigo este pedazo de mujer.

—Qué bobo eres, Loren —exclamó Ailín, abochornada.

—Muy bien, pues si, como me dice Félix, están ustedes de acuerdo en todos los términos del contrato, lo podemos firmar.

—Como usted quiera, doña Rosina.

Félix sacó una pluma de un portalápices de su escritorio y lo cedió a Rosina en primer lugar, abriéndole el contrato de alquiler y señalando en cada hoja el sitio en el que debía estampar su firma, primero en uno de los ejemplares y luego repitiendo la operación con la segunda copia. Después hizo lo mismo con Lorenzo. Cuando el inquilino estaba firmando, se oyó el timbre de un móvil. Rosina se puso en pie.

—Si me disculpan un momento, tengo una llamada importante —dijo, sacando el teléfono de su bolsillo.

—Claro, no se preocupe —dijo Lorenzo.

Rosina salió del despacho y se alejó hasta donde los visitantes no la oyeran.

—¿Qué tal va todo, amor?

—¡Va de puta pena! —le sorprendió la voz cabreada de su marido; pese a que no hablaba muy fuerte, no disimulaba su irritación.

—¿Qué pasa? ¿No habéis podido entrar?

—Sí, entrar al piso hemos entrado. Hemos encontrado la caja fuerte. La hemos abierto con las dos primeras letras de la combinación que me diste..., los otros números no valían para nada, menudo cachondo tu abuelo. ¡Pero el caso es que la caja está vacía! ¡Vacía del todo!

—¿Cómo que vacía?

—Dentro no hay absolutamente nada.

—¿Habéis mirado bien? Algunas cajas tienen una especie de escondite interior.

—Yusuf la ha examinado de abajo arriba y él entiende bastante de esto. Dice que no hay nada de nada de nada.

—Maldita sea. Pues mirad bien en el resto de la casa. Yo procuraré entretener a esta gente todo el tiempo que pueda.

—¿Has firmado el contrato ya?

—Ahora mismo.

—Maravilloso.

—Bueno, eso da igual. Tenemos una cláusula por la que podemos entrar a hacer reformas sin pedirles autorización, solo avisándoles. El muy estúpido no ha puesto ninguna pega. Si la cosa se pone muy mal, les decimos que vamos a hacerles una obra. Supongo que la casa lo necesitará, así que se pondrán tan felices. Yo creo que son idiotas de nacimiento.

—Esta casa no se arregla ni con una bomba, cariño.

—Venga, tú sigue buscando. Cuando esta gente se vaya, os avisamos para que salgáis.

—De acuerdo, hasta luego.

—Un beso.

Rosina colgó y volvió a guardar el teléfono móvil en su bolsillo. La cabeza le daba vueltas. ¿Habría más de una caja fuerte en el piso de Jacinta? ¿Habría cambiado Nicasio de opinión en el último momento y escondido el manuscrito en otro lugar? ¿O tal vez la propia Jacinta, o su sobrino, habrían abierto la caja fuerte y se habrían llevado su contenido? Esto último no le parecía probable: si aquello era realmente tan valioso como decía su abuelo y como había confirmado Ernesto Salaberri, en cuanto lo hubieran descubierto lo habrían vendido, se habrían hecho millonarios y se habrían ido de aquel barrio de mala muerte. O tal vez les había timado algún anticuario, comprándoselo por cuatro perras. Pero el manuscrito habría aparecido, en ese caso, y el asunto habría sido famoso. ¿O tal vez no? En fin, ¿y qué podía hacer ahora con aquellos tres imbéciles? Solo se le ocurrió ofrecerles visitar algunas zonas de la casa; eso propiciaría un poco más de conversación y les daría más tiempo a Tinín y a Yusuf.

—Ya estoy aquí otra vez —dijo Rosina sonriendo al volver al despacho del administrador—. Veo que Félix les ha ofrecido café. ¿Les apetece un poco más?

—No, gracias —dijo Loren por todos.

—Muy bien. Pues ya que están aquí, seguramente les gustará echar un vistazo a mi casa, aunque seguro que ya la conocen por las revistas.

—Algunas veces sí que la hemos visto, ¿verdad, Maite? —confirmó Ailín.

—Pues al natural gana mucho. Vengan por aquí, por favor.

—Si a mí ya no me necesita, señora... —dijo Félix.

—Gracias, Félix, no hace falta que nos acompañes. Mansur llevará a los señores a su casa después.

Rosina, Loren, Ailín y Maite abandonaron la zona de servicio y atravesaron un pasillo que desembocaba en un gran recibidor.

—¡Ay, ya me acuerdo de esto! —exclamó Ailín.

Los cuatro fueron deambulando a través de los salones de la casa mientras Rosina daba a sus invitados explicaciones sobre la historia de algunos objetos, sobre las personas ilustres o sencillamente famosas que habían pasado por allí, o sobre los programas de televisión y las revistas en las que aquellas salas habían aparecido. Maite y Ailín lo miraban todo con los ojos abiertos como platos, aunque Lorenzo veía en realidad muchas más cosas que ellas, pues los hábitos mentales son muy difíciles de erradicar, e identificaba sobre todo qué objetos sería más interesante llevarse de allí si tuviera ocasión y qué formas de entrar y de salir sin ser descubierto serían las más factibles, aunque lo cierto es que solo pensaba en ello, si se nos permite la expresión, de manera deportiva, sin ninguna intención real de llevarlo a la práctica. Cuando salieron de la gran biblioteca en la que Rosina había encontrado hacía pocas semanas la clave de la caja fuerte, que de tan poco les había servido, Maite se atrevió por fin a mencionar el asunto que realmente la había llevado allí.

—Doña Rosina, quería comentarle una cosa.

—Claro que sí, Maite, tú me dirás.

La chica sacó su teléfono móvil y mostró la foto que había tomado aquella mañana en su clase.

—Se supone que yo soy uno de los pajes —añadió.

—¿Qué quieres decir? —preguntó Rosina extrañada.

—Que yo iba en la carroza del rey Baltasar en la cabalgata. Don Germán nos ha regalado a cada uno de los pajes una tableta, por el mal rato que pasamos, y desde que se han enterado en mi instituto no hacen más que mandarnos guarrerías de estas. Se creen que don Germán se acostó con nosotras también.

—¡Santo Dios! ¿Es verdad lo que me estás contando? —exclamó Rosina recostándose en la pared del pasillo. Los tíos de Maite, que habían avanzado unos metros mientras la niña hablaba con la condesa, se dieron la vuelta y preguntaron qué ocurría—. Nada, no se preocupen —les contestó Rosina—, una cosa muy interesante que me está diciendo su sobrina. Glenda —llamó—, por favor, acompaña a los señores hasta la entrada mientras yo hablo un momento con la chica, y sácales unas pastas y otro café.

Y volviéndose a Maite, añadió:

—Ven conmigo, por favor.

—Te esperamos abajo, Maite —dijo Loren—. ¿De qué irán a hablar ahora estas dos? —le preguntó a Ailín.

—Ni idea —contestó ella ocultando sus sospechas.

Rosina condujo a Maite hasta un pequeño cuarto de estar, donde le rogó que se sentara y que volviese a enseñarle la foto. La chica sacó de nuevo el móvil.

—También nos mandan un montón de guarrerías así por el *Tweejo* y nos dejan papeles en clase insultándonos —dijo.

—¿A quiénes os las envían?

—Por lo menos, a las tres pajes que vamos al mismo instituto.

La condesa volvió a mirar la foto. Estaba tan acostumbrada a que todos hablasen mal de todo el mundo, y ella la primera, que en el fondo lo que Maite le estaba contando no la escandalizaba tanto como daba la impresión. Pero ¿quién sabía?, aquella información tal vez le podría servir para mantenerse en buenas relaciones con los sobrinos de Jacinta, teniendo en cuenta que el misterioso legado de Nicasio podía seguir aún en poder de aquellos pordioseros.

—De verdad que lo siento muchísimo —dijo al cabo de un rato—. Te prometo que si se me hubiera ocurrido que mis declaraciones sobre Germán podían afectar a unas pobres chicas inocentes, no habría abierto la boca. Te lo aseguro —volvió a mirar la fotografía—: esto es asqueroso, verdaderamente asqueroso. Mira, Maite, nadie sabe mejor que yo que una de las fuerzas que mueven el mundo son las ganas de hablar mal de los demás, y asumo mi responsabilidad por el provecho que he sacado de esa fuerza a lo largo de mi vida. Pero solo lo he hecho cuando podía demostrar que era verdad lo que decía, y cuando las personas cuyas vergüenzas aireaba se lo merecían sin ningún género de dudas. Jamás me había ocurrido el hacer daño a terceros... o quizá simplemente no me había enterado nunca hasta ahora de que sí se lo hacía. Lo siento, Maite —repitió abrazando a la chica—, lo siento muchísimo. Te prometo que estoy dispuesta a hacer cualquier cosa que sea necesaria para evitaros este padecimiento.

—¿Podría salir usted por la tele diciendo que todo esto es mentira?

—Podría, desde luego, pero no sería bueno para vosotras en este momento, sino todo lo contrario. Si se trata de un rumor que corre nada más que por tu instituto, lo mejor será no airearlo. Si yo apareciese en un programa negando que Germán haya mantenido relaciones con las chicas de la cabalgata, cuando casi nadie sabe nada del asunto, mucha de la gente que ahora no piensa en ello empezaría a creer que es verdad.

—¿Y si el rumor se extendiera? ¿Si empezasen a hablar de ello por todas partes?

—Entonces te aseguro que sí. Iría a cualquier programa de esos «del corazón» y desmentiría lo que tuviera que desmentir. Pero, aun así, me temo que eso no terminaría con los rumores.

—¿Y no podría venir usted a mi instituto y contarle a la gente la verdad?

—¡Ay, querida! Comprendo lo que me pides, pero tampoco serviría de nada. Simplemente se produciría un espectáculo morboso y el resultado sería peor. Mira, Maite, en este momento la verdad es que lo que podemos hacer es muy muy poco. Lo mejor es aguantar unos días para ver cómo evoluciona el asunto. Tal vez, con suerte, se cansen pronto y todo se olvide. O tal vez la cosa vaya cada vez a peor. Si es así, puedes hablar conmigo cuando quieras y pensamos alguna estrategia. ¿Te parece?

—Vale —asintió Maite lacónicamente.

—Llámame a este número de teléfono —indicó Rosina escribiéndolo en un papel.

—Muchas gracias.

—Y para que no te vayas de aquí con esa cara de disgusto, que la entiendo, voy a intentar dejarte un recuerdo un poco más agradable —dijo la condesa y, quitándose el pañuelo que llevaba anudado en el cuello, se lo entregó a la chica—. Ten cuidado con él, que es de Armani.

—¡Hala, qué guay!

—A ver, déjame que te ayude a ponértelo. Mira, así queda verdaderamente monísimo. ¿Quieres que nos hagamos una foto?

—Se lo iba a pedir.

—Pues venga, dispara —dijo Rosina abrazando a Maite mientras esta alejaba el teléfono móvil con su brazo todo lo que podía y hacía un par de disparos.

—¿Podemos decirles que nos saquen una desde más lejos?

—Las que tú quieras. Pero está completamente prohibido vendérselas a las revistas, te lo advierto.

—No se preocupe —contestó Maite abochornada.

—Es broma, tonta.

Mientras tanto, en la casa de Jacinta, Yusuf examinaba concienzudamente cada rincón, intentando encontrar cualquier cosa que pudiera contener el objeto que estaban buscando y del que él lo ignoraba todo. Tinín se limitaba a mirar en los sitios que ya había registrado Yusuf, pues este le había dicho que prefería asegurarse de mirar él en todas partes, no porque no se fiara de su jefe, sino porque él estaba más acostumbrado a ese tipo de trabajos. Al final, de pie en el centro del exiguo comedor, el sirviente se rindió.

—Aquí no hay nada, don Constantino.

—Vaya cabrones de mierda —renegó Tinín—. Seguro que se lo han llevado.

—Tendríamos que marcharnos ya.

—Tienes razón. Venga, vamos a dejar todo como estaba.

Entre los dos colocaron los muebles, cajones, alfombras y todo aquello que habían cambiado de sitio. Cuando estaban haciéndolo, sonó el teléfono de Tinín. Era Rosina, preguntándole las novedades y avisándoles de que Mansur acababa de salir hacia allá, así que tenían que abandonar el piso enseguida.

—No hemos encontrado nada de nada.

—¡Joder! Venga, salid de allí deprisa y ya pensaremos algo.

—Estamos a punto de irnos, descuida.

—Oye, cielo, una cosa más.

—Dime.

—Por lo visto, a Mansur le ha parecido que una furgoneta os seguía cuando ibais para allá. Una furgoneta blanca, parecida a la vuestra. Se lo ha contado a Félix cuando yo me he llevado a los inquilinos.

—¿Qué? ¡Dios, lo que nos faltaba! Tendremos muchísimo cuidado, no te preocupes.

Tinín y Yusuf salieron por fin de la vivienda, colocaron de nuevo los cables dentro del registro de la luz del descansillo, quitaron la cinta aislante de la mirilla de los vecinos y regresaron a su coche. Miraron en todas direcciones intentando localizar la furgoneta que según Rosina los había seguido, pero su comportamiento cauteloso hizo sospechar a Felipe, que se alejó de allí paseando como un vulgar vecino que fuese a algún recado y ya no les siguió en el viaje de vuelta. Unos veinte minutos después, Mansur dejaba a Maite y a sus tíos en sus respectivos portales. Loren y Ailín se despidieron del conductor y subieron las escaleras. Cuando estaban en el salón, Loren abrazó a su chica y la besó efusivamente.

—¡Ya tenemos casa, meloncito mío!

Recogió la copia del contrato que había dejado encima de la mesa y fue a guardarla en uno de los cajones del mueble de la televisión. Era el cajón en el que guardaban los recibos y papeles importantes y que habitualmente costaba mucho trabajo cerrar bien, pues tenía tendencia a salirse de las guías.

—Vaya, este cajón ha vuelto a estropearse. ¿Has guardado tú algo aquí esta mañana?

—Yo no, mi vida.

—Pues no recuerdo que se quedara ayer así, cuando metí la factura del teléfono.

No volvió a pensar en ello hasta un rato después. Ahora le apetecía mucho más pensar en cómo iba a hartarse aquella tarde de hacer el amor con su novia para celebrar el contrato de alquiler tan favorable que acababan de firmar y que calmaba la preocupación que tenían desde la muerte de Jacinta. Solo cuando se retiró agotado de encima de su ardiente negraza y se echó boca arriba en la cama, desde la cual podía observar una esquina del armario de la otra habitación, se dio cuenta de que una caja de vino vacía que normalmente guardaba allí por si alguna vez le hacía falta, no estaba de pie, como siempre, sino tumbada.

—¡Ailín! —gritó—. ¡Han entrado a robar en casa!

—¿Qué dices?

Lorenzo se levantó como un resorte y, desnudo y en zapatillas, llegó de un salto a la habitación de Jacinta, donde se puso a observar el suelo alrededor del armario. Había algunas ligeras marcas al lado de las patas.

—¡Me juego el cuello a que ha sido esa zorra!

—¿Pero de qué hablas? Yo lo veo todo bien. ¡Ay madre, mis joyas! —exclamó Ailín, y fue corriendo a comprobar si sus pocas alhajas seguían en el botecito de la cómoda, como, efectivamente, así era; tampoco faltaban unos pocos billetes que tenía guardados en un cajón—. Pero no se han llevado nada, Loren.

—No se han llevado nada porque no han encontrado lo que querían llevarse.

—Ay, qué loco estás. ¿Pero qué estás mirando?

—Vístete ahora mismo. Vamos corriendo a casa de mi hermana.

—¿Pero qué pasa, amor?

—Ya te lo explicaré.

Salieron de casa cuando ya era noche cerrada, y recorrieron a buen paso las cinco o seis manzanas que separaban las dos viviendas. Loren se daba la vuelta incesantemente para comprobar si los seguía alguien.

—Me estás asustando, y no vayas tan rápido, que no puedo respirar —protestó Ailín.

—Venga, que ya llegamos.

Llamaron al portero automático y subieron a casa de Charo. Esta pensaba que venían a celebrar con ellos el contrato de alquiler del piso. Loren le respondió que sí, que sacara cervezas y algo para picar, pero que él tenía que hacer antes algo muy importante. Se metió en el cuarto de baño y le dijo a su sobrino:

—Róber, tráeme un destornillador grande.

—¿Qué pasa, tío?

—Date prisa, chaval.

Mientras el chico iba por el destornillador, Lorenzo, puesto en pie sobre la taza del váter, fue sacando las cosas que sus familiares amontonaban en un pequeño armario empotrado que, aprovechando una cámara de aire, él mismo les había construido hacía unos cuantos años. Al fondo del armario había una lámina de plástico cuyo color imitaba el de las paredes y que Lorenzo retiró, dejando a la vista una plancha de madera con cuatro tornillos, los cuales extrajo diestramente con la herramienta que le había traído su sobrino. Sin sujeción, la madera cayó hacia delante y reveló un nuevo hueco, en cuyo interior había un paquete del tamaño de una caja de zapatos más bien grande. Estirándose todo lo que pudo, Lorenzo consiguió sacarlo de su escondite y lo llevó a la mesa del salón.

—Mientras estábamos en casa de Rosina, la muy puta ha mandado a alguien a nuestro piso para buscar esto.

—¿Y eso qué es? —preguntaron los otros.

—La tía Jacinta, antes de perder la cabeza, me dijo que eran unos documentos muy importantes que le había dejado el conde don Nicasio para que ella los custodiara, porque decía que en su palacio no estaban seguros. La tía dijo también que tenía miedo de que alguien supiera que los tenía ella y que intentasen robárselos, por eso decidimos esconderlos aquí hace ya muchos años.

—Pues va-vamos a ver qué es —dijo Pepe, que justo había vuelto del trabajo unos minutos antes de que llegasen sus cuñados. Charo y Roberto, que trabajaban más cerca de casa, hacía más tiempo que estaban allí.

—Pero está cerrado con un sello, ¿no? —indicó Charo señalando un bulto de lacre al que estaban férreamente pegadas varias cuerdas y que tenía impreso lo que parecía un escudo nobiliario.

—Alguna vez habrá que abrirlo —dijo Loren—. Además, hasta

que no sepamos lo que tiene dentro, no sabremos si tenemos que devolvérselo a Rosina o hacer otra cosa con él.

—Tienes razón —asintió Charo—. Voy a por unas tijeras.

Cortaron los cordeles y así pudieron abrir el paquete sin estropear el sello. Para su decepción, lo que había en el interior era una nueva caja, pero esta era metálica y estaba cerrada mediante una combinación.

—¿Y esto cómo lo abrimos?

—Pues igual que abrí yo la caja fuerte que instalaron en casa de la tía y que es la que han estado buscando esta tarde. Dejadme.

Loren hurgó durante unos minutos la combinación y, para asombro de todos, consiguió abrir la caja sin aparentemente mucho esfuerzo.

—Bravo —aplaudieron Róber y Maite.

—Si es que tengo un cuñado que es un genio —sentenció Pepe.

—Vamos a ver qué hay por aquí —dijo Loren sin hacer caso de las alabanzas, y sacó un nuevo paquete, esta vez envuelto solo en una tela. Al desplegarla, descubrieron un cuaderno como los que usaban antaño los colegiales y un libro tremendamente viejo y deteriorado, escrito a mano con unos signos incomprensibles—. Cuidado, no toquéis el libro; parece que se va a desmenuzar solo con mirarlo. Debe de tener cientos de años.

Maite echó mano al cuaderno. Aunque la niña estaba en chándal, aún no se había quitado del cuello el pañuelo que con tan distinguido estilo le había atado Rosina.

—Bueno, vamos a ver qué pone, ¿no? —dijo mirando a los demás.

Y abriendo el cuaderno por la primera página, lo comenzó a leer en voz alta.

El jardín de Séforis

Libro primero

A Demetrio, el filósofo, en Antioquía,

de Licino de Gádara, en el mes de noviembre del decimosegundo año de Tiberio César.

Salud.

1. Decía el más grande de nuestros sabios, Epicuro de Samos, que ninguno debía abstenerse de filosofar, ni por haber alcanzado una edad demasiado longeva, ni por hallarse todavía sumido en las pasiones de la juventud. Prueba de la verdad de esta afirmación ha sido el caso de dos hombres marcados por la sabiduría. El primero de ellos, tu viejo amigo y compañero de estudios Antifonte de Gádara, con gran pesar he de comunicarte que falleció el pasado quince de septiembre. Aunque su edad superaba con creces la setentena, disfrutó de una salud envidiable hasta el final, y seguía teniendo fuerzas para subir todos los días dos cántaras de agua de la fuente de nuestro jardín, pues era un trabajo que, como muchos otros, siempre había querido hacer por sí mismo; pero aquella mañana, cuando hablaba en la plaza con unos vecinos, se sintió mal, le obligaron a sentarse en un banco y no dio tiempo a que acudiera el médico al que mandaron llamar, pues la vida del gran filósofo se había extinguido ya para siempre. El segundo de los hombres a los que me refiero es el joven filósofo Jesús de Nazaret, el «Adorado por los Magos», para usar el sobrenombre con el que es habitualmente conocido en nuestro círculo. Jesús, del que ya nos has oído hablar otras veces, es de origen judío, pero a pesar de su raza y de su juventud, pues aún no alcanza los treinta años, ha sido el discípulo más destacado de Antifonte, y la asamblea del jardín de Séforis no ha dudado en designarlo su sucesor como escolarca. Has de saber, Demetrio, que el cargo me fue ofrecido a mí en primer lugar, no pienses que nuestros compañeros se olvidaron de este maduro y quejumbroso pedagogo, y el propio Jesús insistió en que él no era digno de pasar por encima de mí y en que se marcharía de Séforis en el caso de que yo renunciase a suceder a Antifonte. Pero, por

una parte, mi inteligencia y mi sabiduría son demasiado limitadas como para que pueda hacer un buen trabajo al mando de una escuela filosófica, aunque no tanto como para impedirme ver mis limitaciones; y, por otra parte, el expreso deseo de Antifonte y de Marco Fasael al crear nuestro jardín en Séforis había sido el de fusionar la sabiduría de los helénicos y la de los hebreos, de modo que nadie mejor que Jesús, en quien la síntesis de ambas filosofías ha llegado hasta alturas prodigiosas, para conducir la escuela en los próximos años. Poca filosofía habría aprendido yo mismo si no fuera capaz de darme cuenta de que el hecho de ser sobrino carnal del fundador y haberle acompañado y ayudado cuanto he podido durante todos estos años no me da derecho a aspirar a la fama de ser lo que no soy, ni a privar a nuestra escuela de los enormes beneficios que recibirá de la dirección de alguien como Jesús. Así que me limité a recoger mis pocas pertenencias, a despedirme amablemente de todos mis amigos y a reconocer que, como decía Simónides,

Lo que hay delante en el camino es siempre más hermoso
que lo que hemos dejado atrás,

y decidí cambiar la bella Séforis por la no menos esplendorosa Tiberíades, al fin y al cabo no muy lejos de allí, donde rápidamente he podido encontrar bolsillos bien dispuestos a comprar a buen precio mis servicios como pedagogo, y desde donde, tras pasar varias semanas acostumbrándome a mi nueva ciudad y a mi nueva vida, he decidido por fin tomar la tinta, el papiro y el cáñamo para enviarte la triste noticia que ya te he dicho. Mas, siguiendo el consejo de Antifonte cuando decía que todo mal nos llega rodeado de bienes si sabemos buscarlos o propiciarlos, he pensado que sería agradable para ti si la pena por la muerte de tu viejo amigo te llega acompañada de un regalo que te lo haga aparecer lo más vivo posible en tu imaginación, de modo que he empezado a componer una pequeña historia de nuestra escuela (seguiré diciéndole «mía» pese a que ya no viva en ella), para que puedas en cualquier momento desenrollar estos libros e invocar los acontecimientos por los que llegó a existir, en la bellísima y feliz ciudad de Séforis, el jardín de Antifonte.

2. Como bien recordarás, a la muerte de Herodes, los tres hijos que habían sobrevivido a las criminales locuras de sus últimos años, Antipas,

Arquelao y Felipe, viajaron a Roma para defender ante César Octaviano las pretensiones hereditarias de cada uno. Herodes había cambiado su testamento poco antes de morir, y Antipas, quien tras la muerte del primogénito Antípater había quedado como heredero al trono, argumentaba que la última voluntad de su padre había sido fruto de los delirios causados por la enfermedad y por venenos o brujerías. Pero César, tras reflexionar durante varias semanas sobre cuál podía ser el mejor destino de los territorios que el gran Herodes había acumulado, decidió finalmente dar por bueno aquel último testamento, de acuerdo con el cual Arquelao obtendría el sur del reino y el norte sería repartido entre Antipas y Felipe. El pícaro de Octavio solo introdujo la modificación de que ninguno de los herederos ostentaría el título de rey: Arquelao sería etnarca y sus dos hermanos gobernarían como tetrarcas, pues cada uno de ellos recibía una cuarta parte del reino original. Además, Augusto se reservaba el derecho a deponer del trono a cualquiera de los tres hermanos si sus gobiernos eran problemáticos, como así lo hizo menos de diez años después con el inepto de Arquelao, quien no había sido capaz de mantener Judea en calma, y que acabó exiliado en las frías Galias. Diré en su honor que los judíos, más que los galileos y los samaritanos con quienes comparten religión, han sido siempre un pueblo más bien difícil de domeñar.

Ocurrió también que las tres delegaciones de los hijos de Herodes coincidieron en Roma con una embajada de los judíos de Jerusalén, que le rogaban a César que su tierra volviese a ser una provincia directamente gobernada por Roma, pues no querían saber nada de unos reyes solo medio judíos y demasiado helenizantes para su gusto; y también con otra delegación de ciudadanos griegos de la Decápolis, que reclamaban asimismo el que sus ciudades fueran separadas del reino hebreo, como lo habían estado hasta que fueron anexionadas por Herodes unas pocas décadas atrás, y que pasaran a formar parte de la provincia romana de Siria. Una de estas ciudades era, como ya sabes, Gádara, de la que proviene nuestra familia desde los tiempos de Alejandro el Grande, y coincidió que mi tío Antifonte era uno de los tres legados principales que acudieron a plantear esa reclamación ante el emperador. Sobra decir que los jerosolimitanos vieron frustrada su demanda (al menos en aquel momento), mientras que los griegos obtuvimos de César lo que le pedíamos.

Lo que importa para mi historia es que Antifonte, que por aquella época era ya uno de los filósofos más renombrados de todo el orbe, y que en Roma venía precedido además por el buen recuerdo que allí había dejado su tío abuelo Filodemo, quien se había establecido en Italia medio siglo antes y había difundido entre la nobleza romana la admiración por el gran Epicuro; Antifonte, decía, trabó amistad con Marco Fasael, uno de los principales cortesanos de la delegación de Antipas, a pesar de lo opuesto de sus intereses políticos en aquel momento, lo que fue buena prueba de que la filosofía está por encima de las enemistades y las desavenencias que son causadas por la riqueza y por el poder. El pasar tantos meses en Roma, coincidiendo a menudo no solo en la corte sino en las numerosas fiestas organizadas por los notables, y sobre todo el gusto de ambos por la sabiduría y su afición a visitar a cuanto historiador, poeta o filósofo habitara por aquel entonces en la ciudad imperial, acabó forjando un vínculo entre los dos hombres tan duradero como fructífero.

3. Fue mientras se hallaban todavía en Roma, sin que se hubiera llegado a resolver aún el asunto del testamento de Herodes, cuando llegaron las noticias de una grave rebelión que se había extendido por Palestina aprovechando la ausencia de sus gobernantes. Los rebeldes se habían hecho fuertes precisamente en Séforis, y fueron allí reducidos por las legiones del legado de Siria, Quintilio Varo, quien en represalia destruyó la ciudad hasta sus cimientos, crucificó a los cabecillas y vendió como esclavos a todos los habitantes de la ciudad que no habían tenido la suerte de escapar a tiempo. Los mensajes recibidos por Antipas no detallaban el grado de destrucción de la ciudad, pero según pasó el tiempo fue haciéndosele cada vez más claro que la capital del pequeño reino que iba a heredar había sido reducida a escombros. Tras ser confirmado en su trono, el nuevo tetrarca, que era entonces apenas un muchacho de dieciocho años, lloró de rabia en la intimidad de sus habitaciones ante Marco Fasael, uno de sus principales consejeros. «No lloro solo por la pérdida de las tres cuartas partes del reino que me correspondía —le dijo—, sino sobre todo por la crueldad de que tanta riqueza y tantas vidas hayan sido malogradas sin que yo pudiese hacer nada por evitarlo. Si hubiese aceptado desde el principio el testamento de mi padre y hubiese permanecido gobernando como era mi deber, en lugar de venir a suplicar a Octavio en vano, todas esas desgracias no habrían llegado a suceder.» Marco, cuya mansión principal se hallaba precisamente en Séforis,

lo consoló en la medida que pudo, haciéndole ver que también él había perdido muchísimo (aunque todavía no podía saber exactamente cuánto), pero conservaba la alegría pese a ello. «¿Como Job?», le preguntó Antipas. Job es el protagonista de una vieja leyenda judía: un rico y devoto terrateniente que tiene la mala fortuna de que a Dios y al diablo se les ocurra hacer una apuesta sobre cuánto tiempo durará la devoción de Job si empiezan a ocurrirle desgracias; pero, por más que el diablo destruye todas sus posesiones, le causa enfermedades e incluso mata a todos sus hijos, el imbécil de Job sigue siendo tan piadoso como al principio, de manera que Dios gana la apuesta y como premio le restituye sus riquezas y le hace engendrar muchos más hijos, lo que maldita la gracia que les hará a los vástagos que antes le había matado Satanás. «No hablo de Job —contestó Marco—, sino de la terapia del espíritu.» «¿A qué te refieres?», preguntó Antipas, y su amigo empezó a hablarle sobre la sabiduría de las escuelas filosóficas griegas que enseñaban los distintos caminos hacia la tranquilidad del ánimo. Aquella conversación sembró en Antipas la curiosidad por la filosofía y, antes de que volvieran a Galilea, Marco Fasael tuvo ocasión de organizar un encuentro entre el joven tetrarca y Antifonte, pese al recelo de Antipas por el hecho de que el filósofo estuviera en Roma como representante de la Decápolis. Pese a la rivalidad de sus intereses, los dos acabaron encantados el uno con el otro: Antipas por habérsele abierto la puerta de la sabiduría con la ayuda de un portero tan ilustre, y Antifonte por la ilusión de ver a un joven gobernante interesado en la filosofía. Esta ilusión, permíteme decir, es un veneno para el que los filósofos no habéis logrado todavía encontrar un antídoto, a pesar de las calamidades y aflicciones que tantas veces os ha llevado a padecer. Lo cierto es que Antifonte no llegó a pensar nunca, o eso creo, que Antipas pudiera convertirse en un rey-filósofo, ni intentó, a lo largo de sus muchos años en Galilea, atraer al etnarca hacia la filosofía más de lo que el propio Antipas pudiera desear caprichosamente de vez en cuando. En cambio, vislumbró en la aparente predisposición del joven rey hebreo hacia la sabiduría helénica un camino por el que nuestras escuelas filosóficas pudieran difundirse entre ese pueblo de creencias y costumbres tan singulares.

4. Antes de que la legación de la Decápolis abandonase Roma, Antifonte viajó al sur de Italia, hasta la vieja colonia griega de Nápoles,

por largo tiempo ya bajo dominio romano, donde se conservaba la biblioteca de su tío Filodemo, quien había pasado en aquel hermoso paraje sus últimos años. Esta biblioteca contiene no solamente las obras de aquel filósofo, sino también copias de muchos otros libros, sobre todo de los epicúreos. Antifonte quiso comprar la biblioteca entera, salvo unas pocas obras escritas en latín, para instalarla en Gádara, pero sus dueños, una de las más nobles familias romanas, no estaban dispuestos a desprenderse de algo tan valioso ni por todo el oro de Siria. En cambio, no pusieron objeciones a que Antifonte hiciese copias de cuantos libros quisiera en el tiempo que iba a permanecer allí. Mi tío alquiló los servicios de varios esclavos copistas que consiguió encontrar en Nápoles y sus alrededores, e incluso él mismo tomó el cálamo para transcribir algunos libros al papiro. Tan enfrascado estaba en aquella tarea que cuando los gadarenses atracaron en Nápoles para recogerlo en su camino de vuelta a Siria, les dijo que prefería permanecer allí unas cuantas semanas más y buscar otro transporte por su cuenta. Tuvo la suerte de que, al cabo de un mes, el barco en el que viajaba Marco Fasael hizo también una escala en la bahía de Nápoles, y los dos amigos volvieron a encontrarse. Antifonte pidió a sus anfitriones que permitieran a Marco visitar la biblioteca, y Marco ofreció a mi tío su barco para regresar juntos hacia Oriente, pues así tendría él mismo la oportunidad de entretener el tiempo de la navegación con la lectura de las docenas y docenas de rollos que Antifonte había conseguido copiar. La mayoría de esos libros se pueden estudiar ahora en el jardín de Séforis, junto con el resto de la biblioteca de mi tío, salvo unas pocas obras de Epicuro, de Filodemo, de Metrodoro, de Leoncio, de Colotes y de Zenón Sidonio, que Antifonte me legó en vida y que conservo junto a mí como auténticas piedras preciosas. Ni que decir tiene que el largo viaje por mar que compartieron mi tío y Marco Fasael, con poco más que hacer salvo estudiar los libros que el primero de ellos transportaba y discutir sobre lo que leían, sirvió para acrecentar la afición de Marco hacia la sutileza de los argumentos epicúreos y dialécticos. Los dos viejos amigos no dejaban de contarnos, cuando el vino empezaba a dar lustre a los entendimientos en los banquetes que tan a menudo celebraríamos después cada vigésimo día en nuestro jardín, cómo los marineros les miraban cual si estuvieran locos al pasar a su lado en el estrecho barco y escucharles aquellas discusiones tan ininteligibles para ellos, y cómo alguna vez, al estremecerse la nave por las olas en plena tormenta, uno de los marineros los señaló con el dedo, asegurando que la nave estaba a punto de ser tragada por el mar porque los dioses estaban tomando venganza de las muchas cosas impías que habían escuchado decir a aquellos pasajeros, y que la única forma de salir vivos todos los demás de aquella peligrosa tempestad era arrojando por la borda el irreverente cargamento de libros y a quienes se pasaban las horas venerándolos. El capitán, empero, era hombre de alguna cultura y mandó callar al piadoso tripulante, rogando a sus dos nobles pasajeros que disculpasen aquel arrebato de superstición, causado nada más que por la mezcla del miedo y la ignorancia.

5. La travesía por mar culminó en Ptolemaida y los viajeros emprendieron el camino por tierra hasta Caná, donde ambos se despidieron. Marco ascendió desde allí hasta Séforis, a menos de un día de camino, y Antifonte siguió la ruta hasta Magdala, para llegar a Gádara rodeando el lago de Galilea. Cuando Fasael vio su ciudad completamente derruida, no pudo contener las lágrimas. Muchas personas que conocía habían sido muertas por los rebeldes o por los romanos, o bien llevadas por estos últimos a los cuatro rincones del imperio para ser vendidas allí. Por fortuna, la mayoría de sus amigos y criados habían escapado a tiempo y ahora empezaban a regresar. Antipas, que había llegado unas semanas antes, no pudo resistir la visión de las ruinas y se trasladó al palacio de Betaranta, cerca de la orilla oriental del mar Muerto, pues su herencia alcanzaba también la región de Perea. Desde allí comenzó su juicioso gobierno, trasladándose continuamente por todos sus territorios para conocer la situación de sus súbditos e impartir justicia en persona, lo que fue muy apreciado por todos. Además, Octaviano César decidió no aceptar más que una pequeñísima parte de la gran suma de dinero que Herodes le había legado personalmente en su testamento y devolvió el resto a Arquelao, Antipas y Felipe. Como la mayor parte de ese dinero se encontraba en Jerusalén, los dos nuevos tetrarcas aún tardaron un tiempo en recibir lo que les correspondía (nadie como un tesorero judío para dilatar los plazos de los pagos con mil argucias y trabas rituales), pero en cuanto tuvieron el dinero en su poder ambos tomaron la misma decisión: rebajar los impuestos, que Herodes había subido hasta límites difíciles de tolerar, y emprender grandes obras de construcción con las que embellecer sus territorios y dar empleo a sus habitantes. Uno de los primeros

trabajos encargados por Antipas fue el de reconstruir Séforis, no escatimando los medios para convertirla en una de las ciudades más bellas de todo el Levante, en la que tanto griegos como judíos pudieran sentirse impresionados y satisfechos. Encargó a Marco, que ya había empezado por su cuenta a levantar una nueva mansión y algunos edificios públicos, la supervisión de todas las obras, y premió con una reducción adicional de impuestos a todos aquellos que se instalasen en la ciudad, tanto si habían vivido allí antes de su destrucción como si no. Se levantaron plazas y calles porticadas, una basílica y un senado, sinagogas hebreas y sendos templos consagrados a Júpiter y a Fortuna, comercios y almacenes, nuevas murallas con puertas monumentales, cisternas y acueductos, fuentes y alcantarillas, un gran gimnasio y baños públicos, y un gran teatro en la ladera de la ciudadela. Solo se abstuvo Antipas, al contrario de lo que su padre había hecho en tantos otros sitios, de decorar la ciudad con estatuas, para no ofender la superstición de los hebreos a propósito de las imágenes. El nuevo palacio de Antipas coronaba la población, y el esfuerzo que se puso en construirlo fue tan grande que solo tres años después de hacerse cargo del gobierno de Galilea ya pudo el joven tetrarca establecer su residencia en él, permaneciendo allí muchas temporadas a pesar de los gritos de los obreros y del ruido de los martillos en el resto de las obras. Los alrededores de Séforis empezaron a vivir una época de gran prosperidad, pues en todas las aldeas y pueblos vecinos faltaban manos para producir las herramientas y materias primas que requerían los trabajos de construcción, los alimentos que los obreros y los nuevos habitantes necesitaban, los cueros, las vasijas, las telas y los muebles. Todo el mundo ensalzaba a Antipas como el mejor gobernante que había tenido Galilea desde los tiempos de Salomón, un legendario rey hebreo contemporáneo de Agamenón y Príamo. Y lo cierto es que, teniendo en cuenta lo mal que fueron las cosas en los territorios de Arquelao, los súbditos de Antipas hacían bien en elogiar a su tetrarca.

6. Como muestra de su deseo de hermanar a las comunidades que habitaban sus territorios, Antipas había incluido desde el principio entre sus consejeros a helénicos y a sirios junto con los hebreos. Aunque la mayoría de la población era judía, los griegos y los sirios helenizados alcanzaban una proporción notable, y solían ser personas acomodadas y de elevada cultura, además de mucho más próximos en sus costumbres

y su mentalidad a los dominadores romanos, y Antipas deseaba que su pequeño país formase parte de la civilización, no que fuera un rincón oscuro de espaldas a los grandes acontecimientos. Él era un devoto practicante de la religión hebrea y de su peculiar modo de vida, pero, habiendo sido educado en Roma, eso no le impedía conocer otras maneras de vivir y de pensar, y no se sentía como un extraño en ninguna parte del imperio, ni los muchos extranjeros que con frecuencia lo visitaban pensaban que habían desembarcado en la luna, así que no sabía por qué su pueblo no iba a poder combinar tan armoniosamente como él mismo las maneras judías y las étnicas (o sea, «gentiles», como dicen los hebreos para referirse a los extranjeros, sobre todo a los griegos). En el transcurso de una cena entre Antipas, Marco y los otros nobles locales, la charla terminó versando sobre dicha cuestión. Según nos relataba Marco, alguno de los comensales sugirió: «¿Y por qué no instalar una escuela de filosofía en Séforis, alteza?». Al parecer, aquel hombre lo había dicho como un chiste, y no fueron pocas las risas que la ocurrencia suscitó. Pero al día siguiente, conversando en privado con Marco, Antipas lo recordó de pasada. Marco Fasael nos confesó que enseguida se vio atraído por aquella posibilidad y que casi automáticamente pensó en Antifonte para hacerse cargo de la creación de tal escuela, pero le parecía entonces algo muy arriesgado y no se atrevía a volver a planteárselo a Antipas. Por fortuna, fue este quien más de una vez hizo referencia a la descabellada idea, aunque Marco siempre tenía dudas de si Antipas lo proponía con sinceridad. Al final, un día que contemplaban la llanura de Séforis desde la terraza de la casa de Marco Fasael, el amigo del tetrarca lo planteó claramente: «¿Quieres que lo hagamos o no?». Antipas calló unos instantes, pero luego le miró a los ojos y le dijo: «Hagámoslo». «¿Qué te parecería Antifonte de Gádara para encabezar esa gran misión?» «¿El filósofo que conocimos en Roma?» «Ese mismo.» «¿No se molestarán muchos judíos por haber sido él uno de los que consiguieron de César la separación de la Decápolis?» «También se extrañarán muchos ciudadanos de Gádara. Pero yo lo defenderé como una prueba de amistad entre las dos regiones.» «¿Crees que él estaría dispuesto?» «No lo sé con seguridad, pero apostaría a que sí.» «También debemos tener en cuenta que Antifonte es un ateo», añadió Antipas. «Ya lo sé, y tampoco cree en la persistencia del alma.» «Bueno, tú y yo tampoco, ni muchos de los judíos, en especial los saduceos. Pero, aun así, pensamos que la religión es necesaria y que Dios transmitió las leyes a Moisés» (Moisés, como sabrás, es el mítico fundador de la religión de los judíos). «Antifonte piensa que las leyes son un asunto humano, es cierto.» Antipas y Marco callaron; el tetrarca contempló la inmensa y próspera llanura, en la que convivían felices sus súbditos, judíos y gentiles. «Hagamos una cosa, Marco. Llama a Antifonte y proponle fundar una escuela en Séforis; dile que, por mi parte, tiene absoluta libertad para organizarla de la manera que mejor le parezca, siempre que se abstenga de hacer manifestaciones públicas que puedan ofender al resto del pueblo. Pero debe ser un asunto privado entre él y tú. La escuela no estará fundada por mí, ni recibirá fondos de mis arcas, ni siquiera la visitaré, aunque podré encontrarme con el filósofo aquí, en tu propia casa, todas las veces que queráis. Naturalmente, yo te compensaré a través de otros medios por los gastos que todo ello te suponga.» «No será necesario, alteza —respondió Marco—: para mí será un gran honor patrocinar una escuela para Antifonte.»

7. Casi inmediatamente después de aquella conversación, Marco Fasael envió un mensaje a Gádara para avisar a su amigo el filósofo de que quería entrevistarse con él para un asunto de la mayor importancia, y le rogaba que le entregase al mismo mensajero una respuesta, indicando si le parecía bien que el propio Marco viajase a Gádara unos días después para poder conversar allí. El mensajero salió de Séforis a galope un día por la mañana, y al día siguiente por la noche regresó con la respuesta de Antifonte, quien declaraba estar encantado de recibir a su amigo en su modesta casa cuando él quisiera. Marco preparó todo para poder salir en un par de días, viajando a caballo con dos criados por toda escolta y compañía. A ello contribuyó también la pacificación que Antipas había hecho de toda Galilea, mitigando el bandidaje que asolaba la región y que dificultaba el tránsito de viajeros y de caravanas. El grupo hizo noche en Filoteria y arribó a Gádara al mediodía siguiente, lo que permitió al feliz Antifonte invitar a su amigo a compartir nuestro frugal almuerzo: pan, queso, higos y vino, pues los embutidos los ordenó retirar por respeto a las costumbres de Marco, aunque más tarde daría yo buena cuenta de parte de ellos en la soledad de la cocina. Fue la primera ocasión en la que pude ver en persona al famoso amigo de mi tío. Tras darse detalles de los principales acontecimientos que a cada uno le habían ocurrido desde su vuelta de Roma, y tras recordar y relatarme a mí algunas de las anécdotas de aquel largo viaje, mi tío preguntó por fin a

Marco qué era eso tan importante de lo que tenía que hablar con él, no sin antes ordenarme regresar a mis actividades para dejarlos solos, aunque Antifonte me contaría poco después y con todo detalle esa conversación. Marco le planteó la oferta de Antipas abiertamente. Querían que se fundara en Séforis una escuela de filosofía helénica que pudiera competir en prestigio con cualquiera de las de Grecia, Egipto, Siria o Asia, pero que a la vez intentara sintetizar la sabiduría de los griegos con la de los judíos, y, ¿por qué no?, la de otras naciones en la medida en que tuvieran algo valioso con lo que contribuir al conocimiento de la felicidad, o sea, del sumo bien. Y le ofrecían a Antifonte la dirección de dicha escuela. «Así podrías tener por fin un jardín en el que no predominara el olor de los cerdos», bromeó el judío, pues como su religión les prohíbe el consumo de ese animal, las piaras son muy escasas en todo Israel, y en Galilea solo las tienen algunos griegos y sirios, y siempre en lugares muy alejados de las poblaciones. En Gádara, por el contrario, nuestra pasión por la carne de cerdo nos hacía vivir rodeados de pocilgas, cuyo desagradable olor llegaba sin remedio fuera cual fuese la dirección del viento.

«Pero yo tengo ya una escuela aquí —declaró mi tío—; mis discípulos y mis conciudadanos no verían con buenos ojos que los abandonase.» «Puedes traer a tus discípulos contigo, si ellos quieren —ofreció Marco—, o puedes mantener esta escuela y permanecer como su director volviendo a ella de vez en cuando, y que alguno de tus seguidores se encargue de los asuntos cotidianos. Séforis está a menos de dos días de viaje.» «No sé cómo se tomarían en Gádara y en el resto de la Decápolis el que yo colaborase ahora con el rey de cuyos dominios han logrado escapar.» «Nada puede quitarte el honor de haber sido en buena medida quien consiguió esa independencia —replicó Marco—; y además, valiente filósofo serías tú si para decidir qué hacer tuvieras que basarte en lo que van a pensar de ti tus conciudadanos.» «La armonía de la ciudad es un requisito sustancial para dedicarse plácidamente a la filosofía, no lo olvides; el filósofo no tiene que gobernar la ciudad, ni el reino, ni el imperio, pero debe contribuir a la paz y no fomentar las hostilidades.» «Tienes mucha razón, como siempre —reconoció el judío—, pero precisamente por el motivo que has citado, hacer lo que te estoy pidiendo sería una de las mejores enseñanzas que la filosofía podría transmitir, no a una ciudad, sino a todos los pueblos.» «Deja que lo medite», pidió Antifonte. «Cuanto quieras. Voy a quedarme en Gádara unos días; además de a mi filósofo predilecto, hay unas cuantas personas más en tu ciudad a las que deseo visitar, y unos cuantos negocios que debo concluir; así que piénsalo y dame una respuesta en estos próximos días.»

Yo me enteré de la decisión de mi tío antes que nadie. Aquella noche, cuando colocábamos los libros que habíamos estado utilizando y yo lustraba las tablillas de cera en las que habrían de practicar al día siguiente los niños a los que había empezado a enseñar a escribir, me confesó: «Nos vamos a mudar a Séforis». Del susto, a mí se me cayó de las manos la tablilla que estaba preparando. No sé por qué, cuando se cae una tablilla en la que solo se ha untado cera por una cara, ese lado es el que cae casi siempre hacia el suelo, manchándolo y obligándote a limpiarlo con gran fatiga, para evitar que alguien pise la cera pegada en el pavimento y se resbale con gran riesgo de abrirse la cabeza o fracturarse un brazo o una pierna. Además, la cera, si la intentas limpiar con un trapo seco, o mojado en agua o en aceite, no hace otra cosa que extenderse más y más por el suelo, aumentando el peligro. Lo único eficaz es impregnar el trapo con un poco de nafta, y entonces la cera desaparece como el polvo con el agua. Pero me estoy apartando de la historia. El caso es que me sorprendí muchísimo con la revelación de mi tío. Personalmente, yo no tenía por entonces muy buena opinión de aquellos bárbaros que habían sojuzgado durante los últimos cincuenta años a nuestra bella y orgullosa ciudad, y la idea de irme a vivir a la capital del reino de Antipas me apetecía tanto

«como hacer una flauta con mi tibia»,

que dice nuestro poeta sirio. Amagué una protesta, pero Antifonte me expuso enseguida las razones por las que aquella idea le parecía una oportunidad magnífica, no solo para acrecentar sus propios conocimientos e incrementar su fama entre los filósofos, sino, como le había dicho Marco Fasael, para reunir por vez primera las filosofías de dos pueblos que, por la apariencia de sus costumbres, se parecían tan poco. «¿Y qué va a pasar con esta escuela en Gádara? ¿Qué va a pasar conmigo?», me lamenté. «Naturalmente, tú vendrás con tu tío, mi querido Licino; adquirí la obligación de cuidar de ti cuando murieron tus padres, y lo haré en cualquier sitio adonde nos lleve la fortuna. Con respecto a la escuela, voy a ofrecerle a Casandro, que es mi discípulo más antiguo, permanecer como director en funciones, como hizo mientras estuve en Roma, y yo intentaré pasar aquí al menos unos días cada tres o cuatro meses, supervisando las enseñanzas y aportando también cuanto pueda enseñarles de lo que hayamos aprendido en Séforis. A los demás discípulos les daré a elegir entre acompañarnos a Galilea, quedarse en Gádara o partir libremente adonde quieran.» Mis ulteriores lloros y lamentos sirvieron solamente para convencer aún más a mi tío de la total imposibilidad de convertir a su sobrino de quince años en un auténtico filósofo, en quien la imperturbabilidad del espíritu había de ser uno de los rasgos principales del carácter. Poco después Antifonte comunicó a Marco Fasael su decisión, para gran alegría del judío, quien regresó a Séforis con el mismo magro cortejo con el que había salido de allí. Por el contrario, el consejo de Gádara recibió la noticia, como era de esperar, con gran estupor e indignación. Intentaron persuadir a mi tío de que reconsiderase su decisión, pero no pudieron oponer ningún argumento lo bastante firme contra los que Antifonte desplegó ante ellos. Recuerdo sobre todo que le achacaron el querer deslucir la fama de su patria marchándose de ella y aliándose con un reino rival. «Recuerda —le dijeron— que quienes fracasan en el exterior continuamente exclaman que el mayor de los bienes es la patria, mientras que los afortunados, aunque en todo lo demás triunfen, si están lejos de su ciudad siempre piensan que les falta eso, que es lo más importante. Y siempre se les llama "extranjeros", porque es un reproche su extranjería. Y quienes en su tiempo de estancia en el exterior llegaron a ser ilustres por la adquisición de riquezas, por el honor del cargo público, por el testimonio de su cultura o por el elogio de su hazañas, es de notar que todos ellos se apresuran a regresar a su patria, como si no pudieran exhibir sus propios éxitos en otro lugar mejor.» Este discurso no causó mella en el ánimo de mi tío, quien replicó que precisamente lo que daba celebridad a una urbe era que sus naturales alcanzasen fama y renombre fuera de su patria, y por eso eran siempre conocidos los hombres famosos mediante la indicación de su lugar de nacimiento, como Demócrito de Abdera o Calímaco de Éfeso, o, por citar a sus propios compatriotas, Menipo, Meleagro o su propio tío Filodemo, que son siempre llamados «de Gádara», por haber difundido su talento y sus obras en otros lugares. «Pues mientras estamos aquí mismo —dijo Antifonte—, cuando yo te digo a ti, Eudímaco, que vengo de hablar con vosotros, Eudemón y Filitas, no tengo que añadir "de Gádara" para identificaros. Por otro lado, si estáis orgullosos de que mi tío Filodemo haya dado gloria a vuestra ciudad entre los romanos, que son los dueños de medio mundo, pero que no son griegos, no deberíais apreciar menos el que otro de vuestros compatriotas sea llamado a difundir nuestra sabiduría entre los hombres de una nación mucho más cercana.» Con estas y otras razones, a los gadarenses no les quedó más remedio que admitir, aunque de mala gana, que su ciudadano más distinguido se marchase a vivir a ochenta escasas millas, pero desde su perspectiva, a mil mundos de distancia.

8. Llegamos a Séforis una semana después, acompañados por los dos únicos discípulos de mi tío que habían decidido seguirnos, pues los otros siete que vivían en su escuela de Gádara, entre ellos Climene y Polinice, optaron por permanecer allí. Estas últimas temían, sobre todo, el verse rechazadas como mujeres además de como extranjeras. Los dos discípulos que vinieron con nosotros fueron Epífanes de Filadelfia y Hermógenes de Tiro; el segundo pensó que en Séforis estaría más cerca del hogar de sus padres, mientras que el primero tenía una abuela hebrea, por lo que no le parecía tan mal como al resto asentarse en tierras de judíos. Antifonte creía que la separación de sus discípulos y de su casa iba a ser dolorosa, y sobre todo que ellos le guardarían algún rencor por medio abandonarlos, pero fue grande su satisfacción al ver que asumían el cambio como algo natural y beneficioso; la práctica de la filosofía había tenido verdaderos efectos saludables sobre sus espíritus. Además, casi todos le prometieron ir a visitarlo a su nueva escuela de vez en cuando y mantener correspondencia con él de manera continua.

Séforis estaba en plena reconstrucción cuando nosotros llegamos. Desde muchas millas antes de entrar en la ciudad, el sonido de los cinceles, los buriles, las sierras, las gubias y los tornos, y sobre todo el tráfico de carromatos desplazándose desde las aldeas vecinas hacia la capital, anunciaba la frenética actividad constructora que se estaba desarrollando allí. En la propia Séforis todo eran zanjas, muros a medio levantar, rampas, andamios, grúas, montones de materiales y, sobre todo, gritos que los obreros se daban continuamente unos a otros. Pero los edificios y calzadas que ya estaban acabados o casi terminados daban una idea de la grandiosidad que aquella urbe iba a tener muy pronto. Salvo por los flecos que muchos ciudadanos lucían en sus prendas de vestir, y porque el uso del arameo era mucho más frecuente que el del griego en comparación con Gádara, no me pareció que hubiese una gran diferencia entre las dos poblaciones. Tras preguntar a varias personas, encontramos al fin la mansión de Marco Fasael. Este nos recibió alborozado y nos llevó a las habitaciones que podríamos ocupar allí mientras se construía nuestra nueva escuela. Esa misma tarde, después de descansar del viaje, nos condujo al solar que había comprado con aquel fin, aunque nos rogó que nos diéramos algo de prisa, porque a la puesta de sol comenzaba el sábado, y como sabes, los judíos tienen prohibido trabajar en ese día, pues incluso su Dios decidió tomarse un descanso después de crear todas las cosas durante los seis primeros días. Nos acompañaba el jefe de obras de Marco, un hombre amable llamado José, que entendía y hablaba el griego medianamente bien, aunque no mejor que lo que nosotros mismos podíamos entendernos en arameo, así que conversábamos con él y con la mayoría de las gentes de Séforis mezclando las dos lenguas. Como sabrás, antiguamente los judíos hablaban un idioma distinto, el hebreo, semejante al arameo, pero que ahora tan solo aprenden para ser capaces de leer sus libros sagrados, que están escritos en aquella lengua. Marco nos dijo que José era, en su opinión, el mejor constructor de toda Galilea, y que dominaba todas las técnicas de la arquitectura doméstica, ya fuese griega, siria o judía; entendía perfectamente todas las necesidades que se le planteaban y aportaba él mismo las mejores ideas para satisfacerlas. A causa de su máxima honradez y de su propia disciplina era muy respetado por sus trabajadores y, lo que era casi más importante en aquellas circunstancias, por los proveedores de materiales, lo que le permitía conseguir con facilidad y a buenos precios muchas cosas que en otras obras podían tardar varias semanas en recibirse. José nos confesó que, como era de esperar, nunca había tenido que construir una escuela de filosofía, o un «jardín», como las llamamos los seguidores de Epicuro en honor a la que él fundó en Atenas hace trescientos años. Una vez en el solar, Antifonte le explicó sucintamente lo que necesitábamos: una casa grande, con bastantes dormitorios individuales muy pequeños y con varias zonas de uso común, en las que lo más importante era que fuesen muy luminosas y fáciles de calentar en los días fríos, y que las paredes tuvieran estanterías para poder colocar muchos libros; y sobre todo, se necesitaba un amplio terreno dedicado a un jardín, en el que cultivar frutales y otros árboles olorosos, verduras y flores, tener unas pocas gallinas y cabras, y en el que poder dar paseos y sentarse a conversar plácidamente, a la sombra en verano y al sol en invierno. Si fuera posible que hubiera un pozo, mejor que mejor. «Será todo fácil —aseguró José—, menos lo del pozo, porque el suelo no es bueno para ello; pero podremos construir una fuente aprovechando el acueducto que lleva el agua a la mansión de Marco, si mi señor lo permite.» «No solo lo permito, sino que lo ordeno», ofreció gentilmente Fasael. «Pues en menos de tres meses estará todo terminado, si Dios quiere», prometió José.

9. Este José del que te hablo es un personaje importante de nuestra historia. Llevaba trabajando para Marco Fasael desde varios años atrás, pero los encargos de nuestro amigo se multiplicaron a causa de la reconstrucción de Séforis. José procedía de una de las aldeas del amplio valle que rodeaba la capital, y durante los tiempos de la revuelta se refugió en el campo como muchos de sus vecinos, manteniéndose a base de hacer pequeños trabajos de albañilería o de carpintería para los empobrecidos aldeanos. Desde una de las casas que José visitaba ofreciendo sus servicios, bajaba dos veces por semana hasta su improvisado taller una muchacha para llevarle algunas cosas de comer, para limpiar y para remendar la ropa. La niña, que se llamaba María, tendría unos dieciséis años, y a José le gustó por su sencillez, por la ruborizada inocencia con la que respondía a sus frecuentes bromas y chistes y por su cuerpecillo regordete. Después de varios meses viéndola trabajar en su casa, José decidió ir a hablar con los padres de María para pedirla en matrimonio. Los padres de José habían muerto hacía ya varios años, así que al constructor no le quedaba más remedio que hacer la petición por sí mismo. Al entrar en la casa de María, en el poblado de Nazaret, saludó al padre y a la madre, quienes le miraron sorprendidos, pensando que tal vez vendría a quejarse de alguna negligencia que su hija hubiera cometido en su trabajo. José los tranquilizó, asegurándoles que estaba contentísimo con la ayuda que María le prestaba, pues era muy difícil para un hombre soltero como él, y ya de cierta edad, encargarse de aquellos trabajos domésticos, y la niña lo hacía todo muy bien. Les estaba muy agradecido, y, además de la pequeña cantidad que les pagaba cada semana, les había traído un banco de madera que acababa de hacer para ellos y que había dejado en la entrada como una sorpresa. Les invitó a salir a ver el banco, cuyos laterales había tallado con toscas figuras de palmeras, pero la sorpresa más grande se la llevó él, al descubrir a un niñito de poco más de un año gateando feliz por encima del asiento. «Jesús, baja de ahí ahora mismo, que se va a enfadar este señor», le regañó la madre de María. «No se preocupe, el banco está para subirse

encima —dijo José riendo, y añadió—: María no me había contado que tuviese un hermanito tan pequeño.» «No es su hermano, es su hijo», confesó en un descuido el abuelo del bebé, a quien su esposa miró con enojo mientras tomaba en brazos al pequeño. «¡Ah!», fue lo único que pudo responder José, quien se limitó a señalar el banco y desearles que lo disfrutaran. Se despidió con toda la cortesía que pudo, rechazó la invitación para comer lo poco que tenían en la mesa y volvió cabizbajo a su taller.

Durante las semanas siguientes, José y María se dirigieron la palabra lo menos posible, aunque ella notó que él se quedaba contemplándola muchas veces en silencio. Al cabo de un tiempo, él se atrevió a preguntar: «¿Qué tal está tu niño?». Ella tragó saliva y respondió un lacónico «bien». «Me pareció muy guapo.» «Gracias.» Ambos callaron de nuevo y siguieron haciendo sus cosas. Picado por la curiosidad, José intentó enterarse de la situación de María a través de otras personas que la conocían, pero los judíos son muy reservados, y solo consiguió averiguar algunas cosas a fuerza de invitar a los borrachines de las tabernas cercanas. De esa manera descubrió que dos o tres años antes María había trabajado, de modo parecido a como lo hacía ahora en el taller de José, para un pequeño destacamento de las legiones con las que el legado de Siria había sofocado la rebelión de Galilea; el niño era hijo, sin duda, de alguno de esos legionarios. Por lo visto, María estaba prometida por entonces a un chico de su aldea, pero cuando la familia del novio vio crecer la barriga de la niña, y tras confesar el mozo bajo los golpes de su propio padre que él no había tenido nada que ver con aquello, rompieron el compromiso y se marcharon a otra aldea abrumados por la vergüenza.

Tras aquellas averiguaciones, José no volvió a referirse al hijo de María durante un tiempo, pero intentó mostrarse todavía más amable con ella. Al cabo de un mes parecía que la relación volvía a ser igual de amistosa que antes del incidente del banco, y la chica se reía de nuevo con los chistes que contaba José. Este, animado por la restablecida jovialidad, se atrevió una vez a tomarla suavemente por la cintura desde atrás, mientras ella estaba aún riéndose por alguna ocurrencia del carpintero. María al principio dejó que él se pegara a ella y que le acariciara los costados, pero a los pocos segundos se apartó, recogió las cosas y dijo que tenía que marcharse. A la semana siguiente no volvió, ni a la otra. José, preocupado e intuyendo que el trabajo en Séforis volvería a comenzar muy pronto y que tendría que abandonar aquel pobre taller, construyó un pequeño juguete de madera para Jesús y subió de nuevo a casa de María. Esa vez no se anduvo con rodeos y, tras entregar el juguete a la entusiasmada criatura, anunció a los padres de la chica que estaba dispuesto a tomarla en matrimonio y llevárselos a ella y a su niño a Séforis. Si aceptaban, él se comprometía a adoptar a Jesús y a cuidarlo como hijo propio. Como pago, además de algo de dinero, José construiría unos cuantos muebles más para los padres de María y les adecentaría en lo posible su mísera vivienda. Estos escuchaban felices y asombrados, y asintieron de inmediato a todo cuanto José les planteaba. Llamaron a María y le preguntaron si quería convertirse en la esposa de aquel hombre, y ella mostró su aprobación cogiendo a su hijo en brazos y empezando a llorar como una fuente. Desde entonces hasta la boda, que se celebró muy pocas semanas después, María dejó de ir a trabajar a la casa de José, sustituyéndola su propia madre. Solo unos pocos días antes de la fiesta le llegó a José la noticia de que Marco Fasael había regresado de Roma y deseaba contratarlo de nuevo, esta vez para reconstruir su mansión, que había quedado medio destruida en el asedio de los legionarios; así que al día siguiente de la boda, los novios y el pequeño Jesús, montados madre e hijo en un borrico que José había comprado con el dinero que Marco le enviaba como adelanto, emprendieron el camino hacia Séforis.

10. Tal como había anunciado José, la construcción de nuestra casa duró muy poco tiempo. Mientras tanto Antifonte, sus dos discípulos y yo vivimos en la mansión de Marco. Allí tuvimos la ocasión de encontrarnos con Antipas, en una de las frecuentes visitas que hacía el tetrarca a su capital, pues también solía alojarse en la casa de Marco mientras terminaban de construir y decorar su propio palacio. El tetrarca estaba realmente entusiasmado por conocer la sabiduría de los griegos. Entre los judíos hay muchas escuelas y opiniones diferentes acerca de cómo deben interpretarse sus libros sagrados y las supuestas revelaciones de su Dios solitario (tienen una conocida sentencia que dice «dos judíos, tres sinagogas»), pero todas ellas están de acuerdo, salvo algunos detalles menores, en cuáles son esos libros y esas revelaciones. En cambio, Antipas se maravillaba con el hecho de que dos filósofos griegos pudieran estar en desacuerdo prácticamente en todo, y de que ambos tuvieran argumentos muy convincentes para defender sus respectivas posturas. A la mayo-

ría de los judíos (como a muchos griegos, hay que decir), aquella potencia superlativa del razonamiento les parecía excesivamente peligrosa, pero Antipas era un joven que acababa de cumplir la veintena, tenía toda la vida por delante y gobernaba una región fronteriza en un mundo que estaba sufriendo grandes cambios, así que estaba entusiasmado con los nuevos horizontes que la filosofía ponía ante sus ojos. Antifonte aprovechó aquel entusiasmo para indicarle que, si su proyecto debía tener algún sentido, sería necesario que entre los nuevos discípulos de la escuela se contaran algunos de origen judío, y que también necesitaría un maestro de filosofía hebrea, lo que los judíos llaman un rabino. Antipas asintió y prometió al filósofo hacer todo lo posible para encontrar un sabio hebreo dispuesto a unirse a nuestro jardín y para persuadir a algunos de los notables de Galilea de las ventajas de enviar allí a algunos de sus hijos. Como se comprobó después, lo primero fue más fácil que lo segundo. Marco y Antipas lograron convencer a uno de los miembros de la escuela rabínica de Séforis (aunque desde la destrucción de la ciudad vivían en Magdala) de que, a cambio de ayudar a la reconstrucción de su propia escuela, les gustaría que pasara algún tiempo en la de Antifonte instruyéndole a este y a sus discípulos sobre la sabiduría hebrea, y discutiendo en la medida de lo posible sobre sus diferencias y semejanzas con la filosofía helénica. Este rabino era un saduceo llamado Baruc, tendría por entonces unos cincuenta años y, como verás más adelante, acabó siendo una figura significada del jardín de Antifonte. Con respecto a la llegada de discípulos judíos, aún tardamos varios años en recibirlos, si exceptuamos a Epífanes, pues una abeja no hace miel, y entre ellos estuvo precisamente aquel Jesús del que te he hablado, el hijo adoptivo de José; pero esa es también una historia que te relataré con detalle en el siguiente libro.

SEGUNDA PARTE

Capítulo 11

El joven Ernesto Salaberri deambulaba nervioso entre las cajas que acaban de sacar del pequeño avión de hélice en el que habían pasado las últimas tres horas, el tiempo que habían tardado en llegar hasta allí desde Beirut. Llevaba en la mano una hoja de papel con la lista de los bultos y comprobaba que todos ellos estuvieran sobre la pista de aterrizaje y que no hubieran sufrido daños aparentes, ni durante el vuelo ni al descargarlos. Pero los operarios le parecían sumamente descuidados, además de sucios, y, o bien no le entendían, o fingían no entenderle para no tener que obedecer sus órdenes.

—¡Con más cuidado, por favor! —les gritaba iracundo en su mejor francés—. ¡Son herramientas muy costosas, por el amor de Dios! ¡Tengan más cuidado!

Sus gritos llamaron la atención de un par de policías que también rondaban alrededor del avión. Estos sí que sabían hablar en cristiano.

—Déjelos hacer su trabajo, señor —le ordenaron con cara de pocos amigos y con un fuerte acento árabe.

—Naturalmente —dijo Ernesto con tono de disculpa—. Solo quiero comprobar que el material llega sano y salvo.

—Ellos saben cómo hacerlo, señor —añadió el mismo policía—. Venga, vaya con los demás pasajeros hacia la terminal. —Y le indicó con la punta del fusil el camino que ya seguían sus compañeros de expedición.

—Pero el señor director me ha encargado supervisar la descarga...

—Nosotros supervisamos todo lo que hay que supervisar. Vaya con los demás hacia la terminal —repitió el militar levantando de nuevo su arma.

—Naturalmente, naturalmente.

Ernesto se caló su sombrero y corrió para alcanzar a los demás, mirando hacia la carga de vez en cuando. Llegó hasta el grupo cuando sus compañeros entraban ya en el edificio. Un nuevo policía les señaló una puerta con un letrero en árabe y francés que indicaba CONTROL DE PASAPORTES, y les pidió que entrasen allí. Era una sala amplia, con algunas sillas, un par de mesas vacías y una segunda puerta detrás de las mesas. No había ninguna ventana, solamente la iluminación de unas cuantas lámparas en el techo. Por única decoración, una bandera, un mapa de Siria y una foto del nuevo presidente de la república. Los viajeros, fatigados por veinte horas de vuelo y casi otras tantas de escalas, se sentaron en las sillas y esperaron a que alguien viniese a decirles lo que tenían que hacer. El grupo lo formaban siete hombres y dos mujeres. Los tres miembros de más edad, un alemán, un francés y un español, se sentaron en las sillas más cercanas a las mesas, y los demás se repartieron por la sala. El joven Ernesto permaneció de pie y sin dejar de dar paseos.

—Estos son unos manazas —protestó, alzando mucho la voz para que todos sus compañeros le oyesen—. Bajaban las cajas al suelo como si fueran sacos de patatas. Cuando han sacado el contenedor del georradar y lo han echado al suelo, he escuchado un ruido que... me ha puesto los pelos de punta. —*M'a dressé les cheveux sur la tête*, recordó con satisfacción que se decía en francés.

—No habrá pasado nada, no te preocupes —le respondió con marcado acento alemán uno de los viajeros más jóvenes.

—¿Nos tendrán mucho tiempo esperando aquí? —preguntó una de las dos mujeres, una joven francesa que no llegaría a los veinticinco años—. Yo necesito ir al baño urgentemente.

—Supongo que vendrán enseguida —dijo el hombre de mayor edad, un alemán con perilla y bastón—. ¿Estará su amigo esperándonos? —preguntó volviéndose al español que tenía a su izquierda.

—Por supuesto que sí, *Herr Professor* —respondió este—. Cuando hablé con él por teléfono me dijo que se aseguraría de que los agentes de la aduana nos trataran bien, así que —añadió, dirigiéndose a Ernesto Salaberri— no hace falta que estés tan nervioso. El material se descargará y se cargará sin problemas, seguro. Lo que hace aquí es muchísimo calor, deben de tener puesta la calefacción a toda potencia —dijo, sacándose un pañuelo blanco del bolsillo de la chaqueta y pasándoselo por la frente—. Venga, siéntate, Ernesto; vas a ser tú el que acabe poniendo nerviosos a los policías.

—Disculpe, señor conde, pero con todo el tiempo que hemos pasado sentados en el avión, lo que me apetece ahora es andar.

—Más que sentados, yo diría que íbamos zarandeados —comentó uno de los hombres más jóvenes, un francés que rondaba los treinta—. Más de una vez pensé que íbamos a estrellarnos. ¡Qué diferencia con el avión de Air France!

—Habría sido mucho mejor venir en camello —bromeó otro joven, un alemán.

—Desde aquí, el resto del viaje sí que será en camello, ¿no? —dijo la otra chica, también francesa, con tono irónico.

—Sería lo normal —respondió el alemán.

—¡Y yo necesito ir al cuarto de baño! —reiteró la primera francesa, a la vez que un par de policías entraban en la sala. Ernesto dejó de caminar y señalando a la chica les espetó:

—Señores agentes, por favor, nuestra compañera necesita urgentemente un lavabo.

Los policías se detuvieron en seco. Uno de ellos le miró fijamente a los ojos y le ordenó sentarse. Ernesto obedeció de inmediato, pero una vez sentado volvió a pedir por favor que permitieran a la chica ir al cuarto de aseo. El mismo policía preguntó a quién se refería, y la joven se identificó.

—Acompañe a la señorita al lavabo —ordenó al otro agente—. Pero que deje aquí su bolso y todo su equipaje.

—Muchas gracias —dijo la chica, y salió rápidamente por la misma puerta por la que habían entrado, acompañada por el policía.

—Bien, damas y caballeros —anunció el agente que se había

quedado en la sala—. Les ruego que tengan preparados sus pasaportes y sus equipajes. A medida que los vaya llamando, abran su maleta encima de la mesa y muéstrenme su documentación, por favor. Caballero —añadió, dirigiéndose al profesor alemán—, si es usted tan amable...

—*Ja, klar!* —asintió el aludido, e hizo como les habían solicitado. El policía miró detenidamente el pasaporte de la República Federal de Alemania, inspeccionó con delicadeza el contenido de la maleta y finalmente estampó un sello en una de las páginas del documento.

—Muy bien, puede cerrar la maleta y pasar al vestíbulo —dijo indicando la otra puerta de la sala—. Bienvenido a Alepo, profesor Pitterman.

—Muchísimas gracias.

El policía se desplazó a otra de las mesas mientras el alemán cerraba su maleta, y fue llamando a los demás uno por uno para realizar la misma operación. Al cabo de poco tiempo regresaron la chica francesa y el agente que la escoltaba, y este se unió a la tarea de inspección de los equipajes y pasaportes.

—¿Tardaremos mucho en poder recoger nuestros bultos? —preguntó el español más viejo—. Es material científico, ya saben.

—Lo están supervisando mis compañeros en este momento. No creo que tarden mucho —respondió el primer agente—. ¿Me permite inspeccionar su equipaje personal?

—Cómo no —respondió el viajero colocando su maleta de piel sobre la mesa. Tras revisar el contenido, el policía solicitó el pasaporte del español, pero al abrirlo mientras este cerraba su maleta, exclamó:

—¡Le ruego mil disculpas, señor conde! Si hubiera sabido que su excelencia viajaba en calidad de diplomático, no le habríamos pedido que abriera su equipaje.

—No tiene importancia. Si hubiese preferido que no me inspeccionaran, le habría enseñado el pasaporte lo primero de todo.

—Aquí lo tiene, señor conde. Bienvenido a Siria. Le pido otra vez disculpas.

El español recogió su documentación y su maleta y atravesó la puerta por la que había pasado el alemán hacía un minuto. Otros dos policías llegaron a la sala de control; eran los mismos que habían vigilado la descarga de las cajas en la pista. Uno de ellos reconoció a Ernesto e hizo un ademán al que parecía el jefe, señalando al joven español. Este se dio cuenta y comenzó a sudar aún más, nervioso en su silla. Poco a poco, todos los demás viajeros fueron abandonando la sala con su maleta en una mano y el pasaporte sellado en la otra. Al final, solo quedaba Ernesto.

—Caballero, por favor —le dijo el agente.

Ernesto se levantó nervioso, colocó torpemente su valija en la mesa que le indicaron y tardó más de lo razonable en encontrar la llavecita que abría la maleta.

—Ya está, ya está. Tenga el pasaporte también.

El policía hizo caso omiso del documento y empezó a vaciar el equipaje con delicadeza.

—Oiga, señor —protestó tímidamente Ernesto—. A los demás no les ha sacado las cosas de la maleta.

—Silencio, por favor.

—Naturalmente.

El agente al mando llamó a uno de los otros para que le ayudase a revisar la maleta. Había tres libros, que agitaron para ver si caía algo de entre sus páginas.

—Cuidado, por favor —dijo Ernesto, pero los otros no respondieron; aparentemente satisfechos con el resultado del registro, uno de los agentes comenzó a guardar nuevamente las cosas—. No se preocupen, ya lo guardo yo.

—No, usted venga conmigo —cortó el jefe. Pasó al otro lado de la mesa y pidió a Ernesto que retrocediera un par de pasos—. Quítese la chaqueta, por favor.

Ernesto obedeció y le dio la prenda, que fue concienzudamente registrada.

—Ahora, por favor, separe los brazos del cuerpo y abra las piernas.

—¿El qué? —preguntó incrédulo el español.

—Simplemente voy a cachearlo, señor. Separe los brazos y las piernas, por favor.

—Cla... claro.

Ernesto, en mangas de camisa, hizo como se le pedía. El agente empezó a palparle con las dos manos a la vez los hombros, los costados, la cintura, los muslos... Al llegar a esa parte del cuerpo, se detuvo sorprendido. Había tocado un objeto duro que no podía identificar. Los otros policías, que lo vieron ponerse de pie bruscamente, echaron mano de sus armas y apuntaron hacia el sospechoso.

—¿Qué... qué sucede?

—Por favor, necesito que se quite los pantalones.

—¿Quéee?

—Le repito, bájese los pantalones, por favor.

—Pero, pero... —balbuceó Ernesto, y levantó las manos como un rayo al ver a los otros policías encañonándole.

—Fuera los pantalones, señor.

—Sí, claro, no faltaba más —claudicó Ernesto al fin.

—Muy despacio, por favor; que yo vea sus manos en todo momento.

Ernesto, con el rostro igual de blanco que un queso de Burgos, su tierra natal, se desabrochó el cinturón y los pantalones. Los dejó caer al suelo para intentar sacar las piernas sin quitarse los zapatos, pero el policía lo detuvo.

—¿Qué es eso? —preguntó con extrañeza, señalando una tira de tela y metal, de unos siete centímetros de ancho, que rodeaba el muslo izquierdo del español amoratándolo considerablemente—. ¿Tiene usted alguna enfermedad, señor? Si es así, le comunico que debe esperar a ser reconocido por un inspector médico, y es posible que decrete una cuarentena antes de que se le permita entrar en el país.

—¿Enfermedad? No, no; yo estoy muy sano, se lo aseguro.

—Me temo que tendrá que esperar al inspector médico. Súbase los pantalones, por favor.

Fuera de la sala, en el casi solitario vestíbulo del aeropuerto, los demás miembros de la expedición habían ido reuniéndose a medida que pasaban los trámites de la aduana. Unos taxistas se les acercaron para ofrecerles sus servicios, pero los europeos declinaron su oferta cortésmente. Iban a dirigirse a un empleado para preguntar dónde recogerían los bultos cuando un hombre con sombrero panamá y envuelto en una gabardina (aunque el cielo estaba completamente azul) apareció empujando la puerta principal y saludando a gritos en perfecto y blasfemo castellano:

—¡Me cago en Dios, Nicasio! ¡Qué alegría verte!

Las pocas personas que ocupaban el vestíbulo fijaron su mirada en el individuo que profería aquellos alaridos ininteligibles y que, aparentemente ajeno a la atención que despertaba, se dirigía a grandes pasos hacia la figura de su viejo amigo.

—¡Santiago, mi querido Santi! —exclamó el arqueólogo.

—¡Nicasio, Nicasiete! —dijo Santiago abrazándolo con fuerza—. ¡Joder, qué alegría más grande! —Y empezó a llorar a lágrima viva, con una emoción tan contagiosa que el propio conde no pudo contener algunos gimoteos, ni sus acompañantes evitar sentir un nudo en la garganta al ver tan largo y emotivo abrazo entre dos hombres hechos y derechos. Cuando se despegaron, Nicasio tomó entre sus manos el rostro de su viejo amigo.

—¡Estás igual que siempre, desgraciado! Mentira, ¡estás mejor! —le dijo—. ¿Cómo te conservas tan bien? El clima de Siria debe de hacer milagros.

—El clima, la comida y sobre todo las mujeres. Oye, por cierto, que me dolió un montón cuando me enteré de lo de Paquita. ¡Joder, menudo palo! ¿Cuánto hace ya, tres años?

—Va para cuatro. Pero hay que seguir para delante, así que aquí estamos.

—¿Y tu chico?

—Alberto es un tigre salvaje; un chorro de energía. No sé de dónde lo ha sacado.

—¿Que no sabes de dónde? Pues de ti, ¡de quién va a ser!

—Bah, ¿y tú? ¿Cómo va tu vida por aquí?

—Nunca me imaginé que fuera a irme tan bien. Pero ya te iré

contando cosas estos días. Preséntame ahora a tus compañeros, no seas maleducado.

—Pues claro que sí —dijo Nicasio dándose la vuelta hacia el resto del grupo y volviendo al uso del francés—. Amigos, les presento a don Santiago Morales, un gran amigo mío de la juventud, un español hasta los tuétanos y, sobre todo, un hombre cabal —*accompli* fue el adjetivo que utilizó—, quien ha sido nuestra principal asistencia en la organización local de nuestro proyecto y que nos servirá de apoyo mientras estemos en Siria.

—Por favor, pueden llamarme Santi.

—Y estos son mis compañeros, Santi. En primer lugar, el profesor Helmut Pitterman, de la Universidad de Frankfurt, director de la expedición, con sus ayudantes los doctores Rolf Kassen y Dietrich von Nenninger. Y la parte francesa del proyecto: el profesor Maurice Clément, de la Universidad de Burdeos, con su profesor adjunto, el señor Raoul Davoine, y con sus dos ayudantes, las señoritas Christine Bocquet y Geneviève Lazare.

—Un placer, señoritas; me alegra ver que la ciencia no le hace ascos a la belleza —galanteó Santiago.

—Y falta mi propio ayudante, Ernesto Salaberri, que aún está con los trámites de la aduana —prosiguió Nicasio—. Por cierto, que hay que ver lo que tarda.

—¡Encantado! ¡Bienvenidos a Siria! —dijo Santiago dirigiéndose ya a todo el grupo—. Voy a hacerme cargo de todos ustedes durante los próximos tres días. Y, como ha dicho Nicasio, también estaré a su disposición desde Alepo todo el tiempo que permanezcan en el país.

—¿Nos acompañarás al hotel?

—¡Qué hotel ni qué niño muerto! —exclamó Santi en español, para volver inmediatamente al francés—. Teniendo aquí mi familia, como tiene, una casa de quince habitaciones, serán ustedes mis invitados durante todo ese tiempo. No, ni una queja, no hay nada que discutir. Eso es una contribución mía para aligerar los gastos del proyecto. Esos trastos inútiles con los que viajan los cargarán mis hombres en un camión y los guardaremos en el garaje de nuestro comercio hasta que salgan ustedes en dirección a su destino. Ahora vámonos lo antes posible para que puedan descansar y luego les contaré el plan de actividades. Espero que hayan traído ropas mejores que esas, porque mañana por la noche tenemos una cena de gala.

—¡Profesor Lequerica! —se escuchó entonces una voz lastimera que llamaba desde la puerta de la sala de pasaportes—. ¡Señor conde, por favor, ayúdeme!

La cabeza de Ernesto aparecía tras la figura de uno de los policías que lo habían registrado y que hacía señas a Nicasio para que se acercase.

—¡Cáspita! ¿Qué diablos ocurrirá ahora? Ese es mi ayudante —informó a Santiago.

—Me lo figuraba. Voy contigo a ver qué sucede.

—Disculpen un momento —pidió el conde a sus compañeros—. Enseguida volvemos.

—¿No traerá bebidas en la maleta tu chaval? —preguntó Santi mientras se dirigían hacia la aduana—. Aquí no son muy rigurosos con el alcohol, pero no podremos librarnos de tener que sobornar un poquito a los policías.

—¿Alcohol? Imposible. Ernesto no bebe ni una gota de sidra, puedes estar seguro.

—Pues me extraña que lo retengan. Los controles de salida suelen ser muy estrictos, por el contrabando de antigüedades; pero en la entrada no suele haber problemas.

Los dos hombres llegaron por fin a la mesa donde los guardias rodeaban a Ernesto, quien estaba visiblemente sofocado.

—Buenos días, Yamán —saludó Santiago al jefe de los policías.

—Buenos días, señor Morales.

—¿Qué sucede, caballeros? —preguntó el conde.

—Vuelva a bajarse los pantalones, por favor —pidió otra vez Yamán a Ernesto.

—¿Otra vez?

—O bien eso, o bien el inspector médico; como usted prefiera.

—De acuerdo, de acuerdo —dijo Ernesto sin más ganas de protestar. Se desabotonó los pantalones y dejó de nuevo a la vista, justo a la altura donde acababan sus largos calzoncillos, el artilugio de tela y metal que le oprimía todo el centro del muslo izquierdo.

—¿Me podría confirmar usted qué es esto, señor conde? Le recuerdo que su acompañante no viaja protegido como usted por un pasaporte diplomático.

Nicasio y Santiago se miraron y miraron a Ernesto con rostro de incredulidad.

—¿Eso es lo que parece que es? —le preguntó el conde en castellano a su ayudante, que asintió con la cabeza, mientras Santiago empezaba a sustituir el asombro inicial por una risa que iba creciendo.

—Les ruego que hablen en un idioma que nosotros entendamos, señores —advirtió Yamán.

—Por supuesto, señor oficial, le pido disculpas. Me temo que lo que lleva puesto mi ayudante es... un cilicio.

—¿Un cilicio? No había escuchado esa palabra en mi vida —confesó Yamán mirando de reojo a Santiago Morales, que se aguantaba la risa—. ¿Y se puede saber qué es un cilicio?

Nicasio miró de nuevo a su ayudante, esta vez con gesto de reprobación.

—Es un instrumento para una cierta práctica religiosa de singular intensidad, señor agente. Es un tipo de oración, si se quiere.

La risa de Santiago se había convertido ya en una abierta carcajada.

—¿Una oración? —preguntó el policía, tan sorprendido por la revelación del conde como por las risas de su amigo.

—Una especie de ritual. Una práctica de algunas ramas del cristianismo.

—Desde luego, los cristianos están como una cabra.

—Yamán, sin ofender —protestó Santiago entre resoplidos—. Que un servidor es cristiano, pero no gilipollas. ¡Ja, ja, ja! ¡Un cilicio! ¡El chaval iba a pasar por la aduana de Alepo con un cilicio! ¡Qué apropiado!

—Ernesto —ordenó Nicasio a su ayudante—, haz el favor de quitarte eso ahora mismo y de subirte los pantalones. ¡Qué vergüenza!

—Sí, señor conde, ya me lo quito.

—Les ruego que disculpen a mi ayudante. Como ven, se trata de un artefacto completamente inofensivo —indicó Nicasio tomando con la punta del pulgar y del meñique el cilicio del que Ernesto acababa de desprenderse y acercándolo a los policías, quienes se retiraron unos centímetros con patentes signos de repugnancia.

—¿Inofensivo? —preguntó jocosamente Santiago.

—Guárdenlo, por favor, excelencia —pidió Yamán, y volviéndose hacia uno de sus subordinados, le ordenó sellar el pasaporte de Ernesto Salaberri y entregárselo—. Ya pueden marcharse. Espero que disfruten *realmente* de Siria.

—No se preocupe, Yamán —dijo Santiago—. De eso me encargo yo.

—Entonces no me cabe ninguna duda de que disfrutarán. Hasta la vista, caballeros.

Mientras Ernesto introducía el cilicio en la maleta y la cerraba, les suplicaba a los dos españoles que no contaran a los demás nada de lo ocurrido.

—Tendrías que llevarlo puesto en la cabeza, so mentecato. Como me entere de que te disciplinas mientras estamos en el extranjero, me busco otro ayudante en cuanto volvamos a España.

—Descuide, señor conde, le prometo que no volverá a ocurrir.

—Eso espero.

Los tres hombres volvieron al vestíbulo del aeropuerto, donde los demás expedicionarios intentaban otear desde cierta distancia lo que ocurría en la sala de pasaportes, aunque no consiguieron enterarse de nada. El profesor Clément preguntó si habían tenido algún problema.

—Ha sido un simple malentendido —mintió Nicasio—. Parece ser que nuestro joven español guarda un notable parecido con cierto agente israelí al que la policía tiene fichado y necesitaban asegurarse de su identidad.

—¡Un espía! —exclamó Geneviève mirando fijamente a Ernesto, que ya no podía ruborizarse más—. ¡Muy interesante!

Un empleado del aeropuerto se acercó al grupo para avisarles de que sus cajas ya habían sido cargadas en el camión que iba a llevárselas.

—Estupendo —dijo Santiago—, entonces podemos marcharnos de aquí. Dos de ustedes han de ir en la cabina del camión y los demás nos repartiremos en los dos coches que hemos traído. En marcha.

El sol de mediodía no calentaba demasiado en aquella mañana de marzo, pero la primavera de Oriente Medio ya avanzaba resuelta hacia su plenitud, y múltiples árboles floridos inundaban el aire de aromas que se mezclaban vagamente con olores de cueros, de especias y de las innumerables comidas que a esas horas ya estaban preparándose.

—Verán el almuerzo que les tiene preparado mi suegra —anunció Santiago cuando alguien hizo referencia a cómo esos aromas le abrían el apetito.

Alepo se desparramaba en medio de una gran llanura, rodeando un elevado montículo sobre el que estaba construida su enorme ciudadela, una fortaleza con varios milenios de antigüedad que dominaba el paso natural desde el Mediterráneo hacia la llanura del Éufrates. Los tres vehículos fueron internándose en la ciudad a través de varias avenidas hasta que, al poco de pasar junto a una gran mezquita, se introdujeron en un barrio de calles más pequeñas y en el que predominaban las iglesias cristianas.

—Bienvenidos a El Jedaida —dijo Santiago deteniendo el coche frente a la fachada de un edificio que parecía más antiguo por la suciedad que por la arquitectura—. No os asustéis del aspecto exterior de mi casa. Este es el principal barrio cristiano de Alepo, y como aquí los cristianos somos prósperos pero minoritarios, no nos gusta hacer mucha ostentación, así que construimos fachadas poco llamativas y dejamos que la mierda se vaya acumulando en ellas a través de los siglos. Pero os aseguro que por dentro las casas no tienen nada que envidiar a los palacios árabes. Bueno, sí, el harén, ¡ja, ja, ja! —concluyó el español, dando un codazo de complicidad a Nicasio—. Es lo único por lo que cambiaríamos a nuestros curillas por unos imanes, ¿verdad, Nicasiete?

El conde salió del vehículo admirando la arquitectura del barrio cristiano, que, aunque perspicuamente sobria, no podía evitar sorprender al visitante con la pura y dura jactancia de su antigüedad, de sus recios muros y estrechas calles construidos a base de imponentes losas, de sus ventanas orgullosa y discretamente protegidas con rejas de hierro o celosías de piedra o de madera, de los pasadizos y túneles en los que calles y edificios se confundían, y de los pequeños pero aguerridos templos de mil y una confesiones cristianas, que parecían desafiar a las predominantes mezquitas, pero que también mostraban los efectos de una secular convivencia con los estilos orientales.

—Vamos, todos adentro —requirió Santiago desde la puerta principal del edificio, donde una mujer de unos treinta años y dos ancianos de aspecto vigoroso, todos ellos endomingados, daban la bienvenida a los siete extranjeros, pues los dos jóvenes alemanes aún no habían llegado desde el garaje en el que estaban encerrando el camión—. Les presento a mis suegros, el señor Yusef Zuriq y la señora Eulalia Zuriq. Yusef es uno de los comerciantes más notables de Alepo, cuya familia lleva aquí desde antes de los tiempos de Alejandro Magno. Y este trocito del paraíso celestial es mi esposa, Helena, que ha tenido la mala suerte de cambiar su apellido ancestral por un ramplón «Morales» del otro extremo del Mediterráneo, y todo por culpa de un zascandil aventurero que no sabe cómo llegó a dar con sus huesos en esta maravillosa tierra siria.

—«Morales» suena a gloria, no le hagan caso —dijo la mujer saludando en perfecto francés a los recién llegados.

Tras las presentaciones, y con los dos jóvenes alemanes ya incorporados, el grupo entró en la enorme casa, que, tal y como el hispano zascandil les había avisado, era espléndidamente lujosa, aunque no demasiado opulenta, con una mezcla perfecta de rasgos orientales y occidentales, de detalles antiguos y modernos, de confort y de ornamentación. Tres criadas aparecieron discretamente para ayudar a los visitantes con sus equipajes y conducirlos a sus habitaciones; para los tres catedráticos eran cuartos individuales, mientras que los demás tendrían que compartirlas de dos en dos, pero aun

241

así eran mucho mejores que las que podían esperar en un hotel y, sobre todo, que las que tendrían cuando llegaran al yacimiento que iban a excavar. Los anfitriones dejaron asearse y descansar durante media hora a los extranjeros, y luego les ofrecieron una suculenta y extraordinaria comida, que, con la sobremesa, se alargó por más de dos horas. Después volvieron a dejarlos descansar en sus habitaciones, no sin que antes saludaran a los tres hijos de Santiago y Helena, una niña y dos niños de entre cinco y nueve años que acababan de volver del colegio. A la caída de la tarde, Santiago acompañó a los hombres al hamán Yalbuga, el más antiguo de los numerosos baños turcos de Alepo, mientras Helena y las dos francesas daban un paseo por la ciudad. Ellas acudirían al baño la mañana siguiente, pues los horarios de hombres y mujeres estaban claramente diferenciados: por la mañana para ellas y por la tarde para ellos. Después del viaje agotador, difícilmente cabía otra experiencia más relajante que las termas, una de las costumbres de la Antigüedad clásica que la Europa cristiana había despreciado durante muchos siglos, pero que la civilización islámica había sabido mantener y perfeccionar con juicioso refinamiento. Los viajeros se habían encontrado el día anterior por la mañana en París con ya muchas horas de viaje en el cuerpo, sobre todo los dos españoles, que llegaron desde Madrid en tren. En la capital francesa el grupo tomó un gran avión de hélice que les condujo hasta Beirut haciendo un par de escalas de varias horas en Venecia y Atenas. En Beirut pasaron la noche en un hotel cercano al aeropuerto y a la mañana siguiente tomaron allí el siguiente avión, el que les había transportado hasta Alepo. Tal como había bromeado Christine, el viaje en camello no habría sido menos fatigoso. En la capital del norte de Siria tenían que cumplimentar los trámites administrativos para la excavación que iban a realizar, así como adquirir todo lo que necesitaban pero que no habría sido razonable transportar desde Europa. Eso les llevaría tres días, en los que también tendrían tiempo, o eso esperaban, para disfrutar de aquella maravillosa ciudad de la antigua Ruta de la Seda.

Al entrar en la sala de vapor, Santiago y Nicasio comprobaron que Ernesto, que era el único que había expresado alguna tímida protesta por aquel maravilloso plan, hacía todo lo posible por tapar sus piernas con la blanca toalla que le habían dado en el vestuario, pero al llegar el turno de los baños y los masajes, el joven ya no pudo ocultar por más tiempo sus cicatrices.

—¡Caramba! —comentó Raoul en una de las piscinas—. ¿Cómo se ha hecho usted esas heridas?

—Eeeh... —respondió tímidamente Ernesto—. Me partí las dos piernas en una caída, y tuve que estar escayolado bastante tiempo.

—Lo siento mucho. ¿Y ya está recuperado?

—Sí, totalmente. Gracias —dijo Ernesto y, sumergiéndose del todo en el agua, se fue buceando con los ojos cerrados al otro extremo de la piscina, donde tropezó con Dietrich y Rolf, quienes habían oído su explicación y, pasándole el segundo de ellos un brazo por los hombros en gesto solidario, también le expresaron su pesar por el accidente que supuestamente había causado aquellas cicatrices.

—¿Cómo ocurrió, Ernst? —le preguntó Rolf.

—Un vulgar accidente de coche.

—Definitivamente, es mucho mejor viajar en camello —bromeó Dietrich.

Quien no preguntó nada y se limitó a tratar la zona con cuidado, fue el empleado que embadurnó a Ernesto con jabón. Mientras sentía las fricciones y la presión de las manos del masajista sobre las diversas partes de su cuerpo, Ernesto reflexionaba sobre si todo aquello sería o no un pecado. La conclusión de sus cavilaciones fue que seguramente lo era, y por eso debía de ser tan poco habitual la práctica del masaje y de ese tipo de baños en los países católicos, pero por otro lado, la angustia que llevaba experimentando Ernesto durante toda la sesión debía de compensar con creces la mayor o menor culpa que pudiera corresponderle por haber accedido a visitar y a dejarse hacer en los baños turcos. Era algo parecido a lo que cuentan que hacía san Francisco de Asís: echar cenizas sobre los alimentos para no disfrutar de la comida. Él, al fin y al cabo, no había sentido el más mínimo placer durante aquella experiencia; bueno, tal vez un poquitín ahora, con el masaje de la espalda, pero la punzada de su inquietud lo compensaba con creces. ¿O no?

Cuando se vistieron otra vez, todos agradecieron con entusiasmo a Santiago (aunque en el caso de Ernesto, con mucha menos sinceridad) la idea de pasar aquella tarde en el baño para recuperarse del cansancio del viaje y tomar fuerzas para el trabajo que se les venía encima.

—En Oriente saben vivir, muchachos —sentenció el español—. Ahora nos vamos a ir andando hasta el restaurante en el que vamos a cenar y en el que hemos quedado con las chicas. Es una caminata un poco larga, pero así abrimos el apetito.

—A mí ya se me ha abierto todo el apetito del mundo con el baño y el masaje —dijo Maurice.

—Espere a oler la cocina de Beit as-Sissi —replicó Santiago—. Se le abrirá mucho más aún.

Mientras caminaban por la enorme plaza que rodeaba la gran mezquita de los omeyas y torcían de nuevo hacia el barrio cristiano por el caravasar de Al-Saboun, Ernesto se atrevió por fin a acercarse a Santiago y a plantearle la pregunta en la que llevaba pensando desde aquella mañana, aprovechando que la conversación del grupo se había dividido momentáneamente entre los tres catedráticos por un lado y sus tres ayudantes por otro, dejando a Santiago y a Ernesto medio en tierra de nadie.

—¿Le importa si...?

—Ernesto, tutéame, hazme el favor; ya estoy del *vous* hasta los cojones.

—Por supuesto, Santiago. Te decía si te importaba que te hiciera una pregunta sobre algo que dijiste en el aeropuerto.

—Claro que no, mozalbete. A ver, ¿qué era?

—Dijiste que era muy «apropiado» pasar la aduana de Alepo con... con eso que llevaba yo. No entendí a qué te referías.

—¡Ay! ¿Qué coño les enseñáis en la universidad a estos jovenzuelos, Nicasio? —preguntó Morales en voz bien alta, pero cuando su amigo el conde se volvió a ver de qué se trataba, Santiago le indicó con un gesto que no se preocupara, y dirigiéndose de nuevo a Ernesto, le preguntó—: ¿Es que no sabes cuál es la región en la que estamos?

—La provincia de Alepo, supongo.

—Esa es la denominación moderna. Me refiero a la época clásica. ¿Te suenan los romanos, los griegos, los bizantinos? —Como el otro no respondiera nada, Santiago dio la contestación—. ¡Estamos en la antigua Cilicia, Ernesto! El cilicio se llama así porque fue inventado en esta tierra.

—Yo pensaba que Cilicia estaba en Turquía.

—Turquía, Siria, Iraq, Líbano... Todo eso son fronteras que se inventaron hace veinte o treinta años. Cilicia es la esquinita del Mediterráneo hacia la que señala el dedo de Chipre. ¿No te has fijado que la isla de Chipre parece que tiene un dedito apuntando hacia el nordeste? Bueno, puedes imaginarte un dedito o cualquier otro apéndice. Pues bien, toda la tierra que rodea ese golfo del Mediterráneo es Cilicia, y Alepo ha sido en los últimos dos o tres mil años una de sus ciudades más importantes. Después de la primera guerra mundial, cuando se deshizo el Imperio otomano, los franceses intentaron que todo ese territorio se convirtiera en un país independiente, de mayoría cristiana, cuya capital fuese nuestra ciudad, pero la nueva república de Turquía conquistó la mayor parte de la región y el resto se le adjudicó a Siria. Así que ahora Cilicia está repartida entre los dos países.

—Vaya, no conocía esa historia. ¿Y sabes por qué inventaron el... el cilicio..., precisamente aquí?

—¡Porque estaban como una puta cabra! ¿Por qué va a ser? ¿Te suena el Edicto de Milán?

—¡Claro que me suena! —respondió Ernesto con cierta indignación—. El decreto por el que el emperador Constantino autorizó el cristianismo en el año 313.

—Bueno, veo que eso sí que lo sabes. Hasta aquella fecha, ser cristiano había sido algo relativamente peligroso. No es que estuvieran echando a los cristianos a los leones cada dos por tres, no había tantos leones. Pero tenían que practicar su religión ocultán-

245

dose, porque estaba prohibida, y uno se jugaba sus buenas multas o cosas peores si le pillaban tomando la comunión.

—Eso también lo sabía, obviamente.

—Pero lo que a lo mejor no sabes es que a muchos cristianos les sentó como una patada en los huevos el que se los dejase de tomar por delincuentes.

—¡Venga ya!

—En serio. Ellos creían que soportar estoicamente las persecuciones de los paganos era la mejor forma que tenían de demostrar su amor a Cristo. Por supuesto, la mayoría de los cristianos se pusieron la mar de contentos con la libertad que les dio Constantino, pero lo que te digo es que hubo otros que no; que había muchos a los que aquello de que ser cristiano pudiera ser una cosa tan fácil como ser panadero... no les convencía nada. Si Cristo fue ultrajado y muerto en la cruz por amor a nosotros, ¿cómo vamos nosotros a vivir cómodamente y a pesar de todo esperar ir al cielo?

—Bueno, eso tiene su lógica.

—Lo ves, otro gilipollas como ellos, perdona mi sinceridad. Que yo sepa, lo que nos manda Cristo es amar, y nada más que amar; en ningún sitio pone que uno tenga que sufrir. Y si lo pone, seguro que se lo han inventado luego los curas para tenernos acojonados. Como mucho, uno tiene que soportar con resignación las desgracias que le ocurren, pero no pasa nada por intentar que no te ocurran. Y menos aún se va a enfadar Dios contigo porque decidas juiciosamente no causarte desgracias a ti mismo. Pero, a lo que iba, que resultó que algunos cristianos llegaron justo a la conclusión contraria: que como los emperadores ya no les echaban a las fieras tendrían que arrojarse ellos mismos, o sea, que tendrían que causarse molestias y sufrimientos para estar a la altura de las llagas de Cristo. —Ernesto escuchaba cabizbajo, pero se abstenía de pronunciar palabra, así que Santiago continuó—: ¿Y qué molestias se les ocurrieron? Pues cosas de lo más divertido. Algunos decidieron apartarse de la sociedad que ahora les admitía y fundaron monasterios en los desiertos. Bueno, en realidad no eran más que cabañas, al principio. Pero Cilicia era una de las zonas más pobladas del mundo en aquella época y no había muchos sitios vacíos, o sea, desiertos, a los que retirarse, así que, aunque se abrieron muchos monasterios por aquí también, había monjes que eso lo consideraron demasiado blando... ¡Los muy mendrugos se quejaban hasta de que sus madres venían a visitarlos cada dos por tres! Así que inventaron otras formas de martirio más lacerantes. Unos decidieron vivir encerrados para siempre en una habitación, los «emparedados». Les pasaban la comida por un agujero de la pared y, por otro, evacuaban sus inmundicias. Otros, a los que eso les debía de parecer aún demasiado cómodo, se construyeron jaulas o cajas tan pequeñas que no podían ponerse completamente de pie y vivían metidos en ellas. Los había también que no se encerraban, pero inventaron otra forma mucho más graciosa de martirizarse: pasar toda la vida de pie; eran los «estacionarios». Incluso se construyeron unos aparatos que les sujetaban por los hombros para que no se cayeran cuando se dormían. Y algunos mejoraban la técnica pasando horas y horas apoyados en un solo pie. ¿Qué te parece? Por supuesto, también había otros tipos de mortificaciones, compatibles con las que te he contado, como ayunar todo lo posible, privarse de alimentos sabrosos, tener una sola prenda de ropa, etcétera, etcétera, y, ¿cómo no?, el cargarse de cosas incómodas, sobre todo cadenas de hierro, tan pesadas que algunos monjes no podían prácticamente moverse. El cilicio no es más que una versión más ligera y más discretita de esas cadenas. Dicen que lo inventó el que estaba más loco de todos: san Simeón el Grande. ¿Sabes su historia?

—¿Era el de la columna? Pero ¿qué hacía, vivía atado a ella?

—Mucho mejor, vivía *encima* de ella. Eso era algo que ya habían hecho algunos sacerdotes paganos en la antigua Siria: se subían a lo alto de una columna y permanecían allí, pero ellos lo hacían solo durante unos pocos días, lo que duraba la fiesta que llamaban «de la gran diosa». El tarado de Simeón, en cambio, se subió de joven a una columna y se quedó en ella hasta que murió de viejo, más de cuarenta años después. En realidad, bajó unas cuantas veces, sobre todo porque, según su fama crecía y crecía, le iban construyendo columnas más y más grandes, para poder estar más cerca de Dios, y también para que le pudiera ver gente desde más lejos, supongo.

—Pero ¿cómo iba a vivir encima de una columna? Se daría con el techo, ¿no?

—No, hombre, no. No eran columnas que sirvieran para sujetar un edificio, sino columnas estantes, instaladas en medio de un recinto al aire libre, y sin ningún edificio encima. En esta zona de Siria las hay a patadas, aunque ninguna se conserva de pie. A los monjes que vivían en ellas les llamaban «estilitas», porque «estilo» significa *columna* en griego.

—Eso ya lo sabía.

—Naturalmente, el capitel de una columna es un sitio demasiado estrecho para vivir, aunque seas un estacionario que se pasa la mayor parte del tiempo a la pata coja, así que lo que hacían era construirse una pequeña plataforma, y sobre todo una buena barandilla para no caerse por accidente, aunque a más de uno le pasó, como te puedes imaginar. No pocos murieron también a causa de los terremotos, que en esta zona son muy frecuentes, y una tarima de madera a veinte metros del suelo no es el mejor sitio donde estar cuando tiembla la tierra. Los hubo a los que la gente se empeñó en instalarles un toldo o tenderete, para que se resguardasen de la lluvia y del sol, pero cuando hacía viento era muy peligroso, porque la sombrilla arrastraba con ella toda la construcción, así que la mayoría pasaron los años completamente al raso, cubiertos todo lo más con un miserable capuchón. En fin, cuando los musulmanes conquistaron estas tierras, la costumbre se perdió, aunque se cuenta que todavía existieron algunos estilitas más en Bizancio y en Rusia. Aquí, en Oriente, las columnas fueron sustituidas por minaretes, que resultan bastante más civilizados, sobre todo porque el pobre muecín no tiene que pasarse toda la vida subido arriba. Pero, tal como decían la mayor parte de los obispos y los abades, en realidad todas aquellas disciplinas y sacrificios no eran bien vistos por los ojos de Dios, porque en el fondo lo que se estableció entre aquellos monjes lunáticos fue una competición de vanidades y de engreimientos, a ver quién era el que batía el récord del mundo de mortificaciones. No tiene uno que creerse ni más pecador ni más santo que nadie, muchacho.

Entraban en el barrio de El Jedaida cuando Santiago hacía esta última admonición a Ernesto. Los demás se volvieron para preguntar hacia dónde tenían que ir y Santiago les indicó el camino. Ernesto, todavía cabizbajo, guardaba silencio y atesoraba cuidadosamente todas aquellas cosas en su corazón.

Capítulo 12

Al día siguiente les tocó a Geneviève y a Christine ir a los baños con Helena, más deseosas si cabe que sus compañeros gracias a los elogios que estos habían hecho de la experiencia durante la cena.

—¿Alguno se quiere disfrazar de mujer y venir con nosotras? —había preguntado Geneviève en el restaurante, mientras daba un mordisco a un *taboulé* enfundado con pan de pita.

—Ya quisiera yo, mi bella señorita —dijo Nicasio cumplidamente, mientras los dos jóvenes alemanes levantaban la mano voluntariosos—. Pero algunos tenemos mucho trabajo mañana por la mañana. Y además, ¿qué iban a pensar de un viejo europeo tan horrible como yo?

—Colarse en los baños del otro sexo es la fantasía más común por estas tierras —explicó Santiago—. ¿Verdad, mi cielo?

—Tú sabrás, señor Morales —replicó su mujer—. No sabía que fueras tan maniaco. Lo cierto es que se armaría un escándalo tremendo y, sobre todo, si el intruso es un cristiano.

—Pero alguien con un rostro tan angelical como el de nuestro muchacho español favorito —siguió Geneviève pellizcando la barbilla de Ernesto, que estaba sentado a su derecha—, seguramente podría pasar por una fémina.

—¡Señorita Lazare, por favor! —protestó el aludido, poniéndose tan rojo como los *mujalal* de pimiento que tenía en el plato y provocando las risas de casi todo el resto del grupo.

—¿Pero de veras que no te gustaría, mi amor? —insistió Geneviève.

—Déjalo, anda —pidió riendo su compañera Christine—; le van a terminar sangrando las mejillas.

—Pues es una pena que ninguno se anime —se lamentó Geneviève.

—Seguramente sería muy divertido —bromeó el profesor Pitterman—, pero podríamos provocar un conflicto diplomático que pondría en grave riesgo nuestra misión.

—Es cierto —reconoció la francesa—. Además, seguro que cerca de Qirq Bize hay algunos baños mucho menos vigilados y allí no hará falta ni que te disfraces, españolito mío —prosiguió haciéndole un nuevo arrumaco a Ernesto, que comenzó a toser.

—¡Señorita Lazare! —se oyó la voz de Raoul Davoine desde un extremo de la mesa—. Todos agradeceríamos que se comportara usted con mayor discreción. Me temo que ha tomado demasiado vino con los aperitivos.

—Y no solo eso —manifestó la joven—. Helena nos ha llevado a un bar cristiano en el que sirven unos cócteles que no tienen nada que envidiar a los de Hollywood. ¿Verdad, Christine?

—¡No será cierto, Helena! —fingió que protestaba Santiago—. ¿Habéis estado en el Dar Zamaria? ¡Te me has adelantado...!

—Vosotros os adelantasteis en lo del baño turco —alegó Helena.

—Tienes razón. Entonces no podremos volver esta noche, para que nuestras bellas francesas no repitan en el mismo día. ¿Qué va a pensar la gente?

—¡Pues a la vista está que lo que piense la gente le importa muy poco a la señorita Lazare!

—Déjala, Davoine —pidió el profesor Clément—. ¿No ve que estamos todos bromeando? Ya llegará el momento de hablar en serio.

—Si a usted le parece bien esta actitud por parte de su ayudante —protestó Raoul—, creo que tal vez me he equivocado de expedición.

—Y yo creo —replicó Clément— que se toma usted las cosas demasiado a la tremenda, Davoine. Venga, dejemos de llamar la atención, que nos están mirando los camareros.

—Ok —concluyó Geneviève usando la expresión en inglés—, seré una niña buena. —Pero mientras lo decía colocó discretamente su mano durante unos segundos en la pierna de Ernesto, quien creyó que iba a morir en aquel mismo instante. El joven ayudante de la Universidad de Madrid susurró una disculpa y se levantó de la mesa para ir a los servicios. Recién acababa de desaparecer por el pasillo que conducía a ellos cuando Raoul se levantó también y salió fulminado en la misma dirección. El francés entró como una tromba en el aseo de caballeros y encontró a Salaberri lavándose la cara con agua fría, en realidad metiendo la cabeza directamente bajo el chorro abierto a su mayor potencia. Davoine llamó la atención del español con un ligero pero brusco empujón en el hombro; Ernesto brincó asustado y se golpeó en un pómulo con el pico del grifo.

—¡Uaa! ¿Qué diablos pasa ahora contigo? —protestó.

Davoine se colocó a unos centímetros de su compañero de expedición, visiblemente furioso.

—¡No me toques los cojones, españolito! —Ernesto solo entendió literalmente lo de *petit espagnol*, pero se imaginó el significado de *ne me fais pas chier*, más por el gesto de ira que observó en el otro que por sus básicas nociones de francés malsonante.

—A mí no me digas nada. Geneviève ha bebido más de la cuenta, y eso es todo.

—¡No me to...! —empezó a repetir el francés a la vez que levantaba un puño, pero en ese momento se abrió de nuevo la puerta del baño y apareció Nicasio Lequerica dirigiendo una mirada fulminante a Raoul, quien miró alternativamente a los dos españoles y volvió tras sus pasos al comedor, chocando levemente con Nicasio al abandonar los aseos.

—Jodido gabacho —exclamó el conde cuando el otro hubo desaparecido; y añadió, viendo con preocupación cómo brotaba sangre de la mejilla de su ayudante—. ¿Te ha hecho algo, Ernesto?

Salaberri se miró en el espejo y comprobó asustado que el dolor que sentía en el pómulo no era una simple ilusión. Se lavó la cara y se puso una toalla blanca sobre la herida.

—No es nada, profesor, no se preocupe. No me ha pegado; es

que del susto me he dado con el grifo. Si hubiéramos llegado a pelear, ese habría visto las estrellas.

—Pediré alcohol y algodón al camarero.

—Que no, profesor. Mire, ya casi no sangra.

Nicasio observó la herida. Comparado con las cicatrices producidas por el cilicio, aquello no tenía la menor importancia.

—Bueno, pues en cuanto deje de salir sangre nos vamos otra vez al comedor. Oye, Ernesto, ¿y tú qué les das a las francesitas, pedazo de seductor?

—¡Caray, don Nicasio, que yo no he hecho absolutamente nada! En todo el viaje no habré cruzado ni tres palabras con cada una. Se lo juro. No sé qué le habrá pasado a Geneviève por la cabeza esta noche, pero no habrá sido por ninguna insinuación mía, de eso puede tener usted la certeza más absoluta.

—Ya, ya.

—Se lo digo totalmente en serio, profesor.

—Claro que sí, bobalicón. ¡Como si no te conociera! Salta a la vista que esto es una escena de celos. Algo ha debido de haber entre Raoul y Geneviève, y la chica quiere chincharlo a él a costa tuya.

—Pues podía haber elegido a otro mono de feria.

—Hijo mío, con un bombón tan delicioso como esa francesita, qué más quisiéramos los demás que ella jugara un poquitín con nosotros.

—Pues yo no quiero —protestó Salaberri.

—No se diga más, señor asceta —dijo Nicasio pasando el brazo por los hombros de su ayudante—. Venga, vayamos otra vez al comedor.

Cuando regresaron a la mesa, comprobaron que Raoul Davoine se había marchado alegando encontrarse mal y que el tono de humor de los comensales había bajado unos cuantos grados, aunque sin perder el nivel de una grata conversación, animada sobre todo por los cotilleos sobre la vida en Siria que contaban Helena y Santiago. Los compañeros preguntaron a Ernesto por la pequeña señal que traía en el pómulo, pero él respondió que no se preocuparan, que había sido solo un accidente. Temeroso de que Geneviève se interesara demasiado efusivamente por el estado de su rostro, Ernesto decidió ocupar el sitio que había dejado libre Raoul, en el otro extremo de la mesa. Cuando acabó la cena, regresaron directamente a casa, alegando el cansancio del día para no hacer ninguna de las paradas previstas por Santiago en algún café o cabaret.

—Pero mañana no tienen excusa.

—Claro que no.

Al día siguiente, mientras las mujeres disfrutaban del baño, los tres catedráticos hicieron la visita que tenían programada desde hacía meses al Departamento de Antigüedades, donde debían recibir el permiso definitivo para la excavación. Naturalmente, se trataba de un puro trámite, pues todo había sido acordado hacía mucho tiempo y lo que faltaba era solo hacer los honores a las autoridades locales y entregar la cantidad en divisas que el gobierno sirio exigía a los extranjeros a cambio del derecho a clavar la piqueta en su territorio. Entretanto los otros cuatro miembros masculinos de la expedición, acompañados por Santiago, fueron a recoger los materiales que les faltaban y que este había mandado reservar en varios almacenes desde hacía semanas. Previamente, en el tempranero desayuno en casa de los Zuriq, Raoul se había dirigido directamente a Ernesto, a quien, en la habitación que les había tocado compartir, había fingido no escuchar ni por la noche ni cuando Ernesto se levantó. Unos minutos después, en cambio, un Raoul bastante abochornado rogó al joven español que por favor le disculpase por su estúpida conducta del restaurante. Ernesto, al principio, no se dignó mirar hacia Raoul y siguió pelando su manzana impasible, pero ante la insistencia del otro y no sin acariciar primero cuidadosamente la diminuta cicatriz de su mejilla, se levantó y estrechó con su mano derecha la que le ofrecía el francés, quien añadió también la izquierda para apretar más fuerte.

—Usted sabe las locuras que pueden hacerle cometer a uno las mujeres —apostilló—, pero ante todo debemos ser civilizados y caballerosos.

—Claro que sí —dijo Ernesto soportando las sacudidas de su compañero y volviendo a sentarse inmediatamente después.

—¿Le importa a usted que compartamos mesa? —preguntó Raoul ocupando la silla que estaba justo enfrente de Ernesto.

—Como usted quiera, pero yo ya estaba terminando.

—De todas formas me sentaré aquí, muchas gracias.

En el grupo de compras que guiaba Santiago diríase que no había ocurrido el episodio del Beit as-Sissi de la noche anterior, aunque la cordialidad entre los cinco hombres resultaba un poco artificiosa. En cambio, el tema fue objeto de abundantes comentarios en los otros dos grupos, el de los catedráticos en su reunión con el delegado de Antigüedades y el de las mujeres en el baño turco, si bien Christine y Geneviève, que compartían habitación en casa de los suegros de Santiago, también habían hablado del episodio durante unos minutos antes de sucumbir al sueño y al cansancio de los días de viaje.

—Te has pasado un montón, Geneviève —la reprendió su compañera medio en broma.

—Es un gilipollas —declaró la protagonista refiriéndose a Raoul—. Se piensa que por habernos acostado tres o cuatro veces ya tiene derecho a considerarme de su propiedad.

—Pero el pequeño Salaberri... —añadió Christine sin poder evitar una suave risa—; el trago que le has hecho pasar, pobrecillo.

—Ja, ja. La verdad es que está para comérselo. Cualquier otro se habría ufanado de mis carantoñas.

—Ya sabes que los españoles son muy mojigatos... hasta que se lanzan.

—Salta a la vista que el nuestro todavía no ha probado mujer.

—Pues no sé a qué espera. Menudo bombón. Las españolas deben de ser unas monjas si no se lo han comido ya como un bizcocho.

—Yo creo que es más bien el propio Ernesto el que debe de ser un poco curilla. ¿No has visto el pedazo de cruz que lleva colgando del cuello? —indicó Geneviève.

—Es verdad.

—Si no se hubiera marchado Raoul de la cena, me habría levantado para curarle personalmente la herida a Salaberri. Aunque mira qué desagradable el tipo, que se ha cambiado de silla al volver del aseo.

—¿Tú crees que Raoul le ha pegado? —preguntó Christine.

—Seguro. ¿Cómo va a haberse hecho ese corte si no? Y además es mucha casualidad que Raoul se haya marchado justo después de que el conde se levantase para ver qué pasaba.

—Y todo por tu culpa —rio Christine.

—Pues te aseguro que no ha terminado aquí la historia —prometió Geneviève.

—Ah, ¿no? ¿Vas a seguir atacando al pobre Salaberri?

—Voy a seguir haciendo sufrir un poquito a nuestro querido señor agregado.

—Pero ¿coqueteando con Ernesto?

—¡Oye, ni que fueras su madre! Eso es cosa mía, tú dijiste que a ti los que te gustaban eran los alemanes.

—¿A ti no te parecen atractivos?

—Uy, sí, monísimos. Parecen sacados de un cartel de propaganda nazi. Hija, es que para mi gusto son demasiado guapos, tan rubios, tan derechos, tan fuertotes... ¡y tan educados! Como si fuesen un criado de librea. Ya sabes que yo necesito un poco de animalidad.

—¿Y Ernesto te parece una fiera?

—De momento no, pero déjame que pruebe a quitarle ese caparazón clerical bajo el que se esconde. Seguro que por debajo está hirviendo de pasión.

—¡Oye! ¡De lo que me estoy acordando —exclamó Christine riéndose con ganas— es de que Salaberri duerme en la misma habitación que Raoul!

—¡Es cierto! Tal vez estén ahora mismo en plena pelea. Pero no se oye nada.

—Eso es que Ernesto ha preferido irse a dormir con papá conde.

—No creo que el profesor Lequerica lo tolerase. Por cierto, ¡qué apellidos más endemoniados tienen estos españoles!

—A mí me suenan los dos a vasco.

—Pues los vascos dicen que son todavía más estrechos que la media española —dijo Geneviève entre grandes bostezos—. ¡Maldita suerte la mía! Bueno, ya no puedo tener los párpados abiertos. Hasta mañana, Christine.

—Hasta mañana, Geneviève, que duermas bien.

Al día siguiente, mientras los tres catedráticos aguardaban a ser recibidos en el Departamento de Antigüedades, el tema de conversación se centró también en el episodio del restaurante. Maurice Clément aprovechó la espera para pedir disculpas a los otros dos por el comportamiento de sus subordinados.

—Ya le dije cuando estábamos organizando la expedición —recriminó Helmut Pitterman— que tenía serias dudas sobre la conveniencia de incorporar damas en el equipo. El hombre y la mujer tienen una tendencia natural hacia el galanteo, y eso no puede hacer más que interferir de forma negativa en el trabajo.

—No sea usted tan antediluviano, Pitterman —amonestó Nicasio Lequerica—. Los varones solemos encontrar suficientes motivos para enzarzarnos en peleas sin ayuda de las mujeres. Cuando no es la religión, es la política o los negocios, y si no, el fútbol.

—Pero si a eso añadimos el pavoneo y los celos, la catástrofe está asegurada.

—Mi experiencia es justo la contraria, caballeros —dijo el profesor Clément—, y ello a pesar del incidente de anoche. No lo digo solo por la presencia de mis señoritas ayudantes en la universidad, cuya capacidad y talento no necesito justificar y que ustedes mismos comprobarán sobre el terreno en los próximos días, sino por muchos otros ámbitos profesionales en los que he visto incorporarse a las mujeres. Más bien parece que los varones se hacen menos salvajes debido a la influencia, por naturaleza conciliadora, de las féminas.

—Si usted lo dice —apostilló Pitterman escéptico.

—Se lo aseguro. Un arrebato de celos como el que vergonzosamente tuvo ayer mi agregado podía haber sucedido con independencia de que las damas hubieran pertenecido o no a nuestro equipo; siempre hay mujeres alrededor, eso no podemos evitarlo, ni querríamos hacerlo; supongo que en esto usted coincidirá conmigo. Pero verá cómo el hecho de que las señoritas Lazare y Bocquet estén todos estos días con nosotros hace que los señores Davoine y Salaberri hagan las paces enseguida. En cambio, si durante gran parte del día los hombres están lejos de la influencia de las damas, no hay casi nada que pueda frenar sus inclinaciones agresivas.

—Ya veremos. Los únicos que de momento parecen no haber sido trastornados por la presencia de estas señoritas son mis propios ayudantes, los doctores Kassen y Von Nenninger. ¿Le ocurre algo, *Herr Graf*? —preguntó Helmut a Nicasio, quien había comenzado a toser con cierta violencia.

—No se preocupen —dijo el conde al cabo de unos instantes, cuando se calmó su tos—. Una maldita gota de saliva, que se me quiso ir por la tráquea. ¡Eeejem!

—¿Quiere que pidamos un vaso de agua?

—No, no, ¡eejem! Ya se me pasa.

—Bueno, parece que por fin vienen a buscarnos —indicó Clément, señalando a un ujier que les hacía señas.

En efecto, el delegado provincial del Departamento de Antigüedades había terminado con los trámites que le obligaban a hacer esperar a los tres arqueólogos, o simplemente consideró que ya se habían aburrido en el grado preciso para rebajar sus ínfulas occidentales. Los catedráticos, por supuesto, sabían que el alto funcionario estaba cabalmente informado de los planes y objetivos de la excavación —tenía sobre la mesa los detallados documentos que habían tenido que enviarle muchos meses atrás—, pero el sirio pidió a Helmut Pitterman que le hiciera un amplio resumen de todo, y este accedió gustoso. Nada le satisface más a un académico que el explayarse sobre su trabajo. El objeto de aquel largo viaje eran las ruinas de Qirq Bize, una de las ciudades muertas situadas en el macizo calcáreo de Belus, al noroeste de Siria. En un área de una extensión más amplia que la isla de Mallorca, cerca de mil ciudades o villas prosperaron durante un período comprendido entre los últimos siglos del Imperio romano y la pérdida de aquel territorio por el Imperio bizantino a manos de los árabes. La prosperidad pareció deberse al auge de la producción de vino y, sobre todo, de aceite de oliva, productos que se exportaban a todos los rincones del imperio desde los cercanos puertos del Mediterráneo. Sin embargo, el carácter limítrofe de la región entre el Bizancio cristiano y los omeyas y abasíes musulmanes, el cese del comercio marítimo debido al auge de la piratería y la prohibición del consumo de vino cuando gran parte del mundo conocido fue conquistado por los árabes, debieron de causar el progresivo abandono y la ruina económica de aquellos territorios, cuyos habitantes se fueron a otros sitios mientras sus numerosas y robustas construcciones de piedra quedaban en pie, desafiando a los elementos durante mucho más de un milenio, de tal modo que ahora era posible visitarlas como si fueran los restos de una población que hubiera estado rebosante de vida hasta anteayer. De modo tan benigno había preservado los edificios el clima suave de la región, y hasta los terremotos, tan abundantes en aquella verdadera bisagra geológica, habían parecido tan impotentes ante la calidad de las construcciones, que en su mayor parte estas solo habían perdido los techos y tejados. Durante las dos décadas anteriores un arquitecto de origen ruso llamado Georges Tchalenko, emigrado a Francia tras la revolución bolchevique, se había dedicado, desde su base en el Instituto Francés de Arqueología de Beirut, a censar y catalogar cuidadosamente todos y cada uno de los edificios que aún persistían, y había publicado en varios volúmenes el resultado de sus estudios. Tchalenko había ofrecido una cronología provisional de la mayor parte de las construcciones, y a partir de dicha cronología, los tres responsables de esta nueva expedición habían formulado la hipótesis de que el edificio identificado por el ruso-francés como la iglesia de una de aquellas villas abandonadas, Qirq Bize, podía ser uno de los edificios más antiguos del mundo construido expresamente para ser utilizado como templo cristiano. Pitterman, Clément y Lequerica se habían unido para intentar llevar a cabo una excavación sistemática de aquel edificio y de su entorno, gracias a la financiación aportada por diversas instituciones de cinco países diferentes, contando el Vaticano, y, sobre todo, gracias a la generosa aportación personal del conde de Valmojado, uno de los dos subdirectores del proyecto.

—Un proyecto estupendo, me alegro de poder añadir —respondió el delegado.

—Muchas gracias —prosiguió Pitterman—. Está previsto que el período de excavación dure tres meses, a partir de pasado mañana. Naturalmente, todo el material de interés histórico que hallemos y que sea susceptible de ser trasladado se irá trayendo al Museo Arqueológico de Alepo para su posterior estudio, tanto por investigadores locales como por nosotros mismos en años sucesivos, si las excelentísimas autoridades sirias tienen la atención de concedernos el permiso que solicitaremos a su debido tiempo.

—Claro, claro. Ya conocen el procedimiento.

—Como habrá visto, en nuestro proyecto se incluye la petición habitual de que una pequeña parte de los hallazgos, nunca mayor del diez por ciento, pueda ser exportada a nuestros países de origen, en calidad de generosa donación por parte del gobierno sirio. Humildemente, señor delegado, tengo que indicarle que no recibimos una respuesta explícita a dicha petición cuando se nos comunicó la autorización del proyecto en su conjunto. ¿Debemos entender que la autorización contiene implícitamente una respuesta afirmativa?

El delegado volvió a tomar en sus manos el dosier con los folios de la solicitud y los documentos añadidos por las autoridades, y posó la vista sobre ellos, pero sin leerlos.

—Me temo que no, caballeros —dijo al fin, para desilusión de los tres arqueólogos.

—Pero, pero... —balbuceó Pitterman.

—¡Es lo habitual! —corroboró Clément tomando el relevo de su compañero.

—Lo sé, caballeros, lo sé —insistió el delegado—, pero nuestro gobierno ha puesto en cuarentena esa tradición. Han sido muchas décadas sufriendo injustificables expolios de nuestro patrimonio arqueológico por parte de las potencias europeas, y aunque yo entiendo la postura de ustedes y estoy totalmente de acuerdo en que su expedición no es en ningún sentido un símbolo del viejo colonialismo, sino que ustedes quieren en realidad cooperar con el desarrollo de nuestro país, el caso es que nuestra república ha decidido hacer valer su independencia, en este aspecto como en muchos otros... Podrán comprobarlo con sus propios ojos durante el tiempo que permanezcan en Siria. —Se detuvo para contemplar los rostros decepcionados de los tres catedráticos; miró después hacia la puerta de su despacho para comprobar que estaba bien cerrada y prosiguió—. No saben cuánto lo lamento, estimados profesores; y confío en su total discreción para confesarles que yo, personalmente, no estoy en absoluto de acuerdo con la nueva política: nuestro país no tiene recursos suficientes para excavar como hace falta, así que, si no ofrecemos algún incentivo a los países más desarrollados para que sean ellos los que se encarguen del trabajo, ¿qué vamos a hacer nosotros? ¿Ver cómo las ruinas se deterioran hasta desaparecer y cómo los únicos que excavan son los saqueadores y los furtivos? No, señores, yo estoy con ustedes. Por otro lado, no deben darlo todo por perdido. Que no se les haya dado una respuesta no significa que, al final, ustedes no puedan llevarse de vuelta ni una sola pieza a sus universidades y a sus museos, sino que seremos nosotros, en el Departamento de Antigüedades, quienes decidiremos cuántas piezas y cuáles se pueden llevar, tal vez no al terminar la excavación, pero sí cuando hayan sido sometidas a algún estudio y catalogación preliminar. Lo que nuestro gobierno pretende es que los occidentales se hagan a la idea de que los hallazgos realizados en Siria pertenecen a Siria, y que si esta, a través de sus autoridades, dispone finalmente que algunas piezas pueden salir del país, será exclusivamente como un acto de magnificencia y de simpatía por nuestra parte. Supongo que no se les escapa que Egipto lleva haciendo lo mismo desde hace ya unos cuantos años.

—En efecto, desde que Nasser está en el poder —afirmó Nicasio Lequerica—. ¿Sabe usted si el presidente Nasser tiene muchas simpatías entre los sirios? —se atrevió a preguntar.

—¡Ja, ja! —rio francamente el delegado—. Señor conde, yo soy un funcionario que no debe expresar opiniones políticas ni transmitir informaciones que puedan ser delicadas desde el punto de vista de la seguridad nacional.

—Vamos, señor delegado. No es para tanto lo que le pregunto —insistió el aristócrata con gesto campechano.

—Bah, ¿qué quieren que les diga? De todas formas, es algo que ustedes mismos podrán comprobar en cuanto hayan pasado unos pocos días en nuestro país. ¡Si es que no lo han comprobado ya!

—De acuerdo, comprendemos su discreción —zanjó Pitterman para volver al tema que más le interesaba—. Entonces ¿cuándo se nos informará de la cantidad de piezas que podemos exportar?

—A su debido tiempo, caballeros, a su debido tiempo. Y por supuesto, han de entender que toda la generosidad que ustedes muestren hacia el Departamento de Antigüedades a lo largo de su trabajo será tenida en cuenta por nosotros de cara a la decisión final. Por otra parte, es mi deber informarles de que la zona en la que ustedes van a trabajar se halla a muy pocos kilómetros de la frontera con Turquía. El Estado turco lleva varios meses acumulando tropas y armamento al otro lado, y eso hace que tengamos que ser enormemente precavidos con todo lo que ocurre en esa región. No se extrañen si encuentran más controles de policía y movimientos militares de los que habrían podido esperar. En especial, es posible que la policía decida registrar la excavación y su campamento sin previo aviso, más allá del que yo estoy transmitiéndoles ahora mismo, claro, ¡ja, ja! —rio el delegado con la gracia de su propio chiste, aunque los tres arqueólogos no lo acompañaron más que con una sonrisa de circunstancias, más bien agriada—. ¿Les ha quedado todo claro?

—Como la luz del día, señor delegado.

—Pues entonces ya no falta más que firmar y sellar estos documentos para que ustedes puedan llevárselos. Ah, y se me olvidaba. La cena que teníamos prevista esta noche con el gobernador de la provincia ha tenido que suspenderse.

—Vaya. Es una lástima. ¿Podemos preguntar el motivo?

—El gobernador ha sido llamado urgentemente a Damasco la noche pasada y no se espera su regreso hasta dentro de unos días.

Lo siento mucho. Tal vez puedan encontrarse con él en algún otro momento de su estancia en Siria.

—Le agradeceríamos mucho que así se lo solicitara de nuestra parte.

—Descuiden, que así lo haré. ¿Están disfrutando ustedes de Alepo?

—Muchísimo —respondió Nicasio—, gracias en parte a la hospitalidad de un viejo amigo mío de origen español, don Santiago Morales, el yerno de don Yusef Zuriq.

—Claro, con él están en muy buenas manos. Es una pena que el señor Morales no les haya acompañado esta mañana, pero supongo que tendría otras obligaciones.

—En efecto, ha tenido que acompañar al resto de nuestra expedición para ultimar las compras y los preparativos.

—Transmítanle saludos de mi parte.

—Así lo haremos.

Cuando a mediodía Pitterman, Lequerica y Clément se encontraron de nuevo con Santiago Morales y con los otros miembros de la expedición, les resumieron el mensaje transmitido por el delegado de Antigüedades: amenaza de controles policiales, escasas garantías sobre la continuidad del proyecto y ninguna promesa sobre la posibilidad de llevarse a Europa algunas de las piezas recuperadas en la excavación.

—Eso solo significa que habrá que sobornar un poquito más —les tranquilizó Santiago—. Déjenlo en mis manos.

—Pero ¿no cree usted —preguntó Pitterman— que el acercamiento del gobierno sirio al régimen ultranacionalista egipcio puede terminar poniendo en peligro las investigaciones arqueológicas extranjeras?

Santiago se inclinó un poco hacia abajo, se puso teatralmente la palma de la mano a un lado de la boca y dijo en voz muy baja:

—Si ustedes vienen a partir de ahora con pasaporte soviético, no habrá problema.

—¿De veras la influencia de la URSS es tanta como se sospecha en Occidente? —preguntó Pitterman asustado.

—Lo decía de broma —tranquilizó Morales—. No sé cuánto sospecharán ustedes, pero este es un país medio árabe y medio bizantino. Aquí los rusos tienen poco que hacer. Pueden establecer relaciones comerciales, de cooperación militar, etc., etc., y todo eso lo están haciendo, no me cabe ninguna duda. Pero ni los egipcios ni los sirios van a dejarse colonizar por la Unión Soviética como lo fueron por los turcos y los franceses, y en materia de negociaciones y de regateos es muy difícil engañarnos. Y al fin y al cabo, quienes compran el petróleo árabe en las mayores cantidades y pagarán por los derechos de paso en el canal de Suez cuando vuelvan a abrirlo son los países capitalistas, con una enorme diferencia. Siria no tiene mucho petróleo, pero todo el que se produce en los alrededores tiene que pasar por su territorio, o bien por el canal, así que a los sirios les interesa que Inglaterra, Francia, Alemania y Estados Unidos sigan pagando por mucho tiempo. No, no acabaremos siendo un país del bloque comunista, si eso es lo que les preocupa.

Como la cena de gala con el gobernador de la provincia se había cancelado, Santiago improvisó un nuevo plan vespertino. Empezarían tomando unos cócteles y picando algo en el bar Dar Zamaria, y luego irían al Citadel, uno de los cabarets más afamados de Oriente Próximo. Allí les esperaba a Nicasio y a Ernesto una grata sorpresa, les anunció Morales en castellano y guiñándoles un ojo. Las compras de la mañana habían ido estupendamente, gracias a los contactos y al talento mercantil de Santiago, lo que les había permitido ahorrarse una buena parte de lo presupuestado. No habían surgido fricciones entre Ernesto y Raoul, según testificaron sus acompañantes a requerimiento del profesor Clément. También fue deliciosa la visita de las dos jóvenes francesas al baño turco, bajo la sabia guía de Helena Morales. El almuerzo, cuya preparación había sido dirigida por Eulalia, la madre de Helena, consiguió sorprenderlos de nuevo a todos cuando ya no pensaban que una experiencia culinaria pudiera superar a las dos que habían tenido el día anterior. Y otra vez la comida fue seguida por una larga siesta, aunque Ernesto prefirió quedarse echando un vistazo a la amplísima biblioteca de los Zuriq, no porque no estuviera cansado, sino por no tener que compartir aquellas dos horas encerrado en la misma habitación que Raoul. Sorbió con tanta delectación como curiosidad algunos de los numerosos volúmenes que la familia poseía sobre la historia de las confesiones cristianas en Oriente Próximo. Juzgando por la abundancia relativa de los libros dedicados a la Iglesia católica maronita, Ernesto infirió que aquel debía de ser el rito que observaban los suegros y la mujer de Santiago. Salaberri lo ignoraba prácticamente todo sobre aquella rama del cristianismo; incluso si le hubieran preguntado unos días antes, no habría sido capaz de decir si los maronitas pertenecían a la Iglesia ortodoxa griega, si eran una secta protestante o incluso alguna variedad del islam. Pero lo que pudo leer en aquellas dos horas le llenó de admiración por aquella comunidad, que era, según se presumía en uno de los libros, la única Iglesia cristiana de Oriente Próximo que siempre había estado en comunión con el papa de Roma, a pesar de la influencia de la Iglesia cismática bizantina en toda aquella región y de la ininterrumpida dominación musulmana de los últimos trece siglos. Al final resultaba que en aquellos territorios no todos eran infieles, concluyó satisfecho. Les pediría a Helena y a Santiago que lo llevasen a alguna misa maronita. Aquel pensamiento le hizo recordar a Ernesto que llevaba casi una semana sin recibir la eucaristía; y para más inri, a los baños del día anterior se iba a sumar hoy la visita nada menos que a un cabaret. Desde luego, de momento el viaje estaba siendo para él un billete directo a la caldera más calentita de Belcebú.

A pesar de sus tribulaciones, Ernesto subestimaba en realidad cuántos kilómetros de su particular viaje a la perdición iba a suponerle la experiencia nocturna de aquel día. En primer lugar, en el Dar Zamaria decidió no hacerse más el puritano y se apuntó a todas las rondas de cócteles que le propusieron, lo que le hizo llegar al Citadel con un grado de inhibición más bajo que nunca. En el cabaret, los *martinis* y *manhattans* que llevaba puestos le hicieron no escandalizarse casi nada de los bailes procaces que aquella rubia disfrazada de mora se empeñaba en ejecutar delante de sus narices, de modo que casi podía notar la brisa generada por el zarandeo de aquel pecho abundante, enfundado en un corsé con lentejuelas. Tampoco le pareció mal cuando la orquestina empezó a tocar música ligera y todos sus compañeros fueron saliendo a la pista para bailar, exhortados, quién iba a decirlo, por el catedrático germano, que le pidió una pieza, para empezar, a su propia anfitriona, la señora Morales, y sorprendió a todos con su estilo de consumado danzarín. Las tres mujeres del grupo se multiplicaban para que pudieran formarse todas las parejas posibles, y cuando le llegó el turno a Salaberri, este no opuso ninguna resistencia a que Geneviève lo cogiera de la mano y lo sacara hacia la pista; y aunque Ernesto no tenía casi ninguna experiencia en aquello de acompañar los movimientos de otro cuerpo al compás de la música, la cantidad de alcohol que había tragado aquella noche le hizo cumplir no demasiado mal, igual que la que había ingerido su compañera le hizo a ella no juzgar de modo muy severo la ejecución de su pareja. Después bailó una pieza con Christine, luego con Helena, después con alguna de las mujeres otra vez, y es posible que hasta bailara con uno de los dos jóvenes alemanes, no recordaba cuál. Al día siguiente tampoco era capaz de recordar muy bien a cuál de todas las parejas de baile había estado unos largos segundos tocándole el culo; esperaba que no hubiera sido a uno de los teutones. Pero en definitiva, mientras duraron los efectos de las bebidas le pareció que la noche había sido llevadera, aunque más adelante el arrepentimiento le habría de resultar insoportable.

No fue hasta después de haber echado unos cuantos bailes cuando Nicasio, sentado en una silla del Citadel y con los pies apoyados en la silla de enfrente, le preguntó a su viejo amigo cuál era la sorpresa que les había prometido a él y a su ayudante.

—¡Cáspita, con el bailoteo se me había olvidado! —exclamó Santiago—. Espérame aquí, no te muevas. —Y diciendo aquello se levantó como un resorte y desapareció. No más de tres minutos después volvió a la sala acompañado de la misma bailarina que los había hipnotizado con la danza del vientre, y le dijo a ella en castellano—: Querida Úrsula, te presento a don Nicasio Lequerica, conde de Valmojado, que ha venido de España para participar en una excavación arqueológica.

—Un placer, señor conde —respondió la cabaretera en el mismo idioma.

—Mucho más grandes el placer y la sorpresa en mi caso —dijo el conde—. ¿De dónde eres, preciosidad? Espera, déjame que adivine por tu acento. Dime algo más.

—Que estoy encantada de ver a compatriotas por aquí, además de al señor Morales, que ya es casi más sirio que español.

—¡Que te crees tú eso, Úrsula! Antes, muerto —protestó Santiago.

—Apuesto a que eres valenciana —conjeturó Nicasio.

—Caliente, caliente. Nací en Segorbe, Castellón. Es usted muy bueno reconociendo acentos, señor conde.

—Pero ¿cómo llegaste a este rincón del planeta, preciosa criatura?

—Una va a trabajar adonde puede.

—No sabes, Nicasio —explicó Santiago adelantándose a la chica—, la cantidad de bailarinas, músicos y cantantes españoles que hay por todo Oriente Medio. La propia orquesta es también de nuestro país, creo que todos menos un italiano.

—¿Y cómo es eso?

—Parece que tras la guerra unos cuantos músicos rojos que se habían exiliado llegaron a Beirut después de dar muchos bandazos por Europa y por el norte de África, y les debió de ir tan bien que enseguida llamaron a otros conocidos suyos para que se viniesen. Esta parte del mundo era relativamente tranquila por aquellas fechas en comparación con Europa. El trabajo abundaba y estaba bien pagado, porque había mucha demanda, y los árabes, para ser francos, no saben tocar como Dios manda la música occidental. A ellos los sacas del rabel y los crótalos y no dan una.

—Pero no somos rojos, señor conde. Al menos yo no conozco a ningún músico español por aquí que haya estado metido en política.

—Disculpa, Úrsula. Me refería a los primeros que llegaron. O eso se cuenta, por lo menos —precisó Santiago.

—¿Y te costó mucho trabajo aprender la danza del vientre? —le preguntó Nicasio a Úrsula.

—Bueno, seguid hablando de vuestras cosas, que yo me voy a echar otro bailecito —anunció Santiago apartándose discretamente de la pareja y buscando en la pista a su mujer para arrebatarla delicadamente de los brazos de Maurice Clément. Su olfato no le había engañado, pues cuando al cabo de unos minutos y algún que otro chachachá volvió a mirar hacia el rincón en el que había dejado al conde y a la bailarina, comprobó que ya no estaban allí y tampoco los vio en ninguna otra parte del cabaret. Cuando el grupo decidió volver a casa, un camarero le confirmó a Morales que había visto salir a la pareja hacía un buen rato y que Úrsula le había pedido que les avisara de que no esperasen al conde. Tal como se figuraba Santiago, el maduro donjuán no había cambiado nada en ese aspecto desde los años locos que había compartido con él en Berlín, hacía dos décadas.

Capítulo 13

A la mañana siguiente, después de rehacer todos los equipajes y de comprobar los muchos bultos depositados en los almacenes de los Zuriq, los arqueólogos emprendieron por fin el camino hacia su objetivo final: las ruinas de Qirq Bize, a unos setenta kilómetros al oeste de Alepo. La expedición estaba formada por dos camionetas y dos berlinas. Santiago en persona conducía uno de los coches, acompañado por los dos españoles, y al volante de los otros vehículos iban tres empleados de su suegro. En el otro automóvil viajaban Pitterman, Clément y Davoine, mientras que cada uno de los camiones llevaba a uno de los alemanes y a una de las francesas. Tomaron primero la carretera de Edleb, la capital de la provincia en cuyo territorio se encontraba Qirq Bize, pero al llegar a Urma as Sughrá dejaron aquella ruta, que allí se desviaba hacia el sur, y se dirigieron hacia Bab al Hawa, un poco al noroeste. A Nicasio y a Ernesto el paisaje que atravesaban les recordaba mucho el del sur y el Levante de España: los mismos tonos rojizos y marrones, las mismas llanuras guarnecidas por sierras chatas, el mismo sol alegre pero amenazador, los mismos árboles desperdigados. Incluso las aldeas de amontonadas casitas blancas podrían confundirse con muchos pueblos de Andalucía si no fuera por la inexistencia de campanarios, que parecían haber sido tan solo un sueño una vez que salieron de El Jedaida. Hasta llegar a Urma la carretera había tenido bastante tráfico, pues, como indicó Santiago, era la ruta que llevaba directamente desde Alepo hasta los puertos del Mediterráneo, una de las ramas principales de la antigua Ruta de la Seda y que seguía siendo una de las vías comerciales más importantes de Oriente Medio; pero nada más desviarse hacia el norte, abandonando la llanura, fueron muy pocos los vehículos con los que se cruzaron, y sí más abundantes, en cambio, los carromatos tirados por burros e incluso campesinos montados directamente sobre sus asnos. La carretera, de sinuosas curvas pegadas a las lomas del macizo calcáreo, estaba pésimamente asfaltada, y en muchos lugares se reducía a un mero camino de tierra apisonada que difícilmente permitía el paso de un vehículo en cada dirección. Esto, sumado a varios controles militares que tuvieron que pasar por la proximidad con la frontera turca y a la extrema precaución necesaria para que los equipos científicos no se deteriorasen con los vaivenes, los obligó a circular desesperantemente despacio, de tal manera que a pesar de la escasa distancia a la que se encontraban de Alepo tardaron casi tres horas en llegar a su destino. Cuando habían hecho más o menos la mitad del viaje, Ernesto, que había madrugado más que sus compañeros para ir a escuchar una misa maronita acompañado por Helena y Eulalia Zuriq, y que llevaba toda la mañana sin dirigir la palabra a su jefe, tanto por arrepentimiento de sus propios excesos como por una pueril censura a la escapada de Nicasio con la bailarina, se atrevió por fin a preguntar a Santiago Morales lo que llevaba mucho tiempo deseando saber y que Nicasio se había negado sistemáticamente a contestarle: quién era en realidad el amigo del conde.

—¿Y cómo es que llegaste a Siria, Santi? —fue la fórmula más diplomática que encontró.

—Es una historia demasiado larga —dijo Morales con tono de evasiva.

—Pero aún nos queda mucho camino. Venga, Santiago, por favor. El conde no me ha querido contar nada de ti —añadió Ernesto reclinándose hacia el asiento del conductor desde su exilio en la parte trasera del coche.

—Es un asunto privado —dijo Nicasio—. En mi familia no nos dedicamos a ir por ahí contando la vida de los demás.

—Reconoce que es extraño encontrarse a un español nada menos que en Siria —protestó el joven arqueólogo—. Esto no es como Londres o París.

—Pues mira los músicos de ayer —señaló Nicasio provocando la risa de Santiago.

—Ande, que menudo mujeriego es usted, señor conde. No me recuerde el episodio —recriminó Ernesto.

—¡Mira con lo que me sale este pazguato! —exclamó Nicasio—. Ni que fueras mi madre o mi confesor. Yo saldré con quien me salga de mis santos cojones, y más si es para sosegar la morriña de una joven compatriota que añora su querida España.

—No me negarás, Nicasiete, que la sorpresa que te tenía preparada era de lo más agradable —dijo Santiago.

—Nunca te lo agradeceré lo suficiente. En cambio, este bobalicón... a este paso nunca vamos a hacer carrera con él.

—¿Pero no te fijaste en lo acaramelado que bailaba ayer con las francesitas?

—Y con tu mujer, Santiago, no lo olvides. Pero más que acaramelado, yo diría que estaba dormido. Los cócteles lo dejaron un poco grogui. Debe de ser que son algo más fuertes que el vino de misa.

—¡Dejen ya de meterse conmigo! —protestó Ernesto rojo como un tomate, e insistió con su petición—. Venga, Santi, por favor, cuéntame cómo llegaste a este rincón del mundo.

—Está bien, está bien —accedió Morales—. Al fin y al cabo, hace mucho que no le cuento mi vida a nadie, y a este paso se me va a olvidar incluso a mí.

—Eso es imposible —dijo Nicasio.

—A ver, chaval, ¿por dónde quieres que empiece?

—Por donde tú prefieras. No sé, de dónde eres, quién era tu familia. Pero sobre todo, cómo es que has terminado llegando aquí.

—Bueno, tú te lo has buscado. Santiago Luis de Morales y Cogollos. Sí, Cogollos, no te rías, qué le vamos a hacer; cosas de los antepasados de mi madre. Nacido en Madrid en 1910, hijo de una familia de comerciantes que fueron vilmente asesinados por los rojos en el verano del 36. Desde 1935, ayudante del agregado comercial de la embajada española en Berlín, y afiliado desde unos meses antes a la Falange Española de la Juntas de Ofensiva Nacional Sindicalista. Me quedé trabajando en Alemania casi toda la guerra, la española, se entiende; igual que tu jefe, que por entonces era profesor ayudante en la Universidad de Berlín.

—Donde enseñaba a un puñado de alumnas (que eran tan rubias como cariñosas) la Hispania prerromana y las invasiones germánicas de la península Ibérica —añadió el conde.

—Y yo después les explicaba todo lo demás que necesitaban saber sobre nuestro espíritu nacional. Eran muy aplicadas, ¿verdad, Nicasiete?

—Mucho.

—Pero lo más determinante de los años que pasé en Berlín tirándome a una alemana tras otra, he de reconocer que fue mi encuentro con todo un personaje del que quizás no hayas oído hablar nunca.

—¿Con quién? —preguntó Ernesto lleno de curiosidad y deseando que pasara lo antes posible el tema de las conquistas femeninas.

—Con Pierre Gemayel, un libanés maronita, que entonces era farmacéutico y futbolista y que ahora está metido en política. Lo conocí con motivo de los Juegos Olímpicos. Para ganarme unos cuantos marcos, yo trabajaba en mis ratos libres como gerente del equipo español de hípica, una pandilla de aristócratas que se vinieron a Alemania varios meses antes de la competición para entrenarse allí, y que necesitaban a alguien que les organizase todas las cuestiones prácticas y les sirviera de traductor. Cuando estalló la guerra en España, el gobierno republicano prohibió a nuestros atletas participar en los Juegos y ordenó regresar a los que estaban ya en Berlín (pues faltaban muy pocos días para la inauguración). Todos obedecieron, menos los jinetes, que simpatizaban con los nacionales más que con los rojos, como te puedes imaginar, y que, aunque no pudieron participar oficialmente en la competición, siguieron haciendo vida en común con el resto de las delegaciones. Así fue como pude encontrarme con Gemayel, que era nada menos que el capitán del equipo de fútbol del Líbano.

—Un tipo estupendo —confirmó Nicasio—. Dale recuerdos míos cuando vuelvas a verlo.

—Procuro tomar café con él siempre que tengo algún negocio en Beirut. Se alegrará mucho de saber de ti —dijo Santiago a su viejo amigo, y prosiguió con su relato—. El caso es que intimamos mucho en Berlín, Gemayel, Nicasio y un servidor. Nuestras charlas terminaban impepinablemente hablando de política, y él mostraba sobre todo un interés enorme en que le contara detalles sobre la organización de la Falange. No es que yo fuese un gran experto, figúrate; si hacía más de un año que no me reunía más que de vez en cuando con otros falangistas, los que coincidiera que estuviesen de paso en Berlín; pero sabía lo suficiente como para excitar la imaginación de Pierre. Y tanto que se la excité. ¡Como que nada más volver a su país fundó la Falange libanesa! Y con ese nombre, «falange», que podía haber elegido algo más alemán o italiano, digo yo, que ellos llevaban mucho más tiempo que nosotros en el negocio del fascismo. Pero, como te digo, a Gemayel le gustó el nombre, y mira, ahora son uno de los principales partidos políticos de su país, y junto con la Falange española, uno de los pocos partidos fascistas que aún pintan algo en el mundo.

—Y antes de la guerra, ¿no tuviste problemas para trabajar en la embajada siendo falangista?

—No, la verdad es que en el mundo diplomático había de todo. Hasta nuestro embajador simpatizaba con la Falange. Después del Alzamiento, el gobierno rojo sí que intentó controlar de parte de quién estábamos cada uno, pero muchas embajadas se decantaron en masa bien pronto por los nacionales, como la nuestra, que fue una de las primeras que tuvieron un embajador nombrado por Franco.

—Seguro que Ernesto no sabe —interrumpió Nicasio— que el número de diplomáticos simpatizantes con el Alzamiento era tan alto, que el gobierno republicano decidió suprimir de un golpe en el verano del 36 toda la carrera diplomática, y solo aquellos que les eran manifiestamente fieles fueron reingresados en un escalafón hecho de nuevas..., aunque luego tuvieron que ir dando de baja a muchos de estos, porque se les pasaban al bando nacional en manada.

—Algo había oído. En el resto de la administración también pasó lo mismo, ¿no?

—Efectivamente —afirmó Santiago, y prosiguió con su historia—. Como te decía, yo estuve trabajando en la embajada de Berlín hasta casi el final de la guerra. Para qué nos vamos a engañar: se estaba mucho mejor allí, en aquella ciudad tan cosmopolita y tan avanzada, que con las bombas que caían en España sobre sus caminos de tierra y sus boñigas de burro. Claro, que me dirás que al final he terminado instalándome en un país que no está precisamente más adelantado que el nuestro, pero, chico, para responder a eso tengo que contarte la historia entera. El caso es que a finales del 38 me contrataron en una empresa que se dedicaba al comercio hispano-alemán, que necesitaba intermediarios que dominaran los dos idiomas a la perfección y que tuvieran suficientes contactos con los políticos españoles. Como pagaban unas diez veces más de lo que yo ganaba como funcionario, no lo dudé ni un instante y me fui para Burgos en el primer tren. Aquello sí que era buena vida, chico. Los gerifaltes franquistas se inclinaban ante mí, tanto por venir en nombre de las industrias alemanas como por ser un auténtico camisa vieja.

—Quiere decir los que estaban afiliados a Falange antes de la guerra —aclaró Nicasio.

—¡Eso ya lo sé! —protestó Ernesto.

—Pero también hay que decir que mi posición despertaba muchas envidias; ya sabes, nuestro pecado nacional. Y además, comprobé con enorme tristeza que las españolas se habían vuelto muchísimo más estrechas: el meapilas de Franco las había convencido otra vez de que aquello de fornicar era el pecado más nefasto de todos, ¡me cago en la leche! Entonces fue cuando me inventé aquel chiste de que el Alzamiento Nacional había consistido sobre todo en un alzamiento de bragas, y era imposible conseguir que ninguna española volviese a bajárselas, ¡ja, ja, ja! A los franquistas no les hizo mucha gracia, y por suerte para mí nunca se enteraron de quién era el autor del chascarrillo, pero ahora que estoy establecido en Asia me importa un bledo si lo contáis cuando estéis de vuelta.

En fin, menos mal que yo podía volver de vez en cuando a Alemania, con paradas en Francia, para desahogarme bien a gusto.

—Por Dios, Santiago. ¿No le da a usted vergüenza presumir de esas cosas?

—¿Vergüenza, dices? Mira, si no fuera por la jodienda, ¿qué carajo iba a merecer la pena este puto mundo de guerras, de pestes y de cabrones? Así que no, no me da ninguna vergüenza. En fin, el caso es que yo me fui haciendo con una posición en la nueva España, y cuando el gobierno se trasladó por fin a Madrid, allí se fue mi empresa con su oficina. Pero algunos empezaron a echarme en cara que yo me había pasado la guerra tocándome los cojones en Alemania, que no tenía derecho a presumir de mi camisa azul, y qué sé yo cuántas otras infamias. A ti también te dijeron cosas así, ¿no, Nicasio?

—Por supuesto. Cuando gané la cátedra de Prehistoria en el 40, en la trinca de las oposiciones algunos de los otros candidatos alegaron que ellos se merecían el puesto más que yo, solo porque habían permanecido en España durante toda la guerra. Pero el tribunal se rio mucho al enterarse de que quienes así lo decían no habían estado nunca a menos de trescientos kilómetros del frente. Y esos envidiosos no han dejado nunca de molestar. Seguro que ya sabes a quiénes me refiero, Ernesto.

—Supongo que serán el Campohermoso ese y toda su camarilla, ¿no, señor conde? ¿Y qué pasó después, Santiago?

—Pues pasó que, cuando en el 41 se organizó la División Azul para combatir junto a los alemanes contra los soviéticos, unos cuantos jefes de la Falange se presentaron en mi casa y me dijeron que yo tenía que alistarme, porque era de los pocos que entendía el alemán, porque no estaba bien que un falangista se dedicase a hacer negocios y porque tenía que manchar de rojo por una vez mi puñetera camisa azul. Me ofrecieron el puesto de intérprete personal del general Muñoz Grandes, y con categoría de teniente, a mí, que ni siquiera había hecho la mili. Lo primero que se me ocurrió fue ir corriendo a darme de baja en la FEJONS, pero no lo hice, y no sé qué me pasaría por la cabeza durante aquella noche, que a la mañana siguiente me presenté por mi propia voluntad en la oficina de alistamiento y pocas semanas después estaba otra vez subido a un tren camino de Alemania, pero esta vez con un atajo de pringados y de visionarios, una mezcla de viejos falangistas a los que la paz les parecía una ofensa, de rojos que intentaban que se olvidase o se les perdonara su pasado y, sobre todo, de varios miles de valientes que a Franco le molestaban en España y que le gustaría mucho más ver regresar dentro de féretros como héroes caídos. Sabéis por qué nos llamaban la «División Azul», ¿verdad?

—Por la camisa de la Falange, ¿no? —dijo Ernesto.

—Claro, era por eso. Pero lo que pasó fue que cuando nos mandaron a los campos de entrenamiento en Alemania, antes de facturarnos al frente de Leningrado, los jodidos teutones quisieron que nos vistiéramos con el uniforme de su ejército y los falangistas dijimos que nones, que nosotros no íbamos a renunciar al nuestro, así que nos quedamos con las camisas azules. Craso error, porque era mucho más difícil renovarlas que las camisas caquis que tenían los demás combatientes; y además, con el abrigo puesto, que teníamos que llevar casi siempre con el jodido frío de Rusia, ¿quién demonios iba a vernos el color de la camisa? En fin, de todas formas tengo que reconocer que mi puesto en la jefatura de la División me proporcionaba una vida bastante confortable, sin escuchar los tiros, bien alimentado y casi siempre con calefacción. Además, viajábamos de vez en cuando a Berlín y a otras ciudades, con lo que yo podía seguir satisfaciendo de alguna manera mi hambre cosmopolita, ya me entiendes. Por otro lado, Agustín Muñoz Grandes era un gran tipo, tanto, que a algunos de los asesores de Hitler se les ocurrió que las cosas estarían mucho mejor si fuera nuestro general quien gobernase España, y no el galleguito que tenéis todavía en el poder. Sí, no pongas esa cara de asombro, Ernesto, que te la veo por el retrovisor.

—Yo también estoy asombrado —reconoció Nicasio—. Ahora soy yo el que te pide que cuentes más cosas.

—Doy por sobreentendido que ni una coma de todo esto saldrá de vuestras bocas jamás de los jamases.

—Tienes mi palabra —asintió el conde.

—Y la mía —añadió Ernesto.

—Bueno, ¿y qué pasó? ¿Hizo Hitler algo al respecto?

—¡Claro que lo hizo! Pero como le debía de parecer demasiado violento planteárselo directamente a nuestro general, buscaron a alguien que pudiese transmitirle el plan sin montar mucho escándalo. ¿Y quién era el más indicado?

—No me digas más —dijo Nicasio—, mi amigo Santiago Morales. ¡Ja, ja! ¡Menudo agente secreto estabas hecho, y nosotros sin saber nada!

—Efectivamente. En una de mis frecuentes visitas al cuartel general del ejército alemán en Königsberg, donde me transmitían las órdenes principales que nuestra División tenía que cumplir, cuál no sería mi sorpresa al ver que mi interlocutor no iba a ser aquella vez un simple secretario, como era habitual, sino el mismísimo Joachim von Ribbentrop en persona.

—¡Venga ya! —exclamó Ernesto entre asombrado y escéptico—. ¿El ministro de Asuntos Exteriores del Reich?

—Te lo juro, como que me llamo Santiago. Un Ribbentrop que se mostró amabilísimo conmigo y que me explicó que el curso de la guerra se estaba poniendo muy feo y que era absolutamente necesario para la victoria de las potencias del Eje que España se involucrase con todas sus fuerzas. Que no se creía ni un carajo de todas aquellas excusas que le ponían los enviados de Franco, y que en el fondo todos en el gobierno alemán sospechaban que nuestro Caudillo (me lo dijo así, en español) estaba convencido de que la guerra la iban a ganar los ingleses, los rusos y los americanos, o al menos, que iban a quedar todos tan machacados después de la contienda que España se podría aprovechar de la situación. Le pregunté, cuando me desperté del primer susto, qué se suponía que podía hacer yo al respecto, aunque ya me lo estaba imaginando: ¿para qué otra cosa podrían haberme convocado allí si no? Y en efecto, lo que hizo von Ribbentrop fue ordenarme que transmitiese a Muñoz Grandes la oferta personal de Hitler de apoyarle en un golpe de Estado contra Franco, a cambio de, tras su seguro éxito, hacer que España entrase de cabeza en la guerra.

—¡No me jodas! —exclamó sorprendido Nicasio—. Obviamente, el general no debió de aceptar, porque al poco tiempo fue ascendido por Franco y lleva ya no sé cuántos años como ministro del Ejército y jefe del Estado Mayor.

—Está claro que no aceptó. Pero dicen las malas lenguas que su ascenso fue precisamente una maniobra de Franco para sacarlo de Alemania. Estoy seguro de que, de una u otra manera, el galleguito tuvo noticias del plan y decidió actuar antes de que pudieran llevarlo a la práctica. De todas formas, Agustín se puso hecho una furia cuando le transmití el mensaje de von Ribbentrop; gritaba como loco que nadie se había atrevido nunca a juzgarlo como un traidor y que se sentía profundamente ofendido por aquella sugerencia. Aunque el enfado le duró poco, la verdad, no sé si porque empezó a sopesarlo seriamente o solo porque se lo tomó con más prudencia. A partir de entonces, Agustín no dejaba pasar la ocasión de criticar la blandura de Franco en el asunto de la guerra mundial y su sometimiento a las ideas de la Iglesia por encima de las de la Falange. Yo lo veía sufrir por su aislamiento en Rusia, sin poder contactar fácilmente con otros jefes falangistas para tantear las posibilidades de dar un cambio de rumbo en la política de España. Algunos de los pocos contactos que pudo establecer fueron gracias a mí, aprovechando mis múltiples viajes relámpago a los cuarteles generales. Y, aunque nunca declaró en mi presencia que estuviese dispuesto a aceptar el plan, yo creo que sí que llegó a considerarlo atractivo. Después de un par de meses, fue el mismísimo Hitler quien pidió a Muñoz Grandes reunirse en Berlín, y para allá nos fuimos.

—¿Estuviste con Hitler? —preguntó Ernesto.

—Sí, señor. Fue en julio del 42, justo un año después de que nuestra División saliera de España, en un despacho de la Cancillería, solos el Führer, Muñoz Grandes y dos intérpretes, uno alemán y un servidor. Pero Hitler era una rata ladina. Nunca le dijo nada claro a Agustín. Solo le preguntó que qué tal nos iba por Rusia, ¡el muy cretino, como si no lo supiera ya!, y que cómo le parecía que iban las cosas por España. Fue el propio Muñoz Grandes el que le dio a entender a Hitler que, si por él fuera, nuestro país entraría en la guerra inmediatamente, y que convendría hacer una limpieza de muchos que estaban muy bien aferrados al régimen pero que de fascistas tenían muy poco; pero, claro, Agustín no llegó a afirmar que él mismo estaba dispuesto a ponerse al frente del gobierno español para hacer todo eso. Hitler se limitó a darnos un café con pastas y a despedirnos con mucho afecto, y no volvimos a saber nada del supuesto plan para derrocar a Franco. Muñoz Grandes fue finalmente sustituido por otro general, condecorado con muchos honores por el propio Hitler y enviado de vuelta para España.

—Donde ha sido desde entonces la mano derecha del Caudillo —puntualizó Nicasio.

—Eso parece, sí. Se ve que al gallego le interesaba rodearse del prestigio asociado a la División Azul y a su primer general, y que a Agustín no le volvieron a dar ínfulas de golpista, si es que llegaron a darle alguna vez.

—¿Y qué pasó contigo? —preguntó Ernesto.

—Yo era el que estaba más enterado dentro de la División sobre el plan de los nazis para cambiar el gobierno de España, y, como es lógico, Muñoz Grandes consideró que no era conveniente que siguiera en mi puesto, por si se me escapaba inoportunamente alguna cosa de las que sabía. Así que, para gran desazón del nuevo general, Esteban Infantes, a quien le habían hablado maravillas de mi talento como intérprete, se me licenció con el grado de capitán y con una indemnización muy aceptable, y se me dio libertad para irme adonde me saliera de los cojones, con la salvedad de que no le contase ni una palabra a nadie sobre aquel asunto (lo que os prometo que no había hecho en los últimos quince años, hasta hoy). El general me sugirió también que me tomase un tiempo para volver a España, «cuanto más tiempo, mejor», fue lo que me dijo literalmente, y como veis también eso me lo he tomado en serio hasta la fecha. Me despedí de Muñoz Grandes en el aeropuerto de Berlín con gran emoción, prestándole los últimos servicios como traductor, y me dispuse a pasar unos cuantos días en la ciudad, visitando a los viejos amigos (y amigas), corriéndome unas cuantas juergas y sin obligarme de momento a pensar mucho en el futuro. Mi plan era acudir nuevamente a la empresa para la que había trabajado, a ver si todavía necesitaban mis servicios o si podíamos establecer algún otro negocio juntos, siempre que no fuese en España, pero pensé que ya lo haría después de las Navidades, que estaban a punto de empezar. En mi año y medio en el ejército no había gastado casi nada de dinero, y aunque mi sueldo como traductor no había sido muy elevado, lo conservaba casi íntegro, igual que la indemnización y una buena parte de lo que había ganado años atrás como intermediario. Así que no tenía tampoco grandes preocupaciones económicas.

—¿Y cómo estaba Berlín por entonces? —preguntó Nicasio.

—Alemania iba ganando la guerra todavía. Los frentes estaban muy lejos y no había escasez de casi nada. En Rusia estaban cayendo muchos soldados alemanes aquel invierno, pero pocos berlineses, la verdad; la mayoría eran chicos de pueblo. En Berlín era un momento dulce, pero aquello duró muy poquito. De todas formas, yo me marché de allí mucho antes de que las cosas se empezasen realmente a torcer.

—¿Y qué pasó después? —preguntó Ernesto sin poder contener la curiosidad.

—Pues que una nueva casualidad hizo que volviera a encontrarme con Gemayel, que viajó hasta Berlín por unas gestiones justo después de Año Nuevo. A mí me encontró en un momento bajo, pues acababan de decirme en mi antigua empresa que no iban a poder contar conmigo porque sus negocios en el extranjero estaban empezando a irles muy mal. A la vista de que por allí no iba a conseguir nada, me dediqué a visitar a algunas personas del partido nazi que había ido conociendo a lo largo de los años, para ver si podían ofrecerme algún trabajo o algún negocio. Cuál no fue mi sorpresa cuando, mientras aguardaba leyendo unos periódicos en la sala de espera de uno de aquellos gerifaltes, resultó que el visitante que me precedía era el mismísimo Pierre Gemayel. Nos abrazamos efusivamente, nos preguntamos muy deprisa por nuestra vida en los últimos años y quedamos en encontrarnos aquella misma tarde en un café que nos gustaba mucho a los dos, el Buchwald. ¿Te acuerdas de él, Nicasio?

—Era uno de la ribera Holstein, ¿no? —dijo el conde tras hacer un poco de memoria—. Ahora debe de haber quedado en la parte occidental.

—Exacto, muy cerca de la casa de fieras y con unas vistas estupendas sobre el Spree cuando se podía estar en la terraza de la calle. Entonces era principios de enero, con una nieve del carajo, de la que me alegraba de haberme podido librar en el frente de Rusia. Así que Pierre y yo nos reunimos dentro del café. Me contó, aunque algunas de las cosas yo ya las sabía por los periódicos, que había fundado la Falange libanesa, que era uno de los grupos más activos para conseguir que su país se independizase de Francia y que aquella era la principal razón de su viaje: recabar el mayor apoyo posible de los alemanes para la independencia del Líbano. La situación era complicada porque los libaneses, igual que los sirios, habían empezado la guerra como un protectorado de la Francia de Vichy, es decir, del lado de los alemanes; pero en el año 41 los ingleses, los americanos y los franceses de las colonias, con De Gaulle a la cabeza, vencieron a las tropas del Eje establecidas aquí, y el protectorado pasó a depender de la llamada «Francia Libre», que prometió a los dos países, Líbano y Siria, la independencia. Así que los alemanes no sabían muy bien qué hacer, si apoyar a los independentistas, entre ellos a la Falange de Gemayel, que era claramente pronazi, o si oponerse a sus aspiraciones, aunque solo fuese para fastidiar a los aliados. El sueño de Gemayel era hacer del Líbano un remanso de paz y de civilización que pudiese acoger en perfecta armonía a las personas de todas las creencias, pero sobre todo a los cristianos, que en el resto de la región no dejaban de ser una minoría más o menos oprimida; y también quería que aquella especie de Suiza oriental sirviese, como la occidental, de plataforma para los negocios y las finanzas de todo el mundo. Cuando le conté mi propia situación, más bien a la deriva en plena guerra y sin posibilidades de regresar a mi país en los próximos meses o años, Gemayel no lo dudó un momento y me ofreció establecerme con él en Beirut; su actividad política le dejaba cada vez menos tiempo para las actividades comerciales y le vendría muy bien tener a mano a alguien con mi experiencia y mi conocimiento de idiomas. Y a la vista de los enormes copos de nieve que caían detrás de los ventanales del café Buchwald, y pensando en el clima benévolo de las riberas del Mediterráneo, me dije allí mismo en voz alta que por qué no. Quién sabía lo que la guerra le podía deparar a Alemania, aunque de momento parecían ir ganando. Yo todavía era más o menos joven, un poco más de treinta, y ya había visto bastante de aquella vieja Europa que se masacraba a sí misma sin ninguna piedad, así que decidí volver a cambiar de aires.

—¿Y te fuiste a Beirut?

—Exactamente. Transferí a una cuenta de un banco libanés que operaba en Berlín casi todo el dinero que tenía y me uní a Pierre en su viaje de vuelta. En febrero del 43 tenía otra vez un puesto de trabajo estupendo, un apartamento precioso para mí solo, con vistas al mar, iba a clases de árabe por las tardes y empezaba a convertirme en una persona popular en los locales nocturnos de Beirut, donde se gozaba de una libertad mayor que en cualquier otro sitio que yo conociera. Sobre todo después de que, a finales de aquel mismo año, el Líbano conquistara por fin su independencia total de Francia. Gemayel se dedicaba íntegramente a la Falange, yo le ayudaba a gestionar los negocios de su familia y poco a poco iba haciendo también negocios por mí mismo. Además, en mi calidad de viejo falangista español, los seguidores de Gemayel, y en especial muchas de sus jóvenes seguidoras, me tenían casi veneración, no creáis que exagero.

—Y me apuesto cualquier cosa —interrumpió Nicasio— a que no perdiste la oportunidad de aprovechar esa veneración para beneficiarte a más de una.

—Y ganarías la apuesta, naturalmente. ¡Cáspita! ¿Qué diablos pasa ahora? —exclamó Santiago, y frenó el automóvil con brusquedad casi en la extendida palma de la mano del militar que les estaba ordenando detenerse desde la cuneta.

—Otro control, parece —dijo Ernesto en tono lastimero.

En efecto, el soldado, a quien el miedo a morir atropellado allí mismo había dejado pálido como la harina y con un mal humor terrible, les ordenó a punta de fusil que salieran todos de los vehículos mientras un suboficial venía a pedir la documentación, que los arqueólogos mostraron por tercera vez en aquella mañana. Esta patrulla de vigilancia mostró un interés mucho mayor que las otras por registrar los vehículos, y solo se abstuvieron de cachear a los viajeros (para disgusto de los soldados, que ya se relamían a la vista de las dos encantadoras francesas) cuando Nicasio esgrimió furibundo su pasaporte diplomático, pues ni las autorizaciones oficiales que habían mostrado Helmut y Maurice ni los nombres de algunos altos cargos que había mencionado Santiago habían sido lo bastante disuasorios. Al cabo de media hora, los militares volvieron a dejar subir a los arqueólogos a sus vehículos y la expedición continuó los pocos kilómetros de primitiva carretera que les faltaban para llegar hasta su destino.

Una vez recuperados de la experiencia con aquella última patrulla, Ernesto pidió a Santiago que continuara con su relato, lo que el antiguo falangista hizo encantado.

—Cuando mi dominio del árabe me lo permitió, empecé a extender mis actividades hacia los países vecinos, en particular hacia Siria. Y, como os podéis imaginar, aquí fue donde tuvo lugar el encuentro más decisivo para mí.

—Helena.

—Por supuesto. Yusef, mi futuro suegro, era uno de los principales contactos comerciales que el círculo de Gemayel tenía en esta región, y en mi tercera visita a Alepo me invitó a comer a su casa. En cuanto me presentó a su hija, que por entonces tenía dieciocho años, me quedé embelesado. No soy capaz de recordar la conversación que tuve con Yusef durante la cena, porque mi mente solo era capaz de prestar atención a aquella diosa virginal, y yo debía de estar respondiendo de manera mecánica a las preguntas que me hacían los demás. Lo que sí puedo confesar es que noté cómo se operaba un cambio radical en mi naturaleza, pues perdí de forma instantánea el interés en cualquier otra mujer de la faz de la tierra;

sí, Nicasio, créeme, y tú también, Ernesto, lo noté como si se me desconectase alguna tubería en mis entrañas, y el ímpetu que hasta entonces me había hecho desear furiosamente a cualquier jovencita de buen ver que se cruzase en mi camino sencillamente desapareció y fue sustituido por una sensación completamente nueva para mí, algo así como un juego de poleas que levantara mi pensamiento para dirigirlo únicamente hacia Helena. ¡Joder, qué romántico me estoy poniendo!

—Más que romántico, yo diría que te estás poniendo naturalista —dijo Nicasio.

—O materialista —puntualizó Ernesto.

—Bueno, sí, yo siempre he sido muy naturalista y muy materialista, a pesar de ser español hasta la médula, de la Falange y fiel cristiano. En fin, aunque tenía previsto regresar a Beirut a la mañana siguiente, me inventé una excusa para quedarme en Alepo unos cuantos días más y me armé de valor para visitar a Yusef en su oficina y plantearle directamente mis intenciones. ¡Carajo!, yo había cumplido ya los treinta y siete y no podía permitirme perder ni un minuto si lo que pretendía era sentar la cabeza.

—¿Y cómo se lo tomó tu suegro?

—Imaginaos, se llevó una sorpresa tremebunda. Pero reaccionó de forma muy sensata. Me dijo claramente que su hija era casi una niña, que no tenía ni idea de si yo le iba a resultar atractivo teniendo en cuenta que le doblaba la edad, y que al fin y al cabo yo era un extranjero del que no sabían nada, aunque al menos mi amistad con Gemayel, a quien los maronitas sirios respetaban muchísimo, era un dato que hablaba en mi favor. Por otro lado, Yusef, que era el comerciante más notorio entre los cristianos de Alepo, tenía (y tiene aún) una cierta ojeriza contra su propia clase, porque está convencido de que en el fondo todos le envidian, y vio en mi persona la oportunidad de evitar que su queridísima hija única pasase a formar parte de alguna de las otras familias cristianas de la ciudad. Naturalmente, que se uniera a alguna de las familias musulmanas era impensable. Así que, tras meditarlo un rato, me dijo que le iba a plantear mi petición a Helena, y que, si ella aceptaba, yo tenía el permiso de Yusef para visitar a su hija durante un tiempo. Durante los siguientes meses, estuve viajando casi una vez al mes entre Beirut y Alepo. Cuando Pierre se enteró de lo que me hacía ir y venir tan a menudo a Siria no me dijo nada, pero yo creo que fue para él una pequeña decepción; en el fondo quería convertirme en un buen libanés casándome con alguna de sus jóvenes falangistas. De todas formas, hubo por aquellas fechas un acontecimiento que tal vez habría terminado haciendo que Gemayel y yo nos enfrentásemos, si no hubiera salido yo de Beirut por los motivos que os he contado.

—¿Qué fue lo que ocurrió? —preguntó Ernesto con curiosidad.

—La creación del Estado de Israel. Pierre siempre ha estado incondicionalmente a favor de su existencia, y lo comprendo: él piensa que cualquier cosa que sirva para menguar la hegemonía de los árabes en Oriente Próximo será buena para reforzar a los grupos cristianos de la zona, y en particular a los libaneses. Pero a mí los judíos no me han gustado nunca, no lo puedo evitar. Yo no digo que haya que hacer con ellos como hicieron los nazis, meterlos a todos en campos de concentración, pero de ahí a regalarles un país en una tierra que además no es suya... Eso me pareció una bajada de pantalones de las potencias occidentales. La negativa de España a establecer relaciones diplomáticas con Israel es una de las pocas decisiones de Franco que me han parecido bien desde que acabó la guerra mundial y el galleguito se volvió un esbirro de los americanos. En realidad, mi postura coincidía con la del propio gobierno de Beirut, que se oponía a las pretensiones de los sionistas. Al fin y al cabo, por entonces la Falange libanesa era una fuerza bastante minoritaria y no tenía ningún peso en el gobierno de su país.

—¿Y cómo afectó eso a tu relación con Pierre? —preguntó Nicasio.

—Él notaba que yo me ponía muy nervioso cada vez que se discutía sobre ese tema, en privado o en las reuniones de la Falange. Mis palabras les sentaban a todos como un jarro de agua fría; no se atrevían a responderme porque les parecía como intentar convencer a alguien de que es de día cuando todos ven que es de noche, y también porque les extrañaba que alguien que sobre otros asuntos había sido para ellos una especie de oráculo, en esta cuestión tuviese una postura tan diferente a la suya. Así que decidí que lo mejor era salir de allí antes de que se produjera una desavenencia seria entre Pierre y yo. Vendí de nuevo todo lo que tenía, transferí parte de mi dinero a un banco sirio (en el Líbano sigo conservando el resto, porque en materia de negocios me parece un sitio mucho más seguro y estable que Siria, pero esto no se lo digáis a mi suegro) y me vine a vivir a Alepo, donde me casé con Helena pocos meses después y donde al poco tiempo Yusef me convirtió en el subdirector de todas sus empresas. Y así hasta hoy.

Un nuevo frenazo sobresaltó a los dos pasajeros.

—¿Y ahora qué ocurre? —preguntó Ernesto.

—No ocurre nada, chaval —dijo Santiago abriendo la portezuela del automóvil, saliendo al aire libre y señalando una gran extensión de montones de piedras salpicada por un puñado de edificios semiderruidos, justo frente a los tres vehículos—. Solo que tienes frente a ti las ruinas de Qirq Bize.

contra...

Capítulo 14

—¿Y esto es Qirq Bize? —preguntó Ernesto desolado nada más
bajarse del coche—. Parece un pueblo que acabasen de bombar-
dear.

Los demás miembros del equipo pusieron también el pie en
tierra y empezaron a deambular anárquicamente por entre los
arruinados paredones de la ciudad muerta. Geneviève y Christine
desaparecieron tras una alta pared grisácea, hecha de gruesos bloques de caliza, y al cabo de unos segundos saludaron a sus compañeros a través del hueco de una ventana rectangular, enmarcada por
una moldura ondulante que estaba directamente esculpida en la
piedra y con la apariencia de haber sido terminada muy poco tiempo atrás; pero la pared terminaba bruscamente un par de metros a
la derecha, transformada en una pila de pedruscos de la que surgía
un arbolito en flor. Maurice y Raoul, como si no pudieran reprimir
su instinto excavador, habían empezado a hurgar la base de un pequeño montículo de piedras, desplazando algunas de ellas con los
pies. Nicasio y Helmut anduvieron hasta el extremo más alejado del
sitio en el que habían quedado aparcados los automóviles e hicieron desde allí un primer examen de las ruinas. Rolf y Dietrich, haciendo gala de sus habilidades como alpinistas, ascendieron hasta
lo alto de un muro sin más ayuda que sus manos y pies, y contemplaron el paisaje desde allí. Qirq Bize estaba en lo alto de una cresta rocosa, dominando un valle tras el que se divisaba otra pequeña
sierra amarillenta, aunque teñida de verdor en muchos lugares. En
mitad del valle, cuyos tonos cobrizos estaban punteados con regularidad por las bolitas negras de cientos de olivos, se distinguía tam-

bién un pequeño poblado de diminutas y achaparradas casitas blancas. Ernesto fue a inspeccionar algunos edificios en dirección contraria a la que habían seguido las mujeres. Santiago y sus hombres, mientras tanto, descansaban tomando el sol sentados sobre unos grandes bloques de piedra. Al cabo de un cuarto de hora, todos volvieron a reunirse junto a los vehículos.

—Bien, ¿qué os parece? —preguntó Helmut, el director de la excavación.

—Me lo esperaba un poco más espectacular —confesó Raoul.

—Lo mismo que yo —dijo Ernesto.

—Pues a mí me parece precioso —exclamó Christine.

—¿Y usted qué dice, Helmut? —preguntó Nicasio.

—Yo lo encuentro apasionante. Es verdad que las ruinas no son tan llamativas como las de otros lugares de las ciudades muertas, en los que se conservan edificios mucho más grandes que los de aquí y también en mejor estado. Pero no hemos venido en busca de lo más fastuoso, sino para estudiar aquel edificio —añadió señalando a los muros que había unos veinte metros detrás de él—, y ya sabíamos por adelantado que era una construcción más bien pequeña y muy discreta.

—La iglesia... —suspiró Maurice.

—¿Eso es la iglesia? —preguntó Ernesto sin disimular su escepticismo—. Pero si no tiene ni un miserable arco, ni columnas, ni bóvedas, ni ábsides... ¿Cómo sabemos que eso es una iglesia?

—Ya lo comprobará usted mismo, señor Salaberri —le reprendió con suavidad Nicasio—. Precisamente su valor estriba en que es, con mucha probabilidad, anterior a que se desarrollaran en la arquitectura religiosa cristiana todos esos elementos que ha citado usted, y que solo empezarían a utilizarse casi un siglo después, en el mejor de los casos.

—Aquí al lado, a poco más de un kilómetro —informó Santiago—, está la iglesia de Qalb Loze, otra de las ciudades muertas. Esa sí que responderá a tus expectativas, Ernesto.

—No me hagan caso —se disculpó el joven español—, seguro que el trabajo es apasionante. Pero no entiendo muy bien qué vamos a excavar aquí. Los edificios ya están todos al aire; más o menos en ruinas, pero al aire. Pensaba que íbamos a tener que desenterrarlos.

—Generalmente —explicó Helmut— los derrumbes y la sedimentación natural van cubriendo las ruinas hasta que acaban por hacerlas prácticamente invisibles, pero en esta región de Siria no ha sucedido eso, sino que los edificios han permanecido en pie durante siglos y más siglos.

—¿Y por qué? —preguntaron casi a la vez Dietrich y Geneviève.

—Supongo que en parte por el clima, que es relativamente seco.

—¡Y una leche! —exclamó Santiago desde su improvisada hamaca de piedra; aunque lo que dijo exactamente fue *mon cul!*—. En cuanto lleven aquí unas cuantas semanas, comprobarán con qué fuerza llueve y cómo azota el viento cuando le da la gana. Aunque sí es verdad que no lo hace muy a menudo.

—Bueno, sea como fuere —prosiguió el catedrático germano—. Otras razones pueden ser que las ciudades debieron de ser abandonadas pacíficamente; sus habitantes se marcharon sin más y en general nunca hubo destrucciones violentas. También influye la calidad de las construcciones; como podéis ver, los edificios están todos hechos a base de grandes bloques de piedra caliza muy bien tallados. Y supongo que también habrá sido un factor importante el hecho de que las villas están situadas en plataformas rocosas elevadas, donde es difícil que se acumulen los sedimentos.

—Un momento —interrumpió Raoul—. Si los habitantes se fueron marchando de forma tranquila, es de suponer que se llevaron todo lo que pudieron. Y lo que no se llevaron, habrá estado en las casas durante todos estos siglos esperando a que cualquier nómada que pasase por aquí lo recogiera.

—Muy probablemente —asintió Helmut.

—De modo que es casi imposible que nosotros podamos encontrar nada de nada, salvo los propios muros —infirió el francés.

—No tenemos que esperar encontrarnos con algo así como la tumba de Tutankamón, intacta y repleta de tesoros, si es eso a lo

289

que se refiere, profesor Davoine. Pero ese punto consta de manera explícita en el texto de nuestro proyecto.

—Pensaba que era una excusa que dábamos para que las autoridades no se empeñasen en requisar nuestros hallazgos —dijo Raoul, para regocijo general de sus compañeros.

—Me temo que no... Pero no desespere, Davoine; esta ciudad estuvo habitada durante cerca de quinientos años, y antes de que sus habitantes se marcharan de aquí les dio muchísimo tiempo a derruir y a reconstruir muchos de los inmuebles, a perder cosas, a enterrarlas, a esconderlas. Así que aún es posible que nosotros demos con algo, porque excavar, lo que se dice excavar, también vamos a hacerlo, por supuesto. Pero lo más importante para nuestro trabajo son los propios edificios. Tenemos que conseguir leer en ellos la historia del poblado, y en particular la de su iglesia, que, no lo olviden, es una de las más antiguas de toda la cristiandad, si es que no la primera de todas. Por otro lado, hemos de confiar en que el hecho de que Qirq Bize sea un lugar relativamente poco llamativo, en comparación con otras de las ciudades muertas, habrá contribuido a mantener a los saqueadores un poco más alejados.

—Eso espero —suspiró resignado Raoul.

—Pero, en cualquier caso —protestó Geneviève—, nosotros no vamos a acampar en este solar miserable, ¿no? Recuerdo que hablamos de alojarnos en casas de verdad, no en tiendas de campaña, que ni siquiera traemos. Y además, yo tengo un hambre atroz.

La mayoría de los miembros de la expedición emitieron murmullos aprobatorios. Santiago se puso en pie de un salto, se sacudió la chaqueta y el pantalón con su sombrero panamá y volvió a tomar el mando del convoy.

—Tiene usted toda la razón, señorita Lazare. Tenemos que montarnos otra vez en los autos porque vamos a llegar tarde a nuestra cita con los anfitriones, que deben de tener ya la comida preparada desde hace un montón de tiempo.

—¿Y está muy lejos?

—En Qalb Loze, el pueblo que les dije antes, a menos de un kilómetro de aquí.

—¿Pero esa villa no está deshabitada? —preguntó Rolf.

—Esa en particular, no. Lo que pasa es que, salvo la iglesia, casi todo lo demás ha sido destruido, y las piedras han sido aprovechadas para otras construcciones. En realidad, es poco más que una aldeúcha. Pero allí tendrán ustedes casa y comida durante los próximos tres meses, y podrán venir andando a trabajar hasta Qirq Bize.

—El material más pesado lo dejaremos aquí mismo —apuntó Maurice.

—Esta tarde lo descargaremos. Aunque, naturalmente, se tendrán que turnar ustedes para hacer guardias; no conviene dejar cosas tan caras abandonadas a la intemperie en esta parte del mundo —recomendó Santiago.

—Y en casi ninguna otra —añadió Ernesto—. Ya tenemos previsto el asunto de la vigilancia.

El grupo volvió a subir a los automóviles, que recorrieron en muy poco tiempo el camino que les separaba del poblado vecino. Tal como había explicado Santiago, Qalb Loze, con una extensión aproximadamente cuatro veces más grande que la de Qirq Bize, estaba presidido en su centro por las ruinas de una imponente y muy bien preservada basílica bizantina, con grandes arcos de medio punto, abundante decoración geométrica y un ábside terminado en una semicúpula cuyas piedras encajaban con asombrosa precisión por encima de las cabezas de los visitantes. Salvo por la ausente techumbre de la nave central, el resto del edificio se conservaba en un estado envidiable para sus quince siglos de historia. Alrededor de la basílica, un puñado desordenado de casitas y corrales habían aprovechado la abundancia de piedras para afirmar la persistencia de la vida humana y desmentir el nombre de «ciudades muertas» que recibían aquellos, en general, desolados parajes. Casi todos los habitantes del poblado se habían concentrado en la gran explanada frente a las ruinas de la iglesia para recibir al convoy, rodeando los dos coches y las dos camionetas. Saludaban, sobre todo los niños, con fuertes gritos de bienvenida ininteligibles para los arqueólogos, y con agitados movimientos de brazos y de manos, mientras corrían al lado de los automóviles. Antes de que los recién llegados se apearan, se destacó de entre el gentío un hombre de unos cuarenta años, piel muy oscurecida por el sol, chilaba, turbante y una sonrisa llena de agujeros entre los dientes amarillentos, que llamaba a gritos a Santiago.

—¡Buenos días, Faisal! —saludó el español—. Como ves, por fin hemos llegado, aunque con un poco de retraso.

—Os hemos visto parar en Qirq Bize hace un rato. Ya lo tenemos todo preparado —dijo Faisal en un francés muy rudimentario.

—Mira, te presento a nuestros invitados —dijo Santiago, y fue nombrando a cada uno, ante lo que Faisal respondía con una exagerada reverencia y llevándose la mano al pecho y la frente—. Faisal es el jeque de Qalb Loze —añadió Santiago dirigiéndose a sus acompañantes—. Es un druso, como casi todos los habitantes de la zona. Él se encargará de que tengáis aquí todo lo necesario y, además, velará por la seguridad de la excavación. También os alojaréis en una de sus casas; y algo muy importante, es el único que tiene teléfono.

—Sí, el teléfono, sí —dijo Faisal, imitando con las manos el gesto de llamar—. Pero no llamadas internacionales. Y ahora, comer.

Sin tiempo para dejar sus equipajes o sacar nada de los camiones, el grupo entró en la casa donde iban a alojarse, una construcción tosca pero aparentemente bien aseada, con una habitación para cada dos, salvo los directores, que tendrían cada uno de ellos un dormitorio propio, y con una sala acondicionada para las reuniones de los arqueólogos y que les serviría también de comedor. Llegaron hasta allí rodeados de una excitada y curiosa muchedumbre, unas ciento cincuenta personas que debían de ser todos los habitantes del poblado y que los iban observando sin dejar de comentarse los unos a los otros todo lo que hallaban de extraño en sus nuevos vecinos. En particular, notaban estos, los naturales parecían muy sorprendidos por la presencia de mujeres entre el equipo de científicos. Una vez en el interior de la casa, Faisal les pidió a las dos jóvenes francesas, aunque dirigiéndose a Santiago y a Helmut, que mientras anduvieran entre la gente se pusieran un pañuelo en la cabeza.

—Algunos muy nerviosos si no —indicó vagamente.

—No se preocupe, señor Faisal; la verdad es que ya nos lo advirtió la señora Morales —dijo Geneviève—. Hemos comprado en Alepo unos fulares preciosos. Discúlpenos por no haberlos traído puestos, pero están en el fondo de nuestras maletas.

—*Shukran*. Muchas gracias. Y ahora, comer —repitió Faisal.

El resto de la tarde, sin siestas, lo dedicaron a descargar los equipajes y a distribuir el equipo entre Qalb Loze y Qirq Bize, adonde regresaron con los camiones para dejar allí los instrumentos más pesados. Faisal y su gente se habían encargado de habilitar como almacén una de las viejas casas bizantinas que conservaba casi todos sus muros, añadiéndole una techumbre improvisada y una puerta metálica cerrada con cadenas. En uno de los rincones del edificio se preparó también una pequeña habitación, con una colchoneta directamente sobre el suelo, en la que podrían dormir por turnos las dos personas que se quedaran a vigilar la excavación durante cada noche. Un par de taburetes, un infernillo de gas con una cafetera y una palangana con su jofaina constituirían todos los lujos del habitáculo. El motivo de las guardias era sobre todo evitar que alguien robase los instrumentos de la expedición, más que los posibles hallazgos, pues, como Helmut había advertido claramente cuando llegaron a Qirq Bize, no esperaban encontrar muchas piezas de gran valor: el objetivo principal del proyecto era el análisis de los propios edificios. Pero las excavaciones siempre atraían a saqueadores furtivos, que, además de sustraer algunos objetos, causaban un gran daño al destruir parte del yacimiento y al impedir la interpretación de los hallazgos desplazándolos de su contexto original. Aquella primera noche, de todas formas, se encargarían de la guardia los empleados de Santiago que habían venido conduciendo el otro coche y las camionetas, las cuales permanecerían también aparcadas en Qirq Bize hasta la mañana siguiente, cuando emprendieran el camino de vuelta a Alepo junto con su jefe. Uno de los automóviles se quedaría con los arqueólogos, por si tenían que desplazarse con urgencia. A partir del día siguiente, todos los miembros del equipo se responsabilizarían de las guardias en turnos de dos, incluido el propio director Helmut Pitterman y sus codirectores; decidieron también que los emparejamientos fueran cambiando y que nunca estuvieran las dos mujeres solas. El reparto de las habitaciones en la casa de Faisal, en cambio, fue idéntico al que habían tenido en la mansión de los Zuriq, lo que resultó muy enojoso para Ernesto, a quien no resultaba precisamente atractiva la idea de pasarse tres meses durmiendo en el mismo cuarto que Raoul. Pero se abstuvo de protestar, porque entendió que no existía ninguna otra solución factible.

A la mañana siguiente, muy temprano, los arqueólogos desayunaron copiosamente y bajaron caminando hasta las ruinas de Qirq Bize con parte de sus equipos al hombro, mientras la luz del sol empezaba a asomar por el oriente. Santiago emprendió con sus empleados el camino de regreso hacia Alepo desde el propio yacimiento, habiéndose despedido ya de Faisal en el poblado y recordándoles a Nicasio y a los demás que no dudaran en ponerse en contacto con él para cualquier cosa que necesitaran.

—Pero usad el teléfono lo menos posible y sed muy cuidadosos con lo que decís —advirtió—. Aquí en Siria, casi todas las líneas están pinchadas.

Con el polvo de los vehículos alejándose por las curvas del camino, Helmut dio una palmada y ordenó que todo el mundo se sentara en el suelo, formando un corro alrededor del gran plano que él mismo estaba empezando a desplegar.

—Lo primero que tenemos que hacer —dijo— es comprobar la exactitud del mapa. A eso nos dedicaremos los profesores Lequerica, Clément y yo mismo, mientras supervisamos también el resto de las tareas. Vamos a excavar sobre todo la zona de la iglesia. —Señaló con la punta de un lápiz el lugar que aquella construcción ocupaba en el mapa y con el índice extendido de la mano izquierda el edificio en sí, a unos veinticinco metros frente a él—. Hay que excavar tanto el interior como el exterior, intentando identificar todos los períodos de construcción que podamos y cualquier resto material que podamos hallar. A eso se dedicarán el equipo francés y el equipo español, ayudados por los obreros locales. Mientras tanto, los alemanes nos encargaremos de la última tarea: la elaboración del mapa subsuperficial del yacimiento con ayuda del georradar. Espero que esto nos lleve menos de tres semanas, y después nos uniremos a los demás en la excavación y en el análisis de todo lo que vayamos encontrando.

—De acuerdo —asintió Raoul un poco dubitativo, viendo que los demás permanecían callados.

—Pues venga, a trabajar —dijo Pitterman poniéndose de nuevo en pie.

Los arqueólogos se dirigieron hacia las ruinas de la iglesia para examinar el terreno. Unas horas después, el interior había sido marcado con cuerdas blancas, que, sujetas a unas pequeñas estacas clavadas en el suelo cada dos metros, dividían toda la superficie en perfectos cuadrados. A continuación se hizo lo mismo con el terreno que rodeaba la presunta iglesia en un radio de cinco metros. Después de la pausa para el almuerzo, se dedicaron a hacer un examen visual de cada una de las pequeñas parcelas mediante las que el recinto de la iglesia había sido transformado en un plano geométrico, y discutieron por cuáles merecía más la pena comenzar la excavación. Al final decidieron que empezarían por la zona oriental del interior del edificio, que según la hipótesis de Georges Tchalenko era donde habría estado el altar de la iglesia, o al menos donde se habían concentrado las actividades relacionadas con el culto. A media tarde, antes de que el sol se acercase al horizonte por las colinas que marcaban la ruta hacia el Mediterráneo, el grupo hizo una inspección mucho menos detallada, pero rigurosa, del resto del yacimiento, verificando en general la exactitud del plano de Tchalenko, aunque hallando también algunos elementos que no habían sido recogidos con demasiada precisión. En cualquier recoveco de aquellos milenarios montones de piedras podía encontrarse la pista que necesitaban para dar respuesta a sus preguntas, por lo que era conveniente hacer una excavación lo más completa y cuidadosa posible; pero sabían que no había tiempo para levantar uno por uno los sillares y las baldosas de todos los edificios ni para remover toda la tierra de Qirq Bize, así que tenían que concentrarse en lo que fuera más prometedor, aparte de la propia iglesia. Ese era también el motivo por el que habían traído uno de los aparatos más sofisticados de la arqueología del momento: el georradar. Se trataba de un instrumento que, aplicando principios semejantes a los de los radares que vigilan el vuelo de las aeronaves, aunque mediante ultrasonidos en vez de ondas eléctricas, permitía descubrir estructuras ocultas en el subsuelo. Tal como comprobaron en el examen visual del campamento, la antigua villa de Qirq Bize debía de extenderse bastante más que el terreno que ocupaban actualmente los edificios que quedaban en pie, pues en un radio de unos cien metros a la redonda también se podían percibir vagamente los surcos y diferencias de nivel y color que indicaban a los ojos expertos la existencia de construcciones desaparecidas, que tal vez no se habían levantado en piedra, ni con tanto cuidado como las del centro de la población, y por eso tan solo habrían quedado de ellas, en el mejor de los casos, sus cimientos, cubiertos por la tierra y las plantas hasta hacerlos casi indetectables. Pero el georradar, un prototipo alemán que aún se hallaba en período de pruebas, permitiría averiguar en pocas semanas la disposición de aquellos edificios desaparecidos después de tantos siglos, y gracias a ello, el grupo tendría también la posibilidad de excavar más allá de las ruinas conocidas, si es que la nueva tecnología revelaba algo lo suficientemente prometedor. Aquella primera noche en el yacimiento, la guardia correspondió precisamente a Rolf y a Dietrich, quienes aprovecharían las horas de vigilia para empezar a montar algunas de las partes del enorme y delicado artilugio. Helmut y el jeque Faisal, quien había llegado al yacimiento al caer la tarde para interesarse por los primeros trabajos del equipo, se quedaron con los jóvenes ayudantes alemanes hasta bien entrada la noche, mientras los franceses y los españoles regresaban, caminando de nuevo, a cenar y a dormir en Qalb Loze.

Al cabo de un par de semanas, Qirq Bize había cambiado su fisonomía de manera apreciable, con numerosos aparatos grandes y pequeños desperdigados por entre sus paredones y por los pedregales circundantes, y con docenas de estacas y banderitas de colores distribuidas por doquier, obedeciendo a unas claves que eran tan transparentes para los arqueólogos como indescifrables para los lugareños que trabajaban en la excavación. Pero sobre todo resultaba extraña, si las milenarias ruinas pudieran experimentar emociones y tener pensamientos, esa invasión de gente desparramada por todas partes, inclinados casi siempre hacia el suelo y diríase que dedicados sobre todo a charlar, en un paisaje que, si por algo se había caracterizado en los últimos doce siglos, era por haber permanecido desierto, o como mucho, haber sido nada más que escondite de ladrones y refugio de rebaños. Tal como había augurado Raoul Davoine, los hallazgos de objetos estaban siendo muy escasos, no más de cinco o seis monedas de cobre casi completamente ilegibles, algunos clavos, abundantes fragmentos de cerámica y poco más; pero, en cambio, las etapas de construcción del edificio principal y el diseño de la propia ciudad estaban saliendo a la luz con una claridad mayor de la que se esperaban, lo que mantenía al equipo excitado en su trabajo, aunque los obreros locales no eran capaces de entender a qué se debía el entusiasmo casi permanente de los europeos. Christine era la que había hecho uno de los descubrimientos más importantes: un pequeñísimo trozo de madera, sin forma muy precisa, incrustado entre dos sillares del edificio de la iglesia, en el borde de la parcela de cuatro metros cuadrados que le había correspondido aquellos días. Nada más encontrarlo, tras cepillar el polvo de las grandes piedras bajo el que había yacido tantos siglos, llamó a gritos a Maurice y a Nicasio para enseñárselo. Geneviève, Ernesto y Raoul se acercaron también inmediatamente, aunque el joven francés fue corriendo después al almacén, por orden de su director, para traer una cámara fotográfica. Al cabo de unos minutos, los alemanes, que habían visto desde lejos la concentración de los obreros alrededor de la entrada a la iglesia, también llegaron a todo correr.

—Vean lo que acaba de encontrar la señorita Bocquet —señaló Maurice, orgulloso, a Helmut.

—¡Fantástico! —exclamó el director de la excavación—. ¿Lo puede sacar usted sola de ahí?

—Con cuidado y despacito —respondió la francesa—. Pediré ayuda a los demás cuando la necesite, sobre todo si hay que apartar las piedras, no se me vaya a venir una pared abajo.

—Hay que procurar que la pieza salga lo más íntegra posible, y, a poder ser, sin tocarla directamente.

—Ya lo sé, jefe.

—Estupendo, preciosa —felicitó Helmut a Christine, acariciando muy levemente el pañuelo con el que la chica cubría su cabello.

Incorporándose y dando un par de fuertes palmadas, añadió para el resto:

—Venga, todos los demás a seguir trabajando.

La excavación tardó poco tiempo en recobrar su ajetreada normalidad. Los alemanes volvieron a sus mediciones del subsuelo en los alrededores del poblado y los demás franceses a sus parcelas de excavación en el exterior de la iglesia. En el interior quedaron nada más que Christine, que raspaba y cepillaba con sumo cuidado la piedra en la que estaba prisionero el pequeño trozo de madera, y los dos españoles: Nicasio supervisando la operación de forma ocasional y Ernesto desde la parcela contigua a la de la joven francesa, sin dejar de saltar con su mirada una y otra vez desde el suelo que limpiaba incesantemente con una paleta y un pequeño cedazo, hasta el lugar donde estaba Christine. Al cabo de unos minutos, la chica lo llamó.

—Ernesto, ¿puedes ayudarme?

—Claro, ya voy —respondió el español incorporándose con diligencia y acudiendo al lado de su compañera.

—A ver si podemos hacer palanca en esta piedra para dejar un hueco un poco más grande.

Ernesto cogió una barra de hierro y la introdujo entre los dos sillares que aprisionaban el fragmento de madera, del tamaño de un pulgar grande. Este pudo moverse entonces libremente en el hueco un poquito mayor que dejaban ahora los dos bloques de piedra.

Christine tomó unas pinzas y con sumo cuidado atrapó el fragmento ennegrecido y lo depositó en un frasco de cristal que a continuación cerró herméticamente. Levantó el frasco y con una radiante sonrisa se lo mostró a Ernesto, que en ese momento dejaba caer con suavidad la roca al soltar la palanca.

—¿Verdad que es precioso? —preguntó la francesa, girando lentamente el frasco para contemplar el trocito leñoso desde varias posiciones.

—Magnífico —asintió Ernesto, más pendiente en realidad del surco de los pechos de su compañera, visible gracias a un botón desabrochado en su blusa, que del reciente descubrimiento de la joven arqueóloga. Christine miró de reojo hacia Ernesto y vio adónde dirigía él su mirada, pero fingió no darse cuenta. En ese momento llegó Nicasio y le pidió el frasquito a la joven.

—¡Qué maravilla, Christine! ¿Tú qué dirías que es? —le preguntó.

—Por la forma como estaba incrustado, y si no hubiera estado casi a ras de suelo, habría pensado que era un trozo de viga. Puede que sea el soporte de una escalera.

—¿Y crees que pertenece a la construcción original o que puede haber sido añadido posteriormente?

—Estoy casi segura de que es original. Las piedras están talladas para que el travesaño encaje perfectamente en ellas. Sáqueles una fotografía ahora que ya no tienen la madera, por favor —pidió Christine, viendo que Nicasio llevaba la cámara fotográfica.

El conde se arrodilló para tomar mejor la imagen y disparó el obturador. Cuando se levantó, dijo a los ayudantes:

—Venga, poneos ahí los dos, y tú muestra el frasquito, Christine, que os voy a inmortalizar.

Ernesto, sorprendido, se puso al lado de la chica.

—Juntaos más —ordenó Nicasio—, que tengo que acercarme mucho para que se vea la pieza, y si estáis tan separados no salís enteros en la foto.

Christine pasó su brazo derecho por el hombro del joven español, a lo que este pensó en responder tomando la cintura de Christine con su propio brazo, pero ello habría implicado que dejaría de tener levemente apoyado su codo en la blandura de uno de los senos de la chica, así que solo se decidió a ceñirla cuando Nicasio dio una nueva voz de mando insistiendo en que se pusieran todavía más juntos. La luz del flash tan próximo deslumbró a los dos jóvenes arqueólogos, manteniéndolos durante unos instantes en una breve ceguera que parecía también haberlos inmovilizado, salvo por un intenso parpadeo.

—Venga, chavales —*gamins* fue lo que dijo Lequerica—, ya vale de arrumacos, a trabajar.

Ernesto, con las orejas súbitamente enrojecidas, volvió inmediatamente a su cuadrícula, mientras Christine le entregaba con una sonrisa el frasquito a Nicasio para que lo guardara en la caseta. Mientras el conde se dirigía hacia allí con el minúsculo trofeo, algunos trabajadores se acercaban para intentar contemplarlo, pero se retiraban decepcionados en cuanto comprobaban que era un vulgar pedacito de madera oscurecida por el tiempo y sin un miserable adorno. Ernesto y Christine siguieron rebuscando cuidadosamente en sus parcelas, aparentemente como si el otro no estuviese a tan solo dos metros, aunque el español no cesaba de dirigir fugaces ojeadas hacia el escote de Christine, que, inclinada nuevamente hacia el suelo, esbozaba con mayor rotundidad que antes su tentador y copioso contenido. Fue la francesa la que se animó finalmente a iniciar una conversación.

—¿Cotilleamos un poco, Salaberri? —lo que dijo literalmente fue *faisons nous des ragots?*, lo cual hizo que a Ernesto le desapareciese de forma súbita toda la sangre de la cara, pues, entre otras cosas no tenía ni idea de lo que podría significar aquella última palabra.

—¿A qué te refieres?

—A Raoul y a Geneviève —respondió Christine.

—¿Qué les pasa ahora a esos? —preguntó Ernesto un poco malhumorado.

—Ya no se pelean, ¿no te has dado cuenta?

Lo cierto es que no había caído en ello. Las insinuaciones y groserías de Geneviève hacia Ernesto habían cesado tan repentinamente como empezaron, para gran alivio del timorato español, que había llegado a conjeturar durante sus contritos insomnios que Geneviève era la dueña del trasero que él había estado masajeando durante la velada en el Citadel, y que ella, estupefacta por tal atrevimiento, había decidido juiciosamente poner fin a las desvergonzadas majaderías del día anterior. Algo de bueno habría tenido en ese caso su borrachera.

—No es mi problema —respondió Salaberri hoscamente, llevándose la mano a la cicatriz ya casi imperceptible de su pómulo.

—Pues yo me apuesto cualquier cosa —prosiguió Christine, sin hacer caso del poco interés que el tema parecía despertar en Ernesto— a que en menos de veinticuatro horas terminan enrollados.

—Si tú lo dices...

—Esta noche les toca a ellos compartir la guardia, lo sabes, ¿verdad?

Era cierto. A Ernesto no le había parecido bien aquella idea de las guardias mixtas. Pensaba que era preferible dispensar a las mujeres del trabajo de vigilancia, antes que obligar a personas de distinto sexo a compartir toda una noche a solas. A él no le había tocado todavía; la primera vez sería la semana siguiente, precisamente con Christine, y luego, un mes más tarde, con Geneviève. Temblaba solo de pensar en ello.

—Bueno, ya habéis compartido guardias cada una de las dos con algunos de nosotros, ¿no? Y no ha pasado nada, que yo sepa —argumentó más para sí que para la francesa.

—¿Qué va a pasar, mendrugo? —*bébête*, dijo Christine—. Pero con Raoul y Geneviève es distinto.

—¿Por qué lo dices?

—Porque ellos ya fueron amantes —respondió Christine levantándose de su parcela y diciéndolo en voz muy baja en la misma oreja de su compañero, quien notó cómo un escalofrío intensísimo le recorría todo el cuerpo mientras el aliento tan próximo de la francesa le nublaba la mente. Christine volvió a su sitio, no sin antes dar un pequeño tironcito de la oreja de Ernesto, a modo de apostilla de su revelación.

—¿Y qué te crees, que yo no lo sabía? —dijo Ernesto al cabo de un largo silencio—. Eso se ve a la legua.

—Fueron amantes. Y lo van a volver a ser. A partir de esta noche.

—Mira tú qué bien, me alegro por ellos.

—¿No te gustaría asomarte por aquí esta medianoche para ver lo que hacen?

—¡Por Dios, Christine! ¡Qué cosas tienes!

—Lo decía en broma, bobalicón. Pero no seríamos los únicos mirones, te lo aseguro.

—¡No me creo que ninguno de nuestros compañeros...!

—No, tonto. De nuestros compañeros, no. Pero todas las noches asoman por aquí algunos de los drusos, al menos cuando estamos de guardia Genèvieve o yo. Se acercan como si estuvieran de paseo o buscando algo por los alrededores del poblado, y se intentan aproximar hasta la caseta.

—¿Y no serán peligrosos?

—Qué va. Les damos una voz y se espantan como las cucarachas.

—Habría que decírselo a Faisal.

—Como si no lo supiera ya. Pero no te preocupes. Lo importante es que esta noche estoy segura de que habrá un bonito espectáculo.

—¿Y cómo es que estás tan segura?

—Hijo, pues por cómo se miran, cómo se hablan, cómo se tocan... y porque Geneviève me ha contado sus intenciones con todo detalle, caramba.

—Ah, claro, en ese caso... menuda perspicacia.

—¿Verdad que sí? De todas formas, si no me crees, a partir de mañana vas a ver con tus propios ojos cómo están de acarameladitos los dos. Yo ya los he conocido así en Burdeos y te aseguro que son empalagosos hasta la náusea.

Ernesto no quería ni imaginarse la escena. ¿Qué iban a pensar, además, los directores de la excavación? ¿Y no tendrían respeto los enamorados por las castas costumbres de los lugareños?

—No creo que se atrevan a comportarse igual en el norte de Siria que en el sur de Francia —comentó escéptico Salaberri.

—Yo no digo que se pongan a copular en medio del poblado como bestias en celo, hombre. Pero ya verás cómo terminan por sonrojarnos a todos con sus besos y cariñitos.

—¡Qué asco, la verdad! —exclamó Ernesto, notando algo así como un vacío interior al pensar en aquellas escenas.

—¿No será envidia?

Ernesto emitió un gruñido por toda respuesta, lo que provocó una breve pero centelleante risotada en Christine.

—Lo malo es que hay otro problema.

—¿Qué problema?

—Pues que Raoul y Geneviève van a querer hacer un cambio en las habitaciones.

—¿Un cambio? ¿Qué tipo de cambio?

—¿Qué cambio va a ser? Que ellos querrán estar juntos todas las noches.

—Pe..., pero eso no puede ser.

—Y aunque no fuera todas las noches. Seguro que Raoul se queda algunas veces en nuestra habitación, y evidentemente yo no voy a permanecer allí mirando.

—¿Y qué... qué vas a hacer..., qué harás si pasa eso?

—No pretenderás que me quede toda la noche en el pasillo o en el comedor. Me tendré que ir yo a dormir a la cama de Raoul, que será la única que esté libre.

—Pero... pero... ¡Ave María purísima! ¡Pe... pero eso es imposible! —exclamó Ernesto persignándose y empapado en un sudor frío.

—Señor Salaberri, por favor, confío en que, si llega a darse el caso, usted me respetará —dijo Christine extendiendo la mano dignamente sobre su pecho.

—No... no...

—¿Que no me respetarás? ¡Bellaco! —*scélérat* fue lo que le llamó.

—No... no digo eso. Digo que no puede ser. ¿Có... cómo vamos a tener habitaciones mixtas?

—Anda ya, no seas tan paleolítico. No sé qué os hacen a los españoles para que seáis tan mojigatos. En fin —dijo Christine cambiando de tema, al ver que su compañero estaba a punto de sufrir un colapso—, ¿qué te ha parecido mi descubrimiento?

—Fa... fantástico, de verdad —respondió Salaberri aliviado por el nuevo rumbo de la conversación.

—Espero que lo envíen pronto para hacer el análisis del carbono 14. ¿Quieres que hagamos una apuesta sobre la fecha que sale?

—¡Y dale con apostar!

—Lo malo es que no sabremos el resultado hasta mucho después de haber terminado la excavación.

Para mayor alivio del joven español, Nicasio apareció en aquel momento de regreso en la iglesia.

—¡Cuánta charla y qué poco trabajo! ¿Pensáis que con un descubrimiento al día tenemos suficiente?

—No sea usted tan negrero, profesor Lequerica —protestó Christine de guasa.

—Os he oído decir algo del carbono 14. Una técnica fantástica. Si me hubieran dicho hace diez años que iba a ser posible averiguar con gran exactitud la edad de un resto con un vulgar análisis químico, habría pensado que me estaban tomando el pelo.

—Es el progreso, profesor.

—La pena es que solo sea útil para restos orgánicos, que son precisamente los que peor se conservan —se lamentó Nicasio—. Por eso es tan importante que hayas encontrado un trozo de madera, Christine. Enhorabuena, de corazón. ¡Vamos a ver si salen más!

Un gran estrépito, causado por los golpes que daba el cocinero con un cucharón a una gran caldereta de zinc, hizo que todo el mundo dejara sus actividades y se dirigiera hacia la explanada que había frente a la caseta del material, que también servía como cocina para el campamento. La comida de mediodía consistía siempre en algo que se pudiera tomar con la mano, ya fuese de pie o sentados en el mismo suelo, en corrillos casuales donde iban desenvolviéndose conversaciones generalmente intranscendentes. Cada uno tomaba su pita o su bocadillo, una manzana o un plátano y una coca-cola del balde repleto de botellas y cubitos de hielo, y lo engullía todo donde buenamente pudiera. Después holgazaneaban otra media hora, hasta que la cazuela volvía a sonar, esta vez aporreada por el propio director de la excavación, que mandaba así nuevamente a todos a sus puestos de trabajo. Por la tarde, Helmut, Maurice y Nicasio se quedaban sentados alrededor de la única mesa, examinando los resultados obtenidos y discutiendo lo que hacer en las jornadas siguientes. Aquel día, además del hallazgo hecho por Christine, Helmut tenía buenas noticias, pues la cartografía mediante el georradar estaba terminando y había dado mejores frutos de lo esperado. El alemán sacó de una carpeta un montón de folios que fue extendiendo sobre la mesa, sujetándolos con piedrecitas y botellas vacías de coca-cola para que no se los llevara el viento. Eran dibujos hechos a mano a partir de las imágenes detectadas por el radar.

—Nosotros estamos aquí —indicó señalando un círculo amorfo que representaba el contorno de las ruinas visibles—. Esto es el norte. Como ven, hay numerosos restos de construcciones, muchos más que los que han permanecido en pie, aunque la mayoría parecen chozas y corrales. Pero hemos descubierto una estructura un poco más ambiciosa en dirección este; aquí —añadió marcando con el índice un lugar en el que se percibían unas cuantas líneas más regulares que en el resto del mapa.

—¿Qué piensa usted que puede ser, profesor Pitterman? —preguntó Maurice.

—Hay varias posibilidades. Podrían ser las cuadras de alguna de las casas que se conservan, aunque me parece que están demasiado lejos del centro del poblado para eso, y además me extrañaría que se hubieran molestado en hacer las caballerizas tan cuadriculadas. Otra posibilidad más prometedora es que se trate de un recinto monástico o de alojamientos para peregrinos, una especie de albergue. Tchalenko ha identificado ese tipo de instalaciones en algunas otras de las ciudades muertas, aunque en su caso eran edificios de piedra. Pero que hubiese algunos albergues de piedra en los centros de peregrinación no impide que pudieran existir también algunos de adobe.

—Pues deberíamos excavar allí, ¿no les parece? —afirmó el conde.

—Por supuesto —declaró el alemán—. Nos quedan solo un par de días para acabar el mapa subsuperficial, y en cuanto lo terminemos, la sección alemana del equipo se pondrá manos a la obra con esta excavación. También debo decirles que hemos organizado una pequeña visita del agregado cultural de nuestra embajada dentro de dos semanas, para mostrarle todos los progresos que hemos conseguido gracias a la tecnología alemana.

Ignorando el apunte de chovinismo, tras discutir sobre la posible interpretación del resto de los dibujos que los germanos habían conseguido trazar gracias a su juguete y concluir que en aquel viaje solo tendrían tiempo para llevar a cabo unos pocos sondeos, los arqueólogos procedieron a examinar el fragmento leñoso hallado por Christine, sin abrir el frasquito para evitar que se contaminase más de lo que ya podría estarlo. Lequerica trasladó a sus compañeros la hipótesis formulada por la joven arqueóloga, según la cual podía tratarse del anclaje de una escalera, y por lo tanto quizás formaba parte de la construcción original y sería útil para hacer una datación verosímil del edificio.

—Cuando regresemos a Europa, lo llevaremos a analizar —dijo Pitterman—. No creo que los del Departamento de Antigüedades puedan poner pegas a eso. Confío en que hallemos más muestras de esta clase. De momento, creo que nos merecemos una celebración.

—Y tras decir esto se levantó de la mesa, entró en el almacén, sacó de su propia mochila una botella de ginebra, recogió tres vasos y volvió con todo ello junto a sus codirectores.

—Vaya —exclamó el francés—, ¿de dónde lo ha sacado usted? ¿Ha sobornado a los aduaneros?

—De eso ya se encargó el señor Morales, pero nos previno con el tema del alcohol, recuerde. No; esta botella me la ha facilitado nuestro amigo Faisal. Los drusos no deben de ser tan intransigentes con el alcohol como los musulmanes. Pero no vayan ustedes a pregonarlo a los cuatro vientos; y sobre todo, no se lo mencionen bajo ningún concepto a nuestros compañeros más jóvenes, que ya ven a qué excesos llegaron el día del cabaret. Bueno, no tanto como usted, señor conde, que era precisamente el más sobrio de todos, ¡ja, ja! —comentó Helmut dando unos leves codazos a Lequerica mientras le servía un vaso de ginebra.

Por la noche, durante la cena en casa de Faisal, Helmut les resumió todas aquellas decisiones a los ayudantes, salvo a Raoul y Genèvieve, que hacían su guardia en el yacimiento.

—Yo me encargo de contárselo a los otros dos mañana por la mañana —se ofreció Christine, aprovechando para guiñar un ojo en dirección a Ernesto al hacer la mención de los dos jóvenes franceses. El español notó que las orejas volvían a arderle.

Durante la velada se habló mucho del proceso de datación por radiocarbono, una técnica recién descubierta que estaba revolucionando la arqueología. Hasta entonces, salvo que se encontrase una moneda, un documento o algún otro objeto al que se le pudiera atribuir una edad conocida, lo cual era muy improbable, los arqueólogos no tenían ninguna forma de averiguar con una mínima precisión la antigüedad de los restos que hallaban. Se seguía el razonable principio de que los estratos más profundos de un yacimiento eran anteriores a los más superficiales, pero eso no permitía más que indicar el orden temporal de los restos, no situarlos en una escala de tiempo bien calibrada, de modo que las asignaciones de fechas concretas eran habitualmente simples conjeturas con un margen de error que podía llegar a ser de siglos o milenios. En cambio, el descubrimiento de Willard Libby, un risueño californiano especialista en la química de los elementos radiactivos y que había trabajado en el proyecto Manhattan construyendo la bomba atómica, había ofrecido a los historiadores, arqueólogos y paleontólogos una herramienta insospechada que permitía determinar la edad de un material orgánico con un margen de error de pocas décadas.

—A Libby deberían darle el Premio Nobel —sentenció Helmut.

—Seguro que se lo dan un año de estos —pronosticó Maurice.

Ernesto había oído hablar del radiocarbono algunas veces en España, pero en los círculos en los que se movía no había encontrado a nadie que tuviese una idea muy precisa de la naturaleza de aquella técnica. Tampoco había reunido nunca el valor de preguntarle a alguien, tanto por la sospecha de que el otro no lo iba a saber como por la inherente vergüenza hispánica a reconocer ante los demás la propia ignorancia. Imaginaba que sus nuevos compañeros internacionales estarían mucho mejor informados sobre el tema que el estudiante o profesor de historia típicos de la universidad española, pero, aunque intentó varias veces a lo largo de la velada disparar su pregunta, al final siguió sin atreverse, sobre todo porque, ¡maldita fuera su presunción!, había intervenido varias veces dando la impresión de que sabía de cabo a rabo todo cuanto había que saber sobre el tema, y temió quedar como un imbécil si ahora ponía de manifiesto que solo había abierto la boca por no parecer ignorante. Al cabo de una media hora el profesor Pitterman dio sus tradicionales palmadas sobre el tablero de la mesa, poniendo punto final a la reunión y mandando a todo el mundo a descansar. Ernesto se metió en su cuarto, contento al menos por no tener que compartirlo aquella noche con Raoul y poder dedicarse así a recordar a su antojo el episodio de la mañana con Christine... Christine. No se había dado cuenta hasta aquel día de que era en realidad mucho más guapa que Geneviève, porque esta era, en su opinión, mucho más descarada e impúdica, haciendo gala de su sensual belleza a la mínima oportunidad, y sobre todo, con ese abejarrón de Davoine zumbando todo el día alrededor de la orquídea salvaje, todo lo cual no servía más que para despertar en Ernesto ensoñaciones pecaminosas. Pero Christine era distinta, más inocente, más pura, más intelectual también, aunque con una pizca de picardía de la que él no se había percatado hasta entonces. ¿Tendría alguna oportunidad con ella? Ernesto no se había atrevido aún a dar el paso hacia el que su preceptor en la Obra, el padre Navascués, llevaba un par de años procurando inducirle: convertirse en un miembro numerario del Opus Dei, o al menos en oblato; así que todavía no había hecho el sacrosanto voto de castidad que hasta ahora pensaba que más tarde o más temprano acabaría haciendo. Si Christine estuviera dispuesta a compartir con él su vocación cristiana, podrían formar entre los dos una familia de supernumerarios y compensar el disgusto que se llevaría el padre Navascués por la renuncia de Ernesto al celibato, con la ventaja de introducir en la Obra a una extranjera, lo cual era siempre muy bien recibido por la jerarquía. A él no le importaría incluso marcharse a vivir a Burdeos con ella, o a cualquier otro sitio de Francia; sabía que su dominio del francés era bastante bueno como para optar a un puesto de profesor en aquel país, aunque fuese en un vulgar colegio de primaria. Salaberri miró la imagen de la Virgen de Mamblas que tenía siempre puesta en su lado de la mesilla y le pareció que la sonrisa de la escultura podía tomarse como una aprobación del camino que estaban empezando a tomar sus especulaciones. Sentado en el borde de la cama, decidió volver a calzarse las botas, que ya se había quitado, y salió en dirección al cuarto de las chicas, donde una solitaria Christine debía de estar a punto de acostarse, si es que no lo había hecho ya. Ernesto llamó muy suavemente a la puerta con los nudillos y dijo en voz muy baja:

—Ábreme, Christine, por favor. Soy Salaberri.

Al cabo de unos largos segundos se oyó correr el cerrojito que protegía la habitación y la puerta se abrió unos cuantos centímetros.

—¿Qué es lo que pasa ahora? Estoy muy cansada, de verdad —se quejó la chica asomando tan solo la cabeza.

—Es... es solo un momento —balbuceó—. Quería pedirte... te quería preguntar...

—A ver, ¿el qué? —animó Christine a su indeciso compañero, ofreciéndole una cálida sonrisa que se sobreponía al gesto de cansancio y de reproche con el que todavía lo miraba.

—Te quería preguntar una cosa. ¿Tú querrías... tú podrías... explicarme cómo funciona eso del carbono 14?

—¡El carbono 14! —exclamó sorprendida Christine—. ¡A estas horas!

—No... no hace falta que me lo expliques ahora mismo. Si quieres, puedes hacerlo mañana mientras excavamos en nuestras parcelas. ¡Es que en España nadie quiere reconocer que no tiene ni idea, y así no hay forma de enterarse!

—¿Tu jefe tampoco lo sabe? ¿Por qué no se lo preguntas a él? —dijo la chica regocijándose.

—Supongo que lo sabe, claro está —respondió Ernesto un poco más tranquilo—. Pero el caso es que, si lo sabe, se va a burlar de mí al enterarse de que yo no. Y si no lo sabe, no me perdonará nunca que le ponga en ridículo preguntándoselo.

—¿Y para esa tontería me levantas de la cama?

—Es que me conozco —se justificó Ernesto—, y si no te lo pregunto en el momento en que me he conseguido armar de coraje, sé que luego no me voy a atrever.

—Pues mira, a mí ya me has quitado el sueño —dijo Christine sacando un brazo hacia el pasillo y agarrando una manga de Ernesto—. Mejor entra conmigo y te lo explico ahora.

Capítulo 15

Un poco antes del amanecer, Ernesto se despertó de un plácido sueño y comprobó asustado que aún permanecía en la cama de Christine. Con mucho cuidado de no despertar a la joven, recogió su ropa y se fue deprisa, pero con sigilo, hasta su habitación. Todavía en calzoncillos, se arrodilló ante la imagen de la Virgen de Mamblas y comenzó a rezar la lista completa de sus oraciones habituales, en un murmullo que se mezclaba con inquietos sollozos. Notó que algunas lágrimas le rodaban por las mejillas y, al secárselas, comprobó que sus manos aún despedían el intenso olor del sexo de Christine. Bajó las manos súbitamente, pensando que aquel efluvio habría de provocarle náuseas, pero, por el contrario, se descubrió a sí mismo volviéndolas a poner sobre sus labios para inspirar aquel aroma hasta hace poco desconocido, mientras pronunciaba inconscientemente «vuelve a nosotros esos tus ojos misericordiosos», una parte de la salve en la que solía quedarse atascado, repitiéndola una y otra vez, a causa de su ritmo de versos dáctilos y su hipnótica rima asonante:

Vueeelve a nosoootros
eeesos tus ooojos
misericordiooosos

¡Lo que daría por encontrar un cura con el que confesarse! Pero en aquella maldita región infiel la iglesia católica más próxima debía de estar a muchas horas de viaje. Sintió que la llamada del cilicio, enterrado en el fondo de su maleta, era cada vez más fuerte, pero le había prometido al conde no emplearlo mientras permanecieran en Siria, y las promesas estaban para ser cumplidas. Avanzó con la salve. «Y después de este destierro muéstranos a Jesús, fruto bendito de tu vientre.» ¿Sería aquel mismo aroma delicioso y carnal el que habría desprendido en la tierra el vientre de la santísima Virgen?, se preguntó el atribulado Ernesto, para mortificarse inmediatamente después a sí mismo por dejar que sus pensamientos callejearan por tan inmundos arrabales. «¡Madre de Dios! ¡Madre de Dios!», acabó musitando, incapaz de formar una frase completa con sus reglamentarios sujeto y predicado, pero más incapaz todavía de lograr que la imagen de la Virgen se desacoplase de la de Christine en su afligido y pecador cerebro. «¡Vida, dulzura y esperanza mías!» «¡Santa Madre de Dios!» «Esos tus ojos.» «Vientre bendito.» «Bendito vientre.» «Christine.» «Christine.»

Cuando los visillos de la confusión se fueron descorriendo en su mente, Ernesto se levantó, se lavó las manos, se puso la ropa y salió de su cuarto. Unos pocos metros más allá estaba la puerta de la habitación de Nicasio, y llamó a ella con sutiles movimientos del picaporte para que no le oyeran desde los otros dormitorios. El conde abrió en pijama y sin quitarse el gorro de dormir. Su rostro parecía seriamente preocupado.

—¿Qué sucede, Salaberri?

—Le ruego que me deje entrar, profesor. Necesito hablar con usted urgentemente.

—Entra, muchacho. Dime, ¿ha pasado algo? ¿No habrá habido ningún robo, no? —preguntó Lequerica manifestando su gran temor de todas aquellas semanas y preocupado por el gesto intranquilo de su ayudante.

—No, profesor. Es algo personal —dijo Ernesto entrando cabizbajo en la habitación de Nicasio.

—¿Personal? —repitió el conde receloso; adivinó que Salaberri le venía con algún problema de conciencia—. A ver, ¿qué tripa se te ha roto esta vez?

—Estoy metido en un lío tremendo, profesor. He obrado mal, muy mal.

—Todos somos unos pecadores de mierda, eso lo sabes tú de sobra, y no vas a tener la suerte de ser el único santo varón entre nosotros. A ver, ¿a cuánta gente has asesinado, cuánto pan has quitado de la boca a los niños pobres?

—No se burle de mí, don Nicasio —se quejó Ernesto sentándose en la única silla de la habitación con la cabeza entre las manos, y empezó a referir con pelos y señales su aventura nocturna. Al final del relato, el conde, que no sabía si reírse a carcajadas o sacar su pistola y descerrajar cuatro tiros en la sesera de su ayudante, optó por levantarse del borde de la cama, donde se había sentado él, y tomar en un abrazo tan cariñoso como pudo la cabeza y los hombros de Ernesto Salaberri.

—Vamos a ver, merluzo. Parece ser que esa muchacha te ha hecho por fin un hombre, de lo cual no puedo sino congratularme, y además te felicito, porque la señorita Bocquet, dicho sea sin mala intención por mi parte, está como un queso manchego, mucho mejor que esas cursis estiradas y monjiles con las que te he visto juntarte alguna vez en la universidad. Si tu intención es, como dices, la de contraer matrimonio con ella en algún momento futuro, yo te conmino a que te abstengas de mencionárselo mientras permanezcamos aquí, porque, en este momento inicial, eso solo serviría para espantarla sin remedio. Mejor intenta aprovechar que estamos lejos de la civilización, y que aquí solo nos tenemos los unos a los otros, para ir fortaleciendo vuestro vínculo y para que la cosa siga su curso natural y a esta explosión de frenesí le pueda seguir la aparición de un verdadero afecto por parte de los dos, que no es algo que esté matemáticamente determinado, como comprenderás.

—No estoy seguro de entenderlo a usted.

—¡Coño, Ernestito! Digo que aproveches la miel que se te ha puesto en los labios, que es algo perfectamente saludable entre gente de carne y hueso, y más a tu edad. Que ya habrá tiempo de decidir si queréis formar una familia o más bien seguir cada uno por vuestro camino una vez que volvamos a Europa, ¡joder!

—Pero es pecado...

—Pues mira, si al final te casas con ella, el sacramento del ma-

313

trimonio os absuelve de toda culpa previa. Y si no os casáis, pues te confiesas con tu querido padre Navascués o con cualquier otro cura que encuentres a mano, y aquí paz y después gloria. Pero mira, chico, te aseguro que si los dos meses que nos quedan aquí los pasas en brazos de Christine, te va a costar muchísimo trabajo encontrar en tu mente retorcida un miserable gramo de arrepentimiento.

Ernesto no respondió. Seguía mirando fijamente a un punto indefinido del suelo. Nicasio prosiguió con sus consejos:

—Y sobre todo, no la cagues a la primera, que te conozco. No huyas de Christine como si tuviera la lepra, ni la ignores como si fuera un tiesto, ni, por lo que más quieras, se te ocurra empezar a atosigarla con tus obsesiones morales y místicas. Deja que todo fluya de manera tranquila. En estas cosas la que manda es la naturaleza, y no hay que intentar forzarla, sino dejar que nos arrastre.

—¿Está usted seguro, profesor?

—He vivido infinitamente más que tú, y además, al contrario que muchos otros, siempre he contemplado el mundo sin anteojeras. Hazme caso, Ernesto. La vida no se lo suele poner tan fácil a la gente como te lo está poniendo a ti. Aprovecha el momento.

—*Carpe diem*.

—Exacto, *carpe diem*.

—Pues si usted lo dice, señor conde...

—Claro que lo digo yo. Y venga, sal de una puta vez de mi dormitorio, que va a empezar a levantarse todo el mundo y van a pensar que con quien te has amancebado es conmigo.

—¡Qué cosas tiene usted, profesor Lequerica! Ya me voy, ya me voy.

Ernesto se incorporó de nuevo y salió de la habitación. Nicasio se asomó para repetirle:

—¡No vayas a cagarla!

—Lo intentaré, jefe, se lo prometo.

—¡Y qué jodida suerte que has tenido, so cabronazo!

Ernesto volvió a entrar en su cuarto justo antes de que en los otros se comenzaran a escuchar los ruidos de gente levantándose. Se desnudó para asearse un poco en la jofaina, se afeitó, impregnándose luego con más loción de lo habitual, y se puso ropa limpia. Al guardar la bolsita de aseo en su lado de la mesilla de noche miró por última vez aquella mañana a la Virgen de Mamblas. «Tú me animaste ayer a dar el paso, te acuerdas, ¿verdad?», le dijo mentalmente, y le pareció que respondía que sí. Con aquella dosis de optimismo tomó su mochila y se fue al comedor, donde notó que las piernas le flaqueaban al descubrir a la bella Christine, más radiante que nunca, dando ya cuenta de un abundante desayuno junto con Rolf y Dietrich.

—Buenos días —le dijeron todos; pese a que la francesa no dijo nada más, la tierna sonrisa con la que acompañó su saludo fue suficiente para devolverle la confianza a Ernesto, quien respondió con un breve gesto igual de cariñoso. El español se sentó junto a sus compañeros y comenzó a servirse con generosidad de las viandas preparadas como cada día por las esposas de Faisal, sobre todo la deliciosa mamuneya, unas gachas dulces de sémola que a Ernesto le encantaban, y queso de cabra con mermelada de albaricoque.

—Toma, preciosa —le dijo en castellano a Christine ofreciéndole del mismo queso en una rebanada de pan.

—¡Qué rico! —dijo ella reconociendo la palabra «preciosa» entre algunos de los halagos que él le había enseñado en su lengua durante aquella noche, y añadió en español—: Muchas gracias, caballero.

—No hay de qué, hermosa dama.

—¿Es que ha empezado un curso de español y nosotros no nos hemos enterado? —bromeó Dietrich mientras sorbía un café humeante.

—El español es un idioma precioso —dijo Christine.

—No tanto como usted, señorita Bocquet —galanteó Salaberri forzando casi hasta el límite su escaso talento para los piropos.

—El idioma de los donjuanes, por lo visto —dijo con chanza el otro alemán.

De manera casi simultánea, se unieron a la mesa del desayuno los tres catedráticos, quienes, ignorando el banal tema de conversación que mantenían sus subordinados, empezaron a hablar directamente sobre los trabajos pendientes aquel día. Al cabo de unos veinte minutos, cuando el sol acababa de despegarse con pereza del horizonte, los siete se pusieron en marcha por el camino hacia Qirq Bize. Christine y Ernesto fueron quedando un poco atrás disimuladamente, uno al lado del otro.

—Buenos días, amor —dijo ella.

—Buenos días, princesita —dijo él, de nuevo en español.

—¿Te marchaste muy pronto?

—Qué va, hace menos de dos horas. Me quedé dormido como un tronco.

—Yo también.

—Es que el trabajo cansa mucho.

—Ayer trabajamos mucho los dos.

—Y tú además hiciste un descubrimiento muy importante.

—Claro, te descubrí a ti —proclamó la joven ocasionando una súbita explosión de felicidad en el pecho de Ernesto, una sensación de beatitud como nunca había experimentado y que debía de ser lo más parecido al estado en el que se encontraban permanentemente las almas de los bienaventurados en el paraíso celestial. Iba a tener razón Nicasio Lequerica sobre aquello de que había que dejarse arrastrar por la naturaleza.

—Yo sí que he descubierto algo fantástico.

—¡Y que lo digas! ¡Los principios del radiocarbono! —exclamó ella riendo y dando unos saltitos hacia delante.

Ernesto se ruborizó súbitamente. Se dio cuenta de que recordaba a la perfección todo lo que ella le había explicado sobre el carbono 14 durante la primera tregua que habían dado a sus múltiples éxtasis de aquella noche.

—Pues me lo he aprendido muy bien. Si quieres te lo demuestro —la desafió él mientras le daba alcance.

—Venga, cuéntamelo.

—Primero hay que saber lo que son los isótopos.

—Muy bien, ¿y qué son?

—Son cada uno de los tipos de átomos que corresponden a un mismo elemento químico, como el oxígeno, el cobre, el mercurio, etcétera. Los átomos de un elemento químico tienen todos el mismo número de protones, por lo que tienen la misma carga eléctrica, pero pueden tener diferente número de neutrones, y por lo tanto, pesos diferentes.

—¿Por qué?

—Porque los protones y los neutrones pesan lo mismo, pero los primeros tienen carga eléctrica positiva, mientras que los segundos son neutros, como indica su nombre. Así que el número de electrones (partículas con carga negativa) que tendrá un átomo en su corteza dependerá solo del número de protones que haya en el núcleo, no del número de neutrones, y es el número de electrones el que a su vez determina las propiedades químicas del átomo, o sea, qué tipo de elemento químico es.

—¡Fabuloso! Tengo un alumno aprovechadísimo.

—Y que desea aprovecharse todavía muchísimo más de su maravillosa profesora.

—Eso ya lo veremos. Bueno, ¿y qué más?

—A lo que sí que afecta el número de neutrones que tiene un átomo es a su estabilidad. Algunos isótopos son más estables que otros. Los que son menos estables se desintegran a un ritmo constante, emitiendo radiaciones al hacerlo, y por eso se llaman radiactivos.

—Muy bien.

—Pasamos ahora a hablar del carbono. Un átomo de carbono tiene siempre seis protones, pero puede tener seis, siete u ocho neutrones, de modo que existen tres isótopos posibles de ese elemento químico: el carbono 12 (pues tiene seis protones y seis neutrones), el carbono 13 y el carbono 14. Los dos primeros son estables, pero el tercero es inestable: cada cinco mil quinientos años, aproximadamente, se desintegra espontáneamente la mitad del carbono 14 contenido en cualquier objeto.

—Me asombra tu memoria.

—Yo lo recuerdo todo, preciosa —presumió Ernesto, y prosiguió—. Lo que sucede es que, de forma natural, en la tierra solo hay carbono 12 y carbono 13, pues el otro desaparece muy fácilmente, como se ha dicho. Ahora bien, en ese caso, ¿cómo es que existe en nuestros días alguna cantidad de carbono 14? —se preguntó retóricamente el español, repitiendo palabra por palabra la formulación que había empleado Christine aquella noche, y hasta sus didácticos movimientos del dedo índice, mientras él reposaba la cabeza entre los espléndidos pechos desnudos de la joven—. Pues porque el carbono 14 se genera de manera continua en la atmósfera en una pequeñísima cantidad, debido al bombardeo de rayos cósmicos que golpean los átomos de nitrógeno (el principal gas que compone la atmósfera), transmutándolos en carbono. Los seres vivos absorben ese carbono radiactivo mediante la respiración y la alimentación, de manera que, de todo el carbono contenido en cada planta o animal que no haya muerto todavía, aproximadamente una diezmilmillonésima parte es carbono 14.

—Admirable.

—Debido a que los átomos son tan minúsculos, aunque la proporción que acabamos de decir sea muy pequeña, resulta que en cada kilo de materia viva hay millones de átomos de radiocarbono, cuya tasa de desintegración puede medirse con un contador de radiactividad. Sabiendo que cada cinco mil quinientos años habrá desaparecido la mitad del carbono 14 contenido en los restos de un ser viviente, se puede calcular cuánto tiempo hace que murió simplemente midiendo cuánta radiación emite todavía esa materia. Si emite la mitad que la misma cantidad de materia que está todavía viva o que acaba de morir, ese objeto tendrá cinco mil quinientos años de antigüedad; si emite la cuarta parte, el objeto tendrá once mil años; si emite la octava parte, es que tendrá dieciséis mil quinientos años, etc., etc. Para restos de más de cincuenta mil años de antigüedad, la cantidad de radiactividad emitida es tan pequeña que no se puede medir la edad por este procedimiento: el método solo nos dice que es de hace por lo menos cincuenta mil años. Pero para la mayoría de los materiales orgánicos procedentes de las sociedades neolíticas o de las civilizaciones antiguas, el proceso es perfectamente adecuado.

—Me has dejado pasmada —reconoció Christine—. Con una sola explicación, y en esas circunstancias...

—Tú sí que me has dejado pasmado a mí con todo lo que sabes, princesa. Bueno, ya estamos en las ruinas.

Efectivamente, el grupo acababa de entrar en Qirq Bize. Geneviève y Raoul les saludaban sentados a la puerta del almacén tras concluir su guardia nocturna. Para asombro de Ernesto, y no en menor medida para el de los obreros nativos que contemplaban la escena desde una distancia prudencial, la pareja estaba abrazada sin ningún pudor, exactamente como había pronosticado Christine, quien se volvió para guiñarle un ojo al joven español.

—¿Qué bicho les habrá picado a estos dos? —preguntó Helmut Pitterman en alemán y en tono de reproche, dirigiéndose a sus codirectores, que miraban sonrientes la escena.

—No es una picadura, debe de ser más bien un rebrote —respondió irónicamente Maurice.

—Ya saben todos ustedes que no me parecen bien los amoríos durante el trabajo —censuró el director. Christine y Ernesto se miraron y luego dirigieron sus ojos hacia el suelo—. Espero que esto no cause un escándalo con nuestros anfitriones. Le dejo encargado a usted, profesor Clément, de advertir al señor Davoine y a la señorita Lazare de que no toleraré conductas indecorosas ni ninguna actitud que dañe la respetabilidad de nuestra expedición.

—Descuide, Pitterman —dijo Maurice yendo derecho hacia los aludidos y manteniendo con ellos una breve conversación, tras la cual estos se separaron; a partir de entonces, pese a las figuraciones de Christine, Geneviève y Raoul se abstuvieron de poner en evidencia su relación mientras se hallaban en público. Otra cosa fue la organización interna de los dormitorios. Lo primero que hizo Geneviève aquella mañana cuando tuvo una oportunidad de quedarse a solas con Christine fue relatarle con detalle lo que había sucedido en el almacén de Qirq Bize durante la noche, y rogarle a su compañera que intercambiase la cama con Raoul. Christine, que, muy al contrario, no le contó a Geneviève absolutamente nada de su noche con Ernesto, le dijo que por su parte no había problema, pero que tendría que ser Raoul quien le pidiera permiso al otro ayudante para el trueque de dormitorios. «Ya sabes cómo son de puritanos los españoles.» Al cabo de un rato, cuando Christine regresó a su parcela del interior de la iglesia, informó a Ernesto de las novedades y le sugirió que fingiera no saber nada del asunto cuando Raoul viniese a proponerle el intercambio. El francés esperó hasta bien entrada la tarde para hacerlo, cuando volvían de camino a Qalb Loze. Al principio, Ernesto aparentó indignarse por la petición, pero cedió tras prometerle Raoul que él y Genèvieve serían absolutamente discretos, y ofrecerse también el francés a hacer una parte de los trabajos más pesados que le tocaban a Ernesto en las semanas siguientes.

—Aunque por ayudarte a compartir habitación con una mujer como Christine —se lamentó el francés—, tendrías que ser tú quien me estuviese agradecido a mí.

Las siguientes semanas pasaron con las dos parejas henchidas de felicidad, disimulando tenuemente su amor durante el día, sobre todo ante los siempre fisgoneadores ojos de los obreros sirios, pero dándole rienda suelta por las noches en la gran casa de Faisal. Y las ocasionales quejas de Helmut Pitterman, a las que nadie hacía el menor caso, fueron amortiguándose a medida que el alemán constataba que la marcha de los trabajos también iba viento en popa. Además de encontrar nuevas pistas para la datación de la iglesia, también se comprobó que la gran estructura hallada por los alemanes gracias al georradar era, en efecto, una especie de hospedería, y su riqueza arqueológica resultó ser mucho más abundante que la de los vecinos edificios de piedra. El primer hallazgo importante en esa zona del yacimiento, un candil de cerámica muy bien conservado, con la inscripción en griego *phôs tou kósmou* («la luz del mundo») rodeando un dibujo geométrico semejante a una flor, lo realizaron Christine y Genèvieve para gran alborozo de todo el equipo, y sobre todo de sus amantes, que esa vez no se reprimieron en colmarlas de abrazos y de besos en medio de la excavación. Ante tal espectáculo, y pleno de optimismo por la excelente marcha de los trabajos, Helmut confesó que quizás se había equivocado al juzgar que los romances iban a interferir en las labores arqueológicas.

—Lo que teníamos que hacer era encargar al señor Morales que trajera también unas novias para mis ayudantes Rolf y Dietrich —bromeó, ante lo que los aludidos enrojecieron y el resto del grupo rio a carcajadas, salvo Ernesto, que era el único, junto con Helmut Pitterman, que no se había enterado hasta aquel día de que los dos jóvenes alemanes habían sido la primera pareja en formarse de toda la expedición.

—¡Válgame Dios! —exclamó Ernesto escandalizado cuando Nicasio le aclaró el asunto al final de la jornada, mientras ambos compartían una guardia entre los milenarios paredones de piedra caliza, negros espectros en aquella noche ventosa y sin luna—. ¡Pues a mí me habían parecido personas normales y corrientes!

—¡Pues claro que son normales y corrientes, mendrugo! —le amonestó Nicasio—. Y sumamente amables, trabajadores e inteligentes. A nadie le hace ningún mal que se quieran el uno al otro, digo yo.

—Sí, jefe, sí. Que tiene usted razón. Pero, vamos, ¡lo que tiene uno que ver por andar por el mundo!

—Y que aprender, Ernesto, y que aprender.

—¿Y Pitterman no sabe nada de... de eso?

—No sé si no lo sabe o si finge no saberlo, aunque a mí me parece que no tiene ni idea. El pobre Helmut, como arqueólogo es un hombre fantástico, pero como espía habría sido un verdadero desastre.

—¡Estoy de acuerdo! —rio el joven ayudante—. En fin, ya que usted prefiere hacer la primera guardia, yo intentaré dormir un poco.

—Eso, pero no me dejes la cama hecha un asco pensando en tu novia.

—¡Por Dios, profesor Lequerica! ¡Qué cosas tiene usted!

Cuando Ernesto se encerró en el almacén, Nicasio tomó la linterna y, sin encenderla, se puso a andar medio a ciegas entre aquellas viejas ruinas que tanto amaba. Se había gastado un millón de pesetas, toda una auténtica fortuna, en equipar y organizar la expedición, más o menos la mitad del presupuesto total del proyecto y un pellizco importante para sus arcas personales, aunque, por fortuna, se podía permitir de vez en cuando algún capricho así, en el que representaba simultáneamente los papeles de artista y de mecenas. Además, por la importancia de los hallazgos, su prestigio en el mundillo de la arqueología iba a incrementarse todavía más, tanto dentro como fuera de España, y muy en particular entre las altas esferas de la Iglesia. Nicasio era ya uno de los historiadores y arqueólogos más importantes del mundo hispánico y del ámbito católico, pero con esta jugada genial terminaría por convertirse en el auténtico patrón, en el dueño de las llaves que, en el territorio de la investigación histórica, abrían y cerraban carreras en la universidad española y en las instituciones científicas dependientes del Vaticano. El proyecto se le ocurrió con un fogonazo de inspiración la misma tarde que hojeaba por primera vez los dos gruesos volúmenes de Tchalenko sobre las ciudades muertas, que acababa de adquirir para su biblioteca personal. Tampoco fue difícil organizar el equipo, pues tanto Helmut como Maurice aceptaron participar y buscar ayudantes y fondos en cuanto les escribió para proponérselo. Incluso renunció de buena gana al puesto de director de la excavación cuando Helmut le llamó para explicarle que una condición que ponía la República Federal para autorizar su participación y aportar el dinero necesario era que el proyecto estuviese dirigido por un alemán. A Lequerica le pareció un truco más bien tosco —¿qué ocurriría si el profesor Clément saliera con lo mismo?—, pero aceptó sin rechistar, consciente de que ello acrecentaría su imagen de filántropo; al fin y al cabo, daba igual lo que dijeran los papeles: todo el mundo sabría, dentro y fuera de la expedición, que el que tenía la última palabra en todos los aspectos era él. Por último, el Museo Vaticano resolvió aportar un diez por ciento del coste del proyecto, a cambio (es un decir) de que los tres directores impartieran en la Universidad Gregoriana un breve curso de doctorado sobre la arqueología paleobizantina del norte de Siria, en el año académico siguiente. Con la ayuda de su viejo amigo Santiago Morales, la organización local fue la más fácil de las numerosas excavaciones en las que había participado, incluidas las que había realizado a menos de doscientos kilómetros de Madrid. Y para colmo de bienes, la expedición parecía haber servido para conseguir que su mejor discípulo, Ernesto Salaberri, cuyo único defecto era ser un meapilas recalcitrante y pertinaz, se diera cuenta por fin de que la vida estaba para vivirla y no para tomarse al pie de la letra los absurdos preceptos morales en materia de sexo que la Iglesia católica se empeñaba en combinar con otras doctrinas claramente sensatas, como la preocupación por el bien del prójimo y la honradez en el trabajo.

En estos pensamientos andaba el conde de Valmojado, deambulando por la oscuridad de aquellos recios muros que se mantenían milagrosamente en pie después de cincuenta generaciones, cuando le pareció escuchar el sonido de un objeto metálico golpeando contra una piedra. Las paredes que lo rodeaban, en las que rebotaban los ecos, le impidieron identificar claramente la dirección de la que procedía el sonido, así que salió muy sigilosamente hasta un lugar más despejado. No se oía nada y era incapaz de percibir ningún movimiento en los alrededores debido a la profunda oscuridad. Tal vez Ernesto había dejado caer algo al acostarse o dando vueltas mientras dormía. El conde siguió caminando por las ruinas, procurando hacer el menor ruido posible, pero con los oídos bien abiertos. Unos minutos después volvió a escuchar el mismo sonido, esta vez bastante más amortiguado, pero ahora no tuvo dudas de cuál era su origen: la hospedería. Algún excavador furtivo debía de haber sido tentado por los recientes hallazgos y quería participar también en el festín. Sin encender todavía la linterna, pero comprobando que llevaba, como siempre, su pequeño revólver en el bolsillo derecho del pantalón, caminó tan precavido como pudo hacia el extremo del yacimiento. Según se aproximaba, oyó más ruidos, movimiento de tierra y, de vez en cuando, lo que le parecía la respiración de una o dos personas, pero ninguna voz. La tiniebla era tan espesa que no distinguía la forma de los arbustos ni el perfil del suelo más allá de un par de pasos por delante, pero había recorrido tantas veces el yacimiento y examinado tantas veces el plano que no tenía ninguna duda de dónde estaba en cada instante. Al cabo de poco, se halló tan cerca de los furtivos que estos debieron de oírlo, y sus propios sonidos cesaron de inmediato. En ese momento, Nicasio encendió la linterna y apuntó con ella hacia el lugar donde había calculado que estarían los intrusos. No descubrió nada allí, pero el ruido de gente corriendo a trompicones en la oscuridad le confirmó que sus sospechas eran ciertas. Dirigió la luz de la linterna hacia el punto en el que había empezado a escuchar la carrera y vio una azada tirada en el suelo, en medio de un agujero no muy profundo de aproximadamente un metro de diámetro.

—¡Qué cabrones! —musitó Nicasio, para añadir a voz en grito, en rotundo francés—. ¡Si os vuelvo a encontrar por aquí os descerrajo un tiro antes de preguntar!

Era imposible saber si los furtivos se habían llevado algo. Si lo habían encontrado antes de que llegara él, posiblemente lo habrían metido en una bolsa y habrían escapado con ella. Pero tenía que echar un vistazo a la minúscula y chapucera excavación para comprobar el estado en el que habían dejado la tierra removida. Cuál no fue su sorpresa al descubrir una mancha negruzca, del tamaño de un puño, en un rincón de aquel terreno. Al arrodillarse comprobó que se trataba de una vasija enterrada en el suelo, a la que le habían roto con golpes de azada casi toda la parte superior. Nicasio, cada vez más nervioso, apuntó con la linterna al interior del recipiente y vio que, bajo los pedazos de cerámica que habían caído dentro al romper la vasija, había unos cuantos objetos. Sujetando la lámpara con la mano izquierda, metió la derecha en aquella especie de cántaro para intentar averiguar su contenido. La primera sospecha se confirmó: uno de los objetos, el más grande de todos, parecía un libro. Puso la linterna en el borde de la vasija para poder sacarlo cuidadosamente utilizando las dos manos, aunque vio enseguida que para ello iba a necesitar romper un poco más la abertura del cántaro. Para ayudarse no encontró nada más a mano que la culata de su revólver, que empleó con mucho cuidado para no hacer más ruido del mínimo imprescindible. Constató que el sonido era el mismo que él había escuchado unos minutos antes, aunque menos intenso. Por fin logró sacar el libro, un códice de pergamino acartonado de unos veinte por quince centímetros y no muy grueso.

Apartó con delicadísimas caricias y soplidos el polvo y los fragmentos de cerámica que aún le quedaban encima y abrió la tapa con infinito cuidado, pues aquella reliquia, seguramente más que milenaria, podía desmenuzarse con el primer movimiento un poco brusco. Tuvo miedo hasta de iluminarlo directamente con la linterna, pues sabía que la luz podía ser muy perjudicial para los libros antiguos, pero quería intentar comprobar de qué podía tratarse. Estaba escrito en griego, en pequeñas mayúsculas y sin dejar espacios para separar las palabras, lo que era habitual hasta ya bien entrada la Edad Media, pero hacía condenadamente difícil la lectura a los ojos modernos. Sus nociones de griego clásico habían quedado muy atrás, pero aun así pudo reconocer algunas expresiones. El texto decía algo sobre Tiberio César, lo que hizo que su corazón pareciera querer salírsele del pecho. Un par de líneas más abajo hablaba de Epicuro de Samos, y vio varias veces escrita la palabra «filósofo». Mas cuando casi se desmayó fue al encontrar, al principio de la segunda página, aquella combinación de letras que funcionaba siempre como palabra mágica, la que llevaba moviendo el mundo desde hacía casi dos milenios, aquella por la que, en definitiva, él había terminado llegando hasta aquel rincón perdido de Oriente Medio:

IÊSOUSNAZERAIOS

Abrumado por el descubrimiento siguió hojeando cuidadosamente algunas otras páginas. No parecía corresponder a ningún texto conocido, aunque él no era un experto en literatura paleocristiana. Pero sobre todo le extrañó no encontrar, aparte de aquel «Jesús de Nazaret», casi ningún otro nombre del Nuevo Testamento, salvo lo que parecía una referencia a «los Magos», y sí, en cambio, alusiones a figuras políticas del tiempo de Jesús (el rey Herodes Antipas, el emperador Octavio Augusto), o a filósofos y escritores griegos. Le vinieron a la mente los descubrimientos de los llamados «evangelios gnósticos» en el delta del Nilo, haría algo más de medio siglo, y, mucho más reciente y más cerca de allí, el de los «rollos del mar Muerto», en ambos casos conteniendo obras desconocidas sobre los inicios del cristianismo. Aquel manuscrito podía tener una importancia similar, o aún mayor, al poner en relación la historia y las enseñanzas de Jesús con las corrientes de la filosofía clásica. ¡Eso sí que iba a ser el mayor triunfo de su carrera! Si ya estaba satisfecho con la marcha de la expedición, que al fin y al cabo no era más que una empresa arqueológica modesta, ahora sí que tenía en su poder algo que podía pasar a la historia con letras mayúsculas, como las del enigmático librito que tenía entre sus manos.

Pero, pensó, no podía permitir que las autoridades sirias se apoderasen del hallazgo. ¡A saber dónde podía acabar! Él lo había descubierto (con un poco de ayuda de los furtivos, sí, pero la expedición la había montado y financiado él, básicamente), y él quería controlar el análisis y la divulgación de la obra. Tampoco le apetecía que, como estaba ocurriendo con los «rollos del mar Muerto», su estudio acabase cayendo en manos de alguna institución eclesiástica o similar, que pudiera decidir según sus propios intereses el quién, el cómo y el cuándo de todo el proceso. De ninguna manera: tenía que organizarlo todo por sí mismo. Él buscaría los expertos más fiables, los medios más modernos y aportaría el dinero que hiciera falta para todo ello. Así que no podía dejar que ni siquiera sus propios compañeros de expedición supieran del hallazgo, al menos no por ahora. Pero ¿cómo ocultárselo, si estaban siempre a su alrededor? De momento, podía guardarlo en su propia mochila, incluso con el riesgo de que allí sufriese algún deterioro. Mañana llamaría por teléfono a Santiago Morales para pedirle ayuda, y esperaba que a lo largo de la noche se le ocurriese algún plan razonable que tener preparado para contarle y que no despertara sospechas si la conversación era interceptada, aunque si hablaban en español, Nicasio dudaba que la policía siria pudiera traducirlo. ¿Y qué pasaba con la vasija? No había vuelto a acordarse de ella. Miró otra vez en su interior. Parecía haber monedas, tal vez algunas joyas o adornos deslucidos. No era un descubrimiento baladí, incluso sin el libro. Lo cubriría todo otra vez con tierra y compartiría esa parte del hallazgo con el resto del equipo la mañana siguiente. Con el códice oculto dentro de su cazadora, regresó al almacén, donde Ernesto roncaba a pierna suelta. Aquel estrépito sí que era suficiente para espantar furtivos; bastaría con ponerle un micrófono y un altavoz y dejarle dormir todas las noches en el yacimiento. Nicasio abrió su mochila y metió dentro el libro. Era ya hora de despertar a Ernesto.

—Venga, chaval, despierta —dijo el conde sacudiendo la cadera de su discípulo con la punta de su bota.

—¿Tan pronto? —se quejó el joven desperezándose ostensiblemente.

—Nada de pronto; pasan ya diez minutos de mi hora. Ah, y ten mucho cuidado en la parte de la hospedería. Me ha parecido escuchar algún ruido proveniente de allí, aunque cuando me he acercado no he encontrado a nadie. Pero juraría que hay gente merodeando por los alrededores.

Nicasio no pegó ojo en su primer turno de descanso, examinando ávidamente el manuscrito a la luz de su linterna y por debajo de la manta como un adolescente adicto a la novela erótica, para que Ernesto no sospechase nada si al mirar hacia el almacén veía un resplandor por las rendijas de la puerta. El conde seguía sin entender casi nada del texto, tan solo algunas pocas palabras sueltas, alguna breve frase como máximo. ¿Por qué demonios habría dejado que su griego se le oxidase de aquella manera, cuando tan buenas notas había sacado siempre en esa asignatura, tanto en el bachillerato como en sus estudios de filosofía y letras? Cierto que, al haberse especializado en arqueología visigótica y paleocristiana de Europa occidental, el griego no le resultaba tan necesario como el latín, que sí que dominaba a la perfección en sus muy diversas grafías, pero tenía que haber refrescado más a menudo la lengua de Homero. Se dedicaría a ello nada más regresar a Madrid. Antes de que empezara el siguiente turno de guardia escondió el libro en la mochila. Fingió despertarse cuando Ernesto lo llamó.

—¿Has visto algo por la zona de la hospedería? —le preguntó.

—Ni por allí ni por ningún otro lado. Con este viento y esta oscuridad, hoy no se atreven ni a chillar las lechuzas.

El joven ayudante tomó de nuevo posesión de la cama caliente, durmiéndose casi de inmediato, y el catedrático, tras atarse las botas y ponerse su gruesa cazadora de piel, volvió a salir al exterior, donde permanecería las próximas dos horas. Fue derecho al lugar donde había encontrado el libro. Estaba todo tal cual lo había dejado; los furtivos debían de haberse asustado y no habían vuelto a aparecer. Cubrió la herida del suelo un poco más con la tierra y las piedras circundantes, y pasó el resto del tiempo deambulando por las ruinas e intentando planificar la forma de sacar de allí el manuscrito y lo que hacer con él una vez en España. Cuando faltaban cinco minutos para acabar su turno, despertó a Ernesto y le ordenó que le siguiera.

—¿Qué ha pasado, jefe?

—Mira, parece que sí que hubo furtivos en mi primer turno de guardia.

Tras cerrar con llave la puerta del almacén, fueron los dos hasta la zona de la hospedería, donde Nicasio le mostró la tosca excavación.

—¡Vaya unos canallas! —exclamó Ernesto.

—Mira, han encontrado una vasija que estaba aquí enterrada. Cuando he llegado, he visto que ya la habían roto, pero no sé si se habrán llevado algo de su interior. Ten mucho cuidado de que no vuelvan. Cuando venga el resto del equipo les informaremos y propondré que hagamos una excavación de urgencia aquí, para ver qué se puede recuperar.

—De acuerdo. Váyase a dormir, profesor, y no se preocupe, que ya tengo cuidado yo de que no vuelvan a acercarse.

—Si ves algo sospechoso, avísame inmediatamente.

—Claro que sí, descuide, don Nicasio.

El conde regresó a la cama. Al cabo de una hora descubrió con terror que se había quedado dormido con el libro abierto sobre su pecho. Menos mal que Ernesto no había entrado para llamarlo. Escondió de nuevo el manuscrito en la mochila y se volvió a acostar para intentar dormir lo poco que restaba de la noche. Lo despertó el ruido de los obreros llegando al yacimiento con los primeros rayos de sol. Ernesto le había dejado dormir media hora más, lo que Nicasio le agradeció cuando tomó el café recién hecho que el joven le servía. Al poco tiempo llegaron los demás miembros del equipo. Ernesto abrazó a Christine cuando esta dejó su mochila en el almacén.

—¿Me has echado de menos esta noche? —le preguntó.

—Un montón, cariño. ¿Y tú a mí?

—Muchísimo.

En cuanto todo el mundo estuvo preparado para trabajar, Nicasio relató el episodio de los furtivos sin hacer ninguna mención al contenido de la vasija. Los nueve arqueólogos acudieron inmediatamente al lugar de los hechos. Estaba en la zona de atrás de la hospedería, junto a donde, según los planos del georradar, debía de pasar el muro de adobe que rodeaba el edificio principal creando un patio a su alrededor; los arqueólogos no habían comenzado todavía a excavar por allí.

—Ya que han sido los españoles los que lo han descubierto —anunció Helmut—, deberían ser ellos quienes se encargasen de examinar la zona y recuperar todo lo que se pueda. ¿Han comprobado ya ustedes el contenido de la vasija?

—No, aún no —mintió Nicasio.

—¿Les vendría bien la ayuda de alguien más?

—¿Podría echarnos una mano Christine? —sugirió Ernesto.

—*Natürlich*. Yo iré luego a Qalb Loze para elevar una protesta ante Faisal. Ha tenido que ser alguien del poblado, quizás alguno de nuestros propios obreros, que sabían que por aquí estábamos encontrando restos de valor.

Lo primero que hicieron los arqueólogos fue desenterrar completamente la vasija, que salió intacta de la tierra salvo por el boquete abierto aquella noche en su parte superior. La trasladaron al almacén para, en presencia de los otros dos codirectores, examinar allí su contenido. Con enorme entusiasmo fueron catalogando uno tras otro los objetos que habían acompañado al manuscrito, seguramente durante un sueño más que milenario. Sin que se dieran cuenta los demás, las ágiles manos del conde hurtaron un par de pequeñísimos fragmentos de pergamino que quedaban entre las demás cosas: no quería que nadie sospechara que la vasija podía haber contenido un objeto de aquellas características, aunque siempre era posible achacar su falta a un robo por parte de los furtivos; pero mejor dejar que sus compañeros se alegraran sin sombra de dudas con el descubrimiento tal y como lo estaban contemplando. Había una pequeña cantidad de monedas, algunas de oro y plata, y casi todas ellas de los últimos siglos del Imperio romano. También hallaron cinco medallones de bronce con grabados de tipo religioso, entre ellos uno especialmente hermoso que parecía representar la Última Cena. Por último, varias joyas de plata y bronce: anillos, fíbulas y lo más curioso de todo, un gracioso colgante que parecía representar la figura de un lechoncito: ninguno de los arqueólogos recordaba haber visto nunca nada igual. Con respecto a la propia vasija, aunque la parte superior estaba completamente rota, pudieron comprobar por el examen de los restos que quienes enterraron el recipiente lo habían sellado por completo, lo que explicaba el buen estado de conservación del contenido. Seguramente, como solía ocurrir en aquellos casos, escondieron aquel tesoro en alguna época de peligro, confiando en que al cabo de un tiempo volverían para recuperarlo, pero, por una u otra razón, los que sabían del escondrijo no volvieron jamás.

Después de la comida, que fue particularmente festiva por la importancia del hallazgo, Nicasio declinó la invitación a un trago de ginebra que hizo Helmut a sus dos codirectores, alegando una fuerte migraña.

—Con el susto de esta noche no he pegado ojo. Con permiso de ustedes, voy a marcharme a mi habitación, a ver si consigo dormir un poquito.

—¿Quiere aspirinas? —ofreció Helmut.

—Ya tengo, no se preocupe.

En cuanto llegó a Qalb Loze y comprobó que no había en la casa más que un par de mujeres, pidió usar el teléfono y llamó a Santiago Morales. Por suerte, lo encontró en su oficina. Su amigo les visitaba en la excavación cada dos o tres semanas para contarles novedades del mundo exterior y traerles algunos encargos. La última vez había sido hacía menos de diez días, pero Nicasio le hizo entender, usando el lenguaje más figurado y guasón que pudo, que sería necesario que volviese cuanto antes, y que aquella petición era algo de lo que nadie debía enterarse. Santiago, como buen diplomático y negociante, lo captó a la primera y se presentó en la aldea la misma tarde siguiente. Tras bromear con los miembros del equipo y felicitarlos por los últimos descubrimientos, se quedó a solas con el conde y este le pidió que le acompañase a dar una vuelta por los alrededores. Cuando ya nadie podía verlos ni oírlos, el conde le informó en pocas palabras de lo que había pasado y del plan que había urdido en aquellas horas para llevar el manuscrito a España.

—Sé que es mucho lo que te pido, pero confío en tu ayuda.

—La verdad es que es muy peligroso, pero he hecho cosas mucho más difíciles, no te vayas a pensar que todos los negocios que me traigo entre manos son un juego de niños. Déjame organizar algunos detalles a mi manera. El que va a llevarse un buen disgusto es el pobre Ernesto; tendrás que ir preparándole.

—No te preocupes, también confío en él.

Santiago y Nicasio regresaron con los demás al cabo de media hora, y el comerciante se despidió de todos aduciendo que tenía que estar en Alepo antes de que anocheciera.

Al día siguiente, después de cenar, Nicasio pidió a Ernesto que le acompañase a dar un paseo, para comentar con él unos aspectos de la excavación.

—Eh... pensaba ayudar a Christine a recoger algunas cosas de la habitación... pero...

—Ya la ayudarás dentro de un rato. Anda, vámonos.

—Lo que usted diga, profesor —asintió renegando el joven ayudante.

Cuando hubieron perdido de vista los edificios de Qalb Loze, Nicasio, que había estado casi todo el camino sin decir palabra y escuchando las repetidas congratulaciones de Ernesto por el descubrimiento de la vasija, le ordenó callar.

—Tengo algo muy importante que decirte, Salaberri.

Ernesto temía cuando Nicasio empleaba su apellido para dirigirse a él.

—Usted me dirá —dijo el joven temblando.

—Dentro de tres o cuatro días va a volver Santiago Morales para comunicarte que tu padre ha muerto.

—¿El qué? ¿Mi padre? ¡No, por Dios, por Dios! ¿Qué dice usted? ¡Mi padre!

—Pero será mentira, so borrego. Tu padre está estupendamente... supongo.

—¿E... entonces?

—Santiago nos contará que le ha llegado la noticia de que tu padre ha fallecido y de que tienes que regresar a España inmediatamente.

—¿Volver a España? ¡Si queda más de un mes de excavación...!

—Ya lo sé, Ernesto, ya lo sé. Y lamento muchísimo que tengas que separarte antes de lo previsto de tu Christine. De verdad que lo siento. Pero no hay más remedio. Tenemos que sacar un objeto de aquí en el más absoluto secreto. —Nicasio sacó el libro de entre su cazadora y su camisa, envuelto en un gran pañuelo de seda, y se lo entregó a Ernesto, quien se quedó sin saber qué hacer con él—. Es una obra de una importancia descomunal, un testimonio desconocido sobre la infancia y juventud de Jesucristo.

Ernesto contempló pasmado aquellos antiquísimos trozos de pellejo. ¿Podía ser cierto que el destino le hubiera situado a él, al pecador e indigno Ernesto Salaberri, ante una revelación tan importante como sugería Nicasio, a pesar de su indecorosa conducta de las últimas semanas? ¿Era acaso una prueba de perdón? Fue a abrir el manuscrito, pero el conde se lo arrebató con suma delicadeza de las manos y lo volvió a guardar.

—Ahora no hay tiempo de leerlo. Ya lo estudiaremos en España.

—¿Estaba en la vasija?

—Exactamente. No podemos dejar que caiga en manos de un pueblo infiel, entiéndelo. Y hay que mantenerlo todo en el más absoluto secreto. Sería un desastre si cualquier otro miembro de la expedición supiera lo más mínimo sobre nuestro descubrimiento, pues el plan para sacarlo del país podría irse al traste en cuanto surgiera alguna discusión o alguien se fuera de la lengua.

—Lo entiendo, jefe. Pero —preguntó Ernesto—, ¿por qué tengo que salir yo con él? Con todos mis respetos, ¿no sería más sencillo que lo llevara usted, que puede impedir que le registren el equipaje?

—No te creas que no he considerado esa opción. De hecho, al principio fue lo que pensé hacer. Pero es demasiado peligroso: mis movimientos son mucho más notorios y las autoridades sospecharían mucho más de mí si pusiera los pies en polvorosa antes de que terminase la excavación. Además, no me fío de que Helmut y Maurice terminen el trabajo sin problemas si yo no estoy aquí para supervisarlo todo.

A Ernesto no le parecían muy convincentes aquellas razones, pero no se podía oponer. Un catedrático era un catedrático, y más si aquel era nada menos que conde de Valmojado y, por añadidura, un grande de España, con derecho por ello a pasaporte diplomático. Pero el joven arqueólogo sentía un dolor inmisericorde por tener que apartarse de cuajo del amor de su vida. Nicasio adivinó la preocupación de su ayudante.

—En cuanto regresemos a Europa, haré que te concedan una beca para pasar una temporadita en Burdeos. Ya tendrás tiempo entonces de hartarte de tu chica.

—¡No me voy a hartar nunca de Christine, profesor!

—*Natürlich*, que diría nuestro amigo Pitterman.

—Pero le agradeceré muchísimo a usted que me dé esa oportunidad.

—Claro que sí, no te preocupes. Voy a explicarte el resto del plan.

Aquellas últimas noches Ernesto realizó un tremendo esfuerzo para que su amante no percibiera en él nada extraño, pero le hizo el amor con una fuerza inusitada, como si pretendiera engullirla y así tenerla siempre en su interior, protegida de cualquier amenaza. Cuando la extasiada Christine le preguntó por la razón de aquellos ímpetus, él lo atribuyó al entusiasmo por los recientes descubrimientos. Por el contrario, durante la excavación el joven permanecía más taciturno de lo normal, pero dijo a su amada que sería por lo poco que estaba durmiendo a causa todo aquel nerviosismo y de aquella pasión. Al cabo de tres días apareció nuevamente en Qirq Bize el automóvil de Santiago Morales, tal como Nicasio le había anunciado a Ernesto. Los demás miembros del equipo sospecharon que algo grave había sucedido al ver a Santiago regresar tan pronto, y el rostro taciturno del español al salir del coche se lo confirmó. Santiago fue directamente a hablar en privado con los directores de la excavación, que enseguida llamaron a Ernesto para que recibiera la triste noticia.

—Un telegrama de tu madre —dijo Morales entregándole efectivamente un telegrama enviado desde España—. Tu padre está en el hospital y parece que su salud es muy grave; podría morir de un momento a otro. —Nicasio comprobó, sin que su rostro circunspecto reflejase la gracia que aquello le hacía, que Santiago había cambiado el guión de la aventura para otorgar al menos una oportunidad de supervivencia a Salaberri padre—. Tu familia te pide que regreses a casa cuanto antes.

Ernesto no necesitó fingir desolación: el separarse de Christine era ya suficiente suplicio. Abrazó a los otros dos españoles y recibió los ánimos de Helmut y Maurice. Fue corriendo hasta Christine para darle la noticia. Ella sí que se echó a llorar desconsoladamente. Acompañado por la chica y por Nicasio, fueron todos ellos en el coche de Santiago hasta la casa, donde Ernesto hizo rápidamente el equipaje con la ayuda de su amada, que no paraba de sollozar, mientras el conde, en la seguridad de su propia habitación, introducía el manuscrito en una pequeña caja fuerte que Santiago había traído consigo y que este guardó discretamente bajo su asiento del vehículo. Menos de una hora después de llegar a Qirq Bize, Ernesto ya estaba de camino hacia Alepo, no sin antes despedirse con un beso larguísimo y ardiente de su afligida novia, a la que le encargó decir adiós de su parte al resto de sus compañeros.

—Te escribiré todas las semanas. E iré a verte a Burdeos en cuanto regreséis —le prometió.

—Te esperaré, mi amor —dijo la chica echándose a llorar en los brazos del conde, quien la animaba con suaves palmaditas en el hombro.

En las dos horas que duró el camino de vuelta, Ernesto solo habló con Santiago para repasar los detalles del plan, del que Nicasio también le había dado detalles. Volaría a Beirut, donde se embarcaría al cabo de tres días en un mercante rumbo a Gibraltar; unos amigos de Santiago lo acompañarían en todo momento durante la espera. El libro no lo transportaría él hasta el Líbano, sino agentes de Santiago, que lo pasarían de contrabando desde Siria a través de los caminos montañosos que comunicaban ambos países. La caja fuerte la encontraría ya a salvo dentro de su camarote, aunque la llave la llevaría Nicasio cuando volviera a España. En Gibraltar estaría aguardándolo en la misma aduana un viejo amigo del conde, un extranjero al que reconocería por una expresión en clave que tenía que memorizar y que se habría encargado de que los aduaneros no incordiasen a Ernesto. Una vez allí tenía que seguir las indicaciones de aquel hombre, que era, naturalmente, de plena confianza. Para sorpresa de Salaberri, todo sucedió tal como le habían anunciado Santiago y el conde. No tuvo ningún problema para pasar por las fronteras, los amigos libaneses de Santiago lo trataron a cuerpo de rey y el viaje de punta a punta del Mediterráneo fue una experiencia interesante, aunque era el único pasajero del barco entre recios marinos de innumerables nacionalidades. La pequeña caja fuerte apareció, en efecto, en la mesilla de su camarote.

Como una señal más del destino, Ernesto comprobó al deshacer completamente la maleta durante la primera jornada de su travesía que el cilicio no estaba. No tenía ni la menor idea de lo que había podido suceder con él. No había vuelto a sacarlo del equipaje desde que lo guardó al llegar a Alepo, pero recordaba haberlo visto alguna vez al sacar cosas de la maleta en Qalb Loze. Tal vez el conde lo había sustraído para evitarle caer en la tentación, pero le extrañaba que don Nicasio hurgara entre sus cosas como un vulgar fisgón. O quizás había sido Christine, que probablemente no tendría ni idea de lo que era el dichoso aparato y se lo habría guardado como recuerdo, o lo habría cogido alguna vez y no se habría acordado de volver a meterlo en la maleta de Salaberri. En fin, de todas formas confiaba en no tener ganas de usarlo en el futuro. Cuando el barco atracó en Gibraltar, Ernesto metió la caja dentro de su maleta, se despidió de la tripulación y se dirigió a la aduana. Allí, un hombre alto de unos sesenta años, que lucía un sombrero un poco pasado de moda como el que le había descrito Santiago, se dirigió a él con un fuerte acento centroeuropeo, diciéndole:

—¿Qué tal el viaje desde Alepo, señor Salaberri? ¿Le gustaron los cócteles de Dar Zamaria?

Era la clave.

—Ha ido todo muy bien, mil gracias. El *bloody mary* era el mejor.

Los aduaneros echaron una mirada superficial al interior de la maleta de Ernesto y lo dejaron pasar. El hombre del sombrero lo condujo hasta un coche descapotable aparcado fuera del edificio de la aduana, en el que les esperaba un chófer. Desde allí fueron hasta la cafetería de un hotel céntrico, de clásica estampa británica, donde le ofrecería a Ernesto un abundante y merecido refrigerio antes de emprender el resto del viaje. Un camarero se acercó hasta ellos y saludó como se hace con un viejo y muy conocido cliente:

—Buenos días, señor Karásek. ¿La mesa de siempre?

Al escuchar aquel apellido, Ernesto quedó petrificado y agarró la maleta con fuerza. No era el nombre que Santiago y Nicasio le habían dicho. El tal Karásek se dio cuenta de lo que sucedía, tomó con suavidad el codo de su joven acompañante y le pidió que lo acompañara hasta la mesa sin temor. Cuando habían tomado asiento y el camarero se hubo alejado, le confesó en voz baja, comprobando que nadie más podía escucharlo:

—Jaroslav Karásek es el nombre con el que se me conoce aquí, en Gibraltar, donde soy supuestamente un riquísimo exiliado checo. Pero no tenga miedo: yo soy quien nuestro común amigo Nicasio Lequerica le había prometido.

Y mostrando la más franca de las sonrisas y ofreciéndole otra vez su mano mientras se quitaba el sombrero y dejaba a la vista un desagradable antojo morado en lo más alto de la frente, añadió en voz muy baja:

—Soy el *Professor* Niklaus von Wackenroder, para servirle a usted. Pero llámeme Klaus, por favor.

Al escuchar el esperado nombre y contemplar aquella mancha de nacimiento que el antiguo oficial de la SS acariciaba descuidadamente, el receloso Ernesto suspiró por fin de alivio sin ningún disimulo.

El jardín de Séforis

Libro segundo

1. Aunque llevo tres décadas habitando en el reino de Antipas, los judíos me siguen pareciendo el pueblo más extraño de la tierra, y no solamente por su manía de la circuncisión, que con pensar en ella se me pone la carne de gallina. He escuchado y leído igual que tú, Demetrio, cosas extraordinarias acerca de naciones lejanas, como aquellos que para honrar a sus muertos conservan un pedazo de su carne seca en el extremo de un collar y van mordisqueándolo poco a poco durante años, o como aquellos hombres que, cuando su esposa ha dado a luz, son atendidos y visitados en la cama durante varios días. Pero todas estas rarezas, en la medida en que sean ciertos los testimonios de quienes nos las han relatado, ocurren seguramente entre pueblos tan primitivos que no deben de conocer ni la escritura, ni la filosofía, ni la mayoría de las artes que nos proporciona la civilización. También hemos conocido de primera mano, y en pueblos más antiguos que el nuestro, algunas costumbres que nos parecen muy chocantes, como la manía de los egipcios de adorar bestias, o la de los romanos de pretender adivinar el futuro escudriñando en las entrañas de un animal u observando el vuelo de los pájaros. Pero en este caso sabemos que son hábitos superficiales, que la mayoría de los ciudadanos cultos de esas naciones, si son interrogados certeramente sobre el tema a la manera del gran Sócrates, terminarán reconociendo que es algo que se limitan a hacer por tradición, pero que no se toman verdaderamente en serio. Los judíos, por su parte, son un pueblo que en modo alguno puede considerarse primitivo, pues poseen una larga lista de sabios y una gran colección de documentos sobre su historia, y no puede decirse que sean más torpes que nuestros sofistas en lo relativo a las artes de la argumentación, que practican con auténtico frenesí; pero a pesar de todo ello muchas de sus costumbres son tan insólitas e incomprensibles que a menudo te da la impresión, al convivir con ellos, de que eres un espíritu que acaba de llegar al mundo de la luna. Sé que en tu ciudad viven muchos hebreos y que tus conocimientos sobre su sociedad y su filosofía son considerables, pero he de asegurarte que todo aquello que imaginas que hacen en la intimidad de sus viviendas y de sus sinagogas no será tan ex-

traño como lo que contemplarías si vivieras entre ellos, tal como yo he hecho la mayor parte de mi vida. No vayas a asustarte: no se trata de cosas que a nosotros nos pudiesen parecer abominaciones o crímenes; si fuera de otro modo, ni los césares ni los gobernantes de nuestras ciudades les habrían dejado extenderse como lo han hecho a lo largo de todo el mar, de Hispania hasta Bitinia. Se trata más bien de la manera como una insensata mezcla de creencias religiosas ha terminado por descalabrar la conducta y las preocupaciones de un pueblo demostradamente sabio. A la vista de estas consecuencias, ¡cuánta razón tenía nuestro maestro Epicuro al señalar que la religión era la causa principal de los sufrimientos humanos! Ya sabes, por ejemplo, que los judíos se abstienen de alimentarse de la carne del cerdo y que consideran impuro cualquier contacto con tan benéfico animal. Pero si te dijera que esa es solamente una muestra diminuta de sus muchísimas prohibiciones alimentarias y te las detallara todas, seguramente te echarías a reír. Descuida, no puedo hacerlo por falta de espacio: rollos y más rollos de sus libros sagrados no contienen otra cosa que indicaciones de todos los animales de los que los judíos tienen prohibido alimentarse, sobre la forma en la que deben sacrificar, cocinar y servir los pocos alimentos que su dios les permite comer, e incluso sobre la manera en la que han de tomar la comida. ¿Sabes que les está prohibido mezclar carne con leche? ¿Y que no pueden cocinar a la vez una gallina con sus propios polluelos? ¿O que los soldados tienen la obligación de cargar siempre con una pala para enterrar sus heces? ¿Y que no pueden incinerar a sus difuntos? Sí; esto seguro que lo sabías, pues debe de existir un cementerio judío en Antioquía, tu ciudad. También sabes que les está prohibido trabajar y hacer cualquier esfuerzo cada séptimo día, que llaman sábado, en el que solo pueden dedicarse a hablar sobre su dios. Pero probablemente ignoras que algunas comunidades hebreas llevan esta norma tan lejos que incluso tienen prohibido el defecar en sábado. No es que su ley lo diga expresamente así, pero como no pueden recorrer un trayecto mayor de cinco estadios durante su día sagrado, salvo por peligro de muerte, ellos ordenan colocar sus letrinas a una distancia un poco mayor del poblado, de manera que en la práctica les resulta imposible hacer uso de ellas. No te rías, Demetrio, que lo que relato es la pura verdad.

Sus leyes también los obligan a no tener ningún contacto físico con extranjeros: no pueden dar la mano, ni abrazar, ni besar a alguien que no sea hebreo, ni, por supuesto, contraer matrimonio con esa persona. Por fortuna, en la región de Galilea, donde habitamos gran número de griegos, sirios y fenicios, la mayor parte de los judíos son un poco más relajados que en el sur en lo relativo a esta norma, pero aun así he conocido a muchos que se cubren la cabeza o cambian de dirección cuando a su lado pasa alguien sin flecos en la túnica.

Todo ello lo hacen convencidos de que seguir los caprichosos mandatos de su dios al pie de la letra es la única manera de que su pueblo siga habitando permanentemente en esta tierra de Celesiria, y con la esperanza de que, cuando llegue el fin de la historia, el resto de las naciones acabemos postradas a los pies de su dios y gobernadas por un consejo de sabios hebreos. Teniendo en cuenta que los judíos habitan un minúsculo rincón del orbe que a lo largo de los siglos ha sido casi siempre una provincia de tal o cual imperio, y de que su papel en la gran tragedia, o comedia, de los reinos y civilizaciones ha sido como mucho el de un pequeño personaje que se asoma durante unos pocos segundos al escenario para dar un recado a Agamenón o a Héctor, a Antígona o a Jerjes, será lógico que consideres con gran escepticismo los sueños de grandeza de esta insólita religión. Acuérdate de las palabras de Epicuro:

imaginar que los dioses se preocupan de los hombres
es el inicio de la locura

y piensa qué locura no implicará el estar convencido de que un solitario dios, que no tiene otros dioses vecinos con los que distraerse, está continuamente preocupado por lo que cada uno de los humanos, y sobre todo de los judíos, haga, diga y piense en cada minuto de su vida. Pues así están de locos muchos de mis vecinos.

2. Además, son un pueblo tremendamente supersticioso. No es que los griegos o los egipcios o los romanos no lo sean en la misma medida, para desgracia de la humanidad. Lo paradójico en este caso es que la religión de los judíos les prohíbe expresamente cualquier clase de supersticiones, sin contar la observancia de sus absurdas leyes, que son supersticiones en sí mismas la mayor parte de las veces. Se supone que es un grandísimo pecado para ellos consultar los astros, o invocar los espíritus de los muertos, o visitar oráculos, o hacer ofrendas a los dioses para rogar por cualquier cosa, pero la prohibición no les impide entregarse de mane-

ra febril a todas y cada una de las prácticas mágicas que puedas imaginarte, y ello les hace ser muy desgraciados, pues al temor de que sus ruegos no sean atendidos o de que los oráculos les sean desfavorables, se añade la certeza de que su dios celoso habrá de castigarlos severamente por haber seguido tales costumbres. Por otro lado, la mayoría están convencidos de que este ciclo del cosmos está a punto de terminarse: casi todos los meses hay algún profeta desastrado que se pone a vociferar en el ágora de Séforis o de cualquier otra ciudad hebrea, advirtiendo a la gente de que se arrepienta de sus pecados y abandone todo trato con los gentiles, pues un gran caudillo guerrero, que ellos llaman «el Ungido», está ya como quien dice armando un gran ejército, unos dicen que celestial, otros que terrenal, con el que va a aplastar a todos los poderes del orbe, además de acabar con la pobreza y las enfermedades y de resucitar a aquellos muertos que en vida fueron justos, y solo aquellos de entre los judíos que hayan sido fieles a sus interminables reglamentos serán admitidos en la nueva tierra de beatitud. Muchos detalles cambian con cada profeta, pero la esencia del argumento es siempre igual. Y uno entonces no entiende (eso era lo que intentaba decirte antes de empezar yo también a divagar como uno de esos iluminados) por qué se preocupan tanto de mirar las estrellas y consultar oráculos, si su dios va a venir dentro de un par de años a separar el grano de la paja, como le escuché una vez exclamar a uno.

Te cuento estas cosas para que puedas esbozar en tu mente la manera de pensar de este pueblo, que comparte con todos los demás la regla de que los pobres son, por añadidura, todavía más ilógicos que los notables, al haber tenido menos oportunidades de ejercitar su raciocinio. Imagina, por tanto, una judía pobre, criada en la miseria de una pequeña aldea, que todo lo que sabe o cree saber del mundo son las supersticiones contradictorias que ha escuchado constantemente desde el día en que nació, y a la que, además, algunos tristes acontecimientos de su vida, relacionados con la destrucción de toda su comarca que las tropas romanas perpetraron siendo ella niña aún, han llevado a temer por encima de todo la presencia cercana de cualquier no judío. Esta es María, la madre de Jesús, la esposa de José el constructor.

Pocos meses después de que la nueva familia se hubiera trasladado a Séforis, la presencia de tantos gentiles en aquel ambiente hizo que María, ya con un nuevo hebreo formándose en su vientre, dejase otra vez abandonado a su marido y se volviera a casa de sus padres, en Nazaret, adonde José regresaba casi todos los viernes montado en su borrico para pasar con ellos el sábado. Así permanecieron hasta que Jesús cumplió los seis años y a José le pareció que había llegado el momento de que viviera con él en Séforis aprendiendo su oficio. A partir de entonces eran dos los que viajaban en burro cada viernes hasta Nazaret. José me relató que un día, cuando no había pasado ni siquiera un año desde que decidió llevarse a trabajar con él a Jesús, el niño estaba en la puerta de la casa de sus abuelos, jugando con sus hermanos, y unos viajeros que se dirigían desde Tiro a Damasco se acercaron a pedir agua. Eran extranjeros que no hablaban más que unas pocas palabras de arameo, pero Jesús comenzó a charlar con ellos en un griego casi perfecto. Cuando María lo oyó, salió corriendo de la casa y le hizo entrar a base de cachetes, gritándole como poseída que no quería volver a oírle hablar en aquella lengua. A José le prohibió durante una buena temporada que se llevase al niño a la ciudad, pero el constructor no podía olvidar lo muy maravillado que se sintió de ver cómo el muchacho había logrado aprender griego solo a base de oírlo a su alrededor. Una vez se atrevió a comentarle a Marco Fasael el gran prodigio, y Marco le animó a volver a bajar al niño a Séforis, donde podría estudiar en una buena sinagoga; él mismo se haría cargo de su educación si el niño demostraba tener el gran talento que aquello prometía. Pasaron unos cuantos meses y, a regañadientes y bajo mil amenazas supersticiosas, María consintió en que José volviera a llevarse a Jesús, y eso solo tras la promesa de que el niño pasaría mucho más tiempo aprendiendo a leer el hebreo y estudiando en la sinagoga de Baruc que mezclándose con aquellos gentiles depravados. Marco y José lo cumplieron en parte, y Jesús progresó en el conocimiento de la ley hebrea más rápido que ningún otro niño que se recordase en aquella región, pero ellos no hacían gran cosa por evitar que el resto del tiempo el muchacho conviviera por igual con judíos que con griegos. Cuando Jesús estaba cerca de cumplir los nueve años, mi tío Antifonte y yo nos lo encontramos por primera vez de visita en la casa de Marco. Quedamos fascinados por sus conocimientos y por su madurez al razonar sobre casi cualquier cosa de la que le habláramos. No había pasado media hora charlando con el niño cuando Antifonte propuso a José que le dejase participar de vez en cuando en las actividades de nuestro jardín. «Mi esposa me mataría si se enterase —se excusó el constructor—; pero agradezco profundamente vuestra oferta.» «¿Y no podríamos hacer algo para convencer a tu mujer?», preguntó mi tío. «Como no viniera a casa de sus padres un rey con toda su corte para pedírselo...» «Nada hay imposible», concluyó Antifonte misteriosamente, y no volviose a hablar del tema por un tiempo.

3. Ocurrió que unas semanas después de aquel encuentro, una embajada de los partos llegó hasta Séforis con el objeto de entrevistarse con Antipas. Al ser Israel un reino fronterizo entre el Imperio romano y el de los asácidas, cada uno de los dos intenta permanentemente que los judíos se pongan de su lado, y aunque desde hace un siglo son los romanos los que han logrado la supremacía en todas las regiones del Mediterráneo oriental, los persas no dejan de intentar que la balanza vuelva a caer de su lado, si no mediante la guerra, en la que los romanos son claramente más poderosos, sí al menos mediante la diplomacia. Como Antipas no estaba en Séforis en aquellos días, Marco Fasael ofreció al embajador y a su séquito su propio palacio para que se alojasen mientras esperaban la vuelta del tetrarca. Allí podrían también pasar desapercibidos, pues no sería raro que cualquiera que pudiera enterarse de aquella visita secreta acabase haciendo llegar la noticia al legado romano de Siria, lo que podía causarle a Antipas grandes inconvenientes. Para entretenimiento de la comitiva y para alimentar la curiosidad de mi tío por las costumbres e historias de otras naciones, Marco nos invitó a Antifonte y a mí a compartir casi todos los días un banquete con sus inesperados huéspedes, que hablaban un arameo muy aceptable. En el séquito del embajador viajaban como escribas e intérpretes dos sacerdotes zoroastrianos, los que son conocidos como «magos», y un astrólogo caldeo, que nos dieron gran satisfacción al relatarnos durante varios días innumerables maravillas de sus naciones y muchos detalles interesantes sobre sus prácticas y sus creencias, como la de que, en lugar de quemar o enterrar a sus difuntos, los encierran en unas casas sin tejado donde acuden a devorar su carne los buitres; por nuestra parte, nosotros les explicamos también muchas cosas sobre nuestra historia, nuestras leyendas y nuestra filosofía. Marco se reconoció admirado por las grandes semejanzas entre la religión de Zaratustra y la suya propia, similitudes que, convinieron todos, era probable que se debieran al contacto de los sacerdotes judíos con los persas durante el tiempo que los primeros permanecieron como cautivos de los reyes de Babilonia, un par de siglos antes de que los persas intentaran conquistar Grecia.

Al día siguiente de uno de aquellos largos banquetes, ocurrió que

José y su prodigioso hijo se cruzaron otra vez casualmente en nuestro camino. Antifonte volvió a repetirle al constructor la oferta de educar a Jesús en nuestra escuela, aunque fuese tan solo como visitante eventual, y José volvió a excusarse en la dificultad de convencer a su esposa. «Tendría que ir un rey a pedírselo...», repitió, a lo que mi tío replicó de inmediato: «Reyes no tengo a mano. Pero magos y astrólogos sí. ¿Cree tu mujer en el poder de los astros?». «Por desgracia, más que en las leyes de Moisés, o casi tanto.» «Pues entonces déjalo de mi mano. ¿Cuándo vuelves a casa con tu familia?», preguntó mi tío. «El viernes, para pasar el sábado con ellos», respondió José. «Pues al atarceder del sábado recibiréis una visita, si realmente deseas que Jesús pueda aprender filosofía conmigo». «¡Claro que quiero, padre!», exclamó el niño. «Por mí no habría inconveniente, si el niño lo desea y su madre no le pone objeciones, pero esto último lo dudo, porque mi mujer aborrece con toda su alma todo aquello que no es judío», respondió el padre. «Déjalo de mi cuenta», se despidió Antifonte. Cuando nos hubimos separado del constructor y de su hijo, mi tío cambió el rumbo que llevábamos y empezamos a dirigirnos hacia el palacio de Marco Fasael. Allí estaban los miembros de la embajada persa, jugando a un juego de tablero que nosotros no conocíamos pero que parecía apasionarlos. Antifonte se dirigió a los magos, al astrólogo y al noble que dirigía la embajada, les expuso su plan y les pidió que lo ayudaran, a lo que todos asintieron harto divertidos.

4. Al anochecer del sábado siguiente, una comitiva formada por tres hombres a caballo y cuatro sobre mulas, todos ellos cubiertos con mantos de la cabeza a los pies para protegerse del frío, pero sobre todo para no mostrar a los caminantes las ropas lujosísimas con que los tres jinetes principales iban vestidos, llegamos a la casa donde habitaban José y María. Sin descubrir mi cabeza ni mi rostro, me apeé de la mula y llamé a la puerta. Cuando una voz masculina y anciana me preguntó en arameo quiénes éramos, respondí en ese mismo idioma, pero fingiendo un acento oriental: «Mis amos son tres magos de Persia que desean hablar con María, la esposa de José, si es que es esta la bienaventurada casa en la que habita». La puerta se abrió un palmo y un sorprendido y maloliente anciano escudriñó con suspicacia la sombra de mis ojos. «¿Qué dices de magos, bribón?», me preguntó, pero enseguida se dio cuenta de la imponente presencia de los tres jinetes, que se habían despojado en parte

de sus mantos de viaje y dejaban ya adivinar, bajo la débil luz del crepúsculo, sus túnicas bordadas en magníficos colores y los adornos de oro y metales preciosos con que completaban su atuendo. «Por las zurraspas de Matusalén, ¿quién demonios sois?» «Ya te lo he dicho, viejo insolente —respondí, y suponiendo que aquel era el suegro de José, añadí—: mis amos son tres magos de Persia, y vienen a visitar a tu hija María.» «Pasad a mi humilde casa, señores, por favor», dijo el viejo claramente arrepentido de sus primeras sospechas. Los magos y el astrólogo bajaron de sus caballos y entraron a la casa, mientras los tres guardias seguían fuera, vigilantes en sus mulas. Yo acompañé a los primeros al interior, sin dejar ver mi rostro en ningún momento. Todos los habitantes de la vivienda se habían juntado en la pequeña estancia que hacía las veces de cocina, de comedor y de dormitorio de María y los niños, abrazándose los unos a los otros con miedo ante la insólita visita. «¿Qué queréis?», preguntó José con fingida valentía. El mago más anciano, aleccionado por Antifonte y demostrando que habría sido un magnífico actor, declamó: «María, hija de Benjamín, te saludamos y damos gracias al Altísimo por habernos permitido llegar hasta ti después de un largo viaje desde Oriente». «¿Está contigo tu hijo Jesús, hijo de José?», preguntó el caldeo; María abrazó con más fuerza a su primogénito, y respondió: «Sí, este es Jesús. ¿Qué queréis de nosotros?». «Hemos partido hace muchas semanas desde el corazón de Media, más allá del Éufrates y más allá del Tigris —continuó el mago más anciano—, siguiendo el mensaje que hemos observado en las estrellas y los planetas; ellos nos han dicho que en la aldea de Nazaret, junto a la capital del reino de Galilea, había visto la luz el mayor sabio que los tiempos conocerán; aprendimos también por sus señales la fecha en la que había nacido, y nos dijimos: "Ea, pongámonos en marcha para conocerlo y honrarlo antes de que el tiempo que el Más Alto nos tiene concedido se nos termine súbitamente y no podamos entrar en el reino ultraterreno sin haber podido acariciar un pelo de su noble cabellera". Pedimos permiso a nuestro rey Fraataces para emprender tan larga travesía en busca del Gran Sabio, y el mismo rey nos ha ofrecido también unos humildes regalos de su infinito tesoro con los cuales le honra él también.» Todos escuchaban el discurso absortos, incluidos José y el propio Jesús, que se imaginaban a qué plan obedecía todo aquello. La declamación del viejo mago y la majestuosidad de sus ropas de gala eran tan convincentes que incluso a mí me faltaba poco para creerme la escena. Pero quienes más abiertos tenían los ojos y las bocas eran los pequeños hermanos de Jesús, sobre todo los dos de más edad, Jacobo y Esther, que tendrían cinco y cuatro años. Otros dos niños aún más pequeños se limitaban a llorar y a temblar de miedo a cada palabra que pronunciaba el mago, abrazados a la túnica de su madre, aunque Esther intentaba consolarlos con caricias. Aún había otro bebé, pero dormía plácidamente en una cuna al fondo de la estancia, ajeno al espectáculo.

Tras hacer una pausa, y viendo que nadie se atrevía a pronunciar palabra, el mago avanzó hacia Jesús y posó sus dos manos sobre la cabeza del niño. «Bendito seas, oh tú, Jesús —exclamó—, al que las estrellas han pronosticado un destino solo sobrepasado entre los hombres por nuestro sabio Zaratustra y por vuestro profeta Moisés. Tú te convertirás en el más sabio de los mortales, y para ello acudirás a estudiar con los rabinos de tu pueblo y con los filósofos de entre los gentiles.» Noté cómo María se aferraba con más fuerza a su hijo al escuchar esas palabras; el mago siguió: «Gracias a tu aprendizaje de todas las escuelas, las del este y las del oeste, las del norte y las del sur, las de Israel y las de los gentiles, serás bendecido por el Más Alto por encima de todos y lograrás atraer a los hijos de Cam y de Jafet a las justas y sabias leyes de Abraham y de Moisés. ¡Afortunados los rabinos y los filósofos que te introducirán por los caminos de todas las sabidurías!». Según los hebreos, Cam y Jafet eran dos de los hijos de Noé, el que habrás oído que fue, con su familia, el único superviviente de una imaginaria inundación que acabó con el resto de la humanidad; los judíos creen que ellos descienden de otro de sus hijos, un tal Sem, mientras que el resto de los hombres descenderíamos de los otros dos.

El mago mayor se apartó y dejó su lugar al otro, quien posó también sus dos manos sobre la cabellera de Jesús; luego sacó un pequeño colgante de oro que representaba un altar o un pequeño árbol llameantes y lo puso en el cuello del niño diciendo: «Acepta este regalo de los magos de Persia y del rey de los partos, oh Jesús, como símbolo del fuego sagrado, que a su vez es, tanto para los hebreos como para los zoroastrianos, el símbolo de Aquel del que todo procede». Recordé que Antifonte había visto ese colgante en el cuello de uno de los miembros de la embajada y que se lo había comprado a muy buen precio para que se lo regalaran de ese modo al hijo de José.

5. El segundo mago se retiró a su vez y avanzó hacia Jesús el astrólogo babilonio, quien repitió el gesto de la imposición de manos y puso

ante el niño una pequeña figura brillante, con forma de cerdito. A la vista de aquello, María y su madre emitieron un débil y entrecortado chillido. El astrólogo las miró con benevolencia y les acercó el cochinito. «No os preocupéis en absoluto —las tranquilizó—, no es más que un pedazo de pan horneado con miel y sésamo.» «¡Pero es un puerco!», dijo María, apartando un poco a su hijo. «No es un puerco; es solamente pan, el mismo pan con el que el Altísimo nos alimenta», respondió el caldeo. «¿Y por qué tiene forma de cerdo? —siguió protestando María—; ¡no habrá bestias inmundas en mi casa!» «¡María! —exclamó José—, si estos magos tan sabios dicen que es solo pan, ¿qué importancia tiene si el panadero le ha dado una forma u otra cualquiera?» «¡No harás imágenes! Recuerda lo que ordenó el Señor a Moisés», le replicó su esposa. «Pero estos sabios vienen de un pueblo que no sigue las leyes de Moisés, aunque por lo que dicen vemos que las conocen y las respetan. Seamos hospitalarios y dejemos que sigan con lo que estaban diciendo.» «En efecto —dijo el mago mayor—, conocemos y respetamos vuestras leyes, y por lo que sabemos de ellas, el profeta Moisés os enseñó que no debíais hacer imágenes para adorarlas o tomarlas por dioses; nosotros tampoco hacemos ninguna imagen del Altísimo, porque no tiene una forma que se pueda representar, y por eso lo simbolizamos mediante el fuego, que está en perpetuo movimiento y lo ilumina todo. Pero este riquísimo pastel no es una imagen para ser adorada, sino para ser masticada, engullida y convertida después en estiércol, tras haber saciado el hambre de quien se la ha comido. ¡Nada más lejos de su intención la de ser adorada como si fuera una divinidad!» «¿Y por qué tiene forma de cerdo?», insistió María sin disminuir un ápice la suspicacia. Los magos se miraron como no sabiendo qué decir. Entonces hablé yo, con mi fingido acento oriental y sin descubrir mi rostro del todo: «El pastel representa la humillación de nosotros, los gentiles, ante vosotros, los judíos; vosotros podéis comer pan, pero no podéis comer cerdo; para nosotros, en cambio, el cerdo es el animal más útil y sabroso. Puesto que no queremos que renunciéis a vuestras sagradas costumbres, lo que hacemos es deciros: "Mirad, en honor a vosotros hemos convertido nuestros cerdos en pan dulce, para poder ofreceros lo mejor que tenemos sin obligaros a hacer algo prohibido por vuestras leyes"».

«Ah, visto así, es otra cosa», dijo el padre de María, quien aparentemente tenía ganas de que acabase ya aquella discusión. Como su hija no emitiera ninguna queja más, el astrólogo prosiguió: «Jesús, en homenaje a ti, te ofrecemos también esta representación del mundo gentil transformada en un sabroso pastel de pan dulce y sagrado, para que, al comerlo junto con nosotros, sepas que tienes abierto el camino hacia los hijos de Cam y de Jafet», y entregó el pastelito a Jesús, que lo tomó con cuidado para no pringarse mucho con la miel, lo contempló unos segundos y lo metió en su boca. «¡Está buenísimo!», exclamó chupándose las puntas de los dedos, tras lo cual el caldeo sacó una bolsa rebosante con una deliciosa piara de los mismos pasteles y repartió los lechoncillos dulces entre todos los niños, quienes se pusieron más contentos que Peleo con su cuchillo. Aquella muestra de alegría me llenó de satisfacción, pues no había sido otro sino el astuto Licino de Gádara que te escribe este relato quien había ingeniado la treta de los pasteles con forma de cerdito e incluso los había cocinado con sus propias manos. Desde entonces los hemos seguido preparando en el jardín de Antifonte para el banquete del día vigésimo, pues, como sabes, esos pastelillos que tú has comido tantas veces con nosotros no tienen nada que ver con la quimera que les contamos a Jesús y a su familia, sino que simbolizan la «piara de Epicuro», como despectivamente se nos llama a los seguidores del gran filósofo de Samos, aunque nosotros hemos adoptado ese nombre como propio en un gesto de sabia ironía.

6. Después de que los niños comieran los pasteles, los magos sacaron otras dos bolsas llenas de comida, ya sin nada que pudiese despertar los recelos de María y los demás, e invitaron a los presentes a comer con ellos para celebrar su encuentro con el supuesto mayor sabio de todos los tiempos. Entre todos dimos buena cuenta de los manjares, y al terminar, los magos agradecieron al Altísimo por permitirles concluir su misión con éxito, derramaron muchas y abigarradas bendiciones sobre Jesús y posaron sus manos también sobre el resto de los niños, que ya se acercaban a ellos y tocaban sus túnicas sin sobresalto. Jacobo incluso se atrevió a preguntarles: «¿Y las estrellas no decían nada sobre el hermano de Jesús?». «Sí —inventó el astrólogo—, decían que él sería su principal apoyo a lo largo de su misión», con lo cual el pequeño Jacobo comenzó a dar saltos de alegría por toda la casa. «Pero —anunció el mago más anciano, elevando la voz y llamando la atención de todos— también debo advertiros de que las estrellas nos indicaban una gran amenaza si algo apartase a Jesús de su destino; infinita desgracia enviarán las potencias celestiales a quienes se opusieran a que este niño pueda aprender de

los sabios de todo el mundo; Jesús es el enviado por los cielos para sentarse en la cátedra reservada al más sabio, ¡y ay de aquel que toque uno solo de sus cabellos con la intención de entorpecer los planes del Altísimo!» Y diciendo esto el mago viejo salimos los cuatro de la casa, cabalgamos otra vez en nuestras monturas y emprendimos el camino de regreso hacia Séforis, donde a la mañana siguiente relatamos a mi tío entre carcajadas todo lo sucedido en Nazaret.

7. Los persas se marcharon unos pocos días después, tras entrevistarse por fin con Antipas, aunque sin éxito, pues el tetrarca era un aliado fiel de César Augusto y no se avino a pactar con los partos. José no bajó a Jesús a la ciudad hasta que los magos se hubieron ido, y mientras tanto se dedicó a convencer a su esposa de la conveniencia, si es que no la necesidad, de que su primogénito fuese educado, al menos durante algunos días cada semana, en la escuela de Antifonte. Las profecías y las amenazas de los magos surtieron efecto, y María, no sin cierta aprensión, acabó cediendo. Yo me encargué durante los siguientes meses de enseñar al niño a leer y a escribir en griego, mientras Antifonte le permitía presenciar los continuos debates filosóficos que se mantenían en nuestro jardín, tanto con los discípulos que vivían en nuestra casa como con los numerosos filósofos que visitaban a mi tío en su cada vez más renombrada escuela. Jesús, quien tampoco dejaba de acudir a las lecciones de Baruc, fue creciendo en tamaño y en sabiduría, hasta que se convirtió en un cautivador efebo del que sus maestros estaban casi tan orgullosos como sus propios padres. Fue sobre todo su fama la que animó a Baruc a visitar aún con más frecuencia nuestro jardín y a convencer a algunos nobles judíos de que enviasen también a sus hijos a aprender con Antifonte. Y mientras Jesús crecía y ya empezaba a cortar y peinar su barba, unas veces al modo griego, otras al modo hebreo y las más de las veces en un estilo que podía recordar a cualquiera de los dos, mi tío era cada vez más consciente de que las fuerzas comenzaban a faltarle y de que no tardarían mucho en descomponerse los átomos de su carne y los de su espíritu,

porque mis rodillas flaquean,
y caminando con paso premioso,
avanzo a duras penas

suspiraba de vez en cuando, citando a Tiresias.

8. No te aburriré relacionándote cuánto de la sabiduría de Epicuro, de Metrodoro y de Filodemo, pero también de los estoicos, de los académicos, de los peripatéticos y de los cínicos, llegó a aprender Jesús, pues son materias que tú dominas perfectamente, sabio Demetrio. Tampoco tengo suficientes papiros ni tinta para enumerar cada una de las sabias doctrinas que, una vez expurgadas de elementos supersticiosos, Baruc y otros muchos rabinos han formulado a partir de las enseñanzas de los profetas hebreos, y que Jesús también ha asimilado. Me limito a mencionarte una sentencia que le escuché a Baruc al principio de sus visitas, que luego Jesús completó dándole un sentido positivo a lo que en las palabras de su maestro lo tenía solo negativo, y que Antifonte hizo suya como resumen de toda la moral epicúrea:

No hagas a los demás lo que no quieras que ellos te hagan,

había dicho Baruc, y Jesús añadió:

pero haz a los demás lo que querrías que ellos contigo hicieran,

a lo que Antifonte siempre añadía su colofón: «la justicia es un pacto para no hacerse daño y que haya así el mayor espacio para la amistad y el mutuo apoyo, como dijo Epicuro, el salvador, hace trescientos años».

9. Jesús es un hombre admirable, pero también enigmático. A veces habla sin cesar, como si no quisiera que sus vecinos dejaran de enterarse de cada uno de los pensamientos que abarrotan su mente, pero a veces también pasa muy largas horas, e incluso varios días, sentado en el suelo en silencio, como escondiéndose del mundo, ya sea en un oscuro rincón de nuestro jardín o en la biblioteca de la sinagoga. En esos momentos de silencio, las escasas respuestas que da a quien se atreve a dirigirle la palabra son incomprensibles y abrumadoras como las de un oráculo, o más bien como las de Diógenes o Hegesias, los cínicos, pero cuando retorna a su faceta amable, esas mismas respuestas se suelen transmutar en reflexiones inteligibles y luminosas que a todo el mundo dejan complacido. Sus momentos de oscura soledad se acrecentaron, de todos modos, cuando murió su padre hará cosa de cinco años. La falta de José hizo más difícil para Jesús su relación con nuestro jardín. Aún pesaban en el ánimo

de su madre y de sus hermanos (sus abuelos habían muerto hacía ya mucho tiempo) las profecías y amenazas de los tres magos, pero eran cosa del pasado, que iba perdiendo fuerza, y otros aconteceres y circunstancias iban haciéndoles pensar a María, a Jacobo y a los demás familiares de Jesús que este ya había tomado suficiente dosis de gentilidad y que era hora de que emprendiese su anunciado camino como el mayor profeta de todos los tiempos, sobre todo teniendo en cuenta que el tiempo de la humanidad estaba llegando a su fin, de lo cual ellos estaban convencidos por las predicaciones desatinadas de docenas de charlatanes, de los que ya te he hablado más arriba. Un viernes, poco después de la muerte de José, Jesús subió a la casa de su madre y tardó casi un mes en regresar a Séforis. A su vuelta, y pasados unos cuantos días más de silencio, nos comunicó que Jacobo y algunos otros de sus hermanos habían abandonado el hogar de su madre junto con otros cuantos nazarenos para seguir a uno de aquellos pseudoprofetas harapientos, y que habían intentado convencer a Jesús de que se fuera también con ellos. El negocio de construcción de su padre, que había quedado al mando de Jacobo, estaba por aquella razón medio abandonado, y el propio Jesús tuvo que ponerlo en orden, contratando un nuevo capataz y revisando débitos y cuentas. Antifonte le dijo que no se preocupara y que hiciera lo que tuviese que hacer para asegurar el bienestar de su familia; con que siguiera viniendo a participar en los debates del jardín al menos una vez al mes, ya estaríamos contentos.

Para complacer a su madre, Jesús vistió desde entonces más al modo judío que al griego, empezó a hacerse cargo de las enseñanzas en la sinagoga de Baruc, quien estaba también muy anciano, e incluso tomó una esposa, una dulce niña de catorce años que se llamaba Marta, a la que me consta que Jesús no amaba en absoluto, aunque la apreciase por su belleza y su bondad, pero que María casi a la fuerza metió en su lecho tras un rápido acuerdo con los padres de la novia y una aún más rápida ceremonia nupcial. Marta murió de parto solo un año después, y al cabo de unos pocos días lo hizo el varón que ella había dado a luz, y al que su padre había puesto de nombre Lázaro, que significa «el que es auxiliado por Dios». A causa de esta desgracia, el carácter de Jesús se ensombreció todavía más. Lo que había aprendido con Antifonte le permitió no caer en el error de atribuir la causa de aquella desgracia a un castigo divino por sus posibles pecados, pero no pudo evitar que en él naciera un gran resentimiento hacia su madre por haberle obligado a pasar por aquello y haber causado de rebote la muerte de la niña y de su propio hijo. Jacobo, en cambio, que regresaba a Nazaret de vez en cuando con sus harapos malolientes y su melena enmarañada, acusó en voz alta y en público a su hermano mayor de ser el responsable de la desgracia por llevar demasiado tiempo en compañía de gentiles, acusaciones que María ratificó inmediatamente sin asomo de duda. Con la bendición de su madre, y con el apoyo de su banda de apocalípticos andrajosos, Jacobo anduvo la distancia que separaba el taller de José del jardín de Antifonte e intentaron entrar por la fuerza para destrozar cuanto pudieran de nuestra casa. Por suerte, los guardias de Antipas no estaban lejos y ahuyentaron a la bestial jauría antes de que lograse despedazar a la apacible piara.

10. Tras aquel episodio, Jacobo se marchó y no hemos vuelto a verlo, aunque nos amenazó con regresar, sacar de allí a su hermano y destruir nuestra escuela, utilizando en sus invectivas ese lenguaje oracular que los apocalípticos dominan tan bien y que no tengo ganas de reproducir, ni aunque me lo pidieras. La pérdida de Marta, y sobre todo de su malogrado hijo, tuvieron la favorable consecuencia de que Jesús se alejara definitivamente de su familia y decidiera compartir mucho más tiempo con el envejecido Antifonte y el resto de sus cada vez más numerosos discípulos, en quienes encontró esa verdadera amistad que Epicuro nos enseñó que es el mayor de los bienes para el hombre. Y así hasta que, como te dije al principio de mi carta, hace un par de meses acabaron los días de nuestro anciano maestro, quien, acompañado siempre por amigos auténticos e impregnado de tranquilidad y de sabiduría, logró aquello a lo que todos nosotros aspiramos:

Vivir como un dios entre los hombres; porque en nada se parece a un mortal quien vive rodeado de bienes imperecederos.

Y ningún bien más imperecedero que el de haber conseguido crear una escuela filosófica tan abierta a la verdad y tan extirpadora de falacias, supersticiones y de las otras enfermedades del espíritu, como el jardín de Séforis, a quien estoy seguro de que Jesús de Nazaret dará en los años venideros universal celebridad.

TERCERA PARTE

Capítulo 16

El ronquido de Pepe sonó como una detonación en el profundo silencio que había invadido la sala cuando Maite acabó de leer el cuaderno.

—¡No me jodas que te habías dormido! —exclamó Lorenzo, despertando a su cuñado de un codazo.

—¿Eh? ¡Qué me voy a dormir! —respondió el aludido enderezándose de nuevo en la silla mientras sus familiares reían.

—Bueno, ¿qué os ha parecido la historia? —preguntó Maite.

—¿Se supone que lo que está escrito en el cuaderno es la traducción del mamotreto ese? —preguntó Róber.

—Digo yo —respondió su hermana—. ¿Qué otra cosa va a ser?

—Pero esto era más o menos como la Biblia, ¿no? —comentó Ailín.

—¡Es justo lo contrario de la Biblia! —gritó la adolescente—. Si la historia que acabo de leer es cierta, entonces nos han estado vacilando con lo de los Reyes Magos desde el principio.

—Pues claro que nos estaban vacilando, ¿qué te esperabas? —apostilló Roberto—. ¿No me dijiste lo que os explicó en clase el Peñazo, que la historia de los Reyes Magos no podía ser verdad? Pues aquí tienes la prueba definitiva.

—¿Es que hablaba sobre los Reyes Magos? —preguntó Pepe un poco aturdido.

—Has estado durmiendo todo el rato, so besugo —dijo Lorenzo.

—Algún ratito no digo yo que no.

—Ya, un ratito —siguió el cuñado—. En fin, chicos, parece

que el manuscrito sí que era un bombazo. No me extraña que anden detrás de él, y que el abuelo de la condesa pensara que era peligroso.

En ese momento, Charo, que hasta entonces no había abierto la boca, se levantó, cogió con determinación pero con suavidad el cuaderno y el códice y los volvió a meter en la caja de la que los había sacado su hermano una hora antes.

—¿Qué haces? —preguntó este.

—Mira, Lorenzo, ahora mismo coges este paquete y te lo llevas a casa de Rosina. Me parece fatal, pero fatal, que lo hayas escondido aquí sin ni siquiera consultarnos. No solo nos has obligado a ser cómplices de un robo...

—No exageres —interrumpió Lorenzo.

—No solo eso —prosiguió Charo—, sino que además nos has metido en casa durante no sé cuántos años un cachivache que tú mismo reconoces que es sumamente peligroso. ¡Quién sabe lo que podían habernos hecho con tal de encontrarlo! Nos podían haber destrozado la casa. ¡Nos podían haber secuestrado! ¿Pero es que tú estás loco de remate?

—¡Anda ya, Charo! Cálmate y escucha.

—¡Estoy perfectamente calmada, imbécil! Lo que quiero es que te lleves ahora mismo esta cosa de aquí.

—¿Y adónde me lo llevo? ¿Se lo doy a los que han entrado de estranjis en mi propia casa, forzando la cerradura y registrándola de arriba abajo, en vez de llamar a la puerta y pedir por favor que se lo devolviéramos?

—Pues claro que se lo das.

—¿Y por qué no han venido a pedírmelo, en vez de montar el paripé de invitarnos al palacete para asaltar tranquilamente mi piso mientras tanto?

—¿Qué sé yo? Y además, ¿eso qué más da? Lo importante es que el libraco es suyo, así que te vuelves con él a casa de Rosina y se lo entregas.

—Ey, ey, un momento —terció Roberto—. ¿Es que no habéis pensado la cantidad de pasta que puede valer esto?

—Claro que lo he pensado —respondió Lorenzo.

—Peor me lo ponéis —cortó Charo—. Tú, Loren, no sería la primera vez que acabaras en la cárcel, pero yo no quiero tener que pasar por allí, ni nadie más de mi familia. Seguro que Rosina se ha enterado de tus antecedentes y por eso no se fía ni un pelo de ti, y ha preferido recuperar el libro de tapadillo en vez de preguntarte si todavía lo tenías tú. Me imagino lo que se le habrá pasado por la cabeza: «Si a este le digo que me devuelva una caja que don Nicasio dejó a la tía Jacinta, seguro que lo primero que hace es abrirla y venderla él».

—¿Y a ti no se te ocurre, hermanita, que si hubiera tenido el más mínimo interés en hacer negocio con esto, ya lo habría hecho hace un montón de años y no seguiría viviendo en aquel cuchitril por la caridad de la condesa?

—Ahora vamos a pagarle un alquiler. Nada de caridad —apuntó dignamente Ailín.

—De todas formas —siguió Lorenzo—. Podría haber abierto esta caja cuando hubiera querido, igual que abrí la otra. Y habría podido vender este libraco por un montón de pasta, si hubiera llegado a saber antes lo que era.

—¿Y ahora lo vamos a vender? —preguntó Róber de nuevo.

—No, no lo voy a vender —respondió su tío—. Pero tampoco voy a llevárselo a Rosina por las buenas, como si no hubiese pasado nada de lo que ha pasado. Por lo menos, algo nos tendrá que pagar por los muchos años de custodia. ¿O es que eso tiene que ser gratis?

—Ahí te doy la razón —dijo Pepe.

—También tiene que darme explicaciones por haber asaltado mi casa. No es un palacio como la suya, pero yo tengo exactamente el mismo derecho que ella a la intimidad, aunque yo no sea conde.

—Claro que sí, mi amor —apoyó Ailín.

—Pero, de todas formas, lo más importante de todo, y algo que tú, hermanita, no estás teniendo en cuenta, es la razón por la que este libro ha estado escondido tantos años en nuestra casa y en la vuestra.

—A ver, ¿por qué?

—Pues porque don Nicasio, el abuelo de la condesa, que era el legítimo propietario del libro, no lo olvidéis, le encargó a nuestra tía protegerlo.

—Pero don Nicasio murió hace la tira de tiempo —protestó Charo—, y nuestra tía también está en el otro barrio, por desgracia. Ahora mismo la dueña del libro es Rosina y nada más que Rosina.

—¡Es que Nicasio no quería que su nieta pudiera conseguir el libro!

—Pues que se lo hubiera dejado en herencia a quien le hubiera dado la gana —replicó Charo, y en ese momento se le ocurrió una idea—. Oye, no se lo habrá dejado a tía Jacinta, ¿no?

—Vete tú a saber. ¿Tú has visto el testamento de don Nicasio? Pues yo tampoco. Pero no te hagas ilusiones. Si hubiera sido así, no se habría molestado en esconder el libro. Lo que el conde quería era que nadie, repito, nadie viera el libro durante mucho, mucho tiempo, y sobre todo, quería evitar que cayese en manos de alguien en particular.

—¿De quién? —preguntaron varios a la vez.

Lorenzo echó mano de la caja y la acercó hacia él, retirándola delicadamente de las de su hermana. La volvió a abrir, esta vez sin necesidad de introducir una combinación, y depositó nuevamente encima de la mesa el viejísimo manuscrito. No se molestó en sacar el cuaderno de la traducción.

—¿De quién, tío? —insistió Maite

—De su propio ayudante... ¡Me cago en mi memoria! Llevo toda la noche intentando acordarme de cómo me dijo tía Jacinta que se llamaba aquel tiparraco, pero no lo consigo. Emilio no sé qué. O no, Ernesto, eso creo que era, sí, Ernesto. Pero Ernesto ¿qué más? Arribas, Aguirre, o algo así. Joder, es un nombre que me dijo la tía hace veinte años y no he vuelto a escucharlo en mi vida. Ni siquiera estoy seguro de que se llamara Ernesto... ¡Pero es igual! Lo que importa es que, según la tía Jacinta, el ayudante de Nicasio quería hacerse con el libro para entregárselo a otros, y esos sí que me acuerdo de quiénes eran.

—Venga, suéltalo ya —exigió Róber.

—El Opus Dei.

—¡El Opus Dei! —corearon Maite y Róber con cara de admiración, más por la rotunda sonoridad de aquel nombre, del que seguramente no habían oído hablar en su vida más de dos o tres veces, que por verdadero conocimiento.

—¡Ay, virgencita mía! —exclamó Ailín—. ¿Los del Opus Dei no son esos tan malos que salen en esa película que vimos hace poco?

—¡Ah, claro que sí, *La clave Galileo*! —confirmó Maite—. Yo también la he visto.

—Justo, esos son. La tía Jacinta me contó que escuchó a don Nicasio discutir sobre el libro con su ayudante, que por lo visto era del Opus, y que el viejo le dijo que sabía que «los suyos» estaban intentando hacerse con el manuscrito, que sabía que estaban dispuestos a cualquier cosa con tal de conseguirlo y que... y que... —Lorenzo se detuvo.

—¡Pamplinas! —gritó Charo aprovechando la pausa de su hermano, a la vez que daba un fuerte manotazo en la mesa—. En la tintorería tengo varias clientas que son del Opus y no conozco gente más honrada. Eso de las películas es nada más que pura imaginación. ¡Vamos, por el amor de Dios!

—¿Pero qué ibas a decir, tío? —requirió Maite.

—¡Que don Nicasio dijo también que ya habían muerto demasiadas personas por culpa de esto! Entre ellos, al parecer, los padres de Rosina.

—¡Qué me dices! —exclamó Pepe recostándose contra el respaldo de la silla—. ¡Joder, pues sí que es peligroso el bicho este!

—La tía me contó también que poco tiempo después de aquello el propio conde murió, y que su ayudante llegó un día al palacio, mientras Rosina estaba de viaje o de vacaciones o en el extranjero... y se puso a rebuscar por toda la casa. Entonces la tía Jacinta se dio cuenta de que lo que estaba buscando aquel tipo era lo que don Nicasio había escondido en nuestro piso, y podéis imaginar cómo se asustó la pobre. Por entonces yo ya vivía con ella, si os acordáis, y fue por aquella razón, precisamente, por la que me mandó con el Ganzúas.

—Acabáramos —coligió Pepe; el tal Ganzúas era el individuo con el que Lorenzo se había iniciado en el arte de la apertura de todo tipo de puertas, cerraduras, combinaciones y cajas fuertes, unos difíciles estudios que en su juventud le abrieron alguna vez las puertas del presidio (para entrar), y que, ya sentada la cabeza y caducados al cabo de los años sus antecedentes penales, le permitían ganarse la vida desde hacía ya mucho tiempo como encargado de una cerrajería—. Así que fue la tía Ja-Jacinta la que te me-metió en el negocio. ¿Y para qué? ¿Para que le abrieras la caja fuerte que había en su casa?

—Exacto. Me dijo que tenía que aprender a abrirla, para llevarme el contenido a algún otro lugar más seguro.

—¿Y no se te ocurrió ningún otro lugar más seguro que nuestro cuarto de baño? —exclamó Charo—. ¡Si cuando yo digo que eres un poco imbécil...!

—No, no se me ocurrió. ¿Qué demonios querías que hiciera? ¿Alquilar una caja de seguridad en un banco de gente rica? Eso costaría un dineral, y no veas las sospechas que levantaría que un tipo como yo entrase a hacer negocios a un sitio así. ¿O mejor lo enterraba en el campo? Joder, cualquiera sabe quién habría podido encontrarlo de casualidad. Y además, ¿cómo podría recuperarlo si me metían en chirona? No. Lo que necesitaba era un sitio en el que pudiera tener toda la confianza.

—De todas formas —replicó Charo—, si don Nicasio quería evitar que el libro este acabara en manos del Opus Dei o de los hermanos Tonetti, era su problema, no el nuestro. A mí me importa una mierda quiénes se vayan a quedar con el libro y lo que vayan a hacer con él. Además, el ayudante ese de don Nicasio se habrá muerto también hace la tira de años, y Rosina ya es lo bastante mayorcita para decidir ella sola lo que tenga que decidir.

—No sé cómo sería de viejo el ayudante. Es probable que fuera bastante más joven que el conde.

—¡Se llama Ernesto Salaberri! —exclamó Maite alborozada;

había ido a buscar su tableta y había encontrado la identidad de aquel personaje al cabo de pocos minutos.

—¿Y vive todavía?

—Viene su biografía en la Wikipedia, pero no veo por ningún lado que se haya muerto. Aquí dice que es catedrático jubilado de la universidad. Debe de tener unos ochenta años.

—¿Y dice algo del Opus? —preguntó Roberto.

—¡Premio! Aquí pone: «es miembro supernumerario del Opus Dei».

—Caramba, lo de «supernumerario» de-debe ser superimportante —ponderó Pepe.

—No, so catetos —replicó Charo—. Las señoras que vienen a la tintorería son también supernumerarias y no tienen dónde caerse muertas. Por lo visto, los de más rango en el Opus se llaman numerarios a secas.

—Pues entonces no entiendo lo del «súper» —se extrañó Pepe.

—Ni yo, ni maldita la falta que me hace —sentenció su mujer.

—El caso —dijo Lorenzo retomando su argumentación— es que si llevamos sin más estos libros a la condesa es muy probable que los del Opus se hagan con ellos y los destruyan. ¡Me cago en la leche, hermanita! Tú parece que no te has enterado de que lo que hay encima de tu mesa es algo que tiene una importancia del copón. No podemos correr el riesgo de que desaparezca.

—¿Y sí que podemos correr el riesgo de acabar con un tiro en la nuca?

—¡Venga ya, mamá, no será para tanto! —medió Roberto—. Además, nadie sabe que lo tenemos aquí.

—¿Cómo que no lo saben? Ahora mismo Rosina y los que hayan entrado en casa de Loren estarán preguntándose cómo es que no había nada en la caja fuerte. Y del primero que sospecharán es del imbécil de mi hermano. Y luego de toda su familia, que somos los que estamos aquí reunidos. No me extrañaría que una banda de matones ya estuviera viniendo hacia nuestra casa.

—No, Charo, no creo que sea así. Con todo el tiempo que ha pasado desde que don Nicasio escondió el libro, pueden haber ocurrido miles de cosas. Seguro que piensan que si hubiéramos sido yo o la propia tía Jacinta los que lo hubiéramos encontrado, ya lo habríamos vendido y nos habríamos ido con los millones muy lejos de aquí. Lo más probable es que piensen que alguien nos los ha robado a nosotros.

—¡Es verdad! —afirmó Roberto apoyando la teoría de su tío.

—Oye, una pregunta —dijo Pepe—. ¿Y por qué habrán ido a buscar el libro precisamente ahora? Anda que no han tenido tiempo ellos también.

—Pues no tengo ni idea —confesó Loren—. Pero es mucha coincidencia que haya sido tan poquito después de la muerte de tía Jacinta. Seguro que las dos cosas tienen algo que ver.

—Imagino que sí.

—Yo sigo insistiendo —dijo Charo— en que tiene que ser Rosina la que decida lo que hacer con el libro. Si ella teme que lo destruyan los del Opus, lo que me parece la teoría más descabellada del mundo, ya procurará que no lo hagan. Y seguro que tiene muchos más medios que nosotros para impedirlo.

—¡Pero es que el problema puede que sea Rosina! —replicó Lorenzo—. Tal vez ella se lo quiera entregar al Opus.

—No seas borrego. ¿A ti te parece que Rosina sea una meapilas? ¡Vamos, hombre! Con la vida de desenfreno que ha llevado siempre...

—No te fíes de las apariencias, y menos con los ricachones. Además, no es solo que sea ella la que pretenda destruir el libro. A lo mejor se lo da a los del Opus con la mejor de las intenciones, pero luego ellos lo hacen desaparecer.

—¡Pues se lo das y le cuentas todo lo que nos has contado a nosotros!

—¿Y tú te crees que una persona como ella va a hacerme a mí el más mínimo caso?

—Se me ocurre una idea —dijo Maite.

—Tú cállate —cortó su madre—. Esto es un tema muy delicado y lo que menos falta nos hace son las locuras de una quinceañera.

—¡No son locuras! ¡Si me escucharais alguna vez...!

—Venga, hermanita, déjala hablar. A ver, Maite, di, ¿qué se te ha ocurrido?

—Gracias, tío, tú sí que sabes respetar a la gente.

—Sí —ironizó Charo—, por eso tuvo que pasarse una temporada en el penal de Ocaña.

—Venga, Maite, no le hagas caso. Cuéntanos.

—Podíamos esperar unos días para intentar averiguar si el tal Ernesto Salaberri todavía vive y si tiene alguna relación con Rosina, o si Rosina está metida en el Opus o no. Si vemos que no hay peligro, le devolvemos el manuscrito.

—¿Y cómo vas a enterarte de todas esas cosas, señora detective?

—¡Mamá! —exclamó Róber condescendiente—. Con internet es sencillísimo encontrar cualquier información. Eres más antigua...

—No solo eso —añadió Maite—. Yo también sé quién nos puede ayudar.

—¿Quién? —preguntó su padre.

—Daniel *el Peñazo*; mi profe de historia. Él estudió en la misma universidad en la que era catedrático el tal Ernesto ese, y seguro que le conoce. Y seguro que también le interesa mucho el tema de los Reyes Magos.

—¡Qué buena idea! —dijo Roberto.

—¿Vosotros lo conocéis bien? —se interesó Lorenzo—. ¿Es una persona de fiar?

—Claro que sí. Es el profe más honrado que conozco —dijo su sobrino—. Bueno, es un profe honrado, y eso ya es un punto a su favor.

—Lo que nos faltaba, meter a más desconocidos en este jaleo —se lamentó Charo.

—¡No es un desconocido! Róber y yo le conocemos de sobra.

—Bueno, a falta de otras ideas, a mí no me parece mal —dijo Lorenzo, y añadió, rogándole a su hermana—: Danos al menos unos días para hacer unas cuantas averiguaciones. Al fin y al cabo, si los del Opus son tan buenas personas como tú dices, no van a venir a pegarnos un tiro, y eso si es que se enteran de que tenemos el libro aquí.

Charo calló, con la mirada inmóvil puesta en el manuscrito. Nadie se atrevía a añadir una sola palabra. Al final, levantándose de la mesa, dijo en voz muy baja:

—Una semana. Tenéis una semana. Dentro de siete días, si no le habéis devuelto a Rosina esta caja y todo lo que contiene, yo misma se la llevaré. Y ahora, vuelve a meterla en su escondite y vámonos todos a dormir de una puñetera vez.

El palacete Lequerica había albergado aquella tarde una reunión un tanto similar. Yusuf había regresado con su furgoneta a la finca La Atalaya en cuanto dejó a Tinín en casa, pero Rosina había pedido al administrador, Félix Menéndez, que se quedase para dar su opinión.

—Supongo que habréis mirado hasta debajo de las telarañas —dijo la condesa a su marido.

—Te puedo asegurar que el libro, o lo que sea, no está allí —respondió Tinín—. Hemos examinado hasta el último rincón de la casa. Yusuf incluso ha estado dando golpecitos con un martillo por las paredes, por el suelo y por el techo, para comprobar si había algún otro hueco.

—Y nada.

—Nada de nada. El libro no está en ese tugurio. Los muy cabrones se lo han llevado.

—Dices que la caja no estaba forzada pero estaba vacía.

—En efecto. Quien sacó el contenido abrió la caja con la combinación, no había señales de palancas ni nada parecido.

—Pero es extraño que haya sido el tal... ¿cómo se llamaba el sobrino?

—Lorenzo Pérez, señora —recordó el administrador.

—Ese tal Lorenzo. Me imagino que si él o la propia Jacinta hubiesen encontrado la caja fuerte y el manuscrito lo habrían podido colocar sin muchas dificultades en el mercado negro. A poco que hubieran sido conscientes de su valor, habrían sacado una buena tajada y no habrían seguido viviendo en ese sitio de mala muerte —especuló Rosina, tal como había conjeturado el propio Lorenzo.

—No tiene por qué —rebatió Constantino—. Para ellos a lo mejor no eran más que un montón de papeles viejos.

—¿Un objeto escondido por mi abuelo con tanto cuidado? No, imposible. Si lo han descubierto ellos, han tenido que darse cuenta de que se trataba de algo valiosísimo.

—Yo creo que la señora tiene razón.

—Además, si lo hubiesen vendido ya habría tenido que salir a la luz —añadió Rosina—. Y a mí no me suena que en los últimos años se haya anunciado ningún descubrimiento que pudiera corresponder a lo que mi abuelo decía en su nota.

—Yo de esas cosas no me entero, cielo mío —confesó Tinín.

—La verdad es que yo tampoco —añadió el administrador.

—O no, ¡esperad! Hace poco se publicó un *Evangelio de Judas*. Sí, ahora lo recuerdo. Me parece que lo sacó la revista *National Geographic*. ¿Tal vez haya sido el mismo manuscrito?

—No tengo ni la menor idea.

—Félix, vaya buscando ahora mismo información sobre el *Evangelio de Judas* en internet. Yo voy a buscar el libro en la biblioteca; estoy casi segura de que lo compramos, aunque me parece que no llegué a leerlo.

El administrador despertó su pequeño ordenador portátil y tecleó el título que le había dicho la condesa. En pocos segundos, él y Tinín juntaban sus cabezas frente a la pantalla, consultando página tras página acerca de aquella obra. Solo un par de minutos después volvió Rosina con el ejemplar que poseía en su biblioteca. Al parecer, el manuscrito del *Evangelio de Judas* había sido dado a conocer en Suiza a principios de los años ochenta, una fecha coherente con la posibilidad de que se tratara de la misma obra que ellos estaban buscando. Aquel evangelio permaneció sin traducir casi veinte años, hasta que fue publicado por *National Geographic* con gran derroche de medios. No se sabía con certeza cómo había llegado el códice hasta la caja fuerte de un banco de Ginebra, pero todo apuntaba a que su origen era egipcio, lo que hacía menos probable que tuviese que ver con el descubrimiento en Siria del que Ernesto le había hablado a Rosina unos pocos días antes, aunque ella se abstuvo de mencionar a Félix y a Tinín aquella conversación. Lo más relevante, de todas formas, era que el contenido de la obra no parecía tan peligroso para la fe cristiana como se desprendía de la nota dejada por Nicasio. Según el *Evangelio de Judas*, el supuesto apóstol traidor había sido en realidad un compinche de Jesucristo, quien habría orquestado con él de antemano los detalles de su prendimiento tras la Última Cena.

—Por lo visto, es un texto bastante típico de la corriente de los gnósticos —dijo Rosina hojeando su libro.

—¿Y esos quiénes eran? —preguntó Tinín.

—Una secta cristiana de los primeros siglos. Pensaban que Jesús había dejado un mensaje secreto, además del que cuentan los evangelios tradicionales, y que solo los iniciados podían llegar a conocerlo y a salvarse gracias a ello. «Gnosis» significa «conocimiento».

—Hay que ver cuánto sabes, cariño. Tú sí que eres una «ge-nóstica».

—De algo me tiene que servir la herencia familiar. Y no se dice «ge-nóstico», sino «gue-nóstico», pero sin pronunciar la e.

—Usted perdone. Pero a lo que vamos. ¿Tú crees que podría tratarse de nuestro manuscrito?

—Juraría que no. ¡No! Estoy casi segura de que no es el mismo. El abuelo sabía que el gnosticismo no había supuesto nunca una amenaza para la Iglesia. Era sencillamente una más de las sectas extrañas que cada dos por tres pululaban alrededor. Los escritos gnósticos son un batiburrillo de teorías místicas y de invenciones delirantes. No tienen el más mínimo valor histórico, incluido el *Evangelio de Judas*, que tenemos aquí delante. Si el abuelo hubiera descubierto este manuscrito lo habría publicado cuanto antes por su valor para la historia de las religiones, sin ningún problema de conciencia; no creo que hubiera tenido ninguna razón para esconderlo. Así que no: el manuscrito que buscamos no es el *Evangelio de*

Judas. Al menos no es este mismo evangelio publicado por *National Geographic.*

—O sea, que estamos igual que al principio.

—Exactamente. No creo que Jacinta y su sobrino hayan robado el manuscrito para venderlo.

—¿Y si se lo han robado a ellos? —se preguntó Tinín.

—Es otra posibilidad que debemos tener en cuenta —meditó Félix.

—Que alguien lo ha robado es evidente —dijo Rosina—. Lo que también está claro es que, haya sido quien haya sido, todavía no ha dado a conocer el hallazgo públicamente.

—¿Puede haber ido a parar a las manos de algún coleccionista anónimo, alguien que quiere disfrutar de la obra en solitario? —preguntó Félix.

—Me temo que no podemos descartar esa posibilidad. O algo todavía peor.

—¿El qué? —preguntó Constantino.

—Que quienes hayan robado o comprado la obra hayan sido precisamente aquellos de quienes mi abuelo la quería proteger.

—Leche, tienes razón.

—Si eso fuera verdad, explicaría por qué la obra ya no está en su caja fuerte, y también por qué no se ha sabido nada de ella hasta el momento —reflexionó Félix.

—Y entonces ¿qué podemos hacer, Rosina?

—Vamos a considerar otras posibilidades también, no nos obsesionemos con la peor de todas.

—A ver, ¿cuáles son esas otras posibilidades?

—Por ejemplo, puede que no hayan hecho más que cambiar de sitio el manuscrito.

—No entiendo, señora condesa.

—¿Qué quieres decir, Rosina?

—Se me ocurre que tal vez alguien pudo intentar robarlo de su escondite, y Jacinta o su sobrino decidieran ocultarlo o llevárselo a otro sitio para custodiarlo mejor.

—¡Venga ya!

—Con todos mis respetos, señora condesa; al individuo que hemos recibido esta tarde en el palacete me cuesta imaginármelo como alguien preocupado de manera altruista por los intereses del conde don Nicasio y de usted.

—No olvides, Félix, que estamos hablando sobre todo de la buena Jacinta, cuya lealtad a mi familia estuvo siempre fuera de toda duda. Tal vez fue ella quien lo trasladó.

—Bueno —dijo Tinín—, y suponiendo que hubiera sido así, ¿a qué se supone que está esperando ese gañán para devolvernos el libro, después de tantos años?

—Quizás él no sabe nada en absoluto. Tal vez todo lo hizo Jacinta por su cuenta y riesgo. Incluso puede que mi abuelo le hubiese dado a ella la combinación de la caja, para un caso de extrema necesidad.

—Y si Jacinta sacó el manuscrito de la caja hace veinte o treinta años, lo escondió en otro sitio sin decírselo a nadie y luego sucumbió al alzhéimer... ¿qué se supone que podemos hacer nosotros ahora?

—Pues no tendríamos más remedio que confiar en sus familiares e intentar convencerlos de que nos ayudaran —dijo Rosina, y añadió misteriosamente—: Y yo creo que es posible que tengamos la manera de hacerlo.

—¡Hombre, al fin buenas noticias! Venga, Rosina, explícanos cómo.

—Todavía no, Tinín. Es una idea un poco descabellada que se me ha ocurrido esta tarde, pero me gustaría que madurase un poco antes de atreverme a plantearla.

—Bueno, tú misma. Pero ten en cuenta que si ellos han sido los autores del robo, que es lo que a mí me sigue pareciendo más probable, y llegamos a su casa ofreciéndoles la pipa de la paz, lo que haremos será ponerlos sobre aviso y saldrán con los pies en polvorosa.

—Tienes razón, Tinín; tienes razón. La verdad es que estoy hecha un lío —confesó Rosina—. ¿Tú qué nos recomendarías hacer? —preguntó volviéndose hacia su administrador.

Félix Menéndez lo pensó un rato y dijo:

—Yo pondría a esa gentuza, con perdón de la expresión, bajo la más estricta vigilancia, para intentar averiguar qué es lo que están tramando. Por cierto, esto me recuerda el asunto de la furgoneta que, según Mansur, iba siguiendo a don Constantino esta tarde... ¡Atiza! ¿No serán estos destripaterrones los que nos están vigilando a nosotros?

—No me parece que sea gente que tenga los medios para ello —dijo Tinín—. ¡Si no son más que unos muertos de hambre!

—Eso, bajo el supuesto de que «ellos» sean meramente los dos sobrinos de Jacinta y sus respectivas familias —especuló Félix—. Pero si hubieran robado el manuscrito y se lo hubieran entregado a esos que supuestamente quieren impedir que salga a la luz, y que no sabemos quiénes son..., esos seguro que son mucho más poderosos.

—De todas formas, no entiendo qué ganan con vigilarnos —dijo Rosina.

—¡Quién sabe! A lo mejor resulta que solo tienen una parte del manuscrito, o ninguna, y piensan que todavía hay algo importante que está en nuestro poder o escondido por los sobrinos de Jacinta.

—Puede ser. Pero... —dijo Rosina— no dejo de darle vueltas a una cosa. Si querían ver lo que hacíais en casa de Jacinta, ¿por qué os siguieron desde aquí? Podrían haberos esperado allí mismo.

Los tres callaron, pero las respuestas se les escabullían tan obcecadamente como el códice del viejo Nicasio.

—Quizás quienes buscan el manuscrito no saben dónde vivía Jacinta —aventuró por fin el administrador.

—Eso es absurdo —dijo Tinín—. Si nos han seguido es porque ese Lorenzo los ha avisado. ¿Cómo iban a enterarse, si no, de que era justo hoy cuando íbamos a encontrarnos con él?

—¿Tal vez...? ¿Tal vez...? —empezó a decir Félix muy temerosamente—. ¿Quizás alguna otra persona conocía nuestros... quiero decir sus planes, doña Rosina?

La condesa permaneció en un oscuro silencio. En ese instante no era capaz de articular palabra y ni siquiera de formular con claridad un mero pensamiento. Evocaciones de su infancia y de su juventud se revolvían con los recuerdos más recientes en un amasijo de pensamientos descabellados del que era imposible extraer ningún sentido, salvo el eco de la pregunta: «¿Alguien más conocía mis planes?, ¿alguien más conocía mis planes?». Su marido y su administrador la observaban, esperando respuestas, pero ella no podía mirarlos. Dirigía sus ojos obsesivamente al libro que tenía encima de la mesa, a la portada entre amarilla y ocre en la que un primitivo icono bizantino representaba dos figuras de varón, una de ellas, la más menuda y envejecida, dándole un beso en la mejilla a la otra. Al cabo de un minuto que a todos les pareció una eternidad, Rosina, sin romper su silencio y con la expresión del rostro aún indecisa entre la indignación y la sorpresa, se limitó a apoyar la punta de su dedo índice sobre aquella imagen casi infantil de Judas, el Traidor.

Capítulo 17

Ernesto Salaberri sintió un amago de mareo al comprobar que el profesor Klaus von Wackenroder lo dirigía de nuevo hacia los muelles. Aunque el viaje desde Beirut había sido muy plácido, no había acabado de acostumbrarse, castellano de interior como era, a la continua sensación de un suelo en movimiento, y había respirado de satisfacción al poner los pies en su querida península Ibérica tras los seis días que había durado el viaje, pues además Santiago le había ordenado que no bajara del barco en las pocas ocasiones en que este atracara en otros puertos para cargar y descargar mercancías.

—¿Otra vez vamos a embarcar? —preguntó Ernesto a su acompañante

—Sí, mi querido señor Salaberri. Será usted el invitado de honor en mi yate —respondió el alemán señalando a una hermosa embarcación de recreo, denominada *Cranach*, que ya se hallaba frente a ellos.

Y comprobando la cara de disgusto de su reciente y joven amigo, añadió:

—Pero si no le gusta mucho el mar, no se preocupe. Mi casa está solo a unas pocas millas de Tarifa, llegaremos en poco más de una hora. ¡Todos a bordo! Y cuidado con su carga —concluyó mientras subía delante de los otros por la pequeña pasarela.

La tripulación la componía un solitario marinero, que Ernesto luego supo que era el propio mayordomo de Wackenroder. El empleado, un gaditano de nombre José (o *Hozé*, en su habla peculiar, que a Ernesto le resultó difícilmente inteligible los primeros días), realizaba todas las maniobras de navegación necesarias salvo las propias del timón, de las que se encargaba el mismo Klaus. Ernesto, sentado en un pequeño banco en la proa, vio cómo se acercaban primero poco a poco hacia la mancha blanca de Algeciras, en el otro extremo de la bahía, para luego dejarla a su derecha, encaminarse a mar abierto y tomar rumbo de poniente, mientras la inmensa mole del Peñón iba quedando atrás y se hacía cada vez más pequeña entre la bruma. Aunque la tarde ya estaba muy avanzada y el viento de levante soplaba con fuerza, Ernesto rehusó la invitación de Klaus a entrar en el cómodo y amplio camarote, guarnecido con maderas nobles y una amplia estantería llena de libros de historia y de arte que el alemán renovaba continuamente para que no se estropearan mucho con la humedad. Tampoco quiso acompañarlo en el exiguo puente de mando, pues prefería sentir el aire golpeándose violento contra sus ropas, su cuerpo y sus cabellos.

—Si desea arreglarse un poco el pelo antes de que bajemos a tierra, en el aseo tiene un montón de peines —señaló Klaus pasándose la mano por encima de la gorra de marino con la que ahora ocultaba su fea marca de nacimiento y protegía de la ventisca su lacio y escaso cabello—. Con el viento que hace casi siempre en el Estrecho, es algo tan necesario a bordo como los chalecos salvavidas, ja, ja.

Pasaron la ciudad de Tarifa, la más meridional de la Península, y rolaron hacia el noroeste, a la vista de sus larguísimas playas y de los pequeños promontorios que separaban unas de otras. Cuando llegaron a la altura de una de esas montañas, algo más prominente que las demás, giraron un poco más hacia el norte y fueron acercándose a la costa.

—¿Ve aquella bahía, señor arqueólogo? —preguntó Klaus a Ernesto—. Allí está enterrada una ciudad romana. Sí, señor, toda una ciudad, con sus murallas, su foro y su teatro. Un profesor francés la excavó ligeramente a principios de siglo, pero desde entonces sigue en el olvido. Como está muy cerca de mi casa, he ido a menudo a curiosear, a veces con Nicasio, que está intentando organizar una excavación en condiciones. Si quiere, podemos ir a visitarla uno de estos días mientras esperamos al conde.

La mención de unas ruinas antiguas suscitó en Ernesto la dolorosa memoria de sus últimos días en Qirq Bize y la conciencia de la falta de su amadísima Christine. Cerró los ojos como si quisiera hacerlo para siempre, esforzándose por no llorar, como había hecho casi todas las noches en el camarote del barco que lo había traído desde el Líbano, y no respondió nada. Klaus, de espaldas a él, siguió hablando a gritos para que el sonido llegase con la suficiente claridad.

—Y justo al otro lado del cabo Camarinal, que es el que tenemos enfrente, puede ver usted en la lejanía la punta de Gracia, e inmediatamente detrás está la playa del cabo de Plata, y allí mi casa, que es la suya.

Ernesto respondió con un imperceptible movimiento de hombros y volviendo la cabeza hacia donde le señalaba Klaus. ¿En aquel remoto y desierto lugar, azotado por un viento inclemente y a más de una hora en coche del pueblo más cercano por carreteras sin asfaltar, debía pasar las próximas cuatro o cinco semanas, en compañía de aquel viejo alemán desconocido, que se hacía pasar por checo y del que lo ignoraba todo? ¿Tan importante o tan peligroso era el contenido de la cajita metálica que llevaba consigo a todas horas, aquel códice que tan solo una vez había podido ver con sus propios ojos? Sintió la tentación de sacar la caja de la mochila en que la transportaba y arrojarla de una vez por la borda; pero fue un pensamiento pasajero.

Veinte minutos después, el yate fondeaba en el extremo de una ensenada de aproximadamente un kilómetro de largo, donde un pequeño acantilado que se prolongaba hacia el mar ofrecía una mínima protección a la nave. José descolgó un pequeño bote de remos hasta el agua y los tres hombres bajaron por una escalerilla. El mayordomo lo hizo primero, y desde el bote ayudó como pudo a Ernesto a no precipitarse a las olas, algo a lo que no contribuía el insistente vendaval. Cuando los tres estuvieron sentados en la barca, José remó con fuerza y habilidad, bajó del bote cerca de la orilla y lo arrastró hasta la fina arena.

—¿Suele dejar anclado el yate aquí en la playa? —preguntó Ernesto a Klaus.

—Por supuesto que no. Es algo que solo puede hacerse en casos de emergencia; si soplara el poniente, podría estrellar al pobre *Cranach* contra las rocas en un santiamén. Generalmente está fondeado en el puerto de Gibraltar o en el de Barbate, pero hoy teníamos que dejar cierto cargamento en mi casa, y no queríamos que algún latoso policía o guardia civil metiera sus narices donde no debía, ¿verdad? —concluyó el alemán sonriendo afablemente.

—Claro que sí.

—Mañana por la mañana, José llevará el barco hasta Barbate, no se preocupe por eso. Está solo a una hora de aquí.

—¿Ese es el pueblo más cercano?

—En realidad, no. De camino a Barbate está Zahara, Zahara de los Atunes. Un nombre maravilloso, ¿no cree usted?

—Desde luego. —Ernesto no recordaba haber escuchado nunca el nombre aquel—. Supongo que se llamará así por la pesca del atún.

—En efecto. Allí está la almadraba de los duques de Medina-Sidonia, que desde el siglo XVI tenían el monopolio de esa actividad en todo el mar de Andalucía. Aún se conservan algunos restos de los muros, si quiere que vayamos a verlos. Pero el pueblo hoy en día ya no es nada. Una aldea de pescadores, realmente. No creo que llegue a tener más de doscientos habitantes.

—¿Y qué ha pasado con los atunes?

—Por desgracia para ellos, los han seguido pescando, pero Zahara ya no tiene el monopolio, y desde hace más de un siglo la pesca puede desembarcarse en cualquier puerto. Parte de las tierras de los duques de Medina-Sidonia terminaron pasando a los condes de Valmojado, y en uno de esos terrenos es donde nuestro común amigo Nicasio Lequerica me permitió hace unos años construir esta humilde morada en la que usted será mi invitado de honor —terminó Klaus, abriendo la portezuela de una tapia blanca que ocultaba la vista de la casa desde la playa. Ernesto se asombró al contemplar el inmenso jardín que aquella tapia protegía y la nada «humilde» mansión de dos plantas que dominaba toda la finca.

—¿Vive usted aquí solo?

—Desde hace un año, me temo que sí, salvo por el bueno de José, un par de camareras, Luis el jardinero y los guardas, claro...; una casa tan aislada necesita mucha protección y da mucho trabajo. El año pasado mi hija Ingrid se casó y desde entonces vive en Málaga, pero viene a verme a menudo. Pero también tengo un piso y una oficina en Gibraltar, y paso allí bastante tiempo.

—¿Su esposa no vive con usted?

—Desgraciadamente, soy viudo, como nuestro común amigo el conde. Mi mujer falleció poco antes de la guerra y me quedé solo con Ingrid.

—Lo siento mucho —dijo Ernesto sin atreverse a indagar más sobre las circunstancias de aquella muerte—. Y dice que su hija está casada; ¿espera ya algún nieto usted?

—Me gustaría, pero no, aún no. Mi hija dice que quiere disfrutar un poco de la vida antes de empezar a traer niños al mundo, y la entiendo. La pobre ha vivido tan aislada estos últimos años, entre esta casa y los colegios de señoritas a los que la envié...

—¿Su yerno es español?

—Sí, malagueño. Un joven abogado de muy buena familia. Tal vez le dé a usted tiempo a conocerlos mientras esperamos la llegada del conde.

Entraron en la casa, lujosamente decorada al estilo centroeuropeo, un extraño contraste con el entorno andaluz y medio salvaje que le resultó sumamente perturbador al joven arqueólogo. La mansión estaba también llena de libros y objetos artísticos por todas partes: cuadros, esculturas, muebles, piezas decorativas, tanto antiguos como modernos, pero todos ellos de enorme calidad y, suponía Ernesto, de gran valor.

—Es maravilloso todo lo que tiene usted aquí —comentó—. Parece un museo.

—Muchas gracias por el cumplido. Yo diría que a lo que más se aproxima es a una galería. En realidad, ¡es una galería! Casi todo lo que usted ve se halla a la venta. Si quiere llevarse algo, no tiene más que ofrecer un precio.

—Bueno, no sabría...

—No se preocupe, Salaberri, estaba bromeando. Venga por aquí, lo llevaremos a su habitación. Buenos días, Jacinta —añadió el alemán saludando a una joven criada que iba vestida con uniforme negro y delantal y cofia blancos, y que recibía al señor de la casa y a su invitado con una reverencia—. Acompañe a don Ernesto al cuarto arábigo.

Y añadió dirigiéndose a él:

—He pensado que, como acaba de llegar usted de Oriente Próximo, tal vez le gustaría seguir sintiéndose un poquito como allí. La habitación donde vamos a alojarlo a usted es en la que guardo las piezas hispanomusulmanas de mi colección. Seguro que le encantan.

—Muy atento por su parte —agradeció Ernesto, aunque en el fondo no estaba tan seguro de si el sentirse como en Siria iba a ayudarle a afrontar el dolor por el que llevaba buceando desde hacía una semana, o si lo iba a dejar aún más en carne viva. Ernesto siguió a la joven sirvienta mientras Klaus se dirigía a sus propias habitaciones para cambiarse de ropa. La criada tomó la pesada maleta que José acababa de dejar junto a Ernesto e hizo ademán de pedirle también la mochila que el ayudante de Nicasio llevaba colgada del hombro, pero el joven le dijo que no hacía falta. Ernesto intentó recuperar la maleta, que le parecía una carga demasiado grande para aquella doncella más bien enclenque, pero Jacinta echó inmediatamente a caminar escaleras arriba con la maleta en la mano, contradiciendo con la gracia de sus movimientos la aparente falta de fuerzas que él le había atribuido. Llegaron hasta la habitación, una estancia redonda que ocupaba la parte superior de un torreón en el esquinazo de la residencia, sin que Ernesto fuese capaz de notar ni un mísero jadeo en la respiración de la criada, ni siquiera mientras, a mitad del pasillo, ella se torció para indicarle dónde se encontraba el cuarto de baño. Jacinta abrió la puerta del dormitorio y lo dejó pasar primero. Dejó la maleta a los pies de la cama, hizo una leve reverencia mientras le decía «a su servicio» y regresó por donde habían venido. La habitación, tal como había anunciado Klaus, estaba decorada con bastantes objetos de estilo árabe, sobre todo platos y fuentes de cerámica, un par de suntuosos puñales colgados de la pared y algunas arquetas de madera, entre ellas una pequeñita que Ernesto juraría que contenía incrustaciones de marfil y que, si en efecto procedía de la época de Al-Ándalus, debía de valer mucho más que su peso en oro. Media hora después, cuando el arqueólogo ya se había aseado, sacado la ropa de la maleta y puesto una camisa limpia, Klaus llamó con los nudillos.

—Adelante.

—¿Qué tal encuentra su dormitorio? —preguntó el anfitrión.

—Asombroso. ¿Dónde ha encontrado todas estas piezas? Algunos museos matarían por conseguir objetos como esos.

—Ja, ja. ¡Qué cosas tiene usted! Como ve, yo soy tratante de antigüedades. Le compro al que las ofrece y le vendo al que quiere adquirirlas, e intento conseguir un margen que me permita seguir con el negocio. Por lo que me ha contado Nicasio, usted quiere dedicarse a la investigación arqueológica. Le deseo un gran éxito en su carrera, y no me cabe duda de que lo alcanzará, con los méritos y el talento que parece que tiene usted, y con el padrino tan poderoso que lo apoya. Solo quiero rogarle que, cuando alcance usted esa sólida posición que le está destinada, cuente conmigo para todo aquello en que pueda serle de ayuda, que seguro que no será poca cosa. En su trabajo dependen ustedes de un montón de trámites administrativos y de la buena voluntad de muchos funcionarios que pueden simplificarlos si se les sabe convencer, y a veces también necesitan ponerse en contacto con personas que trabajan, digámoslo así, un poco al margen de las normas convencionales...; y para allanarles el camino en todos esos casos, nadie como el *Professor* Klaus von Wackenroder, se lo aseguro.

—Mil gracias, *Professor*; lo tendré muy en cuenta.

—Todo sea en honor de nuestro común amigo, el excelente Nicasio Lequerica. Lo que tengo que pedirle ahora es que me permita guardar en mi caja fuerte el valioso objeto que usted transporta. No querría que sufriera ningún percance mientras está en mi casa.

—Naturalmente, profesor. Aquí lo tiene. —Ernesto sacó la cajita metálica de su mochila y se la entregó a Klaus.

—Muy bien. Y ahora, la cena está servida. El viento de levante ha amainado un poco y la temperatura es lo bastante agradable como para que podamos cenar en la terraza, si usted no tiene inconveniente.

—Claro que no. Será un placer.

Durante la cena, Ernesto le preguntó a Klaus si había tenido noticias de Nicasio después de que él emprendiera el viaje que lo acababa de traer al sur de España.

—Como usted sabe, es imposible hablar personalmente con Nicasio desde aquí, pues no tienen ustedes acceso telefónico internacional en aquel yacimiento... ¿Cómo se llamaba?

—Qirq Bize.

—Es verdad, Qirq Bize, cómo he podido olvidarlo. Pero con quien sí que he vuelto a estar en contacto ha sido con el señor Santiago Morales, aunque casi siempre por vía indirecta, pues él teme que su teléfono esté «pinchado» por la policía siria y casi siempre nos comunicamos a través de una tercera persona. Quedamos en llamar a esta persona cuando usted hubiese llegado a mi casa, pero ahora es demasiado tarde en Siria y no la encontraremos en el teléfono. Hay que esperar a mañana por la mañana.

—Muy bien, como usted diga. ¿Y le han contado algo de cómo están mis compañeros de la excavación?

—No hay novedades, todo va viento en popa. Pero no parece que hayan hecho ningún otro descubrimiento excitante.

—¿Le dieron algún mensaje especial para mí?

—¿Un mensaje para usted? No, que yo recuerde. Que le diera la mejor bienvenida posible. O sí, espere, una cosa más. El señor Morales me recordó que era muy importante que no se pusiera usted en contacto con su familia ni con nadie más en España mientras estuviera conmigo. A todos los efectos, para los españoles usted aún está en Siria y volverá a Madrid en compañía del conde. Supongo que lo comprende.

—Sí, eso ya me lo había prevenido don Nicasio —asintió Ernesto decepcionado por la falta de noticias sobre su amada y disimulando su ansiedad por que llegase el día siguiente y pudieran hablar con alguien más cercano a Christine.

—Si me permite, señor Salaberri, tengo curiosidad por conocer la naturaleza del objeto que ha motivado su... su escapada, disculpe la expresión.

Ernesto dudó. Nicasio le había dicho que Klaus von Wackenroder era uno de sus más íntimos amigos y que tenía plena confianza en él, pero también le había pedido guardar en el mayor de los secretos el contenido de su descubrimiento. La verdad es que él mismo no sabía mucho, salvo que se trataba de un documento con información importante sobre los orígenes del cristianismo. Decidió contar algo, por amabilidad hacia aquel hombre que tanta ayuda les prestaba, pero lo justo.

—Antes de que lo guardasen en esta caja, yo solo pude ver que se trataba de un códice antiquísimo. Por lo que decía el conde, se trata de un documento que habla sobre la infancia de Jesucristo.

—¡Oh! ¡Fantástico! ¡Han hecho ustedes muy bien, muy «requetebién» como dicen los españoles, en sacarlo de allí! Quién sabe en qué manos podía haber terminado. ¡Ja, ja, qué tipo el conde! —rio Klaus, quien dio la impresión a Ernesto de que solía reírse más de la cuenta.

—¿Por qué dice usted eso?

—Mi querido amigo..., permítame considerarlo como un amigo, pese a la diferencia de nuestras edades... Confieso que en estos días yo tenía la sospecha de que Nicasio estaba simplemente, ¿cómo decirlo?, metiéndose a contrabandista. Imaginaba que había encontrado un objeto de gran valor y que querría conservarlo para él, o venderlo en el mercado negro... No me culpe, por favor, reconozco que es una acusación gratuita, pero entiéndame, yo vivo de algo que algunas veces no se diferencia mucho de ese tipo de cosas, no podía evitar que esas ideas se me pasaran por la cabeza. Pero lo que

379

me acaba de contar usted absuelve totalmente a mi amigo Nicasio de toda sospecha. Él ha hecho nada más y nada menos que lo que se esperaría de cualquier científico que da más importancia a la preservación de sus hallazgos que a su gloria y su seguridad personales.

—Supongo que tiene usted razón.

—Debo decirle —añadió Klaus levantando una copa de vino blanco— que me hace muy feliz el saber que mi humilde casa guardará por unos días un objeto tan, tan importante, infinitamente más que cualquiera de los que cuelgan en mis paredes. Me gustaría que mi querida Helga hubiera vivido para llegar a saber esto... —dijo también, ensombreciendo su mirada—. Pero ahora solo cabe agradecerle a usted, querido Ernesto, el que me haya traído ese pequeño gramo de felicidad.

—Gracias a usted por toda su ayuda —respondió Ernesto, dudoso acerca de si un gramo de felicidad era una cantidad pequeña o grande; «bastante bien domina el español, no seas tan tiquismiquis», se dijo a sí mismo—. Yo sí quería hacerle una pregunta, *Herr Professor*. Llevo más de dos meses sin poder escuchar una misa; mañana es domingo, ¿sería posible que usted o alguien de su servicio me llevaran hasta la iglesia más cercana?

—Faltaría más. En cuanto nos levantemos, llamaremos a nuestro contacto en Alepo para informarles de que usted y su cargamento han llegado en perfectas condiciones. Después podrá hacer usted todo lo que desee, siempre que no se aleje mucho, claro, hasta que Nicasio llegue aquí. Faltarán para ello unas tres o cuatro semanas. ¿Quién no querría unas vacaciones así en las playas de Cádiz?

—Desde luego —asintió Ernesto educadamente, pero pensando que esas vacaciones solo tenían sentido para él si las podía disfrutar junto a Christine.

—Debe de estar usted muy fatigado por su viaje. Si le parece, nos retiraremos ya para que pueda descansar. No se preocupe por madrugar. Yo me encargaré de dar el mensaje por la mañana temprano.

—*Professor* Wackenroder: me gustaría estar yo presente, si no le es mucha molestia. Querría transmitir un mensaje personal.

—Como usted quiera. Entonces le espero a las nueve de la mañana en el comedor para tomar el desayuno.

A la mañana siguiente, después de una abundante colación a la europea que Ernesto devoró con fruición, Klaus condujo a su joven invitado al despacho en el que se encontraba el teléfono. Ernesto no se preguntó hasta mucho más tarde cómo era posible que una casa tan aislada dispusiera de aquel avance tecnológico que en aquel tiempo era tan escaso en muchas zonas de España, pero la excitación del momento le hizo no dedicar ni un segundo entonces a aquella reflexión. Klaus pidió a la operadora del otro lado de la línea que le conectase con un número de teléfono de Siria, y, como era habitual en esos casos, esperaron varios minutos hasta que ella les avisó de que ya podían comunicarse. Tras un breve saludo en francés, Ernesto no se extrañó tampoco de que Klaus Wackenroder comenzase casi inmediatamente a hablar en español.

—Señorita Borrás, muy buenos días. Sí, soy el *Professor*. ¿Qué tal está usted? Como habíamos quedado, llamo para informarla de que nuestro amigo ya está en casa, el viaje ha ido muy bien y el mensaje que traía ha llegado perfectamente a su destino. En fin, la dejo porque nuestro amigo parece que quiere decirle algo. Sí, sí, está aquí mismo, al lado mío.

—¿Quién es? —preguntó con extrañeza Ernesto a Klaus mientras este le pasaba el auricular.

—Es la señorita Úrsula Borrás. Creo que la conocieron ustedes cuando estuvieron en Alepo.

—Úrsula... ¡Ah, la bailarina! No se me había ocurrido pensar que...

Klaus insistió por gestos en que hablara con ella, y no con él.

—Querida Úrsula, qué alegría poder hablar con usted. Sí, el viaje ha ido muy bien. ¿Qué tal todo por Alepo? Sí, bueno... lo que quería pedirle era que transmitiera un mensaje a...

Klaus, con un manotazo, obligó a Ernesto a bajar el auricular y dijo en voz muy baja:

381

—Nada de nombres, nada de lugares. Nada. Téngalo en cuenta.

—Claro, perdón. Sí, Úrsula, solo quería que les dijese a mis amigos... —notó que le caía el sudor por la frente, ¿qué les quería decir?—, que les dijese a mis amigos que los echo muchísimo de menos y que me gustaría estar allí. Y dígales que ellos ya saben a quién es a la que más echo de menos. Bien, muy agradecido.

Ernesto devolvió el teléfono a Klaus sin poder evitar unos cuantos sollozos, que terminó de dar en solitario en la terraza del jardín. Mientras tanto, Klaus se despidió de Úrsula y colgó el auricular. Una conferencia de dos minutos con el otro extremo del Mediterráneo le costaba, seguramente, más que toda la manutención de su invitado durante una semana, pero por fortuna parecía que el dinero no era una cosa de lo que el alemán tuviera que preocuparse en exceso.

Nada más colgar el teléfono, Úrsula se vistió y, sin decir ni una palabra a sus compañeros de piso, algunos de los cuales aún dormían aunque allí eran más de las doce, salió rápidamente de su casa. En unos quince minutos llegó a la calle en la que estaban las oficinas de Yusef Zuriq. Allí debía buscar a Santiago Morales en su despacho y transmitirle la información que acababa de recibir. Luego él iría personalmente a Qalb Loze para contárselo a Nicasio. Santiago no se fiaba de los teléfonos, no solo para el negocio que ahora se traía entre manos por culpa de su amigo el conde, sino en general: había visto demasiados casos de espionaje y escuchas a lo largo de su vida. El teléfono era, según él, solo para cuestiones de vida o muerte, o bien para conversaciones sin transcendencia, aunque esto último prefería evitarlo a causa de las facturas. Por aquella razón había decidido pedir a la bailarina española, a la que nadie relacionaría con él más que con otro centenar de hombres de buena posición, que sirviera de intermediaria en aquel delicado asunto, por supuesto a cambio de un pago muy razonable. Úrsula llegó hasta la puerta de la empresa, pero se sorprendió al encontrarse allí con dos policías de uniforme. Cuando intentó pasar, uno de ellos se lo impidió de un empujón.

—Tengo que trabajar —le dijo al policía en un muy aceptable árabe.

—Ahora no se puede entrar aquí, váyase y vuelva luego.

Úrsula no quiso insistir, por si la discusión se complicaba, y se marchó despacio, sin dejar de andar pero sin alejarse tanto como para perder de vista el edificio. Al cabo de un rato que se le hizo larguísimo, vio con terror que otros agentes de uniforme y otros tres o cuatro más que también debían de ser policías pero que iban vestidos con traje de chaqueta occidental, salían de las oficinas llevando a Santiago con las manos atadas a la espalda. Lo metieron con más bien poca delicadeza en el asiento de atrás de un gran coche aparcado en doble fila y salieron de allí a toda velocidad. Úrsula sintió que el mundo se le derrumbaba. Santiago no le había contado prácticamente nada sobre el motivo de tanto misterio, pero a ella no le había hecho falta ninguna otra información para darse cuenta aproximadamente de lo que sus compatriotas se traían entre manos: el españolito debía de haber escapado del país con algunas piezas robadas. Ese era un delito que las autoridades sirias castigaban severamente, sobre todo si querían dar un escarmiento a las potencias occidentales, o si querían tener algún rehén para negociar con ellas. A los arqueólogos podrían arruinarles su trabajo y darles un buen susto, haciéndolos pasar por las oscuras gendarmerías del régimen. Pero ella no era un pez gordo por el que alguien más gordo todavía se fuese a preocupar desde un gobierno o una embajada, o desde un palacete como el de los Zuriq. Ella era una apátrida, una infiel, con un permiso de residencia que le valdría lo que durase el interés por sus encantos, y por la que nadie iba a preocuparse en exceso si la condenaban a cinco o diez años de cárcel. Eso sería la muerte para ella. ¿Qué podía hacer? Al principio se acercó a la oficina con la intención de encontrar a alguien que le pudiese dar información, pero se dio cuenta enseguida de que aquello tan solo serviría para poner aún más de manifiesto su culpabilidad. Quizás si fuese a casa de Santiago... pero no, eso tampoco. Y en su propia casa tal vez ya la esperaba la policía secreta, o en el Citadel, que a esas horas estaba cerrado al público. Al final se decidió a volver a su

383

casa. Deambuló unos minutos alrededor del portal hasta que le pareció más o menos seguro que todavía no habían ido a buscarla. Subió hasta el piso. Todos sus compañeros ya se habían levantado. Se dirigió a uno de ellos, Remigio Mollà, valenciano como ella, y le pidió que cogiera las llaves del coche y que la acompañase sin preguntarle nada; ya le daría todas las explicaciones por el camino. A los demás les dijo que tal vez no podría ir esa noche a trabajar al Citadel y que ya tendrían noticias suyas; era mejor que no supieran adónde iba. Mientras Remigio se vestía, ella cogió un poco más de ropa y el dinero que tenía guardado en su armario, preparó un par de bocadillos y una botella de gaseosa, y menos de un cuarto de hora después ya estaban circulando hacia las afueras de Alepo. Lo primero que deseaba era alejarse de allí. El lugar más seguro sería el Líbano, o tal vez Turquía, si conseguían cruzar la frontera.

—Ve hacia el este —le indicó a Remigio, quien se quedó con las ganas de preguntarle qué pasaba, pues ella comenzó a llorar a lágrima viva. Empezó a calmarse un poco cuando se hallaban a unos cuantos kilómetros de Alepo, y solo entonces le contó a su compañero lo que ocurría.

—¿Y qué piensas hacer? —le preguntó Remigio tras escuchar sus entrecortadas explicaciones.

—No lo sé, no lo sé. Estoy aterrorizada, no puedo pensar.

—Mira, *xiqueta*, no saques consecuencias tan pronto. Puede que a Morales lo hayan detenido por algo que no tenga nada que ver con lo que me has contado. Y puede que sí tenga que ver, pero que, aunque lo hayan cogido a él, la poli no sepa nada de lo que has hecho tú. ¿No sería mejor tomárselo con calma?

—¿Tú crees?

—Yo creo que sí. En todo caso, lo de que te alejes unos días de casa no me parece mala idea. ¿Pero adónde pretendes ir?

—Cuanto más lejos, mejor.

—Mira, se me ocurre una idea. ¿Por qué no pasamos por donde está la excavación, que pilla de camino hacia la frontera, y hablas con tu amiguito el conde? Es posible que allí no se hayan enterado todavía de lo que ha sucedido con Morales.

—Y también es posible que los hayan detenido a todos.

—Tienes razón. Pero nos podemos aproximar hasta allí con cuidado y ver cómo está el patio antes que nada. Si vemos que no hay moros en la costa... Bueno, moros va a haber seguro, tú ya me entiendes... —Aquella broma arrancó la primera sonrisa que iluminaba el rostro de Úrsula desde que observó la detención de Santiago—. Si todo está tranquilo, pues vamos derechos al conde; seguro que te lo agradecerá. Y si hay cualquier peligro, salimos zumbando de allí. A ver, ¿tú sabes exactamente dónde están esos tipos?

—Sí, creo que sí —dijo Úrsula sacando de la guantera un mapa desmadejado—. A ver si compras otro; este debe de ser de cuando tus abuelos vinieron a las cruzadas.

Miró durante un rato los nombres latinizados de varias docenas de pueblecitos y al final dijo:

—Aquí está, es Qalb Loze. Tenemos que ir hasta Al Atarib y luego torcer hacia Bab al Hawa.

—*Anem cap allí*. Eso sí, los días que me tengas sin trabajar, tendrás que recompensármelos de alguna manera, *xiqueta*.

—*Amb interessos, panoli*.

Cuando un par de horas después llegaron a las proximidades de Qalb Loze hicieron como Remigio había sugerido. Contemplaron el pueblo desde la distancia durante un rato, sin observar nada sospechoso; un mozalbete venía desde allí guiando unas pocas cabras y le preguntaron, ofreciéndole un billete pequeño a cambio de la información y de su discreción, si había visto que hubiera habido problemas con la policía en el poblado ese día o el anterior, a lo que les respondió que no. Le preguntaron también si sabía dónde estaba la excavación en la que trabajaba el grupo de extranjeros, y el chaval señaló hacia un montículo detrás del cual se hallaban las ruinas de Qirq Bize.

—Ahora mismo están allí —dijo con un acento druso que hacía difícil para los españoles comprenderlo. Le pusieron en la mano el billete prometido, que él besó con fruición, y dieron marcha atrás para llegar hasta el lugar en el que trabajaban los arqueólogos.

—Pues parece que aquí no se han enterado de nada todavía —comentó Remigio—. ¿Qué les vas a decir?

—Espera, ¡frena! —exclamó Úrsula—. Estaba tan convencida de que la policía habría llegado aquí también, que no se me había pasado por la cabeza qué hacer si resultaba que no. El caso es que el conde debe de ser el único que sabe algo sobre el asunto de su ayudante y Santiago. Si me presento hecha una magdalena contándoles lo que ha ocurrido, les pondré a todos al corriente. ¡Menos mal que me lo has preguntado!

—Y entonces ¿qué hacemos?

—No sé. ¡No sé! ¿Y para qué hemos venido hasta aquí? —se preguntó Úrsula en voz alta, desesperada; permaneció unos segundos en silencio, con la cara tapada por las manos, pero enseguida se le ocurrió una idea—. Ve otra vez para atrás, Remigio. El chico de las cabras debe de estar todavía por el camino. Vamos con él.

Remigio volvió a maniobrar y, en efecto, el mismo jovenzuelo de antes abrió de nuevo los ojos como platos al ver el coche aparecer y pararse a su lado por segunda vez en tan pocos minutos.

—Oye, chico —le preguntaron en un rudimentario árabe—. ¿Sabes quién es el señor Nicasio, el español mayor que es uno de los directores de la excavación?

—Sí, el de la barbita —respondió sonriente el chaval.

—Queremos que le entregues un mensaje. Pero nadie tiene que enterarse de que se lo has dado, ¿entiendes?

—Entiendo, señora. Un mensaje secreto.

—Eso es —dijo Úrsula—. ¿Tienes aquí una pluma o un lapicero? —preguntó volviéndose a Remigio.

—Sí, toma, un lápiz. Lo que no sé es si tengo algo donde escribir —añadió rebuscando en la guantera—. Como no te sirva esto —dijo entregándole una cuartilla impresa solo por un lado, con publicidad del Citadel.

—Ah, esto está muy bien. Así sabrá de quién es el mensaje sin que le diga nada.

Úrsula tomó la hoja y fue a escribir en ella apoyándola en el salpicadero, pero antes de empezar, se la pasó a Remigio.

—Mejor escríbelo tú, no quiero que luego puedan reconocer mi letra.

—¡Anda! ¿Y la mía sí?

—Pero a ti no te van a relacionar con ellos. Venga, escribe: «Saint Jacques».

Y constatando la cara de sorpresa de Remigio, aclaró:

—Sí, así, ponlo en francés; nada de nombres: «Cuidado, Saint Jacques está en chirona. El chico ya está en casa del alemán». Espera, añade una cosa más: «Quema esto después de leerlo».

Úrsula tomó de un tirón la hoja en cuanto Remigio acabó de escribir la última palabra y se la entregó al pastorcillo, quien quedó con la mano extendida esperando su recompensa.

—Claro, espera —dijo la mujer buscando en su bolso un nuevo billete; pero antes de dárselo, le repitió—: Es muy importante: dáselo a Nicasio, el español, y sin que nadie más se entere; si él me dice que lo has hecho mal, te daré de azotes.

El niño gritó algo que sonaba como a que había entendido lo que tenía que hacer y salió disparado de allí, dejando las cabras a su aire.

—Bueno, yo creo que nosotros hemos hecho lo mejor que podíamos hacer —expresó Remigio—. ¿Qué te parece si volvemos a Alepo y vemos cómo están las cosas por allí?

Úrsula miró la hora en su reloj. Era media tarde. Tenían tiempo de regresar y prepararse para el trabajo en la sala de fiestas, pero el miedo seguía atenazándola.

—Esta noche prefiero que no. Mejor vamos a algún pueblo cercano donde haya un hotel y nos quedamos allí. Llamaremos por teléfono a los chicos para ver si ha habido novedades y que se enteren de lo que pasa con Santiago. Si todo sigue bien, volveremos mañana.

—Pero el jefe de sala se va a enfadar con nosotros.

—Ya me encargaré yo de consolarlo.

—¿Y a mí me vas a consolar esta noche por los sustos que me estás dando todo el día?

—*Tu calla i conduïx, panoli.*

Capítulo 18

Felipe Barajas esperaba sentado en el despacho de Julio César Machín frente a un enorme escritorio de palisandro. El escritor siempre lo hacía esperar más de lo razonable, y Felipe suponía que era solo por dejar claro quién era el que mandaba, para lo cual, por otra parte, no hacía falta más que ver aquel suntuoso gabinete, en el que cada objeto parecía estar colocado a propósito (o eso pensaba Felipe) con el único fin de mostrar a todos los visitantes el mayúsculo nivel económico y cultural del propietario de todo aquello, por no hablar de su influencia política. Las estanterías de caoba llenaban todo el espacio de las paredes entre ambas puertas del despacho, una abierta hacia el salón y otra hacia el pasillo que conducía a las habitaciones, salvo la amplia ventana, un recuadro donde colgaba un diminuto Sorolla original y otro en el que había un retrato al óleo del propio Machín, con la firma de Alejandro Cabeza. En el resto de los estantes, varios miles de libros, muchos de ellos antiquísimos, que eran solo una fracción de los que el escritor atesoraba entre su domicilio y un enorme almacén a las afueras de Madrid; y colocados entre los volúmenes o por delante de ellos, objetos tan extraños como una cabeza reducida del Amazonas, algunos relicarios barroquísimos con supuestas reliquias auténticas en su interior, pequeñas esculturas o figuras de terracota procedentes de antiguas civilizaciones, bustos de grandes personajes como Beethoven, Wagner, Paracelso, Newton, Isabel la Católica, el Cid o Julio César (el enemigo de Astérix y Obélix, no el dueño de todas aquellas cosas), pequeñas armas blancas de todo tipo y época, y sobre todo, numerosos marquitos con fotos de Machín acompañado por alguna persona importante, junto a la mayoría de los cuales él era una esferita pálida que no llegaba al otro a la barbilla, pero que sabía ofrecerle al objetivo de la cámara fotográfica un gesto que dejaba pocas dudas de cuál de las dos personas era la auténtica protagonista de la imagen. La única foto en la que no había rastro de Machín era una de monseñor Josemaría Escrivá de Balaguer, marqués de Peralta, según rezaba la plaquita del marco. «Debe de ser de antes de que lo hicieran santo —meditó Felipe—. Ahora no pondría "monseñor".» En esas reflexiones andaba el detective cuando su jefe decidió que ya lo había hecho esperar bastante y se dignó cruzar la puerta. Vestía pantalones de franela y camisa de grandes cuadros, pero ocultos por un batín satinado que seguramente habrían hecho a medida, pues era difícil que existiera para aquella prenda tan exclusiva, pensó Felipe, una talla tan ancha y a la vez tan corta.

Machín se sentó en su sillón, al otro lado de la mesa, y preguntó directamente:

—¿Qué es lo que has encontrado?

Felipe sacó de su carpeta las fotos que traía y las depositó sobre la escribanía de piel granate en la que los dedos de Machín tamborileaban el ritmo de una música imaginaria que el detective no acertó a descifrar.

—Bien. Veamos.

Machín cogió las fotos y empezó a examinarlas. Al llegar a aquellas en las que se veía claramente el rostro de Tinín, vestido con el mono azul de obrero, no pudo evitar levantar las cejas y dejar caer muy levemente su abultado labio inferior.

—Es el conde, ¿verdad?

—El mismo que viste y calza. El moro es un empleado suyo.

—¿Y esa es la misma casa adonde fueron el otro día?

—Sí.

—¿Has conseguido enterarte de por qué iba vestido así?

—Hombre, jefe, no me lo dijeron. Pero por el tiempo que estuvieron dentro, está claro que lo que intentaban era hacerse pasar por unos curritos para poder entrar en la casa sin despertar sospechas.

—¿Y estos? ¿Quiénes son? —preguntó Julio César escudriñando en la siguiente foto a las tres personas de aspecto ordinario que acompañaban a Mansur y a Félix, los dos empleados de Rosina a los que Felipe había indentificado anteriormente.

—Ni zorra idea. Supongo que, puesto que se largaron en el cochazo de la condesa, irían a encontrarse con ella en algún sitio, tal vez en su casa; yo no puedo seguir dos presas a la vez, como usted comprenderá.

—Claro. Lo que me extraña es lo de la niña —dijo señalando con un índice regordete la imagen de Maite—. No parece que sea hija de la otra mujer.

—¿De la negraza? Desde luego que no. Tal vez del otro menda, puede ser. Pero la niña no tiene nada de mulata; mire, aquí la tiene en primer plano. Es mona, ¿verdad?

Machín no respondió, sino que siguió mirando las fotos. Cuando las hubo visto todas, empezó a pasarlas de nuevo y se quedó mirando detenidamente otra vez aquellas en las que aparecía Maite.

—El caso es que diría que a esta chica la he visto alguna vez.

—Le aseguro que yo no conozco de nada ni a la niña ni a los otros dos.

—¿Y tú qué piensas que iban a hacer Tinín y el moro en esa casa, Felipe? ¿Irían a robar algo? ¿Les viste sacar algo especial cuando se fueron?

—Salieron con el mismo maletín de herramientas con el que entraron; no parecía que fuese ni más lleno ni más vacío, pero era grande, vete tú a saber lo que podían haber metido dentro, o sacado. De lo que sí que estoy casi seguro es de que ellos sabían que alguien los vigilaba. Quizás me hayan visto seguirles, pero el caso es que husmearon de una forma muy particular cuando salieron otra vez a la calle.

—Ten mucho cuidado.

—Eso delo por hecho, jefe. Pero me había preguntado usted qué sospechaba yo que don Tinín y el moro estaban haciendo. A mí me da en la nariz que no iban a robar.

—¿No?

—No, jefe. ¿Qué van a poder querer llevarse de una casa tan miserable?

—Entonces ¿a qué fueron allí, según tú?

Felipe sonrió. Para ese tipo de sospechas y de elucubraciones pensaba que su mente iba más rápido que la del que pagaba por ellas, sin darse cuenta de que Machín había pensado antes que él en esa y en muchas más posibilidades.

—Me apuesto los huevos a que fueron allí a dejar alguna cosa.

—¿A dejar algo, dices? ¿Como qué?

—Vamos, jefe. Mire las fotos. Esta mulata tiene una pinta de madama barriobajera que tira para atrás.

—No digo yo que no —corroboró el escritor contemplando la imagen de Ailín.

—Y el maromo es su chulo, de eso no cabe la menor duda; con ese aspecto de macarra trasnochado...

—¿Y la niña, entonces...? —sugirió Machín; él mismo había pensado en algo semejante en cuanto vio las fotos.

—Pues imagínese.

—Ya. ¿Y el condesito y el moro qué pintan en todo esto, pues?

—Esos lo que hicieron fue colocar unas cámaras de vídeo ocultas en el piso de la madama; me juego los...

—Sí, sí, ya has apostado bastante por esta noche. Creo que es posible que tengas razón. Lo que me parece muy raro es que para un trabajo así vaya el mismo Tinín en persona. Si tú fueras él, con toda su fortuna y su clase, ¿no se lo habrías encargado a algún especialista?

—No se crea que no he pensado en eso, jefe. Le he dado muchas vueltas.

—¿Y?

—Quizás no tienen tanto dinero. Si tienen que andar metidos en estas guarrerías es porque deben de tener dificultades económicas. Le sale más barato que el trabajo se lo haga su criado... porque el moro es un criado suyo, como le he dicho ya; es el mismo con el que salió de su finca el otro día.

—Pero ¿por qué tendría que ir él en persona?

—Pues a supervisar el trabajo, supongo. Aunque, a pesar de todo, sigo teniendo una duda.

—Todos tenemos dudas, es la condición humana.

—Ya me entiende usted, jefe. Lo que pienso es que, por muy achuchados de pasta que anden Rosina y Tinín, exponerse a que a uno lo procesen por allanamiento de morada no es moco de pavo. Tiene que ser algo muy muy serio para que el conde corra ese riesgo en persona, ¿no le parece a usted?

—Tal vez no sea tan peligroso para él.

—¿Cómo que no, jefe? Ahora mismo podríamos mandar estas fotos a algunos sitios y don Tinín tendría un problema la mar de gordo.

—Sí, pero no con la ley.

—¿Eh? —preguntó por lo bajo el confundido detective.

—Felipe: como suele ocurrir, sobre este asunto yo sé algunas cosas que tú no sabes.

—Bueno, de eso no hay duda, jefe. Usted dirá el qué.

—No había allanamiento de morada, porque el piso al que fueron es de la condesa. Cuando el otro día me diste la dirección a la que habían ido, encargué que comprobaran en el registro la propiedad de los inmuebles. El cuarto derecha pertenece a doña Rosina Lequerica de Montemayor.

—¡Pues entonces está clarísimo! —exclamó Felipe sin dar muestras de sentirse avergonzado por aquel regate en el que Machín había dejado clara una vez más la preeminencia de su intelecto sobre el de su empleado—. Tinín y el moro subieron a instalar unas cámaras para filmar las guarrerías que alguien va a hacer con esa niña —añadió señalando la foto de Maite—. Alguien al que después nuestra amiga Rosina va a desplumar como a un pollito. ¡Ja, ja, menuda tía! Y el chófer se llevó a los tres para que la condesa o algún intermediario les explicase lo que tenían que hacer.

—Es posible. ¿Pero por qué tendrían que instalar esas cámaras cuando la madama, como tú dices, no estuviera en el piso?

—Hombre, jefe, porque seguramente no quieren que lo sepan ni ella, ni el chulo y menos aún la pobre niña. A ellos les habrán dicho que se trata de hacerle un servicio a un cliente con mucha pasta, pero no les habrán contado que lo van a grabar en vídeo para chantajearlo después.

Julio César Machín asintió moviendo muy despacio la cabeza y apretando más de lo normal su prominente labio inferior. Seguía pensando en la sensación de *déjà vu* que le había producido el rostro de la chica cuando la vio en las fotos la primera vez, pero prefirió no insistir más en ello para que Felipe no fuese a pensar que su jefe recordaba a la niña por haber disfrutado de sus servicios. La mente de Machín retrocedió al origen de toda aquella investigación: buscaban algo con lo que hundir, o al menos hacer bastante daño, a la condesa de Valmojado, y parecía que estaban a punto de dar con ello. ¿Tendría algo que ver con la historia aquella periodista con la que se encontraba Constantino?

—Has hecho un buen trabajo —manifestó—. Lo malo es que, si de verdad te han descubierto, va a ser muy difícil que sigas con la vigilancia de los condes directamente. Mandaré a otra persona a echar un vistazo de vez en cuando a esta casa —dijo señalando el portal en una de las fotos—. ¿Por qué no te dedicas tú mientras tanto a vigilar un poco a la amiga del conde?

—¿A Valeria Ciscar? Encantado. Tendría que conseguir su dirección, pero eso será fácil.

—Pues andando. Mañana empiezas con eso.

—Fenomenal, jefe. Otros encargos que me hace son mucho menos interesantes. De aquí podremos sacar buen material, ¿no cree?

—Claro que sí. Venga, hasta la próxima —concluyó Julio César levantándose de su sillón e indicando a Felipe la dirección de la salida a modo de invitación para marcharse ya.

Cuando volvió a quedarse solo en su casa, el escritor se dedicó a mirar otra vez las fotos que había traído Felipe. Tinín estaba ciertamente ridículo con aquel disfraz de currante; por aquellas imágenes podría obtener Machín un dineral en algunas revistas del corazón, si estuviera dispuesto a venderlas. Pero la historia que ocultaban era demasiado importante como para sacarla tan pronto a la luz: aún le hacían falta unos cuantos datos más para terminar de tejer una historia interesante y convincente. Germán podía estar bien satisfecho del trabajo que estaba haciendo para él su antiguo compañero de colegio. Machín siguió pasando las fotografías y de nuevo encontró la mirada, aparentemente feliz, pero con una sombra de inquietud, de aquella adolescente de unos quince o dieciséis años. Felipe tenía razón: era muy mona. Y era una pena que con aquella tierna edad ya estuviera dispuesta a corromperse; ¡qué asco de juventud!, y sobre todo, ¡qué asco de jovencitas!, pensó, notando cómo su pantalón de franela comenzaba a tensarse a la altura de su entrepierna. Lo peor de todo era la confusa y tenaz impresión de haber visto a esa muchacha en algún otro sitio y no hacía mucho tiempo. Machín, que tenía una memoria prodigiosa, detestaba aquella incertidumbre. Por lo que a él concernía, estaba seguro de no haber tenido tratos con ninguna quinceañera en los últimos tiempos, tal vez desde antes de que naciese aquella chica, así que era francamente improbable que la recordase de habérsela encontrado cara a cara. Pero si no, ¿de qué? «En fin —se dijo—, mejor no pensar mucho en ello y la respuesta vendrá sola a mi mente cuando menos me lo espere.» Y con aquella ostentación privada de disciplina mental se refugió unos minutos en su oratorio para departir, como todas las noches antes de acostarse, con El Que Siempre Escucha Nuestros Ruegos.

En el Instituto Enrique Godínez, Juanjo se despidió de Maite con un efímero beso en los labios y después cada uno se fue por su pasillo sin mirar hacia atrás. Iker y Tairon, dos compañeros de clase del chico, habían entrado en el vestíbulo un instante después de ellos y echaron a correr detrás de Juanjo hasta alcanzarlo por las escaleras.

—¡Au! —se quejó este doliéndose de la fuerte colleja que le propinó Iker.

—No te quejes, que más duelen los cuernos —replicaron los otros, y siguieron corriendo sin reducir su velocidad hasta entrar en la clase.

—¡Hijos de puta! —vociferó la víctima como única defensa.

Mientras se sentaba en su pupitre, alguno de sus compañeros dijo «¡Eh, toro!». Él hizo como que no lo había oído, pero la llamada se repitió en tono más fuerte. Juanjo se dio la vuelta y respondió, mirando hacia el que pensaba que había sido:

—Aquí hay alguien que se está ganando un par de hostias.

—Hombre, qué raro, ya está Juanjo empezando con una de sus broncas —se oyó la voz de Luis Miguel Fernández, el profesor de inglés, que entraba justo en aquel momento.

—¡Es que se están metiendo conmigo, profe!

—Bueno, pues las peleas fuera del instituto, por favor.

—¡Cuidado con Juanjo, que embiste! —exclamó una voz desde atrás, tan distorsionada que era difícil para todos saber quién era su dueño, pero que provocó una carcajada general, salvo en Juanjo y el profesor.

Luis Miguel, sin imaginarse de qué iba la historia y aprovechando el símil taurino en un intento de congraciarse con sus alumnos, le dijo al aludido:

—Venga, Juanjo, tranquilo, no vayamos a tener que devolverte a los toriles.

Juanjo, entre las carcajadas del resto de la clase, se puso rojo de ira pero se abstuvo de reaccionar, limitándose a sacar de su mochila lo que necesitaba.

Maite, por suerte, no tuvo que aguantar aquella mañana ninguna broma como las que llevaban gastándole desde hacía casi dos semanas. Esperaba impaciente la tercera hora, justo la de antes del recreo, en la que le tocaba historia con Daniel Peñas. Aprovecharía el final de la clase para poder hablar con él.

Rosina salió de su casa en el Lexus conducido por Mansur. No era muy temprano, porque aquella noche no había podido casi pegar ojo dándole vueltas al misterio del manuscrito, y Tinín, que la notó dar vueltas sin parar hasta casi el amanecer, desconectó el despertador y se encargó de compartir el desayuno con los niños antes de irse al trabajo, así que cuando Rosina se despertó ya no quedaba nadie de su familia en casa. Ella no había querido confesar a Tinín y a Félix sus sospechas acerca de Ernesto Salaberri, pues ni siquiera les había hablado de su última reunión con él, en la que le dio la noticia sobre el mensaje de Nicasio que ella acababa de recibir. Pero, sobre todo, no había querido decirles nada porque confiaba en Ernesto tanto o más que en su propio marido y en su administrador, y, antes que lanzar sobre él ninguna acusación, debía estar muy segura de que el viejo ayudante de su abuelo tenía realmente algo que ver con la desaparición del manuscrito. Durante la noche se había debatido entre dos pensamientos que tiraban de sus reflexiones en sentidos contrarios. Por una parte, Ernesto era con toda certeza la única persona de fuera de su casa que conocía la existencia del mensaje del viejo conde, y que, además, podía relacionar ese mensaje con el hallazgo arqueológico que él mismo le había descrito un par de días antes. Si alguien había tenido la ocasión de ordenar que Rosina y los suyos fueran vigilados, ya fuese para encontrar el manuscrito o para enterarse de lo que intentaban hacer con él, esa persona tan solo podía ser el viejo Salaberri. Por otro lado, Ernesto no había hecho otra cosa en toda su vida más que ayudar generosamente a Nicasio Lequerica, primero, y a su nieta después, y había compartido, o así al menos lo creía Rosina, todas las confidencias y secretos profesionales del viejo conde. Si ahora se trataba de recuperar un manuscrito que Nicasio y Ernesto habían encontrado juntos y que el abuelo había escondido por precaución durante tantos años, ¿quién sino su más fiel ayudante para encargarse de organizar el estudio y la exposición de aquella supuesta maravilla, y por qué habría tenido que ocultarle Nicasio a Rosina sus sospechas sobre Ernesto? Pero este pensamiento la llevaba hacia otro más preocupante: alguna razón muy severa había debido de tener el abuelo para no encargar la custodia del manuscrito al propio Ernesto Salaberri, que a priori parecía la persona más indicada para ello. Y la obviedad de esta sencilla conclusión la hacía arrepentirse profunda y dolorosamente de no haberse dado cuenta de ella tan solo unos días antes. Pero el caso es que no lo había hecho, y ahora solo quedaba, antes de dar ningún nuevo paso, enfrentarse cara a cara con la situación, es decir, con Ernesto.

Al final de la clase de historia, Maite sacó deprisa y corriendo la tableta de su mochila y fue a la mesa del profesor mientras este recogía sus papeles.

—Daniel, ¿puedo hablar contigo un momento en el recreo? Es un asunto superimportante —le suplicó.

—Claro, cuéntame.

—¿Podemos hablar en otro sitio?

Daniel miró al resto de alumnos, que se estaban marchando sin dilación para apurar al máximo posible el recreo.

—¿No estamos bien aquí?

—Es que tengo que enseñarte una cosa y no quiero que lo vea nadie.

—Bueno, entonces vamos al departamento; espero que esté vacío a estas horas.

En efecto, en el seminario de geografía e historia, un cuartuchín alargado, lleno de mapas y un par de estanterías con atlas, muchos manuales y algunos otros libros, no había entonces ningún otro profesor. Por el camino, Daniel se imaginó cuál podía ser el tema del que Maite le quería hablar: el acoso al que la estaban sometiendo a ella y a otras dos compañeras un grupo de alumnos del centro, pues Ramón Rosales se lo había contado a los profesores que daban clase a las chicas. Con un poco de suerte, también podía tratarse de alguna noticia sobre el atentado contra su propio coche. Pero lo que no podía ni figurarse era lo que Maite se traía entre manos de verdad.

—Es un asunto muy delicado —empezó diciendo la chica mientras despertaba su tableta—. Antes de nada, tengo que pedirte que no le cuentes a nadie lo que te voy a decir, bajo ningún concepto; absolutamente a nadie.

—Caramba, qué misterio. Descuida, quedará entre nosotros.

—Y también tengo que hacerte unas preguntas antes de contártelo. ¿Tú eres del Opus?

Daniel se quedó de piedra. «¿En qué demonios estará pensando esta chica, por Dios?», se preguntó.

—No, claro que no. Ya sabes que me llaman «el ateo». Pero, si me permites, ¿a ti qué te importa eso?

—Ahora lo entenderás, Daniel. Perdona, pero todo te va a sonar un poco raro. Déjame que te lo cuente desde el principio, por favor.

—No hay problema, venga, soy todo oídos —animó el profesor sin ser consciente todavía de la inverosímil catarata de sorpresas que estaba a punto de caerle encima.

—¿Te suena el nombre de Ernesto Salaberri?

—¿Eh? Sonarme... sí que me suena. Ah, claro, el catedrático de la Autónoma. Me dio clase de Prehistoria, ya no me acuerdo si en tercero o en cuarto de carrera. Era un hombre muy majo. Pero no entiendo qué puede tener que ver contigo.

—Ya lo verás. ¿Sabes si él era del Opus?

—Pero ¿qué te ha dado a ti con el Opus esta mañana, chica?

—Luego te lo cuento. Dime si lo sabes, por favor.

—Yo te digo todo lo que quieras, Maite, no te preocupes. Pero te veo muy nerviosa. ¿Te pasa algo serio? El jefe de estudios me contó lo que os están haciendo algunos descerebrados del instituto.

—Ah, eso. Sí, son una panda de cabrones. Pero lo de ahora no tiene nada que ver. Dime, ¿Ernesto Salaberri es del Opus?

—Pues creo que sí. Entre los catedráticos de su época era algo muy habitual. Pero no te lo puedo asegurar al cien por cien. ¿Y eso qué tiene que ver contigo exactamente?

Maite abrió un archivo de imagen en su tableta, que mostraba la primera página del códice, y se la enseñó a Daniel.

—Tiene que ver con esto.

—Caramba. Esto es un manuscrito griego. Por desgracia, yo solo soy capaz de deletrearlo, pero no entiendo ni jota, como mucho alguna palabra suelta. ¿Pero qué pasa con ello?

Maite abrió otra imagen, la fotografía de la primera página del cuaderno de Nicasio.

—¿Tú me podrías decir si esta página es una traducción de la otra?

Daniel, al que le estaba invadiendo una sensación de irrealidad cada vez más intensa, fue mirando alternativamente las dos páginas en la pantalla del aparato.

—Yo pienso... yo juraría que sí; al menos los nombres propios coinciden. Demetrio. Licino de Gádara. Antioquía. Tiberio César. Supongo que el resto también. Pero tendría que verlo algún especialista en griego antiguo. Podemos enseñárselo a Jenaro, el profesor de clásicas.

—No, no, por favor. Ya verás que es algo muy, pero que muy importante. Cuanta menos gente lo vea por ahora, mejor.

—Ok, como tú quieras. Pero cuéntame de qué se trata.

Maite hizo un resumen un tanto atropellado de cómo había aparecido el manuscrito (aunque sin revelar que se hallaba en su casa), de lo que más o menos había entendido ella de su contenido y de los peligros que, según su tío Lorenzo, rodeaban al códice.

—¡Me estás diciendo que un familiar tuyo ha encontrado un manuscrito sobre la infancia de Jesús que explica que la historia de los Reyes Magos fue un timo!

Por toda respuesta, Maite emitió un suspiro y movió la cabeza ligeramente arriba y abajo.

—¡Venga ya, me estás tomando el pelo! Esto es una broma que os habéis inventado a propósito de la charla del otro día.

—¡Todo lo que te he dicho es verdad! ¡Te lo juro! —respondió la chica excitada.

—Vale, Maite, perdona. Pero comprende que es una historia difícil de creer.

—Te puedo dar unos cuantos archivos con las fotos de los dos libros, para que los compares.

—Me parece muy bien. Sí, por favor, cópiamelas.

—Pero me tienes que jurar que no vas a enseñárselo a nadie.

—Claro, te lo prometo, ya te lo he dicho. No va a salir de aquí.

Pero a todo esto, no me has explicado qué tiene que ver Salaberri con esta historia.

—Según mi tío, el abuelo de Rosina tenía miedo de que el Opus encontrase este libro y lo destruyera.

—¡Ja, ja! No sé si destruirlo, pero seguro que no les hace ninguna gracia que se publique una cosa así.

—El conde pensaba que como Ernesto Salaberri era del Opus, si llegaba a enterarse de dónde estaba el libro se lo entregaría a ellos, o vete tú a saber qué. Por eso lo escondió.

Daniel reflexionó un momento, intentando recordar todo lo que sabía sobre su viejo profesor. Al final, dijo:

—Maite, no sé qué idea tienes tú exactamente del Opus Dei; creo que algunas novelas y películas os han calentado la cabeza. Uno puede estar más o menos a favor o en contra de sus ideas y de sus métodos, o de la influencia política que pueden llegar a tener... Pero no creo que tengan un comando secreto para deshacerse de pruebas contra la religión cristiana, o algo así. Y con respecto a Salaberri, yo no puedo poner la mano en el fuego por nadie, pero a mí me pareció siempre un profesor y un investigador muy honesto. No ocultaba sus creencias religiosas, pero tampoco permitía que ellas influyeran en lo que enseñaba a sus alumnos, en cómo nos calificaba o en lo que escribía en sus trabajos científicos. Pero claro, por lo que me has contado, este manuscrito es algo tan absolutamente diferente a lo normal que es imposible predecir cómo va a reaccionar cada uno cuando lo tenga entre sus manos —y diciendo eso, pensó en silencio «quién sabe cómo reaccionaré yo mismo»; aquel pensamiento lo llenó de terror, un terror lóbrego sobre el que solo iluminaba la débil luz que procedía de los ojos de Maite, suplicantes de ayuda desde su propio desasosiego.

Mientras esperaba que abrieran la puerta de la casa de Ernesto, Rosina recordó con alivio que Mansur le había asegurado que nadie los seguía. Odiaba la impresión de estar siendo vigilada y se juró a sí misma hacérselo pagar muy caro a quien hubiese estado haciéndolo. Y en el fondo de su corazón deseaba que esa persona no hubiera sido Ernesto Salaberri. Fue su propio viejo amigo quien la recibió en el umbral, sorprendido al encontrar allí a la condesa a una hora tan temprana para lo que era habitual en sus visitas.

—Hola, Rosina. Disculpa que te reciba de esta manera. Dagmara ha salido a comprar y yo no puedo venir más rápido —dijo mientras se dejaba dar dos besos en las mejillas—. Solo en levantarme del sillón ya tardo casi medio minuto.

—Lo siento, Ernesto. Tenía que haberte avisado de que iba a venir —mintió Rosina entrando en la vivienda sin esperar a que su anfitrión se lo ofreciera.

—Bueno, supongo que traerás noticias, ¿verdad?

—Sí, tío Ernesto. Pero prefiero que te sientes antes de que te las dé.

—¡Caramba! Eso, junto con la cara de preocupación que traes, es ya una noticia en sí misma. ¿Qué es lo que ha pasado? —preguntó el viejo obedeciendo a la condesa y volviendo a acoplarse en su enorme sillón orejero.

Rosina se abstuvo de responder inmediatamente, dedicándose, por el contrario, a apartar un poco los visillos del ventanal y mirar a la calle, donde estaba esperándola Mansur. Oía la respiración entrecortada de su amigo, pero aún no se había decidido por una forma de abordar la cuestión.

—Rosina, ¿ocurre algo?

Ella, por fin, y sin volverse, preguntó:

—Ernesto, ¿tú me has contado todo lo que sabes sobre el manuscrito de mi abuelo?

—¿Qué quieres decir?

—Creo que es bastante obvio —dijo ella con tono algo más irritado, girando finalmente hacia Ernesto.

—Pues... pues... —dudó el anciano—. Vaya, yo juraría que sí. La verdad es que no sé gran cosa, como ya te dije. Lo encontramos en Siria, lo traje a España, Nicasio lo guardó después sin querer enseñárselo a nadie ni hablar casi nunca del tema, ni siquiera conmigo, y cuando él murió, del códice no quedó ningún rastro hasta que tú apareciste con la noticia el otro día. Y lo único que yo sé acerca de su contenido es que debían de ser muy malas noticias para la religión cristiana. Pero todo esto ya te lo conté el otro día. ¿Qué ha pasado ahora? ¿Tienes el manuscrito o no?

—No, no lo tengo. No estaba donde Nicasio dijo que lo había escondido.

—¡Maldita sea! ¿Y tienes alguna idea de dónde puede estar?

—Eso es justo lo que venía a preguntarte.

—¿A mí? Pues lo siento mucho, querida niña mía, pero qué más quisiera yo que saberlo.

—¡Ernesto! —exclamó Rosina incrementando aún más el tono autoritario que había ido tomando su voz durante la conversación—. ¿Tú le has contado a alguien nuestra conversación del otro día?

—Pero... pero... ¡Por supuesto que no! ¿Qué tonterías estás diciendo?

—¿Seguro?

—Vamos, Rosina, ¿por quién me estás tomando?

—Y tu criada, ¿crees que ella ha podido escuchar lo que dijimos?

—¿Dagmara? ¡Venga ya! Rosina, te estás imaginando unas cosas rarísimas. Cuéntame ya lo que ha pasado, por favor.

La condesa tomó asiento en un amplio sofá y escondió la cabeza entre las manos.

—Ahora mismo no puedo confiar en nadie, Ernesto, entiéndelo. Primero: el códice no estaba en la caja cuya combinación me había dejado el abuelo en secreto, y eso significa que alguien lo ha robado. No tengo ni idea de cuándo ha podido suceder. Quizás ocurrió hace veinte años, o quizás fue la semana pasada. Pero, segundo: el caso es que alguien siguió ayer desde mi propia casa a la persona que iba a recuperar el manuscrito. Es decir, hay alguien más al tanto de nuestros pasos. No sé si son los mismos que lo robaron, o alguien que piensa que todavía lo tenemos, pero de lo que no hay duda es de que alguien anda detrás de nosotros. ¿Y tú de verdad no sabes nada? —concluyó Rosina con un grito, a la vez que se escuchaba la cerradura de la puerta.

—Por favor, Rosina, estás en mi casa —dijo Ernesto resignándose a adoptar un tono tan airado como el de la condesa—. Te ruego que no grites. Además, Dagmara ya está llegando, mejor que no nos oiga discutir. Y a tu pregunta la respuesta es simplemente no. No tengo ni idea de lo que ha pasado con el manuscrito, y tampoco sabía que os hubieran estado siguiendo. Espero que no te hayan seguido hasta aquí también.

—Creo que no. Por lo menos, eso dice mi chófer.

—Menos mal.

Maite seleccionó varias de las fotografías que aquella noche él y su hermano habían tomado con la tableta al códice y al cuaderno de la traducción, y las envió por correo electrónico a la dirección que le acababa de pasar Daniel Peñas.

—Muchísimas gracias. Lo veré en mi casa con más tranquilidad y te diré si me parece un documento auténtico o no, aunque como te puedes imaginar, no es lo mismo si un aficionado como yo estudia unas fotos hechas con una *tablet*, que si un equipo de expertos examina el propio manuscrito con la tecnología más avanzada. Pero respecto a tu otra petición...

—Lo de Salaberri.

—Justo. Mira, la verdad es que no se me ocurre cómo ayudarte en eso. No voy a ir a hacer una visita a mi viejo profesor de hace veintitantos años, que ya no se acordará de mí para nada, y a preguntarle «oiga, si llegase a sus manos un libro que demuestra que la historia de los Reyes Magos es un timo, ¿usted qué haría con él?». Incluso aunque fuese cierto que intentaría quemarlo, no me lo iba a confesar así por las buenas, ¿no crees?

—Claro, profe, tienes razón.

—Pero es que, además, pienso que esa teoría que me has contado sobre que el Opus Dei anda detrás del manuscrito para destruirlo o para ocultarlo es totalmente inverosímil. Mira que yo tengo poquísimas simpatías por la religión en general, y por el Opus Dei en particular, pero te aseguro que no son el tipo de mentes retorcidas y de asesinos a sueldo que has visto en las películas.

—Pero, entonces, ¿por qué piensas que el abuelo de Rosina tomó tantísimas precauciones para ocultar el manuscrito?

—Y yo qué sé. Tal vez chocheaba; tal vez estaba un poco mal de la azotea y se imaginaba conspiraciones a su alrededor. Reconozco que haber encontrado un documento como este puede volver majareta al tipo más cabal.

Sonó por los pasillos del instituto el timbre que avisaba de que el recreo había terminado. Daniel pidió a Maite la tableta para poder contemplar de nuevo aquellas fotos maravillosas. Al verlas, se le ocurrió una idea.

—Yo creo que sé lo que podéis hacer. Lo que a vosotros os preocupa es que, si se lo entregáis a Rosina, el códice pueda acabar en manos de alguien que intente destruirlo u ocultarlo, ¿no?

—Exacto.

—Bien, pues lo que yo haría si estuviera en vuestro lugar sería lo siguiente. Haría una copia fotográfica lo mejor posible de todo el manuscrito y de la supuesta traducción, devolvería los libros a su dueña, le contaría vuestras sospechas y, por último, le avisaría de que existe una copia del manuscrito en un lugar seguro, y de que, si el descubrimiento no se da a conocer en un plazo razonable, otra persona se encargará de hacerlo.

—¡Me parece una idea genial! —exclamó la niña con una espléndida sonrisa.

—Gracias, pero espera, que aún hay otro detalle. Para que, llegado el caso, pudierais demostrar que las fotografías son auténticas, tendríais que quedaros con algunas hojas del manuscrito. Si lo único que tenéis son fotografías, será muy difícil probar que el códice que en ellas aparece es auténtico.

—O sea, que tendríamos que romperlo y quedarnos un trozo. ¿Pero eso no sería un delito?

—Yo diría que sí. Pero no se me ocurre otra solución. Por supuesto, lo mejor sería no decirle a Rosina que, además de las copias, tenéis físicamente una parte del códice. Como supongo que la condesa no puede saber cuántas hojas tiene el libro, no las echará en falta, al menos hasta que cotejen la traducción con el original y vean que hay partes que no están en el manuscrito. Pero siempre podéis alegar que el libro estaba roto y que una parte se extravió. Lo importante es que la protejáis como oro en paño, y que se la devolváis cuando sea preciso. ¿A ti qué te parece?

—No sé. Tengo que consultarlo con mi familia, pero muchas gracias por la idea.

—Y ahora, venga, todos a clase, que nos van a poner falta.

Rosina se recostó en el sofá y se cruzó de brazos. La puerta de la sala se abrió y apareció Dagmara, saludando a la señora condesa y preguntando al señor catedrático si deseaban alguna cosa.

—Sí, por favor. Prepáranos unos cafés, pero descafeinados —ordenó Ernesto—. Y que no nos moleste nadie, por favor —añadió, aunque estaba claro que la principal destinataria de aquella última orden era la propia criada.

—¿Qué podemos hacer, entonces? —preguntó la condesa cuando Dagmara se marchó.

—No lo sé. Para empezar, ¿dónde se supone que estaba el manuscrito pero resulta que no está? Imagino que no era en tu palacio, si dices que os siguieron desde allí.

—No sé si te lo puedo contar, Ernesto.

—Venga, por Dios. Si hubiera sido yo el que hubiese ordenado que os siguieran, ya lo sabría, ¿no?

—Tienes razón; te lo diré. El manuscrito estaba supuestamente escondido en un piso de mi propiedad, que habitó en usufructo hasta su muerte la buena Jacinta, nuestra criada; ¿te acuerdas de ella?

Ernesto perdió súbitamente el escaso color de sus facciones. Las manos comenzaron a temblarle y su mirada se instaló en el vacío. Balbuceaba, pero Rosina no conseguía entender lo que el anciano quería decir. A duras penas adivinó que lo que hacía era, sobre todo, repetir el nombre de Jacinta. Entró Dagmara con el café, preguntó a su señor si le pasaba algo y este levantó la mano indicando que se marchara. Rosina ayudó al viejo catedrático a tomar unos sorbos, que parecieron reanimarlo. Al cabo de un minuto parecía haberse recuperado. La condesa iba a preguntarle algo, pero él la interrumpió con una exclamación que logró pronunciar con toda claridad:

—¡Válgame Dios! ¿Jacinta? ¡Jacinta! ¡No me fastidies, por favor, Rosina! ¿Me estás diciendo que el manuscrito de Qirq Bize lo guardaba esa zorra?

A nueve mil kilómetros de allí, una tremenda e inesperada lluvia tropical (al fin y al cabo, se suponía que estaban en plena estación seca) mantenía encerrados en las instalaciones del hotel Cocoa Island a la veintena larga de clientes a los que la casualidad y unos buenos miles de dólares por cabeza habían reunido en aquel remoto y paradisíaco lugar, perdido en medio del océano Índico. La isla de los Cocos era un alargado triángulo de menos de quinientos metros por su lado más extenso y a unos cinco kilómetros de la otra isla habitada más cercana, que a su vez no era mucho más grande. La única construcción notable en la isla era el hotel, un conjunto de edificios de una sola planta en el centro del cayo que albergaban las instalaciones comunes, y una serie de treinta palafitos separados unos de otros, las habitaciones, construidas sobre el lecho de un mar color turquesa y conectados a la playa, a la recepción y a la vida exterior a través de unos frágiles puentes de madera que la inoportuna tormenta diríase que estaba a punto de tornar en mondadientes, o eso les parecía a los temerosos occidentales que miraban hacia sus lejanas habitaciones flotantes, imposibles de discernir a través de las ventanas del salón central por culpa de las gruesas cortinas de agua que un despistado monzón del Índico mandaba sin parar sobre aquel diminuto universo. Los empleados del hotel tranquilizaban a los clientes diciéndoles en un perfecto inglés que aquello no era nada y que la lluvia más intensa terminaría sin duda en muy pocos minutos; entretanto, había muchas cosas que se podían hacer en el hotel; ¿querrían disfrutar del *jacuzzi*?, ¿una sauna maldiva?, ¿un masaje especial?, ¿algún espectacular cóctel mientras disfrutan de la música del piano en nuestro bar? Esta última oferta fue la más tentadora para la última de las parejas que había llegado a Cocoa Island esa misma mañana. Un camarero les llevó a sus sillones las magníficas copas, todo un portento de artesanía enmarcando una deliciosa combinación de frutas y licores. No habían probado nada igual. Un pianista de rasgos orientales destilaba con suavidad una vieja canción de Sinatra.

—¿Bailamos? —dijo él.

Ella rio de felicidad, dejó la copa aún medio llena sobre la mesa, tomó la mano de su pareja y se dejó llevar hacia la amplia zona vacía que rodeaba el piano. Ya no había muchos hombres, y menos de aquella edad, que supieran bailar tan bien, con aquel *swing,* al son de aquella música suave y vibrante. Cuánto daño habían hecho los bailes caribeños, el rock y la música disco. Ella apoyó la mejilla en el hombro de él y se sintió de nuevo la mujer más feliz del mundo, mientras el tintineo de la lluvia sobre los tejados de madera empezaba a convertirse en un murmullo acogedor.

Capítulo 19

Cerca del almacén del yacimiento, Nicasio limpiaba con un cepillo de suaves cerdas un trozo de cerámica que Christine había encontrado esa mañana. Casi toda la actividad de los arqueólogos se había trasladado a la zona de la hospedería, como habían decidido llamar al edificio cuyos restos estaban desenterrando. La cantidad de objetos que habían salido allí a la luz era muy superior a la cosecha que habían obtenido entre las ruinas más visibles, donde las paredes se habían mantenido tercamente de pie, pero donde había sido mucho más fácil, para cualquiera que hubiese visitado la ciudad en los últimos mil trescientos años, llevarse lo que sus antiguos habitantes hubiesen abandonado allí. El volumen de hallazgos era tan grande que ya casi no les cabían en los dos improvisados almacenes, uno de ellos el del propio yacimiento y otro en la casa del jeque Faisal donde se alojaban, así que los directores de la excavación estaban pensando llevar en los próximos días una buena parte al museo de Alepo o al Departamento de Antigüedades. Nicasio, mientras limpiaba la nueva pieza, consideraba en silencio qué objetos elegir para aquella entrega parcial, cuando le sorprendió la llegada de un chico andrajoso que no aparentaba más de diez años y que extendía la mano agarrando un papel. El pastorcillo decía algo en árabe, pero Nicasio no lo comprendía. Tomó el papel, sorprendido al ver que se trataba de un anuncio del cabaret que habían visitado con Santiago durante su última noche en Alepo, pero el niño siguió con la mano extendida. El conde, con un gesto, le pidió que aguardase y sacó un buen puñado de calderilla de su monedero. El niño tomó las monedas y se alejó velozmente de allí. Nicasio no tuvo siquiera tiempo de ver en qué dirección se había marchado el chaval, pues leyó en un segundo las tres frases escritas en la parte de atrás de la hoja y de inmediato comprendió quién era la responsable del mensaje y lo que este implicaba. Si Santi había sido arrestado, la situación del propio Nicasio y de sus compañeros de excavación era delicadísima, por no decir que estaban al borde del abismo. La primera tentación de Nicasio, como la de Úrsula pocas horas antes, fue la de tomar sus cosas y el coche que había dejado allí Santiago para casos de urgencia y escapar de Siria lo más pronto posible. Pero una retirada tan vergonzosa supondría sin lugar a dudas la pérdida definitiva de su buena reputación, algo más importante para él que su propia fortuna, así que descartó inmediatamente aquella idea. Lo que necesitaba era tener más información, pero las únicas formas de conseguirla eran, o bien llamar por teléfono, lo que el propio Santiago les había desaconsejado, o bien ir hasta Alepo y ver allí de primera mano cómo andaban las cosas. Por otra parte, en cuanto sus compañeros se enterasen de la noticia sería muy difícil, si no imposible, seguir ocultándoles la verdadera razón por la que Ernesto se había marchado a España. Ante aquella difícil disyuntiva, Nicasio optó por volver al poblado para telefonear a la familia de Santiago y ver de qué podía enterarse sin despertar sospechas. Recogió las pocas pertenencias personales que había llevado a la excavación, avisó a unos obreros de que dijeran a los demás que se había ido a Qalb Loze si preguntaban por él y emprendió el camino tan rápido como pudo. Poco antes de llegar entre jadeos a la casa del jeque Faisal, pensó que era extraño que fuera Úrsula quien se encargara de avisarle, en vez de la mujer o los suegros de Santiago; tal vez la situación era mucho peor y toda la familia estaba retenida. También se preguntó si Úrsula habría venido hasta el poblado, o si habría encargado a alguien llevar el papelito desde Alepo. Buena chica la valenciana, en cualquier caso. Al llegar a la casa el conde fue derecho al teléfono, pero una de las mujeres de Faisal le indicó que llevaba sin funcionar desde la mañana: debía de ser una de las frecuentes interrupciones de la línea. El conde imaginó que no se trataba de ninguna avería, sino que muy probablemente había sido cortada a propósito para tenerlos incomunicados. Eso le hizo tomar finalmente la determinación de conducir el coche hasta la ciudad para intentar ver de primera mano lo que estaba ocurriendo. Al fin y al cabo, él tenía inmunidad diplomática y no lo podían detener. Metió unas pocas cosas en el vehículo por si tenía que pasar allí unos días, pidió a la mujer que avisara a los otros de que se había tenido que marchar urgentemente para ver a Santiago Morales, arrancó el motor y salió a la mayor velocidad que las pésimas carreteras le permitían.

«Al fin y al cabo —pensó para tranquilizarse—, Úrsula dice que Ernesto ha llegado a España sano y salvo y con el manuscrito en su poder, así que es muy probable que las autoridades no conozcan la naturaleza de nuestro hallazgo. Seguramente todo podrá resolverse con un soborno un poco más inflado de lo normal.» A medida que avanzaba por aquellos paisajes pedregosos, estas ideas fueron ganando más y más espacio en el espíritu del conde, proporcionándole algo de sosiego. ¿Qué expedición arqueológica en Oriente Medio, o en cualquier otro rincón de lo que estaba poniéndose de moda llamar «el Tercer Mundo», no hacía un poco de contrabando? Era en parte una forma de compensar las crecientes exigencias de las autoridades locales, pero también una consecuencia de la proliferación de los furtivos, quienes se terminaban llevando inevitablemente una buena parte de las piezas, a menudo con la complicidad del personal de las excavaciones. Si él mismo no hubiera sorprendido al ladronzuelo que encontró la dichosa tinaja, lo más probable sería que el códice hubiera desaparecido definitivamente para la ciencia, o que se hubiera destruido sin más, al no ser preservado con los métodos necesarios. Y lo más seguro era que la actividad de los furtivos no se hubiera limitado a ese caso; aquella vez Nicasio los pudo ahuyentar, pero quizás otros días se habían llevado algunas otras cosas, quién sabe de cuánto valor, y si las autoridades no hacían absolutamente nada para proteger el yacimiento, ¿cómo podían esperar que todas y cada una de sus piezas terminasen bajo su control? No, las exigencias legales no eran más que un equilibrio inestable en el juego de toma y daca al que jugaban incesantemente los funcionarios, los furtivos, los políticos y los arqueólogos, y eso era conocido por todo el mundo, así que nadie iba a arruinar la carrera de nadie por que algún que otro hallazgo de Qirq Bize hubiese cruzado la frontera del Líbano por una zona sin vigilancia. Como mucho, les asustarían un poquito a Santiago y al propio conde para que el delegado de Antigüedades y unos cuantos de sus subordinados tuviesen la posibilidad de regalar a sus mujeres o a sus amantes algún vestido más o una sortija nueva.

En esos pensamientos andaba Nicasio cuando le pareció ver a lo lejos una fila de vehículos militares, como los muchos que habían encontrado en su viaje de ida hasta las ruinas. El convoy se dirigía hacia donde se hallaba él. Faltaban ya pocos minutos para la puesta de sol, justo en la dirección contraria a la de los vehículos, de modo que Nicasio los veía claramente iluminados por la amarillenta luz del crepúsculo contra el fondo rojizo del paisaje. Ellos, en cambio, no podrían ver igual de bien el coche de Nicasio, pues se lo impedía el fuerte contraluz. Como no deseaba de ninguna manera tener que dar explicaciones de su desplazamiento, decidió salirse de la carretera y esconder el automóvil tras una casa abandonada, único refugio en aquel paraje totalmente desierto, hasta que el convoy pasase de largo. No tuvo que esperar más de cinco minutos. Eso sí, al verlos más de cerca le sorprendió que, al contrario que en el caso de los convoyes que les pararon varias veces cuando iban hacia Qirq Bize, formados como mucho por un par de camionetas, esta vez eran cuatro y estaban acompañadas por tres coches de policía. Un escalofrío recorrió la espalda de Nicasio, pensando en la posibilidad de que el destino de aquel dispositivo no fuese otro sino su yacimiento. Se quedó petrificado hasta varios minutos después de ver desaparecer los vehículos y su polvareda por el horizonte, y casi temblando, volvió a poner el coche en marcha, encendió las luces y retomó el camino hacia Alepo.

Tras hablar brevemente después del desayuno con la bailarina del Citadel, cuyos ondulantes pechos y caderas no se pudo sacar de la cabeza en las siguientes horas, Ernesto pudo por fin cumplir su deseo de escuchar una misa católica por vez primera en más de dos meses. Habría podido hacerlo en Beirut, pero allí sus guardianes le pidieron que no saliese a la calle hasta embarcar. En cambio, una vez de regreso en su patria la necesidad de sumergirse en el dulce ritual latino, de confesarse largamente con un sacerdote y de recibir la gozosa eucaristía, estaban por encima de cualquier otro empeño, salvo, tal vez, el de depositar a buen recaudo el valiosísimo objeto que había traído con él, una misión que había cumplido ya de la manera más satisfactoria. Klaus, en un lujoso pero robusto coche, condujo personalmente a su huésped hasta Barbate, a unos quince kilómetros del palacete del alemán, primero a través de una pista de tierra hasta la aldea de Zahara de los Atunes, y el resto del camino por una carretera de la que era difícil saber si alguna vez había llegado a estar asfaltada, de modo que tardaron casi una hora en llegar. La parroquia de San Paulino era un templo recién reconstruido y de excelente planta, diáfano y luminoso, como le gustaban las iglesias al joven investigador, no como los oscuros y raquíticos templos orientales que había visitado en Alepo. Cuando llegaron faltaba casi una hora para la misa mayor, y sendas filas de confesionarios a izquierda y a derecha de la nave central recogían a unas cuantas almas pecadoras aguardando su turno. Ernesto esperó sentado en un banco de la iglesia, mientras Klaus hacía tiempo tomándose un fino en la plaza sin perder de vista ni un momento el Mercedes, que nada más llegar al pueblo fue rodeado inevitablemente por una masa de chiquillos curiosos. Las confesiones de los barbateños eran bastante rápidas, quizás en exceso rutinarias, estimó Salaberri, y en ello iba pensando, sobre el trasfondo de aquellas ubres soberbias que Úrsula había cimbreado a un palmo de su rostro allá en Alepo y que obsesivamente permanecían casi de manera refleja en su magín, cuando le tocó arrodillarse en el reclinatorio frontal de la oscura cabina. El cura, un andaluz no mucho mayor que el propio Ernesto, disimuló su sorpresa al ver llegar a aquel desconocido, pero no pudo evitar abrir los ojos como platos al comenzar a oír, tras un indolente avemariapurísima, las aventuras que el forastero fue refiriéndole. Al cabo de dos minutos el sacerdote se había arrellanado en su banqueta y había apoyado la barbilla en la mano y el codo sobre el borde de la portezuela, atendiendo a la historia de Ernesto como quien oye un serial en la radio; solo dejaba esa postura para santiguarse de vez en cuando, y en ella se quedó el cura unos instantes cuando Ernesto dio su historia por concluida.

—¿Ya? —preguntó el sacerdote, como esperando más.

—Sí, padre.

—Pero... —comenzó el cura— Pero ¿tú estás seguro de que es verdad todo lo que me has contado, hijo?

—Hombre, padre, ¿cómo me dice eso?

—Hijo, la tuya no es una historia como las que se suelen escuchar por aquí.

—¿Y qué culpa tengo yo?

—Ninguna, por favor, no me hagas caso; eran cosas mías. Pero de todo lo que me has contado, me parece que pecados gordos no hay más que uno o dos, y yo diría que son muy comprensibles dadas las circunstancias.

—¿Qué quiere usted decir?

—Nada, nada. Que no te voy a poner una penitencia muy severa, hijo. Con que reces un par de padrenuestros antes de la misa y un rosario esta tarde es más que suficiente. Lo que sí le gustaría al Señor es que mantengas seriamente la intención de formar una familia cristiana con esa chica de la que me has hablado, y por supuesto, que te abstengas en lo posible de caer otra vez con ella en el concubinato mientras no paséis por el altar, que espero que sea pronto.

—El Señor sabe que puede contar con ello, padre.

—Pues entonces, con lo que te he dicho ya vas en paz.

—¿Y lo del robo del códice?

—Mira, hijo, yo ni soy un experto en derecho, ni falta que me hace; me limito a ayudarte a ver el lado moral del asunto, y desde ese punto de vista, si la historia que me has contado es cierta...

—Que lo es, padre, que lo es —insistió Ernesto algo irritado.

—Pues digo que desde ese punto de vista no veo nada inmoral

en lo que me cuentas que habéis hecho. Al fin y al cabo, el códice, como tú lo has llamado, lo habéis encontrado vosotros, y tu jefe tiene la autoridad moral e intelectual necesaria para juzgar por sí mismo qué es lo que resulta más apropiado hacer con ello. Y si, como dices, se trata de un documento importante para la cristiandad, pues mucho mejor sacarlo de tierra de infieles, me parece a mí.

—Eso es lo que dice él.

—Pues su criterio coincide con el mío, entonces. Hala, venga, vete en paz; *ego te absolvo in nomine patris et filii et spiritus sancti.*

—Amén.

—Amén.

Ernesto se levantó algo más satisfecho, aunque la penitencia le pareció demasiado poco severa en comparación con las que solía imponerle su confesor habitual en Madrid, y se fue a un banco cercano al altar para tener un buen sitio durante la misa. Lo que no vio fue que, desde el confesionario que estaba justo enfrente del que había utilizado él, un cura más entrado en años hacía un gesto al otro con la mano, subiendo y bajando la muñeca como diciendo «menuda charla te ha dado el forastero», a lo que el cura joven respondió, también en silencio, llevándose el índice de la mano derecha a la sien y haciéndolo girar.

Nicasio llegó a Alepo cuando ya se habían encendido las farolas. Aparcó cerca del barrio de El Jedaida, pero sin llegar a entrar en él con el vehículo, pues prefirió acercarse a pie hasta la casa de Santiago Morales aprovechando la reciente oscuridad. Cuando tuvo a la vista el portal, husmeó por los vacíos alrededores y procuró intuir lo que podía estar pasando detrás de las ventanas bien cerradas. No le pareció ver nada sospechoso, salvo que de la casa de su amigo no salía ni una sola rendija de luz. Se decidió a ir hasta la puerta y llamar al timbre, pero, aunque lo hizo varias veces, nadie le abrió ni contestó. Mientras esperaba la respuesta que no vino, creyó escuchar un débil ruido procedente del interior de la casa, como si alguien se hubiera movido. Quizás solo estaban algunos criados y los señores les habían ordenado no abrir la puerta a nadie. Volvió a pulsar el timbre por última vez y, al seguir sin respuesta, decidió marcharse. ¿Adónde podría ir? No tenía muchas más opciones que asomarse por el Citadel, así que enfiló sus pasos hacia el cabaret. Tal vez Úrsula se encontrase allí y tuviera más información. Gracias a Dios, aunque la policía lo estuviera buscando a él, pensarían que se hallaba en Qirq Bize, y además tampoco debían de conocer demasiado bien su rostro y su aspecto, así que en una gran ciudad como Alepo le resultaría algo más fácil pasar desapercibido, al menos unas horas y si se conducía con prudencia. Llegó al Citadel en unos diez minutos, volvió a cerciorarse de que no había vigilancia policial, o al menos eso le pareció, y entró por fin en el lujoso club. El camarero que lo condujo hasta una mesa en un rincón discreto no dio la impresión de acordarse de él, ni tampoco el que le sirvió un magnífico *manhattan* unos pocos minutos más tarde. A este le preguntó si aquella noche habría espectáculo de danza del vientre. La respuesta, por desgracia, fue negativa: la bailarina se había indispuesto. Cuando al cabo de un buen rato ordenó su segundo *manhattan*, pidió al camarero que alguno de los músicos españoles fuese a hablar con él cuando fuera posible. Nicasio vio cómo el servicial empleado se acercaba al podio de la orquesta antes siquiera de ir a la barra para encargar el cóctel y hablaba en cuchicheos con uno de los saxofonistas, que miró hacia el conde e hizo un gesto de asentimiento. Nada más acabar la pieza que estaban tocando, el delicioso *Tu vuò fa l'americano* de Renato Carosone, el músico acudió donde Nicasio.

—Señor conde, qué alegría verlo de nuevo por aquí. ¿Viene usted solo?

—Sí. Mis compañeros se han quedado en el yacimiento.

—Supongo que viene a preguntar por Úrsula.

—No solo por ella, pero claro, por Úrsula también. Me han dicho que estaba indispuesta.

—Eso dicen, sí.

—Pero ocurre algo más, ¿verdad?

—Sí, claro. Nuestro compañero Remigio nos ha llamado por

teléfono esta tarde y nos ha explicado lo suficiente como para saber qué era lo que ocurría. Supongo que ya sabe usted que han detenido al señor Morales.

—Sí. Úrsula me lo hizo saber. Transmítale mi agradecimiento más profundo cuando la vea, por favor.

Nicasio recordó que aún llevaba en el bolsillo de la chaqueta la nota de la bailarina. Con los nervios, no se había acordado de destruirla tal como ella le había pedido. La sacó, hizo con ella un canutillo y le acercó la llama del encendedor, dejándola consumirse despacio en el cenicero.

—¿Y se sabe por aquí algo sobre Morales? —preguntó Nicasio mientras contemplaba la diminuta hoguera—. Acabo de ir a su casa y parece que no hay nadie, o que no se atreven a abrir.

—No sabemos nada, excelencia, salvo que se lo han llevado a la gendarmería.

—¿Ha preguntado la policía por Úrsula?

—No, eso no. Ni en casa ni aquí en el Citadel. Le hemos dicho a Remigio que parecía que a ella no la buscaban, al menos de momento. Espero que puedan regresar pronto y sin peligro.

—Eso espero yo también. Ella no ha hecho más que transmitir algunos mensajes entre Morales y mi ayudante, ni siquiera tenía por qué saber de qué trataban. Cuando se pueda poner otra vez en contacto con ella, dígale que, pase lo que pase, yo me encargaré de protegerla, y por supuesto, de recompensarla.

—Se lo diré, no se preocupe.

—Mil gracias. Intentaré volver mañana para ver si ha regresado ya o si tienen noticias suyas.

—Aquí estaremos.

—Y una cosa más, por favor.

—Dígame, señor conde.

—¿Usted no sabrá de algún alojamiento donde pudiera pasar la noche sin tener que identificarme?

—Claro que sí, excelencia. ¿Prefiere con o sin compañía?

Nicasio, sorprendido por la pregunta, miró hacia algunas de la media docena larga de exuberantes mujeres que, solas o no, y luciendo incitantes vestidos de noche, ocupaban estratégicas posiciones en la barra y las mesas del Citadel.

—No me importaría que fuese acompañado, siempre que fuese con toda discreción.

Lo que Nicasio ignoraba es que, un poco antes de que él llegase a Alepo, el convoy de camionetas militares y coches de policía con el que se había cruzado aquella tarde había entrado, casi al anochecer, en el poblado de Qalb Loze. Los arqueólogos habían terminado su jornada como todos los días y se disponían a tomar la cena en casa del jeque Faisal, todos menos Geneviève y Raoul, a quienes esa noche les tocaba otra vez compartir guardia. Helmut Pitterman y Maurice Clément habían preguntado con extrañeza la razón de la ausencia de su codirector, pero por toda explicación recibieron la respuesta de que Nicasio había tenido que ir urgentemente a Alepo a ver a Santiago Morales. Como la casa seguía sin línea telefónica, no pudieron hacer nada más al respecto. Acababa de empezar a servirse la cena cuando el ruido de muchos vehículos, mezclado con algunos gritos estremecedores, irrumpió claramente por las ventanas.

—¿Qué diablos pasará? —preguntó Maurice en voz alta, antes de darse cuenta de que las dos mujeres que les traían la comida se habían quedado pálidas, petrificadas y temblorosas. Una de ellas balbuceaba algunas palabras que los europeos no podían entender; la otra estaba en completo silencio.

Los gritos se acercaban a la casa, aunque parecían proceder de todo el poblado. Dietrich, uno de los jóvenes alemanes, era el único que seguía comiendo.

—Yo que vosotros me terminaría la cena —dijo—. A saber si podemos acabarla dentro de un rato con todo este jaleo.

—¿Cómo puedes tener esa sangre fría? —le dijo Rolf, pero después de contemplarlo unos segundos, decidió seguir su ejemplo, lo que imitaron también Christine y Maurice; solamente Helmut permanecía de pie, asomándose por la ventana e intentando enterarse de lo que ocurría fuera, hasta que una de las mujeres fue a su lado y cerró bruscamente las contraventanas, exclamando algo en su dialecto. Mientras Helmut volvía a la mesa, se oyeron a lo lejos algunos disparos, a lo que las mujeres de Faisal respondieron con gritos terriblemente agudos y entrecortados.

—Me ha parecido que estaban deteniendo a gente —dijo Helmut, tan nervioso que le temblaba la mano con la que sujetaba un vaso de agua.

—Yo diría que están haciendo una redada —dijo Maurice.

—Eso parece, sí —confirmó Rolf.

—Pero ¿por qué? No parece que los habitantes de Qalb Loze sean unos delincuentes —dijo Christine.

—No creo que eso tenga mucha importancia en un país como este —explicó Maurice—. Además, las gentes de por aquí son drusos, una minoría religiosa, incómodos para el régimen. Y viven muy cerca de la frontera; no sería de extrañar que se dedicaran habitualmente al contrabando. Supongo que si la policía quiere, no le faltarán motivos para hacer unas cuantas detenciones.

—¿Y a nosotros nos harán algo? —preguntó Christine.

—Fíjate que parecen estar evitando esta casa —tranquilizó Dietrich—. Seguro que saben que nosotros nos alojamos aquí y no quieren causar ningún conflicto con ciudadanos occidentales.

—Dios te oiga —sentenció la chica—. Pero ¿y Raoul y Genèvieve?

—No creo que los guardias hayan hecho una parada en el yacimiento; allí no habrá nadie del pueblo a estas horas —dijo Maurice.

—Yo no estaría tan seguro de que nos vayan a dejar en paz —soltó Helmut, que había permanecido en silencio casi todo el rato.

—Pero ¿qué tenemos que ver nosotros con las minorías o con el contrabando?

—Nada, por supuesto, pero no me gusta esta situación; no me gusta nada de nada.

—Además, menudo jaleo se armaría si se les ocurre ponernos la mano encima —añadió Rolf.

—Pues entonces, venga, terminemos de cenar, dejad que los sirios se peleen entre ellos —animó Dietrich, comprobando que las mujeres se habían marchado, no sabía si a algún rincón más oculto en la propia casa, o si habían salido al exterior buscando un sitio más seguro o intentando enterarse de la suerte de sus familiares.

—Pues yo no puedo estar tan tranquila, Dietrich —exclamó Christine—. No dejan de escucharse gritos y disparos. ¡Esto puede estar siendo una carnicería, y Geneviève y Raoul están ahí fuera!

—Pero están casi a dos kilómetros.

—¡Joder! ¿Y por qué no salimos a hablar con los jefes de la operación y les advertimos de que hay compañeros nuestros por ahí? —planteó Christine en tono exigente.

—Pues está esto como para salir... —comentó Rolf.

—¡Sois unos cobardes!

En ese momento, unos recios golpes en la puerta de la casa terminaron súbitamente con el amago de discusión.

Después de la misa, Ernesto volvió adonde tenían aparcado el coche y descubrió que Klaus estaba acompañado por José, el mayordomo, que aquella misma mañana había ido a atracar el yate en el puerto barbateño.

—Así, a la vuelta no tendré que conducir yo —dijo el alemán medio en broma—. Odio estas espantosas carreteras. Pero ya es hora de comer. ¿Le gusta a usted el *pescaíto* frito? Yo no he conseguido que en mi casa lo preparen tan bien como en los bares de este pueblo, así que he desistido totalmente, y cuando me apetece tomarlo le digo a José que me traiga aquí. Verá, va a chuparse los dedos.

Al cabo de dos horas, y tras pasar por tres bares distintos, Ernesto había saboreado casi todas las especialidades gaditanas: puntillitas, pijotas, acedías, cazón, gambas, atún, melva y unas cuantas tortillas de camarones, además de otras muchas cosas que no lograba recordar, y todo ello regado con abundantes copas de fino y manzanilla que fueron ingeridas en su mayor parte por el joven arqueólogo. El efecto del alcohol no se hizo esperar y Salaberri se durmió casi inmediatamente cuando volvieron a montar en el Mercedes, cómodamente recostado en el amplio asiento de atrás. No despertó hasta que llegaron a la mansión de Klaus.

—Arriba, amigo, ya estamos en casa —lo llamó el alemán—. Debe de estar usted todavía agotado por el viaje —comentó cuando ya habían salido del coche.

—Lo cierto es que el trabajo en el yacimiento era también bastante agotador —respondió el joven.

—Lo comprendo —dijo Klaus acompañando a Ernesto hacia la casa mientras José llevaba el coche hasta el garaje—. Siendo tan joven como usted, yo mismo sentí la tentación de dedicarme a la arqueología, pero lo que me hizo desistir fue precisamente el esfuerzo físico. Yo no tengo madera de excavador, prefiero investigar en bibliotecas, museos, archivos y, sobre todo, en viejas mansiones llenas de objetos olvidados y cubiertos de polvo. Aunque desde este rincón del mundo tampoco puedo hacerlo muy a menudo, claro está.

—Tiene que contarme usted cómo llegó hasta aquí, profesor Wackenroder.

—Claro. Tenemos un montón de días por delante, puedo contarle mi vida entera varias veces. Pero ahora creo que lo que necesita usted es seguir descansando.

—Bueno, no se piense que el esfuerzo físico es lo único que me tiene así de alicaído —confesó Ernesto con la desinhibición a la que lo lanzaba su ligera ebriedad.

—Las botellas de manzanilla habrán contribuido en alguna medida.

—¡No me tome usted por un borracho, por favor! Más bien es la falta de costumbre. Yo no bebo casi nunca.

—Entonces ¿qué otra razón dice que hay para su decaimiento?

—Volver de Siria antes de tiempo ha supuesto un golpe muy duro para mí. Dejé en Qirq Bize algo muy importante.

—No me diga, ¿una mujer? ¿La persona a la que se refería esta mañana cuando hablaba por teléfono?

Ernesto asintió con la cabeza pero no respondió nada.

—¡Ah, las mujeres! —exclamó Klaus—. ¿Cómo podríamos vivir sin ellas? Lo que sí puedo asegurarle es que, cuando llegue usted a mi edad, verá cómo el impulso que nos arrastra hacia sus regazos disminuye mucho en su intensidad. Pero entiendo que con sus años eso sea todavía algo muy importante. Y dígame, ¿es bonita?

—Es lo más precioso que hay en el mundo. Y también la más inteligente. No hay ninguna como ella —dijo Ernesto con voz quebrada.

—Vamos, señor Salaberri, no se aflija usted. Tómese este período como unas meras vacaciones en las que tomar fuerzas para reencontrarse con su amada con un deseo aún más vigoroso. Mire, este es un lugar tan alejado de la civilización... a pesar de que estemos en Europa, más bien parece que estamos a miles de kilómetros en el interior del continente africano, que tan bien se observa desde aquí... —añadió, señalando por un ventanal hacia las montañas del otro lado del mar, y siguió—: Pues le digo que esto está tan aislado, que casi lo único que se puede hacer aquí es disfrutar de la vida.

La joven criada que había llevado a Ernesto hasta su habitación la tarde anterior llegó para recoger en silencio las ligeras prendas de abrigo y los zapatos de los recién llegados y traerles dos pares de pantuflas. Antes de que se retirase, Klaus la tomó suavemente por un antebrazo y le dijo:

—Jacinta, a mi invitado hay que tratarlo como a un rey. Quiero que las dos semanas que va a pasar en mi casa las recuerde durante el resto de su vida como si hubieran sido un adelanto de esa eternidad en el paraíso que seguro que se merece. Y ahora, querido Salaberri, váyase a seguir descansando y luego dé un paseo por la playa hasta la hora de cenar.

Ernesto se fue obedientemente a su habitación, pero no pudo volver a dormirse. Se quedó en la cama, sin deshacerla, tumbado boca arriba y recordando sus experiencias de los últimos meses, en especial el tiempo pasado junto a Christine. Al cabo de un buen rato el aburrimiento lo venció y se levantó para examinar los numerosos objetos que adornaban aquella increíble estancia. Comprobó que cada uno tenía pegada una pequeña etiqueta con un código, seguramente el que permitía a Klaus identificar los datos necesarios en algún archivo. El alemán parecía un hombre muy meticuloso, y Ernesto supuso que eso era una condición indispensable para dedicarse a aquel negocio, sobre todo haciéndolo desde un lugar tan apartado. De repente, se acordó de Santiago Morales y de su apasionante historia, y pensó que su jefe, el conde de Valmojado, conocía realmente a un montón de tipos la mar de curiosos. Después de observar y admirar la mayor parte de aquellas piezas de arte arábigo-andaluz, Ernesto miró por la ventana por vez primera desde que había tomado posesión de su dormitorio. Orientada hacia el sur, tenía una vista espléndida de la playa y del mar, y allí a lo lejos, justo por encima del azul horizonte, se divisaban con precisión las montañas del norte de Marruecos, cuya costa se encontraba tan próxima que más que el Atlántico, más que un océano, parecía un gran lago. Tan inmediata cercanía a un territorio musulmán, junto con la decoración del dormitorio, le hicieron sentir al arqueólogo durante unos segundos, en efecto, como si no se hubiera alejado tres mil kilómetros de su añorado pedregal en el norte de Siria. Tras contemplar unos minutos el paisaje, decidió que le apetecía dar un paseo por la orilla del mar, como le había sugerido Klaus. Salió de la casa sin encontrarse con nadie, atravesó el jardín y cruzó la portezuela que daba directamente a la playa, la misma por la que habían entrado la tarde anterior desde el yate. Se quitó los calcetines y los zapatos que Jacinta había vuelto a llevarle una vez limpios y los dejó a un lado de la puerta. También se remangó los pantalones para poder andar por la orilla del agua sin mojárselos. Pensó que tendría que haber llevado una toalla para limpiarse los pies a la vuelta, pero ya no tuvo ganas de volver. Cruzó la playa, unos cincuenta metros de suave arena seca, y llegó hasta donde rompían las olas. El viento de levante del día anterior había amainado y las olas rompían con tranquilidad. Metió los pies en el agua y la sintió excesivamente fría, pero aún estaban a principios de mayo, era normal. Tal vez algún día decidiera darse un chapuzón en las horas más calientes del día, si Klaus le proporcionaba un traje de baño. Empezó a andar hacia el extremo norte de la playa, cerrado por un acantilado de unos treinta metros de altura, por encima del cual pasaba el camino que habían tomado aquella mañana para ir hasta Barbate. En el otro extremo del acantilado, unos doscientos metros más allá del final de la playa, se veía una pequeña península rocosa en la que destacaba un edificio de forma cúbica y esquinas redondeadas; al verlo más de cerca comprobó que era una especie de búnker, pero parecía completamente abandonado. Debía de ser un puesto de vigilancia del Estrecho, que habría funcionado durante la guerra, la civil o la mundial, o quizás las dos. En las rocas del borde del acantilado, por las que ya no podía seguir avanzando más que unos pocos metros, vio también que se formaban algunas pozas en las que nadaban tranquilamente pececillos, camarones, algún erizo de mar y bastantes cangrejos. Después de observar durante unos minutos sus movimientos, decidió recorrer la playa en sentido contrario, un kilómetro aproximadamente sobre la arena húmeda, con las suaves olas acariciando sus pies y pantorrillas. Ya se había acostumbrado a la temperatura del agua y no le parecía tan fría; quizás no sería tan mala idea, después de todo, la de darse un baño en algún momento.

Cuando llegó al otro extremo de la playa el sol estaba a punto de ponerse: una inmensa bola rojiza suspendida unos metros (o eso parecía) sobre el limpio horizonte. El mar se fue tragando poco a poco al sol, hasta engullirlo completamente en menos de cinco minutos. Un resplandor rojizo fue la única señal del ocaso que quedó en el poniente. Cuando el astro había desaparecido, Ernesto vio un poco a la derecha una débil lucecita que se encendía periódicamente. Al fijarse, vio que era un faro muy lejano, que parecía clavado sobre un islote a cierta distancia de unos acantilados enormes, cuyo tamaño impresionaba incluso vistos desde tan lejos y desdibujados por la humedad del aire, unos riscos que se alzaban muchísimos kilómetros más allá del búnker que había al norte de la playa. Estaban incluso más lejos que Barbate, el pueblo donde había escuchado la misa y se había hartado de pescado frito. Por sus conocimientos de geografía dedujo que aquello era el cabo de Trafalgar, así que la supuesta isleta en la que estaba el faro debía de ser en realidad una península unida al continente por una lengua de tierra difícil de observar desde tanta distancia. Por sus nociones de historia, también se dio cuenta de que aquella enorme bahía frente a Barbate, extendida desde aquel faro lejanísimo hasta la ensenada presidida por el palacete del alemán, fue el escenario, hacía ya un siglo y medio, de la batalla que había terminado con el poco poder marítimo que le quedaba al Imperio español. Desde entonces España había dejado de ser una gran potencia, aunque Ernesto y muchos jóvenes como él estaban empeñados en hacer que volviera a serlo, a través de la regeneración espiritual que impulsaba el fundador del Opus Dei.

Inmerso en tan elevados pensamientos, el arqueólogo empezó a desandar su camino y regresó satisfecho a la mansión de Klaus. Se sacudió la arena de los pies y volvió a calzarse, aunque notó que todavía le quedaban demasiados granos de arena entre los dedos, así que decidió darse una ducha para limpiarse completamente antes de cenar. Al llegar a la habitación, vio que le habían dejado sobre la cama unas cuantas prendas que le serían muy útiles durante aquellas inesperadas vacaciones, entre ellas un par de trajes de baño, un albornoz y unas chanclas, además de las pantuflas que le había entregado Jacinta aquella tarde. Tomó el albornoz y las zapatillas y se fue a duchar. Una vez fresco y con ropa limpia, bajó de nuevo a la planta baja, desde donde llegaban los imponentes acordes de la obertura de *Tannhäuser*, de Wagner. Klaus escuchaba la música desde un sillón en la terraza, con los ventanales del salón completamente abiertos y llevando el ritmo con las manos como si estuviera dirigiendo la orquesta. No dejó de hacerlo al ver llegar a su invitado, sino que, al contrario, exageró todavía más los movimientos, como animándolo a sentir con él aquellos sublimes acordes y melodías. Ernesto se sentó en el sillón contiguo y se limitó a tamborilear el ritmo con los dedos. Klaus musitaba también algunas palabras en su idioma, la mayoría de las cuales el español no consiguió entender, pero las que comprendió fueron suficientes para darse cuenta de que eran instrucciones para los músicos, como si Klaus realmente tuviese delante de él a la Filarmónica de Berlín y él no fuese otro sino el excelso Wilhelm Furtwängler. Cuando la melodía del coro de los peregrinos se repitió al final de la pieza, siempre in crescendo y con su sorprendente cambio desde un suave compás ternario al solemne ritmo de cuatro por cuatro, Klaus incluso se puso de pie, dirigiendo sus gestos con los ojos cerrados a cada lugar donde debían hallarse los instrumentos correspondientes y abriendo los brazos hacia el cielo, con la mano derecha vibrando, para marcar la conclusión de la obra.

—La música en vivo es lo que más se echa de menos aquí —dijo tras unos momentos de turbador silencio—. Por suerte, los fonógrafos son cada vez mejores y el sonido estereofónico logra imitar de forma casi perfecta la sensación de tener la orquesta delante de uno. ¿Le gusta a usted *Tannhäuser*?

—Me encanta, pero no he podido escucharlo muchas veces.

—¿Ha visto usted la ópera entera?

—Por desgracia, no. Se representa muy poca ópera en Madrid y no soy muy aficionado, la verdad.

—*Tannhäuser* es insuperable. ¿Sabe usted de qué trata?

—No, lo lamento.

—Transcurre en la Edad Media. Es la historia de un poeta vividor, que goza al máximo de todos y cada uno de los placeres terrenales en Venusberg, la Montaña de Venus, pero que también aspira a una vida espiritual y al verdadero amor transcendente. Arrepentido de su concupiscencia, viaja a Roma para suplicar el perdón, pero el papa le dice que es tan imposible redimir sus graves pecados como que su propio báculo de madera florezca. Cuando Tannhäuser se ha marchado de Roma, el papa descubre asombrado que de su báculo han empezado a brotar flores y hojas. Entonces ordena que busquen a Tannhäuser, pero este ha desaparecido ya.

Tras un breve instante de reflexión, Ernesto contestó:

—No parece un argumento muy ameno.

Klaus se quedó sorprendido por aquella respuesta, pero reaccionó riendo.

—¡Ja, ja! Tiene usted razón. Y eso que no le he contado la parte de Elisabeth, la amada de Tannhäuser, que muere de pena esperando la vuelta del poeta, justo cuando él está a punto de reencontrarla. No es una *commedia buffa*, en efecto, ni una película de Hollywood. Pero la música es sublime. Y también la moraleja.

—¿Qué moraleja?

—La que yo deduzco, personalmente, es que tanto el amor sensual como el amor espiritual son necesarios para el hombre y que no importa cuánto nos hayamos entregado al primero, porque el segundo nos redime de todo cuanto de pecaminoso pudiese haber habido en nuestros desenfrenos.

—Mi jefe, el conde de Valmojado, me explicó hace poco una teoría muy parecida.

—El conde es un gran sabio, señor Salaberri, siga usted sus consejos —dijo Klaus, y sin esperar respuesta se puso a cantar un fragmento de la ópera, en la que la diosa Venus le canta al amor:

ein Freudenfest soll unsrem Bund entstehen,
der Liebe Feier laß uns froh begehen!

Y a continuación se lo tradujo a Ernesto:

—«Brote de nuestra unión una fiesta de gozo, ¡deja que nos entreguemos felices a la celebración del amor!» Bueno, ahora entreguémonos al menos a los placeres de la buena mesa. ¿Terminó usted bien la digestión de la comida? ¿Y la de la bebida?

—Sí, sí, no se preocupe. El paseo por la playa me despejó completamente, pero no sé si debería tomar más vino por hoy.

—No voy a permitir que se emborrache en mi casa, señor Salaberri. Si en todas las comidas bebiera usted como ha hecho esta mañana, terminaría con mi bodega en la mitad del tiempo que va a pasar aquí, ¡ja, ja! No se lo tome como una crítica, se tenía usted ganada toda esa manzanilla y más. Pero ahora, con que demos cuenta entre los dos de una sola botella de tinto creo que será más que suficiente, ¿no le parece?

Ernesto estuvo de acuerdo, y regaron la cena con un rioja de reserva tan exquisito como el joven no había probado nunca. Eso sí, al vino se le unió después una copa de brandy sabrosísima, que los dos hombres tomaron a la luz del cuarto creciente en la terraza de la casa y arrullados por la música de los discos que Klaus se levantaba para cambiar cada quince o veinte minutos.

—La ventaja de vivir tan aislado es que puedes poner la música tan alta como quieras; los vecinos no van a venir a quejarse porque no les dejas dormir.

El que empezó a dormirse poco después de terminar el brandy fue Ernesto. Con un pequeño sobresalto, que coincidió con los fuertes acordes iniciales del último tiempo de la Quinta Sinfonía de Beethoven, se disculpó ante Klaus y pidió permiso cortésmente para retirarse.

—Vaya, váyase a descansar, y recuerde —añadió, levantando su copa, que aún no había vaciado—, ¡por Venusberg! ¡Ja, ja!

Ernesto subió al dormitorio, pasó por el cuarto de aseo, se puso el pijama, apagó la luz y se metió entre las sábanas. No quiso cerrar la persiana para dejar que entrase a chorros la luz de la luna, a la que aún faltaban dos o tres horas para esconderse. La ligera embriaguez en la que sobrenadaban sus pensamientos hacía que los recuerdos de Christine, por vez primera en varios días, le originasen más alegría que pena, y que poco a poco la evocación fuese transitando de forma involuntaria hacia las escenas más íntimas que había vivido junto a su enamorada, con todos los cambios fisiológicos que aquel tipo de pensamientos conllevan por norma habitual en los varones saludables y jóvenes. De repente se acordó de la segunda parte de la penitencia que le había impuesto el sacerdote por la mañana. Con la comida y el viaje lo había olvidado por completo. El caso es que él no tenía allí un rosario e imaginaba que Klaus tampoco lo tendría, porque no le había parecido que fuese católico, más bien luterano, pero en todo caso poco practicante. En cambio, tal vez alguna de las criadas tuviese uno; eso era muy habitual entre las mujeres españolas de toda condición. Encima de la mesilla había un pulsador que, según le había indicado Jacinta, le permitía llamar al servicio en cualquier momento. Aunque era una petición un poco extraña para aquellas horas, supuso que aquel encargo podía ser incluido en el «tratamiento de rey» que su anfitrión le había prometido. Mientras esperaba que llegase la criada, se incorporó ligeramente y acumuló abochornado la sábana y la colcha por sobre su abultada entrepierna, de cuyo formidable estado no se había dado cuenta al pensar en llamar al servicio. Menos de dos minutos después llamaron a la puerta; él, con las mejillas intensamente enrojecidas, dio permiso para entrar, y Jacinta se coló en la habitación vestida con una bata de noche que le llegaba hasta los pies.

—¿Ha llamado el señor?

—Sí, Jacinta... ¿te llamabas Jacinta, verdad? Qué nombre más bonito.

—¿Y qué desea el señor que haga? —preguntó la sirvienta mientras dejaba caer al suelo la bata y mostraba a la luz de la luna un espléndido cuerpo blanquecino, de tentadoras sombras y voluptuosas curvas, que aproximó enseguida a la boca de Ernesto y lo hizo sucumbir de forma irremediable al suave aroma de perdición que emanaba por todos y cada uno de aquellos incitantes poros.

Capítulo 20

—Siempre he querido bañarme desnuda en el mar.

—¿Y por qué no lo has hecho?

—No he encontrado el momento propicio.

—¿Porque había mucha gente? ¿Porque el agua estaba fría? ¿Porque te daba miedo que te vieran un michelín? (¿pero qué michelines has podido tener tú alguna vez, princesa?). ¿Porque no estaba quien querías que te viera desnuda? ¿Porque los demás no querían desnudarse?

—¡Yo qué sé, tonto! A lo mejor las veces que lo he pensado no estaba en la playa, y cuando sí que podía hacerlo no se me pasaba por la cabeza.

—Pues ahora es la ocasión.

—¿Tú crees?

—Lo peor que puede pasar es que te vea alguien desde lejos, pero supongo que a estas horas de la noche todo el mundo tendrá mejores cosas que hacer en sus habitaciones.

—¿Y si hay tiburones?

—¡Anda ya! A lo mejor hay pececillos que se introducen por ahí...

—¡Quita, bobo! No me hagas eso.

—Pero si te estás riendo.

—Es que me haces cosquillas.

—Pues más cosquillas te haría el pececito, nadando dentro y fuera, restregándose y mordisqueando. Más o menos así.

—¡Ay, ja, ja! Déjalo, so tonto.

—¿Seguro?

—Mmmmmm. Bueno, sigue un poco.

—¿Ya no te hago cosquillas?

—No. Que me mordisquee el pez.

—¿Así? ¿O más adentro?

—Así. Mmmmmm.

—Si te bañas ahora en el mar, vas a atraer a todos los peces.

—¡Aaaahhhh!

—O quizás alguno prefiera entrar por aquí detrás.

—¡Ah! ¡Sí, sí! ¡Aaaahhhh!

Ella tensó su cuerpo unos segundos sobre la enorme cama, y poco a poco se relajó, abrazándose al hombre al cabo de un instante.

—¿Me quieres?

—¿Tú qué crees?

—Dímelo.

—Te quiero.

—Dímelo otra vez.

—Te quiero.

—Dímelo muchas veces.

—Te quiero, te quiero, te quiero, te quiero, te quiero.

—Entonces me voy a bañar.

Ella se levantó de la cama y recorrió desnuda la habitación, iluminada, como el océano inabarcable que se contemplaba tras los enormes ventanales, por una luna casi llena en un cielo que había quedado milagrosamente sin una sola nube después de la tormenta de unas horas atrás. En una de las cristaleras se abría una puerta que daba a una terraza, y en esta una pequeña escalera bajaba directamente hasta la superficie del agua, de un azul opaco, casi negro, pero muy tranquila, frenadas las olas por la barrera de coral que se extendía unos doscientos metros hacia el mar abierto. Desde el último escalón, ella vio cómo el hombre salía también desnudo a la terraza. Su cabaña era la última de la fila, de manera que todas las demás estaban detrás de la suya y nadie podría verlos, aunque diera la causalidad de que hubiese alguien curioseando. Tampoco se veían desde allí las instalaciones del hotel, ocultas por un pequeño bosque de cocoteros.

Ella le sonrió y se lanzó de cabeza al agua. Buceó unos metros cerca de la superficie, de modo que él llegaba a intuir la mancha blanca del hermoso cuerpo de la mujer reflejando la luz de la luna y deslizándose bajo las diminutas olas. Luego nadó de espaldas, mostrando entre salpicaduras un atisbo de sus senos perfectos y de su pubis cautivador.

—¡Cuidado con los peces!

—¡Tonto!

—Me ha parecido ver algo hacia tu derecha.

—¡Vete a la mierda! —respondió ella al oír la carcajada de él, después de que parase de nadar con un respingo.

—Eres una miedica.

—No me tomes el pelo. ¿Vienes a darte un chapuzón conmigo?

—Yo ya estoy mayor para esas cosas.

—¡Bah! Hace diez minutos no estabas mayor.

—Eran aguas que me atraían más.

—¡Qué memo que eres! —exclamó ella sumergiéndose otra vez bajo el agua, esta vez a más profundidad, de manera que el hombre no pudo adivinar hacia dónde había ido. Cuando ella aún no había regresado a la superficie, un insolente soniquete llegó desde la habitación. Era el móvil de él, anunciando que había recibido un mensaje.

—¿Quién coño será a estas horas? —se preguntó en voz alta, entrando al dormitorio y sin pensar que en España aún faltaba mucho para la hora de la cena. Cogió el teléfono y abrió el mensaje. Al ver el remitente cayó en la cuenta de la diferencia horaria. «¿Qué tripa se le habrá roto a este ahora?», se dijo, y leyó: «Primer artículo sobre la chica terminado. Posibles descubrimientos importantes en la otra misión». Joder, Machín se pasaba de críptico; aún debía de pensar que había que pagar por cada letra que se escribía en el mensaje, como en los telegramas. Germán tuvo que hacer un esfuerzo para llegar a entender a qué se refería exactamente su amigo, pero enseguida se percató. «Mierda, no; un artículo no, ahora no; tiene que pararlo, tiene que pararlo». Buscó la opción de contestar con una llamada, pero le salió un buzón de voz. «Hola —habló a la máquina un poco desconcertado—, ahora estoy desaparecido, muy lejos de España; aquí ya es muy tarde. Hablamos mañana». Por si acaso también le mandó un texto: «He visto tu mensaje, para el artículo. Muy bien lo otro, adelante. Saludos». Luego borró de la memoria los dos mensajes y la llamada que acababa de hacer, no fuese que a Laurita le diera por cotillearle el móvil. Volvió a dejar el teléfono en la mesa y salió de nuevo a la terraza. No había rastro de la mujer y no escuchaba sus chapoteos por ningún lado. ¿Seguiría buceando? Esperó dos minutos, pero ella seguía sin aparecer y a él comenzó a retirársele la sangre de la cabeza y a acelerársele el pulso.

—¡Laura! —gritó llamándola, sin importarle que lo pudieran escuchar desde las cabañas vecinas—. ¡Laura!, ¿dónde estás?

«Joder —pensó—, ¿dónde se ha metido?»

Bajó las escaleras hasta la superficie del agua y miró entre las gruesas columnas de madera que sujetaban el palafito.

—¡Oye! ¡Si esto es una broma, no tiene ninguna gracia! —exclamó, imaginando y a la vez deseando que estuviera escondida detrás de alguno de esos postes. Empezando a sentirse desesperado, se arrojó también al agua, desnudo como estaba, y nadó a través de aquel bosque de antiguos árboles, mirando continuamente en todas direcciones alrededor de la cabaña. ¿Y si realmente había tiburones? El mero pensamiento le infundió un terror inefable que le hizo retroceder a trompicones hacia la escalerilla, dándose más de un golpe contra las vigas de madera y clavándose algunas astillas.

—¡¡¡Lauraaaa!!! —volvió a gritar con todas sus fuerzas, pero nadie le respondió.

Decidió llamar a la recepción del hotel en busca de ayuda. Subió de tres en tres los escalones hasta la terraza y entró corriendo al baño para recoger los calzoncillos que había dejado allí antes de ir a la cama. La ducha estaba abierta a toda potencia y una gran nube de vapor salía por encima de la mampara de cristal.

—¿Laura?

Ella abrió ligeramente la portezuela y sacó la cabeza.

—¿Dónde te habías metido? —preguntó la mujer regresando bajo la ducha y hablando lo bastante alto como para que se oyera su voz sobre el ruido del agua.

—¡Joder, qué angustia! —dijo él sin responder—. Pensaba que te había ocurrido algo mientras nadabas. De repente ya no te vi.

—Ni yo a ti, cielo. ¿Qué ha pasado?

—Déjame primero que respire —pidió Germán sentándose en un taburete junto a la ducha—. Menudo susto.

—¿Pero dónde estabas?

—Pues ¿dónde voy a estar? Aquí, en la habitación. Entré a coger el teléfono y cuando salí ya no te veía por ningún sitio.

—¿Y quién llamaba?

—¡Bah, nada! Era publicidad.

—Qué pelmas.

—Pero tú, ¿por dónde has subido?

—Ah, me fui nadando hasta la otra escalerilla, la que hay en la pasarela de entrada a la habitación.

—¿Y has venido por allí? Desde la pasarela sí que puede verte cualquiera.

—¿Y te pones celoso por eso? —preguntó ella abriendo de par en par la puerta de la ducha y mostrando su piel enrojecida por el agua caliente.

—Pues claro que sí... —exclamó él levantándose nuevamente y entrando como un tifón de lujuria en la tórrida nube de vapor.

Julio César Machín acababa de terminar el primer artículo prometido a Germán sobre la censurable conducta de Laura Entrambasaguas. Era, decía Machín, un comportamiento indecente que hincaba sus raíces en una ideología degenerada, arrogantemente desdeñosa de las legítimas y originales fuentes de la verdad moral, y un denostable ejemplo para miles de jóvenes que podrían dejarse arrastrar por los cantos de sirena del pernicioso relativismo radical en el que se había convertido la cosmovisión de esos mal llamados «progresistas». Como ejemplo de todos y cada uno de esos estragos a la decencia, Machín señalaba los pérfidos tejemanejes de aquella buscona, en el sentido más literal de la expresión, y convertía a su amigo Germán de Campohermoso, original protagonista del artículo mediante el truco de una entrevista fingida, en una víctima infortunada de las argucias femeninas, ante las que, aclaraba Machín, solo eran capaces de resistir aquellos varones dotados de un carácter de hierro y de un ansia de santidad por encima de toda prueba, quienes, naturalmente, no representaban más que una pequeñísima fracción del sexo fuerte y en general vivían protegidos por el baluarte de unos votos canónicos. Nada más repasar el artículo dos veces, como hacía siempre, avisó a Germán con un mensaje y adjuntó el documento en un correo electrónico a Pelayo del Hoyo, el director de la revista *Barataria*, una de las muchas para las que Machín escribía, sin duda la más próxima de todas ellas a los valores católicos tradicionales y la que más lectores reunía cada semana en sus ediciones clásica y digital, sobre todo por la truculencia de sus acometidas contra todo tipo de desmanes del progresismo según ellos imperante. Después llamó por teléfono a Pelayo para pedirle (aquella era su forma de decirlo, pero cualquiera que oyese la conversación lo describiría de otra manera) que el texto se publicase lo antes posible, y para comentar de paso algunos otros temas de actualidad. Cuando colgó, vio que tenía unos cuantos avisos en el móvil. Escuchó el que Germán había dejado en el buzón de voz y luego abrió los mensajes de texto. Primero había uno de Felipe Barajas: «Ya he localizado al siguiente objetivo. Empieza el seguimiento. De momento, nada que destacar». El segundo era de Germán: «He visto tu mensaje, para el artículo. Muy bien lo otro, adelante. Saludos». Parecía que su amigo estaba contento con las dos cosas, aunque no había mejorado mucho su pésima forma de redactar desde que ambos compartieron pupitre en el colegio hacía tres décadas: ¿quién demonios escribiría «he visto tu mensaje, para el artículo», en vez de «he visto tu mensaje sobre el artículo», o simplemente «he visto lo del artículo», y además con esa coma tan fastidiosa en medio, que producía urticaria nada más verla? ¡Ah, qué suerte tuvo el condenado Germán de tenerlo a él a mano para copiar en los exámenes!, pensó Machín; ¡y qué desgracia para la noble lengua castellana esa epidemia de las nuevas tecnologías! Cerró el mensaje, y como no era un escrito que mereciese pasar a los anales de la literatura, lo eliminó sin más preámbulos, junto con la llamada del buzón de voz y con el texto de Felipe.

Esa tarde Maite había llamado por teléfono a Juanjo porque no lo había visto a la salida del instituto, ni había respondido a varios mensajes que le había dejado en el *Tweejo* y en el correo.

—Hola —saludó él más lacónico que de costumbre.

—Hola —respondió Maite—. ¿Qué ha pasado esta mañana?

—Nada.

—No te he visto al salir de clase.

—Es que no tuvimos las dos últimas horas y me fui a casa a estudiar.

—Ah —se limitó a responder ella, más bien escéptica; Juanjo no era precisamente de los que aprovechaban cualquier momento libre para empollar.

—¿Vas a salir esta tarde?

—No creo.

—¿Y eso?

—Es que mañana tengo un examen.

—¿Por sorpresa?

—Eh... No. Nos lo habían dicho hace unos días, pero no me había acordado hasta hoy.

—¿De qué es?

—De lengua.

—¡Qué rollo!

—Ya te digo.

—Bueno, pues que estudies mucho.

—Vale.

—¿Nos vemos mañana como siempre?

—Eh... mejor no. Voy a quedarme estudiando mucho rato y a lo mejor me salto la primera hora.

—Pues qué bien.

—Hasta mañana.

—Hasta mañana, te veo en el insti.

«¿Qué coño le pasará a este ahora?», pensó Maite al colgar. Estaba sola en casa, pues sus padres y su hermano se habían marchado a trabajar. Durante la comida no había querido decir nada sobre la conversación con Daniel Peñas, el profesor; prefería contárselo primero a solas a Roberto, para decidir entre los dos qué hacer y qué plantearles exactamente a sus padres y a su tío Lorenzo. También era mejor, antes de decidirse a hacer cualquier cosa, esperar a que el profesor le contase lo que pensaba sobre las fotos que le había enseñado aquella mañana. La sugerencia de Daniel, devolvérselo todo a Rosina pero quedarse en secreto con una copia de todo y con alguna hoja del códice para poder forzar su publicación llegado el caso, le parecía estupenda a Maite, pero la chica era lo bastante sensata como para esperar que otros miembros de su familia pusieran pegas a esa solución: su madre, porque no toleraría lo de robar un trozo del manuscrito; y su tío Lorenzo, porque tal vez siguiera sin fiarse de Rosina ni aun con aquella garantía. Pero, fuera como fuese, pensar que había algún modo de salir de aquel atolladero había puesto muy contenta a Maite el resto de la mañana, y casi no le dio importancia a las crecientes burlas y vacíos a los que estaba sometida por parte de sus compañeros del instituto. Lo peor era lo de Juanjo. Estaba claro que la rehuía, y eso no tenía más explicación que la de que no le gustaba mezclarse con un hazmerreír como ella. Eso no iba a aguantárselo Maite más de una semana; si el lunes siguiente continuaba dándole largas, que se fuera olvidando de ella. Pensaba ponerse con los deberes en cuanto terminase de hablar por teléfono con Juanjo, pero las excusas del chico le pusieron de tan mal humor que se le quitaron las pocas ganas de estudiar que tenía. Decidió entonces llamar a Sandra. Su amiga llevaba un par de días sin ir a clase, supuestamente por encontrarse enferma, pero Maite sabía que era solo por no sufrir las humillaciones a las que ella, Blanca y Maite estaban siendo sometidas. Cogió el teléfono la madre de su compañera.

—Hola, soy Maite. ¿Se puede poner Sandra?

—Hola, Maite. Ya se pone. ¡Sandra, cógelo, que es para ti! Hasta luego, Maite.

—Hasta luego... Hola, Sandra.

—Hola.

—¿Qué tal estás?

—Recuperándome. Gracias por llamar.

—¿Sabes para cuántos días tienes?

—Ni idea. ¿Qué tal hoy en clase?

—Como siempre. Luego te mando por el *Tweejo* los deberes que han puesto.

—¿Es mucho?

—No. Un par de cosas de mates, analizar un poema y responder unas cosas de historia.

—Vale. ¿Y qué ha pasado con lo otro?

—Más o menos lo mismo. Nadie quiere acercarse a hablar conmigo. Pero por lo menos no me han puesto guarrerías en la mesa ni en la pizarra.

—Menos mal.

—Pero en el *Tweejo* siguen saliendo los mismos comentarios.

—Sí, eso ya lo he visto.

—Oye, Sandra, si estás conmigo en el instituto será menos duro para mí. Por lo menos tendré alguna con la que hablar.

—¡Ay! Vale, vale. A ver si mañana me encuentro mejor. ¿Y Juanjo?

—Desde que hemos llegado al insti, no lo he vuelto a ver.

—¿Y eso?

—Dice que tiene mucho que estudiar.

—¿Juanjo? ¿Estudiar? Eso es como dice la de ética, ¿cómo era?: una contradicción en no sé dónde.

—«Una contradicción en los términos.» Eso mismo pienso yo.

—Pues, chica, a ver si reacciona.

—Si en un par de días sigue así, yo corto con él.

—Eso es lo que tienes que hacer.

—Pues tú antes le defendías.

—Es que me he hartado ya de cabrones. ¿Qué vas a hacer esta tarde?

—Pues haré los deberes y saldré un rato a la calle. A ver si veo a mi hermano, que por lo menos él no se mete conmigo y sus amigos tampoco.

—¿Y tu hermano tiene amigos que estén buenorros?

—¿No te parece buenorro él?

—Chica, no es mi tipo. No es que yo le haga ascos a emparentarme con la nobleza, pero apunto más alto.

—Haces bien. Bueno, voy a mandarte los deberes.

—Vale, guapa. Y gracias por llamar.

—Hasta luego.

Maite no se había atrevido a contarle nada a su amiga sobre el descubrimiento. Con las explicaciones que había tenido que darle al Peñazo aquella mañana tenía cubierta la dosis diaria de revelaciones. Antes de ir a su habitación para hacer los deberes, entró en el cuarto de baño y se subió de pie a la taza para contemplar el hueco lleno de rollos de papel higiénico y algunos otros trastos que ocultaban el escondrijo del códice. Un estremecimiento le recorrió la espalda y casi le hizo perder el equilibrio al pensar en que algo tan importante para la historia de la humanidad estuviese guardado allí mismo, en su propia casa, en aquel barrio insignificante (pero que era el suyo, y que a ella le encantaba, al menos hasta que habían empezado a hacerle la vida imposible), un barrio muy distinto de aquellos tan lujosos e históricos en los que transcurren la mayoría de las películas de misterio. Al menos la casa de la condesa de Valmojado parecía un escenario en el que Tom Hanks, Tom Cruise o Harrison Ford pudieran deambular revelando secretos enigmáticos, perseguidos por malévolos agentes dobles y acompañados por chicas de esas que dejan a los tíos embobados. ¿Pero su propia casa? Aquello no se lo podía creer, si no fuera porque ella misma había leído la historia y había tocado con sus manos el códice, e incluso había tomado algunas fotos de él con su tableta, con permiso de Lorenzo, sobre una tabla puesta encima del lavabo antes de que su tío volviese a esconderlo en aquel rincón. Maite cayó en la cuenta de que si el códice salía pronto a la luz lo más probable era que la quisieran entrevistar, por ser una de las personas que primero lo había podido ver tras tantos siglos oculto. En un destello de inspiración, se dio cuenta de que lo que más le gustaría hacer en el futuro sería poderse dedicar a investigar acerca del propio manuscrito y de los temas relacionados con él.

Con esa idea flotando en su cabeza como una pompa de jabón que rebotara por las paredes sin deshacerse, regresó a su habitación, le envió a Sandra lo prometido y acabó los deberes lo más rápidamente que pudo para echar un vistazo de nuevo a las fotos del códice y de su traducción, que volvió a leer de cabo a rabo. Lo que sí procuró fue no perder mucho tiempo visitando el *Tweejo*, para no cabrearse con las obscenidades que seguro que le dedicaban allí. Después fue a la cocina a merendar una barrita de cereales y un colacao. Aún faltaba más de una hora para que su padre volviese de trabajar y dos para que lo hiciera su madre, y no le apetecía pasar el resto de la tarde en su casa, así que se enfundó en su trenca y salió a la calle, aunque ya estaba anocheciendo. Iría a esperar a Róber a la cerrajería, para volver con él a casa.

Todavía en la mañana de aquel día, Rosina se había dejado caer en el sillón frente a Ernesto Salaberri al escuchar los improperios que el viejo, enfurecido, le dedicaba a Jacinta Pérez.

—¿Qué demonios quieres decir, Ernesto, por favor? —preguntó la condesa cuando el catedrático jubilado tuvo que detenerse en su monserga para tomar aliento.

—¿Pero cómo pudo confiar tu abuelo en esa zorra? —exclamó el otro por toda respuesta.

—Ernesto, no te consiento que hables así de la buena Jacinta.

—«¡La buena Jacinta!» Eso sí que tiene gracia. La verdad es que buena lo estaba un rato, pero, claro, tú no la puedes recordar en sus mejores años. —El viejo parecía empezar a tomárselo con humor y a recobrar la calma.

—¿Pero a qué te refieres?

—Vamos, pequeña, ¿seguro que no sabes nada? ¿Ni siquiera tenías una sospecha?

—¿Una sospecha de qué?

—¡De que Jacinta era la concubina de tu abuelo!

«¿Jacinta, concubina?», pensó la condesa. No habría podido escuchar nada que le sonase más absurdo, y así se lo hizo saber a Ernesto.

—Pues las apariencias engañan, ya ves —le dijo este—. Lo que me parece extraño es que tú, que eres tan diestra para encontrar chanchullos amorosos en las casas de los demás, hayas estado tan ciega a lo que sucedía en tus propias narices...; claro que tú eras muy pequeña en aquellos tiempos. Pero me extraña que desde entonces no haya habido nadie que te lo haya contado o al que se le haya escapado algún comentario sin querer...

—Ya ves. Es lo malo de tener una servidumbre tan leal.

Ernesto soltó una carcajada.

—Bueno, después del susto, ahora lo cierto es que le veo la gracia —continuó—. O sea, que el pillo de Nicasio le puso a su ama de llaves de toda la vida un pisito para cuando se jubilara y escondió allí el códice que hallamos en Qirq Bize. ¡Como para encontrarlo! Y por cierto, ¿tú cómo lo has sabido? Ah, ya recuerdo, una nota que dejó Nicasio para que os fuese entregada al cabo de no sé cuánto tiempo, ¿no?

—O a la muerte de Jacinta, como ha sido el caso.

—Y al parecer, resulta que el códice no está donde tu abuelo dijo que lo dejó.

—Exacto.

—¿Y quién vive allí ahora?

—Antes de hablar de ese tema, tengo que preguntarte una cosa muy importante, Ernesto. Prométeme que me contestarás con toda sinceridad.

—Mi pequeña, sabes perfectamente que eso es lo que he hecho siempre contigo. A ver, ¿qué es?

—¿Por qué crees que mi abuelo no te dejó el códice a ti?

440

Ernesto se quedó sorprendido, buscando ensimismado la respuesta. Al cabo de unos momentos respondió:

—Buena pregunta, chica. Supongo que tuvo que ser por la misma razón por la que nunca me dejó ver el manuscrito. Tal vez pensaba que era demasiado peligroso para mí... o yo para él.

—Explícate, Ernesto, por favor.

—Como te conté el otro día, parece ser que el manuscrito cuenta una historia muy comprometedora para la Iglesia. Y como yo he sido toda mi vida miembro del Opus Dei, tal vez tu abuelo pudo pensar que aquello iba a terminar con mi fe, o que me iban a entrar tentaciones de destruirlo.

—¿Cómo podía pensar mi abuelo eso de ti?

—Él estaba realmente asustado por el contenido del códice. Y en sus últimos años, desde la muerte de tus padres, todavía mucho más. No le reprocho su actitud, pero eso me confirma que el manuscrito es ciertamente... cómo decir..., por lo menos embarazoso.

—¿Sabes?, ayer se me ocurrió que podía ser el *Evangelio de Judas*, ese que publicó *National Geographic* hace pocos años.

—Imposible. Ese «evangelio» es una bobada. Si hubiera sido eso, tu abuelo no habría visto ningún inconveniente en darlo a conocer.

—Exactamente lo mismo pensé yo. Pero perdona que te pregunte, Ernesto: conociendo como conocías la existencia de ese manuscrito y el efecto que le había causado a mi abuelo, aunque no supieras exactamente qué era lo que contaba, ¿cómo es que has seguido manteniendo la fe en la religión? Mi abuelo la perdió totalmente, o eso parece —dijo Rosina—. ¿Sabes?, la nota que me dejó contenía un fragmento de un poema de Horacio, el que habla de Epicuro —añadió al cabo de unos instantes de silencio.

—*Epicuri de grege porcum*. ¡Qué bueno! Nicasio ya era muy epicúreo antes de que encontrásemos el códice. Vamos, era un vividor, amante del placer como pocos. Siempre intentó convertirme a mí a esa filosofía, pero, bueno, aquello no iba conmigo. Ahora que me acuerdo: junto con el códice hallamos una figura que representaba un cerdito. Tal vez tuviese algo que ver con «la piara de Epicuro»... —añadió Ernesto pensativo—. ¡Ah!, me gustaría saber qué diablos pasó con los otros objetos que encontramos en Siria; no he vuelto a saber nada de ellos desde hace más de medio siglo.

—Pero no has respondido a mi pregunta.

—Perdona, ¿de qué pregunta se trataba?

—Que cómo es que tú sigues siendo creyente.

—¿Y cómo sabes tú si soy o dejo de ser creyente, o en qué medida lo soy aún? No te fíes de las apariencias. Supongo que soy un tipo de creyente muy particular.

—Pero eres miembro del Opus Dei, tú mismo lo acabas de decir, y eso es de conocimiento público.

—Lo único de verdad importante, Rosina, son los valores: «amaos los unos a los otros», ¿recuerdas? Que luego a esos valores se les ponga un envoltorio de celofán con milagros sobrenaturales es por completo irrelevante. Además, ¡si supieras la cantidad de agnósticos que hay en el Opus! Y muchos de ellos más que yo. La mayoría aguantan ahí porque les interesa; hombre, no los que viven en comunidad, los que se disciplinan y ese tipo de cosas. Pero de los que tenemos una vida profesional o familiar fuera de la Obra, de esos hay muchísimos como yo, que están ahí porque el Opus es una de las mejores fuentes de contactos. ¡Eso sí que es una «red social», y no como esas tonterías del *Facebook* o del *Tweejo*! Y, claro está, también por los valores de los que te hablaba.

—¿En serio? Me dejas de piedra. Nunca pensé que un vejestorio como tú pudiera sorprenderme tanto.

—Ya ves. Pero que no salga de entre nosotros, ¿eh?; no vayas a contarlo en tus programas de televisión.

—Hoy en día, pienso que no me pagarían gran cosa por una revelación como esa —bromeó Rosina.

—Pero volvamos a nuestro asunto, ya está bien de hablar sobre mí. Te preguntaba quién vive ahora en el piso de Jacinta.

—Un sobrino suyo, con su mujer.

—¿Y él sabe algo?

—¿Sobre el códice? No tengo ni idea. Mandé a alguien a su casa cuando ellos no estaban y encontraron la caja fuerte vacía. No creo que esos cretinos se hayan enterado ni siquiera de que hemos estado allí.

—Bueno, pero yo diría que él es el principal sospechoso de la desaparición. Conociendo a Jacinta, no me extrañaría que ella misma le hubiese aleccionado para sacar el códice de allí en cuanto se murió tu abuelo, si es que no antes.

—Pero no creo que lo hayan vendido, porque siguen siendo unos miserables. Tenías que haberlos visto, cómo mendigaban que les dejara seguir viviendo en aquella chabola; no tienen donde caerse muertos.

—Tal vez lo vendieron por cuatro duros al poco de morir Nicasio y el dinero se les acabó enseguida. Y si es así, olvídate del códice. Si alguien lo compró hace tanto tiempo y todavía no lo ha sacado a la luz, es que piensa que no debe ser publicado; quizás incluso lo haya destruido.

—Eso ya se me ha ocurrido a mí. No hace falta que me animes de esa manera.

—Perdona, solo estoy pensando en voz alta. Pero a lo mejor lo único que sucede es que lo tienen guardado en otro sitio, a la espera de que alguien les diga qué hacer con él.

—También lo había pensado. ¿Pero por qué iban a haber hecho esa tontería? Y además, si fuese así, ¿cómo explicas el hecho de que ayer nos siguieran desde mi casa hasta la de Jacinta?

—Vaya, había olvidado ese detalle. La verdad es que no tengo ni la menor idea. ¿Estás segura de que os siguieron?

—Bueno, yo no fui allí. Me quedé en casa para recibir a los dichosos sobrinos. Pero mi chófer lo aseguró rotundamente, y no creo que se equivoque, ni que me engañe.

—En ese caso, tendrás que aproximarte a los sobrinos con mucho cuidado. Tal vez haya alguien más detrás de este asunto; ya te digo que, tratándose de Jacinta, todo es un pozo de sorpresas. Quizás Nicasio no solo dejó encargado que te avisaran a ti cuando ella muriera, sino también a otras personas.

—¡Pamplinas! ¡Mi abuelo no tenía una mente tan retorcida!

—Mi pequeña condesa, yo diría que el manuscrito lo volvió un poco... desequilibrado, dicho sea con todo respeto a la memoria de Nicasio. Es mejor estar preparados para cualquier cosa que pueda ocurrir.

—Descuida, así lo haré. Pero, Ernesto, aún tengo que preguntarte algo más.

—Esto parece un interrogatorio desde que has entrado.

—Lo siento, pero la situación es la que es.

—No te preocupes, lo comprendo. Venga, ¿cuál es la pregunta?

Rosina sonrió mientras permanecía callada dos o tres segundos antes de soltar:

—Tío Ernesto, ¿por qué te has puesto hecho una hidra cuando te he contado lo de Jacinta?

El viejo profesor miró a la condesa por encima de los cristales de las gafas y levantó el índice para contestar:

—Eso no te lo voy a responder ni delante de mi abogado. ¡Venga, largo de aquí! Y espero que cuando vuelvas traigas buenas noticias.

Rosina se levantó riendo.

—Fíjate qué descubrimiento: mi querido tío Ernesto, el honorable catedrático de Prehistoria, el devoto católico, resulta que era un viejo verde. ¡Esta sí que es buena!

—¡Vete a freír espárragos! —replicó el anciano alzando la voz desde el sillón, mientras Rosina se escabullía hacia la entrada de la casa—. ¡Te aseguro que cuando la muy zorra de Jacinta tuvo algo que ver conmigo yo podía ser cualquier cosa menos un viejo!

—Y además —continuó Rosina sin hacer caso de las protestas—, él y mi abuelo estaban liados con la misma mujer, que resulta que era la que a mí me crio...

De regreso a su casa, Rosina, pese a la turbación que le habían producido aquellos descubrimientos sobre las insospechadas intimidades de algunas de las personas que más había querido, se sintió enormemente aliviada al haber podido descartar las sospechas que tenía sobre Ernesto. Él era una de las personas en las que ella más confiaba y de las que había recibido siempre un apoyo más incondicional, incluso en los difíciles momentos que siguieron a la muerte de Nicasio, cuando la joven aristócrata fue arrojada de repente a una vida bajo los focos, en la que todo, incluyendo su hambrienta juventud, la falta de sus progenitores y una fortuna más que considerable, la incitaba a saltarse los límites y a bordear los abismos. Si Ernesto la hubiera traicionado, habría sido un golpe demasiado duro para ella. Preferiría perder definitivamente el manuscrito antes que eso. Pero, descartada la deslealtad del viejo catedrático, la verdad es que Rosina estaba tan perdida como al principio. Acomodada en el amplísimo asiento trasero de su coche, recordó la idea descabellada que se le había ocurrido la noche anterior.

—Mansur —le preguntó a su chófer—, ¿a ti qué te parecieron los tipos que nos trajiste ayer a casa?

El fiel conductor miró sorprendido a la condesa una décima de segundo por el retrovisor y luego respondió con franqueza.

—Yo pienso que eran buena gente, doña Rosina.

—¿Y lo piensas por algo en especial? ¿Qué observaste en ellos que te llamara la atención?

—No disimulaban su admiración por el lujo, señora. Parecían muy... no sé cómo decirlo en español... ¡ingenuos! Eso es, *naïves* —añadió en francés—. Y a la vuelta, hablaban maravillas de usted.

—Vaya, me alegro. ¿Y no crees que lo podrían hacer precisamente para causarte a ti esa buena impresión?

—Yo diría que no, señora. Creo que fue usted la que causó buena impresión a ellos.

—¡Eso intenté, por lo menos!

Rosina dio por terminada la conversación y sacó el teléfono móvil de su pequeño bolso de Louis Vuitton. Buscó en la agenda el número de Basema, la hija de Yusuf. Pensó primero en llamarla, pero se dio cuenta de que a esa hora estaría en clase, así que se limitó a escribirle un mensaje, pidiéndole que esa misma tarde a las cuatro la llamase a través del ordenador, porque quería encargarle una cosa.

Ya avanzada la noche, Julio César Machín se despertó de golpe, sobresaltado. Se acordaba muy vagamente de que estaba soñando y de que había tenido la sensación de descubrir algo importante en medio de su sueño, pero no era capaz de recordar el qué. Soñar era una estupidez, no se imaginaba en qué podría haber estado pensando el buen Dios cuando diseñó el cerebro humano de tal manera que fuese inevitable tener aquellas fantasías nocturnas. Las pesadillas estaban bien; él nunca las tenía, pero seguro que para muchos eran un justo castigo por sus malos pensamientos. No creyó que lo que le acababa de pasar podía ser precisamente aquel tipo de sueño, pero, para ser benévolos con él, le concederemos el beneficio de la duda y reconoceremos que era difícil clasificarlo como una verdadera pesadilla a pesar de que le hubiera hecho despertar lleno de ansiedad: solo era que había soñado con algo muy significativo y ahora no recordaba qué, y aquella incertidumbre le resultaba molestísima. Dio varias vueltas en la cama, sin poderse dormir y cada vez más nervioso, hasta que al final decidió levantarse para orinar (sentado en la taza, como siempre hacía) y beber un par de vasos de agua en la cocina. Cuando regresaba hacia su habitación se quedó parado en medio del largo y oscuro pasillo. Había tenido una vislumbre de su descubrimiento, una mera sospecha, una sombra medio difuminada, pero por sus orondas carnalidades se fue desparramando la sensación que precedía a sus triunfos; no le cabía ninguna duda de que a partir de aquella brizna de inspiración iba a ser capaz, en muy pocos minutos, de concluir la trabajosa búsqueda que lo había sacado del sueño. Era la imagen de la chica que aparecía en las fotos de Felipe Barajas la que se había plantado en su cerebro, de eso estaba seguro. Y era también la imagen de la gorda mulata a la que acompañaba. Los demás elementos de las fotografías eran irrelevantes. Pero ¿por qué la negra? Ahora tenía la certeza de que no era casual que asociase la imagen de las dos. Pero a la negra estaba seguro de no recordarla de nada en absoluto, solo a la niña. ¿Entonces? Era como si un dedo misterioso le fuera señalando alternativamente a las dos mujeres, diciendo algo así como «mira esta niña, mira esta negra, mira esta niña, mira esta negra». Y supo que en el sueño había recordado dónde había visto a la chiquilla y por qué la presencia de una mulata le había infundido aquel recuerdo.

¿Dónde había podido ver él, Julio César Machín, a chicas adolescentes y a negros, los dos juntos y no hacía mucho tiempo? Solo con formularse la pregunta en aquellos precisos términos, todo lo que necesitaba saber fluyó hacia su conciencia de inmediato, y el escritor, sorprendido por su descubrimiento, soltó una carcajada en atención a su propia genialidad. La carcajada, empero, fue interrumpida con gran circunspección en cuanto la conciencia de lo que aquello significaba se precisó un poquito más, y también al darse cuenta de que podía estar despertando a los vecinos. Abrochándose el cinturón de la bata, Machín cambió de rumbo y, en vez de volver a la cama, se fue al despacho para encender el ordenador. Exploró en internet «cabalgata de reyes madrid germán campohermoso», imágenes y vídeos, y no tardó en hallar lo que estaba buscando. Allí estaba la niña, solo reconocible como la misma chica de la fotografía en algunas imágenes en las que aparecía en primer plano, pues el maquillaje con el que torpemente habían intentado hacerla pasar por negra dificultaba su identificación en la mayor parte de las otras fotos, e incluso en los vídeos. Pero evidentemente era la misma chica. Unos cuantos minutos más de búsqueda por las páginas del Ayuntamiento de Madrid y la prensa local le permitieron incluso averiguar su nombre y el instituto al que asistía, que, en efecto, era uno muy cercano al lugar donde el inestimable Felipe había tomado aquellas fotos. Maite Gutiérrez Pérez, quince inocentes años... Una inocencia posiblemente falsa, pero de la que algunos habían pretendido, y muy seguramente conseguido, abusar en aquel rincón miserable de la periferia. Y los indicios que Julio César tenía en sus manos apuntaban con muy escasa probabilidad de error hacia un personaje, a la vez víctima y verdugo, como el beneficiario principal, o el responsable, o el embaucado embaucador de la pérdida de la virtud de aquella joven criaturilla. Un personaje que en muchas de aquellas fotos aparecía cabizbajo, camuflado también por la pintura y el disfraz de rey mago, pero sin que el desmedido turbante que medio le ocultaba el rostro consiguiera disimular alguna que otra mirada lasciva hacia sus delicados y tentadores pajes, o al menos eso le parecía a Machín.

Capítulo 21

Yusef Zuriq, el suegro de Santiago Morales, había mandado a su familia a esconderse en la casa de campo de unos primos suyos en cuanto supo de la detención de su yerno, y él había pasado todo el día dando vueltas de la gendarmería al juzgado y de ahí al edificio de la gobernación, intentando mover todos sus contactos para que a Santi no le pusieran una mano encima y para enterarse de cuáles eran las acusaciones contra él. Aunque varios altos cargos de Alepo eran viejos amigos suyos, todos habían intentado rehuirlo, y al final de la tarde, ya totalmente desesperado, se metió por la fuerza en el despacho de un joven inspector, un cristiano maronita como él, hijo de un compañero de colegio y que había comido en su casa en docenas de ocasiones. El guardia que vigilaba la puerta puso cara de no haber podido hacer nada por impedirlo, y una solapa descosida del jadeante Yusef testimoniaba perfectamente los esfuerzos del pobre policía. Su jefe le indicó que saliera y ofreció un asiento al viejo conocido.

—¡Camil, por favor! —suplicó Yusef con lágrimas en los ojos—. Tú has disfrutado de mi hospitalidad y has jugado con mi hija cuando erais pequeños. Compartes nuestra misma fe y tu padre era un gran amigo mío. No puedes tratarme como esos funcionarios que han estado mandándome de un sitio a otro y burlándose de mí a mis espaldas. Dime, ¿qué ha sucedido con Santiago?

El inspector se atusó la punta del bigote, sin dejar de mirar los variopintos objetos desparramados solo con algún orden encima de su mesa.

—¡Camil, por Dios, responde! ¡Por la memoria de tu santo padre!

—No se lo puedo decir, Yusef —respondió al fin, pero aún sin dirigirle la mirada—. Es un asunto confidencial. Solo lo saben los investigadores que están al cargo.

—¡Vamos, no me tomes el pelo! Ya soy muy mayorcito como para ignorar que aquí todo el mundo lo sabe todo.

—Yo no sé nada.

—Hijo mío..., te llamo así porque siempre te he considerado como a un hijo... —Y el viejo estalló en incontenibles sollozos—. Hijo mío, Camil, no me hagas pasar la vergüenza de tener que ofrecerte un soborno solo para que me digas algo tan insignificante como qué es lo que han hecho con mi yerno y de qué lo acusan. Toda la comunidad cristiana de Siria se levantaría contra tamaña aberración y serías despreciado hasta el fin de tus días. ¡Muestra la dignidad que tienes y no me obligues a perder la mía! —Y diciendo esto, Yusef dejó caer la cabeza sobre la mesa y siguió con su desconsolado gimoteo.

—Está bien, está bien —dijo por fin el inspector—. Venga, Yusef, levántese. Le diré todo lo que sé, aunque es bien poco. ¡Pero deje de llorar, hombre, que me va a dejar los papeles hechos un guiñapo!

—Muchas gracias, Camil, de verdad que te lo agradeceré muchísimo —contestó el viejo incorporándose de nuevo y besando las manos con que Camil intentaba que levantase la cabeza de la mesa.

—A Santiago lo acusan de actividades antipatrióticas. Eso significa que la policía puede retenerlo durante varios días sin ver a un juez y sin acceso a ningún abogado. Y, por supuesto, sin comunicación con nadie que no sean sus interrogadores.

—¿Antipatriótico, mi hijo?

—Su yerno, Yusef. Tampoco olvide que él es un extranjero. Y le aseguro que no tengo ni la menor idea de cuáles son esas «actividades» que le atribuyen. Tal vez usted lo sepa mejor que yo.

—¡Santiago es incapaz de hacer nada que pueda ir contra nuestra patria! Me dejaría cortar la mano por su inocencia.

—Mire, señor Zuriq, en estos casos nunca se sabe.

—¡Pero si es que es totalmente imposible! Mi hijo no tiene ni la más pequeña intención de meterse en política.

—Eso lo tendrán que decidir la policía y los jueces, querido Yusef. Lo que yo le aconsejo es que, en el hipotético caso de que acudieran a usted para recabar más información, la ofrezca con toda sinceridad, sin ocultar absolutamente nada. Eso será lo mejor para su yerno y para toda su familia. Y también le sugiero que, cuando tenga la oportunidad de hablar con Santiago, que espero no sea muy tarde en atención a la alcurnia de su familia, intente convencerlo de que colabore con la justicia.

—¡Pues claro que colaborará!

—Eso espero; se lo digo de corazón.

—¿Y dónde lo tienen? ¿Cómo puedo ir a verlo?

—Imagino que estará detenido en la gendarmería central.

—¡He estado allí esta mañana y me han dicho que no sabían nada de él!

—Claro, no le van a decir nada oficialmente hasta que haya un mandamiento judicial.

—Y entonces, ¿qué es lo que puedo hacer?

El inspector volvió a atusarse el bigote, se levantó de su sillón y dio unos cuantos pasos alrededor de la mesa.

—Mire, Yusef, creo que es mejor que no haga nada por ahora. Yo le prometo, por la vieja amistad de nuestras dos familias, que intentaré enterarme de la situación de Santiago y que procuraré influir para que sea tratado con toda corrección..., aunque de esto no me cabe ninguna duda, porque en la policía no somos tontos y en Siria un Zuriq es todavía un Zuriq, pese a que sea por la línea política. Todo aquello de lo que consiga enterarme y cuya revelación no considere peligrosa para los fines de la investigación, tenga por seguro que se lo haré llegar.

Yusef guardaba silencio. Al menos, había dejado de llorar y podía pensar con más calma.

—No me parece suficiente —dijo por fin—. ¿De verdad que no podrías hacer algo ahora mismo, Camil, por informarte de la situación de mi hijo? Estoy seguro de que hay algunos sitios a los que podrías llamar y donde conseguir que te dijeran algo. No puedo ofrecerte un soborno por eso, pero sabes que tendrías mi gratitud y la de mi familia por el resto de tus días. —Y diciendo esto, se incorporó, tomó el auricular del negro teléfono y se lo acercó al inspector mirándole a los ojos.

Camil no pudo resistir la mirada suplicante pero a la vez altiva del viejo empresario; tomó el auricular y pidió un número al operador. Antes de obtener respuesta, se dirigió a Yusef de nuevo:

—No puedo tener esta conversación delante de usted, compréndalo. Le ruego que salga un momento y enseguida lo haré pasar otra vez.

Yusef obedeció y dejó en el despacho al inspector. Tal como este le había prometido, salió para llamarlo al cabo de pocos minutos. El viejo no preguntó nada de palabra, bastaban sus ojos llenos de ansiedad.

—Santiago está bien. No le han puesto una mano encima. Solo quieren tenerlo aislado porque hay otras personas a las que quieren detener y no querían que las pudiera poner sobre aviso. No creen que su yerno sea responsable de los delitos que han cometido esas otras personas, pero no saben hasta qué punto ha podido ser su colaborador, y tienen que investigarlo. Es muy posible que mañana mismo por la mañana pueda usted verlo en la gendarmería central. Pero, por el amor de Dios, no vaya usted a decirle a nadie que hemos tenido esta conversación.

—No te preocupes, querido Camil —dijo Yusef tomando las manos del joven inspector, besándolas de nuevo y llenándolas de lágrimas—. Tengo una gran deuda contigo y sabré recompensarte.

—Muy bien, muy bien. Pero ahora váyase a su casa, por favor. Y dé recuerdos a Eulalia y a Helena.

—Así lo haré, Camil. Dios te lo pague.

Yusef tomó su sombrero, que había dejado sobre la mesa del inspector, y se dirigió a la puerta. Cuando se volvió para una última despedida, le surgió una cuestión y la planteó espontáneamente:

—Dime, Camil. Si temían que esas otras personas de las que me has hablado se dieran a la fuga si Santiago las avisaba, ¿no piensan que pueda prevenirlas yo, o sea, no quiero decir yo personalmente, sino quien te hubiera pedido la información sobre mi yerno?

—No, Yusef, no hay problema. Por lo visto, ya las han detenido.

Raoul Davoine creyó escuchar el ruido de un vehículo acercándose y se incorporó súbitamente en el pequeño catre que estaba compartiendo con Geneviève Lazare en el almacén del yacimiento.

—¿Qué pasa? —le preguntó la chica deteniendo también sus caricias.

—Creo que viene un coche.

—Sí, a mí también me ha parecido oírlo. Pero estará pasando por la carretera, no creo que venga aquí.

—Ya no lo oigo.

—Pues sigue con lo que estabas haciendo, no te me escaquees. —En realidad le dijo *mon petit débineur*.

—Espera, no sea que haya alguien cerca.

—Ya no se oye nada. Anda, continúa. —Pero no bien terminaba de dar aquella orden a su amante cuando ambos percibieron un claro ruido de pasos a menos de cincuenta metros de donde se hallaban—. ¿No vendrán aquí?

—Vístete, rápido. Creo que se acercan.

En efecto, el ruido de las pisadas, aunque era muy ligero, se escuchaba cada vez más próximo al pequeño edificio. Geneviève solo había conseguido ponerse de nuevo las bragas y estaba intentando abrocharse el sujetador, cuando la puerta se abrió tan bruscamente que casi se salió de las bisagras. Tres hombres entraron dando gritos en la sala, apuntando con una linterna hacia los sorprendidos y abochornados franceses. De los bramidos de aquellos salvajes tan solo conseguían entender *haut les mains!*, «arriba las manos». Raoul lo hizo en cuanto terminó de sujetar un par de botones del pantalón, pero Geneviève continuaba bregando con los corchetes de su sostén y se volvió de espaldas, mientras Raoul se situaba entre ella y los vociferantes recién llegados. Al descubrir el estado de semidesnudez en el que se encontraban los dos arqueólogos, los asaltantes dijeron algo en árabe y comenzaron a reírse a carcajadas. Uno de ellos encañonó con su fusil a Raoul en el estómago y lo apartó a empujones, mientras los otros tomaban a Geneviève, la obligaban a darse la vuelta y, con el sostén aún sin abrochar, le colocaban las manos sobre la cabeza. Uno de ellos iluminaba sus espléndidos y tremulantes senos con la linterna, mientras el otro gritaba algunas cosas, entre las que los franceses tan solo conseguían entender la palabra *putain*. Cuando el de la linterna se atrevió a llevar una de sus manos hasta el pecho de la chica y comenzó a manosearlo, ella dio un grito de terror, y Raoul, sin pensarlo dos veces, empujó el rifle que todavía le presionaba en el abdomen y se lanzó contra el primero de los asaltantes.

—¡Tú sí que eres un hijo de puta, cabrón! —exclamó propinándole un fuerte puñetazo justo donde terminan las costillas flotantes, lo que causó un dolor insoportable al árabe y lo hizo caer al suelo sin respiración. Los otros dos se abalanzaron inmediatamente contra Raoul, olvidándose de Geneviève, que pudo terminar de medio vestirse. Los asaltantes utilizaron sin compasión las culatas de sus fusiles para reducir al arqueólogo, que pese a ello luchaba embravecido y propinaba golpes casi tan fuertes como los que recibía. En medio de la pelea, Geneviève tomó uno de los viejos ladrillos que estaban depositados en el almacén para su estudio y, sin soltarlo, lo estrelló contra la cabeza de uno de los árabes, que también cayó al suelo, esta vez inconsciente. El primero de los caídos ya estaba levantándose y retrocedió un par de metros para recuperar su fusil, con el que apuntó hacia el barullo dando gritos. Geneviève le había cogido afición a los golpes con el ladrillo y había levantado la mano derecha para causar el impacto más fuerte posible contra la cabeza del segundo asaltante, que en ese momento estaba en el suelo, tumbado encima de Raoul.

—*Haut les mains! Police! Police!* —gritaba el del fusil, pero Geneviève no era capaz de prestar atención a lo que decía; solo tenía espacio en su mente para apuntar al blanco en movimiento que se debatía justo a sus pies. Cuando empezó a bajar el brazo, el ruido de los gritos y de los golpes fue sustituido por el de un estallido que coincidió con un brevísimo fogonazo, seguido por un intenso olor a pólvora quemada. Raoul y su adversario notaron cómo un peso añadido caía sobre ellos y se miraron por un momento en la oscuridad, viendo solo el reflejo de la escasa luz de la noche en las pupilas asustadas del otro.

—Geneviève —gritó Raoul quitándose de encima los dos cuerpos de un empujón y tomando el de la chica, que emitía un gorgoteo terrorífico, incapaz de pronunciar palabra—. ¡Geneviève, por favor, dime algo! —Pero el gorgoteo cesó en pocos segundos, el cuerpo de la chica perdió toda la tensión y su cabeza y miembros se desparramaron en los brazos de su amante.

Mientras tanto, otro grupo de policías había entrado en la casa del jeque Faisal, por suerte sin tanta violencia. Helmut Pitterman, en su calidad de director de la expedición y en ausencia del dueño de la casa, se había puesto al frente del grupo de europeos, pidiendo explicaciones en francés al que parecía ser el jefe del batallón que estaba asaltando Qalb Loze.

—Somos ciudadanos franceses y alemanes —le espetó— y tenemos todos los papeles en regla. Exijo que nos dejen al margen de sus problemas con la población local.

—Me temo que eso no es posible, señor —respondió el capitán, pues ese era su rango—. Tienen que acompañarnos todos ustedes a la ciudad.

—¿Cómo que acompañarlos? Nosotros no vamos a ir a ningún sitio.

—Por supuesto que van a venir con nosotros. Tienen cinco minutos para recoger sus ropas y sus documentos. Me temo que no hay elección para ustedes.

—¡Pero... pero...! ¡Esto es intolerable! ¡Tiene que darnos una explicación!

—La explicación se la darán en la gendarmería. Yo no estoy autorizado a explicarles nada.

—Pero ¿no comprende que están ustedes a punto de causar un conflicto diplomático? —terció Maurice Clément, el codirector.

—Yo me limito a cumplir órdenes, señores. Y ya han pasado parte de los cinco minutos. Si no han subido ustedes a la camioneta en ese tiempo, tendré que ordenar que los suban por la fuerza y esposados.

—¿Y no podemos ver ni siquiera una orden de detención? —preguntó Rolf, que no terminaba de tomarse muy en serio la escena.

—Claro que sí, aquí la tienen —dijo el capitán sonriendo sarcásticamente y enseñándoles una hoja escrita en árabe.

—¡Esto es una broma!

—Nada de bromas. Andando, a recoger las cosas y a los camiones.

—¿Y cuánto tiempo vamos a estar en... el sitio adonde nos llevan? —preguntó Christine—. Lo digo por coger más o menos ropa.

—Yo llevaría para varios días. Es más, yo lo recogería todo, porque no sé si van a permitirles regresar.

—¿Pero de qué está usted hablando? —exclamó Helmut cada vez más pálido—. Nosotros no hemos hecho nada.

—Eso ya lo explicarán ustedes en los interrogatorios.

—¡Maldita sea! —gritó el francés—. ¡Esto es un atropello! —Pero se fue hacia su dormitorio para meter las cosas en la maleta.

—¿Y qué ocurre con el yacimiento mientras tanto? Hay un montón de material acumulado allí.

—La policía lo protegerá, no se preocupe. Para ustedes, el yacimiento es como si ya no existiera —dijo el capitán.

—¡Geneviève y Raoul! —dijo Christine—. Dos de nuestros compañeros están haciendo guardia en las ruinas. —Pero tras decir eso se dio cuenta de que tal vez habría hecho mejor en no mencionarlo, por si los policías los habían pasado por alto y ellos podían librarse del arresto; el capitán, por desgracia, la sacó inmediatamente de su ilusión:

—No se preocupe, señorita; ya han ido algunos de mis hombres a detener a sus amigos. Recojan también las pertenencias de esas personas. Lo que veo es que aquí también faltan otros dos de ustedes.

—Ah, Nicasio Lequerica y Ernesto Salaberri —dijo Maurice—. Ernesto ha tenido que regresar a España hace una semana porque su padre estaba muy enfermo. Nicasio no sabemos dónde está.

—Cierto, lo del español más joven me lo habían dicho. Pero el otro debería estar aquí.

—El caso es que se ha ido. Esta tarde desapareció sin dar explicaciones.

El capitán se volvió hacia una pareja de sus hombres y les ordenó en árabe buscar al codirector por todo el poblado. Los arqueólogos se metieron por fin en sus habitaciones, cabizbajos o enfurecidos, y se presentaron de nuevo en el comedor con sus maletas al cabo de dos o tres llamadas. Durante ese tiempo, varios policías se habían hecho cargo de las dos drusas, que suplicaban a gritos por la suerte de sus familiares. Encañonados por varios fusiles, los europeos salieron de la casa y fueron dirigidos hacia dos de las camionetas, en las que ya había un número importante de hombres maniatados, algunos sangrando a causa de los golpes recibidos, y, salvo algún que otro lloriqueo, todos ya en silencio después del trato recibido por las fuerzas de seguridad. El capitán dividió a los arqueólogos en dos pequeños grupos y mandó a cada uno subir a un camión diferente, sin dejar de escuchar las protestas de los directores. Después, llamó a gritos a los hombres a quienes había mandado buscar a Nicasio, y estos se presentaron al cabo de un minuto: habían recorrido todas las casas, pero no había ni rastro del español. Constataron también que uno de los automóviles de los arqueólogos no estaba allí, lo que seguramente confirmaba la versión que habían recibido sobre la ausencia de Nicasio. El capitán ordenó a todo el mundo subir a los vehículos, lo que incrementó las protestas de las mujeres y los niños, que eran los únicos que habían quedado libres en Qalb Loze, pero la caravana se puso en marcha sin hacer ningún caso. Al poco tiempo se detuvieron en el cruce del camino que llevaba a Qirq Bize. Allí esperaba ya otro coche y el capitán descendió del suyo para preguntar qué tal había ido la captura de los arqueólogos que hacían guardia en el yacimiento. Tras escuchar atónito las explicaciones de un cabo cuyo rostro estaba totalmente cubierto por magulladuras, dio un par de flojas bofetadas a cada uno de los hombres que formaban aquel comando y retrocedió hecho un manojo de nervios hacia la parte principal del convoy. Allí, en un tono excesivamente cortés y timorato que desconcertó a Helmut y a Maurice, ordenó a los dos catedráticos que bajaran del camión y lo acompañasen. Anduvieron en silencio hasta llegar al vehículo que venía de Qirq Bize, donde contemplaron, a la luz de los faros de otro de los camiones, a Raoul Davoine sentado en el asiento de atrás, con el rostro clavado en el pecho y la ropa destrozada y ensangrentada.

—¿Qué demonios le han hecho? —gritó Maurice enfurecido—. ¿Y dónde está la señorita Lazare?

—Mis hombres dicen que se resistieron con gran violencia a su detención y que no tuvieron más remedio que emplear la fuerza.

—¡Pero, hombre! ¡Esto es una brutalidad! ¡Esto es completamente intolerable! ¡Exijo que nos lleven inmediatamente a nuestras embajadas! —exclamó Helmut.

—¿Y Geneviève? ¿Dónde está Geneviève? —siguió preguntando el francés.

—Me... me temo que la señorita... —empezó a decir el capitán.

—¿Qué han hecho con ella? ¡Por favor, dígalo de una vez!

—Al parecer... uno de mis hombres hizo un disparo al aire... y el rebote de la bala la alcanzó a ella.

—¿Qué? —gritó Maurice sintiendo que el mundo se le caía encima.

—Pero ¿cómo está ella? —preguntó Helmut.

—Siento muchísimo decirles que... que ha fallecido.

—¡Ah! ¡Salvajes! ¡Asesinos! ¡Atajo de cafres! —gritó Maurice echándose encima del capitán, que no hizo nada por defenderse salvo subir los brazos a la altura de la cabeza, mientras dos de los policías sujetaban al catedrático, que no dejaba de gritar y de maldecir. En sus gritos, llamaba a Christine, quien desde su camión, sin haber visto nada de la escena y atemorizada por lo que aquellos alaridos podrían significar, rogó a los guardias que la custodiaban que le dejaran salir. Como las llamadas y los gritos no cesaban, Christine fue autorizada a ir con los otros. Su espanto fue mayúsculo cuando vio a Helmut sentado en el suelo y con la cabeza entre las manos, y a Maurice salir corriendo hacia ella en cuanto la vio, sin que los policías hicieran nada por impedirlo.

—¿Y Raoul y Geneviève? —le preguntó.

—Han matado a Geneviève... Han matado a Geneviève... —fue lo único que consiguió decir el codirector, provocando de inmediato la desesperación de Christine, quien de todos modos se repuso lo necesario para acercarse al coche en el que estaba esposado Raoul, y sin que nadie se lo impidiera, abrir la portezuela y abrazarse llorando a su compañero.

Rolf y Dietrich habían conseguido bajar también del camión en el que iban presos y se echaron a llorar igual que los demás al enterarse de la noticia. El capitán, en medio de la desolación que la torpeza de sus hombres había causado, y temiendo sobre todo las represalias de sus superiores, no hacía más que dirigirse a los extranjeros diciéndoles «lo siento muchísimo», e incluso derramando alguna lágrima por sus mejillas. En una de aquellas peticiones de disculpas, Helmut se levantó por fin del suelo y se encaró con él.

—Lléveme inmediatamente a ver el cuerpo de mi arqueóloga —ordenó como si fuera él quien estuviese al mando de todo el grupo.

El capitán llamó a varios hombres, que vaciaron de prisioneros un camión haciéndolos entrar en los demás vehículos, y subieron a Helmut y al propio capitán con ellos en la cabina, para recorrer los doscientos metros que faltaban hasta el yacimiento. Allí había otro soldado custodiando el cadáver de Geneviève, que había sido cubierto con un trapo del almacén. El capitán ordenó descubrirle el rostro y Helmut se echó a llorar de nuevo al ver aquellos ojos abiertos que clamaban por una explicación. El capitán repartió nuevas bofetadas y cerró él mismo los ojos y la boca del todavía caliente cadáver, ordenando que lo subieran a la parte trasera del camión. Luego intentó dar una palmadita en el hombro de Helmut Pitterman, pero este se lo impidió sujetándolo férreamente del antebrazo, mientras le decía con furia contenida y salpicando su francés con palabrotas bien alemanas:

—Me importa una mierda lo que se traigan ustedes entre manos con estos pobres drusos. Ahora vamos a montarnos otra vez en sus putos coches y vamos a marcharnos de este puto sitio. Y en cuanto lleguemos a Alepo nos va a dejar usted en la puerta del consulado alemán o del francés, del que les pille más de camino. Asesinos de mierda. ¡Salvajes! ¡Alimañas!

El capitán no respondió. Se soltó de la garra de Helmut y mandó que se pusieran todos en marcha hacia Alepo. Helmut se sentó junto a él en la cabina y no pudo evitar preguntarse en silencio, y todavía sumido en una negra desolación, dónde coño se habría metido el cabrón de Nicasio.

El conde de Valmojado se despertó a la mañana siguiente con una hermosa cabellera morena cubriéndole el pecho. Retiró con suavidad la sábana para dejar al descubierto el espléndido cuerpo desnudo de la mujer que lo había acompañado esa noche y contemplarlo por última vez, antes de levantarse de la cama con sumo cuidado para no despertarla. Se aseó y se vistió en silencio, tomó sus cosas, dejó sobre la cama un par de billetes grandes y salió de la habitación. Era ya de día cuando abandonó el pequeño pero limpio y discreto hotelito al que la chica lo había llevado. Durante la noche había estado pensando dónde dirigirse lo primero de todo al día siguiente, y lo que decidió fue buscar algún café con teléfono público para intentar ponerse en contacto con la familia de Santiago. Así lo hizo; entró a desayunar en un local pequeño, que olía deliciosamente a dulces, a té y a café, pidió mucho y de lo más caro para alegría del camarero, y después de zampárselo con todo el apetito que le había dado el acostarse sin cenar, preguntó por el teléfono. Fue Yusef, el suegro de Santiago, quien descolgó el auricular al otro lado de la línea. El viejo no disimuló su decepción al comprobar que no se trataba de alguien que le llevase información sobre su hijo, sino más bien de alguien que la pedía. Nicasio dijo que lo sentía mucho y relató que el día anterior había intentado ir adonde los Zuriq, pero que nadie le abrió la puerta, suponía que con buenas razones. Yusef preguntó al conde si él y sus compañeros de expedición estaban bien, pero obviamente Nicasio ignoraba lo que había podido sucederles a ellos y tampoco quería revelar por teléfono su encuentro con el convoy la tarde anterior. De todas formas, el suegro de Santiago añadió que, según había sabido, su yerno estaba retenido porque la policía quería apresar a algunos conocidos suyos, y eso tal vez se refería al grupo de arqueólogos, aunque Yusef no lo podía saber a ciencia cierta. Nicasio le dio las gracias por la información y quedó en volver a llamar.

Fallado el primer objetivo, y confirmadas sus sospechas de que la policía les estaría buscando a él y a sus compañeros, llamó a la casa del jeque Faisal, pero la línea de teléfono seguía cortada. Una vez más, recordó temeroso la caravana de vehículos militares y no le cupo ninguna duda de cuál era el destino que llevaban. Dejó el teléfono y, a través del bolsillo de la chaqueta, se palpó con la yema de los dedos el pasaporte diplomático que podría protegerlo de la injerencia policial. Era un privilegio del que disfrutaba en su calidad de grande de España y que el gobierno del generalísimo Franco había restituido, para satisfacción de la nobleza, tras el paréntesis de la Segunda República. Por último, pidió a la operadora el número de teléfono del consulado alemán y se identificó en cuanto descolgaron.

—*Herr Graf* —le dijo una voz femenina sin disimular su nerviosismo—. ¡Qué alegría que nos llame! ¿Se encuentra usted bien? Mire, es mejor que no nos cuente nada por teléfono. Dígame dónde se encuentra usted y mandaremos ahora mismo a un par de personas para que vayan a buscarlo.

Otra persona que intentó levantarse aquella mañana sin despertar a su acompañante fue Jacinta, cuando el oscuro cielo de la noche comenzó a volverse primero azul turquesa y luego cada vez más luminoso. El suave ruido de las olas entraba por la ventana medio abierta de la habitación, junto con una leve brisa que había dejado helados los dos cuerpos desnudos y brillantes. El movimiento de la criada y el frío metido hasta los huesos despertaron a Ernesto, a pesar del cuidado con el que Jacinta estaba saliendo de la cama, y él la agarró por la cintura antes de que lograra ponerse en pie.

—Espera —dijo—. No te vayas aún.

—Tengo que irme, señor. Aquí empezamos a trabajar muy pronto.

—No; aguarda. Quiero hablar contigo, Jacinta.

—Es que si no voy enseguida, la Rufi se enfadará —mintió la chica refiriéndose a la criada más antigua de la casa; pero la presión de las manos de Ernesto era demasiado fuerte y su propia resistencia demasiado indolente.

—Seguro que ya sabe dónde estás. Dime por qué has venido aquí esta noche.

—Pues ¿a qué voy a venir, señor? Usted mismo me llamó.

—Pero ¿por qué has hecho... todo lo que has hecho? Seguro que no ha sido por tu propia voluntad.

—¡Qué cosas tiene, señor! Don Klaus quiere que esté usted aquí como en un paraíso, ¿no?

—¿Y se supone que tú eres parte de ese paraíso? —preguntó el joven Salaberri, transformando lentamente su abrazo en renovadas caricias por el sedoso vientre de Jacinta.

—Mientras esté usted aquí, yo haré todo lo que pueda para que se encuentre usted a gusto —respondió ella pasando la mano derecha por el cabello y el rostro de él.

Ernesto se incorporó ligeramente hacia la boca semiabierta de la muchacha, la besó muy despacio y la atrajo de nuevo hasta el lecho.

Un coche negro se detuvo de un frenazo en la puerta del café en el que Nicasio todavía aguardaba tras pagar generosamente por el teléfono y el desayuno. Bajaron del vehículo tres hombres, uno con aspecto europeo y traje claro, y otros dos con americana más oscura y tez inconfundiblemente árabe. El europeo se presentó ante el conde.

—Excelencia, soy Rudolf Klemer, secretario del cónsul alemán en Alepo. Es un placer para mí poder ayudarlo. Le ruego que nos acompañe.

—Muchas gracias por venir. ¿Qué sabe de mis compañeros? —preguntó Nicasio mientras subía al asiento delantero del coche.

—Lamento decirle que han sido detenidos por la policía.

—¿Todos ellos?

—Todos menos usted y una de las arqueólogas francesas. Usted tenía la suerte de encontrarse aquí, por lo visto.

—¿Y la chica?

—Lo lamento de veras, señor conde... —empezó el alemán, y, ante el horror de Lequerica, le relató las terribles noticias de la noche anterior. Nicasio permaneció en silencio, sin atreverse a confesar a su propia conciencia lo agradecido que se sentía porque, al menos, la francesa que hubiera fallecido fuese Geneviève, y no la amada de su discípulo; eso, al menos, haría más fácil el trago de contárselo a Ernesto. El coche recorrió algunas calles del centro de Alepo y se detuvo al cabo de muy poco—. Tenemos que bajar, excelencia.

Nicasio salió del coche y observó sorprendido que estaban a la puerta de la gendarmería central.

—¡Pero esto no es el consulado! —protestó con gran energía

—Le ruego disculpas, señor conde —respondió Klemer circunspecto—. Tengo orden expresa del cónsul de acompañarlo hasta la policía.

—¡De ninguna manera entraré ahí! —exclamó Nicasio blandiendo como una espada su pasaporte y pasando del alemán al francés para hacerse entender por los policías que ya se le acercaban, entre ellos los dos hombres de americana oscura que lo habían recogido en el café—. ¡Soy alto representante del Reino de España! ¡Tengo inmunidad diplomática! ¡No pueden detenerme!

Un funcionario de alto rango se aproximó con gesto amable y sereno, llamando al conde por su apellido.

—Señor Lequerica, excelencia, le ruego que entre con nosotros. No pretendemos detenerlo ni interrogarlo. Ya hemos sido advertidos por parte del profesor Pitterman de que usted se halla en Siria como diplomático, no se preocupe. Le prometo que respetaremos su condición en todo momento. Pero es ineludible que hable usted con el señor comisario general. Es un asunto de la máxima importancia, se lo aseguro, señor conde.

Nicasio hizo como que ignoraba lo que el funcionario le decía y se volvió hacia Rudolf Klemer, quien, avergonzado, tenía los ojos fijos en el suelo.

—Y tú eres un traidor de mierda —le gritó en un perfecto alemán—. ¿En esto ha quedado el orgullo de tu país? ¡Qué bien merecido tenéis que os jodieran a fondo en la guerra, pedazo de cabrones!

Y volviendo a meterse el pasaporte en el bolsillo, sacudiéndose bruscamente las manos que intentaban tomarlo de los brazos para llevarlo a la gendarmería, y agradeciendo para sus adentros que el manuscrito de Qirq Bize estuviese ya a salvo en tierras gaditanas, Nicasio levantó dignamente la cabeza y penetró con todo su orgullo de aristócrata español en aquellas siniestras dependencias.

Capítulo 22

Basema había entendido inmediatamente lo que Rosina deseaba. Había que entrar en las redes sociales que utilizasen los alumnos del Instituto Enrique Godínez y buscar allí expresiones de acoso a unas cuantas alumnas que habían tenido la mala suerte de ir como pajes en la carroza de Baltasar. Basema no había hecho mucho caso a la historia que Rosina había estado contando en la televisión, a pesar de que sus propias compañeras de clase, como sabían que Basema vivía en una finca de la condesa, habían intentado sonsacarle todavía más detalles, pero con lo poco que sabía era más que suficiente para entender de qué iba todo. Por otro lado, aquel encargo sería muy sencillo o muy difícil dependiendo de qué redes sociales utilizaran los acosadores. Si eran tan idiotas como los de su propio instituto, que estaban enloquecidos con el famoso *Tweejo*, entonces sería coser y cantar.

—Ya sabe lo que dicen, ¿no, señora condesa?

—No sé. ¿Qué dicen?

—«Más seguro que el *Tweejo*: un condón de ganchillo.»

—Ja, ja. ¡Qué cosas tienes! Que no te oiga tu padre. La verdad es que no he oído hablar mucho del «tubillo» ese.

—*Tweejo* —aclaró Basema, y lo deletreó. Inconscientemente se sintió un poco molesta por si la causa de que Rosina no hubiese comprendido el nombre de la red social hubiera sido el ligerísimo acento magrebí que todavía le quedaba a la chica.

—Menos mal que Tito y Salva todavía son muy pequeños para esas cosas.

—Cuando crezcan ya se habrá pasado la moda del *Tweejo*, no se preocupe.

—¿Y cómo es que tiene tanto éxito si es tan malo como dices?

—No lo sé. Supongo que como todo el mundo empezó a decir que era muy peligroso para los adolescentes y blablablá, entonces a los más tontos les pareció que flipaba de la hostia, con perdón.

—Para hacerse los transgresores, ¿no?

—Eso mismo.

—¿Y qué pasa si la red que utilizan es... esa, el *Tweejo*?

—Pues que uno va dejando más pistas que la baba de un caracol.

—¡Qué asco! ¿No podías buscar otra metáfora? —preguntó Rosina riendo a través de la pantalla del ordenador.

—Es facilísimo encontrar el correo electrónico de la gente y muchos de sus datos personales, incluso aunque piensen que se están comunicando como anónimos. Y cualquiera puede ver lo que escribes. En otras redes solo pueden verlo las personas que estén autorizadas por ti, pero aquí no. Es una red para exhibicionistas.

—Bueno, pues a ver de qué puedes enterarte. Recemos por que los muy catetos estén utilizando el *Tweejo* ese.

—Dios es más sabio.

—Amén.

Las esperanzas de Basema se habían cumplido plenamente: los alumnos del Godínez eran tan fanáticos del *Tweejo* como la mayor parte de los adolescentes que ella conocía en carne y hueso o en chip y píxel, y no le costó demasiado trabajo encontrar muchas de las conversaciones o los mensajes en los que se burlaban de Maite, de Sandra y de Blanca. Tras crearse una identidad más cuidadosamente camuflada que la de la mayoría, ella misma se introdujo en algunas de aquellas conversaciones y empezó a sonsacar más y más reacciones vergonzosas, y más y más información sobre quiénes eran los acosadores más activos. Era asombroso lo fácil que resultaba conseguir que alguien hostigase a una chica contra la que no podía tener nada personal, y a la que tal vez ni siquiera conocía, solo porque la burla se había convertido en un hábito, en una forma de demostrar que se estaba al día. Al cabo de unos minutos, Basema empezó a sentir náuseas por aquel asqueroso comportamiento, aquel sadismo gratuito del que, por suerte, no había tenido ninguna experiencia personal hasta el momento. Tuvo que levantarse del ordenador, beber un vaso de agua en la cocina y salir al patio de la finca en aquella fría noche de finales de enero. Al escuchar sus pasos en la lejanía, un par de yeguas relincharon desde las cuadras, reconociendo el caminar de la muchacha que tantas horas las acompañaba en aquella enorme finca medio desierta. Basema fue hacia allí, aunque no acostumbraba a visitarlas por la noche. Abrió la puerta del establo, dio un cubo de agua a cada *Lady Gaga* y las acarició durante un rato, hablándoles en la lengua *darija* de sus padres, que ya casi estaba olvidando. Las yeguas resoplaron de satisfacción.

—¡Qué suerte tenéis de no poder ser crueles! —dijo Basema pegando el rostro al cuello de *Lady*, mientras las lágrimas se acumulaban en sus ojos.

Y qué desgraciadas debían de sentirse aquellas pobres niñas, que eran solo un par de años más jóvenes que ella. Pero quienes las torturaban, y quienes no hacían nada por impedirlo, estaban a punto de caer en sus manos y en las de la condesa.

Basema dio los últimos golpecitos en la grupa de los animales, se enjugó las lágrimas con el dorso de las manos y se despidió.

—Hasta mañana, *Lady*. Que duermas bien, *Gaga*.

Volvió andando muy despacio hasta la casa del servicio, donde sus padres ya se habrían acostado hacía un buen rato. Ella no tenía sueño, aunque al día siguiente tenía que levantarse antes del amanecer para tomar el autobús que la llevaba al instituto en el pueblo cercano, así que se fue a la cama con el portátil y siguió allí casi una hora buscando información, ahora con mucho más cuidado, y copiando en un documento cuantos detalles podían ser útiles para lo que Rosina pretendía.

Laura Entrambasaguas contemplaba la infinita superficie del océano a través del mirador del restaurante. Al contrario que Germán, siempre había sido aficionada a las comidas exóticas, así que disfrutaba de lo lindo con aquel garudia de pescado, limón y arroz, sazonado con grandes dosis de curry. Su acompañante, por el contrario, iba tomando bocados tan pequeños como podía y remojándolos con tragos de vino, de agua y de cerveza, es decir, de cuantas bebidas encontraba a su alcance. Laura no podía evitar reírse cada vez que Germán abría la boca para calmar el efecto del picante.

—¿Pero cómo te puedes comer eso sin que te caigan chorros de sudor? —preguntaba extrañado Germán.

—Ya nos había avisado el camarero de que era un plato muy fuerte. Pero claro, tú has tenido que hacerte el gallito, como siempre...

—No había probado nada así en mi vida. Ni siquiera en México.

—A mí me encanta todo lo picante. Ya sabes que eso es más de izquierdas.

—Vaya tontería.

—Por cierto, ¿has oído hablar alguna vez de la escala Scoville?

—No, ¿qué es, una ópera?

—¡Qué tonto! Es una forma de medir lo picantes que son las cosas.

—Pues este arroz debe de salirse de la escala —estimó Germán terminando de un trago media copa de vino australiano, y añadió—: No tenía ni idea de que hubiera una manera de medirlo. ¿Cómo lo hacen? ¿Te ponen el chile en la lengua y cuentan los minutos que tardas en morirte?

—Algo parecido, pero menos cruel —dijo Laura haciendo un gesto al camarero para que volviese a llenarles las copas.

—*Bring me more water, please* —suplicó Germán.

—Anda, bébete la mía. Si tampoco pica tanto. Esto debe de tener menos de diez mil scovilles.

—Bueno, explícame de una vez lo que es eso, cariño —dijo él empezando su nueva copa de vino.

—Es una idea la mar de sencilla. Se disuelve la sustancia en agua y se mide cuántas veces hay que disolverla para lograr que no se perciba el picor.

—¿Qué demonios quieres decir?

—Por ejemplo, tomas un gramo de un chile molido y lo echas en un litro de agua —explicó Laura haciendo como que lo espolvorease en su propia copa—. Lo disuelves bien, y si ya no notas el picor pero lo habías notado cuando solo habías echado novecientos noventa y nueve centímetros cúbicos de agua, entonces es que el chile tiene mil scovilles; o sea, hace falta diluir mil veces su volumen en agua para que deje de picar.

—Fíjate lo que aprende uno —dijo Germán sin mostrar excesivo interés.

—Se conocen variedades de chiles que tienen casi un millón de scovilles. Eso significa que hay que diluir un gramo en un metro cúbico de agua para dejar de notar el picor.

—Y lo utilizarán como instrumento de tortura, me imagino.

—Alguna vez tengo que probarlo.

—Yo te llevaré adonde quieras y te invitaré a comer lo que te dé la gana, chatita, pero no me obligarás a compartir el suplicio contigo otra vez.

—Anda, so bobo, que no es para tanto —rio Laura dando buena cuenta de los últimos restos de pescado y arroz que quedaban en su plato.

—Yo no puedo ya con lo mío. Me voy a pedir el postre más grande que tengan... ¡pero que no lo sirvan con curry, por favor!

—Exagerado.

Cuando terminaron de comer dieron un pequeño paseo por la sombra de las palmeras hasta el otro extremo del hotel, donde había una sala de descanso con revistas de todo el mundo y camareros siempre serviciales para llevar cafés, tés o licores. El rincón solo estaba ocupado por una pareja mayor, de aspecto norteamericano, que no levantaron los ojos de sus periódicos cuando llegaron Laura y Germán.

Sorbiendo encantada su espectacular té con menta, mientras Germán tomaba un cubalibre con la esperanza de eliminar todos los restos de capsaicina pegados a su lengua, Laura tomó con su mano derecha la izquierda de él y la llevó hasta su propia mejilla.

—Vuelve a contarme el plan —pidió.

—¿Lo que te dije esta mañana? —preguntó Campohermoso; ella asintió ligeramente y él tomó un poco más de su bebida, notando el abundante hielo contra los labios y capturando un cubito para refrescarse el interior de la boca. Cuando terminó de tragar el hielo, tenía la lengua entumecida y no se le entendía muy bien—. *Fo a dehá a poítiga.*

—¿El qué? —preguntó Laura a carcajadas. Germán tomó de nuevo un trago de cubalibre para reavivarse la lengua.

—Que voy a dejar la política.

Laura dio un brinquito hacia él para besarle ligeramente los labios.

—En cuanto volvamos a Madrid —siguió él—, iré al ayuntamiento para presentar mi dimisión como concejal y a la sede del J&B para darme de baja en el partido.

—Y yo haré lo mismo.

—Tendrás que afiliarte primero.

—Tonto, me daré de baja en el PP.

—Claro. Estoy seguro de que no nos echarán de menos ni a ti ni a mí. Al contrario, muchos se pondrán la mar de contentos por poder ascender un puesto en el escalafón. Juande es el único por el que me da un poco de pena.

—¿Marañón?

—Hemos trabajado codo con codo durante un montón de años, y es posible que mi retirada se la tome como una deslealtad, así que iré a explicárselo personalmente.

—¿Y qué vas a explicarle?

—¿Qué le voy a decir, tonta? Que he descubierto que esta preciosa concejala, a pesar de que es una progre incorregible, es mucho más importante para mí que todos los cargos políticos, y que si vivimos en una sociedad en la que se considera una transgresión el que alguien como yo se enamore de alguien como tú, pues prefiero mandarlo todo a paseo.

—Para entonces, yo también seré exconcejala.

—Mejor. Y tú, ¿cómo lo vas a plantear en tu partido?

—Supongo que igual.

—Te haces cargo de que vamos a ser unos apestados para nuestros antiguos compañeros, ¿no, preciosa?

—Ellos se lo pierden. Bueno, ¿y después de la renuncia?

—Tú pondrás tu casa en alquiler y te vendrás a vivir a la mía. Yo me haré cargo más directamente de algunos de los negocios de mi familia, y tú y yo juntos emprenderemos muchos más. ¿Te ves como una emprendedora?

—¡Qué palabra más horrible! Eso que vosotros habéis puesto de moda llamar «emprendedores» es lo que los rojos hemos llamado toda la vida «explotadores capitalistas».

—Pero verás cómo desde el otro lado te parece mucho mejor.

—Nos ha fastidiado. Se agradece la oferta, pero no me veo dedicándome a los negocios y chupando la sangre al obrero.

—¿Quién habla de explotar? Ni que fuésemos a tener plantaciones con esclavos. Se trata de generar riqueza, hacer cosas que le gusten a la gente y que estén dispuestos a pagártelas a buen precio, y sobre todo, que te las quieran comprar a ti en vez de al capitalista de al lado.

—Bueno, según en qué negocios estés pensando, ya veremos. De momento, con tener tiempo para escribir un libro me daría por contenta.

—¿Un libro sobre qué?

—Sobre los entresijos de la política y de su casta de burócratas. Sobre cómo está montada la sociedad para joder a las mujeres. Y sobre lo importante y lo difícil que es el amor para sobrevivir a todo eso.

—¿Y no preferirías dedicarte a escribir alguna cosa un poco más autobiográfica?

—Bobo.

—Ya sabes que, por mi parte, la única condición es que no hables demasiado sobre mi pasado político.

—No te preocupes, seré discreta. Pero los lectores querrán dar un bocado a esa carnaza.

—Pues les das dosis muy pequeñas.

—¿Y qué vamos a hacer con la televisión?

—¿Con la tele? Aprovecharnos todo lo posible. ¿No se han puesto ellos las botas gracias a tu amiga Rosina?

—¿Y no te importará ser carne de exclusiva?

—Ya lo he sido gratis y he sobrevivido gracias a ti. Así que, si a partir de ahora lo soy cobrando, no le veo el problema.

—¿Y la boda?

—Cuando tú quieras.

—Podríamos casarnos aquí mismo.

Germán tardó un poco más en replicar a eso.

—Hombre, a mí me gustaría invitar a algunos amigos, y supongo que a ti te pasará igual, ¿no?

—Sí, claro, era una broma.

—Pero sería un bombazo el que volviésemos a España ya convertidos en marido y mujer.

—No me lo digas dos veces. Además, también querría quedarme embarazada.

—Para eso habrá menos prisa, ¿no? —replicó Germán un poco a la defensiva.

—Ten en cuenta que desde que empiezas a rellenar la solicitud hasta que te llega el pedido se tardan por lo menos nueve meses.

—Pero tú eres muy joven todavía.

—Dentro de nueve meses ya habré cumplido treinta tacos —comentó Laura dando el último sorbo a su té. Dejó el vaso en la mesa y se recostó en el sillón, inclinando levemente una de las hombreras de su blanco vestido para dar a Germán una visión más amplia de su busto—. Yo casi iría preparando ya los impresos, mi amor.

Felipe Barajas, observador paciente desde el cubil de su furgoneta, comprobó cómo el coche de Valeria Ciscar, la presentadora de «El pozo de los deseos», abandonaba el garaje de su casa con ella al volante. Comenzó a seguirla, como llevaba tres días haciendo sin grandes resultados, a través de las inhóspitas urbanizaciones del extrarradio a las que tantos profesionales de medio rango habían sido expulsa-

dos por la burbuja inmobiliaria y por no se sabía qué otros factores
socioculturales, pero pronto cayó en la cuenta de que la dirección
hacia la que se dirigía su presa era distinta de la de los días anteriores, en los que solo se había desplazado hacia los cercanos estudios
de su cadena de televisión. Aquella vez iban al centro de Madrid.
Bueno, era un pequeño progreso. Eso sí, el tráfico era demasiado
caótico para ser casi mediodía; varias veces temió haberla perdido
al cruzarse entre ellos algunos otros coches ansiosos por cambiar de
carril para llegar igual de tarde a ningún sitio. En una ocasión, Valeria cruzó un semáforo a punto de cerrarse y los dos coches que
había entre el de la periodista y el de Felipe se detuvieron, impi-
diéndole a él avanzar. Por fortuna, el tráfico en la continuación de
la calle era igual de parsimonioso y el detective logró alcanzarla
de nuevo. Al cruzar la plaza de Gregorio Marañón el atasco pareció
disolverse como por arte de magia y el acecho se hizo más relajado
para Felipe. Además, Valeria salió del paseo de la Castellana enseguida, callejeó durante dos o tres minutos y fue a detenerse en el
acceso de un hotel. Salió de su Volkswagen Escarabajo, entregó las
llaves a un portero y entró en la recepción. Mientras el portero se
llevaba el coche de la periodista, Felipe buscó un sitio para aparcar,
echó unas monedas al parquímetro y regresó volando hacia el hotel.
No había ni rastro de Valeria. Decidió tomarse una copa en la cafetería, para ver si conseguía sacarle alguna información a los camareros. Uno de ellos picó fácilmente en el anzuelo, ni siquiera tuvo que
sobornarlo. El detective fingió ser un viajante alojado allí, que se
había sorprendido al cruzarse en el hall con aquel rostro tan popular. El camarero estaba deseando hacerse el importante y soltó casi
de carrerilla todo lo que sabía, y más, sobre las recientes visitas de
Valeria Ciscar al hotel. Felipe imaginó que el trabajo de la periodista, aireando trapos sucios de los «famosos» en la televisión, era una
justificación perfecta para que los demás cotilleasen sobre ella sin
ningún remordimiento. De esta manera averiguó Felipe que, en
efecto, Valeria llevaba viniendo a ese hotel desde hacía unos cuatro
meses, y aunque era difícil averiguar con qué otros clientes se reunía, pues lo que pasara dentro de las habitaciones era un misterio,

el camarero sí que podía jurar haberla visto salir de allí acompañada por más de un personaje de los que suelen aparecer en las revistas del corazón. Curiosamente, con quien más a menudo la había visto era con un par de árabes; el camarero había inferido que lo eran al escucharles hablar entre ellos, porque la verdad es que por su aspecto podrían pasar por europeos. Ante las taimadas preguntas de Felipe sobre otros acompañantes, el camarero confirmó sin asomo de dudas que el marido de la condesa de Valmojado había sido efectivamente uno de ellos. «Mire qué casualidad, hablando del rey de Roma...», dijo señalando disimuladamente hacia la recepción, a espaldas de Felipe, por donde Tinín acababa de entrar en dirección a los ascensores. «Vaya —comentó el detective aparentando no sorprenderse—; ¿y qué vendrán a hacer aquí?» «Pues de eso, yo, ni idea —replicó el camarero adoptando por primera vez un tono circunspecto—; imagínese usted lo que quiera. Pero a lo mejor la chica no hace más que entrevistas. Es su trabajo, ¿no?» Felipe pagó lo que había consumido, dio las gracias por la conversación y fue hacia el ascensor, que ya estaba subiendo, para observar con disimulo en qué piso se detenía. En el cuarto. Subió por las escaleras para no dar explicaciones a un empleado que había junto a los ascensores en la planta baja, pero en el pasillo del piso cuarto se encontró con otro, quien, al verlo andar sin rumbo fijo, le preguntó si buscaba algo. «¿La señorita Valeria Ciscar, por favor?», inquirió con atrevimiento, pero el empleado no tragó el anzuelo y le sugirió volver a la recepción para preguntarlo. Felipe hizo como que regresaba al vestíbulo, pero a mitad de camino dio media vuelta. Con el pasillo ahora desierto, fue arrimando la oreja a las puertas de las habitaciones para ver si lograba escuchar algo sospechoso. Finalmente, encontró una de la que salían recias voces en inglés, lo que dificultaba mucho al detective identificarlas, pero estaba casi seguro de que una de ellas era la de Valeria. El caso es que hombres parecía que había varios; sin duda, más de uno. En todo caso, diríase una conversación normal, con alguna palabra más fuerte que otra, pero, desde luego, nada que sonase como un tórrido encuentro amoroso. Con poco más que hacer por allí, Felipe decidió bajar y volver a su furgoneta, para aparcarla lo más cerca que pudiese de la entrada del hotel y hacer algunas fotos cuando Valeria, Tinín o sus otros acompañantes decidieran salir.

Pese a que le costaba confesárselo, Julio César Machín había terminado por reconocer que su descubrimiento sobre la relación entre la chica de las fotos y su amigo Germán de Campohermoso le había hecho perder su calma proverbial. Se había pasado toda la noche y todo el día siguiente nerviosísimo e irascible. Si sus sospechas eran ciertas, aquello acabaría irremediablemente en la ruptura de su amistad, pues podía tolerarle a Germán un montón de defectos y debilidades, pero nunca una tropelía tan indecente como la de prostituir a una niña, aunque hubiera sido en parte mediante una sucia triquiñuela de aquel engendro del demonio que era Rosina Lequerica. Después de mucho cavilar sobre el asunto, llegó a la conclusión de que la única forma que tenía de salir de dudas era buscando a la chiquilla y hablando francamente con ella. Quizás la infeliz muchachita se hallara en una tesitura muy lastimosa (¡esas fueron las palabras con las que lo pensó Machín, este pobre narrador no tiene la culpa!), y en ese caso, hablar con alguien que la comprendiera y que estuviese dispuesto a ayudarla le serviría también de apoyo y de consuelo a ella. Pero, sobre todo, era importante que Machín hablase con la tal Maite Gutiérrez para que le aclarase si el ladino Germán había traspasado la finísima raya que separa el mero vicio del más horrible libertinaje, porque si era verdad aquello, y a Machín le cabían pocas dudas, no tendría más remedio que apartarse de su antiguo amigo y, por supuesto, cesar en el trabajo que estaba haciendo para él. Pidió a uno de sus aprendices que encontrase la dirección de la niña, lo que no fue difícil, y al día siguiente él mismo en persona llevó su coche hasta el portal de Maite, una media hora antes de que, calculó, ella tuviera que salir hacia el instituto. La vio aparecer no mucho más tarde, sola, con una gruesa trenca, una pesadísima mochila a las espaldas y, lo que le extrañó mucho, luciendo alrededor del cuello un pañuelo de una marca carísima; sería una imitación, seguramente, o tal vez un regalo de alguno de sus «clientes». Machín salió del coche temblando y siguió a Maite durante unos metros. Su temor al contacto con las mujeres se intensificó por aquella mezcla de pureza infantil y de perversa depravación que en su mente rodeaban a la chica, así que cuando se atrevió por fin a llamar la atención de Maite tocándole ligeramente en el hombro, él estaba descolorido igual que un folio en blanco y transpiraba a chorros. Ella se estremeció del susto y se volvió enseguida; la visión de aquel hombre tan rollizo y de aquel rostro ligeramente conocido pero tan asustado no hizo precisamente nada por calmarla.

—¿Qué pasa? —fue todo lo que consiguió preguntar la chica.

—¿Sabes quién soy? —preguntó Machín como toda respuesta, secándose el sudor de la frente con la manga de la chaqueta. Maite se lo quedó mirando, segura de que sí que lo conocía, aunque no recordaba de qué.

—¿Usted no sale en la tele? —dijo por fin.

—Seguro que me conoces de eso. Soy Julio César Machín.

—¡Anda, Machín, el del «Oráculo galáctico»!

—Sí, en ese programa salgo a menudo —reconoció el escritor, aunque ese no fuera el trabajo del que estaba más orgulloso; pero los intereses culturales de la chica, teniendo en cuenta su edad y el barrio en que vivía, no debían de dar para mucho más, pensó—. Me suelen invitar allí para hablar de temas históricos.

Al recordar los temas de los que había escuchado hablar a Machín, Maite tuvo un presentimiento que la espantó y retrocedió hasta dar con su espalda en la pared vecina.

—¡El Peñazo se lo ha contado! ¡Se lo ha contado, el jodido cabrón!

—Querida Maite, no te asustes, te lo ruego; no quiero hacerte ningún daño, solo quiero ayudarte.

—¡Voy a hablar ahora mismo con el Peñazo y se va a cagar! ¡Voy a ponerle una denuncia! ¡Hijo de la gran puta!

—No, Maite, no. Ese del que hablas no me ha contado nada, te lo aseguro —dijo Machín, pensando que tal vez ella se refería al hombre de las fotos, o sea, a su tío Lorenzo.

—¡Pues claro que se lo ha tenido que contar! ¡No hay nadie más que sepa lo del códice!

El gesto de Machín se transmutó inmediatamente y pasó del nerviosismo a la perplejidad.

—¿El códice? Ah, sí, el códice —empezó enseguida a fingir el astuto polígrafo, oliéndose de inmediato que tal vez el asunto podía ser algo muy distinto de lo que él había imaginado.

—¿No ve? —siguió gritando Maite—. ¿Por qué me habré fiado yo del Peñazo? Pero se va a enterar. Por mis muertos que se va a enterar.

—Escucha, Maite. Te aseguro que ese «Peñazo» del que hablas no sé ni siquiera quién es. Ha sido otra persona por la que me he enterado del asunto del códice. —¡No era mentira, no era mentira! Julio César Machín no mentía jamás, su conciencia se lo vedaba de forma absoluta (salvo cuando era totalmente imprescindible, claro); en este caso, el lector ya sabe por qué «otra persona» había averiguado el escritor la existencia del códice: ¡por la propia Maite!

—Entonces ¿quién se lo ha dicho?

—Otra persona. No puedo decirte quién.

—¿Y qué le ha contado?

—Tan solo que tú sabes algo de un códice muy antiguo. —Aquí el cerebro de Machín se puso a trabajar con toda su potencia; si la chica lo conocía por sus apariciones en el «Oráculo galáctico» y había sacado la conclusión de que él estaba interesado en el dichoso códice, debía de ser porque de alguna manera el contenido de aquel libro tenía algo que ver, aunque fuese muy indirectamente, con los temas de los que había hablado en aquel programa, o con los que se trataban cuando no asistía él. Siguió—: Y me han dado a entender que su existencia esconde algún secreto muy importante. Seguro que sabes que yo me dedico a estudiar ese tipo de cosas, ¿verdad?

—Claro.

—Y en este caso yo podría tener un gran interés en investigar sobre ese códice, dependiendo de qué tratara exactamente.

—Entonces, ¿el Peñazo, perdón... Daniel, no le ha enseñado las fotos que tiene del códice?

476

—Nunca he visto ninguna foto, ni sabía que las hubiera.

«Buf, menos mal», pensó Maite en silencio, aunque un indisimulado gesto de alivio la delató ante el perspicaz Machín.

—Pero estaría dispuesto a pagar una cifra considerable por echar un vistazo a esas fotos, si quien las tiene en su poder estuviera dispuesto a enseñármelas —dijo el escritor; al fin y al cabo, no perdía nada por ello.

—¿Qué cifra?

«Joder con la niña, qué rápido ha aprendido esto de los negocios —pensó Julio César sin necesidad de palabras—; con tanto trapicheo con Rosina, no me extraña lo más mínimo.»

—Bueno, depende de cómo de importante sea el códice del que estamos hablando.

—Muy muy importante.

—Eso no es decir mucho. ¿Como qué de importante?

—Como algo muy muy antiguo.

—Yo no conozco muchos códices modernos.

Un grupo de chicos y chicas que iban al instituto pasaron por la acera de enfrente. Maite vio cómo la miraban y la señalaban. Ella les saludó con la mano, pero no devolvieron el saludo y siguieron su camino. «Lo que faltaba —pensó—; ahora empezarán a decir que estoy haciendo no sé qué con este gordo asqueroso.»

—Es más importante que cualquier cosa en la que pueda usted pensar —soltó por fin.

—No será para tanto.

—Y si lo fuera, ¿cuánto me pagaría por ver una foto?

—Antes dime, ¿cuándo podría verlas?

—Ahora mismo. Las llevo aquí —respondió Maite palpando la parte de su mochila donde guardaba la tableta.

—¿A... aquí? No sé, no sé —balbuceó Machín extrayendo su billetera del bolsillo interior de su americana y tomando un billete de cincuenta euros; ante la cara de estupor de la chica, que él tomó como un rechazo, sacó otro billete de la misma cantidad—. Si me dejas echar un vistazo a las fotos que llevas ahí, te doy cien euros.

Maite cerró la boca e intentó recordar si había podido ver algún billete más en la cartera del escritor.

—Doscientos. Y solo mirarlas un poco.

—¡Tan importante no será!

—No sabe usted la cantidad de libros que se podrían vender con esto —sugirió Maite intuyendo el punto débil del escritor—. Doscientos euros y se las enseño.

Machín, con los dos billetes todavía en la mano, miró a su alrededor para comprobar si alguien podía verle ofreciendo dinero en la calle a una menor, pero la manzana estaba desierta en aquel momento.

—Venga, doscientos, aquí los tienes. Enséñame las fotos.

Maite agarró los cuatro billetes de cincuenta como si fueran un tesoro y se los guardó en el bolsillo delantero de su pantalón. Se quitó la mochila de la espalda y sacó la tableta.

—Hay que esperar a que se encienda.

—Ya.

Tras unos segundos que a los dos se les hicieron larguísimos, apareció el escritorio de la maquinita. Maite pulsó un icono y enseguida la pantalla se transformó en una de las páginas del manuscrito griego.

—Esto es. Eh, sin tocar.

Machín fue mucho más capaz de disimular su sorpresa que la inocente Maite, y eso que estaba infinitamente más sorprendido que ella. No podía haber imaginado de ninguna manera que iba a encontrarse con algo así, en una miserable calle del extrarradio, en la tableta de una vulgar adolescente que era incapaz de entender aquel texto. Sus nociones de griego clásico estaban un poco anquilosadas, pero eran suficientes para entender el sentido general del texto y para identificar con muy alta probabilidad a los personajes de los que hablaba y los lugares a los que se refería: José, María, Jesús, Siria, Galilea ¡y algo sobre que el niño era hijo de un legionario romano! Y el manuscrito era con toda certeza sumamente antiguo, por el aspecto del pergamino y por el tipo de caligrafía. Machín sintió la tentación de persignarse, de ponerse a rezar de rodillas, pero por primera vez en su vida reprimió aquel deseo por si daba más pistas a la chica acerca del valor real del códice. ¿Comprendería ella lo que tenía en sus manos? Seguramente no, o por lo menos, no en toda su extensión.

—Enséñame otra foto —le ordenó con la autoridad que le daban los doscientos euros de los que acababa de desprenderse, y Maite empujó la imagen con la yema del dedo índice para dejar paso a una nueva página del códice, y luego otra, y otra más, pero hasta allí alcanzó su generosidad.

—Cincuenta euros cada foto. ¿Qué le han parecido?

—Puede que tengan algún interés. Darían para un programa de televisión, ciertamente.

—¡Ja! Si ha entendido usted algo de lo que dicen, habrá visto que es mucho más importante que eso.

—¿Y tú qué sabes, mocosa? —replicó Julio César un poco molesto por la audacia de Maite. Machín se quedó mirando a los ojos de la chica, que bajó el rostro tímidamente ante aquel gesto taciturno. Había que lubricar un poquito la situación, se dijo el periodista.

—Tienes razón, Maite. Es un libro muy importante. ¿Te puedo preguntar cómo has conseguido estas fotos?

—Las he hecho... las he copiado yo.

—¿Las has hecho o las has copiado?

—Eso no es cosa suya.

—Pero ¿cómo has conseguido saber de la existencia de este códice?

—Es una historia muy larga de contar. Tal vez en el «Oráculo galáctico», si me lleva con usted alguna vez, pueda decírselo a la gente.

—No te quepa ninguna duda. Sería una idea estupenda.

—Pero el libro no es mío, tiene dueña, no se vaya a pensar.

—¿Dueña o dueño?

—Bueno, lo que sea. La cosa es que yo no puedo hacer lo que quiera con él.

—Pero si te doy más dinero, ¿podrías dejarme ver todas las fotos?

—Depende.

—¿Y darme algunas copias? ¿Cuánto querrías por ellas? Al fin y al cabo, tú no pierdes nada por hacerme una copia.

—Es que no puedo. El libro no es mío.

—Pero si tú puedes tener en tu tableta una copia de un libro que no es tuyo, también podría tenerla yo en mi ordenador. Venga, que seguro que ya llegas tarde al colegio. ¿Cuánto me pides por darme unas copias?

Maite se lo pensó. ¡Cuánto desearía que estuviese con ella su hermano Róber! Seguro que al tipo gordo lo desplumaba.

—Mil euros cada una —dijo, y sintió como si se tirase de un trampolín a gran altura.

—¿Y cuántas son? —preguntó Machín para mayor sorpresa de Maite, que pensaba que el otro iba a negarse en redondo.

—Esto... tengo unas treinta —respondió, sin contar las del cuaderno con la traducción.

—¡Treinta mil euros! ¡Qué barbaridad! —Ahora sí que iba a comenzar el regateo—. Te doy cinco mil euros por todas.

—Ni hablar.

—Seis mil.

—Diez mil, pero solo diez fotos.

—¿Las veo todas y elijo diez?

—Vale —aceptó Maite, pasmada por la facilidad con la que iba a ganar una cantidad tan exorbitante de dinero.

—Trato hecho. Ahora no tengo tanto dinero encima. Tampoco me he traído un lápiz de memoria. Mira, puedo sacar mil euros de un cajero y me envías una imagen por correo electrónico. ¿Podemos hacerlo?

—Claro. Hay un cajero un poco más adelante.

Maite acompañó a Machín hasta el cajero automático. Se acordó de repente de que había quedado con Sandra para hacer juntas el camino y le escribió un rápido mensaje para indicarle que se fuera ella sola, que ya le explicaría el motivo. Al guardar el teléfono, se volvió hacia la pared para intentar no ser reconocida cuando un nuevo grupo de alumnos pasó cerca de la extraña pareja. Miraron con asombro al obeso personaje y se alejaron cuchicheando y emitiendo risitas.

—Venga, que tengo que irme al insti —apuró Maite al escritor.

—Ya va, ya va. Este cajero no es de mi banco y me está haciendo más preguntas de lo normal. Enseguida termino.

Entretanto, sonó el aviso de un mensaje en el móvil de Maite: era Sandra, que decía que ella tampoco iba a ir al instituto esa mañana. Desanimada, su amiga se dedicó a ver cómo el cajero regurgitaba un buen fajo de billetes de cincuenta y de veinte euros. Machín los tomó y se los dio a la chica, quien los contó meticulosamente.

—Muy bien —dijo Maite al terminar—. ¿Qué foto es la que quiere?

—La primera que me enseñaste estaría bien.

Ella volvió a abrir el archivo, Machín comprobó que se trataba de la misma página del códice y le deletreó a Maite su dirección de correo electrónico. Unos pocos segundos después, el mensaje con la imagen adjunta había sido enviado.

—Espera, déjame comprobar que lo he recibido. —Maite cedió la tableta a Machín, quien abrió su programa de correo electrónico y vio con satisfacción que el mensaje correspondiente estaba donde tenía que estar—. Muy bien. Entonces ¿nos vemos aquí cuando salgas de clase?

—Yo termino a las dos. Mejor nos vemos a las dos y cuarto en el portal de mi casa, que no nos vean hablando en la calle.

—Estupendo. Hasta entonces. Y gracias.

—Adiós.

Machín dio media vuelta y se metió en su coche, dedicándole, entre el marasmo de pensamientos angustiosos que lo asaltaban, una fugaz absolución a su amigo Germán, quien ciertamente parecía no tener ninguna relación con aquel enredo tan imprevisto como maravilloso. Maite echó a correr hacia el instituto, no muy preocupada por si no la dejaban entrar en el aula por llegar tarde, y sí, en cambio, entusiasmada por los mil doscientos euros que llevaba en el bolsillo y por la descomunal fortuna que iba a ganar esa misma mañana de una forma tan fácil. Pese a ello, no terminaba de creerse que Daniel Peñas no hubiese tenido nada que ver con aquel inverosímil encuentro. Tendría que hablar con él en cuanto pudiera. Por suerte para Maite, el conserje la obligó a permanecer en el vestíbulo cuando llegó al Godínez, un cuarto de hora después del timbre de entrada. En la clase de Maite, Lucinda, la profesora de matemáticas, había mandado borrar, enfurecida, un dibujo hecho con tiza en la pizarra que representaba a un hombre gordo con una chica arrodillada de cara a su entrepierna. Las risitas que escuchó Maite al ocupar su sitio en el cambio de clase no pensó que fueran algo distinto al martirio al que la sometían sus compañeros desde hacía tres semanas.

Era cerca de mediodía cuando Felipe, tras cuarenta minutos esperando frente a la puerta del hotel a que ocurriese algo interesante, descubrió lo que precisamente no se esperaba de ningún modo: el lujoso coche de la condesa de Valmojado, conducido por su chófer y con ella en su interior, se detenía allí mismo. Rosina se apeó, dijo una frase al chófer y entró en el vestíbulo mientras el portero le hacía una sutil reverencia. El coche volvió a ponerse en marcha y desapareció por la siguiente esquina. «Esto sí que es bueno —se dijo Felipe tras conseguir hacer una foto en la que solo aparecía la espalda de Rosina sumergiéndose en la penumbra del hotel—; ¿qué demonios estará sucediendo aquí?»

Rosina, tras responder a la bienvenida del recepcionista, subió directamente a la habitación 408. Llamó con los nudillos y a los pocos segundos un hombre entrado en años, de tez y pelo oscuros pero ya algo canoso, le abrió la puerta con una sonrisa.

—Mi querida condesa —la saludó con un leve acento árabe—. Entre, por favor. La estábamos esperando.

—Buenos días, señor Belahsen. Discúlpenme, no he podido llegar más pronto. Hola, Valeria. Señor Arfaui. Hola, cariño.

—Hola, mi amor —respondió Tinín, y señaló un hueco libre a su derecha en el sofá.

—¿Y bien? ¿Qué novedades tenemos?

—Pues que parece que estos señores nos van a joder bien jodidos —respondió Tinín sin esperar la contestación de los demás.

—No lo plantee usted así, señor conde —protestó respetuosamente el tal Arfaui, un hombre algo más joven que el que le había abierto la puerta a Rosina.

—¿Pues cómo quiere que lo plantee? Acaban de decirnos que tenemos que dar por perdidos los dos millones de euros que hemos invertido con ustedes.

—No están perdidos definitivamente. Es cierto que de momento no se pueden recuperar. Pero esperamos que el asunto se desbloquee cuando el nuevo gobierno de la república de Túnez tome cartas en el asunto. En su misma situación están muchos otros inversores internacionales y seguro que los nuevos gobernantes no querrán generar un conflicto con motivo de esta operación.

—Depende —interrumpió Rosina—. Por lo que me he enterado, los islamistas no ven con muy buenos ojos el desarrollo turístico, y todo apunta a que serán ellos quienes ganen las próximas elecciones.

—Tal vez no sea una prioridad para ellos, en eso tiene usted razón —explicó Belahsen—. Pero al final necesitarán las divisas del turismo y los planes inmobiliarios volverán a ponerse en marcha.

—¿Y eso será cuándo? —preguntó Tinín—. ¿Dentro de diez años?, ¿de quince? Teniendo en cuenta que nos habían prometido unos intereses del 10 por ciento, eso significa que para entonces habremos perdido otros dos o tres millones.

—Tengan ustedes fe, señores condes. Esperemos a que se forme el próximo gobierno y veremos cómo puede ir arreglándose el asunto.

—¡O sea! —exclamó Tinín—, ¡nos piden que esperemos más o menos un año para que simplemente nos den alguna noticia, tal vez no muy fiable, acerca de lo que va a pasar con nuestro dinero!

—Lo lamento, Rosina, de verdad —dijo Valeria abriendo la

boca por primera vez desde la llegada de la condesa y tomando la mano de Arfaui—. Para nosotros es una pérdida mucho peor. Mi marido había invertido casi todo su capital en este negocio y ahora estamos como quien dice en la ruina.

—¡Menudo consuelo! —dijo Tinín dando un manotazo en el sofá y volviéndose hacia la ventana—. ¡Joder, dos millones de euros tirados a la basura!

—Además —explicó Rosina—, Sangho está cerca de la frontera con Libia, y parece que esa zona va a ser también muy inestable en el futuro próximo.

—Bueno, eso es hacer política-ficción —protestó Belahsen, condescendiente.

—¿Y no es posible liquidar Sangho International y devolver a los inversores la parte que no se haya gastado todavía, al menos, o lo que se consiga por vender los terrenos y lo demás que hayan comprado ustedes hasta ahora?

—Por desgracia, eso sería peor —explicó Belahsen—. Las parcelas, aunque son estupendas, en primera línea de playa y muy cerca del puerto deportivo, no tendrían ahora ningún comprador, o solo las podríamos vender por una miseria, y eso suponiendo que el gobierno provisional nos permitiese hacer la venta. Por otro lado, una parte importante del dinero se ha ido en pagos por servicios de asesoría, planes, estudios...

—Quiere decir sobornos —dijo Tinín a su mujer, todavía mirando por la ventana.

—En parte, sí. Ya sabe cómo son las cosas.

—O cómo eran —terció Valeria.

—Pero lo malo es que el dinero que aún no se ha gastado no se puede sacar del banco, porque el gobierno ha prohibido cualquier expatriación de capitales.

—Lo que te dije, Rosina. Que nos han jodido pero bien.

—Y además, adiós a mi museo —añadió la condesa, sin poder evitar que un profundo suspiro interrumpiera el final de su frase.

—¿A qué te refieres? —preguntó Valeria, pero como Rosina siguió con la cabeza gacha y con el índice y el pulgar de la mano derecha sujetando las lágrimas que estaban a punto de brotar de sus ojos, fue su marido quien respondió por ella.

—Estábamos a punto de reinaugurar el gabinete arqueológico del abuelo. Habíamos conseguido recuperar una parte del viejo edificio, que estaba cedido a una empresa, pero confiábamos en los intereses de esta inversión para hacernos cargo de los gastos de funcionamiento del museo.

—Ay, Rosina, lo siento de verdad —dijo Valeria poniendo una mano consoladora sobre la rodilla de la condesa, pero esta la rechazó bruscamente.

—Vete a la mierda, desgraciada —respondió Rosina levantándose del sofá—. Y dile a Enric que no se vuelva a molestar en llamarme para vuestro estúpido programa.

—Esto no tiene nada que ver con el programa, lo sabes de sobra, Rosina.

—Eso explícaselo tú a tu jefe. Y te aseguro que no volverás a saber de nosotros más que por la denuncia por estafa que os llegará un día de estos. Bueno, y por los programas de la competencia. Vámonos ya, Tinín.

—Ahora mismo, cariño.

Los condes salieron de la habitación dando un portazo y dejando al trío abochornado.

—¿Tú crees que recuperaremos alguna vez este dinero? —preguntó la condesa a su esposo.

—Imagino que, con paciencia, tal vez una gran parte. Ahora la situación es muy incierta, pero puede que dentro de algún tiempo se arregle —contestó Tinín mientras esperaban el ascensor—. Eso sí, hemos hecho bien en reaccionar así de bruscamente. Por lo menos, que no nos tomen por unos inocentes. ¿Avisas a Mansur?

—Sí —dijo Rosina sacando su teléfono móvil y haciendo una llamada perdida a su chófer para que fuese a recogerlos.

—Ahora sí que nos vendría estupendamente encontrar el manuscrito de tu abuelo. ¿Cómo van tus planes? No me has vuelto a contar nada desde la noche de la aventura.

—Estoy haciendo averiguaciones, pero tenemos que esperar todavía un poco.

—¡Esperar! ¡Cómo odio esa maldita palabra! Oye, ¿es verdad que no vas a volver a ir por «El pozo de los deseos»? Al fin y al cabo, el mariconazo de Enric Pellicer no tiene la culpa de que su presentadora nos haya llevado a la ruina, y en esa cadena es donde mejor te pagan.

—De momento, quiero que Valeria sufra un poco, que Enric se entere de en qué negocios andaba metiendo su presentadora a las estrellas del programa. Cuando Enric quiera recuperarme, le subiré el caché; y si quiere, que lo saque del sueldo de Valeria.

—Eso no estaría mal —aprobó Tinín.

Los condes salieron del hotel con cara de pocos amigos y sin dirigirse la palabra en público. Felipe los vio desde su furgoneta, sumamente perplejo. Casi por rutina, les apuntó con el objetivo de su cámara fotográfica y sacó unas cuantas instantáneas, aunque no era aquella la pareja a la que pensaba que iba a terminar fotografiando. A los pocos segundos, apareció en el retrovisor el coche de la condesa, pero, extrañamente, en vez de avanzar hasta la puerta del hotel, se detuvo en doble fila unos metros detrás de la furgoneta y el chófer salió andando en dirección a Felipe. Cuando ya estaba casi a la altura del vehículo, Mansur sacó de un bolsillo un pequeño objeto metálico y compacto, y sin dar tiempo a que Felipe reaccionara, empezó a dar golpes en las ventanas de la furgoneta, que saltaron hechas añicos llenando todo de cristales.

—¡Eh, gilipollas! ¿Se puede saber qué estás haciendo? —gritó Felipe aterrorizado.

Mansur dio la vuelta al objeto que tenía en la mano y, con el otro extremo, que era una hoja cortante y puntiaguda, dio dos certeros toques en cada una de las ruedas del lado izquierdo, que se desinflaron inmediatamente. Luego introdujo las dos manos por la ventanilla del conductor, ya sin cristal que la protegiera, y tomó a Felipe Barajas por la pechera de la camisa y el cuello del jersey, zarandeándolo varias veces.

—¡Como vuelvas a seguirnos, te juro que te mato! —gritaba mientras lo sacudía de un lado a otro—. ¿Está claro?

—Sí, sí. Está claro.

—¿Quién te manda espiarnos, hijoputa?

Pero Felipe había logrado poner el coche en marcha y, aun con dos de las ruedas pinchadas, pudo salir de allí a bastante velocidad, mientras un portero del hotel llegaba hasta el lugar de la trifulca seguido por Rosina y Tinín.

—¿Qué ha pasado, Mansur?

—Era la furgoneta que nos ha estado siguiendo, señora.

—¡Menuda vigilancia tienen ustedes aquí! —le protestó Tinín al portero, antes de que este abriera la boca. Para cuando lo hizo, el portero se limitó a pedir perdón y a volver a su puesto cabizbajo.

—He grabado la matrícula en mi cabeza, señora —continuó el chófer—. Nos enteraremos de quién es el cabrón.

—Muchísimas gracias, Mansur. No sé qué haríamos sin ti.

—Es mi trabajo, señora condesa.

Capítulo 23

Aunque ahora solo se veían algunas piedras semienterradas, entre las que crecía la escuálida vegetación que los frecuentes vendavales dejaban prosperar en el extremo sur de la Península, para los ojos bien entrenados no había ninguna duda de que aquello había sido un teatro romano.

—Fíjese —le dijo Klaus a Ernesto— cómo se aprecia el semicírculo perfecto de la orquesta, los huecos donde estaban los vomitorios en la parte superior de la cávea y, detrás de nosotros, los restos de la escena. ¡Ah! Confío en que no tarden mucho en excavar en condiciones esta ciudad. Deben de ser las ruinas romanas más importantes de toda la costa meridional de España.

—¿Y cómo es que no son tan famosas como Ampurias, Itálica o Numancia? —preguntó Ernesto—. A lo largo de mis estudios en la universidad, no he visto ni una sola mención a Baelo Claudia.

—¡Ja, ja! Creo que no voy a entender nunca a los españoles. En el fondo, me parece que en materias científicas siguen siendo unos meros aficionados, con perdón. Su jefe, Nicasio Lequerica, es una de las rarísimas excepciones. Espero que usted siga su camino. Pero en España han avanzado siempre a fuerza de individualidades y lo que le hace falta al país es una estructura bien robusta, extensa. No es cosa que se pueda lograr solo con un puñado de genios, sino con el apoyo de toda la sociedad. Mientras el panadero de la esquina no esté convencido de que lo más importante es la ciencia, la cultura y la investigación, tendrán ustedes poco que hacer.

—Pues lo llevamos claro, entonces.

—Bueno, quién sabe. No haga usted mucho caso a las reflexiones de un viejo que vive desterrado en el rincón más remoto de Europa.

Ernesto aprovechó la referencia de Klaus a su destierro para animarse a preguntarle lo que llevaba varios días deseando saber.

—Profesor Wackenroder, ¿le importa si le hago una pregunta personal?

—Todas las que usted quiera —respondió con amabilidad el tratante de arte mientras descendía del montículo que debía de haber sido la escena del teatro.

—Pues es, sencillamente, que cómo ha llegado usted aquí.

—Suponía que tarde o temprano me lo preguntaría, querido Ernesto. Nicasio me juró que podía confiar plenamente en usted.

—Y a mí me dijo lo mismo de usted, profesor.

—Muy amable por su parte. Y como yo también confío en Nicasio con los ojos cerrados, no tengo problema en contarle toda la verdad. Reconozco que una figura como yo debe de parecerle muy extraña. —Klaus miró a Ernesto esperando algún gesto de asentimiento; no lo observó, pero tomó por tal el silencio del joven—. Permítame que empiece advirtiéndole de que es muy probable que la idea que tiene usted de mí no se corresponda con los hechos en algunos puntos muy esenciales.

—Bueno, yo no tengo ni idea en realidad... —se defendió el arqueólogo.

—No importa, no importa. Ya verá cómo entiende a qué me refiero en cuanto se lo diga. Seguramente piensa usted, por lo que ha visto sobre mi vida medio clandestina entre Cádiz y Gibraltar, que soy un antiguo nazi que se ha escondido en España para huir de la persecución. No diga nada, no tiene importancia lo que piense usted, y lo comprendo si es lo que se imagina. Porque en buena medida es verdad: yo fui un capitán de la Schutzstaffel.

—¿Las SS?

—*La* SS: el Escuadrón de Defensa, exacto. Más en concreto, fui oficial de la Ahnenerbe, la «Herencia Ancestral». ¿Le suena?

—Vagamente —respondió Ernesto, por no confesar que no había escuchado aquella expresión en su vida.

—Era una rama de la SS dedicada a fomentar estudios sobre los orígenes del pueblo alemán, no solo en nuestro territorio, sino en cualquier lugar del mundo. Si le interesa, tengo bastantes libros en casa sobre el tema. Era un proyecto muy interesante. A lo largo de los años treinta la SS reclutó a muchos investigadores de gran prestigio para enrolarlos en aquel proyecto, y yo... pues me dejé tentar. En realidad, me lancé de cabeza; me parecía una idea fantástica. En aquella época yo era profesor en la Universidad de Jena, donde, por cierto, conocí a Nicasio durante un seminario sobre las invasiones germánicas. Por entonces yo ya no era un chaval, tenía una posición académica muy prometedora y ya hacía mis pinitos como asesor y comerciante de antigüedades. Pero la oferta de la Ahnenerbe fue irresistible. Compréndalo, eran los años gloriosos del nazismo y participar en un proyecto tan importante para mi país superaba incluso las expectativas que yo tenía en la universidad, que no eran malas. Así que, ya casi cumplidos los cuarenta, volví a vestirme de uniforme.

—¿Y se refugió aquí al terminar la guerra?

—No, esa es la parte falsa de la idea que seguramente se habrá hecho usted de mí. Es cierto que fui un oficial nazi, un miembro de la SS, nada menos, con la mala fama que tiene esa organización entre los vencedores de la guerra... Y también es cierto que vivo aquí exiliado y escondido, oculto con una falsa identidad. Pero no escapé de los aliados al acabar la guerra. Al contrario, de quienes huí fue de los míos, y casi al principio de toda la barbarie.

—Entonces, usted... ¿desertó? —se atrevió a preguntar Ernesto, utilizando aquella palabra que tan fácilmente podía ser entendida como una ofensa.

—Puede llamarlo así, no hay problema. Pero nunca me he arrepentido de ello, ni siquiera cuando, al principio, aún parecía que Alemania iba a ganar la guerra. En cuanto me di cuenta de las atrocidades que la SS estaba cometiendo, sentí que tenía la obligación de abandonar. Debo reconocer que no soy del todo inocente: yo también cometí alguna que otra locura al principio, durante la misión de la Ahnenerbe en Polonia, en parte porque la muerte de mi esposa me había hecho perder el juicio y entregarme como el que más a las estupideces que los jerarcas de la SS estaban organizando. Pero era demasiado peso encima de mi conciencia el de colaborar con aquella locura y el de justificarla.

—¿Y cómo consiguió escapar de Alemania?

—No fue sencillo, mi joven amigo. Aproveché un viaje a España en el año cuarenta. La Ahnenerbe había organizado una expedición a las islas Canarias y Nicasio Lequerica nos había facilitado unos cuantos buenos contactos para todos los trámites. Yo era por entonces un buen amigo del conde y le confesé mi deseo de abandonar Alemania, pese a que por entonces era difícil confiar en nadie. Aquello fue arriesgado, porque nuestros dos países eran aliados muy firmes, y si las autoridades españolas me capturaban, la protección del conde no bastaría para impedir que me enviasen de vuelta, o algo peor. Pero él lo dispuso todo para que, en cuanto llegásemos a Cádiz, donde teníamos que entrevistarnos con algunos políticos antes de tomar el barco para Tenerife, unos hombres nos «secuestrasen» a mí y a mi hija, que viajaba conmigo, y nos llevaran en secreto hasta Gibraltar, donde adopté la identidad que usted ya sabe...

—Jaroslav Karásek —recordó Ernesto.

—Buena memoria. Exactamente... Y en Gibraltar viví hasta bien terminada la guerra, a cambio de mucha información sobre la Schutzstaffel y otros aspectos del régimen nazi, que transmití al gobierno británico y que luego me enteré de que había sido utilizada para identificar y juzgar a muchos de mis jefes por sus nefandos crímenes. No me arrepiento de ello; bien merecido se lo tenían.

—¿Y la casa en la que vive ahora?

—Nicasio me dejó construirla en una parte de sus terrenos. La casa se terminó de construir hace unos ocho años, pero reparto mi tiempo entre el cabo de Plata y Gibraltar, donde están las oficinas de mi negocio. A Ingrid nunca le gustó mucho venirse a vivir a un sitio tan aislado, porque estaba acostumbrada a la vida cosmopolita de la Roca. He de reconocer que mi hija es ya más británica y española que alemana, pero es lógico, llegó aquí con diez años. Ya la escuchará usted, habla el alemán con un acento entre andaluz y londinense que no sé si me hace gracia o me pone triste. Así que ella no quiso venirse a vivir conmigo al palacete; se quedó en un colegio y luego fue a la universidad en Granada, pero visita con mucha frecuencia a su solitario padre. Bueno, ¿qué le ha parecido mi humilde biografía?

—Todo menos humilde. Da para una novela.

—O para dos, ¡ja, ja!

Los dos hombres habían caminado entre las casi invisibles ruinas hasta llegar a la playa, donde contemplaron la belleza del Estrecho, con las montañas de África al fondo.

—¿Sabe? —dijo Klaus von Wackenroder cambiando de tema—. He pasado mucho tiempo en Baelo Claudia y he llegado a la conclusión de que la ciudad fue destruida por un maremoto, o por la combinación de un terremoto y un maremoto. Imagínese una ola de diez metros de altura abalanzándose sobre esta playa y sobre casi todo el golfo de Cádiz, y cubriendo con su impulso varios kilómetros de tierra hacia el interior. Por lo visto, esta región está sometida peródicamente a ese tipo de calamidades. La última vez, y de esa se tiene buena constancia histórica, fue a mediados del siglo XVIII, cuando el famoso terremoto de Lisboa. Los lisboetas se han llevado la fama, será por su proverbial melancolía, pero todo el sureste de España fue asolado por la crecida del mar y por el movimiento sísmico.

—¿Y podría volver a ocurrir?

—Seguro que volverá a ocurrir, lo que nadie puede decir es cuándo. Confiemos en que no sea mientras nosotros estamos disfrutando de estas maravillosas playas.

Ernesto se imaginó el nivel del mar creciendo de repente y suprimiendo la obra del hombre con la facilidad con la que un borrador elimina de la pizarra la marca de la tiza. Lo deprimente y a la vez apasionante de la profesión del arqueólogo era que las catástrofes eran en general sus aliadas, deteniendo de un plumazo la vida revoltosa de los humanos inconscientes y dejándola abandonada y enterrada para que otros pudieran excavarla muchos siglos después. Así que la imagen del *tsunami* le despertaba cierta simpatía.

De todas formas, un maremoto más bien emocional surgió de pronto en su memoria, y aprovechando la confianza con la que Klaus le estaba hablando, se animó a mencionar otra cuestión tan delicada para él como importante:

—Profesor Wackenroder, también tengo otra cosa que preguntarle.

El alemán lo miró complaciente. Un intenso tono encarnado en las orejas de su joven amigo revelaba sin asomo de duda el tema del que pretendía hablarle ahora.

—Es sobre Jacinta, ¿verdad?

Ernesto se limitó a bajar y subir la cabeza. Klaus continuó:

—Ella lo complace a usted con total libertad, nadie la obliga; aunque, por supuesto, yo se lo sugerí, y tendrá una recompensa por cuidarlo de esa forma tan cariñosa. Disfrútela; le aseguro que no le va a resultar fácil encontrar el resto de sus días una mujer tan deliciosa como ella. Pero, ¡ja, ja!, por lo que Jacinta me ha dicho, usted no se queda atrás haciendo disfrutar a las mujeres, pillín.

Un Ernesto completamente ruborizado deseó que el maremoto se los tragara en aquel mismo instante. Lo rescató de su fantasía telúrica un leve codazo del alemán.

—¡Por Venusberg, muchacho!

—Por Venusberg, sí, por Venusberg —repitió el aludido.

En la antesala de un despacho de la gendarmería central de Alepo, Nicasio aguardaba fumando un cigarrillo americano que le había ofrecido el funcionario que lo recibió (era un decir) a las puertas del edificio. El conde no solía fumar, pero prefería tener algo que hacer con la boca y las manos durante aquella insoportable situación. Aunque preguntó insistentemente por la suerte de sus compañeros y de Santiago Morales, no obtuvo ninguna respuesta.

—Mi jefe le explicará todo —se limitaba a decir aquella rata repugnante, pues no otra consideración le merecía el funcionario al conde; solo caían a una categoría más baja el cónsul alemán y su ayudante, quienes lo habían entregado cobardemente a las autoridades sirias. Pero iban a enterarse aquellos dos de quién era Nicasio Lequerica.

Al cabo de más de media hora de angustiosa espera, por fin se abrió la puerta del despacho y el conde fue invitado a pasar.

—¡Exijo explicaciones por la muerte de un miembro de mi expedición y por el injustificable arresto de las demás personas de mi equipo y del honorable señor Santiago Morales! —exclamó de corrido nada más entrar.

—Por favor, siéntese, señor conde —se limitó a decir el dueño del despacho.

—Supongo que ya le han advertido de que tengo la condición de diplomático, representando al Reino de España.

—Sí, sí, lo sé. No se preocupe, no le pondremos una mano encima.

—¿Y mis compañeros?

—De eso quiero hablar con usted. Pero permítame que me presente antes de nada. Soy Ahmad Deeb, director provincial de Seguridad de Alepo.

—Pues no estoy precisamente encantado de conocerlo.

—Eso da igual. El caso es que tenemos pruebas contundentes de que en el seno de su equipo de arqueólogos se ha cometido un grave delito.

Nicasio apretó los puños hasta casi clavarse las uñas en las palmas. ¿Cómo diantres habrían podido enterarse de aquello? Ernesto había llegado a España sano y salvo y con el manuscrito en su poder, así que solo podía deberse a que alguien lo hubiera delatado. Tenía que haber sido alguno de los hombres de Santiago, porque nadie más sabía absolutamente nada del asunto, salvo Úrsula. O tal vez la bailarina había contado algo a un amigo, y este se lo había dejado caer a un policía en medio de una borrachera. Las cavilaciones de Nicasio duraron bien poco, de todas formas, porque el señor Deeb se encargó de ponerle la realidad delante de los ojos, aunque era una realidad difícil de creer.

—Señor conde, hábleme del señor Helmut Pitterman, por favor.

494

—¿Helmut? No entiendo lo que quiere decirme.

—Creo que está claro. ¿Qué sabe usted de él?

—Que es un científico intachable, al que conozco desde hace más de veinte años, y el mejor director que podría tener nuestra expedición.

—Pero es usted el que la paga, fundamentalmente.

—En una parte considerable, sí. Pero yo soy un mecenas, financio todo tipo de investigaciones y de actividades científicas y culturales, no solo esta excavación.

—Y también es usted un profesor muy eminente, con una ilustre carrera a sus espaldas, tanto en Alemania como en España. Su currículo no es peor que el del profesor Pitterman. Al contrario, yo diría que lo supera por una amplia ventaja.

—Gracias por investigar nuestros méritos académicos, pero ¿qué pretende usted sonsacarme, por Dios? Vaya al jodido grano de una vez.

—Muy sencillo, ¿por qué no es usted el director de la expedición? Su excelencia es el arqueólogo más eminente del grupo, el más rico, el que pone casi todo el dinero y también el que ha aportado el imprescindible contacto local: su amigo el señor Morales. ¿Tan generoso es usted que renunció de buena gana al mérito de dirigir la excavación, a pesar de todo eso?

—¡Qué pregunta más absurda!

—Tal vez sea absurda, pero sigue sin respondérmela.

—Pues sí, fue pura generosidad. ¿Satisfecho?

—Me complace encontrarme con personas así, se lo digo con toda franqueza.

—Lamento no poder decir yo lo mismo.

—¡Oh! —dijo el señor Deeb—. No piense que voy a tener en cuenta esa descortesía. Entiendo bien la situación en la que usted se halla y la razón por la que ahora mismo me considera su enemigo. Pero verá como la cosa va a cambiar.

—Me extrañaría mucho.

—Volviendo al tema, permítame que no me crea lo de la pura generosidad. Supongo que la idea de elegir al profesor Pitterman como director del proyecto en vez de a su excelencia, que era la opción más natural, no se le ocurriría a usted de manera espontánea.

—Obviamente no. Pero no veo adónde quiere ir a parar.

—Descuide, ya casi estamos llegando. ¿Quién propuso al señor Pitterman para el mando de la expedición?

—Y eso, ¿qué importancia tiene? Todo el mundo quiere un poco de gloria. A mí no me molesta repartirla.

—El profesor Clément también podría haber optado a ese puesto.

—Pero no lo hizo.

—Y el señor Helmut Pitterman, sí.

—Sí, en efecto. Él insistió en ello.

—¿Por iniciativa propia?

—Pero, demonios, ¿a qué se refiere usted?

—Se lo estoy diciendo y está usted empezando a hacerme perder la paciencia, y eso que mi paciencia es oriental y, por lo tanto, inmensa. ¿Quién propuso al señor Pitterman como director del proyecto?

«¡Entonces, eso era! —en ese instante el conde cayó en la cuenta —; ¡por eso el consulado de Alemania no ha tenido el menor reparo en entregarme a la policía como a un miserable delincuente! ¡Y si es por eso, entonces no tiene nada que ver con el códice!» Viendo los ojos iluminados de Nicasio, Ahmad Deeb sonrió y le ofreció un nuevo cigarrillo, que el conde rechazó con un gesto de la mano.

—¿Ya va usted atando hilos?

—Creo que sí. Pero sigo sin entenderlo del todo.

—No se preocupe, yo le explico con mucho gusto las cosas que usted ignora todavía. Vuelvo a repetirle mi pregunta (como le he dicho, soy muy paciente; gracias a eso he llegado hasta aquí): ¿de quién partió la idea de que el profesor Pitterman tuviese la categoría de director de su excavación? Por cierto, debo felicitarle por sus hallazgos; son muy importantes para nuestro país. Y ahora, respóndame, por favor.

—Muchas gracias. Sí —le respondió—, fue una orden que procedía directamente del gobierno de la República Federal Alemana.

—¿Y a usted no lo sorprendió aquello?

—He visto hacer a los gobiernos y a los científicos muchas cosas peores. No, no me sorprendió. Bueno, rectifico: lo cierto es que sí que me pareció una exigencia chocante al principio, pero no exagerada, ni del todo injustificable.

—¿Y no pensó usted en qué razones podían tener en el gobierno alemán para hacerle tan extraña petición?

—Claro que lo pensé, pero no se me ocurrió más que lo obvio: que pretendían volver a levantar el prestigio internacional de su ciencia, después de la catástrofe que la guerra supuso para ellos.

—Pues me temo que tengo que sacarlo a usted de su error. En realidad, había otro motivo mucho más pragmático.

—¿A qué se refiere usted?

—Helmut Pitterman tenía que venir a Siria con el rango de director de la excavación con el fin de que tuviera las máximas facilidades posibles para realizar la otra misión con la que lo enviaron aquí.

—¿Pero de qué está hablando usted?

—El profesor Pitterman es un espía.

Nicasio reaccionó con una abierta carcajada.

—No me haga usted reír, por favor. ¿Helmut, espía? Eso es completamente imposible.

—El señor Pitterman lo ha confesado todo, señor conde. Aunque era innecesario; nosotros ya teníamos todas las pruebas que hacían falta.

—Pero si Helmut no se entera de lo que pasa a su alrededor...

—Tiene el aspecto de un científico distraído, eso es verdad. Pero la información que transmitió a su embajada sobre la situación de las tropas sirias en la frontera con Turquía es francamente meticulosa. Se la encontramos al agregado cultural alemán, que la había recogido en un viaje a Qirq Bize.

—No puede ser. Yo he visto a Helmut todos los días y no se ha apartado nunca del yacimiento.

—No le hacía falta. La información la recogían los drusos de Qalb Loze bajo el mando del jeque Faisal. Este recibía las órdenes de Pitterman sobre las zonas en las que tenían que hacer sus averiguaciones y luego el profesor lo recopilaba todo y lo hacía llegar a su embajada.

Nicasio se quedó sin saber qué decir ni qué pensar.

—Creo que voy a aceptar su cigarrillo, por favor.

Ahmad Deeb tomó de nuevo la cajetilla y asomó la punta de un Camel para Nicasio, acercándole también un lujoso encendedor damasquinado.

—Después de darle esta noticia —dijo el jefe de policía—, mi siguiente deber es expresarle el profundo pesar del gobierno sirio por la muerte de su ayudante, la señorita Lazare. Al parecer, ella y otro de sus arqueólogos ofrecieron una excesiva resistencia a la detención, y uno de nuestros hombres usó su arma de fuego de modo innecesariamente peligroso. Le aseguro que los responsables serán debidamente castigados por ello.

Nicasio dio varias fuertes caladas al cigarrillo antes de volver a hablar. Todavía estaba asimilando la rotundidad de la primera revelación. En un platillo de la balanza pesaba la deslealtad de Helmut hacia Nicasio y el resto del equipo, y la tragedia a la que aquello les había conducido. En el otro platillo, gran parte de aquel peso se contrarrestaba con el alivio de descubrir que, al menos en apariencia, la policía no sabía nada del manuscrito que Ernesto había llevado a España.

—¿Cómo está el resto de mis compañeros?

—Desolados, imagínese. Esta misma mañana vamos a poner en libertad a la señorita Bocquet y a los señores Clément y Davoine. El profesor Pitterman afirma que ninguno de ustedes estaba al corriente de sus actividades ilegítimas, y aunque en otras circunstancias no nos habría valido la palabra de un criminal confeso, lo cierto es que en este caso, en atención al daño que nuestras fuerzas han causado con la muerte de su ayudante, hemos decidido atender la petición de la embajada francesa y no hacer más averiguaciones por esa parte. Los otros dos alemanes, los señores von Nenninger y Kassen, permanecerán detenidos algún tiempo más. No tenemos pruebas directas contra ellos, de momento, pero aún es pronto para soltarlos. Y con respecto al profesor Pitterman, en principio será juzgado aquí, salvo que los contactos entre nuestro gobierno y el de la República Federal conduzcan a otra decisión. Pero eso ya no depende de la policía.

—¿Y Santiago Morales?

—En su caso, tenemos que investigar más a fondo la relación que ha podido tener con Faisal.

—Yo le doy mi palabra de que Santiago es completamente inocente. Él no tuvo ningún contacto con Pitterman antes de que llegásemos aquí.

—Pero el caso es que alguien ha tenido que contactar desde Siria con Faisal para que se pusiera a las órdenes de Helmut Pitterman cuando ustedes llegaran a Qalb Loze. Es muy probable que no haya sido el señor Morales, sino gente de la embajada alemana en Damasco. Pero eso es algo que la justicia tendrá que investigar. En todo caso, no se preocupe mucho por el señor Morales. Esta misma tarde saldrá en libertad condicional. El pelma de su suegro lleva desde ayer llamando a todo el mundo y tocando en todas las puertas, y la suya es una familia demasiado importante como para que valga la pena montar un escándalo sin necesidad. ¿Otro cigarrillo? —ofreció el policía al ver a Nicasio apagar la colilla en el cenicero.

—No, gracias. Y con los drusos, ¿qué van a hacer?

—Cuando terminemos de interrogarlos, ingresarán en prisión hasta que llegue el juicio, claro está.

—¿Y la excavación? Se habrá quedado todo desparramado por allí.

—Nuestro ejército se hace cargo. Todas las piezas serán enviadas al Departamento de Antigüedades y el material que les pertenezca a ustedes será retenido en concepto de fianza. De momento, el proyecto queda suspendido sine díe. Lo siento mucho, pero en estas circunstancias no podemos hacer otra cosa. Eso sí, excelencia, permítame preguntarle todavía algo importante. Casi no hemos hablado aún de la parte española del equipo.

—¿Y qué es lo que hay que hablar?

Ahora fue Ahmed quien encendió un nuevo cigarrillo, expulsando una compacta bocanada de humo antes de preguntar.

—¿Por qué no estaba ninguno de los dos arqueólogos españoles en el lugar de la excavación cuando tuvo lugar la detención de sus compañeros?

—Hace unos días que mi ayudante, el señor Salaberri, tuvo que volver urgentemente a España por una grave enfermedad de su padre.

—Eso coincide con lo que nos ha contado el señor Morales. Espero que la salud del padre haya mejorado.

—No lo sé todavía. No he recibido ninguna noticia.

—Claro, España está muy lejos y las comunicaciones son difíciles. ¿Y qué me dice de usted?

—¿Qué le digo de mí, sobre qué?

—Pues sobre lo que le estoy preguntando: ¿cómo es que no estaba usted ayer por la tarde en Qalb Loze?

—¿De veras es preciso que se lo explique? Recuerde que no puede usted interrogarme.

—No lo tome como un interrogatorio formal. Además, la protección que le otorga su pasaporte diplomático es muy relativa; depende, entre otras cosas, de la gravedad de los delitos que pudieran atribuírsele. Pero en este caso le prometo que es mera curiosidad por mi parte. Si no quiere, no me conteste.

—Sospecho que usted no necesita en realidad de mi respuesta. Me jugaría cualquier cosa a que sus hombres han averiguado ya dónde y en compañía de quién he pasado la noche, y que por lo tanto pueden inferir sin dificultad los motivos de mi última visita a Alepo.

—¡Esto confirma los informes que tengo sobre usted, excelencia! ¡Siempre apuesta sobre seguro!

—No me equivocaba, entonces.

—No se equivocaba, en efecto.

—¿Puedo marcharme ya?

—Está usted aquí como un ciudadano extranjero completamente libre. Nadie lo ha retenido en ningún momento. Puede irse cuando quiera.

—En ese caso, señor Deeb, siento no poder decir que haya tenido mucho placer en conocerlo, pero reconozco que ha hecho usted la entrevista más fácil de lo que yo temía. Le expreso mi gratitud por ello.

—Gracias a usted por su colaboración, señor conde —dijo el jefe de policía levantándose de su asiento a la vez que Nicasio y estrechándole la mano; pero cuando este la quiso soltar, la retuvo una décima de segundo—. Discúlpeme, por favor, hay solo un pequeño detalle más que olvidaba mencionar y que quisiera preguntarle.

—Usted dirá.

—Es una bobada, pero es que no me cuadra, de veras que no me cuadra. Si usted vino ayer por la noche hasta Alepo sencillamente para echar un casquete —*pour tirer un coup* fue lo que dijo el policía—, y puesto que por la hora a la que se marchó de Qalb Loze no podía saber aún que habíamos detenido a sus compañeros de excavación, ¿cómo es que lo primero que ha hecho por la mañana ha sido llamar por teléfono al consulado alemán? No es precisamente lo que a mí se me ocurriría después de pasar la noche entre las piernas de una fulana, si me permite la expresión. Me resulta un poco raro, ¿sabe?

—Pues no tiene absolutamente nada de extraño —respondió Nicasio con todo su aplomo—. Lo primero que hice al llegar fue intentar visitar a mi amigo el señor Morales, y me extrañó encontrarme su casa cerrada a cal y canto. Hice algunas averiguaciones y enseguida me enteré de que había sido detenido. Como por la mañana seguía sin saber nada de él, llamé al consulado alemán para ver si allí tenían alguna noticia. Es así de sencillo.

—En efecto, excelencia, es totalmente lógico. Le ruego que disculpe mi suspicacia, pero es ella la que me permite ganarme la vida, como comprenderá, y no tengo más remedio que dejarme llevar por lo que me sugiere en cada caso.

—Lo comprendo, no se preocupe.

—Pues bien, señor conde, solo me queda notificarle que, dadas las circunstancias, el permiso de residencia en Siria de usted y de sus tres compañeros franceses ha sido suspendido de forma inmediata. Eso implica que mañana mismo tendrán que abandonar el país. Se les han reservado billetes en un vuelo que parte hacia Beirut a las once y cuarto de la mañana, con gastos a cargo de ustedes, como es natural. En el mismo vuelo se trasladará el ataúd con los restos de la pobre señorita Lazare, que en paz descanse.

—Amén —respondió lacónicamente Nicasio, y salió del despacho y de la gendarmería.

Aquella tarde, el conde por fin pudo encontrarse con Santiago, que había sido puesto en libertad con una insignificante fianza poco después de la hora de comer. Encerrados con toda la familia Zuriq en la bodega de la casa para asegurarse de que nada de lo que se dijera allí iba a llegar a los oídos de la policía, Nicasio se deshizo en disculpas por la tragedia que su caprichosa expedición había deparado, y, sin mencionar en ningún momento la aventura del manuscrito, de la que muy probablemente ni la mujer ni los suegros de Santiago sabían nada de nada, les prometió compensarles por el esfuerzo y las desgracias, aunque le aseguraron que lo habían hecho todo de mil amores y que no tenía ninguna deuda en absoluto con ellos. Nicasio se despidió de Santiago con un abrazo más conmovedor que el que se dieron a la llegada, que sospechaban que sería el último, y se dirigió de nuevo hacia el cabaret Citadel para avisar lo más discretamente posible a los compañeros de Úrsula de que la policía no sabía nada de la relación entre la bailarina y los arqueólogos, y que, por lo tanto, ella podía volver a su trabajo cuando quisiera. Les dejó un buen fajo de billetes para que se lo entregaran a la mujer cuando volviese, como agradecimiento por los muchos servicios prestados y en compensación por el peligro que había corrido y por el susto de los últimos días, y prometió estar a disposición de Úrsula, aunque fuese desde España, si el asunto terminaba causándole cualquier contrariedad. Por fin, acudió al hotel en el que Maurice, Raoul, Christine y él mismo habrían de pasar su última noche en Alepo, la milenaria ciudad en la que tanto habían disfrutado y en la que tanto habían sufrido; les explicó, sin dar excesivos detalles, la causa de su escapada repentina la tarde anterior, y pidió que le relataran la nefasta operación policial que sufrieron en Qalb Loze cuando él se hubo marchado, y de la que Davoine llevaba inconfundibles marcas en su rostro y en su espíritu, ninguna de las cuales podría borrarse fácilmente.

Al día siguiente salieron muy temprano hacia el aeropuerto, en un coche del consulado francés pero escoltados por un vehículo de la policía. Allí les esperaba ya el ataúd de Geneviève, una sencilla caja de madera de cedro sobre la que Christine y Raoul lloraron muy amargamente el poco tiempo que los guardias lo permitieron. El avión en el que volaron a Beirut era tan diminuto que tenían que llevar el féretro en la misma cabina del pasaje, entre los asientos traseros. Durante ese primer vuelo, los cuatro arqueólogos prácticamente no pronunciaron ni una palabra. Nicasio, en una ventanilla del lado derecho del avión, intentó distinguir desde el aire las ruinas de Qirq Bize por última vez, pero no consiguió identificar el lugar entre la enorme extensión calcárea. En Beirut, tras descansar aquella noche en un hotel y llamar por teléfono a sus respectivos países para ampliar las sucintas noticias que habían podido transmitir desde Siria a través de la embajada francesa, tomaron un vuelo al día siguiente con destino a París en un avión mucho más grande, en el que Geneviève pudo viajar con más intimidad en las bodegas. Christine no se separó en ningún momento de Raoul, sirviéndole de consuelo aunque fuera tan solo con su mera presencia, pues siguieron sin abrir la boca casi todo el viaje. Maurice y Nicasio, en otro par de asientos, decidieron por fin hablar sobre aquella expedición que tan mal había terminado, e imaginaron algunos planes sobre cómo aprovechar sus resultados en el futuro, planes que nunca llegaron a cumplirse. Una vez en París, los tres franceses tomaron un tren hacia Burdeos, mientras que Nicasio, tras conseguir hablar por teléfono con su amigo Klaus von Wackenroder, conectó con otro vuelo que iba a Londres, donde tomaría un avión que había de transportarlo, por fin, hasta el peñón de Gibraltar.

Capítulo 24

Maite salió pitando de clase cuando sonó la hora del recreo, y se marchó a esperar a que Daniel Peñas llegase a la sala de profesores. En cuanto lo vio aparecer por allí se abalanzó hacia él y le rogó que hablasen un momento en privado. Daniel volvió a llevarla al seminario de geografía e historia, pero estaba ocupado por otro profesor que rebuscaba entre los mapas.

—No te preocupes —dijo la chica—, podemos hablar en el pasillo, no hay nadie por aquí. ¿Has examinado ya las fotos que te pasé?

—Mira, Maite, no puedo estar completamente seguro porque, como te dije, yo no soy un especialista; pero a mí me parece que...

—¡Que el manuscrito es auténtico!

—Bueno, sí, que debe de ser bastante antiguo, por lo menos. Sobre lo que dice, pues me imagino que, en el mejor de los casos, será una mezcla de hechos históricos y de leyendas, como casi todo.

—O sea, ¿que puede que lo que cuenta no sea verdad?

—Claro. La mayor parte de lo que cuentan los evangelios, o bien es un embuste, como la historia de los Reyes Magos, o bien debe de estar tan distorsionado que cualquier parecido con la realidad es mera coincidencia, como suele decirse; y eso vale tanto para los libros de la Biblia como para los apócrifos... o sea, los que no se consideran sagrados.

—Sí, ya me acuerdo.

—Imagino que en este caso pasará igual, pero es solo mi opinión. Tendrán que estudiarlo los mejores expertos del mundo, y ya veremos lo que deciden ellos. Por cierto, ¿habéis hablado ya con la condesa?

—Todavía no. El sábado nos reuniremos toda la familia para decidir lo que hacemos.

—¿Tendréis en cuenta mi sugerencia?

—Todavía no lo he contado en casa, pero supongo que les parecerá bien.

—Oye, Maite, quiero darte las gracias por haber confiado en mí para enseñarme este... este pequeño gran tesoro. Si no es mucho pedir, cuando le devolváis el manuscrito a la condesa, ¿te importaría hacerme a mí una copia de la traducción? Te juro que no se la enseñaré a nadie hasta que el libro sea publicado.

—¿Puedo fiarme de ti, profe?

—Completamente.

—Es que... no sé. ¿Seguro que no has hablado con nadie de este asunto?

—Por supuesto que no. ¿Por qué me lo preguntas?

—¿Ni siquiera con Julio César Machín? —preguntó Maite, esperando que al pronunciar aquel nombre el rostro de Daniel se quedara petrificado, pero solo mostró el mismo estupor que otras veces.

—¡Qué cosas más raras dices, Maite! ¿A cuento de qué viene ahora ese tipejo?

—¿Lo conoces?

—Hombre, todo el mundo sabe quién es. Hasta yo habré leído alguna vez un par de libros suyos. Pero no lo conozco personalmente, ni tengo muchas ganas de conocerlo, además. No es lo más cercano a mis ideas, que digamos. ¿Por qué me lo preguntas?

—Nada, nada, son cosas mías. Bueno, mil gracias, y hasta luego.

—Hasta luego, pesada —dijo Daniel en tono cariñoso mientras la chica se alejaba hacia las escaleras, pero cuando ella estaba a punto de desaparecer dando la vuelta al descansillo, la llamó en voz muy alta—. ¡Espera, Maite!

—¿Qué pasa? —preguntó la chica retrocediendo unos cuantos escalones.

Maite se acercó y él le dijo en un tono más bajo:

—No sé de dónde habrás sacado lo de Julio César Machín, pero me acabo de acordar de lo que me preguntaste sobre Ernesto Salaberri, y resulta que Machín es también un miembro del Opus Dei. Insisto en que no creo que eso tenga ninguna importancia, pero, bueno, te lo digo por si no lo sabías.

—¡Ah, vaya! —respondió Maite todo lo circunspecta que pudo—. Gracias por la información.

Y con el timbre del fin del recreo tronando por los altavoces, se dirigió de nuevo a su clase, donde los demás alumnos no habían llegado todavía. Conectó la tableta y buscó el nombre de Julio César Machín en internet. Enseguida dio con una pequeña biografía, en la cual indicaba muy claramente que el escritor, en efecto, pertenecía a aquella comunidad religiosa de la que Lorenzo les había hablado al revelar el escondite del códice.

«¡Mi tío tenía razón! —pensó aterrorizada—; ¡quieren conseguir el manuscrito!» Mientras escuchaba ya el ruido de los alumnos subiendo por las escaleras, dejó la mochila bajo la mesa y con la tableta en la mano salió corriendo para esconderse en los servicios. Allí buscó el correo electrónico de Machín al que había mandado una imagen del códice aquella mañana y pulsó la orden de «responder». Le escribió un lacónico mensaje: «He descubierto tus intenciones. No vengas a mi casa. No hay trato. Maite».

Julio César Machín se encontraba fatal desde que, al volver a su despacho aquella mañana, había empezado a traducir con ayuda de un diccionario de griego clásico la página del manuscrito que Maite le había proporcionado. Dado su enciclopédico conocimiento de la historia del cristianismo, Machín no ignoraba la existencia de un pérfido rumor, entre los antiguos judíos, según el cual la virginidad de María era una trola, pues Jesucristo era hijo natural de un legionario romano llamado Panthera. Dos Padres de la Iglesia tan respetables como Epifanio y Orígenes citaban aquella leyenda, e incluso se conservaba la estela funeraria de un soldado de origen semita que había servido en las legiones en la época del nacimiento de Jesús y que tenía precisamente aquel nombre tan felino. Pero el texto que Julio César tenía delante no solo venía a confirmar aquel chisme tan abyecto, sino que lo relataba con una notable verosimilitud, como si fuesen averiguaciones que José hiciera sobre un hijo que la (supuesta) Virgen ya tenía (y al pensar eso, Machín se santiguaba hasta que se le cansaba el brazo) antes de conocer a su futuro esposo. Era vital que Machín consiguiera el texto completo de aquella obra tan inquietante, que sabe Dios cómo habría llegado a manos de aquella niñata del extrarradio.

En estos pensamientos andaba el escritor cuando lo sorprendió el nuevo mensaje de Maite en la bandeja de entrada de su correo electrónico. Ingenuamente pensó que tal vez le enviaba otra imagen como adelanto, o por lo contenta que estaba con el dineral que él ya le había entregado aquella mañana. Pero el contenido del mensaje lo dejó de piedra. ¿A qué carajo de «intenciones» podía referirse la jodida adolescente? Sin ganas de elucubrar sobre aquella cuestión, se limitó a preguntárselo en su propia respuesta: «No sé qué quieres decir. Mi única intención es estudiar el códice, que, la verdad, parece sumamente interesante. ¿A qué te refieres? Machín».

Maite vio el mensaje del escritor cuando estaba a punto de apagar la tableta. Se le iba a hacer tarde para entrar en clase y ya serían dos retrasos en el mismo día, pero no dudó en responder: «Y voy yo y me lo creo. No quiero saber nada de ti. No vuelvas a acercarte por mi barrio». Pulsó el botón de envío y se quedó en los lavabos esperando ansiosamente la respuesta, que no tardó en llegar. «Te juro que lo único que pretendo es hacer una investigación científica, no sé qué otra cosa podría hacer. Esto es mucho más importante de lo que te parece. Tiene que ser analizado por especialistas.» «Seguro que sí —respondió Maite de inmediato—, pero serán otros quienes lo estudien, no tú. De ti no me fío.» Después de enviar este nuevo mensaje, Maite se dio cuenta de que estaba tuteando a Machín, pero ya no le importó; quizás así estuviera siendo más contundente. La brevísima respuesta de Machín confirmó a Maite en sus conjeturas: «Estoy dispuesto a pagarte mucho más». Aquello se ponía interesante. Maite no sabía qué responder. Para ganar tiempo, decidió que tendría que contarle todo a su hermano y a su tío

(¡a su madre ni por asomo!) y ver qué les parecía a ellos. Escribió un último mensaje: «Lo hablaremos más tarde, tengo que consultarlo. No me busques. Yo te escribiré». Aguardó la contestación, que fue un simple «De acuerdo», y salió zumbando hacia el aula, en la que entró justo cuando lo hacía Gloria, la profesora de ciencias.

—Hola, profe —saludó Maite colándose hacia su sitio en medio de la carcajada general.

No le hacía falta indagar mucho para imaginarse a qué se debía aquella risa: en la pizarra habían vuelto a pintar el mismo dibujo que aquella mañana no había llegado a ver.

—¿Qué demonios es esto? —exclamó la profesora escandalizada—. ¿Quién lo ha pintado? ¡A ver!

—Ya estaba aquí cuando hemos llegado —dijo uno de los alumnos.

—¡Mentira, hijos de puta! —dijo Maite—. ¡Yo he llegado a clase antes que nadie y no había nada en la pizarra! Después me he ido al servicio y al volver está esto. ¡Ha tenido que ser uno de ellos, profe! Pero ¿sabéis lo que os digo? ¡Que me da exactamente igual! Alguna vez me enteraré de quién es el que hace los dibujitos y entonces me lo voy a cargar —amenazó puesta en pie y mirando con ojos llenos de odio a toda la clase, mientras su mano palpaba dentro del bolsillo del pantalón los mil doscientos euros que estaban transmitiéndole aquella dosis de seguridad en sí misma.

—¡Venga, Usmán, bórralo! —ordenó Gloria.

—¿Y por qué tengo que borrarlo yo, profe, si yo no lo he pintado? ¿Es porque soy negro? —preguntó el aludido haciendo reír a toda la clase y enrojecer ligeramente a la profesora.

—Porque... porque eres el primero al que he visto las manos manchadas de tiza. Venga, a borrar.

—¡Que yo no he sido, eh! —protestó Usmán de nuevo, levantando las manos y enseñándolas a toda la clase—. Es que mis palmas son más claritas que el resto de la piel.

—Me da lo mismo. ¿Prefieres que te mande al jefe de estudios?

—No sé por qué. Pero venga, lo borro —dijo por fin Usmán, y salió hacia la pizarra con toda parsimonia; por el camino, frotó una de sus manos en la cabeza de Maite y se la enseñó a la profesora—. ¿Ve? Tengo las manos limpias.

—Vete al cuerno —dijo Maite.

Usmán borró la pizarra y volvió a su sitio, con lo que la clase pudo por fin empezar con alguna normalidad.

En la escala que hicieron en el aeropuerto de Nueva Delhi, mientras esperaban casi cinco horas para tomar el vuelo que habría de transportarlos a las islas Maldivas, Germán había comprado, pese a las fingidas protestas escandalizadas de Laura, un ejemplar de un libro en inglés que prometía desvelarles todos los secretos del sexo *swadhisthánico*, palabreja esta última que ninguno de ellos había visto ni escuchado en su vida, pero de cuya ignorancia decidieron curarse en los interminables ratos que habrían de pasar, aún no habían decidido durante cuántos días o semanas, en su amplia habitación del hotel Cocoa Island. Aquel librito tenía tal hiperabundancia de términos védicos, budistas o meramente seudotántricos, y tanta mezcla de vocabulario sexual en inglés, ya fuera chabacano o eufemístico, que en casi todos los párrafos había unas cuantas cosas que los dos aplicados estudiantes eran incapaces de descifrar con la seguridad que les habría gustado, desconocimiento que, sin embargo, compensaban con grandes dosis de imaginación por ambas partes. La hora de la siesta era su preferida para el aprendizaje, que comenzaban siempre sentados los dos en la cama intentando traducir el librillo entre risas, y poco a poco transformando la teoría en una praxis que, en general y desde el ojo experto, tan solo guardaría un parecido muy vago con lo que el autor del manual había pretendido indicar, si es que, por otra parte, esas indicaciones tenían un mínimo de verosimilitud, lo que es dudoso. Aquellos ejercicios, más aplicada que escrupulosamente puestos en práctica por Germán de Campohermoso, mostraron que, pese a sus ya cuarenta y muchas primaveras, el exvicealcalde de Madrid gozaba de una vitalidad y de una flexibilidad dignas de un veinteañero, tanto en los músculos y tendones propiamente dichos como en aquellos otros órganos cuya tumescencia no responde por lo común a empeños voluntarios. Laura no iba a la zaga, por supuesto, pero su relativa juventud y el hecho de no depender tanto de solideces sobrevenidas justificaban en su caso la especial resistencia. De todas formas, el esfuerzo mayor que aquellas acrobacias demandaban por parte del varón, que al fin y al cabo era quien se había empeñado en comprar el opúsculo, terminaban con Germán sumamente agotado, y al cabo de pocos días descubrió que ir a darse un masaje ayurvédico tras descansar poco más de veinte minutos mientras Laura dormía por fin la siesta, le permitía reponerse lo suficiente como para, después de cenar, de tomar unas copas y de, si acaso, marcarse un bailecito en el salón, volver a tener una larga sesión amorosa con Laura Entrambasaguas, esta vez sin concesión alguna al atletismo, sino dejándose llevar por el más plácido arrobamiento y, confesémoslo, también por unos mimos de lo más cursi. La masajista que lo solía atender era una auténtica profesional, y pese a la aparente brusquedad de algunos de los movimientos y golpes que imprimía al organismo de Germán, lo cierto es que lograba recuperar el tono muscular del hombre de una manera que al propio Campohermoso le parecía cosa de magia. Un baño caliente y una ducha fría en el spa contiguo al cuarto de masajes completaban la hechicería, y el exvicealcalde regresaba a la habitación casi con el tiempo justo de vestirse para la cena, mientras Laura se arreglaba en el baño después de un sueño que no era menos reparador, aunque sí mucho más barato, que la terapia elegida por su compañero.

Aquella tarde, en cambio, el sonido de un inoportuno mensaje que llegó a su móvil despertó a Laura en mitad de su siesta. Quizás por el contenido de un sueño del que no se acordaba, se lanzó nerviosa hacia la mesilla a coger el teléfono, aunque cuando lo tuvo en su mano pensó que era una tonta por asustarse. La remitente del mensaje era su mejor amiga entre los concejales del Partido Progresista, Remedios Guzmán; Laura supuso que simplemente querría preguntarle qué tal le iba en sus forzadas vacaciones. Laura pensó en los ejercicios que acababa de practicar con Campohermoso y se dijo a sí misma que, la verdad, no podía irle mejor, por mucho que les costara imaginárselo a los miembros del consistorio. Pero el contenido del breve mensaje logró inquietarla: «Te he mandado un correo, míralo, te va a interesar. Besos». Laura se levantó de la cama sin preocuparse de poner algo de ropa sobre su hermosa piel, a la que el sol del Índico había conferido en aquellos pocos días un radiante matiz bronceado, y encendió el pequeño ordenador portátil que había traído consigo. No había querido abrir casi ningún mensaje de correo desde que salió de España y tenía la bandeja de entrada a rebosar, pero encontró arriba del todo el nombre de Remedios y pinchó sobre él. El texto contenía solamente unos cuantos saludos y algunas preguntas intranscendentes sobre qué tal le iba la vida, además de una postdata en la que le sugería mirar un enlace. Laura supuso que aquello debía de ser lo importante, así que clicó y en una nueva pestaña del navegador emergió la cabecera de la odiosa revista *Barataria*, con una diminuta foto en primer plano del desagradable Julio César Machín encabezando un largo artículo, y lo que era peor, con una imagen mucho mayor de Germán de Campohermoso un poco más abajo, en actitud de responder a una entrevista. El título en latín del artículo («*Serpentis astutia, mulieris blanditiae*») no presagiaba nada bueno, aunque Laura no lo comprendió del todo: en vez de «la astucia de la serpiente y las caricias de la mujer», que era la traducción correcta, ella, como de hecho la mayoría de los lectores de la revista, entendió algo así como «y la debilidad de la mujer». El propio texto del artículo estaba redactado en un estilo tan barroco que tuvo que leerlo varias veces para entender lo que quería decir exactamente, o más bien, para asegurarse cada vez más de que lo que decía era justo lo que ella sospechaba. En definitiva, según aquello, Germán confesaba públicamente que había caído en la comprensible tentación de disfrutar del «voluptuoso envoltorio de la putrefacción moral», representado por el irresistible cuerpo de su colega en el ayuntamiento; que su carne, la de él, era débil, y que seguramente incurriría más veces en aquellos errores; pero que «alguien tan arribista y advenedizo como la astuta y verde Mesalina del PP» no podía ser, para un varón cabal como el exvicealcalde, más que «un irreflexivo devaneo», «por mucho ahínco que se pusiera en reducirla a un santo y casto matrimonio». Y si bien no en palabras de Germán, el artículo aseguraba que la intención del político no era otra que la de olvidar lo antes posible aquel «lúbrico amancebamiento», del que se arrepentía con toda su alma, y volver a ganarse la confianza de los decentes vecinos madrileños por los que tanto había trabajado y lo seguiría haciendo en el futuro, si, como esperaba en el fondo de su alma débil en lo venéreo, aunque honesta y cristiana en cuanto a lo profesional, «estos le regalaban su perdón».

Laura dejó el ordenador sobre la mesa, casualmente junto al viejo Rólex que Germán había heredado de su padre. «Ni siquiera se ha traído el reloj que yo le regalé», se dijo Laura, aunque ya se había dado cuenta de ello en los primeros días de su viaje, pero entonces lo achacó a la rapidez con la que habían hecho los equipajes. Sintió que dos colmadas lágrimas estaban a punto de derramarse junto a las aletas de su hermosa nariz, pero las intimidó con tal coraje que se podría decir que fueron absorbidas otra vez hacia los sacos lagrimales, pues ni llegaron a resbalar por sus mejillas. En lugar de eso, decidió vestirse por fin, meter toda su ropa de cualquier modo en la maleta, copiar en un papel la dirección del artículo de Machín, dejar la nota encima de la mesa y marcharse de allí antes de que Germán volviera del masaje. Cuando él llegó a la cabaña, casi una hora después, se encontró sin llave y con la puerta cerrada. Al principio pensó que Laura se estaría duchando y que por eso no lo podía oír, así que se limitó a llamar cada vez más fuerte y desde varios sitios. Como nada de aquello funcionara, supuso que Laura se habría ido a nadar a la playa o a dar una vuelta por las instalaciones del hotel sin acordarse de que él no se llevaba nunca la llave de la habitación cuando iba donde la masajista; pero Germán seguía sin dar con ella por los alrededores del palafito, así que no tuvo más remedio que ir a la recepción a pedir que le abrieran la puerta de la *suite*. El recepcionista fue quien le dijo que la señora que viajaba con él había pedido un taxi y se había ido, pero que no había entregado ningún mensaje ni había dejado dicho adónde iba. Totalmente perplejo, Germán entró por fin en la cabaña y comprobó, como si aquello fuera necesario, que no había nadie dentro. No era capaz de imaginarse ninguna razón por la que Laura hubiese tenido aquella extraña forma de desaparecer, y mucho menos justo después de haber vuelto a entregarse el uno al otro en pleno espasmo *swadhisthánico*, con lo que aquello unía, o eso garantizaba el libro. Tardó un buen rato, en medio de una confusión emocional e intelectual tan profunda como no había sentido desde la cabalgata del día de Reyes, en darse cuenta de la presencia de una cuartilla garabateada encima de la mesa. Solo había escrita en ella una escueta dirección de internet y, en la línea siguiente, otra dirección, aunque esta mucho más explícita, que le indicaba adónde quería Laura que él se marchase sin la menor demora: «Vete a tomar por culo, so cabrón».

Cuando sonó el timbre de las dos de la tarde y todos los alumnos salieron de estampida, Maite se encontró a Juanjo esperándola frente a la puerta de la clase.

—¡Hombre, mira quién aparece! —dijo Maite con tono desdeñoso, pero el chico, en vez de saludar, dio dos rápidos pasos hacia ella con un móvil en la mano y le dio con la otra un empujón tan fuerte que la hizo caer al suelo.

—¿Se puede saber qué hacías con este tipo gordo, cacho de puta? ¿Es el que te ha regalado ese pañuelo? —exclamó el chaval ciego de furia, intentando mostrar una foto que alguien había tomado aquella mañana de Maite y de Machín, y que le habían mandado a Juanjo con no muy buenas intenciones; Maite no conseguía ver la imagen desde el suelo, más asustada por la violencia inesperada que dolorida por el golpe, aunque se imaginaba a qué podía estar refiriéndose Juanjo.

—¡Déjame, déjame! —fue lo único que ella acertó a pronunciar.

Juanjo se guardó el teléfono en un bolsillo del pantalón y se arrodilló encima de Maite, aunque al moverse esta, lo hizo sobre los muslos y no le causó demasiado daño.

—¡Eres una puta! —gritaba enloquecido— ¡Eres una gua...!

No llegó a terminar la frase. El impacto de un puño que parecía de hierro justo en su costado le hizo perder la respiración y le produjo un dolor indescriptible. Cayó todo lo largo que era en perpendicular a Maite, quien aprovechó la ocasión para levantarse corriendo y alejarse unos cuantos metros. Juanjo, entretanto, recibió una patada en el estómago que lo encogió como una cochinilla. Usmán, el autor de aquellos dos certeros golpes, se retiró también rápidamente, antes incluso de que Juanjo llegara a darse cuenta de quién lo había rendido de aquella manera; seguro que más tarde se lo dirían otros compañeros, pero Usmán era un tipo demasiado temido en el instituto como para que Juanjo se atreviera fácilmente a tomar venganza por aquel episodio, al menos en los próximos días. Usmán agarró a Maite, que miraba la escena desconcertada, y la llevó con él escaleras abajo.

—Te acompaño hasta tu casa —dijo el chico cuando salieron del instituto.

Maite temblaba y no se atrevía a levantar la vista del suelo. No entendió si Usmán había expresado una intención o una pregunta, pero le pareció muy bien, dada las circunstancias, así que se limitó a darle las gracias. Solo cuando habían hecho más de la mitad del camino volvieron a articular palabra.

—Es una putada lo que os están haciendo a ti y a Sandra —dijo Usmán.

—Ya te digo —respondió Maite, aún con un nudo en el estómago.

—¿Quieres saber quién hace los dibujos?

—Claro que sí.

—Son Abigaíl y Sonia.

—¿Esas dos? ¡Pero si son unas mosquitas muertas! ¡Y se supone que son amigas nuestras!

—Para que te fíes.

—¿Tú las has visto?

—Toda la clase las ha visto, y les reímos la gracia.

—Pues no tiene ninguna.

—Me lo imagino, visto desde vuestro punto de vista. Pero la gente se parte el pecho. Bueno, nos lo partimos.

—Eso ya lo veo.

—Yo te aseguro que ya no me voy a reír. Además, en cuanto esas dos se enteren de lo que ha pasado con Juanjo, no creo que se atrevan a dibujar otra guarrada delante de mí.

—¿Y por qué lo has hecho?

—Porque estoy harto de hijos de puta. Juanjo y su panda son de los que más. No hacen más que meterse con los negros, los rumanos, los moros, los sudacas, los chinos... y ellos no son más que unos mierdas. La verdad, Maite, no me llego a explicar qué le has visto a ese gilipollas. Tú sacas buenas notas, no vas hecha una choni y hasta lees libros. No pegas nada con un macarra como ese. Bueno, venga, ahí está tu casa, ¿no? Anda con cuidado. Por cierto, ¿quieres que el lunes por la mañana te acompañe por si a ese imbécil se le ocurre venir a buscarte?

—No sé, ya te llamo —dijo Maite alejándose hacia el portal—. ¡Y muchas gracias! —añadió desde allí, despidiéndose con la mano.

Después de comer los dos solos en el palacete, sin muchas ganas de conversar tras la decepcionante experiencia con los tunecinos, Rosina y Tinín recogieron a sus hijos a la salida del colegio Prisciliano y se dirigieron desde allí hacia la finca de La Atalaya. Los niños habían recibido la promesa de que llegarían con tiempo suficiente para montar a las dos *Lady Gaga* un buen rato, acompañados por Yusuf y el propio Tinín, pues Rosina odiaba todo lo que tuviera que ver con los caballos. Pasarían allí el fin de semana, así que el sábado y el domingo los niños también podrían disfrutar de las yeguas que les habían traído los Reyes Magos. Rosina, mientras tanto, se dedicaría a ver cómo iban las investigaciones de Basema y a decidir qué podía hacerse con ellas, y lo haría de la forma que mejor le gustaba, dando larguísimos paseos en solitario por aquellos páramos desiertos. El pronóstico meteorológico era de viento, sol y frío, ideal para salir al campo bien abrigada y con un pequeño reproductor de música enchufado a las orejas. De los cuatro, Tinín sería con toda seguridad quien más iba a aburrirse, al menos mientras no estuviera con sus hijos montando a caballo, pero ya encontraría algunas otras cosas que hacer el resto del tiempo. En cuanto dejaron el coche en medio del patio central, Tito y Salva fueron corriendo hasta las cuadras, gritando el nombre compartido de sus adorados animales. Allí los estaba esperando Basema, por suerte para ellos, porque no eran capaces de recordar cuál era la yegua de cada uno, y la chica tuvo que decírselo. Cuando llegaron Yusuf y Tinín, terminaron de preparar las monturas y salieron los cuatro para dar un paseo alrededor del amplio caserío. Tinín no se atrevió a llevarlos más lejos porque faltaba poco para que se hiciera totalmente de noche, pero les prometió que al día siguiente harían una excursión hasta la ribera del Tajo, que marcaba el límite sur de la finca.

Mientras los chicos estaban montando, Rosina y Basema entraron en la casa para que la hija de Yusuf le explicase a la condesa lo que había descubierto hasta entonces, que no era poco. Había unos cuantos alumnos del Enríque Godínez que habían colgado en las *waves* de sus *Tweejos* (o sea, en la página pública donde uno escribía lo que comunicaba a los demás) mensajes que se burlaban de Maite, Sandra y Blanca, y a los que era muy fácil identificar. Ese mismo viernes, algunos habían colgado unas fotos en las que se veía supuestamente a Maite acompañada por un hombre bastante mayor que ella, junto a un cajero automático del que el primero parecía estar sacando unos billetes que luego entregaba a la chica. Estas fotos habían generado innumerables comentarios de lo más soez. Las fotos eran de muy mala calidad, hechas seguramente desde un teléfono móvil y a una gran distancia, de modo que era muy difícil identificar a sus protagonistas; además, el rostro del hombre nunca llegaba a verse entero, pese a lo cual Rosina sintió que el individuo le resultaba un poco familiar. A Basema, en cambio, aquella figura rechoncha no le decía nada en absoluto. La escena que mostraban las fotos, de todas maneras, era algo del todo inocente; ni mucho menos justificaba las conjeturas escabrosas que circulaban por la sucia magia de internet. Gracias a Dios, Basema sentía que en el poder que le daban sus aún muy limitados conocimientos había una magia bienhechora que podía subyugar a la de aquellos pervertidos. Cuando terminó de enseñarle a Rosina lo que había descubierto hasta entonces, compartió con ella también aquel sentimiento de fortaleza, en un lenguaje humilde pero inequívoco que sorprendió a la condesa por su espontaneidad. Rosina se limitó a asentir, pero pasó su brazo por los hombros de Basema dándole un pequeño achuchón, pensando en lo lejos que podría llegar aquella muchacha y felicitándose en silencio por haber decidido convencer a sus padres de que la permitieran estudiar y emprender la carrera que más le gustase, pues ella, Rosina Lequerica, correría con todos los gastos que fueran necesarios. La condesa se levantó diciendo que ya estaba bien por aquella tarde. Basema le dijo que dedicaría la mañana siguiente a preparar un documento en el que se resumieran las identidades de los principales acosadores y las pruebas que podían servir para acusar a cada uno ante la directiva del Instituto Godínez. Antes de la hora de comer podían tenerlo todo preparado, y así Basema tendría también tiempo el resto del fin de semana para, entre otras cosas, hacer los deberes de su propio instituto.

Machín seguía dándole vueltas una y otra vez a la fotografía que ocupaba desde hacía varias horas toda la pantalla de su ordenador. Había logrado traducir el texto con bastante seguridad, y si bien quedaban unos cuantos matices que todavía se le escapaban, era ya plenamente consciente de lo que aquel escrito relataba, si bien era importantísimo que lograse acceder al resto del códice para poder situar la narración en un contexto que le diera sentido. Maite le había pedido esperar, o más bien se lo había ordenado, en un tono en el que nadie se había dirigido al escritor en muchísimo tiempo, pero era tanta la estupefacción que sentía Machín por toda aquella historia que casi por primera vez en la vida, o al menos en su vida de adulto, tenía la sensación de encontrarse desvalido frente a los acontecimientos. Para colmo de males, allí estaba delante de él, con aquella inefable cara de palurdo burlado, el inútil de Felipe Barajas, a quien Rosina, o por lo visto, su chófer, había pillado in fraganti y le había dejado la furgoneta hecha unos zorros. Por lo menos la matrícula del vehículo era falsa y sería difícil que los condes lograsen identificar a su dueño y a quien le mandaba. Felipe había tenido la suficiente sangre fría para dejar el vehículo en un parking y volver al hotel para esperar que saliera de allí la periodista a la que iba siguiendo. Valeria lo hizo junto con quienes debían de ser los árabes que le había dicho el camarero, agarrada del brazo de uno y hablando entre los tres con cara de circunstancias. Felipe se había puesto a caminar lentamente al lado de ellos como un paseante casual y había logrado captar algo de la conversación, lo suficiente para darse cuenta de que lo de aquella mañana había sido una cita de negocios que no había salido precisamente bien, y también para inferir que uno de los dos moros era el marido de Valeria. Así que de cuernos no había nada de nada en aquellos encuentros que tan prometedores parecían al principio. Felipe no había podido averiguar qué trapicheos se traían entre manos las dos parejas, ni mucho menos si se trataba de algo ilegal, pero lo que estaba claro es que no debía de haber sido un buen negocio.

—En fin, jefe, que por ahí no hay tajada que cortar.

—Ya lo veo. ¡Qué le vamos a hacer! —se consoló Machín—. Pero es probable que seguir esa pista nos haya conducido a alguna cosa mucho más interesante.

Sin explicarle nada sobre la existencia de un manuscrito antiguo, Machín ordenó a Felipe que en los próximos días intentase averiguar algo sobre los dos adultos que salían junto a Maite en las fotos que había tomado en Entrevías la semana pasada. Ya no creía que tuviesen nada que ver con la trama de prostitución infantil que imaginaron al principio, pero algo oscuro y misterioso había, sin duda alguna, y tal vez conociendo un poco más sobre aquella gente podría Machín hallar alguna forma de conseguir el manuscrito, e indirectamente, de encontrar argumentos con los que fustigar a la condesa de Valmojado. Lo que esperaba es que esos pelagatos no fuesen tan ladinos como aquella mocosa de las narices que aún no estaba seguro de si le había estafado o si más bien le había facilitado el mejor negocio de su vida.

Poco después de que se pusiera el sol aquella tarde, Maite salió de casa y se dirigió a la cerrajería en la que trabajaban Lorenzo y Róber. Andaba con miedo por la temprana oscuridad de las calles, mirando con disimulo en todas direcciones por si Juanjo volvía a aparecer. Cada vez que veía en la distancia a algún chico que se le pareciera, o que pudiera ser uno de los de su pandilla, intentaba cambiar de camino o esconderse, pero la verdad es que no tuvo ningún encuentro indeseable. Al cabo de unos minutos llegó al comercio, saludó a Róber, que estaba atendiendo a un cliente en el mostrador, y se quedó sentada en un rincón esperando quedarse a solas con su hermano. Lorenzo estaba trabajando en algún aviso, como de costumbre.

—¿Qué haces tú aquí, Maitechu? —preguntó Róber cuando el cliente se fue.

—Tengo que contarte lo que me ha pasado esta mañana. No podía decírtelo en casa con papá y mamá delante.

—¡Hum! —musitó Roberto—. Con la cara que traes, no parece que vayan a ser buenas noticias.

—Las hay buenas y las hay malas.

—¿Y no me preguntas cuáles quiero que me cuentes primero?

—¿Cuáles?

—Empieza por las malas.

Maite dudó, tanto por la vergüenza que le daba contarlo, como porque no estaba segura de qué había sido lo peor de todo. Al final se decidió a comenzar por el asunto de Juanjo, aunque nada más empezar se dio cuenta de que no tenía mucho sentido contar aquello si no ponía a su hermano en antecedentes de todo lo que le estaba pasando en el instituto desde hacía unas semanas. Roberto empezó expresando sorpresa, pero al cabo de un rato lo que sentía era un enfado monumental.

—¿Y por qué no me lo has contado antes, boba? —regañó a

Maite, aunque se disculpó inmediatamente por usar aquel tono; la chica había comenzado a llorar a la mitad de su narración—. ¡Le voy a dar de hostias a ese cabrón de Juanjo hasta que no le quede un hueso entero! Venga, Maite, no llores, que ya verás cómo lo arreglamos.

—¡Pero no cuentes nada en casa!

—¿Por qué? A mí me parece que papá y mamá tienen que ir al instituto a montar un buen numerito.

—¡Joder, no! ¡Qué vergüenza!

—Más vergüenza te están haciendo pasar a ti esos cafres. ¿Y dices que las que os hacen los dibujos son Abigaíl y Sonia, ese par de retrasadas? Lo que tienen esas es una envidia del copón porque te habías enrollado con un guaperas, habías ido en la cabalgata, y encima lo de la tableta. —Maite asintió entre algunos sollozos rezagados—. Esta misma noche —continuó Roberto— hay que contárselo a papá y a mamá.

—No, por favor, Róber —siguió negando Maite.

—No te pongas testaruda. Tienen que saberlo y tienen que ir al instituto a protestar.

—¿Y cuando tú te peleabas con otras pandillas? Tú tampoco querías que papá y mamá fuesen a hablar con los profes.

—Pero eso era distinto; a mí se me caía el pelo si se enteraban de que andaba metido en esas cosas. Lo de ahora es un acoso, es una cabronada, es... es intolerable.

Los dos hermanos callaron durante un rato. Al final, Maite acabó accediendo.

—Vale, se lo contamos. Pero hazme un favor, cuéntaselo tú primero.

—Lo que tú quieras.

Un nuevo cliente llegó para hacer copias de una llave. Roberto se puso a los mandos de la máquina y entregó las copias en pocos minutos. Cobró al cliente y se despidió deseándole muy buenas noches.

—¿Y qué más tenías que contarme? —le preguntó a Maite cuando volvieron a quedarse solos.

La chica le relató entonces el inesperado encuentro de aquella mañana con Julio César Machín y sus conversaciones sobre el manuscrito con Daniel Peñas, el profesor. Roberto no sabía si creerse la historia que le estaba contando su hermana sobre el famoso escritor y periodista, pero acabó convenciéndose de que era verdad cuando Maite sacó del bolsillo los mil doscientos euros que Machín le había dado.

—¡Pero estás tonta! —exclamó Roberto—. ¿Cómo se te ocurre contárselo a ese tío, así por las buenas?

—Es que él ya lo sabía. No sé cómo se habrá enterado, pero ya lo sabía.

—¿Seguro que no se lo ha dicho Daniel? Bueno, la verdad es que del Peñazo sí que me fío —rectificó Roberto.

—Yo también. Pero lo peor de todo es que Daniel me ha dicho que Machín es del Opus, y yo lo he comprobado por internet y tiene razón.

—¡No me jodas!

—En cuanto me he enterado, le he escrito a Machín para decirle que no queríamos saber nada de él.

—Mucho mejor. Al final va a ser verdad lo que se temía el tío Lorenzo. Mira, justo por aquí viene.

En efecto, Loren entraba en aquel instante por la puerta de la cerrajería y saludaba a sus sobrinos, en especial a la chica.

—¡Hola, Maite! ¡Qué bueno verte por aquí! Pero, a ver, ¿qué os pasa que tenéis esas caras? —preguntó sorprendido.

Róber hizo un resumen de todo lo que su hermana le acababa de contar, que Lorenzo asimiló cada vez más abrumado mientras iba echando los cierres del escaparate y apagando las luces de la tienda. Maite interrumpía algunas veces a Roberto para aclarar alguna cosa, o, más a menudo, para protestar por algo que no le gustaba de lo que decía su hermano, o de cómo lo decía, pero en general iba dejando que él llevara el peso de la narración. Cuando Roberto terminó, Lorenzo tuvo que sentarse en la silla que tenía al otro lado del mostrador, con los codos apoyados en el tablero y la cabeza sujeta por las manos.

—¡Entonces lo del Opus era verdad! —dijo en voz alta, aunque más bien para sí mismo—. ¡Estaba seguro!

—¿Y qué hacemos entonces, tío? —preguntó Maite.

—No sé, no sé. Me imagino que habrá sido Rosina la que le haya hablado sobre el manuscrito a ese escritor que decís. —Lorenzo ignoraba completamente quién podía ser aquel tal Julio César.

—¡No se me había ocurrido eso! —dijo Maite.

—Ni a mí.

—Pues a mí no se me ocurre otra cosa —insistió Lorenzo—. Creo que lo que tenemos que hacer es lo que te ha dicho tu profesor. Devolverle el manuscrito a Rosina, pero quedarnos con una copia de todo y con un par de hojas también. A mí me parece una idea muy buena. Al final, va a ser que los profesores algunas veces sirven para algo.

—Pero sin exagerar —terció Roberto.

—Lo malo es que si los del Opus han encontrado a Maite y ahora saben que ella tiene copias del manuscrito, a lo peor pueden sospechar que está en vuestra casa.

—No creo —dijo Maite—. Yo no le dije que lo tuviera yo.

—Tiene razón —sugirió Róber—. Si Machín sospechase que Maite tiene el manuscrito en su poder, habría intentado comprárselo directamente, y no solo las copias. ¿Para qué se va a gastar el dinero en unas fotos pudiendo tener el libro?

—No sé, no sé —dijo Lorenzo—. Yo pienso que el manuscrito ya no está seguro en vuestra casa, pero tampoco en la mía. Así que es mejor que lo devolvamos cuanto antes. De todas maneras, vamos a hablar con vuestros padres para ver qué les parece a ellos.

—Mamá querrá deshacerse de la caja ayer mejor que hoy —sospechó Roberto.

—Me juego el cuello a que sí —confirmó su hermana.

—Seguro —dijo Loren—. Esta noche pasaremos Ailín y yo por vuestra casa después de cenar; decídselo a vuestros padres, pero no les deis muchas explicaciones, ¿eh? Prefiero ser yo el que se lo cuente. Y creo que es mejor que no les digamos de momento ni una sola palabra sobre la historia esa del escritor y del dinero que te ha dado esta mañana, Maite. Si vuestra madre se entera, es capaz de agarrar la caja y llevársela esta misma noche a Rosina, o de entregarla en una comisaría. Tampoco vamos a decirles nada de lo de quedarnos con un trozo del libro; ya me encargo yo de cortarlo cuando saquemos la caja. A vuestros padres les contamos solo lo justo. ¿Qué os parece?

—Por mí, fenomenal —dijo Maite.

—Guay —asintió Roberto.

—Pues venga, vamos a largarnos ya de aquí, que se está haciendo tarde.

Lorenzo echó el cierre al comercio y salieron hacia sus casas. Cuando los dos hermanos llegaron a la suya, Charo ya estaba allí viendo la tele, pero Pepe no había vuelto aún de trabajar. Roberto se limitó a decirle a su madre que Lorenzo y Ailín iban a ir allí después de la cena para decidir entre todos lo que hacían con el manuscrito, y luego se quedaron los tres mirando el concurso que ponían en la televisión. Pepe llegó justo para ver la pregunta final, aunque quedó un poco decepcionado porque el concursante falló justo en la parte más fácil y no se llevó por muy poquito el superpremio acumulado. Después hicieron la cena y pusieron la mesa entre todos, sin atreverse a mencionar el códice y sin que Roberto, ni tampoco Maite, se animasen a contar la historia de los acosos que ella había relatado a su hermano muy pocas horas antes. Maite supuso que a Roberto le parecía bastante con tener aquella noche la discusión sobre qué pensaban hacer con la caja secreta y que dejaría el otro tema para el fin de semana, y en el fondo sintió un gran alivio. Charo, de todas formas, no dejó de observar algo extraño en el rostro de sus hijos; era relativamente raro que los dos hubieran vuelto juntos de la calle, así que seguro que Maite había estado en la cerrajería, y allí habrían medio preparado con Lorenzo la estrategia dialéctica que intentarían utilizar en la reunión.

El hermano y la cuñada de Charo llegaron puntualmente, justo cuando acababan de recoger los cacharros de la cena. Dejaron los abrigos sobre el respaldo de un sillón y Lorenzo empezó a relatar sin demora la parte de la historia que habían decidido contar a los padres de Maite. A Charo le seguía pareciendo un poco sospechoso, pero como en definitiva el resultado era que iban a devolverle la caja a Rosina, se sintió lo bastante tranquila como para no querer remover el asunto. Lo de sacar una fotografía de cada página del libro y del cuaderno para guardarlas por si acaso no le pareció mal (aunque tal vez se lo habría parecido de haber sabido que ya habían hecho unas cuantas copias sin su permiso). Quedaron en que la tarde del sábado Lorenzo volvería para sacar la caja otra vez de su escondite y hacer las dichosas copias con ayuda de Maite y de Róber. Pero en cuanto terminasen de hacerlo tenían que llamar a Rosina y decirle que podía venir cuando quisiera a recoger el manuscrito.

Aquella noche Maite casi no pudo pegar ojo temiendo que la casa fuese a ser asaltada por un comando en busca del códice. Aunque había pensado escribir un mensaje a Machín antes de acostarse explicándole que al final habían decidido no venderle ninguna copia más, prefirió dejarlo para el día siguiente, pues le daba miedo la posible reacción del escritor o la gente que pudiera estar compinchada con él. Por otra parte, no creía muy en serio que un personaje tan famoso fuera a arriesgarse a cometer un crimen por una cosa así, pero las historias que había escuchado sobre el Opus y otras sociedades secretas eran tan siniestras que no sabía qué pensar. Tampoco la dejaba dormir el disgusto que había recibido a cuenta del imbécil de Juanjo. Pensaba una y otra vez en lo que le había dicho Usmán: ¿cómo se había enrollado con aquella mala bestia que tenía menos sesos en la cabeza que un boquerón? A lo mejor era solo porque estaba muy macizo y a todas las chicas les iba a dar un montón de envidia, pero ya veía también el resultado que aquella envidia había producido. A partir de entonces tendría muchísimo más cuidado al buscarse parejas. La imagen de Laura Entrambasaguas se cruzó por su mente de forma inesperada al pensar en aquello; la concejala era una mujer preciosísima y la mar de inteligente, por lo poco que Maite sabía, y debía de estar también pasándolo fatal por culpa de haberse enamorado de un tipejo como el rey Baltasar. ¡Qué gracia!, por decir algo; en el fondo, aquella aventura de los concejales había sido la causa de lo que les estaba pasando a Maite y a sus amigas Sandra y Blanca en el instituto. La vida, pensó Maite, era como el bombo de la lotería, no algo que se pudiera planificar. Sorprendida por aquella profundidad filosófica que se le acababa de ocurrir, acabó conciliando el sueño a las tres de la madrugada.

Al día siguiente, Pepe no tenía que ir a trabajar y se quedó con Maite en casa haciendo la limpieza matutina de los sábados, aunque la dejó dormir hasta bien avanzada la mañana. Ella, tranquila por la presencia de su padre, se atrevió por fin a mandar el mensaje a Julio César Machín. «De momento, no hay nada que hacer. No intentes ponerte en contacto conmigo.» A ver cómo se lo tomaba. Pepe vio a su hija con la tableta y supuso que estaba comunicándose con sus amigas, pero se limitó a decirle que terminara pronto para ayudarle con las tareas de la casa. Prepararon también los espaguetis que iban a comer toda la familia, aunque en realidad fue Maite la que hizo casi todo. Unos minutos antes de las cuatro llegaron otra vez Ailín y Loren. El hermano de Charo sacó la pequeña caja fuerte de su escondrijo en el cuarto de baño y decidieron hacer la operación de las fotos en la mesa de estudio que había en la habitación de Maite, limpia por una vez de papeles, adornos y chismes varios. No insistieron en encerrarse a solas Lorenzo, Maite y Roberto, para que Charo no sospechase que tramaban algo, sino que prefirieron que ella pudiese ir y venir cuando quisiera, aprovechando alguno de los momentos en los que estaban los tres solos para cortar con muchísimo cuidado un par de hojas del manuscrito y esconderlas en una carpeta que Lorenzo había traído con aquella intención. En poco más de una hora habían terminado todo y habían vuelto a guardar el manuscrito y el cuaderno de Nicasio en la caja, que había regresado también a su escondite. Con toda la familia reunida en el salón, Charo hizo la pregunta que flotaba en el aire:

—Y bien, ¿llamamos a Rosina? Tú tienes su teléfono, Loren, ¿verdad?

—Tengo el teléfono de su casa, sí. O a lo mejor es el del tipo aquel que trabaja para ella y que nos dio a firmar los papeles.

—El administrador —apuntó Ailín.

—Pues venga, vamos a llamarles —decidió Charo—. ¿Quién se lo cuenta? ¿Y qué les decimos, exactamente?

—Hablaré yo con ellos, faltaría más —dijo Lorenzo—. Les voy a decir que no soy gilipollas, que sé que entraron en nuestra casa para buscar una cosa, que sé lo que es y que lo tengo en mi poder. Que queremos devolvérselo, pero que tenemos que informarles primero sobre... sobre algunas condiciones.

—Bueno, muy bien, tú sabrás cómo te las arreglas con ellos. Lo importante es que lo que escondiste aquí sin mi permiso desaparezca de mi casa lo antes posible.

—No te preocupes, hermanita —añadió Loren sacando de su bolsillo una libreta casi tan destrozada como el manuscrito de los Reyes Magos, y empezando a buscar entre aquel maremágnum de números y nombres el teléfono de Rosina.

Justo en ese momento sonó un teléfono móvil.

—Tranquilos, es el mío —dijo Maite, y corrió a su habitación para cogerlo.

Un chillido de asombro les llegó a los demás desde el cuarto de la chica cuando esta tomó el pequeño aparato entre sus manos y leyó el nombre que aparecía en la diminuta pantalla.

—¡Es Rosina! ¡Rosina está llamándome!

Capítulo 25

Alberto Lequerica había llegado el día anterior al palacete del cabo de Plata conduciendo su propio automóvil, y ahora, tras una larga espera en el pequeño aeropuerto de Gibraltar, corrió a abrazar al conde en cuanto adivinó su figura por la escalerilla del avión. Ernesto había coincidido en varias ocasiones con Alberto, sobre todo mientras el conde y él trabajaban en el magnífico gabinete que los aristócratas tenían en el centro de Madrid, pues Alberto lo utilizaba de vez en cuando para montar allí sus fiestas con otros jóvenes de la alta sociedad, y también, sospechaba Ernesto, para tener más de un encuentro con chicas de mejor o peor reputación. Esta vez, en cambio, el joven Lequerica vino acompañado por una guapísima joven a la que presentó como su novia y que se llamaba Rosa. Por la elegante apariencia de la joven, Ernesto infirió que debía de ser tan de buena familia como el propio Alberto, así que tal vez aquella chica conseguiría hacer sentar la cabeza del aprendiz de crápula en que le parecía que Alberto se estaba convirtiendo. Rosa también había ido con ellos hasta Gibraltar. Al día siguiente Ingrid, la hija de Klaus, también se les uniría en la mansión de la playa junto con su marido, Pedro Luis. El palacete del cabo de Plata iba a estar mucho más lleno que de costumbre.

Cuando Alberto y el conde alcanzaron a los demás, lo primero que hizo el chico fue decirle a su padre:

—Esta chica tan guapa es Rosa, de la que te había hablado, la hija de los marqueses de Pombal.

—Es un placer volver a encontrarte —dijo el conde besándole la mano—. Alberto quizás no recordaba, o no sabía, que te conocimos siendo una pitusa, en una fiesta en casa de tus padres poco después de que yo regresara de Alemania. Te has convertido en una mujercita encantadora, mucho más guapa de lo que mi hijo me había contado.

—Es un honor, señor conde —respondió Rosa ruborizada y haciendo una pequeña reverencia.

—¡Y tú, viejo Klaus! Por ti no puede decirse eso de que no pasan los años; estás hecho un carcamal, la verdad —dijo Nicasio, abrazando a su viejo amigo.

—No menos que tú, Lequerica. Y no me digas que es por el cansancio del viaje. Hace tres años que no nos vemos, pero parece que has envejecido lo menos diez.

—Pues claro que es el cansancio. Ya os contaré las últimas aventuras con más detalle. Y tú, Ernesto, anda, dame un abrazo. No sabes lo que he sufrido por ti todo este tiempo.

Ernesto, cohibido por la solicitud de su jefe, al que hasta entonces muy raramente había saludado más que verbalmente y con una inclinación de cabeza, y en raras ocasiones con un leve apretón de manos, se dejó abrazar y dar algunos suaves golpes en los hombros y en la barbilla, mientras él levantaba titubeante las manos sobre los faldones de la chaqueta de Nicasio.

—El paquete que trajiste de Siria está en perfecto estado, me imagino.

—Por supuesto, don Nicasio.

—Ya lo verás cuando lleguemos a casa —dijo Klaus.

—Y, señor conde... —balbuceó tímidamente Ernesto.

—Dime, muchacho.

—¿Tiene... tiene algún mensaje de Christine?

—Claro que sí —mintió Nicasio—. Cuando nos despedimos me encargó decirte que te quiere mucho y que está esperando que te pongas en contacto con ella para que podáis organizarlo todo y volveros a encontrar.

—¿De verdad? ¡Es un cielo! Qué pena que no tenga teléfono. Le escribiré en cuanto volvamos a Madrid. Lo que siento muchísimo es lo de Geneviève; es que no puedo ni creérmelo, don Nicasio. ¿Cómo fue posible que pasara algo así?

—Ya os lo contaré esta tarde con más tranquilidad. Lo cierto es que ha sido una desgracia que ninguno podíamos esperar. Estamos todos deshechos.

—Ánimo, Lequerica —dijo Klaus dándole también al conde una palmadita en el hombro.

Tras esperar a que Nicasio recogiera su copioso equipaje fueron directamente desde el aeropuerto hasta el yate en un par de taxis, y en poco más de una hora habían atracado en el cabo de Plata. Lo primero que quiso hacer Nicasio una vez en la mansión fue echar un vistazo al manuscrito. Klaus extrajo la pequeña arqueta metálica de la caja fuerte que había en su propia habitación y, por petición de Nicasio, lo dejó allí solo, aunque no sin expresar alguna protesta. El conde sacó de su bolsillo la llave que le había proporcionado Santiago después de la marcha de Ernesto, y comprobó que, efectivamente, era la que abría la cajita. Por primera vez a la luz del día observó con delectación el viejísimo códice, esas láminas quebradizas y ocres llenas de diminutas letras griegas. Nicasio pasó cerca de una hora encerrado en la habitación de Klaus, mirando todas y cada una de las páginas, evaluando el estado del libro e intentando penosamente traducir algunas frases. En cuanto volvieran a Madrid lo organizaría todo de modo que tuviese el tiempo libre necesario para mejorar su dominio de aquella lengua. Cuando se dio por satisfecho con el examen del manuscrito, lo reintegró a su arqueta, la cerró con la llave y pidió a Klaus que volviese a guardarla. Ante los ruegos del alemán, les concedió a este y a los demás el sumo privilegio de volver a abrir la cajita y, sin siquiera sacarlo, mostrarles el libro que había dentro.

—Es un relato sobre Jesucristo, y sospecho que se trata de una obra totalmente desconocida. Si no me equivoco, habla de la infancia y juventud de Nuestro Señor, un período sobre el que no sabemos prácticamente nada. Pero antes de decidir qué hacer con el códice, quiero examinarlo yo mismo. Os ruego que mantengáis un secreto absoluto sobre la existencia del libro. Es más que un ruego. Quiero que me juréis que no vais a mencionárselo a nadie mientras yo no decida hacerlo público.

Y uno por uno fue demandándoles aquel juramento a todos los presentes en la habitación. Después, Klaus volvió a guardar el libro en la caja de seguridad, de donde ya no salió hasta que Nicasio y los demás emprendieron el camino a Madrid al cabo de tres días.

Aquella misma tarde llegaron Ingrid y su marido. Los Lequerica no habían asistido a la boda y no veían a la chica, que era pocos años mayor que Alberto, desde hacía mucho tiempo. Ingrid, de una belleza nórdica nada habitual por las tierras de España, había sido uno de los sueños eróticos del hijo del conde cuando este comenzaba su adolescencia, seguramente el más inalcanzable de todos, pero ahora, con una gran experiencia para su edad, con una encantadora novia formal que lo acompañaba y con Ingrid convertida en la esposa de un brillante jurista, aquello era ya cosa del pasado. Lo que sí regresó intensamente de los veranos disfrutados en aquella hermosa playa fue el reto, que Ingrid recordó a Alberto casi nada más reencontrarse, de nadar juntos hasta el búnker del extremo de la bahía, un largo recorrido que hacían todos los años pese a la terca oposición de sus padres, pues debían alejarse mucho de la orilla y atravesar una zona de rocas traicioneras, por no hablar de las corrientes que podían arrastrarlos mar adentro. En aquel mes de mayo el agua debía de estar aún bastante fría, pero Ingrid y Alberto decidieron que al día siguiente repetirían sus hazañas natatorias de quinceañeros, con o sin sus parejas, quienes no estaban muy dispuestos a meterse en el agua antes del verano, y mucho menos a nadar casi un kilómetro entre la ida y la vuelta. Los aventureros preguntaron a Ernesto si se animaba a unirse al ejercicio, pero el arqueólogo, que no era precisamente un buen nadador, también rehusó, no sin algo de envidia por carecer de la habilidad y el valor suficientes.

La llegada de Nicasio tuvo, de todas maneras, una consecuencia mucho más penosa para Ernesto. Habiendo disfrutado de la compañía de Jacinta en su cama casi todas las noches desde que era el invitado de Klaus, aquella vez la esperó vanamente en el dormitorio. Una oscura sospecha fue cuajando en su mente poco a poco, germinada a partir del recuerdo de una breve conversación entre el dueño de la casa, su hermosa criada y el conde, un poco después de la cena. Él estaba lejos y no entendía lo que se contaban, aunque no podía evitar dirigir la mirada hacia Jacinta cada vez que ella aparecía. Vio tan solo que ella bajaba los ojos y que los de Nicasio la miraban con aquel hambre de mujer que se manifestaba también en aquella sonrisa de conquistador que Ernesto había podido observar en su jefe demasiado a menudo. Desesperado por la incomparecencia de la muchacha, el ayudante se puso la bata y las zapatillas y decidió ir a dar un paseo por el jardín a la luz de la luna y al fresco viento de la noche, aunque, sin confesárselo, su verdadera intención era enterarse de si había sucedido algo entre Nicasio y la dulce sirvienta. No tuvo que andar mucho para averiguarlo: del dormitorio del conde salían claramente los gemidos de una pareja, en los que Ernesto reconoció los que lo habían acompañado tantas noches en los últimos días. Un profundo suplicio le hizo odiar de inmediato al conde y a Jacinta, con una intensidad con la que nunca había imaginado que se pudiese aborrecer a alguien. Con los ojos llenos de lágrimas, bajó por fin a la terraza y sollozó en silencio abrazado a uno de los árboles del jardín. Entonces se acordó de su amada Christine, de sus promesas, de su debilidad, de las exhortaciones del padre Navascués y de la penitencia aún incumplida que le había impuesto el cura de Barbate, y cayó de rodillas dándose golpes en el pecho. «¡Christine, Christine!», eran las únicas palabras que repetía en sus pensamientos, hasta que, mucho rato después, aterido de frío y con los lacrimales completamente secos, regresó como un zombi a la cama, de la que no se atrevió a salir hasta bien avanzada la mañana siguiente.

Un par de meses después, ya en Madrid, Ernesto recibió dos noticias que lo zarandearon como el ciclón juguetea con los náufragos. Era la segunda vez que iba al palacio Lequerica tras su regreso; la primera fue para participar en una recepción que el conde ofrecía a sus colegas y a varias autoridades con motivo de los descubrimientos que habían hecho en Siria, a pesar de que la expedición hubiese acabado tan de mala manera; esta otra vez acudía él solo, pues Nicasio lo había llamado para que empezasen a preparar un informe sobre el proyecto y las excavaciones, gracias al material escrito y fotográfico que habían dejado abandonado en Qirq Bize y que el Departamento de Antigüedades de Alepo le acababa de enviar, tras decidir que no tenía nada de sospechoso. Con respecto a las piezas, no había ninguna esperanza de que pudiesen recuperar alguna, al menos de momento. La primera sorpresa para Ernesto fue descubrir a Jacinta entre el personal de servicio del palacete. Le preguntó a Nicasio por aquello, fingiendo mera curiosidad, y este le respondió, sin molestarse en parecer creíble, que la chica le había parecido muy buena doncella, y que como Klaus le comentara el deseo de la muchacha de servir en una gran ciudad, él le ofreció venirse a trabajar a su casa. Ernesto agradeció para sus adentros la fortaleza espiritual que sus renovadas disciplinas y la férrea dirección del padre Navascués habían otorgado de nuevo a su alma, pues solo ello, y la aún viva esperanza de volver a encontrarse con Christine en un futuro no muy lejano, le permitió mantener el decoro delante de su jefe al volver a encontrarse con la bella Jacinta. Pero la segunda noticia fue para él una conmoción demasiado intensa y no pudo aguantarla de pie. Ya el grave gesto de Nicasio cuando empezó a contarle que acababa de recibir una carta de Francia no le hacía suponer nada bueno. Cuando Ernesto le preguntó qué noticias había, Nicasio se limitó a pasarle las cuartillas del profesor Clément. Casi todo su contenido se refería a la reacción que la aventura siria había provocado en el mundo académico francés, sobre todo despertando algunos antiguos recelos frente a la vieja ambición germánica. Solo en las dos últimas páginas había algunas referencias a asuntos más personales, y hacia el final, relatándolo casi como si se pidiera perdón por hacerlo, estaba el tiro de gracia para Ernesto, quien había soportado hasta entonces estoicamente los dos largos meses sin recibir respuesta de Christine. El joven ayudante se dejó caer en el sillón, llorando a lágrima viva sin importarle lo que su jefe pudiera pensar de él.

—Ánimo, chaval —dijo Nicasio apretando cariñosamente con

su mano el hombro de Salaberri—. Ya te dije que te lo tomaras como algo para disfrutar en el momento. Venga, no es para ponerse así. Deberías estar contento por haber tenido la suerte de vivir una aventura como esa y con una mujer como ella, y punto.

—¡Pero no puede ser, no puede ser! —gimoteaba Ernesto—. Christine no lo aguantaba. Es... es... es un sujeto deplorable.

—Vamos, Ernesto, saca un poco de dignidad hispánica. Son dos gabachos al fin y al cabo. Ellos se lo guisan y ellos se lo comen. ¡Anda que no hay mujeres estupendas por ahí que se derretirán por tus huesos! Y con lo que has aprendido gracias a Christine, las harás más felices que unas castañuelas. Venga, hombre, deja de llorar de una vez.

—Pero... pero... Raoul y Christine... ¡casados! Es imposible. ¡Es imposible!

Por su parte, al volver a Madrid, Nicasio descubrió que una sombra de temor se cruzaba entre el códice y él. Aunque las dos primeras noches que pasó en su casa estuvo largas horas estudiando el misterioso manuscrito, había tomado la decisión de hacerlo de manera profesional, y para ello había de prepararse a conciencia, así que empezó a sacar de la biblioteca de la facultad todos los libros y artículos que le parecieron necesarios sobre paleografía griega, sobre análisis y conservación de códices y sobre literatura paleocristiana, histórica y filosófica de la época a la que aparentemente hacía referencia el texto del manuscrito, así como de los siglos posteriores, en los que seguramente había sido redactado y copiado. Los análisis de carbono 14 eran muy difíciles de hacer en España y Nicasio no conocía a nadie, ni dentro ni fuera del país, al que pudiera darle un fragmento del libro para determinar su edad, y que además lo hiciera con total discreción. Por suerte, los libros eran más fáciles de datar que otros objetos, gracias, por ejemplo, al estudio de la caligrafía, que cambia de manera constante en razón de las modas y de las invenciones técnicas; pero Nicasio no era un especialista en aquellos conocimientos, y, dada su autoexigencia, le costaría mucho alcanzar un nivel con el que se sintiera mínimamente seguro para emprender aquellas investigaciones con garantías. Sobre todo, quería impedir que nadie supiera nada del manuscrito mientras él no se hubiese hecho una idea lo bastante precisa tanto sobre su contenido como sobre la posible autenticidad de lo que el libro relataba. Ernesto le mencionó varias veces el asunto durante los primeros meses en Madrid y le ofreció toda la ayuda que fuera necesaria, pero Nicasio siempre le respondía que su intención era estudiarlo él solo, porque le parecía que se trataba de una obra que podía ser peligrosa para la fe. Ernesto juraba y perjuraba que no saldría ni una palabra de su boca mientras Nicasio no decidiese que había llegado el momento de hacerlo público, y que al fin y al cabo a él también le correspondía una parte del mérito, tanto por haber participado en la excavación, como por haber corrido el riesgo de transportar el códice de punta a punta del Mediterráneo, esquivando fronteras y transgrediendo leyes. Aquel último comentario despertó en Nicasio un temor cauteloso.

—No habrás contado nada sobre el libro a tus confesores, ¿verdad? —preguntó a su ayudante; el silencio avergonzado de Ernesto fue la única respuesta que necesitaba—. Pero ¿es que eres gilipollas? —le gritó enfurecido, y le mandó salir del despacho de mala manera.

—Tenga en cuenta que es secreto de confesión, jefe —fue la única disculpa que se le ocurrió a Ernesto mientras se alejaba por el pasillo.

Salaberri no volvió a tener más noticias sobre el manuscrito hasta unos cinco años después, cuando ya había conseguido una plaza de profesor adjunto en la Universidad de Madrid, a la que hacía poco se le había cambiado el nombre por el de «Complutense», fingiendo una continuidad inexistente con la vetusta Universidad de Alcalá de Henares, es decir, la *Complutum* romana. En todo aquel tiempo no se atrevió a mencionar el tema ante su jefe ni ante nadie más, si bien su extrañeza no hacía más que crecer al comprobar que los años pasaban y pasaban, pero Nicasio no por ello parecía estar más cerca de dar a conocer el libro de Qirq Bize al público ni a los especialistas que podrían estudiarlo. En cambio, lo que sí observó Ernesto fue una transformación paulatina en el carácter del conde de Valmojado, que de ser en su vida privada un dandi derrochador de alegría de vivir, y un jerarca influyente y prestigioso en el mundo académico y cultural, pasó poco a poco a encerrarse en un conjunto reducido de actividades, entre las que, eso sí, destacaba la dirección del Museo Arqueológico Nacional, que le fue asignada a principios de la década de los sesenta. El cambio pareció más notable después de la boda de Alberto y Rosa, cuando el conde pasó a ser, con excepción de la nutrida servidumbre, el único morador permanente del palacete, pues Rosa se negó a compartir la vivienda con su suegro y la pareja compró un piso magnífico en otra zona de Madrid. La progresiva soledad de Nicasio fue aprovechada por Ernesto para ganar de nuevo la confianza del conde, pues el ahora profesor era casi la única persona que acudía a visitarlo regularmente, casi siempre por motivos de trabajo que habrían podido tratar en la universidad, donde Nicasio tenía la cátedra en semiexcedencia, o bien en el museo, pero que ambos preferían discutir en la privacidad de su mansión o en las desiertas salas del viejo caserón del Madrid antiguo que llamaban «el gabinete». En particular, Ernesto convenció a Nicasio de que le permitiese actuar como una especie de cuidador permanente de la cada vez más extensa colección de piezas arqueológicas, artísticas y bibliográficas que el conde iba atesorando. En aquel trabajo, Ernesto y Nicasio contaban también con la ayuda de Jacinta Pérez, a quien, pese a que sus estudios no llegaban más allá de saber leer y escribir, el conde prefería ver en ese tipo de faenas antes que en las tareas domésticas del resto del servicio. Esto provocaba algunas envidias entre los compañeros de Jacinta, pero los administradores eran tajantes en el trato que debía dársele a cualquiera que manifestase el menor desacuerdo: la expulsión inmediata de la casa del conde. Nicasio ignoraba, o por lo menos fingía ignorar, que la coincidencia de su propia amante y de Ernesto en tantas tardes solitarias era aprovechada por ambos en no pocas ocasiones para dar curso a una pasión que a Salaberri lo consumía desde que la chica llegó a Madrid y que ella encontraba como una distracción de la monotonía del conde. Jacinta mostró al principio algunas reticencias a esos esparcimientos, pero Ernesto la amenazó las primeras veces con relatar a Nicasio los encuentros que había habido entre ambos en el cabo de Plata, y luego con revelar la relación que estaban manteniendo en Madrid, y la pobre Jacinta, temiendo que aquello supusiera para ella un despido fulminante, accedió, no sin gusto por otra parte, a convertirse en el principal vértice de aquel sensual triángulo. Unos años después, en cambio, fue Jacinta la que utilizó la amenaza de revelarlo todo para cortar definitivamente las relaciones con Ernesto, del que había terminado aburriéndose, y Salaberri no tuvo valor para cumplir sus propias amenazas por miedo a que también llevaran a su propia ruptura con Nicasio, y tal vez a suscitar un gran escándalo que no lo beneficiaría de ninguna manera.

Una de aquellas tardes, no de las que, en ausencia de su patrón, Ernesto y Jacinta se dedicaban a revivir las noches de una lejana primavera frente al estrecho de Gibraltar, sino de las que el joven profesor de historia compartía con el conde clasificando algunas piezas, planificando actividades o comentando la vida académica, el corazón de Ernesto empezó a latir a toda velocidad cuando Nicasio resucitó inesperadamente el asunto del códice de Siria.

—Nunca te he agradecido que no volvieras a mencionar el manuscrito en nuestras conversaciones —fue lo que dijo el conde.

—Quedó bien claro que era usted el que decidiría lo que tendría que hacer con él —respondió Ernesto al cabo de muchos segundos.

Nicasio también guardó silencio un largo rato, hasta que anunció:

—Ya he terminado de traducirlo.

—Estupendo —dijo el otro lacónicamente.

—He llegado a la conclusión de que es mejor que no lo leas nunca. Ni tú ni la mayoría de la gente. No, al menos, por ahora.

—¿Cómo puede ser? «No hay nada que justifique frenar el

avance del conocimiento.» Eso mismo se lo he escuchado decir a usted muchas veces, señor conde.

—Entonces aún no había traducido el códice.

—Seguro que dentro de unas semanas pensará usted de otra manera.

Nicasio fue ahora el que calló. Siguió con lo que estaba haciendo y, al cabo de un buen rato, dijo:

—No es porque lo que dice sea algo malo en sí mismo. Es porque es peligroso para muchas cosas importantes.

—¡Pues bastante me dice usted, jefe! Solo con saber que usted sabe que hay un libro que cuenta algo que es muy peligroso (supongo que para nuestra santa religión), ya me he enterado de que hay algo que es así de peligroso. Y conociendo el buen criterio intelectual que tiene usted, también deduzco que debe de tener muy sólidas razones para creer eso que está diciendo. Así que, en definitiva, con lo que me ha dicho sería más que suficiente para que las nefastas consecuencias que tendría para mí la lectura del libro las tenga ya el mero aviso que me acaba de hacer. No sé si me explico.

—Te explicas con toda claridad, y tienes toda la razón.

—Pero en tal caso, si dice que lo que me ha contado me debe hacer temer por los cimientos de mi fe, entonces mi fe ya está empezando a tambalearse, y con una fe tambaleante es posible que la lectura del manuscrito no sea tan peligrosa para mí como si lo que yo tuviese fuera una fe rotunda. Perdón, creo que le estoy haciendo un lío.

—No, Ernesto, no. Es tal como lo dices. Pero, aun así, estoy seguro de que conservas demasiada fe como para que la lectura del libro sea terriblemente dolorosa para ti.

—¡Pues menuda cosa me dice, don Nicasio, por Dios! —exclamó Ernesto santiguándose—. Por lo menos, cuénteme de qué trata.

—¡Eso sí te lo puedo decir! —exclamó Nicasio riendo.

—Hombre, una buena noticia.

—Cuenta la historia de los Reyes Magos. Resulta que son una trola.

—¡Pues vaya novedad! Todo el mundo sabe que los Reyes Magos son los padres.

—No es broma, Ernesto.

—Pero, jefe, nadie con dos dedos de frente se cree lo de los Reyes Magos, la estrella de Belén, los Santos Inocentes, etcétera, etcétera. Bueno, tal vez algunos que conozco sí que se lo creen, ahora que lo pienso. Pero si eso es lo único que explica el libro, ¿qué tendría de malo publicarlo?

—Eso es solo un ejemplo. Te aseguro que el libro es peligroso. Al menos ahora mismo es muy peligroso. Es mejor que te olvides de que lo descubrimos. No ha llegado el momento de sacarlo a la luz.

—Lo que usted quiera, don Nicasio. Pero discúlpeme si de vez en cuando le pregunto si sigue pensando lo mismo.

—No será necesario. Si alguna vez cambio de opinión, serás el primero en saberlo, te lo prometo.

—Pues... muchas gracias —dijo Ernesto con cara de pocos amigos.

—Y también tengo que pedirte otra cosa: ¡no le menciones nunca, jamás, el manuscrito a nadie, y mucho menos a tus confesores o a tu director espiritual! No me fío ni un pelo de ellos.

—¡Qué cosas tiene usted, don Nicasio!

—Ni una palabra, Ernesto, te lo repito. Ni una sola palabra. ¿Me lo juras?

—Ya se lo juré una vez, pero se lo vuelvo a jurar para que se quede usted más contento.

Ernesto vivía junto con otros universitarios varones en una residencia del Opus Dei en el barrio de Argüelles. La disciplina horaria que allí imperaba habría hecho sospechosas sus largas ausencias vespertinas para trabajar en la colección de Nicasio, si no hubiera sido por el servil respeto de la orden hacia los poderosos y los aristócratas, especialmente en un caso como el del conde de Valmojado, cuya familia se había mostrado a lo largo de los siglos tan bienhechora hacia la Santa Madre Iglesia. Ernesto había decidido desde su regreso a Madrid que sus fortuitos amoríos con Jacinta y, más adelante, con algunas otras mujeres que se cruzarían en su vida a lo largo de los años, serían, como la historia del manuscrito, una cuestión enteramente suya, de la que nadie de la Obra habría de saber nada, ni siquiera sus confesores. Sabía que eso era uno de los mayores actos de desobediencia imaginables y que posiblemente sería expulsado con gran humillación en el caso de que fuese descubierto, pero le daba igual. No es que sus esporádicas andanzas dejaran de parecerle, sobre todo al principio, un pecado gravísimo, pero había decidido que ese era un tema que tenía que quedar entre Dios y él, y que ya se impondría por sí mismo las penitencias que el Señor le inspirase. Y también hay que reconocer que, con el paso del tiempo, el Altísimo debió de aburrirse poco a poco del tema, porque paulatinamente le fue inspirando a Ernesto menos castigos y disciplinas por sus escarceos amorosos que, la verdad, con los años también fueron teniendo lugar cada vez con menos frecuencia y apasionamiento.

Pero lo que no pasó desapercibido entre los compañeros de Ernesto en la Obra fue el progresivo desdén que Nicasio mostraba hacia la Iglesia desde mediados de los años sesenta. Empezó con un encontronazo que tuvo con monseñor Casimiro Morcillo, recientemente elevado a la archidiócesis de Madrid, y por un motivo intranscendente. El arzobispo, deseoso de confraternizar con la flor y nata capitalina, se enteró de que Nicasio acababa de ser abuelo, e indagando entre los chismosos de su séquito, averiguó que había una tradición según la cual los herederos del condado recibían el bautismo en el palacio familiar, de manos de, no podía ser de otra manera, la principal autoridad eclesiástica de la villa y corte. Monseñor Morcillo comunicó por escrito a Nicasio su disposición a oficiar la ceremonia en esos términos tradicionales y se extrañó de no recibir ninguna respuesta. Temiendo que pasaran los días y el bautizo se celebrase en otras condiciones, y pensando en un despiste de aquel extraño noble metido a investigador, el arzobispo ordenó a su secretario llamar al conde para transmitirle verbalmente su ofrecimiento. Cuál no sería la sorpresa del clérigo al escuchar la respuesta de Lequerica, que le decía que el asunto estaba totalmente en manos de su hijo y de su nuera, y que él no tenía nada que ver con aquello. El arzobispo, intentando buscar alguna explicación a aquella conducta que le parecía tan incomprensible, preguntó si era porque su nuevo vástago había sido una niña y la familia esperaba tal vez cumplir la tradición cuando su nuera diese a luz a un primogénito varón. Nicasio, sumamente molesto por aquella figuración del arzobispo, le gritó de muy malos modos que su nieta no estaría nunca por detrás de nadie por el hecho de haber nacido mujer, y que, en la medida en que de él dependiera, esperaba que no tuviese que recibir ningún sacramento de manos de aquel machista petulante. Nunca jamás se había dirigido nadie en aquel tono al viejo Casimiro, al menos después de la guerra. Por mera vergüenza, Morcillo no contó a nadie los detalles de la respuesta de Nicasio, pero sí que fue dejando caer aquí y allá su opinión de que el conde de Valmojado no parecía ser trigo limpio.

Otra reacción de Lequerica contra la Iglesia, y una que afectó más directamente al Opus Dei, ocurrió unos pocos años después, precisamente con motivo de una petición para la que Ernesto Salaberri actuó de intermediario. Sucedió que el fundador de la Obra, Josemaría Escrivá de Balaguer, fue de alguna manera informado de que tal vez pudiera reclamar la herencia de un título nobiliario, el marquesado de Peralta. Se trataba de un título creado por el Sacro Imperio Romano Germánico en el siglo XVIII, que había quedado vacante al morir sin descendencia su último poseedor hacia 1930. Monseñor Escrivá quería presentar ante el Ministerio de Justicia una solicitud de rehabilitación del título, sobre la base de unos documentos genealógicos de cuya autenticidad, decía, no estaba demasiado seguro, y deseaba que fueran examinados por unos cuantos historiadores del más alto prestigio y la más diáfana imparcialidad antes de arriesgarse a sufrir el bochorno de que su solicitud fuera rechazada; algo, por cierto, que nadie que conociera la influencia política que el Opus Dei había alcanzado en España por aquella época consideraría mínimamente probable. El caso es que uno de los propuestos para hacer el examen de los legajos fue el director del Museo Arqueológico, aunque sus conocimientos de heráldica y genealogía no iban más allá de los de un buen aficionado. De todas formas, Nicasio necesitó menos de una hora para concluir que aquello era un montaje carente de la menor verosimilitud. Para empezar, la propia relación familiar de Escrivá con los antiguos poseedores del marquesado estaba muy poco fundamentada: solo la coincidencia del nombre de una mujer en ambas familias podía tomarse como una pista, pero era a todas luces insuficiente. Y por otro lado, al tratarse de un título regido por las vetustas leyes del Sacro Imperio, solo podía ser transmitido por línea paterna, mientras que la solicitud mencionaba de modo explícito alguna filiación a través de la vía femenina. Nicasio dictó a su secretaria un brevísimo y contundente informe negativo y se lo entregó a Ernesto Salaberri, quien tuvo que sufrir el trago de presentarlo ante sus superiores en la Obra. Aquel episodio convirtió a Nicasio en un enemigo mortal para la cúpula del Opus Dei, incluso a pesar de que dos años después el gobierno otorgó el marquesado a Escrivá, quien acabó cediéndolo a su hermano para acallar un poco la maledicencia que aquel suceso había instigado dentro y fuera de su congregación. A consecuencia de aquello, Ernesto, que acababa de ganar una cátedra en la recién creada Universidad Autónoma de Madrid, decidió también abandonar la residencia en la que había vivido los últimos años y comprar el piso que sería ya su hogar hasta el fin de sus días.

Pero lo que acabó de estropear las antaño excelentes relaciones entre el conde de Valmojado y la Iglesia católica fue el asunto de una exposición internacional sobre los orígenes del cristianismo que organizaron entre varios museos de toda Europa a principios de los setenta; un proyecto al que Nicasio se sumó entusiasmado, pero que tras el escándalo que provocó su inauguración en Londres, se convirtió en la excusa para que el ministro de Educación, su viejo enemigo Wenceslao Campohermoso, lo cesara de forma fulminante en el cargo de director del Museo Arqueológico. La exposición mostraba ejemplos de los antecedentes religiosos y culturales del cristianismo, muy anteriores al siglo I: dioses que se consideraba nacidos de una virgen o resucitados después de la muerte, como Osiris y Dioniso; numerosos ritos mistéricos o iniciáticos que inspiraron gran parte de la liturgia cristiana; teorías filosóficas helénicas o hebreas que adelantaban en varios siglos muchos de los mensajes cristianos; o la semejanza entre la organización de las primeras comunidades cristianas y los «jardines» de la escuela filosófica de Epicuro (a quien sus seguidores denominaban «el Salvador»), donde se admitía por igual a hombres y mujeres, jóvenes y viejos, ricos y pobres, libres y esclavos, y se compartía entre todos lo que cada cual tenía. La segunda parte de la exposición mostraba al público de qué modo el mensaje cristiano se había dividido en numerosas sectas o «herejías» enfrentadas unas a otras, a veces de forma muy violenta, produciendo cada una de ellas sus propias «escrituras sagradas» presuntamente compuestas por los propios apóstoles, y cómo la interpretación favorecida por la poderosa comunidad de Roma había terminado silenciando a casi todas las demás. Las autoridades civiles y religiosas de España pusieron el grito en el cielo y exigieron que todas las piezas aportadas por el Museo Arqueológico Nacional fuesen reintegradas inmediatamente (a lo que el British Museum no accedió, limitándose a devolverlas cuando la exposición cerró sus puertas en Londres para marchar los siguientes seis meses a Estocolmo) y, por supuesto, se negaron a que la exposición se montara en Madrid como estaba previsto.

Nicasio no se sintió muy disgustado con todo aquello. Al fin y al cabo había sido su apuesta y sabía de antemano que iba a causar irritación. Seguramente, pensó Ernesto muchas décadas después, cuando el códice ya había sido redescubierto, lo que intentó el conde con aquel pulso fue poner a prueba el estado de opinión del país para ver si era conveniente sacar a la luz el manuscrito o si había que esperar todavía más tiempo, y la conclusión que habría obtenido Nicasio debió de ser que la sociedad española aún no se hallaba lo suficientemente preparada. Ernesto no consiguió explicarse esa ofuscación con España y la Iglesia española en una figura como Nicasio, con su gran experiencia internacional, pero imaginaba que el ser un aristócrata de la vieja nobleza castellana, y orgulloso de serlo por demás, hacía que el conde pensase antes que nada en el estado de su patria cuando reflexionaba sobre si era conveniente publicar el códice. De todas formas, en aquellos primeros años setenta Nicasio debió de vislumbrar alguna esperanza de cambio en el horizonte, sobre todo cuando al ultramontano Casimiro Morcillo lo sustituyó en la archidiócesis de Madrid el cardenal Tarancón, mucho más abierto al progreso, y así se lo comentó alguna vez a Ernesto, quien se hizo ilusiones sobre la posibilidad de que el conde se decidiera más pronto que tarde a sacar a la luz el manuscrito de Qirq Bize. Pero eso fue pocas semanas antes de que una gran tragedia terminase definitivamente con sus pocas esperanzas.

Capítulo 26

—Hola, ¿quién es? —preguntó Maite al descolgar su móvil, fingiendo ignorar la identidad de quien llamaba.

—Hola, Maite, querida. Eres Maite, ¿verdad?

—Sí. ¿Quién eres? ¿Rosina?

—Sí, soy Rosina. ¿Me has reconocido la voz? No me extraña.

—¡Qué sorpresa! —gritó la chica con alborozo medio simulado y cerrando la puerta de su habitación—. Muchas gracias por llamar.

—¿Qué tal te va?

—Bien, bien. Bueno... igual.

—Oye, Maite. ¿Recuerdas lo que hablamos el otro día en mi casa?

—Claro, lo que pasaba en mi instituto.

—Eso es. Te llamo porque tengo algunas novedades interesantes.

—¡Ah!

—No pareces muy entusiasmada.

—Claro que sí, perdón. Es la sorpresa.

—Resulta que he tenido investigando sobre ese asunto a unos especialistas en redes sociales. Me he enterado de que en tu instituto casi todos utilizáis una cosa que se llama *Tweejo*, ¿verdad?

—El *Tweejo*, sí. Yo también lo tengo. Y ahí es donde han salido más cochinadas.

—Me consta, Maite. Me han enseñado unas cuantas.

—¿Y...? —Se oyeron unos golpes en la puerta de la habitación de la chica y la voz de su padre que preguntaba qué era lo que ocurría—. Espere un momento, Rosina, ahora mismo sigo, que es que me están llamando. —Maite abrió ligeramente la puerta y le dijo a su padre—: Esperad, que es Rosina. ¡Sí, Rosina, la condesa!... Enseguida os lo cuento. —Pepe volvió a cerrar con cara de asombro y Maite siguió su conversación—: Perdone. ¿Qué me decía?

—Que he podido ver muchos de los mensajes.

—Son asquerosos.

—Son peor que asquerosos; son denigrantes. Debéis de estar pasándolo fatal, tú y tus amigas.

—Ya le digo...

—Pero tengo muy buenas noticias.

—¿Ah, sí?

—Resulta que estos especialistas en redes informáticas de los que te hablaba saben cómo rastrear la identidad de las personas que escriben en el *Tweejo* con seudónimos. Y me han hecho un informe con la mayoría de los autores de esas barbaridades. Casi todos son alumnos y alumnas de tu instituto, como te puedes imaginar.

—¿De verdad? Quiero decir... lo de que se pueda saber quiénes son. Que eran de mi instituto ya me lo suponía. Algunas chicas la verdad es que ya me he enterado de quiénes son.

—Te confieso que esto de la informática y de internet es para mí lo más incomprensible que existe después del chino. Pero, como te decía, tengo grandes expertos que pueden ayudarme a descubrir este tipo de cosas.

—¡Qué guay!

—Maite, querida, ¿te parecería bien venir mañana a mi casa con tu familia para que te pudiera entregar este informe? Si se lo presentas al director de tu instituto, te aseguro que no le quedará otro remedio que tomar cartas en el asunto y hacer que esos impresentables os dejen en paz de una vez.

—¿Mañana?

—Si no podéis venir mañana, podemos fijar una cita para algún otro día.

—Es que... Es que no sé. Tengo que preguntárselo a mis padres.

—Naturalmente. ¿Puedes hablar con ellos ahora?

—Tiene... tendría que ser dentro de un rato. Diez o veinte minutos, a lo mejor.

—No hay ningún problema. Puedes llamarme a este número en el momento que quieras.

—Estupendo, la llamo en un pelín.

—Entonces, hasta luego.

—Hasta luego. ¡Ah, y muchísimas gracias por llamar!

—No hay de qué. Chao.

Maite colgó el teléfono y se quedó un buen rato atónita. Solo la sacaron de aquel aturdimiento los nuevos golpes que dio su padre en la puerta del cuarto.

—¡Ya voy! —respondió mientras pensaba cómo explicarlo todo; no tenía muchas opciones; había llegado el momento de contar a sus padres la historia de principio a fin.

Germán había intentado hablar con Laura por teléfono en cuanto vio la nota, antes incluso de encender su propio ordenador y buscar la dirección que ella le había dejado apuntada, pues al ver que se trataba de una página de la revista *Barataria* comprendió al momento cuál había sido la causa de la espantada de su acompañante: el artículo que Julio César Machín le había prometido escribir y que unos pocos días atrás le dijo que ya estaba listo. Pero Germán no lo entendía: le había contestado muy claramente a su amigo pidiéndole que detuviese la publicación; tal vez para entonces el artículo ya estaba en la imprenta y no se había podido impedir que saliera; pero le extrañaba que, de haber ocurrido eso, Julio César no se lo hubiera dicho. Laura, de todas formas, tenía el teléfono desconectado y era imposible hablar con ella. No había muchos sitios adonde ir desde aquel hotel. En realidad, solo había uno: el embarcadero desde el que tomar una lancha para ir a la ciudad y al aeropuerto más cercanos, y ese debía de ser el rumbo que había tomado ella. Germán se vistió tan rápido como pudo y volvió a la recepción del hotel, esta vez para tomar él mismo un taxi que lo llevase al embarcadero. Tardó algo más de una hora y media en llegar al aeropuerto de Malé, el más cercano a la isla de los Cocos, y para su desesperación comprobó que en las últimas dos horas habían despegado sendos aviones hacia Hong Kong y hacia Colombo. Laura podía haberse marchado en cualquiera de ellos. Germán preguntó a los empleados de las dos compañías aéreas si una mujer con las señas de Laura había comprado en el último momento un billete para esos vuelos, pero no supieron o no quisieron darle respuesta. En realidad, ella no se había marchado todavía y ni siquiera había ido al aeropuerto aún, sino que estaba en un hotel de Malé, la capital de las Maldivas, con la intención de buscar con más tranquilidad un vuelo en el que regresar a España al día siguiente.

El teléfono móvil solamente lo conectó casi dos días después de marcharse de la isla de los Cocos, al aterrizar en el aeropuerto de Heathrow y confiando en encontrarse ya bastante lejos de Germán. Vio las docenas de llamadas perdidas de su compañero y decidió que ya era hora de hablar un momento con él. Germán no se lo creía cuando, en medio de la noche, el teléfono le anunció la llamada de Laura. Descolgó sin poder evitar ponerse a llorar desconsoladamente.

—Laura, mi amor. ¿Por qué me has hecho esto? Te juro que yo no he tenido absolutamente nada que ver con el artículo de ese miserable.

—No es esa la impresión que da al leerlo —respondió Laura dignamente.

—Pero es así, mi amor, te lo juro,. Además, ¿cómo va a habarme hecho él esa entrevista si yo he estado todo el tiempo contigo aquí en las Maldivas?

—Puede habértela hecho antes de que saliéramos. Puede habértela hecho por internet.

—Pues te prometo que no. Ha sido todo cosa suya. Sabes perfectamente que es un tipo la mar de novelero. Le encanta dar realismo a sus historias.

—Como comprenderás, Julio César Machín no es precisamente mi autor de cabecera. Nunca he podido leer más de cinco líneas seguidas de lo que escribe sin sentir náuseas.

—¡Pero es todo un invento suyo!

—¡Ay, Germán! Te conozco de sobra como para saber que esto has tenido que planearlo tú. El artículo apesta a ser un primer paso en tu estrategia para volver a la primera fila de la política en el plazo más corto posible. Y yo soy un lastre demasiado pesado para ti en esa carrera. No, Germán, no me cuentes milongas.

—¡Pero yo te quiero, Laura! ¡Voy a dejarlo todo por ti! ¡Te lo he dicho un montón de veces estos días!

—No insistas. Cuando me lo explicabas esta vez, ¿crees que no me acordaba de las otras veces que me habías dicho cosas parecidas?

—¡Antes nunca te prometí que fuese a dejar la política!

—Bueno, tus promesas han ido agrandándose; eso es todo. Lo siento, Germán. En cuanto vi el artículo me di cuenta de que, por mi parte, lo nuestro era un sueño infantil. No eres el tipo de persona que está dispuesta a romper los convencionalismos. Lo que pasa es que también forma parte de tu tradición el tener una aventura exótica de vez en cuando, y para eso yo sí que te venía bien.

—No me insultes, Laura, por favor.

—No te insulto. En parte hasta te admiro por ser capaz de comportarte así. Pero yo no puedo, Germán. Reconozco que hasta que nos marchamos de España era yo la que estaba colgada de ti y podría haber hecho cualquier locura con tal de que no me abandonases, pero por fin lo he visto todo claro. Tú y yo no estamos hechos el uno para el otro. —Laura seguía hablando sin parar al no recibir del otro lado del teléfono más que gemidos y sollozos—. Y venga, vamos a dejarlo ya, que esta llamada me va a salir por un ojo de la cara y me acabo de gastar una fortuna en los billetes de avión. Te recuerdo que yo no soy de familia rica, como tú. Hala, adiós, y que tengas buen viaje, si es que decides volver.

—Laura, por favor, por favor... —acertó a decir Germán en medio de sus lágrimas, pero en la línea de teléfono ya nada más que lo escuchaba el sonido de la conexión interrumpida.

Los padres de Maite estaban desolados. No habían podido imaginarse que su hija estuviera pasando por una experiencia así, y tampoco entendían por qué no había querido contar con su ayuda hasta entonces.

—Tú seguro que sí que-que lo sabías, ¿ve-verdad, imbécil? —espetó Pepe sumamente enfadado a su hijo Roberto.

—Desde ayer por la noche nada más, so listo —se defendió el joven—. Que te lo diga Maite. —Pero Maite no hacía más que llorar—. Yo quería habéroslo contado ayer mismo, pero con la historia de Rosina no he visto cuándo meter baza con el tema.

—Si es que no sé para qué nos esforzamos tanto co-con vosotros.

—Venga, Pepe, no te pongas así —terció Lorenzo, su cuñado—. Seguro que a la niña le ha dado muchísima vergüenza contároslo. ¿A que ha sido por eso, pequeña?

Maite asintió moviendo la cabeza.

—No me extraña, querida —dijo Ailín—; con esas barbaridades que va diciendo por ahí la gente es para morirse del bochorno.

—¿Por ahí? —preguntó Charo, que hasta el momento casi no había tenido fuerzas para preguntar nada.

—Bueno, por el instituto, quiero decir... Por lo que cuenta Maite —explicó Ailín, que tampoco se había atrevido a relatar a su cuñada ni a Lorenzo los rumores que le habían llegado a través de la señora Eulogia.

—Ah.

—Vamos a ver —continuó Roberto—. Lo importante es que Rosina parece que nos ha ofrecido una solución, ¿no?

—Con solución o sin solución —dijo Charo—, el lunes mismo vamos a hablar con el director del instituto y les montamos allí un buen espectáculo. Dices que Sandra y tú ya se lo habéis contado al jefe de estudios, ¿verdad?

—Sí, mamá.

—Y que no os hizo ningún caso.

—Nada.

—Pues supongo que los papeles que nos dé Rosina servirán

también para que el director y el jefe de estudios pongan menos excusas para meter un buen palo a esas bestias.

—Eso justo decía yo —insistió Róber.

—Vale, vale —dijo Charo tomando entre sus brazos a su hija, que empezó a llorar aún más fuerte—. No te preocupes, niña. Te comprendemos. Tiene que haber sido muy duro para ti pasar por esto, y encima no te vamos a echar la culpa por no atreverte a decírnoslo. Pero si alguna vez te ocurre algo parecido, tienes que contármelo desde el principio, mi vida. Papá y yo solo queremos ayudarte.

—Sí, mamá —repitió Maite.

—Bueno, ¿y qué hacemos con Rosina? —preguntó Charo a toda su familia.

—Rosina; es verdad —dijo Pepe.

Todos se miraron unos a otros, esperando que alguno se animara a ser el primero en responder. Al final fue Lorenzo quien rompió el hielo.

—Pues yo no acabo de fiarme.

—¿Cómo que no? —preguntó Charo—. No puede tener malas intenciones cuando se ha preocupado tanto por mi hija, digo yo.

—Eso es lo que me da mala espina: tanta bondad. ¿Por qué no nos llama simplemente y nos dice «mira, sé que tenéis el manuscrito, ¿cómo hacemos para recogerlo?»?

—A lo mejor también le da vergüenza —dijo Ailín.

—¡Anda ya! —exclamó Lorenzo—. Esa gente no sabe lo que es la vergüenza —sentenció.

—Ay, pues no sé.

—Mira, Loren, por favor —pidió su hermana—, estoy hasta la coronilla de suspicacias. Esa señora sus razones tendrá para hacernos la pelota. Querrá asegurarse de que vamos de buena fe.

—¿Y si lo que quiere es que salgáis de casa para meterse aquí de extranjis, como hizo en la nuestra?

—Para eso no le hace falta invitarnos a su casa a recoger esos papeles que dice. Nuestra casa está vacía de lunes a viernes un montón de horas.

—Pero ella a lo mejor no lo sabe.

—¡Aaaahhhh! —gritó Charo exasperada—. No nos calientes más la cabeza con tus conspiraciones, Lorenzo, por favor. ¡Vamos a llamar a Rosina y a decirle que mañana iremos a verla! ¡Allí le explicaremos todo lo que haga falta sobre el manuscrito de los cojones y le diremos que pase a recogerlo cuando le dé la gana! ¿Alguna pega?

Nadie se atrevió a oponerse.

—Pues venga, Maite, cariño. Sécate ya las lágrimas y llama de una vez a esa señora. Pero hazlo aquí, delante de nosotros, no vaya a surgir otra complicación.

Maite cogió su móvil, abrió el listado de últimas llamadas y marcó la de Rosina. Antes de que la chica se diera cuenta, su madre le arrebató el teléfono y fue ella la que respondió al saludo de la condesa.

—¡Hola, doña Rosina!... Soy la madre de Maite... Encantada... No, por favor, el gusto es mío. Mire, disculpe que hayamos tardado un poco en volverla a llamar, pero es que mi marido y yo no sabíamos nada del asunto... Así, como lo oye. Pero lo entiendo: era una situación muy delicada para la niña y no debía saber qué hacer, la pobre... En fin, que muchísimas gracias por su ayuda, estamos muy contentos, no se puede imaginar lo contentos que estamos... Nos parece muy bien pasar por su casa cuando a usted le venga mejor... ¿Mañana? Pues mañana mismo; sí, sí, cuanto antes mejor. Así el mismo lunes podemos ir con Maite al instituto a cantarles las cuarenta a esos impresentables de la directiva... ¿A qué hora les viene a ustedes bien?... A nosotros nos da igual... Las cinco es estupendo. ¿Nos dice la dirección?... ¿Que viene su chófer para llevarnos? ¡Uy, qué amable! Pero no hace falta, mujer; podemos ir con nuestro coche o en el autobús... Bueno, si insiste, por nosotros no vamos a poner ninguna pega... Pues esperamos a su chófer entonces a las cinco menos cuarto... Sí, le digo la dirección: calle Cardeñosa, número dieciséis, tercero A... Muy bien, hasta mañana. Y muchísimas gracias por todo, señora condesa.

—El manuscrito, el manuscrito —susurró Lorenzo.

—¡Ah, sí! Doña Rosina... Menos mal; todavía no había colgado usted. Es que tengo que decirle otra cosa... Sí, mire, a ver por dónde empiezo...

Rosina no se podía creer su buena suerte y el éxito tan rápido de su estrategia. En cuanto colgó el teléfono empezó a gritar con todas sus fuerzas «¡sí!, ¡sí!, ¡sí!» y a mover los brazos como si acabase de marcar el último punto de la copa Davis. Salió a buscar a su marido, que había regresado hacía un momento del último paseo a caballo del sábado, se abrazó a él y lo llevó casi en volandas a la salita en la que estaba el informe que había impreso Basema a mediodía y desde donde acababa de hablar con la madre de Maite. En pocas palabras le puso al corriente de la historia en la que se mezclaban Germán de Campohermoso y la sobrina nieta de Jacinta, y de cómo había conseguido poner de su parte a aquella humilde familia ayudándoles a resolver un problema que ella misma, aunque de modo totalmente involuntario, había contribuido a crear, al poner a la gente en contra de Germán justo en la víspera de la cabalgata de Reyes. La madre de la niña había terminado confesándolo todo: lo único que pasaba era que el códice lo habían cambiado de escondite hacía muchos años por miedo a que la casa de Jacinta no fuese muy segura.

—Esa era una de las hipótesis que teníamos, ¿no? —dijo Tinín.

—Sí, pero te recuerdo que no era la que a ti te parecía más probable. Tú has sido siempre más partidario de resolver los asuntos a base de golpes.

—Yo es que soy más de la Edad Media, ya sabes, con sus duelos, sus torneos, sus cruzadas y todo eso.

—Menos mal que sé que lo dices en broma, besuguito mío —dijo Rosina abrazando de nuevo a su marido y empezando a comérselo a besos.

—Oye, cuidado, que hay un montón de gente por aquí.

Un rato después, Rosina llamó a Basema y a sus padres, Yusuf y Zahara, y les contó su conversación con Maite y con su madre. Dio un fuerte abrazo y dos sonoros besos a Basema y elogió el talento de la chica con las palabras más vehementes que encontró. Aseguró a su familia que la educación de Basema seguiría corriendo por cuenta de la casa de Valmojado, en cualquier universidad en la que ella decidiese estudiar, y que debían dar gracias a Dios por tener una hija tan inteligente, tan responsable y tan trabajadora.

El domingo decidieron comer pronto para regresar a Madrid lo antes posible, así que se levantaron temprano para que Tito y Salva tuvieran tiempo de dar un último paseo con las dos *Lady Gaga*. Tinín puso la alarma del teléfono en modo de vibración y lo colocó debajo de su almohada para que Rosina no tuviera que despertarse, dado lo tarde que se les había hecho aquella noche celebrando (ya a solas en su amplísimo cuarto, con medianas cantidades de alcohol y bombones y bastantes de sexo) la recuperación del manuscrito. La condesa estaba de veras excitada por la curiosidad de conocer la auténtica naturaleza del códice, aunque las parcas noticias que le había dado Ernesto sobre ello y el sucinto mensaje dejado por Nicasio no eran ni mucho menos suficientes como para evitar que, al descubrir lo que realmente contenían aquellas viejas hojas de pergamino, Rosina fuese a experimentar, igual que muchos otros, una tremenda conmoción. De momento, lo importante era terminar con buen pie la maniobra de acercamiento a Maite.

El domingo por la mañana, Felipe Barajas volvió a casa de Machín para contarle sus averiguaciones del viernes y el sábado. Nada más terminar su última conversación, el detective había salido camino de Entrevías para vigilar las dos direcciones que Machín le había dado: la de casa de Maite y la que visitaron Tinín y el moro la semana anterior. No había ya duda alguna: el tipo que vivía en el segundo domicilio, el que ya sabían que era propiedad de Rosina, era un tal Lorenzo Pérez, hermano de Rosario Pérez, que era a su vez la madre de Maite Gutiérrez; y era el tipo que salía en las fotos que habían tomado la otra vez. La negra era su novia, una tal Ailín Pumarol, de la que no había podido averiguar nada más. Estos no tenían hijos. El gachó trabajaba en una cerrajería y su hermana en una tintorería, los dos en ese mismo barrio, y el padre de la niña era conductor de autobús. Parecían gente de lo más normal, por cierto; Felipe seguía sin imaginarse qué carajo podían tener que ver con Rosina Lequerica.

Machín despidió a Felipe y se dedicó a pensar, que era lo que mejor sabía hacer después de escribir. Puesto que pensaba mejor con una botella de coca-cola y una bolsa de frutos secos encima de la mesa, fue a buscarlos a la cocina y los llevó al despacho, donde fue dando buena cuenta de ellos en los siguientes minutos. «Veamos —se dijo—; la casa de Lorenzo es de Rosina, y su marido entró en ella de manera digamos que irregular, mientras Lorenzo, su novia y su sobrina se iban con el chófer de la condesa, es de esperar que a encontrarse con ella. Al principio pensé que el conde y su ayudante iban a instalar algo en el piso, una cámara de vídeo o algo así, pero parece que no se trataba de eso. Entonces, quizás a lo que iban era a *llevarse* algo. ¿Y qué podían querer llevarse de una casa tan miserable? Es mucha casualidad que la niña tenga fotos de un manuscrito muy valioso y que justo hace pocos días el conde haya entrado en casa de su tío buscando algo. Así que es muy, pero que muy probable, que lo que buscaban fuese precisamente el códice dichoso. Ahora bien, ¿lo encontraron? Es difícil saberlo. Felipe dice que cuando salieron de allí no llevaban nada muy voluminoso, pero el libro debe de ser pequeño, cabría perfectamente en la bolsa de herramientas con la que entraron. Por lo tanto, es posible que lo hayan recuperado y que ahora el manuscrito lo tengan los condes. Pero, por otro lado, puesto que Constantino y el moro entraron tan sigilosamente en la casa, también entra dentro de lo posible que ese Lorenzo no se haya enterado aún de que le han birlado el manuscrito, y si fuese así, ¿a cuento de qué estaba tan nerviosa su sobrina el otro día? No, la niña sabía, obviamente, que estaba sucediendo algo importante en relación con el manuscrito. ¿Sabría que los condes se lo habían llevado? No me pareció que hablara de él como de algo que su tío hubiese *perdido*, sino más bien como de algo que *ellos* sabían dónde estaba. En ese caso, es que *ellos* siguen teniéndolo en su poder y que Constantino no lo encontró donde lo buscaba. Y si el manuscrito no estaba en la casa de Lorenzo, ¿dónde puede estar? Tiene que ser en un lugar donde la chica haya podido tener acceso al él. ¿Y qué otro sitio mejor que su propia casa? Además, Lorenzo ha ido con su novia a la casa de Maite el viernes por la noche y el sábado por la tarde. Son muchas visistas seguidas para unos cuñados, me parece a mí. En definitiva, que es muy probable que sea en casa de Maite donde esté el códice. Aunque también podrían tenerlo en otro sitio. Felipe dice que Lorenzo y su hermana trabajan en tiendas del barrio; quizás sean suyas y el manuscrito esté escondido en una de ellas. Pero en una casa estaría más seguro, creo yo; los robos en las tiendas son mucho más frecuentes, por no hablar de inundaciones y cosas así. Me jugaría un mes de purgatorio a que el códice lo tienen guardado en casa de la niña.»

Un mes de purgatorio era mucha seguridad para Machín; a menudo no se apostaba más de una semana o de tres días, y eso que casi siempre ganaba las apuestas. El problema era qué hacer con aquella conclusión. Él nunca haría como los condes, dedicarse a asaltar una propiedad privada, ni siquiera a través de sus ayudantes, y menos ahora que la niña podía identificarlo a él como uno de los principales sospechosos del asalto. Lo que le parecía inexplicable era la extraña reacción de la chica, que de estar dispuesta a venderle carísimas las fotografías del códice había pasado a sospechar de ciertas «intenciones» supuestamente malignas. Él era un escritor lo suficientemente famoso como para que todo el que lo conociera tuviese claro que el uso más obvio que le daría a un manuscrito como ese sería el de traducirlo, publicarlo y comentarlo. ¿Es que *eso* podía parecerle mal a la niña, siendo, como era, aficionada al «Oráculo galáctico»? Tal vez. A lo mejor los poseedores del manuscrito querían precisamente impedir que fuese publicado, pero si fuese así, Maite no le habría ofrecido las fotografías por la mañana temprano para negárselas a mediodía. O tal vez lo que pensaban Maite y su familia es que era el propio Julio César Machín el que podía querer ocultar o incluso destruir el manuscrito, y por eso se negaban tan rotundamente a ofrecerle siquiera nuevas fotos. O a lo mejor solo temían que se lo robara; sí, aquello era más lógico y también corroboraba la hipótesis de que el manuscrito lo tenían guardado en el piso de Maite. Pero ¿por qué habría cambiado de opinión la niña en el curso de tan pocas horas? Tenía que haber sido por algo que alguien le hubiera dicho, algo sobre el propio Machín, algo relacionado con sus «intenciones». Diantre, ¿acaso era una mala persona para que fuesen por ahí pensando esas cosas de él? Lo cierto es que sí que tenía muchos enemigos. ¿Y qué era lo que más odiaban de él sus enemigos? La mayoría envidiaban su éxito, nada más. Pero muchos detestables progres también odiaban sus ideas y el tino y la vehemencia con que las defendía. ¿Tendrían miedo Maite y los poseedores del manuscrito a que Machín quisiera hacerlo desaparecer a causa de lo que el códice decía sobre Jesús? Podía ser. Pero eso significaba que el resto del libro era posiblemente igual de blasfemo que el trozo que Machín había conseguido leer. Razón de más para intentar hacerse con él, o al menos con una copia. Mejor que fuese publicado por alguien que no quisiera utilizarlo como un arma contra la fe cristiana. En el caso de los manuscritos de Qumrán se había armado al principio mucho revuelo sobre la posibilidad de que sus contenidos pudieran socavar los dogmas de la Iglesia, y algunos descreídos tomaron como un fraude la sabia decisión del Vaticano de dilatar la edición durante muchas décadas. Sin embargo, al final aquello había servido para demostrar que no había nada en los manuscritos que permitiese poner en duda ni una sola letra de la verdad católica, más bien solo para certificar una vez más la autenticidad de las Escrituras. En este caso, pensaba Machín, podía ocurrir lo mismo: si aquel manuscrito caía en manos de vulgares ateos y libertinos, lo interpretarían de la manera más perjudicial posible para la santa religión, mientras que si el encargado de estudiarlo y publicarlo era alguien con una fe a prueba de bombas, como la suya propia, tan solo la verdad resplandecería al final del proceso. En conclusión, era importantísimo que se apoderase del manuscrito, o al menos que se hiciera con una copia completa, y además cuanto antes, porque a saber en qué otros negocios andaban metidos la familia de Maite y la condesa.

A las cinco menos cuarto, como habían anunciado, se presentó frente al portal de Maite el chófer de Rosina con el mismo cochazo que la otra vez. Los padres de la chica habían decidido que era mejor si iban los dos con ella, pues el asunto era muy grave. También tendría que ir con ellos Lorenzo, que al fin y al cabo era el supuesto guardián del códice. Eso cubría todas las plazas libres del vehículo, así que los demás no podían ir. Roberto permanecería en casa por si acaso a alguien se le ocurría entrar a robar el manuscrito y prometió a sus padres que no abriría la puerta a nadie. Ailín, por su parte, prefirió quedarse en su propio domicilio, pues, aunque no quiso reconocerlo, la presencia del manuscrito en la otra casa la amedrentaba.

La visita al palacete Lequerica fue toda una experiencia para los padres de Maite, que en la otra ocasión se habían limitado a disfrutarlo de oídas. Ahora fue la propia Rosina quien los recibió, acompañada por Félix, el administrador. La condesa les enseñó gran parte de la casa, les ofreció un café con pastas y finalmente les entregó el informe que había elaborado Basema. La gran sorpresa era que la chica había descubierto que uno de los seudónimos usados en las conversaciones del *Tweejo* donde se burlaban de Maite y sus amigas correspondía nada menos que al mismísimo Ramón Rosales, el jefe de estudios del Instituto Enrique Godínez. No es que lo que decía el usuario de aquel seudónimo fuese ofensivo; más bien se limitaba a tirar de la lengua de los demás, como si estuviese intentando enterarse de lo que se cocía entre los alumnos. Seguramente el jefe de estudios alegaría que gracias a ello estaba recogiendo información que podría utilizarse para expedientar a los principales responsables del acoso, pero el caso es que no lo había hecho aún y se le podía acusar de no hacer nada para proteger a las víctimas pese a tener identificados a los culpables. En fin, Maite y sus padres decidirían de qué modo era más conveniente usar aquella información, dijo Rosina, aunque, si de ella dependiera, al tal Ramón Rosales le caerían encima todos los inspectores de Educación y toda la prensa rosa de una sola tacada.

Tras discutir aquel asunto, pasaron por fin al tema del códice. Lorenzo empezó lamentando que la condesa hubiera preferido entrar en su casa por las malas, cuando podía haber ido a preguntar educadamente. Rosina pidió disculpas y reconoció que aquello fue un error, aunque en parte lo hicieron porque pensaban que tal vez el propio Lorenzo no supiera nada sobre la existencia del manuscrito y no tenían claro cómo podría reaccionar ante una noticia tan inverosímil. Después, Lorenzo explicó las razones por las que habían cambiado de sitio el contenido de la caja fuerte. Rosina dijo que lo entendía y les agradeció, a él y a su difunta tía Jacinta, la fidelidad con la que habían protegido el legado del viejo conde. Confesó que estaba enterada por otras personas del temor que había llevado a Nicasio a ocultar el manuscrito, pero afirmó que eran unos temores totalmente infundados, solamente justificables por una cierta paranoia que su abuelo sufrió en la vejez. Ernesto Salaberri era una persona de toda confianza que jamás pensaría en destruir el manuscrito, y el Opus Dei no era una organización malévola que se dedicase a montar conspiraciones criminales, ni siquiera por la defensa de la fe; aquello eran ideas descabelladas, sacadas, sin duda, de un reciente bestseller; ¿cómo se titulaba?, ah, sí, *La clave Galileo*. Por ese motivo, a Rosina no le pareció bien la idea de que Lorenzo se quedase con una fotocopia del códice, pero sabía que no podría evitarlo por mucho que insistiera y que no tendría forma de averiguar si conservaban una copia aunque le asegurasen lo contrario; eso sí, les agradecía la intención con la que supuestamente lo querían hacer, pero les advirtió que el manuscrito era de su propiedad, y si en el futuro aparecía alguna copia ilegal antes de que ella misma decidiera publicar el códice, les reclamaría daños y perjuicios. Félix, el administrador, se ofreció para tener redactado al día siguiente un contrato que dejara la cosa lo más clara posible, y que podrían firmar cuando se hiciera la entrega del códice. Aquel era el último punto, dijo Rosina: cuándo y cómo podrían recuperar el manuscrito. Charo estaba dispuesta a que fuese lo antes posible, así que quedaron en su propia casa para el siguiente día a la caída de la tarde, cuando Lorenzo y los padres de Maite volvieran de trabajar. Lorenzo estuvo de acuerdo, pero añadió que había aún una cosa importante que discutir, y era si él y su familia iban a recibir algún tipo de gratificación o de indemnización a cambio de la custodia del códice y del peligro que habían corrido durante casi treinta años. Rosina confesó que no había pensado en aquello, pero que al día siguiente, cuando acudiera a recoger el manuscrito, les llevaría una propuesta que seguramente les complacería. Tras conversar un poco más con la condesa, Maite, Charo, Pepe y Lorenzo regresaron por fin a su barrio. La experiencia de compartir aquel ambiente de lujo y elegancia, y lo satisfactorio que encontraron casi todo lo que Rosina les había dicho, les hacía sentirse como si en vez de rodar por Madrid en el lujoso automóvil guiado por Mansur estuvieran viajando en una nave celestial.

Entretanto, Julio César Machín había logrado averiguar el número de teléfono de la casa de Maite. Cuando llamó, Roberto era el único que estaba allí. El escritor no se anduvo con rodeos, y menos al saber que era un hermano de la chica la única persona que en ese instante protegía el códice.

—No sé qué mosca le habrá picado ayer a tu hermana —explicó Machín en tono autoritario—. Yo soy una figura pública y tengo un prestigio en el mundo de la cultura con el que no me puedo permitir hacer tonterías. Así que no es concebible que yo me pueda dedicar a no sé qué confabulaciones ni actividades ilegales. Lo único que me interesa es la investigación histórica, lo más seria y formal posible. ¿Entiendes eso, Roberto?

—Sí, sí, lo entiendo.

—Estoy dispuesto a compraros el manuscrito a cambio de la cantidad que me pidáis.

—Es que no es nuestro.

—Pues por lo menos dime quién es el dueño y se lo compraré a él.

—Lo siento, señor, pero no se lo puedo decir. Es que tampoco lo tengo muy claro.

—O sea, que tenéis en vuestro poder un códice que no sabéis muy bien a quién pertenece. Bueno, puedo entenderlo, sí. Oye, Roberto, por curiosidad: tú, ¿cuántos años tienes?

—Veinte.

—Claro, es normal que estas cosas te resulten confusas. Está bien, no insistiré en compraros el manuscrito. Cuando sepáis si podéis desvelarme quién es su legítimo dueño, me lo decís y ya entraré en negocios con esa persona, a cambio de una buena propina para vosotros, naturalmente.

—No lo dude, así lo haremos —respondió Roberto, excitado al escuchar hablar de una propina.

—Pero lo que no tiene sentido es que os planteéis dudas metafísicas solo por la cuestión de si estáis dispuestos a venderme unas fotografías. No hay nada ilegal en ello. El dueño del códice no puede impedirlo legalmente. —Al decir aquello, Machín confiaba en que existiese algún resquicio en el ordenamiento jurídico para que su afirmación no fuese una mentira, pero no estaba del todo seguro—. Y con respecto a los derechos de autor, es obvio que al tratarse de una obra antigua, cuyo autor ha muerto hace muchísimos siglos, el contenido es de dominio público. Si me vendéis una copia del códice, os aseguráis de que será estudiado y publicado de manera completamente profesional, incluso puedo ponerme en contacto con los dueños para que den el visto bueno a mis investigaciones, si así os parece mejor. Y sobre todo, vosotros podéis ganar una cantidad de dinero muy suculenta sin perder absolutamente nada, porque seguiríais teniendo el manuscrito y las fotografías.

—¿Y de cuánto dinero estaríamos hablando?

—Eso está mucho mejor, Roberto. Me alegro de que seas razonable. Por una copia íntegra del manuscrito, podría ofrecerte una cantidad de cinco cifras. ¿Qué te parece?

—¿Cinco cifras? —preguntó Róber sorprendido, y realizó alguna operación mental para entender a qué números podía estar refiriéndose Machín—. Si son cinco cifras es para pensárselo. ¿Y no podrían ser seis?

—Por unas fotos, obviamente, no.

—¿Pero por el manuscrito sí?

—Podría considerarlo. Y sobre todo, tendría que verlo. Bueno, también tengo que ver las fotos con un poquito de detenimiento antes de decidir la cantidad que os pagaría por ellas.

—¿Puede venir ahora mismo a mi casa? Tendría que estar aquí antes de media hora.

—Naturalmente, Roberto. Salgo pitando para allá. Confírmame tu dirección, por favor.

Julio César Machín se vistió tan aprisa como pudo. Volvió al despacho para correr unos cuantos tomos de la *Britannica*, dejando al descubierto su caja fuerte. No le gustaban nada los bancos, así que la mayor parte del muchísimo dinero que había ganado en su vida como escritor, periodista e ideólogo, y que no había invertido en propiedades o en libros antiguos, lo guardaba en su casa. En el interior de la caja había un buen número de sobres bien apilados, cada uno de los cuales contenía cien billetes de doscientos euros. Sacó un par de sobres y los metió en los bolsillos interiores de su chaqueta, pero antes de cerrar la caja se lo pensó mejor y se llevó dos sobres más. De todas formas, no esperaba tener que gastar tanto.

Capítulo 27

Rosina odiaba la sensación del termómetro de cristal debajo de su lengua. Sentía unas terribles ganas de morderlo y de escupir después los trocitos, pero sabía que la regañarían si hacía eso, y además era muy probable que tuvieran razón cuando le decían que el cristal era peligroso, porque se cortaría y se haría mucha sangre, y que el líquido plateado que contenía el termómetro era muy venenoso. Aquello le hacía sentir mucho más miedo. Prefería cuando le ponían el termómetro debajo de la axila, aunque ahí también le dolía un poco. ¿Por qué tenía que estar tanto tiempo con aquella cosa pegada a su cuerpo? Además, le dolía mucho la cabeza, tenía un montón de sed, un poco de tos y muchas ganas de dar patadas en la cama. Y aquel señor siniestro con la horrible mancha morada en lo alto de una cabeza pelona siempre le había dado mucho miedo, y ahora sus padres insistían en que estuviera allí, sin despegarse de ella, esperando a sacar el termómetro como si fuera él quien se lo iba a comer de un bocado.

Al final, las manos arrugadas del tío Klaus sacaron el tubito de cristal y lo elevaron hacia la ventana, que estaba a medio cerrar.

—Dad la luz, por favor. Ah, mis ojos ya no son lo que eran.

Rosa encendió la luz de la habitación y Klaus pudo leer claramente la temperatura.

—Treinta y ocho grados y seis décimas.

—¡Oh, por Dios, hija mía! —sollozó la madre tomando la cabeza de su hija y besando su frente para confirmar el fuerte calor que desprendía.

—¿Es que esta niña no sabe más que fastidiarnos? —rugió Alberto, su padre.

—Déjala, por favor. ¿Qué culpa tiene ella?

—Pues claro que tiene la culpa. Si te hubiera hecho caso ayer cuando le dijiste que no anduviera por la playa nada más que con una rebequita, ahora no pasaría esto. Pero es la niña más desobediente del mundo. ¡Bah!

—Debía de estar incubando el resfriado desde hace días —intentó calmar Klaus.

—¿Con casi cuarenta grados? —dijo Alberto—. Eso no es un resfriado. Por lo menos es una gripe.

—Es muchísima fiebre, sí —confirmó Klaus.

—Pues a ver qué hacemos ahora —dijo Rosa.

—¿Hacer? ¡¿Qué vamos a hacer?! Lo que teníamos previsto. Ella que se quede aquí.

—Pero ¿cómo va a quedarse ella sola? Hay que llamar al médico. Tiene que estar alguien cuidándola.

—Aquí hay servicio de sobra para cuidarla. Que le den morcillas.

—A ver, chicos, ¿qué es lo que ocurre? —preguntó el abuelo Nicasio, entrando también en la habitación de Rosina.

—Esta petarda, que se nos ha puesto mala en el mejor momento.

—Vaya por Dios. ¿Tiene mucha fiebre?

—Casi cuarenta grados —dijo Rosa.

—Caramba. A esta niña le sube la fiebre una barbaridad, es igual que su padre incluso en eso.

—Ahora voy a tener yo la culpa.

—¿Habéis llamado al médico? —preguntó el conde.

—Voy a pedir que lo llamen —dijo Klaus—. Tendrá que venir desde Barbate. ¿O preferís que llamemos a la base militar? El médico de allí es amigo mío y está mucho más cerca.

—¿Un médico militar? ¿No hay un pediatra?

—El médico particular de Barbate tampoco es pediatra, pero los dos están acostumbrados a los niños.

—Bueno, venga, pues el que llegue más pronto —pidió Rosa.

—Diré que llamen primero al doctor de la base.

—Y entonces ¿qué pasa con la excursión? —preguntó Alberto.

—No sé —respondió su mujer—. Rosina no puede salir de la cama.

—Me lo temía, siempre fastidiando. Pues yo no estoy dispuesto a que nos lo perdamos. Mañana volvemos para Madrid y ya no vamos a tener otra ocasión de salir a ver las ballenas. Y no será porque no hemos tenido días desde Nochevieja. Pero tenéis la costumbre de dejar las cosas siempre para el final.

—Ahora no empieces a echar culpas a todo el mundo. Lo hemos organizado así y ha dado la casualidad de que Rosina se nos ha puesto mala. ¡Qué le vamos a hacer!

—Mirad, chicos —dijo Nicasio—. ¿Qué os parece si me quedo yo aquí cuidando de mi nieta? Jacinta me puede ayudar. Y valientes las ganas que tengo yo de ver ballenas y de marearme en el barco.

—No, señor conde —dijo Rosa—. Me quedaré yo.

—Pues yo sí que no pienso quedarme —anunció Alberto.

—Eso me lo imaginaba —replicó su mujer.

—Tú sí que tienes que venirte, Rosa. Llevas meses excitada con lo de la excursión para ver las ballenas del Estrecho, y ahora que por fin hemos venido, no vamos a tirarlo todo por la borda. ¡Je, je! ¡Qué chiste! Además, con mi padre y Jacinta, Rosina está en muy buenas manos. Ella es la que se va a perder la excursión, pero es su problema; otra vez, que sea más obediente. Ya tendrá tiempo de ver ballenas cuando sea más mayor.

Rosina se puso a llorar en los hombros de su madre.

—Borrico, no la hagas sufrir. ¿No ves que es una niña?

—Una niña muy testaruda.

—¿Le habéis dado algo ya para la fiebre? —preguntó Nicasio.

—Ay, se me había pasado —dijo Rosa—. Ve a que te den un mejoral, Alberto, o mejor dos. Jacinta sabe dónde los tenemos.

—Deja, ya lo sé yo. Están en tu neceser grande, ¿verdad?

—Sí.

—Ahora lo traigo. Pero tú vete haciéndote a la idea de que salimos de excursión dentro de media hora, como estaba previsto.

—Por lo menos espérate a que venga el médico y nos diga lo que le pasa.

Alberto salió de la habitación con un bufido, justo cuando entraban Ingrid y su marido, Pedro Luis.

—Ay, pobrecita —dijo Ingrid—. No me digas que la niña está mala. Claro, con lo frío que se puso ayer noche...

—¿Y qué pasa con la excursión? —preguntó Pedro Luis con su acento andaluz.

—Nada, nada —respondió Alberto desde su habitación—. Que en cuanto venga el médico y le ponga una inyección nos vamos.

—Ella se queda aquí, la pobrecita, con mi suegro —explicó Rosa.

—Y entonces ¿no viene usted, señor conde?

—He encontrado la excusa perfecta. A mí el mar... es que no me ha llamado nunca.

—Pero si va a ser una excursión preciosa.

—Es igual, de verdad. No os preocupéis por mí. Así disfruto un poco de mi nieta, aunque la pobre esté ahora mismo tan pachucha.

—En cuanto le haga efecto el mejoral, verá cómo vuelve a animarse —dijo la nuera.

Menos de veinte minutos después, un *jeep* del ejército de tierra llegó al palacete del cabo de Plata con el capitán López, médico de uno de los acuartelamientos que vigilaban el área del Estrecho. Examinó a Rosina y diagnosticó un catarro de vías altas. Hoy tenía que guardar cama y sería mejor si no hacía un largo viaje en coche en los siguientes dos o tres días, pero si la familia no tenía más remedio que volver a Madrid, la niña lo podría soportar con una buena dosis de antipiréticos, mucha bebida y paradas frecuentes. Si se ponía peor, que no dudasen en avisarlo a él fuera la hora que fuese. Lo de llevarla a una excursión en barco ese mismo día estaba totalmente descartado, por supuesto. El doctor militar saludó a todo el mundo y se despidió con especial cortesía de Klaus y de Nicasio.

—Pues venga, vámonos —dijo Alberto.

Al cabo de un rato, los dos matrimonios, junto con Klaus y su chófer José, viajaban en dos coches camino del puerto de Barbate, donde subieron al *Cranach* después de que Rosa hiciera una última llamada de teléfono desde el bar más próximo para ver qué tal estaba su hija. Nicasio le dijo que no se preocupara, que la niña estaba mejor y que incluso había salido de la cama y estaba viendo la tele, muy divertida con los programas marroquíes, que se sintonizaban desde allí mejor que los españoles. Tras embarcar, Klaus condujo la embarcación hacia el suroeste, dos o tres millas más lejos del punto en el que al faro de Trafalgar se lo tragaba el horizonte y de España tan solo se veían unas pequeñas lomas. De África, en cambio, cuyas montañas eran mucho más altas, podían ver perfectamente una gran parte de la región de Tánger. En aquellos primeros días de enero el cielo era muy claro gracias al fuerte anticiclón, y la temperatura era soportable pese a estar en plenas vacaciones de Navidad.

Apagaron los motores del yate para no asustar a los habitantes del océano, y al cabo de poco tiempo descubrieron a lo lejos la figura de una ballena que asomaba el lomo por encima de la superficie del agua. Cada uno dirigió sus prismáticos hacia ella y se extasió con sus movimientos pausados y solemnes. Una media hora después apareció un pequeño grupo de delfines, que entusiasmaron a los excursionistas con sus rápidas piruetas. Pero cuando los delfines se aburrieron del espectáculo, se alejaron de la embarcación y ya no se vio a ningún otro cetáceo. José sacó unas cervezas de la nevera, unas bolsas de patatas fritas, una tartera con boquerones en vinagre y otra con queso y embutidos, de lo que todos los pasajeros fueron dando buena cuenta mientras no había otra cosa que ver.

La monotonía se rompió cuando se dieron cuenta de la presencia de otro barco a unos quinientos metros, un poco más grande que el suyo, y que, pese a que el océano estaba muy tranquilo aquel día, daba la impresión de tener alguna dificultad. José dirigió el *Cranach* hacia allí y enseguida pudieron ver a través de los prismáticos que los tripulantes les hacían señas, y que la nave parecía estar peligrosamente escorada hacia estribor y en exceso apopada.

—Acelera, José —ordenó Klaus—. Parece que el barco se les está hundiendo.

En pocos minutos estaban lo bastante cerca como para confirmar aquella impresión. Las no muy grandes olas de aquel día llegaban con demasiada facilidad a la cubierta de popa de la otra embarcación y la iban llenando poco a poco de agua. Los tripulantes, extranjeros, les lanzaban gritos de socorro en inglés y no paraban de hacer aspavientos con los brazos.

—¡Descuelguen su bote y los recogeremos! —les gritó Klaus en aquel mismo idioma, viendo que tenían un bote salvavidas a punto de bajar.

Los asustados marineros, seis en total, hicieron lo que Klaus les había dicho. Conectaron el motor fueraborda del bote y lo dirigieron hacia el *Cranach*, donde Klaus y José lo amarraron a la borda y echaron una escala para que pudieran subir. Les dieron también unas mantas para que pudieran protegerse del frío, pues con la operación de rescate se habían empapado.

—Aléjense rápidamente de nuestro barco —dijeron en inglés—. Si se hunde, podría tragarse también el suyo.

Klaus llevó el *Cranach* hasta una zona segura. Al volver a la cubierta, preguntó quién era el capitán de la otra embarcación. Un hombre sexagenario se presentó como tal y saludó a todos los pasajeros del yate.

—Voy a dar aviso por radio para que venga el guardacostas. Es posible que su barco pueda salvarse aún —dijo Klaus.

—Será mejor que no lo haga, *Herr* Wackenroder —respondió el capitán, al tiempo que cada uno de los marineros sacaba una pistola y encañonaba a uno de los pasajeros del *Cranach*; él mismo tenía un revólver apuntando a la cabeza de Klaus.

—¡Dios mío, qué es esto! —protestó el alemán.

—Desgraciados piratas —dijo Pedro Luis—. No saben ustedes con quién están habla... —Pero antes de que pudiese acabar la frase, el marinero que lo encañonaba le propinó un fortísimo golpe en la cabeza con la culata de su pistola. El yerno de Klaus cayó al suelo inconsciente.

—¡Pedro! ¡Pedro! ¿Estás bien? —gritó Ingrid acercándose de un salto a su marido, pero recibió un trato semejante y cayó también a la cubierta.

—¿Se puede saber qué quieren ustedes y quién demonios son? —dijo Klaus, indignado.

—Por supuesto que sí. Pero antes me temo que tenemos que cumplir algunos trámites —dijo el capitán del otro barco en alemán, y añadió, dirigiéndose a sus hombres otra vez en inglés—: Maniatadlos y amordazadlos a todos, menos a este —añadió señalando a Klaus—; a este dejadle la boca abierta para que pueda hablar conmigo.

Las protestas de Klaus y de sus invitados fueron acalladas con golpes y, unos minutos después, todos ellos estaban sentados en el suelo, maniatados y, salvo el viejo Wackenroder, con un trapo metido en la boca. Ingrid, José y Pedro Luis sangraban por los golpes recibidos.

—¡Son ustedes unos piratas, hijos de mala madre! —rugía Klaus, aunque tuvo que callarse también tras recibir un par de fuertes bofetadas, que hicieron que su gorra cayese al suelo y dejara a la vista la mancha de su frente.

El capitán del otro barco empuñó de nuevo su revólver y lo apoyó en la oreja de Klaus.

—*Herr* Wackenroder, no se excite usted, se lo ruego. Hemos venido aquí para hacer un negocio y necesito que mantenga la calma.

—¡Váyase a la mierda!

—¡Oh, oh! ¡Qué pésimo vocabulario! No me extraña, viniendo de un criminal tan sanguinario como usted.

—¿Qué bobadas dice? Yo no soy ningún criminal. ¿Y cómo sabe usted ese nombre? Yo no me llamo así.

—Claro que se llama así, *Professor* Niklaus von Wackenroder. No se crea que a mí me va a engañar con lo de «Jaroslav Karásek». He investigado mucho hasta dar con usted, *Herr Professor*. Y esa asquerosa mancha en la cabeza lo delata sin ningún asomo de duda.

—Pero ¿quién es usted, demonios?

—No puede reconocerme, claro, nunca nos habíamos visto hasta ahora. Una vez estuvimos a punto de coincidir, pero usted tuvo la buena suerte de llegar a mi casa justo cuando yo acababa de marcharme. Si me hubiera encontrado allí, habríamos acabado con esto hace ya treinta y tantos años.

—No sé de qué me habla.

—¡Claro que lo sabe! ¡Si hasta tiene la poca vergüenza de ir pregonándolo por ahí con el nombre que le ha puesto a este yate! Preciosa embarcación, por cierto.

—Pero ¿qué dice? ¿Qué tiene que ver mi barco? Está usted como una puta cabra.

—En eso le doy la razón. Si supiera la vida que he llevado en todo este tiempo, malviviendo como un exiliado, perseguido primero por los enemigos de mi país y luego por el gobierno títere que los soviéticos instauraron en él. Eso sí lo tenemos en común, lo de ser exiliados. Lo de malvivir, no, por supuesto. ¡Menudo tren de vida lleva usted! No me extraña, con todo lo que me robó.

—¡Yo no he robado nunca nada a nadie! —gritó Klaus, pero no miraba al viejo marinero, sino a Alberto, a Rosa y a José, a quienes los ojos casi se les salían de las órbitas por el miedo que les causaba todo aquello, y en especial por las pocas palabras que conseguían entender de aquella conversación en alemán. Ingrid y Pedro Luis permanecían inconscientes.

—No tenemos mucho tiempo para discutir. Su barco se hundirá dentro de un rato con ustedes dentro y nosotros nos marcharemos en el nuestro —señaló a la otra embarcación; milagrosamente, ahora parecía estar en perfecto estado, y otros dos marineros saludaban agitando los brazos desde su borda.

—Pero ¿qué quiere usted?

—Tan solo que me devuelva lo que es mío. Dígame dónde está mi cuadro.

—¿El qué?

—Venga, no se haga el tonto. ¿Dónde está el cuadro que se llevó del palacio Zielinski el 8 de septiembre de 1939? Como ve, puedo darle todos los detalles.

—Pero ¿qué estupideces dice usted? —exclamó Klaus.

Otro marinero lo volvió a abofetear. El capitán alzó la mano para que se detuviera.

—Veremos si hay alguna otra forma mejor de refrescarle la memoria. — Señaló el cuerpo inconsciente de Pedro Luis y después hacia el mar; dos de los marineros agarraron al yerno de Klaus y lo arrojaron por la borda.

—¿Qué hace usted? ¡Asesino! ¡Recójanlo! ¡Vamos, recójanlo!

Uno de los marineros se asomó a contemplar a Pedro Luis, que aún flotaba en la superficie muy quieto y emitiendo unas pocas burbujas por la boca. A una orden del capitán, le disparó un tiro a la cabeza, y el cuerpo se fue hundiendo despacio.

—¡Asesino! ¡Asesino! —repitió Klaus entre lágrimas; sus acompañantes intentaban gritar aterrorizados, salvo Ingrid, que seguía sin moverse ni abrir los ojos.

—¿A quién le toca ahora? A ver, este vejestorio, por ejemplo —dijo señalando hacia José, que, horrorizado y jadeante, se retorcía entre sus ataduras y negaba desesperado con la cabeza hasta casi arrancársela. Pese a las protestas del viejo, los mismos dos marinos lo tomaron por las axilas y lo pusieron encima de la barandilla—. ¿Tiene algo que decirme, Klaus? Por cierto, he sido tan grosero de no presentarme. Soy el conde Zdzislaw Zielinski. ¿Se acuerda ahora de mí?

—No sé de qué me habla. Solo sé que está usted como una regadera.

—¿Arrojamos a este caballero al agua también, entonces?

—¡Yo no entiendo nada de lo que me está usted diciendo!

—Pues al océano con él. —Y el mismo Zdzislaw dio el empujón que hizo caer a José hasta las olas—. Parece que tarda en ahogarse —relató al cabo de unos largos segundos, mirando las convulsiones del mayordomo—; solo puede entrarle agua por la nariz, claro. —Calló durante un rato, mientras los prisioneros se revolvían y chillaban de forma tan frenética como estéril—. Ya está, ya se ha hundido del todo.

—¡No, no! ¡Asesinos! ¡Criminales! ¡Déjennos en paz!

—En cuanto me diga usted dónde puedo recuperar mi cuadro —respondió Zdzislaw regresando junto a Klaus.

—Está bien, está bien. Usted gana. Lo confieso, soy Klaus von

Wackenroder, pero no tengo el cuadro. ¡Se lo quedaron en la Ahnenerbe!

—¡Mentira! Todo lo que ustedes saquearon en mi casa fue encontrado después de la guerra; aunque, claro, los rojos no nos lo devolvieron. Solo faltaba *La adoración del cerdito*; bueno, y también la mayor parte del dinero, pero en comparación aquello no era mucho. Los archivos de la SS demostraban que ninguna de las dos cosas llegó siquiera a sus almacenes. Usted se lo quedó antes de entregar el resto de sus trofeos en Berlín. ¿Lo niega, *Herr Hauptsturmführer*? Vaya, pues tendremos que seguir con la operación, entonces. A ver, a ver, ¿a quién le toca ahora?

—¡Déjelos en paz, por favor! Le digo que no tengo el cuadro. ¡Hace más de veinte años que lo vendí!

—¿Qué me dice usted? Eso es una desgracia. ¿Cómo que lo vendió? ¡Oh, no me lo creo! Una obra maestra tan maravillosa como esa la quiere uno para tenerla consigo y no desprenderse nunca de ella. Eso es lo que había hecho mi familia en los últimos trescientos años. ¡Ah! Sabe usted como nadie que no existe en el mundo ninguna *Adoración de los Magos* igual que la de Cranach el Viejo. No me extraña que usted se haya venido a vivir a España, el país donde los Reyes Magos son más importantes, donde traen los regalos a los niños...

—¡Pues le repito que lo vendí! No quería seguir teniéndolo en mi poder y necesitaba el dinero.

—Bien. Vamos a suponer por un momento que eso es verdad. Dígame entonces, ¿a quién se lo vendió?

—No tengo ni idea.

—Por favor, *Herr Professor*, no se burle de mí. ¿Seguimos arrojando a sus amigos al mar?

—¡Es que no lo sé! ¡Demonio, no lo sé! Fue una operación a través de intermediarios. No tengo ni idea de quién fue el comprador. Se mantuvo en secreto.

—Muy bien, pues usted lo ha querido. A ver esta señora.

Zdzislaw indicó con la mano hacia Ingrid. Dos marineros la levantaron, pero ella seguía exánime y con la cabeza colgando de manera extraña. Uno de los dos hombres puso su mano en la garganta de la mujer durante unos segundos.

—No tiene pulso, jefe.

La dejaron caer de nuevo al suelo como un pesado bulto. Ingrid no hizo el menor movimiento. Zielinski le alzó uno de sus párpados, pero no hubo ninguna reacción.

—Parece que los golpes han acabado con esta señora antes de tiempo. Era su hija, ¿no, *Herr Professor*? Es una pena, pobrecita.

—¡Ingrid! ¡Ingrid! ¡Vida mía! ¡Nooo! ¡Qué te han hecho, hijita preciosa! ¡Asesinos! ¡Asesinooos! —gritó llorando Klaus lleno de desesperación.

En ese momento, Alberto, que había conseguido aflojar sus ataduras gracias a un trozo de hierro que sobresalía de la barandilla, se puso en pie bruscamente y se abalanzó contra dos de los marineros, consiguiendo derribarlos y arrebatarles una pistola. Disparó a uno de ellos, que quedó inconsciente en el suelo, y apuntó a los demás alternativamente.

—¡Suelten las armas! ¡Suelten las armas! —gritó.

Pero Zdzisław también estaba apuntando con su propia pistola a la mujer de Alberto, que cerraba los ojos aterrorizada. No era posible que estuviera ocurriendo algo así. ¿Y Rosina? ¿Qué habría pasado con la fiebre de su pobre hijita? ¿La volvería a ver? Rosina. Rosina. Mi amor.

Extrañados porque el *Cranach* no regresase al puerto ni siquiera a la puesta del sol, Nicasio pidió que los guardacostas salieran a buscar el yate urgentemente. No lo descubrieron hasta el amanecer. Parece que habían intentado hundirlo, pero por suerte el agua dejó de entrar gracias a que algo taponó el boquete abierto en la quilla y el barco se salvó. En su interior encontraron cuatro cadáveres; uno, el de Ingrid, había muerto como resultado de un golpe en la nuca, y los otros tres, los del hijo y la nuera de Nicasio y el del dueño del yate, a causa de disparos hechos a quemarropa, aunque todos tenían también bastantes golpes. Parecía que había sangre de algunas personas más y se tomaron muestras para analizarlas. De quienes no había ni rastro era de José, el mayordomo de Klaus, y de Pedro Luis, su yerno. Tal vez se habían salvado, tal vez habían caído al mar o quizás tenían algo que ver con los autores del crimen. Se buscó en el Estrecho durante varios días, pero solo apareció el maniatado cuerpo de José, muerto por ahogamiento; del otro nunca volvió a saberse nada.

Nicasio sintió que se acababa el mundo para él. Solo la responsabilidad de cuidar de la pobre Rosina lo mantuvo a flote en aquel universo que se desmoronaba. Por suerte, tenía la ayuda de Jacinta, que decidió que a partir de ese momento se dedicaría a ser para Rosina la madre que la desgraciada criaturita había perdido de manera tan trágica.

La misteriosa muerte de los herederos de Nicasio conmocionó a toda la sociedad española. Al principio se sospechó del marido de Ingrid, el único miembro de la excursión cuyo cadáver no apareció. Tal vez había intentado sacan dinero a su suegro, porque parecía que sus negocios atravesaban una mala época. Pero, como pasara el tiempo y no reapareciese ni tan siquiera para reclamar la herencia, al cabo de los años se abandonó aquella teoría. Una matanza tan truculenta, y que se había cebado con las más altas esferas de la sociedad, fue algo que hizo despertar muchísimas otras conjeturas, alimentadas en parte por el silencio de Nicasio, que se refugió en su palacete de Madrid sin salir de allí durante muchos meses. Incluso tardó mucho tiempo en recibir de nuevo a su más íntimo colaborador, Ernesto Salaberri, quien, en los momentos en los que Nicasio estaba más escondido y más deprimido, tuvo al menos la iniciativa de presentarse en el palacete de vez en cuando para arreglar con Jacinta todo lo que Rosina pudiera necesitar. Al final, el crimen no logró esclarecerse, y de cara a la opinión pública se mantuvo como hipótesis más verosímil la de que unos traficantes habían abordado el yate de Klaus para robar y el asunto se les había escapado de las manos, o también la de que los pasajeros del yate habían observado alguna operación ilegal y habían sido eliminados como testigos indeseables. La policía también consideró la posibilidad de que todo fuese un ajuste de cuentas con Klaus, ya fuese por su pasado nazi o por sus oscuros negocios gibraltareños, pero como no se encontró ninguna pista que apoyase aquella conjetura, se prefirió no hacerla pública para no manchar de rebote la imagen de los Valmojado.

Una de las últimas visitas que el comisario encargado del caso hizo a Nicasio Lequerica en su residencia de Madrid fue más de un mes después de los hechos. Le anunció que traía dos novedades importantes, aunque solo una de ellas tenía que ver con la posible resolución del caso, o eso pensaba el policía.

—Usted me dirá, señor comisario.

—Bien, señor conde. Lo primero es un mensaje del forense que estudió los cadáveres. Me ha dicho que es difícil averiguar en qué orden fallecieron las personas que fueron halladas en el barco.

—Y eso, ¿qué importancia tiene? ¿Por esa nimiedad se atreven a molestarme?

—Le ruego que me perdone, señor conde. Verá que es algo realmente importante. La cuestión es que si el alemán hubiese muerto antes que su hija, entonces doña Ingrid se habría convertido en la heredera del señor Klaus, y al morir ella, aunque solo fuera un minuto después, la herencia pasaría a su marido, aunque al haber desaparecido este, tal vez hubiese que esperar a que se declarase su fallecimiento para decidir qué hacer con la fortuna de don Klaus, que parece muy considerable. En ese caso, tal vez podría ir a parar a los padres y hermanos del marido, o puede que se lo quede se el Estado, porque a doña Ingrid no se le conoce más familia.

—¿Y qué?

—Pues que si, por el contrario, doña Ingrid fue la que murió antes que su padre, entonces Klaus, al morir, no tenía herederos naturales. Y el testamento del alemán indica claramente que en ese caso el heredero será... usted, excelencia.

—¿Cómo dice? Oh, perdón, comisario, lo he comprendido perfectamente. Pero si no se sabe quién murió primero...

—Ahí está la cuestión. El caso es que el forense dice que es imposible determinarlo, porque debió de haber muy pocos minutos de diferencia entre una muerte y la otra.

—Y entonces...

—Pues que el forense está dispuesto a firmar los certificados de defunción definitivos en un sentido o en el otro, a él le da igual.

—¿Cómo que está dispuesto?

—Se lo diré claramente, señor conde. El forense le sugiere a su excelencia que, a cambio de una donación de un millón de pesetas, él firmará que doña Ingrid murió antes que su padre.

—¿Una donación? ¡Qué tipo más rufián! —exclamó Nicasio levantándose airado del sillón y empezando a dar vueltas por la sala; seguro que el comisario se llevaba también un buen pellizco por intermediar en aquel negocio—. ¡Qué cabrón, el forense! —dijo al cabo—. ¡Y qué pillastre! —Se asomó a la ventana un momento, contempló su jardín y se volvió hacia el policía—. Dígale a ese mangante que trato hecho. Entiéndanse ustedes con mi administrador. Y bien, comisario, ¿cuál era la segunda noticia que tenía que darme?

El comisario abrió su cartera y extrajo de ella un sobre de tamaño folio. Antes de mostrar su contenido, advirtió a Nicasio.

—Esto es mucho más grave, señor conde. Es quizás la única pista que tenemos para averiguar la identidad de los asesinos. Hemos conseguido ocultársela a la prensa hasta ahora, porque es algo verdaderamente macabro, pero no tengo más remedio que enseñárselo a usted para ver si le sugiere algo. Recuerde que el crimen sucedió un par de días antes de la fiesta de Reyes.

—¿Qué quiere usted decir?

—No quiero decir nada; simplemente vea esto.

El comisario sacó del sobre una fotografía en blanco y negro que la Guardia Civil del mar había tomado en la escena del crimen en cuanto descubrieron el yate. Era una imagen de Klaus recostado en la barandilla, con la cabeza caída hacia atrás y con los agujeros de las balas claramente visibles en la frente, en el cuello y en el pecho. Alguien se había molestado en escribir un mensaje con un dedo mojado en sangre, seguramente la del mismo Klaus, en una hoja de un cuaderno de espiral normal y corriente que la Guardia Civil encontró en la cabina de la embarcación, y que pertenecía al *Cranach*, no a los asesinos. La hoja la habían sujetado al jersey de Klaus con unas pinzas de colgar la ropa, que también pertenecían al yate.

Al ver el escueto mensaje, Nicasio tuvo que sentarse en el sillón que tenía más cerca. Aquello sí que representaba el fin de todo, o eso le parecía en aquel momento. Se acordó involuntariamente de una de las historias del rey Midas que más le perturbaban de pequeño: el rey se había enterado de que en un bosque cercano vivía un sabio duende llamado Sileno, del que se decía que lo sabía todo; Midas lo persiguió hasta que le dio caza y le prometió dejarlo en libertad si le respondía una sola pregunta. Sileno aceptó el trato. Midas le preguntó: «Tú que lo sabes todo, dime, ¿qué es lo mejor para el hombre?». Y Sileno le respondió sin vacilar: «Lo mejor para el hombre sería no haber nacido». ¡Qué poco sospechaba Nicasio en su niñez que iba a sentir seis décadas más tarde la profunda verdad de aquella vieja historia!

El comisario esperó unos minutos para preguntar si el mensaje le decía algo al conde.

—No, no me dice nada —respondió Nicasio lacónico.

—¿Se encuentra usted bien, señor conde?

—Sí, comisario, no se preocupe. Es solo la impresión de la imagen, de la crueldad sin límites que muestra. Pero no tengo ni idea de qué puede querer decir. Solo que los asesinos son todavía más desalmados de lo que yo pensaba. Lo siento mucho, comisario, el mensaje no me sugiere nada más. Tenga usted buenos días.

Nicasio Lequerica de Montemayor le estaba mintiendo, naturalmente, y aunque así lo sospechaba el policía por el rostro desencajado del anciano conde, no vio cómo seguir indagando acerca de aquella pista. Recogió la foto y la volvió a guardar en su cartera, no sin antes echar otro vistazo al mensaje, que bajo el devastado rostro sin vida de Klaus von Wackenroder, absurdamente proclamaba:

REGALO DE REYES

Epílogo

Germán de Campohermoso, alcalde de Madrid, llevaba muchas semanas temiendo que llegase aquel día. No había vuelto a encontrarse con Rosina Lequerica desde hacía más de diez años, cuando un escándalo mayúsculo que ella había destapado estuvo a punto de terminar con la carrera de Germán. En realidad, él llegó a convencerse de que sus días como político estaban acabados, pero la opinión pública y las razones de los partidos son a veces tan mudables como el viento de primavera, y muy pocos meses después de todo aquel barullo un sector del partido Justicia y Bienestar consideró que Germán sería un buen gancho para una campaña en contra de ciertas reformas progresistas que venían del gobierno central. El caso es que, gracias a aquello, el exvicealcalde volvió a ganar algún prestigio, primero entre las filas más conservadoras del J&B, y luego ante el propio regidor del Ayuntamiento de Madrid, Juan de Dios Marañón, quien poco antes de terminar la legislatura volvió a admitirlo en el equipo de gobierno municipal. En el siguiente mandato, Germán recuperó el puesto de vicealcalde, y cuando al cabo de tres años Marañón se convirtió en ministro tras el triunfo del J&B en las elecciones generales, él le sucedió al frente del ayuntamiento. Si alguna vez las masas habían visto en Germán a un ser aborrecible, eso se había olvidado en las siguientes elecciones municipales, en las que obtuvo la mayoría absoluta con mayor porcentaje de votos que sus predecesores. Entretanto su antigua amante, Laura Entrambasaguas, se había cruzado en su camino varias veces, pues durante algún tiempo fue costumbre de los medios de comunicación enfrentarlos a los dos en debates sobre las reformas sociales y sus peligros, él como político de tercera fila pero peleón y ella como escritora y columnista de gran éxito. Cicatrizadas las heridas que a ambos les había producido su intenso romance, ya ninguno de ellos guardaba rencor hacia el otro. A Rosina, por el contrario, Germán había procurado evitarla de todas las maneras posibles, pero aquel día no iba a tener más remedio que encontrarse de nuevo con ella. El Gabinete Lequerica se iba a convertir durante un tiempo en una de las cimas del circuito mundial del arte, al exponer *La Adoración del cerdito*, un cuadro cuya existencia había sido hasta entonces solo muy vagamente sospechada por los especialistas y que resultaba estar conectado con la pieza que hasta entonces había sido la estrella de su catálogo, ese *Evangelio de los Reyes Magos* que tanto estaba dando que hablar y que tantas protestas había suscitado. Unos decían que aquel manuscrito era una falsificación, otros que era una obra auténtica, unos terceros que era un apócrifo, una historia inventada cientos de años después de Jesucristo, algunas más que demostraba palmariamente las mentiras en las que se basaba el cristianismo. El caso es que, según había escuchado Germán en alguna tertulia, aunque no sabía si creérselo, la desafección hacia las Iglesias cristianas, y hacia la religión católica en particular, había crecido significativamente desde que se publicó el *Códice Lequerica,* invirtiéndose de manera muy apreciable la tendencia que en las últimas décadas había estado llevando a más y más gente a volver al refugio de la religión. Bueno, él no entendía mucho de aquellas cosas y lo importante era que, entre el miedo a la crisis económica y la mala gestión de los gobiernos progresistas, los partidos conservadores de casi todo el mundo tenían cada vez un mayor apoyo popular, independientemente de si las convicciones religiosas de los votantes tenían alguna influencia en el sentido de sus votos. Si al final resultaba que los votantes del J&B, o un sector importante de ellos, eran los que se ponían a reclamar el fin de las prebendas de la Iglesia católica, a políticos como Germán de Campohermoso no les iba a temblar la mano para firmar todo lo que fuese preciso con tal de complacer a su electorado.

El cuadro que se presentaba aquella tarde era una obra de Lucas Cranach el Viejo, de mediados del siglo XVI. Estaba en poder de una rica heredera libanesa, cuya familia poseía el cuadro desde hacía muchas décadas, aunque se creía que antes había pertenecido a unos nobles polacos, de cuyas propiedades había desaparecido alrededor de la segunda guerra mundial, tal vez con el saqueo de los nazis, o tal vez con las expropiaciones que llevó a cabo el gobierno comunista de Polonia. Pero no había registros legales de ningún tipo sobre el paso de la obra por aquel país, aunque los actuales propietarios tampoco podían justificar dónde y cómo lo habían conseguido. El caso es que su dueña, al enterarse del contenido del *Evangelio de los Reyes Magos*, constató de inmediato que aquel libro narraba precisamente la escena recogida en su cuadro, o sea, la entrega al niño Jesús de un símbolo epicúreo, un pastelillo de miel con forma de cerdito, y decidió que era una buena idea ceder temporalmente la pintura al Gabinete Lequerica para que ambas piezas pudieran contemplarse una junto a la otra. Naturalmente, todo ello con enormes medidas de seguridad, pues durante los últimos años se habían recibido numerosas amenazas, e incluso algunos fanáticos habían llegado a cometer burdos atentados contra el códice, por fortuna sin consecuencias graves. Menos mal que Rosina había recuperado recientemente una importante cantidad de dinero que ya creía perdida a causa de una mala inversión que había hecho en Túnez años atrás, y así pudo sufragar sin grandes problemas los gastos asociados a la nueva exposición. Además, con la venta de libros, de réplicas del cuadro, de los colgantes dorados con forma de cerdito y de otros productos relacionados con la historia de los Magos, esperaba lograr incluso algunos beneficios.

Una de las personas en quien más notoria fue la transformación intelectual debida al *Evangelio de los Reyes Magos* fue un viejo amigo de Germán Campohermoso, el escritor y periodista Julio César Machín. La prolífica exuberancia de su creatividad hizo que a casi nadie le resultase extraño el hecho de que el escritor publicase un amplísimo estudio sobre el *Evangelio* tan solo un par de meses después de la presentación del manuscrito: Rosina Lequerica y Ernesto Salaberri habían creado un hermoso volumen con la edición facsímil del códice, la traducción y un detallado estudio científico en el que se mostraba, casi sin lugar a dudas, que el texto era una copia, hecha en el siglo IV, de una obra escrita muy probablemente en la misma época de los acontecimientos que relataba. Es cierto que Rosina tuvo alguna sospecha cuando vio el libro de Machín, al recordar las advertencias que le había hecho Lorenzo Pérez sobre que pretendían guardar una copia fotográfica del manuscrito, pero no había manera de probar que Machín se hubiera puesto en contacto con la familia de Lorenzo (salvo una pésima foto colgada en la vieja red social *Tweejo,* sacada desde lejos con un móvil, de un hombre bajo y gordo imposible de identificar, que hablaba en la calle con Maite Gutiérrez). Tampoco se le ocurrió a Rosina que Machín pudiera estar detrás de los misteriosos seguimientos de los que ella y sus familiares habían sido objeto durante unos días durante aquella época. Y como, al fin y al cabo, la publicación del libro de Machín fue posterior a la de la edición «oficial» del *Evangelio de los Reyes Magos,* y sólo contribuyó a agrandar la fama del descubrimiento, la verdad es que a la condesa no le preocupó mucho.

Pero el caso es que Machín había estado a punto de adelantarse. Su propia traducción del manuscrito la había concluido casi seis meses antes de que el Gabinete Lequerica anunciase el colosal descubrimiento junto con la campaña publicitaria del libro que ellos editaron, pero el profundo impacto que la comprensión del códice causó a Julio César le había impedido seguir con el trabajo al ritmo que tenía previsto. En cuanto alcanzó la certeza de que no se trataba de una ficción elaborada para desacreditar las creencias de los primeros cristianos, sino de una historia totalmente real, escrita por alguien que todavía ignoraba en qué iba a convertirse Jesús de Nazaret unos pocos años más tarde, Machín sufrió una larga y dolorosa crisis de fe, de la que renació convertido a un ateísmo tan militante, analítico y demoledor como antes lo había sido su catolicismo. Aquello exigía, por supuesto, la reelaboración completa del trabajo que estaba escribiendo, pues al principio lo había planteado como un intento de demostrar el carácter ficticio del *Evangelio de los Reyes Magos* (hay que decir que ese título, con el que la obra se acabó haciendo popular, fue el que eligió Ernesto Salaberri; en cambio Machín prefería llamarlo, de un modo más aséptico, la *Carta de Licino*; Nicasio Lequerica lo había titulado *El jardín de Séforis* en su traducción manuscrita, y en algunas otras versiones posteriores la obra fue llamada *El evangelio de Séfons*, *El jardín de Jesús*, *El jardín de Antifonte* y también *El jardín de los Magos*). En medio del esfuerzo de cambiar casi por completo el contenido de su libro, Machín recibió el nuevo mazazo que supuso para él la publicación oficial del *Evangelio*; había confiado ingenuamente en que Rosina, Ernesto y sus colaboradores tardasen mucho más en hacerlo, pues ignoraba que ya existía una traducción del códice, escrita a lápiz por el abuelo de la condesa en un viejo y humilde cuaderno escolar, que había permitido adelantar mucho el trabajo que se realizó en el Gabinete Lequerica. En cambio, a Machín lo llenó de satisfacción el saber que los resultados del estudio oficial confirmaban casi punto por punto sus propias conclusiones. Pero, claro, ya no podía publicar su propio libro como si fuese el que diera a conocer por primera vez aquella obra largo tiempo perdida, así que tuvo que rehacer otra vez gran parte del trabajo ya previamente rehecho. Para ello se centró en un asunto que Ernesto casi había pasado por alto en su edición: la relación entre la historia contada en la *Carta de Licino* y lo que el Nuevo Testamento relataba sobre Jesús de Nazaret, y sobre todo, cómo era posible que el director de una escuela filosófica epicúrea terminara convirtiéndose en el líder de un movimiento mesiánico. Machín sugirió la hipótesis de que las visitas al jardín de Séforis por parte de Jacobo (o sea, Santiago, Sant Yago, *Sanctus Iaccobus*), el apocalíptico hermano de Jesús, habrían continuado después de la muerte de Antifonte, tal vez coincidiendo con la ola de exacerbado milenarismo impulsada en aquellos años por Juan el Bautista; Jacobo estaría convencido de que su hermano mayor era realmente el gran sabio prometido en su infancia por misteriosos magos, y aquella fuerte convicción, junto con el carácter (según Licino) un poco desequilibrado de Jesús, habrían terminado por empujar al discípulo de Antifonte a abandonar su escuela en Séforis y a dedicarse a pregonar su epicúreo mensaje de amor universal entre las hordas que seguían al Bautista. Quizás hubiera influido también en la decisión de Jesús alguna nueva tragedia personal de la que no quedaba ningún registro, pero Machín aventuraba la hipótesis de que podía haberse tratado del asesinato de Juan por orden del rey Herodes (o sea, de Herodes Antipas, el rey Antipas del que el autor del manuscrito hablaba siempre en tan buenos términos). Después de aquello, Jacobo habría elegido de entre esa chusma una especie de guardia pretoriana para marcar de cerca los pasos de su hermano, para que hiciesen correr entre la gente la idea de que Jesús era una figura sobrenatural, e incluso para favorecer que los gobernantes romanos tomasen el mensaje del nazareno por una rebelión en toda regla y decidiesen acabar con aquella figura tan peligrosa; al fin y al cabo, tras la ejecución de Jesús, a Jacobo, como cabeza de familia, le habría sido muy fácil esconder el cadáver de su hermano para que sus seguidores creyeran que había resucitado, y en cambio un Jesús vivo y coleando, con sus imprevisibles veleidades epicúreas y por lo tanto ateas, no resultaba muy fiable como cabeza del movimiento mesiánico que Jacobo pretendía levantar, mientras que muerto como un mártir era una figura mucho más fácil de utilizar y de manipular. Por fortuna, algunos de los seguidores de Jesús, como Simón Pedro y, sobre todo, Pablo de Tarso, habían entendido algo mejor que Jacobo el mensaje del gran alumno de Antifonte, y lo extendieron fuera del ortodoxo círculo hebreo extremista y sectario, al que pretendía reducirlo el hermano de Jesús; así, Pedro y Pablo fundaron a lo largo y ancho del Imperio romano comunidades inspiradas en los jardines epicúreos, aunque ellos tampoco lograron comprender y transmitir aquel mensaje en su forma más pura, desnudo de quimeras apocalípticas y sobrenaturales. Pero todo esto, naturalmente, eran simples conjeturas que Machín presentaba como tales, y su libro dejaba abierta la discusión a otras explicaciones alternativas.

Julio César Machín acudió humildemente a la condesa de Valmojado para presentarle su obra, y a pesar de la mutua repugnancia que habían sentido el uno por el otro en años anteriores y de las vagas sospechas de las que hemos hablado, que la condesa borró casi inmediatamente de su imaginación, el renacido Julio César era un personaje que cayó francamente bien a Rosina y a su marido, y que, a la muerte de Ernesto Salaberri un par de años después, fue invitado a convertirse en asesor principal del Gabinete Lequerica. Gracias a esto, él fue también uno de los primeros en enterarse de la oferta sobre *La adoración del cerdito*, y quien viajó hasta el Líbano en representación del gabinete para hacer un primer examen de la pintura. Casi tan sorprendente como descubrir que Jesucristo había tenido una vida previa como filósofo epicúreo, fue para Machín y para muchos otros el constatar que el conocimiento de aquellos hechos había subsistido de alguna manera en una tradición que se mantuvo al menos hasta el Renacimiento. El epicureísmo, con su énfasis en la comprensión racional de los hechos, en la inexistencia de realidades trascendentes sobre las que basar nuestros miedos o nuestras esperanzas, y en la amistad, la solidaridad, la igualdad y el bienestar como únicas bases posibles de un mundo razonablemente justo y feliz, había sido desde la Antigüedad un movimiento detestado por los poderosos y vilipendiado por las religiones. Que un pintor de la talla de Lucas Cranach accediese a reflejarlo en un lienzo tan atrevido como aquella *Adoración* era una muestra de los profundos cambios que estaba inspirando el humanismo de los siglos XV y XVI, aunque la ocultación del cuadro casi desde el principio era también una clara señal de que el miedo a que se difundiera el mensaje epicúreo no había, ni mucho menos, desaparecido. Seguramente, nunca se sabría quién encargó la obra, ni cómo había llegado a saber esa persona la supuestamente verdadera historia de los Magos de Oriente, mas para Julio César Machín, que contemplaba fascinado el cuadro en una gran mansión de las afueras de Beirut, y unos meses después en la sala principal del Gabinete Lequerica, aquello solo significaba que los misterios, pero misterios no fantasmagóricos o sobrenaturales, sino de carne y hueso y abiertos a la investigación racional, seguían constituyendo un ingrediente básico de nuestra realidad, y, sobre todo, algo que daba sentido al intenso trabajo de Machín como investigador.

En la mañana de aquel mismo día, la apretadísima agenda de Germán Campohermoso estaba ocupada en parte por la inauguración de una nueva línea de autobuses y la presentación de los nuevos vehículos de la Empresa Municipal de Transportes, y allí era adonde se dirigía en ese momento mientras pensaba en el reencuentro con Julio César Machín y con Rosina Lequerica que tendría lugar unas horas después. La inauguración comenzaba con un pequeño viaje en uno de los nuevos autobuses, acompañado por el concejal de Transportes, el director de la EMT, otras autoridades y muchos periodistas. Él fue el último en subir al vehículo y, como de costumbre, no se olvidó de dar la mano al verdadero y casi único representante del pueblo llano en aquel acto: el conductor del autobús.

—Bu-buenos días, señor alcalde —dijo este al recibirlo; era un hombre de unos sesenta años que, por los nervios, tartamudeaba un poco más de lo que era habitual en él—. Bi-bienvenido a bordo.

—Buenos días, José —saludó Germán, fijándose en el marbete que el conductor llevaba en el pecho con su nombre.

—Para usted, Pe-Pepe, por favor.

El alcalde sacudió virilmente la mano derecha del empleado y no pudo evitar fijarse en el magnífico reloj que el conductor llevaba puesto.

—Caramba, Pepe, ese peluco es de categoría —le comentó—. ¿Me permite echarle un vistazo?

—Faltaría más, señor alcalde.

El conductor se lo desabrochó y se lo entregó a Germán. El alcalde, naturalmente, sabía controlar la expresión de su rostro y no dejó que se notara lo más mínimo el espantoso desconcierto que estaba experimentando hasta lo más profundo de su ser.

—Es un re-regalo que me hicieron mis hijos hace ya mu-muchos años —explicó el conductor—. Viene con mis iniciales grabadas, ¿ve usted?: «G. C.», Gu-Gutiérrez Cordero.

—¡Qué curioso, podrían ser también las mías!

—¡Es verdad, no se me habría ocurrido nunca! ¡Qué co-coincidencia!

—Pues les costaría un ojo de la cara a sus hijos, don José.

—Déjeme que le co-confiese una cosa, señor alcalde —dijo el conductor bajando la voz; Germán, con una franca sonrisa, se giró para dar la espalda a los periodistas y se agacho un poco—. La verdad es que no me fiaba un pe-pelo de dónde habían podido sacar mis hijos este pe-pedazo de reloj; ¡lo mismo hasta lo habían ro-robado! Así que hice mis averiguaciones. Pe-pero al final resulta que es una falsificación de las que venden en los pu-puestos de la calle. Me lo aseguró gente que entiende mucho de esto, ¿eh? Les debió de salir más caro gra-grabar las letras en una joyería que co-comprar el reloj. No más de veinte euros me dijeron que les pudo costar. Pero a mí me gustó, y no me lo he qui-quitado desde entonces.

«¿Veinte euros? —pensó escandalizado el alcalde sin perder su sonrisa—. ¡Qué hija de la gran puta!»

—Pues nada, don José, siga usted disfrutándolo.

El argumento de esta novela
fue concebido durante largos paseos
por la playa de Zahara de los Atunes.
Fue escrita en Madrid,
entre septiembre de 2010
y la noche de Reyes de 2012.

Índice

Mapas 10

Prólogo 13

Primera parte 31
   Capítulo 1 33
   Capítulo 2 48
   Capítulo 3 65
   Capítulo 4 80
   Capítulo 5 93
   Capítulo 6 115
   Capítulo 7 127
   Capítulo 8 142
   Capítulo 9 161
   Capítulo 10 181
   El jardín de Séforis. Libro primero 208
Segunda parte 227
   Capítulo 11 229
   Capítulo 12 250
   Capítulo 13 269
   Capítulo 14 287
   Capítulo 15 311
   El jardín de Séforis. Libro segundo 338
Tercera parte 353
   Capítulo 16 355
   Capítulo 17 371

Capítulo 18 388
Capítulo 19 408
Capítulo 20 429
Capítulo 21 448
Capítulo 22 464
Capítulo 23 488
Capítulo 24 504
Capítulo 25 527
Capítulo 26 544
Capítulo 27 562

Epílogo 577